O Caminho de Nostradamus

Dominique e Jérôme Nobécourt

O Caminho de Nostradamus

Tradução
Véra Lucia dos Reis

Editora Objetiva Ltda.
Rua Cosme Velho, 103
Rio de Janeiro — RJ — Cep: 22241-090
Tel.: (21) 2199-7824 — Fax: (21) 2199-7825
www.objetiva.com.br

Título original
Le Chemin de Nostradamus

Capa
Marcelo Pereira — Tecnopop

Copidesque
Fernanda Pantoja

Revisão
Ana Grillo
Diogo Henriques
Ana Krobemberger

Editoração eletrônica
Abreu's System

CIP-BRASIL. CATALOGAÇÃO-NA-FONTE
SINDICATO NACIONAL DOS EDITORES DE LIVROS, RJ

N665c Nobécourt, Dominique
O caminho de Nostradamus : romance / Dominique e Jérôme Nobécourt ; tradução Véra Lucia dos Reis. - Rio de Janeiro : Objetiva, 2009.

414p. ISBN 978-85-60280-35-3
Tradução de: *Le chemin de Nostradamus*

1. Romance francês. I. Nobécourt, Jérôme. II. Reis, Véra Lucia dos. III. Título.

08-4949. CDD: 843
CDU: 821.133.1-3

Em alguma gruta fatídica,
Sob um dedo de fogo que o indica,
Está um homem sobre-humano,
Traçando com letra inflamada,
Num livro todo em fumaça,
Com a pena de um anjo na mão![1]

Victor Hugo, *Os Magos*

Há apenas um problema, um só: redescobrir que existe uma vida do espírito ainda mais alta que a vida da inteligência, a única que pode satisfazer o homem. Isso excede o problema da vida religiosa, que é apenas uma de suas formas.

Antoine de Saint-Exupéry

[1] *Dans quelque grotte fatidique,/Sous un doigt de feu que l'indique,/On trouve un homme surhumain,/Traçant des lettres enflammées,/Sur un livre plein de fumées,/La plume de l'ange à la main!*

Para Maja da Camarga e Stéphane,
sem esquecer Dominique e Giorgio.

Prólogo

O responsável pelo Arquivo Secreto do Vaticano salmodiava com voz aguda, fazendo pausas marcadas nas cesuras como é de praxe na leitura de um texto santo.

— Nesse instante, o céu se cobre com uma nuvem espessa; o raio e o trovão explodem nos ares, o sopro da tempestade se desencadeia; acreditava-se estar no último dia do mundo...

— Poupe-nos da verborréia de são Bernardo — resmungou o papa Clemente VII.

O soberano pontífice impressionava. Seu carisma provinha do nascimento. Afeito ao poder desde a infância, habituado às intrigas e grande apreciador de arte, pertencia ao clã dos Médici.[1]

O cardeal Amadeo Forlani abaixou os olhos sobre o velho pergaminho de quase quatro séculos, aberto à sua frente sobre um atril. Apesar da importância de sua função e da longa prática da Cúria Romana, tremia de pavor.

Os outros dois participantes da reunião confidencial no gabinete particular do Santo Padre o observavam. Ambos, na flor da idade, representavam o braço armado e o escudo da fé.

Ioannès du Feynier, usando capa preta sobre hábito branco, era o 42º superior da Ordem dos Irmãos Pregadores Dominicanos. O cardeal Alfonso Menrique, de batina púrpura, era o inquisidor geral espanhol. Ao chamá-los a Roma com urgência, Clemente VII advertira-os de que o objetivo da reunião era a descoberta, nos papéis de Bernardo de Clairvaux, de uma nota anexada à

[1] Sobrinho do lendário Lourenço, o Magnífico, e primo de João, papa antes dele com o nome de Leão X.

sua edificante narrativa da morte de são Malaquias.[2] Contrariamente à versão oficial da Igreja, para quem o bispo de Down morrera em estado de graça depois de ter ele mesmo anunciado a hora de sua passagem, são Bernardo revelava que seu velho amigo, nos últimos instantes, tinha sido visitado pelo Demônio e que teria profetizado acontecimentos inauditos.

— Segundo Bernardo de Clairvaux, Malaquias teria, em seu tormento, previsto a vinda de um profeta que anunciaria o desmoronamento dos tronos e o fim da Igreja — continuou o cardeal Forlani. — Segundo suas próprias palavras, tratava-se de um homem "nascido na outra Roma",[3] e cuja palavra ressoaria "daqui a quatro séculos", quando tivesse chegado aos 45 anos.

Passado o momento de estupor provocado por essas revelações, o cardeal Menrique interpelou Forlani.

— Quem está informado desse documento?

— O irmão menor que descobriu essa nota reside agora num monastério dos Abruzos onde o voto de silêncio não é palavra vã.

Menrique e du Feynier aprovaram com um meneio de cabeça, que tranqüilizou Forlani. Ele sabia que era preciso muito pouco para despertar a desconfiança dos soldados de Deus.

— Esse documento é autêntico? — retomou Ioannès du Feynier.

— Sem dúvida alguma. É com certeza a letra de Bernardo de Clairvaux, de quem possuímos numerosos exemplares.

— Acredito em Vossa Eminência. Foi apenas a menção à "outra Roma" que me surpreendeu. Malaquias vaticinava, mas daí a predizer que a Santa Sé se estabeleceria em Avignon mais de 150 anos depois de sua morte!

— Malaquias recebeu como graça divina o dom de profetizar e o de fazer milagres. O processo de sua canonização estabeleceu amplamente todas essas coisas. Não percamos tempo — irritou-se Clemente VII.

O inquisidor geral Menrique julgou oportuno intervir.

— Como dizia Tomás de Aquino, a inspiração dos profetas vem de Deus e do Espírito Santo. É dever de um profeta anunciar e dizer a verdade, já que a palavra de Deus, a única a ver o futuro, se exprime por sua boca. Precisamos, portanto, inicialmente considerar a hipótese segundo a qual Malaquias teria tido uma última revelação divina e não uma alucinação demoníaca. O Todo-

---

[2] Malaquias O'Mongoir, Mael Maedoc ua Morgair, bispo de Down, na Irlanda, a quem se atribui erroneamente a *Profecia dos Papas*, que traz seu nome.

[3] A outra Roma: Avignon.

poderoso, em Sua infinita bondade, teria desejado advertir Seus servidores da vinda de um falso profeta que anunciaria inconcebíveis calamidades.

— Afirmar o fim da Santíssima Igreja e a queda dos reis seria a maior e a mais perniciosa mentira. Malaquias fala, portanto, de um falso profeta! — insistiu du Feynier.

Clemente VII aproveitou que os soldados de Deus rivalizavam em erudição mística para refletir. Que o profeta anunciado fosse ou não inspirado por Satã pouco lhe importava. O teor de sua mensagem oferecia, em compensação, matéria para preocupação. Diferentemente do inquisidor geral e do superior dos dominicanos, não considerava inconcebíveis a queda dos reis e o fim da Igreja. A história movimentada dos Médici, alternadamente expulsos e chamados de volta à chefia da República de Florença, dava testemunho da versatilidade dos povos. Quanto à Igreja, acabara de ter a amarga experiência dos limites de seu poder. Cinco anos antes, os lansquenês luteranos de Carlos V tinham saqueado Roma depois de terem sitiado o castelo de Santo Ângelo onde ele se entrincheirara, e de onde só pudera sair mediante resgate.

A única verdadeira e irrestrita autoridade da Igreja só poderia ser moral. Ora, aí também a situação periclitava. Como se a crescente influência do cisma luterano na Alemanha e no norte da Europa não bastasse, eis que o rei da Inglaterra, Henrique VIII, acabava de romper com Roma, fundando a Igreja Anglicana. A Igreja Católica Romana estabelecera seu poder sobre o princípio de "Um Deus, um rei", os reis vindo em segundo lugar. Monarcas, certamente, mas apenas pela graça de Deus. Essa precedência encontrava-se agora desordenada. Se o papado não retomasse o controle das coisas, tempo viria em que o falso profeta anunciado a Malaquias triunfaria, prognosticando o fim da Igreja quando seu declínio se tornasse evidente aos olhos do mundo. No século em que a difusão dos textos impressos ganhava uma amplitude inquietante, as repercussões de tal mensagem poderiam revelar-se desastrosas. Clemente VII levantou-se do assento, atraindo de imediato sobre si a atenção dos participantes da reunião, que se apressaram a fazer silêncio.

— Esse falso profeta deve ser identificado e impedido de falar.

O cardeal Menrique e o reverendo du Feynier opinaram, satisfeitos. O inquisidor geral ia responder, mas o superior dos dominicanos foi mais rápido.

— Santíssimo Padre, tomei a liberdade de trazer comigo um de meus inquisidores. Um irmão da Ordem, cujo zelo na perseguição dos inimigos da Fé é um exemplo para todos.

Menrique franziu ligeiramente os lábios, o que Clemente VII achou engraçado. Todas as facções tinham seus espiões dentro da Cúria. Antes mesmo de pegar a estrada, os interlocutores conheciam o motivo da convocação. O papa tinha fraudado o jogo ao informar secretamente ao dominicano que uma missão lhe seria confiada. Ele considerava necessário fazer retornar à humildade a Inquisição espanhola, que tinha tendência acentuada a agir de acordo com sua própria vontade. Também não desejava vê-la fazer das suas na Provença, que pertencia ao reino da França.

Clemente VII convidou com um gesto o reverendo du Feynier a prosseguir.

— Chama-se Inaki Ochoa, Inaki significando Inácio. É um navarrês. Ex-militar tocado pela graça, que tem posto seus talentos temporais a serviço da Fé.

O inquisidor geral aprovou. Seu rival e parceiro, o Superior dos Dominicanos, não poderia ter escolhido melhor. Ochoa tornara-se a pedra angular de um vasto plano, iniciado dez anos antes nos últimos dias do pontificado de Leão X. Depois do revés nas negociações com Lutero e de sua excomunhão, fora necessário estabelecer, nas regiões indulgentes com as idéias da Reforma, uma rede de células católicas que se estenderia como uma armadilha por países inteiros. Na frente dos quais estava a França, cujo soberano tinha a fraqueza de ser excessivamente tolerante com as idéias ímpias.[4]

— O senhor me garante que ele não falhará? — perguntou Clemente VII.

O reverendo Ioannès du Feynier sabia que sua resposta comprometeria seu próprio destino. Contudo, não hesitou nem por um instante ao afirmar:

— Juro por minha vida, Santíssimo Padre. Esse homem é o mais notável caçador que me foi dado conhecer. Paciente, astuto, tenaz, impiedoso, sempre encontra sua presa. É interessante notar que seu nome, Ochoa, significa "o lobo" na língua de Navarra.

— O lobo de Deus, então? Isso nos reconforta — sorriu Clemente VII antes de estalar os dedos chamando o secretário dos Breves,[5] que até então se mantivera afastado, atrás de uma escrivaninha onde anotava a minuta do encontro. — Anote — prosseguiu o papa. — *Dilecto filio Ignatio Ochoa. Dilecte fili, salutem apostolicam benedictionem.*[6]

O homem em questão mantinha-se de pé a uma janela do vestíbulo. Com 40 anos de idade, alto e magro, rosto emaciado, olhar febril, vibrava numa espécie de exaltação fria. Os dois guardas suíços em traje azul-escuro que o vigiavam

---

[4] Quarenta anos mais tarde, essa rede serviu de estrutura logística à Santa Liga formada para lutar pelas armas contra os éditos considerados fortemente favoráveis aos protestantes.

[5] Breve papal: decreto, disposição, ordem de missão.

[6] Ao nosso dileto filho Inácio Ochoa. Dileto filho, saudação e bênção apostólica.

não se enganaram. Apesar de seus protestos, tomaram-lhe o punhal escondido sob a capa negra. Ninguém tinha o direito de portar arma na presença do Santo Padre.

Indiferente aos olhares dos mercenários do papa, ele contemplava as obras da basílica de são Pedro de onde emergia o domo colossal. O incessante vaivém dos pedreiros, talhadores de pedras e marmoristas através dos andaimes aracnídeos lançados para o céu lembrava um formigueiro. Rangidos de polias e marteladas ressoavam ao longe. Ochoa não experimentava nenhuma emoção artística diante desse espetáculo. Importava-lhe apenas a grandeza de Deus e o poder da Santíssima Igreja. Confrontado com seus próprios critérios, o gigantismo da obra o alegrava.

Um camareiro do papa foi buscá-lo e o introduziu no gabinete do Santo Padre. Ochoa deu alguns passos e se prosternou aos pés do chefe da Igreja.

— Levanta-te, meu filho, e ouve — ordenou Clemente VII depois de resmungar uma bênção.

O monge se pôs de pé. Ioannès du Feynier lhe resumiu as revelações contidas na nota de são Bernardo de Clairvaux e chegou ao objetivo de sua missão.

— Não sabemos nada desse homem, a não ser que hoje ele tem por volta de 30 anos. Segundo Malaquias, o senhor deve realizar investigações na região de Avignon. Esse falso profeta ainda não fez com que se falasse dele. Essa será sua principal dificuldade. Contudo, podemos supor que já se dedica a atividades que o predisporão ao vaticínio, tais como a feitiçaria e outras diabruras heréticas.

O inquisidor geral Alfonso Menrique ergueu dois dedos para indicar que tomava a palavra.

— É evidente que esta missão específica não invalida a que o senhor já desenvolve. Muito ao contrário, as células já constituídas e as por vir representarão fontes de informações e de referências para sua investigação. Por outro lado, nós lhe comunicaremos uma lista de correspondentes aos quais o senhor poderá recorrer.

Por um instante desestabilizado, o espanhol acabara de reafirmar seu poder com atrevimento. Como o olho inquietante do monge o fez suspeitar de um entusiasmo excessivo na realização de suas missões, ele julgou por bem acrescentar:

— Alguns desses honrados correspondentes são muito próximos da Corte. Contamos com seu tato.

Embora pontuando cada uma de suas afirmações com um balanço de cabeça aprovador, Clemente VII descobria, apavorado, uma organização muito mais vasta do que imaginara. Os soldados de Deus tomavam liberdades com a autoridade de Roma. Era urgente trazê-los de volta ao respeito ao dogma e às precedências, criando uma Inquisição romana que teria prioridade sobre todas as outras.[7]

O secretário dos Breves trouxe para Ochoa o documento escrito sob ditado do papa alguns minutos antes. Ochoa o pegou e, com a testa franzida em concentração, decifrou penosamente o texto que terminava dizendo *Dat. Romæ apud Sanctum Petrum sub annulo piscatoris, die XV. Dicembris, MDXXXII. Pontificatus nostri anno nono,*[8] acima do selo pontifical representando são Pedro pescando com rede em sua barca. Como muitos monges e padres, Ochoa era um mau latinista. Notando seu embaraço, Ioannès du Feynier explicou:

— Este breve exige que todo servidor da Igreja, qualquer que seja sua posição, lhe dê assistência, por todos os meios disponíveis.

Clemente VII estendeu a mão esquerda, apresentando-lhe o anel marcado com as armas pontificais. Ochoa caiu de joelhos e beijou a jóia, enquanto o papa pronunciava uma bênção.

— Vá, agora, bem-amado filho, e não nos decepcione.

A sorte reservada ao profeta, depois que Ochoa o tivesse encontrado, não foi uma vez sequer lembrada. Era evidente que seria a morte. Lenta e dolorosa, não por cruel deleite, mas por simples caridade cristã. Seria necessário oferecer ao herético a oportunidade de se arrepender antes de expiar.

---

[7] Isso será realizado por Paulo III, em 1542, quando funda, por meio da bula *Licet ab initio,* a *Sagrada Congregação da Inquisição Romana e Universal.* Posteriormente, foi renomeada como *Santo Ofício* e depois *Congregação para a Doutrina da Fé.*

[8] Feito em São Pedro de Roma, sob o anel do Pescador, a 15 de dezembro de1532, no nono ano de Nosso Pontificado.

1.

Sete *verdines*[1] dispostas em círculo delimitavam o acampamento montado numa clareira de carvalhos verdes e de pedras, no coração dos Alpilles. Era uma noite de paz para o povo do Vento, expulso da Espanha pelos torturadores da Inquisição.

Um dos homens reunidos no centro, em torno de um fogo de sarmentos, salmodiava um lamento flamenco, acompanhado pelas palmas dos companheiros.

Sentados um pouco afastados, face a face, havia um homem jovem e uma mulher idosa. Daenae, a *phuri-dae*, a maga da tribo, aproximava-se, sem dúvida, dos 50 anos, mas tinha a silhueta magra e vigorosa de uma jovem mulher. Em tons predominantemente violeta, o lenço que lhe prendia os cabelos deixava livre o rosto agudo de pele sem brilho, sulcado de pequenas rugas quase invisíveis. Sem ser bonita, Daenae possuía a beleza de um ícone antigo. Os olhos negros onde brincavam os reflexos do fogo escrutavam o rosto do homem sentado à sua frente.

Sentado sobre as pernas cruzadas, as costas muito retas, mantinha a imobilidade alerta de um gato. Cabelos castanhos meio longos, rosto de formas acentuadas, traços cinzelados, poderia passar por um adolescente. Usando bigode caído e barbicha cuidadosamente aparada, não destoava dos ciganos. De altura mediana, magro sem ser frágil, irradiava um poder sereno. No entanto, faria em breve apenas 30 anos. Era Michel de Nostredame, médico já famoso por seus remédios pouco ortodoxos.

---

[1] Espécie de pequenas casas montadas sobre rodas que, mais tarde, se tornarão as carroças dos ciganos.

— Não sei mais o que fazer, ou em que acreditar — murmurou com a voz esgotada. — A imagem deles me persegue.

Um ano antes, em Agen, Michel cremara os cadáveres de sua mulher e dos dois filhinhos ceifados pela peste enquanto ele tratava de outros doentes. Não soubera salvar os seus. Depois, teve de fugir, assim como seu amigo François Rabelais,[2] para escapar das investigações do tribunal da Inquisição de Toulouse. Não havia dúvida quanto à identidade do denunciador. Tratava-se de Júlio-César Scaliger. Boticário erudito e notável, não compreendia as panacéias originais de Michel e detestava a prosa iconoclasta de Rabelais.

— Minha vida se acabará aqui, onde começou, em Saint-Rémy. Não sou talhado para essa época obscura.

— O tempo do luto passou — interrompeu-o secamente Daenae. — A estrada te espera.

Abrindo um pedaço de seda, a cigana espalhou um jogo de cartas. Michel retirou cinco, sem virá-las. Uma após outra, Daenae mostrou as longas lâminas com o verso castanho. O tilintar das pulseiras de prata pontuava cada gesto seu. As figuras fascinantes do Tarô apareceram: a Torre, o Mago, a Papisa, a Imperatriz, os Enamorados...

— Seu nome ultrapassará fronteiras e sobreviverá aos séculos... Mas você sofrerá a ponto de ter o coração despedaçado... Você se tornará o maior mago de todos os tempos, se não morrer de amor antes.

Em seguida, ela juntou o baralho, enrolou-o no pedaço de seda e o entregou a ele.

— Ofereço-o a você como uma lembrança nossa. Pegue — insistiu ela.

— Não tenho intenção de deixá-los.

Estava sendo sincero. Um dia, seguiria os passos de Jean, seu avô materno, médico em Saint-Rémy. Então, sem dúvida, se casaria de novo, já que seu dever de homem era assegurar a descendência. Uma vida decente, feliz, se tivesse sorte. Era só.

Daenae balançou a cabeça, sorrindo:

— Você partirá! Sua viagem o levará aonde nenhum humano jamais chegou. Você verá!

Um cão levantou a cabeça, as orelhas em pé, enquanto os cavalos se agitavam. O canto e as palmas cessaram instantaneamente. Os homens ergueram metade do corpo, à espreita dos ruídos da noite. Ouviram um estrondo distante trans-

[2] A publicação do *Pantagruel* em 1532 lhe custará a ira do clero, que ele ridicularizava.

formando-se em batidas de cascos. Uma tropa a cavalo os atacava. Correram para pegar os bastões de combate e se reagruparam em círculo em torno de Daenae. Tinham fugido da Espanha por causa das perseguições que outros como aqueles lhes infligiam. Pensaram ter encontrado alívio na Provença, na outra margem do Ródano, mas os seguidores da intolerância os tinham alcançado. Daenae persuadiu Michel a evitar aquele combate que não era dele. Ele recusou. Os Filhos do Vento o tinham acolhido como um dos seus quando era menino. Tinha explorado charnecas, mato e rochedos com seus filhos, aprendido a armar laços e a rastrear com seus irmãos. Jovem adolescente, recebera ensinamentos secretos e com seus pais compreendeu o respeito pela mulher. O que importava se seus amigos eram de uma tribo diferente da de sua infância? Pertenciam ao mesmo povo, tão semelhante àquele de onde ele mesmo se originava. Daenae se enganava. Ele agarrou no ar um bastão de combate com castão esculpido, que Zoltan, o chefe da tribo, acabara de lhe lançar.

Aproximadamente da altura de um homem, com uma das extremidades mais espessa, aquele bastão poderia se tornar uma arma temível. Habituados desde a infância aos perigos dos grandes caminhos, os ciganos o manejavam com competência. Tinham ensinado suas sutilezas a Michel.

Algumas mulheres reuniram as crianças, que despertaram assustadas, e as carregaram para um abrigo nas rochas. Os outros fizeram o mesmo com os cavalos.

De repente, luzes rasgaram as trevas: tochas levadas pelos inquisidores. E eles surgiram da noite, silhuetas fantasmagóricas, usando vestes brancas, cobertos por capuzes de penitentes, que as chamas tingiam de reflexos alaranjados. À frente da matilha, Michel reconheceu um monge dominicano. Descoberto, descabelado, o rosto emaciado, os olhos loucos. Essa visão o fez estremecer. Pouco tempo depois de sua fuga de Agen, começara a perceber uma ameaça sem conseguir defini-la. Eis que ela acabava de se materializar.

— Pela fé, soldados de Deus! — urrou Ochoa, investindo contra os homens a pé.

Apesar da habilidade no manejo do bastão, Michel e os ciganos nada podiam contra os assaltantes montados em cavalos a galope. Conseguiram aparar alguns golpes, não devolveram o suficiente, e o círculo se rompeu enquanto Daenae lançava uma maldição em língua rom. Ochoa levou a montaria até ela, agarrou-a e a jogou atravessada na sela.

— Peguei a feiticeira!

Deu de rédea e esporeou. Seus capangas mascarados o imitaram. Meteram-se na noite e desapareceram.

Quando Michel e os amigos acabaram de levantar as *verdines* derrubadas, as mulheres lhes trouxeram os cavalos cujos cascos elas tinham enrolado em trapos. Lançaram-se sob a chefia de Zoltan, um rastreador sem-par. Por nada no mundo abandonariam a *phuri-dae* nas mãos dos fanáticos. Ela representava para eles a mãe, a guia e a memória.

Amarrada ao tronco de uma árvore, no cume de uma pequena colina pedregosa dominando um charco podre, Daenae via apontar sua última aurora. A cigana não tinha medo. Nenhuma bravata nessa atitude. Simplesmente a aceitação do inelutável. Todos morriam um dia. Como, pouco importava. Apenas os sobreviventes sofriam.

Os fanáticos amontoavam lenha ao pé da fogueira improvisada, alegrando-se por antecipação com o belo fogo onde tostaria a criatura de Satã. Contudo, ninguém ousava sustentar o brilho de seus olhos de ônix.

Michel e os amigos esconderam-se nos caniços. Tinham de percorrer 50 metros a descoberto para alcançar os homens armados que defendiam o acesso à colina do suplício. Um assalto frontal parecia fadado à derrota. Michel notou, porém, que os homens de Ochoa não estavam verdadeiramente armados. Empunhavam foice, maça de ferreiro, enxada, foicinho: instrumentos que denunciavam o ofício de cada um deles. Mostraram-se, na verdade, menos corajosos desmontados em pleno dia do que tinham sido à noite, de surpresa e a cavalo.

Erguendo os olhos para o céu, ele constatou que a crista das nuvens começava a se esfiapar ao sopro de um vento de altitude. E as nuvens se movimentaram, ganhando velocidade a olhos vistos. No mesmo instante, uma lufada correu pela superfície das águas estagnadas, e os caniços estremeceram. Michel se virou para Zoltan e sussurrou:

— Vocês não ficarão de luto esta noite.

O chefe da tribo cigana concordou e se virou para seus homens.

— Preparem-se!

Os homens de Zoltan espreitavam o vento. Foi de repente, como um mugido nascido do fundo do espaço. O vento mistral se desencadeou violento, caindo das nuvens, carregando tudo em seu sopro gelado.

A fogueira de madeira seca amontoada se deslocou, se espalhou, derrubada pela rajada. Brasas voaram para todos os lados, pondo fogo nas vestes brancas e nos capuzes dos penitentes. As chamas, que eles acreditaram a serviço de sua demência imbecil, vingavam-se.

— Agora! — gritou Zoltan.

Michel e os ciganos saltaram sobre os cavalos e picaram rumo à colina.

Todas as vezes que se encontrava em situação crítica durante sua jovem vida, Michel tinha a impressão de se desdobrar. Em vez de deixar o medo reduzir-lhe o fôlego e paralisar-lhe os músculos, relaxava. Seu espírito parecia elevar-se acima do corpo para analisar os acontecimentos em seus mínimos detalhes com uma acuidade que conferia a ilusão de uma dilatação do tempo, enquanto o corpo continuava agindo da forma mais natural.

Ochoa viu aproximar-se a carga dos ciganos. Em vão tentou reunir seus homens. Quis desembainhar a espada que levava. Seu gesto se interrompeu. Para seu grande pavor, sentiu-se como que paralisado, impotente tanto para puxar a arma quanto para fugir. Pregado no lugar, via abater-se sobre ele aquele jovem homem, de olhar irradiante, cujo fogo sentia atravessá-lo. O tempo lhe pareceu suspenso. Martelar de cascos, relincho dos animais, cacofonia do entrechoque das armas, tudo se fundiu num zumbido distante. Só havia aqueles olhos que enxergavam o que de mais profundo havia nele. Pressentiu que se encontrava diante daquele que procurava. E o homem a cavalo estava em cima dele. No momento em que via chegar sua última hora, o cavaleiro deu uma guinada, desviando-se dele, contentando-se em chocar-se contra ele, fazendo-o rolar na água estagnada. Enquanto os bastões dos ciganos giravam, criando calombos em alguns crânios e semeando a debandada, Michel prosseguiu no avanço, saltou sobre os restos da fogueira e cortou os laços de Daenae, que logo saltou para a sua garupa.

Uma rodela quebrada, gravada no lintel de pedra acima da porta de entrada da fazenda, uma pequena casa de fazenda ladeada de ciprestes, assinalava que a casa pertencia a judeus convertidos.[3] Jean de Saint-Rémy estava à mesa de trabalho num cômodo do térreo que lhe servia de consultório. Estudava apaixonadamente as pranchas anatômicas que um amigo acabara de lhe trazer de Pádua, uma das únicas cidades onde a Igreja tolerava dissecações. Nos outros lugares, interrogar-se sobre os mistérios da natureza, em lugar de se contentar em reconhecê-los como efeitos da graça, acarretava suplício por heresia.

---

[3] Desde a Idade Média, a lei obrigava os judeus a usar no peito um pedaço de tecido amarelo chamado rodela. Gravada na pedra, na fachada de uma habitação, era representada por uma roda de oito raios. Mesmo convertido, no mais das vezes sob ameaça, um judeu devia indicar sua origem, conservando a rodela da qual restavam apenas os oito raios. Daí chamarem-na de "quebrada".

Um velho bonito, seco e nodoso como um tronco de videira, Jean tinha os cabelos brancos, barba curta tratada com cuidado, a tez bronzeada e o olhar límpido. Não parecia ter 78 anos.

Tinha sido afastado da ordem dos Médicos por ter ousado sugerir que os escritos de Hipócrates e Galeno representavam etapas na via do saber médico, mas não imprescritíveis tábuas da Lei. Esse bom senso quase lhe custara a excomunhão.

Um martelar de cascos fez com que levantasse a cabeça. Reconheceu entre as oliveiras a silhueta de Michel, galopando na luz dourada do sol nascente. O espetáculo fez brotar nele a mesma emoção sempre renovada desde o dia em que seus pais o confiaram a ele, 21 anos antes.

Michel era o primogênito de sua filha única, Reynière, esposa de Jaume[4] de Nostredame. Notário e mercador de trigo, também oriundo de uma linhagem de judeus convertidos, Jaume se preocupava antes de tudo com a honra. As predisposições de seu filho mais velho para o irracional, reveladas desde a mais tenra idade, tinham-no contrariado, tanto mais que eram acompanhadas de inquietantes perturbações. O menininho podia passar horas devaneando, surdo até mesmo às ordens dos pais. Sofria com terríveis pesadelos, que o deixavam sufocado, e com enxaquecas seguidas de perturbações visuais. Por vezes também com leves transes cuja única manifestação visível era uma espécie de arrepio nos braços, que batizara de "minhas fagulhas". Esses sintomas faziam com que seus pais temessem que ele sofresse do "grande mal", a epilepsia.

Para grande alívio deles, Jean se oferecera para tomar conta do menino. O que aceitaram prontamente, ao passo que ele agradecia secretamente aos céus por lhe oferecerem como discípulo desejado alguém de sua linhagem, de quem faria também o herdeiro da Tradição imemorial.

Jean de Saint-Rémy chegou a considerar Michel de Nostredame como o filho que jamais tivera. Com razão, porque, se não era seu pai biológico, tinha sido seu mestre e amigo. Compreendera também desde cedo que o aluno ultrapassaria o professor até atingir alturas de conhecimentos ainda inexplorados.

Michel saltou do cavalo, que montava em pêlo. Jean não ficou alarmado com a pressa dele, responsabilizando o vento mistral gelado. Seu menino estava apenas com frio. Estendeu-lhe uma coberta na qual Michel se enrolou antes de se sentar e de se servir de uma tigela de sopa do caldeirão pendurado na lareira. Depois de aquecido, contou a Jean o desenrolar dos acontecimentos sucedidos

[4] Tiago.

desde o saque do acampamento cigano. Diante da descrição que fez de Ochoa e da estranha ligação estabelecida entre eles, Jean estremeceu de angústia. O que temia havia anos tinha, portanto, se concretizado!

Avisado por alguns amigos que, como ele, eram membros de uma irmandade secreta, Jean sabia que Ochoa percorria o Languedoc e a Provença à procura de um profeta. A reputação de ferocidade do monge o precedia. Ele fazia parte da corja de zelotes que a fé desviada transformava em torturadores. Informado de tudo isso, Jean tomara a precaução de afastar Renée, sua esposa, afetuosamente apelidada de Blanche, que significa branca, por causa da claridade de sua alma. Considerada adivinha, teria acabado queimada, caso Ochoa soubesse de sua existência.

Porém, Jean não julgara necessário mandar que Michel se escondesse. Por quê? Porque seu dom de profecia ainda estava adormecido? Mas Michel e Ochoa se reconheceram e, naquele instante, souberam estar designados um para o outro. O enfrentamento se tornara inelutável. O destino decidira que Ochoa representava a primeira prova que Michel deveria vencer no estreito caminho da iniciação suprema. Assim seja. Mas Jean considerava que isso acontecia cedo demais. O rapaz ainda não estava suficientemente armado.

— Faça as malas! Vamos ao encontro de Blanche — ordenou o velho, levantando-se de um salto da poltrona.

Afastando-se de Michel, ele recolheu as preciosas pranchas anatômicas e as jogou na lareira. Em seguida, agarrando às braçadas os papéis espalhados no escritório, começou a jogá-los no fogo, evitando dirigir-lhes o olhar, com medo de fraquejar em sua decisão.

Finalmente, Michel compreendeu a urgência. O respeito e a afeição por Jean lhe proibiam o menor gesto de compaixão em relação a ele. Começou, por sua vez, a juntar às pressas papéis e livros para queimá-los. Qual a importância daqueles documentos? O Saber que continham impregnava-lhes a alma para sempre. Foi, em seguida, para o laboratório de preparação contíguo ao gabinete de trabalho a fim de selecionar alguns pós e ervas raras.

Levou o restante dos potes e sacos de plantas secas para esvaziá-los na fonte ou dispersá-los ao vento, enquanto Jean continuava a queimar todos os documentos científicos e esotéricos capazes de fazer com que ambos fossem acusados de feitiçaria. Logo não restou dos preciosos arquivos senão uma encadernação em couro patinado, estufada de folhas cobertas de anotações. Comentários lançados anos a fio, descrevendo os progressos de Michel nas diferentes disciplinas que estudava. Cada folha do conjunto de anotações descrevia uma etapa da eclosão e do desabrochar de uma inteligência fora do comum que

Jean considerava ter tido o privilégio de acompanhar na via do Conhecimento. Movido pela nostalgia, deu-se um tempo para ler-lhe algumas passagens.

> Eis, no coração do verão, a chuva das Perseidas. Ele já está quase mais adiantado que eu ao descrever o percurso delas através das constelações. Bastará que eu lhe conte os mitos antigos para que ele evolua por entre os arcanos celestes com a facilidade de um agrimensor familiar.

Michel ainda não tinha então 11 anos. Virou rapidamente algumas páginas até encontrar uma passagem à qual não conseguia deixar de voltar.

> Sua capacidade de compreender as línguas estrangeiras, mortas e vivas, parece-me às vezes provir do sobrenatural. Contrariamente à lógica, que preconiza a aprendizagem metódica das regras da sintaxe e da conjugação antes da do vocabulário, ele colhe inicialmente a substância das palavras e a idéia secreta que elas escondem. Combiná-las em seguida parece-lhe um jogo. Não é raro que misture em suas frases vocábulos gregos, latinos, hebraicos, árabes, provençais, escolhendo a cada vez a palavra que melhor traduzirá o que deseja exprimir.

Michel tinha então 15 anos completos, lembrou-se Jean. Lia, falava e escrevia em grego, latim e hebraico. Dominava também o italiano e o espanhol, bem como um pouco de alemão e de árabe. Sabia passar de uma língua a outra durante o mesmo discurso, sem por isso perder o fio do pensamento.

> Seu modo de pensar às vezes me deixa pasmo. Sem se perder nos meandros dos detalhes, ele abarca o conjunto e encontra a solução. Não raciocínio laborioso, mas divina revelação. Ele não procura, encontra.

Tantos testemunhos preciosos da transmutação de um ser inspirado que agora tinha de ser entregue às chamas! Antes de se decidir a isso, Jean quis reler as últimas folhas. Não diziam diretamente respeito a Michel, já que constituíam as bases de um estudo sobre a natureza das profecias, destinado a integrar o *Mirabilis Liber*.[5] Na época, Michel tinha apenas 16 anos. Salvo os

[5] Obra coletiva publicada em 1520, dedicada notadamente aos profetas bíblicos.

transes ocasionais, nada nele indicava disposições para a profecia. Posteriormente, tendo adquirido a certeza de que seu protegido ultrapassaria o estado de clarividência ocasional para aceder ao da revelação, característica do profeta, Jean juntou esse resumo ao dossiê de Michel.

> Para ascender à revelação, o profeta chega primeiramente ao desapego. Não por ascese, mas por elevação acima do pensamento imposto. Somente assim ele consegue a absoluta liberdade da alma que lhe permite atingir o cerne da energia universal, inefável, que os homens chamam inapropriadamente de Deus.
>
> Na via do desapego, o profeta deve vencer diferentes provas cujo número e natureza são invariáveis.
>
> Enfrenta as forças tenebrosas que tentam submetê-lo, corpo e alma, ou, na ausência disso, abatê-lo.
>
> Vence os tentadores que fazem cintilar diante de seus olhos a opulência material das esferas inferiores e lhe oferecem o poder sedutor do astucioso sobre o crédulo.
>
> Encontra a sua Dama e, pela fusão de ambos nos três reinos, encontra sua alma.
>
> Enfrenta a morte e não cede ao aniquilamento.
>
> Seus inimigos são os padres e os doutores, os intrigantes e os ambiciosos, os velhacos e os ladrões que se encarniçam para congelar o curso do Tempo, a fim de estabelecer seu domínio sobre a Terra e sobre os seres vivos que a povoam.
>
> Se falhar em uma dessas provas, seu destino profético não se realizará. Mas se triunfar, poderá enfim ascender ao Príncipe em quem se concentra a vida de seu povo, e que recebe na Terra a energia do grande Todo a fim de governar os seus nos redemoinhos do Tempo.
>
> Somente então, depois de ter vitoriosamente percorrido a via do desapego, o eleito pode acolher a revelação, e transmiti-la.

Posteriormente a essa síntese, fruto do estudo dos profetas bíblicos, Jean de Saint-Rémy acrescentou:

> Agora tenho a certeza de que o Destino designou Michel para ser o último profeta deste ciclo terrestre. Aquele que anunciará os tempos do Alfa e do Ômega depois do que se abrirá um novo ciclo

de harmonia. Talvez... Se os homens, nesse meio-tempo, tiverem aprendido...

Essa via que se abre a ele será longa, perigosa e dolorosa. Que eu ainda possa viver bastante para ajudá-lo na passagem.

Jean nunca se enganara sobre a verdadeira natureza dos transes de Michel. Seus esforços de todos os instantes tenderam a cultivar, estruturar e fortalecer seu espírito, a fim de que ele não perdesse a razão no dia em que se expandisse plenamente o dom da dupla visão recebido como herança.

Sabia que esse momento marcaria o início de sofrimentos indizíveis, pois, se a clarividência colocava aqueles que a possuíam acima dos humanos, ela os atraía para abismos obscuros. Por isso, Jean sempre escondera de Michel seu destino; por saber que, para que ele se revelasse em sua plenitude, aquele a quem chamava de filho deveria passar para o outro lado do espelho, enfrentando a morte como Orfeu o tinha feito, voltando dessa viagem sem que seu espírito fosse consumido.

Jean ficou lá, pensativo, o coração pesado de emoção e angústia. O martelar de uma cavalgada interrompeu sua meditação. Aquele instante de enternecimento custara um tempo precioso. Jogou a encadernação de couro e seu conteúdo na lareira.

Quatro cavaleiros estavam parados à entrada da fazenda. O inquisidor não levara muito tempo para encontrar a pista de Michel.

Ao reconhecer os rostos familiares de seus companheiros, Jean compreendeu de onde tinha vindo a denúncia. De gente boa, mas ignorante. A colheita estragada e a vindima minguada daquele ano os reduziam à indigência. Pão e vinho faltariam naquele inverno, e o espectro da peste obsedava os espíritos. Bastava um mau caráter como Ochoa, e aquela pobre gente poderia se transformar em cães raivosos.

Ouviu Michel descer precipitadamente a escada e ficar ao seu lado, a mão direita crispada na guarda da espada, meio puxada da bainha, pronto para defender suas vidas. Jean pousou a mão tranqüilizadora em seu braço.

— Eles teriam mesmo acabado por se mostrar, cedo ou tarde. Não tente nenhuma idiotice — exigiu, pegando uma bengala apoiada no batente da porta, e depois curvando-se, o que o fez ficar com uma silhueta de causar piedade.

Vendo-o aparecer na soleira, os companheiros de Ochoa trocaram olhares constrangidos. O velho parecia estar chegando ao fim. Nenhum deles tinha mais coragem de levar a morte àquela casa. Evidentemente ela já havia tecido ali sua teia. O monge sentiu que seus companheiros cediam e compreendeu que, não importava o que dissesse, a disposição deles tinha-se esvaído. O velho não estava em condições de viajar. Seria melhor correr até o albergue de Fontvieille, onde sabia que poderia contratar soldados provisórios sem tais escrúpulos. Antes de dar de rédea, diferentemente de seus companheiros que não esperaram por seu sinal para desviar o caminho, fez um rápido sinal de exorcismo para o velho cujos olhos desbotados brilhavam com um fulgor zombeteiro.

— Você ainda não se livrou de mim, judeu! — ganiu com sua voz acre antes de dar de esporas.

Jean acompanhou com o olhar a silhueta do monge que se afastava a galope e se virou para Michel.

— Ele o encontrou. Não o largará mais. Partamos agora. Temos pouco tempo. Era apenas uma casa — acrescentou, contemplando a fazenda.

A voz de uma mulher fez-lhe eco:

— ... E uma casa é apenas uma parada no grande caminho.

Eles estremeceram. Zoltan e Daenae emergiram da sebe de loureiros, seguidos por quatro ciganos. Ajudaram Michel e Jean a concluir os preparativos e a selar os cavalos. Amarradas as sacolas e os armários, chegou o momento das despedidas. Zoltan ofereceu a Michel um bastão de combate de madeira escura cujo castão ele gravara com as próprias mãos. O motivo representava a estrela de cinco pontas, filha do Sol. Em retribuição, Jean lhe deu de presente um anel que recebera de um feiticeiro cigano. Tratava-se de um ônix arredondado, encravado numa armação de prata. Uma pedra redonda como uma Lua que, à noite, reflete a luz do Sol, e negra como a cor do que ainda não foi criado. Era um anel do Saber que os ciganos chamavam de "o Olho". Ao oferecê-lo a Zoltan, Jean apenas observava a tradição rom segundo a qual o portador do anel era apenas seu depositário e deveria passá-lo a quem lhe parecesse o mais digno.

Quinze minutos depois de ter deixado a fazenda, eles penetravam no labirinto da planície pantanosa que se estende da base de Saint-Rémy à Montagnette de Frigolet. Num instante, as altas cortinas de caniços maltratados pelo vento se fecharam sobre eles. Depois de cinco horas de hábil caminhada entre areia movediça traiçoeira e mato espinhoso, chegaram à comunidade religiosa de Saint Michel de Frigolet. Os cavalos sobrecarregados de bagagens tinham retardado o avanço, obrigando-os muitas vezes a ir a pé.

No instante em que Jean batia o ferrolho do portão do monastério, Ochoa penetrava a fazenda abandonada, escoltado por seis soldados provisórios recrutados no albergue de Fontvieille.

A descoberta de que o velho judeu o tinha enganado mergulhou o monge numa raiva delirante. Revistou a casa de alto a baixo. Em vão. Das atividades satânicas do velho feiticeiro e de seu filho não restavam senão os aromas importunos de essências e ungüentos cujos recipientes quebrados juncavam o chão, misturando-se às espirais de fumaça acre que emanavam da lareira. Ochoa remexeu com a ponta da espada os restos calcinados dos livros de magia proibidos que, certamente, teriam enorme valor. À raiva somou-se o despeito de perder uma importante recompensa. Em seu combate pela fé, muitas vezes precisava de dinheiro. Alguns trabalhadores revelavam-se menos preocupados com a salvação eterna do que com as parcas satisfações materiais; o contrato de seus auxiliares naquele dia havia sangrado dolorosamente suas finanças. Quando tinha decidido sair dali, o ferro encontrou resistência. Varrendo as cinzas, descobriu uma encadernação encarquilhada pelas chamas, contendo restos de folhas manuscritas. O grosso maço de papéis ainda fumegava. Retirando-a da lareira, abriu-a. Após espalhar o conteúdo, encontrou, preservadas do braseiro pela espessura do maço e pela robustez do couro, duas folhas chamuscadas das quais algumas linhas ainda estavam legíveis.

> que os homens chamam inapropriadamente de Deus
> as forças tenebrosas
> o poder sedu-
> tor do astucioso sobre o crédulo
> pela fusão de ambos nos três reinos,
> encontra sua alma.
> Seus inimigos são os padres e os doutores
> que recebe na Terra a energia do grande Todo a fim
> de governar
> o eleito pode acolher a revelação
> o Destino designou Michel para
> ser o último profeta deste ciclo terrestre. Aquele que anunciará os tempos do Alfa e do Ômega.

Não precisava do conjunto do texto para compreender o sentido de semelhante desordem. Aquele Michel de Saint-Rémy com olhar de demônio era mesmo o seu homem. Arrumando cuidadosamente as folhas na bolsa presa ao cinturão, precipitou-se para fora da casa, gritando.

— A cavalo!

Ao descobrir, alguns minutos mais tarde, que a pista dos dois homens levava à planície pantanosa, encheu-se de alegria. Se suas presas tinham pensado em desencorajá-lo, ficariam frustradas. Do outro lado da planície, havia a Montagnette de Frigolet e, atrás, o Ródano. Já tinham sido apanhados. Dividiu o grupo em três, enviando dois homens para contornar o obstáculo pelo norte, e outros dois pelo sul. Ele próprio e os dois restantes continuariam a seguir a pista através do pântano. Cedo ou tarde, os fugitivos estariam cercados, encurralados no rio.

Desde que se tornara membro do capítulo ligado à Igreja de Santa Marta de Tarascon, cinqüenta anos antes, o priorado de Frigolet caía em lento abandono. Esquecidos de quase todos, viviam ali apenas Dom Tomassin, o velho boticário, e o irmão menor Antônio, seu aprendiz. O clero só se lembrava deles quando a Aqua Ferigoleta faltava nas adegas do bispo de Avignon. Esse licor saboroso à base de macerações de ervas da Montagnette era apreciado por seu buquê bem como por seus efeitos sobre as entranhas empanturradas de boa comida. Último detentor do segredo de sua composição, Dom Tomassin, antes de morrer, transmitiria a fórmula para o jovem Antônio. Jean tinha sido seu companheiro de pesquisas e de debates filosóficos. Quanto a Michel, desde a infância reconhecia nele um ser tocado pela graça.

Seguindo as orientações de Jean, Michel e o irmão Antônio aliviaram os cavalos de algumas bagagens. Em seguida, Dom Tomassin atravessou com eles o claustro abandonado e os guiou até a pequena capela de Nossa Senhora do Bom Remédio, construída há quatro séculos. Acionou o mecanismo de abertura de uma porta secreta e os fez descer à cripta. Michel descobriu então que o velho monge boticário ali decidira instalar seu laboratório. Embora o forno ovóide estivesse apagado, a natureza do material disposto sobre as bancas não deixava lugar à dúvida. Aquele Dom Tomassin, que sempre considerara um homem simples, revelava-se um alquimista. Como pudera ignorá-lo até aquele dia? Pensar que Jean lhe escondera um fato dessa importância o entristeceu tanto quanto o irritou.

— Eu pretendia abordar essas coisas com você — disse simplesmente o avô, percebendo mais uma vez seus pensamentos e tirando de um saco um alambique de sua invenção que permitia destilar no terreno o suco de determinadas plantas logo que colhidas, a fim de conservar-lhes todo o poder. — Eu prometi que você o testaria. Não hesite em usá-lo — disse, entregando a aparelhagem ao irmão menor Antônio. — Quanto ao resto...

— Não se preocupe com nada, meu velho amigo — interveio Dom Tomassin. — Esconderei tudo isso no lugar de Mirzam.

Michel ia de surpresa em surpresa. Mirzam, o Anunciador em árabe, pertencente à constelação do Grande Cão. A que lugar Tomassin se referia? Quantas coisas ainda seu avô lhe havia escondido?

Alguns minutos depois, montavam de novo, providos de pão, queijos de cabra e um frasco de Aqua Ferigoleta.

Logo seriam seis horas. Eles tomaram então os atalhos da Montagnette dos quais conheciam todas as curvas. Os cavalos, aliviados, progrediam num passo firme. Virando-se na sela, Michel avistou ao longe, na planície pantanosa, as formas de três cavaleiros. Aquele monge era decididamente um louco. Por sorte, a noite logo iria imobilizá-lo nos pântanos, forçando-o a interromper a perseguição.

Ao fim de quatro horas de marcha, protegidos pela escuridão e pelos mugidos do vento que cobriam qualquer outro ruído, Michel e Jean desceram a outra vertente da Montagnette. Mais duas horas de estrada e encontrariam refúgio entre os *boumians*[6] do lugarejo de Vallabrègues.

Esses habitantes dos pântanos, tratados como infames, subsistiam graças à exploração do junco com o qual confeccionavam cestos e canastras. Jean de Saint-Rémy podia contar com a ajuda deles para atravessar o Ródano, evitando a ponte de Tarascon.

Era um dos poucos que sabiam que os *boumians* de Vallabrègues, cansados de serem extorquidos pelo pedágio das pontes, tinham construído uma espécie de barcaça manobrada por longas varas, da qual se serviam para passar mercadoria para a margem direita do rio. E também, ocasionalmente, fazer um pouco de contrabando. As autoridades não imaginavam sua existência, considerando que o rio era muito difícil de ser atravessado naquele ponto.

Michel e Jean encontraram refúgio numa bacia de rocha abrigada do vento e ali se instalaram sem se arriscar a acender um fogo para se aquecer. Enrolaram-se em grossos mantos de lã e se acomodaram o melhor que puderam, lado a lado, as costas apoiadas na rocha plana. Sabiam que deveriam dormir para recuperar um pouco as forças, mas se descobriram incapazes de fazê-lo. Então, ficaram ali, silenciosos, perdidos em pensamentos.

O vento mistral tinha limpado o céu. Nunca as estrelas pareceram tão próximas. Como quando Michel, em criança, passava noites inteiras a contemplá-las, certo de que poderia tocá-las com o dedo se desejasse com bastante fé.

---

[6] Provençal: boêmios. Hoje são chamados de itinerantes.

— O que é o lugar de Mirzam? — acabou por perguntar.

— Pense. Você se lembra dos jogos que eu inventava quando você era pequeno? O princípio é o mesmo.

Jean tinha inventado um método original capaz de estimular o imaginário. Compunha enigmas, charadas, adivinhações que constituíam, na maioria das vezes, verdadeiras caçadas ao tesouro. O menino devia procurar os dados necessários à solução em livros ou por meio de perguntas. Desse modo, a busca do conhecimento se tornara um jogo permanentemente renovado. Com o tempo, Michel compreendia que o que estivera especialmente em jogo naqueles anos tinha sido a busca incansável, mais do que seu objeto. Sabia que seria sempre assim, já que cada nova aquisição correspondia a uma nova ignorância. Por mais vasto que fosse, o Saber estaria sempre na escala do humano, e o desconhecido, na do universo.

— Afaste o ressentimento do coração — continuou suavemente Jean. — Eu ardia por lhe revelar essas coisas que calei. Se não o fiz, foi porque você ainda não tinha as disposições necessárias. Ao sofrimento pela perda dos seus, misturava-se a raiva diante da mesquinhez e da intolerância. Não o censurei por aquele sofrimento nem por aquela cólera justificada. Mais tarde, porém, você deixou a dúvida se insinuar em seu coração.

— Salvei gente que não significava nada para mim, e deixei morrer aqueles que eu amava!

— Você fazia o que jurou fazer. A morte não é nem justa, nem injusta. Ela é a única certeza. A única promessa da vida da qual não podemos duvidar, pois será mantida. E, além disso, você sofria de fato?

A voz de Jean se fizera cortante.

— Como pode duvidar disso? — insurgiu-se Michel.

— Tinha pena de si mesmo por não sentir o desespero que constatava nos outros, atingidos como você. Tinha vergonha da liberdade recuperada. Você acha que sua vida se limitaria a ser um médico em Agen? Tem certeza de que um dia não teria abandonado mulher e filhos para responder ao chamado do destino?

Michel encarou o avô, perplexo.

— Como pode saber dessas coisas?

— Como podia pensar em escondê-las de mim? — retorquiu afetuosamente Jean. — A sorte proíbe-lhe a mediocridade e seu manto de amargura. Agradeça-lhe e alegre-se.

O vento diminuía. Suas lufadas se tornavam mais raras, oferecendo à natureza uma pausa. Os ruídos da floresta se elevavam novamente, um após outro.

— Entreguei-me à alquimia faz alguns anos, quando você estava começando a fazer medicina em Montpellier — continuou Jean com voz pensativa antes de logo ironizar: — Era necessário que eu me mantivesse um pouco adiante de você.

Trocaram um olhar de cumplicidade no qual se exprimia em todas as nuances a força da relação deles, fundada na troca sem limite e sem restrição.

— Eu sentia falta de você — prosseguiu Jean, com pudor. — Além do mais, é sempre preciso manter a chama da descoberta, do contrário, a alma se enche de neve, e o espírito morre de frio. A alquimia, veja você, consiste apenas em fazer com os metais o que já praticamos com as plantas. Ou, se quiser, em recompor o leque do arco-íris a partir dos três fundamentais...

O grito de alerta de um rapinante noturno perturbado em sua vigília o interrompeu. Em resposta a esse alarme, a floresta fez-se imediatamente silenciosa. Eles ouviram então, ao longe, o tilintar metálico repetido em ecos, ricocheteando nas rochas da Montagnette. Cavaleiros que não temiam a noite e suas ciladas desciam na direção do rio.

Michel e Jean se levantaram e, tomando as rédeas das montarias, dirigiram-se para o juncal onde estava escondida a barcaça dos ciganos. O dia apontaria em uma hora. Quando chegaram à barcaça, encontraram alguns amigos, já ocupados em soltar a embarcação. Também alertados pelos ruídos insólitos, os de Vallabrègues não se enganaram. Homens armados avançando na noite significavam soldados ou sicários.

Os ciganos tinham acabado de puxar a barcaça para a margem. Os seis homens que a manobravam usavam longas varas enquanto Jean de Saint-Rémy se preparava para fazer o cavalo embarcar.

Os ecos de uma furiosa cavalgada ressoaram. Num crepitar de juncos esmagados pelos cascos, Ochoa e seus capangas apareceram no caminho de sirgagem. Michel virou a montaria e desfez-se do manto, atirando-o para Jean. Em seguida, postou-se de frente para os assaltantes e esperou, sereno, concentrando as forças. Surpresos ao vê-lo resistir, eles fizeram uma pausa. Embora a penumbra lhe impedisse de distinguir os olhos de Michel, Ochoa adivinhava-lhes o fulgor. O herético era possuído, sem dúvida alguma, mas era um homem, antes de tudo. Feiticeiro, decerto, mas não guerreiro. Seus poderes demoníacos ficariam sem efeito contra três lâminas experientes. Quanto à sua velha espada, representava apenas uma bugiganga, vergonhosa lembrança do laxismo do papado nos tempos em que preferia ganhar os judeus por meio de complacentes títulos de nobreza a submetê-los. E, de fato, aquele nem fingia desembainhá-la para combater como homem. Muito bem. Morreria como covarde. Sob tortura.

Ochoa se enganava. Embora de natureza pacífica, Michel sabia apreciar o combate como um jogo de estratégia, de posicionamento no espaço e de execução. Tratava-se antes de tudo de equilíbrio e de aplicação das energias mais que de força física. Equilibrou-se no fundo da sela, tirou do estojo o bastão de combate, presente de Zoltan, e avaliou a distância em que se encontrava dos agressores.

— Eu o quero vivo! — bradou Ochoa.

Os capangas desembainharam os formidáveis espadões e esporearam. Respiração lenta, todos os sentidos em alerta, Michel observou a carga. Como esperava, atiravam-se desparceirados, para não atrapalhar um ao outro. O gesto a realizar impôs-se. Seus dedos se fecharam em torno do bastão posicionado horizontalmente sobre as coxas.

Os espadachins precipitaram-se contra ele, com o braço já levantado para armar o golpe. Com uma súbita pressão dos joelhos, Michel fez a montaria saltar. Seu bastão ergueu-se num molinete fulgurante. O primeiro capanga recebeu o golpe em plena face e caiu para trás cuspindo os poucos dentes que lhe restavam. Não tinha ainda tocado a terra, e o molinete acertava o occipital do segundo, atirando-o sentado na lama. Então, esperou, com as mãos repousando sobre o arção da sela.

Aturdido, Ochoa permaneceu preso no lugar, sem saber mais o que fazer. Apesar de toda a coragem, sentiu sua resolução vacilar. O herético revelava-se dotado de poderes mais terríveis do que imaginara. O sucesso de sua missão exigia que se afastasse prudentemente. Sempre havia tempo de reencontrar a presa, agora que a tinha identificado. Mas o orgulho lhe impedia a retirada. Tremendo de raiva, Ochoa desembainhou a espada e esporeou, urrando.

— Pela fé!

Michel viu a carga assassina chegar. Se quisesse salvar a própria vida e a de Jean, teria de desembainhar também para aparar o assalto. Depois, seria o caso de apenas alguns lances, e o inquisidor cegado pelo ódio acabaria por se espetar sozinho na lâmina. Mas jurara salvar vidas, ou, pelo menos, protegê-las.

Inclinado na sela, a lâmina apontada, Ochoa via crescer a silhueta do herético execrado. Lábios arregaçados num ricto de forma selvagem, ele saboreava antecipadamente a deliciosa sensação do ferro rasgando o peito do ímpio. Só lhe faltava alongar um pouco mais o avanço da espada.

No último momento, Michel fez sua montaria balançar fortemente da esquerda para a direita, de modo espetacular. Distraído pelo movimento, o cavalo de Ochoa perdeu um passo enquanto seu cavaleiro, de repente, não sabia mais para onde dirigir a estocada. Levado pela carga, errou o alvo. Com violento puxão nos freios que rasgaram a boca da montaria, o inquisidor imobilizou-a nos quatro ferros e deu meia-volta. Ofegante, considerou o inimigo, cuja impassibilidade aumentava a afronta, antes de partir novamente para o assalto.

Com uma rápida olhada para a barcaça, Michel viu que Jean tinha acabado de embarcar, e que só esperavam por ele para iniciarem a travessia.

— Larga! — gritou para o barqueiro. O que o homem se apressou a fazer, não tendo nada perdido do combate.

Os dedos de Michel se fecharam sobre uma arma que levava escondida, presa ao cinto. Uma arma terrível, de uso estritamente defensivo, que todo jovem cigano recebia aos 14 anos. Tratava-se de um simples pé de galo endurecido no fogo, que se encaixava perfeitamente na palma da mão, enquanto o esporão afiado como uma navalha apontava entre os dedos. Os ciganos a chamavam de Garra. Ochoa caía novamente sobre ele, a espada em punho. Michel se abaixou, evitando a lâmina que se tornara hesitante e que passou silvando. Inclinando-se então na sela como um acrobata, cortou com um golpe da Garra a barrigueira da sela do monge que degringolou imediatamente montaria abaixo.

Michel aproveitou para galopar em direção à margem onde a barcaça, apanhada pela forte correnteza, já se afastara alguns metros. Erguendo o cavalo num salto prodigioso, conseguiu por um triz alcançar a embarcação. Saltando da sela, inebriado pela exaltação do combate, abraçou Jean, rindo, sem prestar mais atenção ao inimigo extenuado.

Patinhando na lama, Ochoa via afastarem-se a barcaça e aquele herege que o tinha enganado. Enlouquecido pela humilhação, precipitou-se para a margem. Esperando, contra toda evidência, poder ainda aproximar-se da presa, entrou na água, mas a força da correnteza quase o derrubou após três passos. Com água pela metade das coxas, desembainhou o punhal e o atirou com toda a força na direção dos fugitivos que o dia nascente aureolava de luz dourada.

De repente, Michel viu os olhos de Jean se arregalarem, enquanto seu corpo se retesava em seus braços. Um sinistro punhal com cabo de madeira negra ornado com uma cruz de prata estava enfiado até a guarda nas costas do velho.

Naquele sábado, 28 de outubro de 1533, perto dali, em Marselha, o príncipe Henrique de Orléans, segundo filho do rei Francisco I, casava-se com Catarina de Médici. O jovem casal, que a ordem da sucessão não destinava a reinar, tinha 14 anos de idade.

O Destino acabara de cuidar de tudo para que a vida de Michel de Nostredame se lançasse à tragédia.

2.

A subida rumo a Paris foi lenta e melancólica. Caminhando sozinho através das Cévennes, Michel pôde despedir-se do homem que o amara, o ajudara e o protegera melhor que um pai. O corpo não existia mais; a alma, porém, subsistiria para sempre.

Jean lhe ensinara a não se fechar no saber a fim de sempre deixar campo livre à inspiração. Ensinara-lhe que a simplicidade das fórmulas naturais valia mais que as fórmulas abracadabrantes, freqüentemente nocivas, utilizadas pelos charlatães ou doutores de beca preta. Nem baba de sapo, nem caca de pombo em seus preparados, muito menos sangrias ou clisteres, mas argila, flores, essências puras, emplastros de folhas. Tanto em astrologia quanto em herborização ou filosofia, ele lhe inculcara a arte de se elevar acima dos detalhes a fim de considerar o conjunto único e coerente do qual eles não eram senão elementos. Transmitira-lhe sua convicção de que a ciência ainda balbuciava. Ela alargaria os limites do visível até poder abarcar o infinitamente grande e o infinitamente pequeno. E mesmo assim a viagem para o Conhecimento supremo estaria ainda no início.

Jean lhe ensinara, por fim, que o Tempo era mestre supremo de toda ação, de toda reação, de toda criação, e que era inútil pretender atropelar sua cadência imutável. O homem podia se agitar, se impacientar, bater pé, enfurecer-se tanto quanto quisesse, apenas o Tempo decidia sobre a gestação, a eclosão, a maturação, a extinção. "Dê tempo ao Tempo" — sempre repetia para acalmar a frustração de Michel diante de um preparo que demorava a se transmutar. "Sua contribuição para a criação foi reunir os elementos e dosá-los. Agora, dê ao Tempo o tempo para realizar o que você sonhou. Se estiver certo, ele lhe dará razão. Tudo o que vem depressa demais, tudo o que explode se transforma em cinzas assim que aparece."

Michel passou para as grandes estradas nas imediações de Lyon, com o coração vibrando de entusiasmo recuperado e o espírito ávido de novas descobertas. Lá, em vez de continuar a cavalgar solitário — o melhor modo de se fazer notar —, aproveitou todas as oportunidades para se juntar aos comboios de comerciantes com quem seguiu caminho.

À medida que subia para o Norte, sob as chuvas de novembro, contemplou os reflexos ocre e dourados do outono. Em determinados momentos, quando o vento espalhava as folhas mortas pelo caminho, e um raio de Sol transpassava as nuvens cinzentas, acreditava ver um tapete de ouro movente se desenrolar diante dele. Afastava-se da terra de sol onde havia nascido para subir ao coração do reino onde fulgurava outro Sol, este terrestre. Algo lhe dizia que um dia seria chamado a se aproximar mais da Coroa. Essa intuição tornou-se certeza no dia em que os acasos da estrada o fizeram ceder o passo a um cortejo luxuoso. Soldados usando farda real ladeavam uma liteira fechada. Tratava-se do séqüito da jovem Catarina de Médici dirigindo-se para Paris. Michel ouviu contarem que o jovem esposo não participava da viagem. Cavaleiro impetuoso, apressara-se em reunir-se à corte, com o rei e o delfim, seu irmão.

Enquanto Michel avançava pelos caminhos escarpados das Cévennes, Ochoa cavalgava à rédea solta, a fim de chegar à capital o mais rapidamente possível. Caçador experiente, sabia que ter desentocado a caça lhe dava vantagem. Usando de persuasão ou de intimidação, precisou de pouco tempo para juntar algumas preciosas informações. Primeiramente, o falso profeta já havia despertado o interesse da Santa Inquisição em Toulouse e em Agen. Não poderia, portanto, procurar refúgio no Oeste. E também, a viúva do velho judeu se encontrava em Paris. Logo, ele iria ao seu encontro.

Certo da exatidão de seu raciocínio, Ochoa tinha saltado na sela tendo como objetivo preceder o feiticeiro em Paris, e ali esperar por ele. Tanto que, no instante em que Michel chegava a Lyon, Ochoa entrava na capital e se dirigia incontinente, enlameado e malcheiroso, para o convento dos dominicanos. O irmão porteiro resistiu um pouco a levá-lo ao Pai Abade antes que ele se tivesse lavado, mas rapidamente obedeceu quando viu o selo pontifício impresso no breve papal que lhe sacudiam diante do nariz.

Duas horas depois, banhado e com roupas limpas, Ochoa, num passo vivo, foi diretamente para o endereço de um importante personagem cujo nome figurava no topo da lista de agentes secretos, entregue pelo inquisidor geral Menrique. Certo marquês de Saint-André, em evidência na corte e íntimo da família real. Ochoa encontrou um velho palácio em estilo gótico que equipes de pedreiros e de escultores se ocupavam em adaptar aos cânones da arquitetura renascentista. Quando se identificou à entrada do palácio, um intendente altivo o tomou por um irmão pedinte e mandou que se apresentasse na copa onde lhe dariam uma esmola.

Ochoa quase explodiu de raiva, mas logo se controlou, curvando a espinha e solicitando humildemente uma audiência. Tratava-se de uma obra de caridade à qual o senhor marquês já havia contribuído com tanta generosidade e discrição. O intendente lançou-lhe um olhar terrível. Conhecendo seu senhor, sabia que este não se complicava com beatices. E quando lhe acontecia fazer obra de caridade, era com ostentação, a fim de que ninguém o ignorasse. Então, pediu que Ochoa escrevesse uma mensagem que ele encaminharia ao senhor, assim que este aparecesse em casa. No momento que lhe conviesse e que, evidentemente, ninguém nunca podia prever.

O monge teve de aceitar e voltar para o convento, onde esperou durante quatro dias. Sua única distração foi aterrorizar os irmãos da Ordem a quem sua presença muda bastava para lembrar o estrito respeito à regra. Evidentemente, as doçuras da vida parisiense causavam efeitos deploráveis na disciplina. No quinto dia, um lacaio entregou-lhe uma mensagem selada informando-o de que alguém iria buscá-lo à noite para levá-lo à ceia na casa do marquês de Saint-André. A nota determinava que deveria comparecer em trajes burgueses. Essa recomendação entristeceu Ochoa, que se orgulhava de exibir-se no uniforme monacal. Contudo, devia admitir que essas artimanhas de espião o excitavam muito.

Um lacaio silencioso foi buscá-lo na hora determinada para levá-lo ao palácio de Saint-André, onde o introduziu furtivamente por uma porta oculta dando para um vasto jardim.

Se Ochoa fosse sensível às emoções artísticas, ficaria extasiado diante da beleza das estátuas que balizavam as aléias iluminadas por tocheiras. Só viu ali exibição obscena. Do mesmo modo, deixou de admirar o refinamento da decoração e dos tetos em caixotes de madeira pintada dos quais alguns não estavam acabados.

Depois de subir uma escada monumental e atravessar por uma galeria interminável, o lacaio ofereceu-lhe passagem para um vasto gabinete privado no primeiro andar do palácio, tão vasto que as extremidades permaneciam mergulhadas em sombra apesar do brilho de imponentes candelabros lavrados e do fogo da lareira.

Reprimindo um movimento de impaciência, mordeu os lábios e se virou. Ao fazê-lo, quase bateu com o nariz nos atributos finamente cinzelados de uma estátua de bronze erguida sobre um pedestal e recuou vivamente, confuso. Embora de feitura admirável, a obra provocava uma emoção perniciosa. Como se aquela beleza não fosse senão a máscara aliciadora de um vício mais acabado.

— Está admirando meu Davi? Infelizmente, trata-se apenas de uma cópia executada por um aluno do grande Donatello — exclamou uma voz bem timbrada, de ritmo displicente.

Ochoa descobriu, vindo em sua direção, um homem jovem, de talhe bem-feito. Olhar claro, de brilho malicioso, belo rosto emoldurado por uma barba em colar cuidadosamente aparada, casaca de pele e botas combinando, gibão e meias vermelho-escuros. Seria possível que semelhante galanteador fosse agente da Inquisição no reino da França? Ele encarnava tudo o que a obra sagrada rejeitava!

Saint-André tinha se aproximado dele, continuando:

— Dom Ochoa, seja bem-vindo nesta casa que sua presença honra. Lamento tê-lo feito esperar tanto, mas estávamos caçando, em Rambouillet, com Angoulême e Orléans.[1] O senhor me vê assim pois não tive tempo de pôr uma roupa decente. Peço que me desculpe.

Tanta impudência fútil deixou Ochoa boquiaberto. O que era aquele mundano de maneiras preciosas? Inteiramente inconsciente do rumo dos pensamentos de Ochoa, Saint-André se divertia muito. Observara-o calmamente atravessar o jardim e depois por uma fresta que permitia vigiar o cômodo onde se encontravam. Adotando um método que sempre lhe trouxe êxito, pegou o monge no contrapé:

— O senhor reprova minha aparência e meus modos; não negue, eu sei. Imagine que esta aparência fútil é o melhor disfarce para um soldado de Deus, obrigado a enfrentar dia após dia as depravações da corte da França. Acredite-me, é difícil. Mas nenhum preço é alto demais quando se trata do triunfo da Fé.

Dizendo isso, adotou uma postura rígida, e seu olhar se animou com um brilho duro. Ochoa tranqüilizou-se, e sua desconfiança desapareceu. Saint-André convidou-o cortesmente a passar à mesa e pediu-lhe que fizesse a gentileza de dizer o *benedictus*. Depois do quê, como galante dono da casa, serviu o convidado em abundância.

[1] Francisco de Angoulême, delfim da França, e Henrique de Orléans, seu irmão caçula.

Ochoa resumiu-lhe de modo conciso, mas preciso, tudo o que sabia, desde a profecia de são Malaquias, anunciando a vinda de um falso profeta, até a descoberta deste na Provença. Sem esquecer-se de aludir ao modo propriamente diabólico por meio do qual lhe escapara.

Saint-André considerou-o, pensativo, e perguntou com voz breve:

— De onde o senhor tira a certeza de que se trata do mesmo homem?

— Nós nos, como dizer...

— Reconheceram-se — sugeriu Saint-André. — Já experimentei essa espécie de sensação, quer se tratasse de atração, quer de repulsa diante de um aliado ou adversário predestinado, cujo destino sabemos ligado ao nosso. Mas essa fascinante repulsa não prova que esse... Michel de Saint-Rémy seja seu homem, não é mesmo?

Ochoa esboçou um leve sorriso.

— Fascinante repulsa é bem a expressão. O homem tem a aparência de que se reveste o Maligno quando quer seduzir.

— Seria ele assim tão belo?

— Não saberia dizer. Como fundamentar uma apreciação estética quando a aparência é apenas engano? O que posso dizer, porém, por ter experimentado seus ataques assassinos, é que seu olhar trai a presença de Satã. Olhos de gelo misturado com ouro líquido, como se imagina a Górgone![2] Esse homem é um possuído!

Diante dessa súbita veemência, Saint-André percebeu, divertido, que a confusão de Ochoa diante do suposto falso profeta tinha raízes mais tortuosas que o ódio à heresia.

— Uma emoção tão virtuosa parece, de fato, de natureza a confirmar sua íntima convicção — comentou Saint-André. — Mas o senhor tem conhecimento de diabruras que lhe possam ser atribuídas? Alguma prova irrefutável?

— Deus guiou meus passos até ele, isso não basta?

— Compreenda-me bem, Dom Ochoa. Minha dedicação à nossa sagrada causa permanece imutável, pura e ardente como no primeiro dia. Contudo, no lugar que ocupo, devo avançar mascarado. Custa-me não poder combater a rosto descoberto. Deus quis me submeter à prova dessa humildade. Dou-Lhe graças.

— Louvado seja Ele — salmodiou Ochoa, em eco.

---

[2] A Górgone Medusa. Figura da mitologia grega. Mulher com cabelos de serpente. Seu olhar transformava em pedra aqueles que a atacavam.

— Eis por que lhe peço uma prova que possibilite realizar do melhor modo nossa santa missão. Quando eu tiver agarrado o possuído, evidentemente. Paris é uma cidade grande. Esconder-se nela, uma brincadeira de criança. Mas, não importa o tempo que levar, eu o encontrarei, prometo-lhe. Aproveite esse intervalo que nos é imposto para recolher provas indiscutíveis contra ele.

— Eu tenho uma! — exclamou Ochoa.

Remexeu na bolsa e tirou o fragmento enegrecido apanhado em Saint-Rémy, desdobrando-o com cuidado e entregando-o a Saint-André. O marquês decifrou os pedaços de frases chamuscadas franzindo as sobrancelhas.

— "Que os homens chamam inapropriadamente de Deus"? De quem são estas linhas?

— De seu avô, feiticeiro conhecido na Provença inteira. Graças a Deus ele não me escapou.

Saint-André continuou a leitura, murmurando as palavras à medida que as interpretava.

— O profeta do Apocalipse, em resumo — concluiu secamente, devolvendo o documento a Ochoa. — Se esse homem possui os poderes a que o senhor se refere, fará com que falem dele. Será fácil, então, impedi-lo de realizar sua obra ímpia. Afinal, se compreendi bem, só profetizará essas abominações daqui a uns vinte anos...

— Uns 15!

— Não interessa. Temos muito tempo para encontrá-lo, agora que sabemos que ele existe.

Um relógio soou duas horas da manhã. Saint-André levantou-se e tocou a campainha.

— Dom Ochoa, garanta a nossos amigos que não deixarei de cumprir a tarefa. Enquanto isso, suponho que o senhor retomará o curso de sua mais importante missão no Midi.

— Então o senhor sabe — espantou-se Ochoa, impressionado.

Saint-André sorriu com frieza. O lacaio silencioso que escoltara Ochoa apareceu. Os dois homens despediram-se civilizadamente, e o monge se foi.

Quando a porta se fechou, Saint-André serviu-se de um copo de xerez e ficou por um momento pensativo diante do fogo que se apagava. Com a testa franzida, saboreava o vinho em pequenos goles, refletindo.

Se os defensores da Inquisição não fossem fanáticos sanguinários, eles o fariam rir. E dizer que o tomavam por um de seus sectários! Como poderia ter repelido um de seus emissários quando este o abordou? Prisioneiro nas profundezas de uma fortaleza espanhola, não teve escolha a não ser aderir à "santa causa". Tornara-se, contra a própria vontade, correspondente secreto da Inquisição na corte da França.

Contra a própria vontade, mas não contra o intelecto, pois, se suas idéias o repugnavam, aqueles homens representavam também um trunfo capaz de favorecer suas altas ambições políticas. Saint-André achava a exacerbação das oposições religiosas nefasta ao reino e prejudicial aos negócios. O melhor seria reunir os homens em torno de uma crença única. A escolha se impunha: seria o catolicismo romano, estruturado havia séculos e habituado aos compromissos monarquistas. As idéias da Reforma não deixavam de ser interessantes, mas a obsessão pela restauração da moral nos negócios e na política estava fadada ao insucesso. O que aconteceria se, diante dos católicos radicais, se deixasse o campo livre aos desagradáveis protestantes? Daí partir para a perseguição de um suposto profeta... Saint-André decidiu não se preocupar com o tal de Michel de Saint-Rémy. Se um dia se ouvisse falar dele, veria o que fazer. No entanto, uma lembrança despertada pelo fragmento chamuscado que Ochoa lhe mostrara continuava a martelar-lhe o cérebro. Aqueles fragmentos de frases lhe lembravam alguma coisa. Uma leitura que o impressionara. Pousou o copo e acionou um ornamento da chaminé. Uma porta secreta se abriu para um gabinete onde guardava alguns objetos e obras proibidas.

Com o pensamento longe, deixou o olhar correr ao acaso pelas encadernações de couro das quais algumas não tinham nome. De súbito, quase que inconscientemente, sua mão se dirigiu para um fino folheto intitulado *Mirabilis Liber*. Folheou-o até encontrar a página procurada. Ao ler integralmente o texto, compreendeu que o escritor do fragmento recuperado por Ochoa era muito provavelmente um dos autores do livro. Nesse caso, não se trataria de um pequeno feiticeiro qualquer do interior. Mas então, o comentário acrescentado àquele estudo ganhava um novo significado! Quem sabe, afinal, se à luz daquela informação o misterioso Michel de Saint-Rémy não merecia que alguém se interessasse por seu caso?

Ao chegar a Paris, Michel acomodou-se na bonita casa de Blanche, que tinha dois andares, com madeirame claro e janelas com pequenas vidraças coloridas.

Blanche era uma septuagenária miúda, de cabelos brancos, muito cuidada, e até mesmo atraente. Seus olhos de água-marinha escura quase sempre brilhavam por interesse pelos seres e pelas coisas. Oficialmente comerciante de tisanas, Blanche era sobretudo considerada uma vidente de qualidade. Ouvia, compassiva, as tristezas, acalmava as angústias e sabia vencer os desânimos. Despertava a esperança. Não era raro que belas damas fossem consultá-la, disfarçadas de mulheres do povo.

A chegada de Michel produziu sensação no bairro. Blanche tinha falado tanto daquele filho tão bonito, tão sensato, tão sábio! Por dois dias inteiros foi necessário visitar ou receber vizinhos e amigos que desejavam conhecer o rapaz. No terceiro dia, finalmente ficaram a sós. Era uma noite de sexta-feira, início do Sabá, e Blanche tinha preparado a ritual refeição de festa. Para ela, tratava-se mais de perpetuar as tradições de seu povo do que de honrar a Deus. Dando pouca importância aos cultos e a seus enfrentamentos, sua fé se depositava em outra coisa. A celebração daquela noite seria dedicada a Jean. Evocariam a memória e os dias felizes partilhados com ele. Tentariam evitar a tristeza, mas não fugiriam dela.

Blanche não ficou surpresa ao ver Michel chegar sozinho. Ao se despedirem alguns meses antes, Jean e ela sabiam que era um adeus. Por que deveriam lamentar? A vida era apenas uma passagem. Contudo, Blanche gostaria de saber tudo sobre os acontecimentos. Então, Michel recordou...

... Via apenas o rosto lívido do mestre e amigo no qual a morte imprimia sua marca. Quando o Sol surgisse acima do horizonte, Jean de Saint-Rémy partiria.

Michel tirara a arma da ferida para que Jean pudesse deitar-se de costas. Ambos sabiam que o ferimento era mortal. A poça de sangue que crescia na ponte da barcaça media o tempo que teriam juntos.

— Por que nos odeiam tanto? — murmurou Michel.

— Porque precisam de culpados para todos os males... Porque pensam que somos diferentes deles...

Jean só tinha forças para murmurar, mas seu timbre era nítido, e a voz, clara.

— Mas não somos! — Michel lamentou.

— Somos, sim — sorriu Jean. — Mas não como eles imaginam. Descendemos da tribo de Issacar, guardiã dos arcanos do destino humano. Essa ciência foi transmitida de geração em geração a um único eleito. Agora você é o novo detentor do segredo. Já sabe muito sobre ele; um dia, você me ultrapassará...

— Como poderei, sem você? — insurgiu-se Michel. — Devo-lhe tudo o que sei, tudo o que sou. Você me ensinou tudo.

O esboço de um sorriso estreitou os olhos de Jean.

— Não se engane, meu filho. Você já sabia antes mesmo de nascer. Lembra-se dos terríveis pesadelos de quando era criança? Eram apenas lembranças de seu passado, de antes desta vida... Todos os humanos vêm ao mundo com o espírito carregado de experiências entre as quais algumas lhes são próprias e outras pertencem à história dos homens e dos deuses. Mas a educação que recebem nos primeiros anos apaga essas lembranças. Você me deve tão pouco — concluiu. — Eu apenas impedi que as janelas de sua alma se fechassem sobre o Tempo.

Michel o contemplava com o coração pesado de tantas coisas não ditas. Foi inútil tentar, as palavras lhe escapavam.

— Não, pai! — gritou, de repente, contendo um soluço. — Não, pai, você não vai morrer já! Eu não quero.

Um sorriso radiante iluminou o rosto de Jean. Estendeu-lhe a mão.

— Aproxime-se... Preciso lhe revelar nosso nome secreto.

Michel inclinou-se até que sua orelha tocou a boca de Jean. Sabia que na tradição hebraica algumas palavras sagradas não deviam ser pronunciadas em voz alta. Tinha-se o direito apenas de sussurrar suas harmonias a um único ouvinte.

— Damos as coisas que possuímos? — murmurou, traduzindo para o francês o vocábulo antigo pronunciado por Jean.

— É isso, meu filho. *Nostra damus.*

Michel considerou irônico que sua mãe, filha única de Jean, tivesse se casado com um homem chamado Nostredame. Às vezes, o Destino pregava essas peças!

Jean retorquiu que, longe de ser irrelevante, era, ao contrário, indispensável para ativar o poder vibratório de seu nome secreto. Em seguida, calou-se, ofegante, tentando respirar, enquanto Michel secava carinhosamente o filete de sangue que escorria da comissura de seus lábios.

— Pegue o cofre nas minhas sacolas e abra-o.

Michel obedeceu. Rolos de pergaminhos antigos surgiram.

— Eis aí a sua herança.

Michel conhecia aqueles documentos preciosos por tê-los longamente estudado e meditado sob a direção de seu mentor. Tratava-se dos principais livros da Cabala: o Bahir[3], o Zohar e o Yetsirah. Um rolo de papiro continha versículos milenares do ritual egípcio das "Encantações para a saída rumo à luz". Havia outros, notadamente a Tábua de Esmeralda editada por Hermes Trimegisto, que continha o segredo das etapas da Grande Obra alquímica.

— Estude-os e destrua-os — continuou Jean com voz fraca.

— Por quê? São tesouros inestimáveis.

— Porque entramos num tempo de obscurantismo. O Saber hermético deve voltar ao Oculto. Não se perderão; jamais se perderão. Já estão em você. Deve redescobri-los. E mais tarde, reescrevê-los de outra forma.

Michel voltou a fechar o cofre, tomou as mãos de Jean e prometeu:

— Pois então, assim será.

---

[3] Bahir: o livro da Iluminação. Zohar: livro do Esplendor. Yetsirah: o livro da Formação.

Jean lhe agradeceu com uma leve pressão dos dedos e, juntando suas últimas forças, concluiu:

— Pois bem, meu filho. Lego-lhe o Saber. Blanche lhe comunicará o Poder.

— Blanche? — espantou-se Michel.

— Desde as origens, é pela mulher que se transmite a Tradição... Não somos nada sem o amor de uma mulher — acrescentou, perdendo as forças.

Ao ver a vida de Jean esvair-se diante de seus olhos, Michel não tentou segurar as lágrimas.

— O amor, meu filho... E, na falta do amor, a vontade do amor...

As pálpebras de Jean piscaram. Suas mãos se soltaram das de Michel. Numa última reação de energia, conseguiu levantar-se.

— Ajude-me a sentar. Quero vê-la pela última vez.

Michel tomou-o nos braços e ergueu com cuidado o velho de quem a morte já roubara todo o vigor. Jean lhe dirigiu um sorriso ao mesmo tempo terno e malicioso.

— Você dirá a sua mãe que ela é minha alma gêmea por toda a eternidade. Dirá também que eu ordeno que ela não se apresse a juntar-se a mim.

Quando se sentou e se apoiou em Michel, que o abraçava, Jean ergueu os olhos para Vênus, a estrela do Pastor, primeira e última visível no céu. Seus traços tinham recuperado a serenidade costumeira. A máscara da morte parecia ter-se apagado. Ele girou o anel que usava na mão esquerda, deixando à mostra uma pedra engastada. Uma esmeralda de feitio octogonal, com facetas estranhas. Tirou-o do dedo, passando-o para o indicador da mão direita de Michel.

— Ele lhe foi destinado desde sempre.

Pareceu a Michel que a pedra se iluminava fugazmente, como que atravessada por uma palpitação, enquanto um estranho fluxo de energia lhe atravessava o corpo.

— Ela o reconheceu e o aceitou — murmurou Jean. — A partir de agora você pertence a ela.

Ergueu os olhos para Vênus que cintilava, solitária, e disse ainda:

— Contemple as luzes da eternidade, meu filho. Elas o guiarão.

Depois, cessou de viver neste mundo, com os olhos abertos, perdidos no espaço infinito que acabara de aspirar sua substância.

Revivendo cada segundo do drama, Michel exorcizara a tristeza para conservar apenas as alegrias. Blanche chorara muito ao ouvir a narrativa, mais de ternura que de dor.

Silenciosa, com lágrimas nos olhos e sorriso nos lábios, Blanche segurou a mão direita de Michel, no indicador da qual usava a esmeralda legada por Jean.

Ela virou o anel, deixando à mostra a gema, que tocou de leve. A pedra então brilhou, inflada de energia.

— Sim — murmurou Blanche. — Sim, eu lhe transmitirei o que lhe pertence. Quando você estiver pronto...

Pela primeira vez Michel experimentou verdadeiramente o inverno. Descobriu a neblina e o frio úmido que gelava os ossos.

Nos primeiros dias, teve uma sensação de vertigem ao conhecer Paris e seus bairros diversamente povoados por artesãos e corporações. Os sons, as cores, os ritmos das atividades mudavam. Os odores também, sem dúvida, pois por toda parte flutuavam permanentemente os cheiros nauseantes das imundícies despejadas em plena rua, obstruindo a vala central escavada no meio da via pública. Apenas o perfume de incensos que emanavam das igrejas erguidas em quase todas as esquinas conseguiam combater o bafio nauseabundo. Excetuando-se o fedor, a cidade era rica, apaixonante e fervilhante de atividades.

A rue Ave Maria era bem próxima da residência real das Tournelles onde moravam o rei e grande parte da corte. Certo de ser um dia ali recebido, Michel queria saber o máximo possível sobre ela. Mais que um palácio, a residência real era um imenso domínio reunindo vários palácios distintos, adquiridos ou alienados ao longo do século e meio que acabara de passar. O palácio das Tournelles erguia-se no final da rue Saint-Antoine, ao longo do caminho de ronda do recinto de Paris, próximo da fortaleza da Bastilha. Era uma vasta e bela residência, ornada com pequenas torres que justificavam a alcunha de Tournelles. Do lado norte, estendia-se um imenso parque em profundidade, no qual se erguia um conjunto de habitações, galerias, pátios e jardins fechados. Defronte, no lado sul, erguia-se o Palácio Novo do Rei cujos jardins e dependências se estendiam até o Sena, oferecendo uma via de fuga em caso de sítio. Passarelas cobertas, repousando sobre arcos esculpidos, ligavam as duas residências, o que possibilitava fechar a rue Saint-Antoine. Esse vasto conjunto de construções de todos os tipos e de todos os estilos representava um verdadeiro bairro parisiense abrigando diferentes corpos de ofícios, onde se alojavam cortesãos, membros dos diferentes séqüitos reais, guardas e criadagem.[4]

---

[4] Esse domínio se estenderia atualmente da rue Saint-Gilles ao Quai des Célestins, no eixo Norte-Sul, e das rues Jean Bausire e Cerisaie às de Turenne e Saint-Paul, no eixo Leste-Oeste. Ou seja, aproximadamente 80 hectares. O palácio das Tournelles propriamente dito se erguia na altura do 28-38 da atual rue Saint-Antoine.

Bisbilhotando em volta dessa cidade na cidade, Michel procurava descobrir um modo de prover suas necessidades e participar dos encargos do lar, ou até mesmo garanti-los. Pois precisava trabalhar. Seria impossível exercer seu oficio de médico. Tinha obtido os diplomas com o nome de Michel de Nostredame, mas não poderia tirar partido deles em decorrência das calúnias espalhadas a seu respeito. Em Toulouse e em Agen. Embora Paris parecesse inclinada à tolerância para com as idéias da Reforma, facções de beatos dominavam algumas corporações, dentre as quais a dos médicos. A prudência exigia que tivesse como certo que listas de nomes suspeitos, entre eles o seu, circulavam nas corporações por todo o reino. Não lamentou muito. Usar o nome de Jean de Saint-Rémy lhe convinha perfeitamente e, de todo modo, não se sentia capaz de exercer a medicina oficial como era de regra em Paris. Excesso de idéias preconcebidas, excesso de conformismo, excesso de beatice. Com Rabelais, tinham jurado nunca zurrar com os asnos sabidos!

Seus passos o levaram à loja de um boticário. A tabuleta, atraentemente colorida e até pretensiosa, anunciava: "Anthelme. Fornecedor da Corte". Em vez de entrar de imediato na loja, Michel preferiu sentar-se à mesa de uma taberna vizinha e observar as idas e vindas da clientela. Durante as duas horas seguintes, viu desfilarem seis criadinhas, um doutor de beca preta que o boticário acompanhou até a porta com deferência exagerada e quatro peruqueiros cheios de maneirismo. O negócio parecia florescente. Aproveitando que o farmacêutico se encontrava sozinho, Michel atravessou a rua. Com ar modesto e embaraçado, exagerou o sotaque provençal para cumprimentar polidamente o boticário ocupado em fazer contas. O homem gordo e arrogante lançou-lhe um breve olhar. Michel pôde, então, observar à vontade as etiquetas dos potes e avaliar-lhes o frescor do conteúdo. Ficou consternado. Primeiramente pela falta de variedade e de originalidade dos produtos e também pela deplorável qualidade. Todas as ervas cheiravam a horta. Não sabiam então, ali, que, para produzirem efeito, plantas e raízes deviam, mesmo quando cortadas, conservar o poder vital de seu sumo? Não sabiam que em vez de fazê-las crescer em jardim coberto, protegidas de todo elemento adverso, era necessário deixá-las crescer em liberdade e lutar contra os elementos? Teve um pensamento emocionado pelas ervas de Alpilles, tão potentes em seus efeitos por desabrocharem à força da luta contra o vento mistral.

A porta da loja se abriu e uma voz grave ressoou:

— Mestre Anthelme!

O rosto do boticário se iluminou. Ele chamou a atenção do jovem vendedor com um estalar de dedos irritado, apontando-lhe Michel, e se precipitou ao encontro do recém-chegado.

— Messer Ruggieri! Sua visita me deixa muito satisfeito! O senhor muito me honra! Em que posso lhe ser útil?

O homem pegou familiarmente Anthelme pelo braço e, chamando-o à parte, inclinou-se sobre seu ouvido. Michel notou a expressão apavorada do vendedor ao ver aquele Messer Ruggieri. A coisa ficava interessante. Inclinado sobre o boticário, o italiano sussurrava suas instruções, sem prestar atenção alguma às testemunhas. Michel aproveitou para examiná-lo discretamente. Ruggieri poderia ter muita ou pouca idade. Barba negra aparada em ponta, roupa preta com adornos vermelhos, olhar sombrio. E uma medalha de ouro, gravada com um pentáculo. Um pouco ostentoso, pensou Michel. Mas uma verdadeira força por detrás da vulgaridade. Aquele homem manipulava forças obscuras.

Tendo percebido o olhar pousado sobre ele, Ruggieri virou bruscamente a cabeça, lançando um olhar penetrante. Mas não notou nada de particular, pois Michel instintivamente antecipou seu movimento. Vendo apenas as costas de um rapaz malvestido inclinado sobre um almofariz, junto com o vendedor, voltou-se para Anthelme, que o levou para o laboratório de preparação.

— Quem é? — sussurrou Michel ao vendedor muito pálido.

— Cosimo Ruggieri. O feiticeiro de Catarina de Médici — disse baixinho o garoto.

Michel preferiu sumir para não se arriscar a se encontrar face a face com Ruggieri. Não tinha medo dele, mas não era o momento de correr o risco de se fazer notar. Por já ter encontrado personagens dessa laia, sabia que estavam prontos para ver inimigos por todo lado e agir em conseqüência.

Além da descoberta de que Catarina de Médici se dedicava às ciências ocultas, a visita de Michel a mestre Anthelme o informou de que gente de qualidade se acautelava. A não ser ao doutor de beca preta, o boticário não tinha, de fato, entregado nem às criadinhas, nem aos peruqueiros senão pós, ungüentos e maquilagens. De má feitura, não se podia duvidar, levando-se em conta a deplorável qualidade de suas matérias-primas. Com o conhecimento que tinha das ervas e dos óleos naturais, Michel sabia que poderia fazer muito melhor. Se conseguisse explorar a moda de vaidade e de mundanismo que tomava conta da cidade, rapidamente constituiria para si uma bela clientela.

Encontrar ervas de qualidade e material adequado foi fácil. Blanche o apresentou ao "sábio Azrael". Era assim que todos chamavam o velhíssimo erudito, herborista e cabalista. Dava a impressão de saber tudo sobre os acontecimentos do mundo, e os odores de seu ateliê evocavam viagens distantes. Michel não se permitiu perguntar ao velho onde conseguia as especiarias e plantas exóticas que pôs à sua disposição com liberalidade, pedindo-lhe apenas para, de vez em quando, ter o privilégio de vê-lo trabalhar.

Muito espantado com o respeito que lhe demonstrava o venerável ancião, Michel descobriu que Azrael tinha sido amigo de Jean durante meio século, e que seu avô, com quem mantinha uma correspondência regular, não poupava elogios a respeito do discípulo.

Assim provido de material de qualidade, de ingredientes raros e de um assistente de saber universal, Michel instalou um laboratório no sótão da casa da rue Ave Maria.

As primeiras a experimentarem suas receitas foram clientes de Blanche e vizinhas que, encantadas com os resultados, falaram com as amigas. De tal modo que, após cinco semanas, os ungüentos, maquilagens e leites de beleza preparados pelo jovem e sedutor Michel de Saint-Rémy começaram a fazer furor. Creme contra a vermelhidão, bálsamo hidratante, elixir de juventude, loção tonificante: criava fórmulas adaptadas a cada uma. Sabia suavizar ou arredondar as faces, caso fossem um pouco redondas demais ou fundas, apagar as sombras que anunciavam sob belos olhos as marcas de transbordamentos ilícitos. E todas essas maravilhas sem que o artifício aparecesse. Encantadas com os serviços prestados por Michel, algumas damas decidiram, com a cumplicidade de Blanche, melhorar a aparência dele. Elas achavam que semelhante artista da beleza deveria ter uma aparência à altura do talento. Uma bela comerciante de tecidos, a esposa de um boteiro, a mãe de um alfaiate decidiram então lhe compor um guarda-roupa. Essa afetuosa conspiração ia ao encontro dos desejos de Michel, que logo compreendera a importância de uma boa apresentação na capital em efervescência, onde seu modo provinciano lhe teria fechado as portas que desejava ver se abrirem.

Impor seus gostos não foi coisa muito fácil, mas conseguiu. Para decepção de suas benfeitoras que o queriam "belo como um Sol", preferiu trajes sóbrios, considerando que, num homem, bugigangas, jóias e bordados a ouro representavam engodos destinados a desviar a atenção da substância do indivíduo, dissimulá-la, ou pior, substituí-la. Essa discrição requintada correspondia também a uma exigência de austeridade. Alguns esposos e protetores poderiam embirrar com aquele estranho manipulador de ungüentos a quem não concederiam um só olhar caso se apresentasse de um modo excessivamente vulgar. Por outro lado, suas desventuras com a Inquisição tragicamente lhe ensinaram que era melhor não chamar a atenção sobre si.

Em menos de três semanas, viu-se provido de um guarda-roupa de acordo com seus gostos, que lhe permitiria ser admitido nas melhores casas sem destoar. Nada de chamativo. Unicamente tecidos de qualidade, predominantemente azuis, em nuances índigo, cobalto e marinho que preferia, mas também ocre em tons apagados, e bege das terras italianas. Sua verdadeira vaidade consistia na pureza das linhas de seus gibões enlaçados, moldando o torso, e calças curtas golpeadas tom sobre tom. Quanto aos sapatos, como tinha os pés muito sensíveis, mandou fazer botas curtas de pele flexível, ornadas nos tornozelos com recortes, combinando com a roupa. Censurou-se um pouco por mostrar tanto cuidado e prazer na vestimenta, ou até mesmo certa vaidade, mas considerou, com alegre má-fé, que, afinal, suas ocupações profissionais obrigavam-no a isso.

Tendo começado tratando de esposas de ricos comerciantes, prosseguiu com mulheres de notáveis, e logo os peruqueiros de nobres damas foram procurá-lo para levá-lo às suas senhoras que não saberiam se locomover num bairro popular.

Entrando nos palácios particulares pela porta dos fornecedores, familiarizou-se com os modos da alta sociedade, as coquetes logo disputando seus serviços e, por vezes, seus favores. Gostava da companhia das mulheres; ficou satisfeitíssimo. Sua distinção, sua boa educação e, sobretudo, o contato de seus longos dedos na pele delas extasiaram-nas. A convivência cotidiana na intimidade de mulheres bonitas lhe valeu, pois, inevitavelmente, algumas conquistas, tanto lisonjeiras quanto discretas. Esses amores escondidos lhe convinham inteiramente, deixando-lhe o coração e o espírito livres.

No início do mês de março, conheceu a princesa de Guéméné. A "bela Isabelle", como a chamavam, era uma jovem viúva de 24 anos. Oriunda de pequeníssima nobreza bretã, casara-se com um príncipe de sangue azul mais de quarenta anos mais velho que ela, que teve a elegância de morrer muito feliz após seis anos de casamento. A jovem mulher tornou-se muito rica e portadora de um título de prestígio. Findo o período do luto, começou a viver livremente, mantendo salão, o que era considerado audacioso, e partindo corações, o que sua principesca família tolerava, desde que ela não provocasse escândalo. O que ela evitava fazer.

Ambos jovens e sedutores, livres das convenções, embora respeitando prudentemente as aparências, Isabelle e Michel tinham tudo para se entender. Não se tratava de amor, mas de uma relação baseada em risos e interesses partilhados.

Três meses depois de sua chegada a Paris, Michel se tornava, assim, o amante de uma mulher em evidência na corte e na cidade. Segredo relativo, pois se a bela Isabelle tinha o bom gosto de não se mostrar oficialmente com ele, nenhuma de suas amigas ignorava o caso. Todas as pessoas importantes em Paris estavam, portanto, a par.

Michel tinha outras ocupações muito mais discretas. Entre as clientes aflitas de Blanche figuravam, às vezes, infelizes que engravidaram em conseqüência de imprudências consentidas, ou de relações impostas. Para elas, isso significava a rejeição da família, a miséria, a vida arruinada. Blanche suplicou que Michel fizesse alguma coisa. Ele aceitou, com a condição de não ter de intervir fisicamente, pois considerava algo perigoso e inutilmente brutal. Afora isso, não via aí nada de moralmente repreensível, desde que o ato fosse seriamente motivado. Entregar-se a essa prática lhe causaria sérios riscos caso o clero ou a magistratura ficassem sabendo, mas não se preocupou muito. Não duvidava de que, tratando-se desse aspecto em particular, as mulheres permaneceriam mudas. Não lhe foi difícil compor tisanas e poções capazes de provocar um aborto. Elas existiam desde a alta Antiguidade. Ele aperfeiçoou algumas fórmulas para atenuar-lhes os efeitos secundários. Dependendo do temperamento da paciente e do estágio da gestação, prescrevia-lhe tomar durante alguns dias uma decocção de bolsa-de-pastor, ou uma tisana de semente de salsa ou de ranúnculo abortivo, condimentada de acordo com sua vontade.

Michel dedicou-se a compor uma tisana à base de absinto que, tomada no momento oportuno, tornava as mulheres temporariamente infecundas. Como algumas se queixaram de seu gosto amargo, elaborou uma compota de artemísia e uma de geléia de romã, ambas com alta concentração de sementes moídas, de delicioso paladar. Bastavam três colheres, de uma ou de outra, todas as manhãs — as gulosas podiam espalhar num brioche. Isabelle de Guéméné e suas belas amigas estavam entre as primeiras consumidoras dessas panacéias providenciais.

Amante esplendorosa, vinho agradável, dinheiro vivo. Como a vida podia ser bela! Mas Michel não era homem que se acomodasse. Precisava que o espírito funcionasse. Em seu laboratório, no sótão da casa da rue Ave Maria, continuava estudando e meditando sobre os textos sagrados deixados por Jean. Preocupado em preservar esses tesouros, mandou construir para eles um esconderijo no teto, preparando um fundo falso no antigo pombal onde se aninhavam dois falcões que misteriosamente se acostumaram com sua presença.

Não havia noite sem que, de sua mansarda, observasse as estrelas, mesmo que a fumaça da cidade habitualmente dificultasse vê-las. Dedicava atenção especial a verificar as conjunções dos astros com algumas delas, às quais a astrologia babilônica atribuía influências específicas. Depois disso, enegrecia páginas inteiras com temas judiciários[5] e sobre revoluções lunares.

Suas clientes lhe serviam de modelos. Ele observava nelas o ciclo lunar e anotava suas emoções, relacionando-as com esse ciclo. Acontecia-lhe também de complementar as vidências que Blanche fazia para suas consulentes. A velha senhora o encorajava sutilmente nessa via e, impressionada, observava seus progressos na decifração dos arcanos do destino.

Blanche o pusera também em contato com Siméon Toutain, outro velho amigo de Jean e ourives conhecido. Mantinha comércio na Pont au Change, mas desenvolvia suas atividades especialmente na rica morada da rue Saint-Antoine. Ali, num vasto ateliê onde trabalhavam artesãos e aprendizes, ele cuidava da pureza das ligas que comporiam as bandejas, os jarros e os copos de sua criação, que os aristocratas e ricos burgueses disputavam entre si.

Ao observar Siméon, qüinquagenário troncudo, de rosto mais que crestado pelo calor dos braseiros, de mãos nodosas e queimadas pelos ácidos, Michel se encantou. Baseando-se apenas na aparência do mestre ourives, podia-se imaginá-lo martelando espadas ou relhas. Contudo, era capaz de delicadezas aéreas, e de seus dedos tortos nasciam formas que se diriam cinzeladas por um anjo.

Constatando o raro talento de Siméon na arte dos metais, Michel não se surpreendeu ao descobrir que o mestre ourives era também um alquimista apaixonado, quando permitiu que ele entrasse no laboratório instalado nos porões da casa. Michel viu naquela prova de confiança o sinal de que, de onde estava, Jean continuava a velar por ele e o tinha confiado a um mestre que daria prosseguimento à sua iniciação. Graças a esse novo mentor, ele pôde ter acesso a manuscritos secretos ou jamais publicados, e que corriam o risco de jamais o serem, tanto que seu conteúdo transgredia o pensamento ortodoxo.

Desse modo, Michel continuava a enriquecer o espírito, enquanto ferviam retortas e alambiques onde lentamente cozinhavam, decantavam e filtravam remédios e receitas que lhe proporcionavam a abundância material. Por vezes, perseguia-o a nostalgia dos debates inflamados de seus anos de estudo, quando passava as noites argumentando com seus condiscípulos e o amigo Rabelais, pelo simples prazer de se contradizerem.

Com o pensamento liberto pelas generosas libações, Michel se punha a sonhar em voz alta, a prognosticar a evolução do mundo. Rabelais o ouvia,

[5] Diz-se da astrologia que julga a qualidade de um indivíduo e as peripécias de sua carreira.

estupefato. Ele, que tinha imaginação para dar e vender, se sentia às vezes vencido pela amplitude da de seu amigo. Chegava sempre o momento em que, não agüentando mais, explodia num riso espalhafatoso.

— Que grande farsante você me sai, meu amigo! — soluçava, os olhos cheios de lágrimas. — Ah! O belo profeta!

— Mas eu não sou profeta! — protestava Michel. — Além do mais, o que você mesmo faz além de profetizar, quando descreve os pântanos de idiotice em que se afundam de tanta vaidade nossos contemporâneos?

— Absolutamente, senhor! — retorquia logo Rabelais. — Eu observo o gênero humano. Eu não tenho visões!

Quando suas lembranças felizes vinham acalentar-lhe a memória, sentia a nostalgia dos anos de estudos e sofria com a falta de um amigo verdadeiro. Azrael e Siméon se comportavam como tais, mas eram mais velhos. Ora, precisava de um companheiro de sua idade com quem partilhar risos e discussões apaixonadas. Mas, afinal, talvez esse tipo de amizade só fosse possível na juventude.

Durante os episódicos acessos de melancolia, pensava que essas frustrações representavam sem dúvida o preço de tantas coisas boas que lhe aconteciam e decidia aceitá-las. Isso não o impedia de sentir um curioso mal-estar. Uma espécie de temor difuso lhe dava às vezes a impressão de estar sendo observado. Perseguido. Mas quando, de repente, olhava para trás, não notava nada de suspeito. A animação das ruas continuava a mesma. Na dúvida, quando ia à casa de Siméon, decidiu tomar precauções e se munir de uma velha espada. Se o atacassem, ele se defenderia. Antes morrer combatendo que cair nas mãos dos inquisidores.

Seu instinto não o enganava. Fazia duas semanas que era quase que constantemente seguido. Em vez de se inquietar com monges ou capangas, seria melhor se tivesse se interessado pelos ladrões, mendigos e garotos de rua e outros membros do Pátio dos Milagres aos quais se acabava por não prestar mais atenção.

Num fim de tarde, ao visitar de improviso sua grande amiga Isabelle de Guéméné, o marquês de Saint-André surpreendeu-se quando ela o recebeu usando uma roupa um tanto amarrotada. Diante de seus olhos acesos e do vermelho das faces, compreendeu que interrompera um encontro galante e se preocupou. Ela o tranqüilizou com um riso travesso.

— Dez minutos antes e teria sido desagradável, de fato!

Saint-André apreciava muito Isabelle, que tinha humor para dar e vender, uma insolência encantadora e uma franqueza refrescante numa corte onde cada um pesava a menor palavra e media os silêncios.

Ele riu também, cúmplice, e se deslumbrou com seu ar resplandecente. Sedutora, ela respondeu que a natureza não tinha muito a ver com isso. Todo o mérito se devia — explicou ela — ao mágico que lhe confeccionava ungüentos e cremes de beleza.

— E que são aplicados por ele mesmo, com suas mãos enfeitiçadas em seu corpo de alabastro, suponho — escarneceu Saint-André.

— Quer se calar, homem malvado!

Isabelle corou, para surpresa de Saint-André. Era preciso que sua amiga estivesse enamorada para, de repente, manifestar pudores de menina. Deus! Como as mulheres eram criaturas estranhas! O caso parecia ao mesmo tempo engraçado e fascinante, com um gostinho de escândalo para realçar o sabor. Decidiu divertir-se um pouco mais.

— Ora, minha cara! Você não vai me fazer acreditar que está se comprometendo com fornecedores. Você ainda não tem idade para isso!

Isabelle se zangou.

— Ele é nobre, como eu era ao nascer, com uma pequena partícula. Minúscula, mas mesmo assim partícula.

— Desde então herdou uma outra, maiúscula, à qual você deve respeito, sob pena de decair. Pensou nisso?

Saint-André assumiu um ar compassivo, mas se deleitava.

Risos e gritinhos abafados ressoaram através da porta fechada da peça contígua.

— Ele põe cartas para minhas amigas — sorriu Isabelle, respondendo a um leve levantar de sobrancelhas de Saint-André.

— Seria ele um adivinho?

— Deus nos livre! Não. Trata-se apenas de uma brincadeira. Ele lhes diz lindamente o que elas querem ouvir: amor, dinheiro, prazer. Ninguém se ilude, mas é tão engraçado!

A visita de Saint-André a Isabelle não tinha nada de casual. Sempre à espreita de boatos, não hesitando em espalhá-los quando serviam a suas manobras, ele tinha sido um dos primeiros informados do romance da princesa com seu perfumista. A história dava o que falar. Ele soube que o galante tinha bela presença, olhos fascinantes, era herborista, erudito e se chamava Michel. Contudo, nenhuma indiscreta tinha sido capaz de lhe informar seu nome completo. Somando esses elementos, Saint-André lembrou-se de Ochoa. Seria possível que o misterioso amante de Isabelle fosse Michel de Saint-Rémy? Qualquer outro não teria acreditado em tamanha sorte. Não Saint-André. Ele tinha fé na sorte.

Em vez de correr para o palácio de Guéméné, onde podia entrar a qualquer hora do dia, convocou seu executor de trabalhos sujos, um tal de Gaetan de la Jaille. Rebento tardio de um fidalgo empobrecido, esse rapaz de 27 anos tinha a aparência de um brutamontes simplório. Era astuto e, apesar dos modos de grosseirão, atraía simpatia. Apreciando as bebedeiras, o jogo e as prostitutas, La Jaille nunca tinha um tostão, e o magro auxílio que seu pai lhe dava não bastava para cobrir sua permanente necessidade de dinheiro. Saint-André compreendeu imediatamente o partido que poderia tirar dos desvios daquele filho degenerado de boa família. Começou colocando-o sob sua dependência, acudindo-o sem excesso, um pouco de cada vez. Quando o simplório foi apanhado, propôs remunerá-lo em troca de alguns serviços inconfessáveis. Fazia dois anos que esse arranjo durava.

O papel de intermediário oculto entre a nobreza e a bandidagem encantava La Jaille, dando-lhe a ilusão de que era importante. Na verdade, era apenas um imbecil útil. Mandou vigiar o palácio de Guéméné. Michel de Saint-Rémy foi logo identificado e, a partir desse momento, a menor de suas ações foi diariamente relatada ao marquês de Saint-André. De tal modo que, dali a duas semanas, este não ignorava nada sobre o círculo e as relações do estranho boticário.

Uma mulher velha, sua avó, famosa vidente, logo, um pouco feiticeira. Um cabalista encanecido, possivelmente também um pouco feiticeiro. Um famoso ourives, talvez um pouco alquimista, já que quem diz ourives diz metais. Quanto a Saint-Rémy, era reconhecido como um excelente médico.

Saint-André se sentia estranhamente atraído por aquele curioso personagem. Qual a natureza de um homem capaz de suscitar ao mesmo tempo o ódio louco de um Ochoa, a ternura de uma mulher excepcional como Isabelle de Guéméné, a amizade de um mestre ourives artista e a de um sábio famoso, sem contar a afeição respeitosa de sua clientela?

3.

Numa agradável noite de abril, a nostalgia das noitadas foi mais forte. Michel decidiu sair em busca de aventura. Seus passos o levaram para a margem esquerda do Sena, no bairro das universidades. Não poderia deixar de ali encontrar interlocutores de qualidade. Embora a Sorbonne tivesse perdido sua condição de capital do conhecimento em proveito da universidade inglesa de Oxford, embora os grandes humanistas a tivessem abandonado, estudantes vindos de toda a Europa continuavam a afluir a ela.

Michel decidiu ir primeiramente à taberna O Pinhão, da qual Rabelais louvara os méritos. Fiel ao hábito recente, cingiu a espada. Alertaram-no contra os perigos daquele lugar onde nem mesmo a Ronda Real ousava aventurar-se. Protegidos pelos privilégios universitários, alguns estudantes em bandos faziam reinar o terror, exigindo resgate de burgueses, pilhando os comerciantes e entregando-se a excessos.

O Pinhão decepcionou Michel. O lugar não emitia mais a alegria cantada por Rabelais, que pintara suas ricas horas. Muitas prostitutas na sala, muitos punhais na cintura dos clientes, muitas idas e vindas entre a sala e os quartos de cima. O berreiro dos bêbados tinha substituído as alegres canções de brindes. O Pinhão era apenas um bordel. Ali as pessoas não mais se acanalhavam amavelmente; ali, elas se deleitavam na lama.

"*Sic transit gloria mundi*,[1] meu pobre François", pensou retomando seu caminho. Chegou à taberna A Adivinha, cujo nome o fez sorrir por dentro. Sentou-se, pediu um pichel de Cleret, vinho misturado com mel e especia-

[1] Assim passa a glória do mundo.

rias, e pegou o caderno e o estilo com bastão de chumbo[2] que sempre levava consigo e esperou, deixando o pensamento vagar.

Tinha adquirido o hábito de ter sempre à mão com o que escrever, depois de ter recentemente constatado a volta brusca de suas "fagulhas". Todas as vezes que o fenômeno se produzia, ele era arrastado para uma espécie de sonho acordado durante o qual lhe apareciam imagens fugidias, algumas belas, outras terríveis, aparentemente sem relação entre si. A partir de então, decidiu anotar todas as de que se lembrasse para mais tarde buscar-lhes um sentido, na falta de uma coerência. Com a prática, agora conseguia escrever à medida que as visões se desenrolavam, sem que a razão exercesse o menor controle sobre as palavras ou sobre os fragmentos de frases que a mão escrevia. "Com certeza", pensou com humor, bebendo um gole de Cleret, "A Adivinha é um achado". E esperou que a taberna se enchesse depois da saída das aulas.

Michel foi tirado do devaneio pelos sons das vozes na mesa vizinha. Estudantes de medicina discutiam sobre a boa utilização do tema astral no tratamento de doenças: sua análise deveria resultar do mal ou deveria antecipar-se ao mal?

Era algo que lhe agradava. Mas aqueles aprendizes se enganavam a respeito do modo de abordar um tema astral, e forçosamente sobre doenças que nele se poderiam verificar e, conseqüentemente, como curá-las. Só sabiam desfiar definições de aspectos planetários e suas significações livrescas, sem buscar avaliar as respectivas importâncias e delas fazer uma síntese. Em determinado momento, não agüentou mais.

— Se me permitem... — interveio ele.

— *Medicusne?*[3] — interrompeu-o bruscamente um dos estudantes, com certa arrogância.

— *Per intentionem adipiscendi licentiam universitatis Montis Pessulanis,*[4] — respondeu simplesmente Michel.

Quando entenderam que quem os interrompera era alguém mais velho que obtivera o diploma na mais prestigiosa universidade da Europa, os rapazes mudaram de atitude.

— *Doctor* — cumprimentou o insolente, adotando de imediato uma atitude de respeito.

— Ao seu dispor — murmuraram dois outros.

---

[2] Pequeno bastão composto de uma mistura de chumbo, estanho e latão. Antecede o lápis, que será inventado na segunda metade do século XVI.

[3] Você também é médico?

[4] Diplomado pela Universidade de Montpellier.

— Ora! — exclamou Michel, levantando-se. — A humildade não é prática entre nós que somos igualmente pequenos diante dos mistérios da natureza e das profundezas inexploradas da ciência. Permitem que eu me junte a vocês? — continuou.

Imediatamente os estudantes se levantaram e lhe ofereceram um lugar. Ele se sentou entre eles depois de ter pedido vinho engarrafado para todos.

— Voltemos ao que os preocupava — retomou Michel enquanto se apressavam em dispor sobre a mesa jarras de vinho do Loire e copos. — A análise do tema astral deve suceder ou preceder a doença? A resposta me parece simples. Na primeira vez que vocês encontram um doente, a análise do tema é forçosamente posterior à declaração do mal. Em seguida, quando tiverem curado o paciente, a análise de seu tema na duração lhes permitirá verificar suas forças e debilidades, os períodos de vulnerabilidade de seu organismo para assim alertá-lo, tomando-se as providências necessárias para prevenir a doença. Vocês sabem que é assim que se pratica a medicina no Império do Meio,[5] descoberto pelo grande Marco Polo? Lá, o paciente paga ao médico para não adoecer.

— Eu sou contra, *Doctor* — objetou o insolente do início. — Agindo desse modo, enriqueço o boticário, não a mim!

— Tem razão — replicou Michel. — Por isso eu aconselho vivamente a todos que se dediquem às formulações de ungüentos e panacéias a fim de se tornarem capazes de compô-los vocês mesmos. E, quem sabe, criarem novos. Somos, então, condenados a aprender de cor e a recitar Galeno e Hipócrates, sem procurar além? Não pretendo renegar o gênio dos mestres que ditaram as tábuas de nossa ciência. Simplesmente digo que, se nos prendermos à lógica aristotélica, que impõe limites ao exame científico, jamais progrediremos. Ora, há tanto a fazer e a descobrir! A ciência progredirá se se libertar do empirismo para alçar vôo nas asas do imaginário.

— Voltemos à análise do tema astral — retomou o insolente. — Nosso papel seria, portanto, prevenir, em lugar de curar. Mas então o que pensar das calamidades, o que pensar das epidemias que matam milhares de vítimas, sem distinção?

— Pois bem, tenho uma resposta, mas não a darei! Você seria obrigado a ir correndo se confessar depois de tê-la ouvido.

Todos caíram na risada e logo se tornaram insistentes.

— O zodíaco que utilizamos contém sete planetas. Todos rápidos, com exceção de Saturno, cujo ciclo é de trinta anos. Esses sete planetas bastam para

---

[5] China.

determinar o destino de um indivíduo cujo ciclo vital é breve — encadeou Michel. — Mas o que acontece com as sociedades cujos ciclos são mais longos que uma vida humana? E com o mundo, cujos ciclos são seculares? As calamidades de que você fala não se prendem a um único indivíduo. O ser humano, em si, é apenas parte de um conjunto. Que planetas regem esse conjunto? Planetas lentos, cujos ciclos presidem às mutações profundas de nosso mundo e de nossas sociedades? Planetas lentos produzem, contudo, as reviravoltas da história dos homens!

Os estudantes trocaram olhares desconcertados.

— Porque não os vemos, eles não existem?

— Já que não os vemos, eles não existem — cortou o rapaz de ar austero. — E mesmo assim, algum dia os veremos?

— Certamente que sim! Com lunetas!

O auditório ficou perplexo.

— Eu sei — riu Michel. — Vocês pensam que estou alto, e estou um pouco, sim; mas reflitam nisso. Sabemos fabricar lunetas para ver de perto. Por que não saberíamos fabricá-las para ver de longe? Acoplando-se, talvez, uma lente côncava e uma lente convexa num tubo que permitiria focalizar a mira.

— Suponhamos, *Doctor*, suponhamos — interveio um rapaz que se calara até aquele momento. — Mas então, quantos seriam os planetas? Onde residiriam? Em que esfera? A que destino presidiriam?

Michel encarou o rapaz de uns 20 anos que de repente mostrava ser o espírito mais aguçado à mesa. Ele viu um rapaz magro, de olhar vivo e longos dedos nervosos, que usava dignamente roupas gastas, mas bem conservadas. Michel intuiu que ele não era da Faculdade, diferentemente de seus camaradas.

— Já é bacharel, meu jovem amigo? — perguntou, certo de obter uma resposta negativa.

— Infelizmente não, *Doctor* — lamentou o rapaz. — Sou apenas cirurgião-barbeiro e não sei latim.

— Nosso amigo Ambroise Paré passa os dias retalhando cadáveres no Hospital e tem a gentileza de nos esclarecer sobre os meandros cavernosos das tripas humanas — completou o bochechudo gozador.

Michel lembrou-se de que as dissecações eram, de fato, desde pouco, autorizadas no Hospital, mas praticadas sob rigoroso controle das autoridades eclesiásticas. Sorriu diante do bom humor deles, sem deixar de observar o jovem Ambroise Paré.

— Não se amofine com estudos livrescos, rapaz — disse, inclinando-se para o outro. — O futuro está na experiência vivida. Você descobrirá grandes coisas nos campos de batalha.[6]

Não sabia de onde vinha tal certeza, nem por que acabava de fazer aquela promessa. Paré devolveu-lhe um olhar espantado.

— Vejamos, meus amigos — continuou Michel. — Que fatores perturbam nossa sociedade?

— As guerras! — sugeriu um deles.

— As grandes descobertas! — disse outro.

— Os grandes pensadores! — afirmou um terceiro.

— Disseram bem. O que faz nosso mundo evoluir, imprimindo-lhe uma marca de longa duração, são as calamidades, os progressos e os ideais. Não lhes pareceria lógico imaginar que planetas regem esses fenômenos que exercem influência sobre toda a humanidade?

— Lógico, talvez, na falta de evidência — concordou o insolente. — E quantos seriam esses planetas invisíveis, salvo aos olhos de nossas almas embriagadas?

— Três, vocês disseram. Um para o progresso, um para o ideal, um para a destruição.

— Mas como batizar esses astros que governam nossos reis, nossos papas e nossa multidão fervilhante?

— Por ora, contentemo-nos em chamá-los de o grande Emulador, o grande Despertador e o grande Amedrontador. Os nomes que nossos descendentes encontrarão para eles estarão certamente de acordo com os acontecimentos aos quais eles presidirão.

— Vamos, *Doctor*, faça um esforço — interpelou-o o insolente.

— Não cabe a mim nomear o que o Todo-poderoso ainda não nos permitiu ver. Mas, por inclinação natural, eu gostaria que Netuno fizesse parte deles. Netuno, senhor do grande Todo e das ondas que se agitam incansavelmente no ritmo da Lua. Netuno que rege nossos sonhos e vela sobre eles. Netuno, o incomparável senhor das delícias etílicas.[7]

---

[6] Ambroise Paré, autodidata, foi cirurgião militar e conquistou grande reputação nos campos de batalha. É considerado o inventor da cirurgia moderna.

[7] Urano, o emulador, foi descoberto em 1781, às vésperas da Revolução Francesa e quando a guerra pela independência americana estava no auge. Urano preside a redação da Constituição americana e a da Declaração dos Direitos do Homem.

Netuno, o despertador, foi descoberto em 1846, quando Proudhon escrevia "A propriedade é o roubo" e Marx iniciava a redação de *O Capital*.

Plutão, o amedrontador, foi descoberto em 1930, quando o nazismo ganhava impulso, e os físicos já faziam pesquisas especulativas sobre as propriedades militares do átomo. Nostradamus utilizou cada um desses planetas em suas profecias.

— A Netuno — aprovaram, erguendo os copos.

— Mas como situar esses novos planetas no universo das esferas de rotação dos corpos celestes dos quais a Terra representa o centro? — perguntou um deles, consternado.

— Pensemos de outro modo, então! — exclamou Michel. — Venham!

Arrastou-os para a rua e começou a dispô-los, atribuindo a cada um o papel de um planeta, tudo isso com empurrões e risos.

Sentado a uma mesa vizinha, Saint-André acompanhara o debate com interesse apaixonado.

La Jaille chegara um pouco mais cedo, como todos os dias. Ao saber que, pela primeira vez, Michel de Saint-Rémy contrariava os hábitos, sentiu estranha excitação. O que fazia o misterioso perfumista das damas com estudantes? Estabelecia novos contatos? Perpetuamente agitado por um fervilhante cosmopolitismo, o Quartier Latin era o lugar ideal para encontros discretos. Num impulso, decidiu ir ver pessoalmente de que se tratava. Discretamente protegido por La Jaille e dois espadachins que se postaram num estabelecimento vizinho, sentou-se na Adivinha a fim de observar o feiticeiro diabólico denunciado por Ochoa. Michel de Saint-Rémy revelava-se um humanista, sábio e cheio de espírito; sua alegre embriaguez aumentava um encanto já acentuado. Saint-André tinha de convir que aquele homem o cativava. Curioso em conhecer o resto da demonstração, deixou a mesa e foi para a porta da Adivinha.

Tendo disposto todos os planetas, dos quais alguns tinham dificuldade em permanecer no lugar, de tanto que cambaleavam, Michel notou que faltava um. Procurando em volta com o olhar, percebeu um rapaz ricamente vestido, com a espada ao lado, que o observava da porta da Adivinha. Com uns 30 anos, os olhos vivos e observadores, usava uma fina barba em colar, sublinhando a linha dos maxilares. Vestido à moda italiana, exibia calçados bicolores, casaca com manga fendida nas mesmas tonalidades, cinza e verde, e touca ornada com uma pena vermelha. Essa vestimenta parecia perfeitamente natural, tal era a distinção com que a usava.

Seus olhares se cruzaram. Houve reconhecimento de ambas as partes. Michel percebeu naquele desconhecido um mundo de afinidades.

— Venha, o senhor que é tão bonito, venha! — chamou-o. — Só falta um Sol! Venha!

Saint-André sorriu e foi de boa vontade pôr-se à disposição de Michel, que lhe indicou um posto, como a todos os outros.

— Coloque-se no centro, por favor.

Todos o olharam, estupefatos.

— Desculpe-me, *Doctor*. O Sol não fica no centro, salvo, talvez, na cosmologia inspirada pelo néctar de Chinon!

— Quem é o distribuidor de luz, de calor e de vida, que comanda as estações, jovem atrevido? — retorquiu Michel.

— O Sol, certamente.

— Você concordará, então, que ele preenche uma função maior e, digamos, divina?

Voltando aos astros de sua galáxia titubeante disposta na rua, ordenou:

— Você, Lua, gire em volta da Terra. Você, Terra, gire em torno de si mesma e ao mesmo tempo gire em torno do Sol. Todos os outros planetas girarão à distância, onde estão! Mas, ao mesmo tempo, girem em torno de si mesmos!

— Senhor, eu creio que o que gira como um pião em seu cérebro são especialmente os vapores do excelente vinho de Chinon — interveio Saint-André em voz baixa.

Alertado pelo tom, Michel se virou para ele e percebeu em seus olhos um alerta insistente. Deu-se conta, então, da terrível bobagem que ia cometer. Quem seria aquele desconhecido que o tirava daquela situação?

— Voltarei a isso em outra ocasião! — disse ele aos estudantes transformados em astros vacilantes que, já esquecidos, deixavam suas órbitas para se dispersar em galáxias duvidosas. — Parece-me que lhe sou devedor, senhor — disse Michel estendendo a mão.

— Marquês Jacques de Saint-André — respondeu o outro, apertando a mão estendida.

Michel conhecia o nome de Saint-André como remontando às Cruzadas, e aparentado à família real. Foi, pois, com a modéstia exigida que, por sua vez, se apresentou.

— Michel de Saint-Rémy.

— Sem modéstia entre nós, senhor — respondeu Saint-André. — A nobreza vem do coração e da atitude que, segundo me parece, o senhor tem de sobra. A modéstia vale para os mornos, o que o senhor não é. Quanto à sua nobreza papal, carregue-a com orgulho. Ela vale, a meus olhos, muito mais do que certos gloriosos brasões. Gostaria de caminhar?

Eles se foram, descendo a rue Saint-Jacques em direção a Petit-Pont.

— Ora, ora, Saint-Rémy, queria ter a garganta cortada pelos *capets*?[8]

— Quem são eles?

---

[8] Estudantes de teologia.

— Fanáticos dedicados a seus mestres carolas retrógrados que lhes prometem cargos e funções. São reconhecidos pelas capinhas abotoadas até o queixo. Daí o nome. Mas esqueçamos isso. Como é possível você ter lido *De Revolutionibus Orbium Cœlestium*,[9] de Nicolau Copérnico? Essa obra ainda não foi publicada. Algumas cópias circulam, mas nas cortes dos príncipes...

— Existem eruditos fora das cortes — esquivou-se Michel, maliciosamente. — Mas agora eu o questiono. Você também é médico?

— Não, meu caro. Interesso-me pelo direito. Mas como fazer bem ao povo se não se conhece absolutamente a evolução do mundo? Eis por que li Copérnico. Horrível heresia da qual me envergonho — concluiu, com um riso que, inequivocamente, dizia que se colocava muito acima das convenções.

De volta a casa, Michel se refugiou no quarto de trabalho, no sótão. Incapaz de encontrar o sono, o espírito inflamado, ele ia e vinha, rememorando as peripécias da noitada. Virou-se para a janela escancarada e contemplou o céu. A Lua, no primeiro quarto, acabara de passar no horizonte. Apurando o olhar, reconheceu o brilho avermelhado de Marte e o frio fanal de Saturno ladeando a foice prateada. A Via Láctea cingia com sua faixa aquela incansável palpitação, como que para delimitar as fronteiras de um mundo finito, tranqüilizador. Um universo na escala do pobre entendimento humano. Mas estaria o humano na escala do universo? — pensou Michel.

Para evitar serem levados no turbilhão das esferas e através dos abismos siderais, os humanos envolveram o universo visível assim como cercavam seus pastos, e viviam com o nariz voltado para os pés, em vez de perderem os olhos no espaço. Por muito tempo se recusaram a admitir que a Terra era redonda, não plana. Quanto tempo lhes seria necessário para se decidirem a conceber que ela não era o centro do universo? Contudo... Há 15 anos, o mesmo que dizer um segundo atrás, na escala do Tempo, Leonardo da Vinci tinha escrito "O Sol está no centro". Pitágoras o pressentira 2 mil anos antes. Hoje mesmo, Nicolau Copérnico o demonstrava, mas a Igreja proibia a publicação de seu trabalho.

Os homens tinham necessidade dos preceitos de uma sabedoria comum para que suas balizas morais lhes dessem a força de viver em coletividade, diferente-

---

[9] *Das revoluções das esferas celestes*. Essa obra, concluída em 1530, só será impressa em 1543, pouco antes da morte de Copérnico. Sua cosmologia heliocêntrica terá apenas uma dezena de adeptos, dentre os quais Galileu. Será preciso esperar o fim do século XVII, e a elaboração da mecânica celeste por Isaac Newton, para que a maioria dos sábios europeus se renda à teoria. Entretanto, numerosas ilhas de resistência persistirão entre os universitários por mais um século.

mente dos animais. Mas um punhado deles apossou-se dessa sabedoria, transformou-a em dogma brutal, e a massa se submeteu. Felizes demais por não terem de pensar por si mesmos, os humanos se reuniram em rebanho queixoso e dócil, inspirando ao amigo Rabelais seus "carneiros de Panurge". Por infelicidade, os mais zelosos servidores desse dogma intratável eram freqüentemente espíritos medíocres e mesquinhos que, em nome da Fé sagrada, saciavam seus maus instintos, suas ambições, seu prazer do lucro. Jean de Saint-Rémy lhe ensinara que todo homem de boa vontade, todo servidor da Fé, fosse ele cristão, hebreu ou maometano, merecia respeito. Mas como respeitar fanáticos semelhantes ao assassino Ochoa, ou aos pequenos *capets* sanguinários cuja existência Saint-André lhe revelara?

Michel abriu o pesado volume das *Tábuas Alfonsinas* posto sobre a mesa. Essa imponente súmula devia o nome ao rei de Castela, Alfonso X, que a custeara por alta quantia tirada de seu tesouro particular. Embora datando de quase duzentos anos, essas efemérides representavam o conjunto dos conhecimentos astronômicos autorizados. Calculadas pelo meridiano de Toledo, continham a equação dos dias, o movimento médio das estrelas fixas, os movimentos médios da Lua, as estações, retrogradações, progressões e conjunções dos planetas, datas de entrada do Sol nos signos do zodíaco, eclipses, bem como números de ouro.

Sem que resultasse de decisão consciente, Michel girou o anel que usava no indicador direito, revelando a esmeralda legada por Jean. Aquele anel, cujo engaste ele escondia de todos, era sua única jóia, sem contar uma cornalina gravada com a cabeça de uma águia exilada, do brasão dos Saint-Rémy, no anular da mão esquerda. A pedra verde se iluminou com um breve clarão, como que transpassada por uma pulsação. Ele pousou as duas mãos espalmadas sobre o livro aberto e examinou as colunas de números alinhados sob antigos símbolos astrológicos. Sorriu furtivamente ao pensar que aquela Igreja tão encarniçada em perseguir a heresia até mesmo em seus atos mais anódinos também utilizava diariamente as tábuas astronômicas cheias de símbolos herdados da mitologia grega.

Com os olhos perdidos na abóbada celeste, Michel virava lentamente as páginas do livro sem olhá-las. Um formigamento no braço esquerdo fez com que pressentisse a chegada de suas "fagulhas". Abriu vivamente a caderneta e pegou o estilo.

As colunas de números se animaram sob seus olhos, desenrolando-se como o curso do tempo. O desfile se acelerou, deslocando a coerência dos caracteres impressos que se reagruparam em enxames flutuantes no espaço, logo formando esferas à semelhança dos planetas cujos símbolos tinham determinado os números. Em seguida, essas esferas se ajustaram, escalonaram-se, cada uma em seu lugar, numa galáxia cuja hierarquia era ordenada por Saturno, e recomeçaram a orbitar em torno do Sol que chamejava, imóvel no centro.

De imediato, foi como se o espírito de Michel se desprendesse do corpo para voar ao encontro dos astros que flutuavam bem lá no alto. Lançado entre as esferas que giravam lentamente através do vazio sideral, ele atravessava as nuvens irisadas que surgiam da sombra para logo se diluírem. Pareceu-lhe que as estrelas eram outros sóis distantes, em torno dos quais gravitavam outros planetas. E assim por diante, até o infinito. Até o infinito...

A progressão se estabilizou diante de uma nuvem alaranjada com aparência de magma. Ondulante como uma lava, ela lembrava o ovo alquímico, o cadinho original. A neblina espessa se esfiapou lentamente, revelando em seu núcleo a união fundadora entre Urano e Gaia. Da cópula incessante dessas entidades indissoluvelmente unidas nasciam monstros, Ciclopes e Titãs, dos quais muitos eram imediatamente devorados por Urano, à medida que Gaia os concebia. Depois apareceu Saturno, o mais jovem dos Titãs, para castrar o pai com um golpe de foice, interrompendo o ciclo reprodutor. Tendo assim provocado a irremediável separação entre o Céu e a Terra, Saturno imobilizou o Universo na ordem por ele imposta, e pôs em andamento o relógio do Tempo.

Michel compreendeu que assistia à criação do mundo. Antes do começo havia, no coração do Caos, um Todo indissociável que explodira.

De sua explosão jorraram deuses, monstros e homens que enxamearam, sendo levados em um turbilhão cada vez mais rápido através do espaço. Afastando-se uns dos outros como partículas antagônicas, enquanto o jovem Ceifeiro triunfava, instalado no trono do pai mutilado, tendo como atributos de poder absoluto a foice e a ampulheta.

O sorriso malicioso de Saturno se transformou repentinamente em ricto quando escorregou do trono, enquanto Urano emergia do magma. À medida que ele se erguia, os homens voltavam dos quatro cantos do Universo e se juntavam uns aos outros, como se formassem um só corpo.

Michel perdeu os sentidos.

Quando voltou a si, a Lua descia, as constelações prosseguiam em sua lenta translação, e os primeiros raios do Sol começavam a rosear o céu, a leste.

"Ora", pensou, espreguiçando-se, "que fantasmagoria! Mas uma coisa é certa: tudo isso gira como um carrossel divino! E os carolas não poderão mudar nada".

No momento em que se preparava para sair da poltrona e finalmente repousar, notou a caderneta cuja página estriada de rabiscos testemunhava sua viagem pelo astral. Sentou-se novamente e tentou decifrar o que tinha escrito. Freqüentemente tinha dificuldade em se reler, mas, daquela vez, a memória voltou desde a primeira palavra.

Uranus de Phi pares[10]
52

E em seguida:

O velho anjo baixar
Virá dominá-lo no fim.

Compreendeu que aquela visão só poderia ter saído de suas divagações da véspera com os estudantes. O primeiro planeta do sistema solar que ainda não fora descoberto, o que tinha chamado de "grande emulador", chamava-se Urano e marcaria a reunificação dos homens. Isso significava que os humanos tomariam o destino nas mãos, em vez de se submeterem cegamente a maus senhores?

Debruçou-se novamente sobre as anotações. "Uranus de Phi pares" poderia ser traduzido como "Urano surge, logo, provém de Fi". O único número pelo qual poderia multiplicar Fi era o 52, escrito na linha seguinte. Cinqüenta e dois, o número de semanas de um ano solar. Multiplicando Fi, o Número de Ouro, 1,618, por 52, obteria 84. Deveria deduzir que o ciclo da revolução de Urano seria de 84 anos?

Mas então, quando Urano apareceria? Seria preciso, para que fosse visível, que Saturno passasse sob o horizonte, como havia escorregado trono abaixo. Michel voltou às efemérides e procurou o período em que Saturno estaria suficientemente baixo no horizonte da eclíptica para que se pudesse ver Urano. Seu indicador corria ao longo da coluna do ciclo de Saturno, enquanto virava as páginas com crescente exaltação. Sem que compreendesse nem como nem por quê, o indicador parou finalmente. Saturno se encontrava no 259º grau do zodíaco, ou seja, no 19º de Sagitário, conjunto a Marte. Michel consta-

[10] A decodificação que segue foi inspirada nos trabalhos de Patrice Guinard, "nostradamiano" por excelência, cujo site http://cura.free.fr/cura.html é, no nosso ponto de vista, um dos únicos pertinentes quanto à interpretação nostradamiana.

tou que esse número, 259, se compunha dos mesmos algarismos de 295, que representavam a duração dos dez ciclos de Saturno, e que bastava inverter o segundo e o terceiro algarismos para obter 259. Para não se esquecer, escreveu um lembrete:

Dez anos iguais ao mais velho

Era o que representavam os 295 anos dos dez ciclos de Saturno, "o mais velho". Em seguida, a fim de evocar a permutação do 9 e do 5 desse número:

Rebaixar de três dois

Desse modo, procurou dissimular o sentido profundo de sua visão, quer dizer, a frase "Uranus de Phi pares". Constatou poder decompô-la em dois anagramas que anotou:

Junto ao... Serafim...

E, para se lembrar de que essa confusão fazia referência ao surgimento de um oitavo planeta unificador, completou:

O um... Oitavo Serafim.

Quando se certificou de que "Junto ao", "Um" e "Oitavo Serafim" o levavam a "Uranus de Phi pares", riscou a frase original até torná-la ilegível.[11] E então o cansaço o abateu de vez.

Por causa desse esgotamento insólito, compreendeu que o transe acabara de levá-lo muito mais longe que todos os já vividos desde a infância. Sem dúvida precisaria, no futuro, evitar exaltações excessivas. Do contrário, aonde isso o levaria? Levantou-se cambaleando e caiu diante da parede, no tabique erguido sob a inclinação do telhado, onde mergulhou num sono sem sonhos.

---

[11] Essas notas seriam a base do quarteto VIII 69 "Junto ao jovem o velho anjo caído, E vencerá no fim, Dez anos iguais ao mais velho rebaixar de três dois o um o oitavo serafim". Urano foi descoberto em março de 1781, quando Saturno se encontrava a 19 graus de Sagitário, ou seja, no 259º grau do zodíaco, em oposição a Urano a 24 de Gêmeos, ou seja, no 84º grau do zodíaco. Essas posições sendo medidas a partir do ponto Vernal: 0º de Áries.

Michel e Saint-André tinham decidido rever-se assim que possível, mas isso acabou sendo difícil. Duas semanas se passaram antes que um lacaio de farda levasse à rue Ave Maria um bilhete marcando encontro na Espiga de Ouro, rica taberna da Île de la Cité, situada defronte do Parlamento. Michel e Saint-André ali se encontraram com uma satisfação que surpreendeu a ambos. Saint-André desculpou-se mais uma vez por ter demorado tanto. Primo dos filhos do rei, ele passava muito tempo na corte, o que, por modéstia, não declarou.

Bertrand, seu pai, um dos melhores capitães de Francisco I e membro de seu conselho, tinha sido morto na batalha de Pavia, exatamente antes de o rei ter sido preso e levado para a Espanha. Ao final de um ano, para recuperar a liberdade, teve de assinar o Tratado de Madri pelo qual se comprometia, especialmente, a ceder o ducado da Borgonha. Essa cláusula significava o desmantelamento do reino da França que acabara de ser unificado, e Francisco I não tinha, evidentemente, intenção alguma de respeitá-la. Carlos V exigiu, então, que ele lhe entregasse seus dois filhos como garantia, durante o tempo necessário para a aplicação do Tratado. O rei da França aceitou, sem remorso.

Jacques de Saint-André, que acabara de herdar o título e a fortuna do pai, recebeu ordem de escoltar as duas nobres crianças para lhes servir de tutor, um pouco como irmão mais velho, um pouco como preceptor. Aproximadamente 12 anos mais velho que eles, teria a incumbência de formar-lhes o espírito e atenuar as tristezas do cativeiro. Três anos depois, Carlos V libertou os filhos de Francisco I e do acompanhante, em troca do pagamento de um resgate colossal. Quando voltou à França, Saint-André foi confirmado pelo rei em sua função junto a seus filhos e, em particular, junto ao delfim, o que lhe valeria, um dia, um lugar no conselho no qual se debatiam os assuntos secretos do reino. Aquele homem tinha nascido para o poder e estava certo de que um dia o exerceria.

Michel não podia deixar de ver um feliz presságio nesse encontro. Tinha certeza disso: se tivesse um papel a exercer em seu tempo, seria graças àqueles que possuíam vontade e meios.

Tarde da noite, Saint-André voltou para casa extremamente perplexo. O que tinha aquele Saint-Rémy para que lhe tivesse contado tanto? Sempre gostara de cativar um auditório, mas nunca se permitira chegar a dizer mais do que decidira. Percebeu, porém, que falara demais, como que para seduzir a todo custo aquele homem enigmático. Quem era ele de fato? Com certeza não um simples boticário e peruqueiro. Saint-André decidiu descobrir o que era.

Ao se despedirem, Michel e Saint-André combinaram encontrar-se a cada dez dias, não importando o que acontecesse. Tiveram, assim, agradáveis ceias na Espiga de Ouro ou em outros grandes albergues, pagando alternadamente banquetes refinados.

Um dissertava, passando de Paracelso, Leonardo da Vinci, Copérnico ou Pico della Mirandola aos negócios da corte. O outro escutava sorrindo, respondendo adequadamente ao entusiasmo daquele amigo que gostava tanto de discursar. Em troca, não revelava nada. Apesar da habilidade, Saint-André não conseguira nem mesmo sacudir o véu de mistério com o qual aquele homem envolvia sua vida. Saint-Rémy possuía sólidos conhecimentos de medicina, mas seria ele verdadeiramente médico como afirmara aos estudantes? Nesse caso, poderia exercer a medicina em Paris e fazer uma rica clientela. Suas concepções insólitas lhe teriam valido muitos inimigos, mas também protetores poderosos, pois não faltavam mentes abertas naquela corte humanista. Por que não exercia? O modo como se referia às plantas e às suas virtudes levava a pensar que seus talentos de boticário ultrapassavam os da maioria dos farmacêuticos. Havia algo de druida nele. Seu saber astronômico e astrológico parecia considerável, feito de excepcional conhecimento dos clássicos, enriquecido de concepções e hipóteses audaciosas. Quanto ao resto, seu saber humanista e seu domínio das línguas englobavam harmoniosamente antigos e modernos.

Mas todas essas notáveis capacidades reunidas num só homem faziam dele um bruxo? Certamente que não. Por outro lado, Saint-Rémy parecia um bom cristão, comparecendo regularmente aos ofícios, celebrando as festas e contribuindo para as obras, mas isso não significava nada. Muitos outros mantinham as aparências para não serem perturbados. Saint-André, o primeiro deles.

Quanto às suas capacidades proféticas, excetuando o fato de que botava cartas para distrair os amigos de Isabelle de Guéméné, nada nas suas afirmações ou atitudes permitia percebê-las.

Saint-André detestava ficar na ignorância. Além do mais, não tolerava ser posto em xeque. Decidiu pôr Saint-Rémy à prova. Mas como fazer para levá-lo a se revelar? Quando se reencontraram, pensou ter descoberto o modo.

— Você que conhece tão bem os astros e os ciclos dos planetas — disse, assim que teve oportunidade — nunca pensou em fazer comércio disso? Conheço gente que o cobriria de ouro para que você lhes esclarecesse os arcanos do destino. A jovem Catarina de Médici lançou essa moda na corte, com Ruggieri. Todos querem ter seu feiticeiro. Nunca se viram tantos pingentes, amuletos e talismãs tilintarem no pescoço das coquetes.

Michel escolheu as palavras.

— Primeiramente, os astros oferecem, sugerem, tentam, mas jamais prometem ou condenam. Eles constroem o cenário e indicam o terreno da ação. Alertam ou encorajam. Mas a decisão de agir pertence ao homem e, em última instância, o livre-arbítrio é o único artesão do sucesso ou do fracasso.

— Pois então, justamente! Pense no lugar que lhe caberia se decidisse interpretar em linguagem clara esses avisos e encorajamentos!

— Acredita mesmo nisso? — riu Michel. — O comum dos mortais gosta que lhe prometam satisfações benignas, sempre iminentes, que o ajudem a suportar o cotidiano: felicidade, amor, dinheiro. Não importa se nada acontece. Isso possibilita a esperança e o sonho. Quanto aos poderosos, aquilo de que mais gostam são os oráculos complacentes com sua vontade. Você mesmo estaria disposto a ouvir pareceres contrários aos seus desejos secretos? Aceitaria que o aconselhassem a renunciar a um projeto destinado ao fracasso?

Saint-André controlou-se para não estremecer. Com o rosto impassível, encarou Michel. O que poderia dizer? Sua última frase significava que desconfiava de algo, ou que até mesmo o desmascarara? Era impossível. Escapou pela tangente.

— Prefiro apoiar-me na minha reflexão para guiar meus atos do que nos vaticínios aleatórios de algum charlatão.

Michel sorriu.

— Só posso aprová-lo. Toda a infelicidade do povo judeu, do qual me origino, vem de que profetas lhe anunciaram seu destino. Mas, evidentemente, aqueles não eram charlatães.

— Compreenda-me bem. Não é porque trapaceiros aviltam-na que dou pouco valor a essa ciência. Não se esqueça de que, há milhares de anos, cidades foram construídas segundo os conselhos dos adivinhos, astrólogos e astrônomos dos templos, e que suas muralhas ainda estão de pé.

— É a essência mesma dessa ciência sagrada. Os áugures antigos eram sacerdotes. Extraíam a revelação das fontes do poder celeste, não importa o nome que lhe dessem. O adivinho só adivinha com a ajuda da força divina que transcende ao espírito. Se se desvia, é apenas um leitor da sorte, um comediante de feira. A astrologia judiciária, ou preditiva, só deveria ser utilizada quando se tratasse de interesses superiores ao indivíduo, por meio do tema dos príncipes para decifrar o destino do reino do qual eles são responsáveis. Todo o resto é apenas poeira lançada nos olhos dos crédulos.

Saint-Rémy acabava de lhe oferecer a brecha de que precisava para pô-lo à prova.

Tirou do gibão algumas folhas, que lhe entregou.

— Pego-o na palavra! Tomei a liberdade de lhe trazer esses mapas astrais. Copiei-os dos originais, omitindo deliberadamente os nomes dos interessados. Cabe a você descobrir a quem pertencem. Considere-os como um pequeno enigma submetido à sua sagacidade.

Michel examinou as folhas onde figuravam cinco temas astrais sem identificação. De que adiantaria explicar a Saint-André que um tema sem a identidade do titular poderia dizer tudo e nada! Só se poderia analisá-lo levando-se em consideração o quadro onde o indivíduo evoluía. Um rei e um camponês poderiam nascer no mesmo dia, na mesma hora, no mesmo lugar. Seus temas seriam idênticos e também os grandes encontros de suas vidas, mas em escalas diferentes. As conseqüências de seus atos jamais teriam o mesmo peso.

Conhecendo o amigo, Michel pressentiu que nos mapas astrais havia personalidades de primeiro plano. A pretexto de um joguinho cujo único objetivo seria levá-lo a revelar seus talentos mais do que desejava, Saint-André, sem imaginar, acabava de lhe oferecer um presente inestimável.

— O seu está incluído? — perguntou.

— Não mesmo! Nasci sob o mais terrível signo do zodíaco. Teria muito medo de que você me dissesse horrores!

Michel riu alegremente.

— Um Escorpião? Eu deveria ter desconfiado. Perpetuamente dilacerado entre a vertigem do sublime e a do abismo! Mas não, meu caro amigo, nenhum signo é "mais" ou "menos" alguma coisa. Todos eles possuem igual força e fraqueza. Espero não desapontá-lo ao dizer isso: muitos Escorpiões se orgulham de seu tão "horrível" signo.

Saint-André achou melhor rir em uníssono.

— Ao contrário, você me tranqüiliza. A idéia de ser um monstro me aborrecia um pouco.

Michel percebeu que, ao contrário, como bom Escorpião, essa perspectiva não lhe desagradava.

— E você? — encadeou Saint-André. — Confesse! A análise de seu próprio tema deve ser de grande ajuda para guiar sua vida, não?

— Não se iluda. Você me disse uma vez que depois de ter percorrido um tratado de medicina, sentiu-se de repente vítima de mil doenças. Pois bem, essa é a postura do astrólogo em face de seu próprio mapa astral. A exemplo do sapateiro do adágio, sempre menos bem calçado que seus clientes, sua pequena ciência não lhe é de nenhuma ajuda. Quanto a isto — disse, referindo-se às folhas à sua frente —, quando muito eu poderia avaliar a complexidade desses personagens e, talvez, recomendar tisanas que lhes seriam proveitosas.

A sinceridade de Michel não deixava dúvidas. No entanto, foi naquele instante que Saint-André adquiriu a certeza de que ele era mesmo o profeta denunciado por Ochoa. Absorto, encarou-o com olhar penetrante, procurando lembrar-se do que, em suas frases, fora o elemento desencadeador daquela revelação. Intrigado com o brusco silêncio, Michel devolveu-lhe o olhar. Ao descobrir a intensa vibração de filetes dourados em seus olhos cinza, Saint-André estremeceu. Não havia mais dúvida: uma força incomensurável habitava Saint-Rémy, mas... Será que não tinha consciência disso? Assim, tudo se explicaria. Seus silêncios, suas reticências supostamente voluntárias representariam de fato apenas o eco de sua ignorância. O trecho do *Mirabilis Liber* veio-lhe à memória e tudo ficou claro. Para atingir o estado de profeta, o eleito deveria vencer certo número de provas. Era evidente que Saint-Rémy ainda não havia iniciado a dolorosa progressão para a iniciação suprema, já que não via nada. Pelo menos, conscientemente.

Um fugaz brilho verde arrancou-o à reflexão. Surpreso, deu-se conta de que ele parecia ter jorrado da pedra que Michel usava no indicador direito, com o engaste virado para dentro. Com o olhar fixo num dos mapas astrais sem identificação, parecia ausente. Saint-André teve a impressão de que a pedra verde irradiava brevemente de novo. Mas era impossível: pedras, mesmo as mais preciosas, não vivem! Contudo, juraria ter visto palpitar aquela pedra da qual não conseguia afastar o olhar, como se, dotada de vida própria, ela procurasse enfeitiçá-lo.

Michel notou o olhar fixo, a tez pálida e a fina camada de suor porejando na fronte de Saint-André. O marquês forçou-se a sorrir e, num tom leve:

— Sem dúvida, vinho um pouco de mais.

Michel abafou um riso, afastando as mãos num gesto de impotência falsamente triste. Ao fazer isso, expôs completamente a pedra. Saint-André aproveitou a ocasião.

— Jóia admirável! Trata-se de uma esmeralda, não?

— Vem de minha família.

Tirou o anel do indicador e o passou a Saint-André, que, quando ia pegá-lo, interrompeu o gesto. Pareceu-lhe sentir uma emanação gelada em seus dedos estendidos. A pedra o rejeitava? Quis tocá-la novamente para examiná-la, mas parou.

— Que transparência extraordinária! Absolutamente incomum.

Grande amante de jóias, Saint-André tinha boas noções de gemologia. Apreciava particularmente as esmeraldas; possuía alguns exemplares provenientes da Boêmia, bem como uma belíssima peça recentemente descoberta na América do Sul. Eram todas de um verde profundo e luminoso, muito mais escuro que a de Michel, cuja forma octogonal também o surpreendia. Lera em algum lugar que aquela lapidação específica, muito difícil de ser feita sem quebrar-se a pedra, remontava ao Egito antigo. Seria de crer, então, que na família dos Saint-Rémy transmitia-se uma jóia antiga de mais de 3 mil anos?

Como de hábito, venceu o mal-estar, caçoando.

— Peguei você, herético! Não seria a pedra de Vênus caída da fronte de Lúcifer?

— Ou da de Prometeu, outro portador da luz — retorquiu Michel. — Você não notou como tradições opostas veiculam freqüentemente os mesmos mitos? Sem falar dos apócrifos, já que não são admitidos oficialmente, os textos profanos ligados ao Antigo Testamento formigam de narrativas, históricas ou alegóricas, que oferecem semelhanças perturbadoras com algumas lendas e tradições originárias de outras culturas ditas "pagãs". Como se a Humanidade se embebesse numa herança comum.

Saint-André o escutava com paixão. Pela primeira vez, Michel de Saint-Rémy deixava-o entrever o fundo de seu pensamento e a surpreendente extensão de seus conhecimentos. Se os prelados o tivessem ouvido, tê-lo-iam imediatamente entregado ao carrasco. Como se decifrasse a reflexão do amigo num livro aberto, Michel apressou-se a contrabalançar sua afirmação.

— Evidentemente, isso só comprova ainda mais, caso seja necessário, a universalidade da palavra do Eterno, e fortalece nossa fé Nele.

Ninguém, a não ser Saint-André, teria captado a sutil ironia que despontava daquelas palavras. Ele balançou a cabeça com uma expressão cúmplice e ergueu o copo como em ação de graças.

— Bebamos, pois, à grandeza do Eterno!

Com seu copo, Michel tocou o dele.

Saint-André se felicitou por ter feito o necessário para que, dali em diante, Michel só pudesse contar com ele. Naquele mesmo dia, duas horas antes do encontro, a bela Isabelle comunicara a Saint-Rémy o fim do romance entre eles. Ela lhe garantiria a ternura, a amizade fiel e a cliente, mas seu leito lhe estaria a partir dali proibido. É claro que as manobras de Saint-André não eram estranhas à ruptura. Para isso trabalhava havia semanas, alternando confidências, avisos amigáveis e subentendidos inquietantes.

No fim da noitada que se prolongou até bem tarde, Michel e Saint-André despediram-se, prometendo reverem-se no início do outono. O rei, sua família e a corte iriam se recolher nas residências do Val de Loire. O marquês deveria acompanhá-los contra a vontade, afirmava, garantindo que a falta de suas discussões apaixonantes lhe seria uma tortura cotidiana.

A separação era bem oportuna para Michel, que desejava manter discrição sobre seus próprios projetos. Siméon Toutain o convidara para passar algumas noites com ele em seu laboratório. A insaciável curiosidade de Saint-André lhe teria complicado a vida, obrigando-o a se esconder para resguardar o ourives alquimista. Não se tratava de dissimulação motivada por uma desconfiança qualquer, mas de simples delicadeza. Michel falava com inteira liberdade sobre o que lhe pertencia, mas considerava uma questão de honra calar sobre o que não lhe pertencia.

4.

Alquimista experiente, Siméon guiou Michel pelos caminhos ocultos que levavam à pedra filosofal. Mais do que transformar chumbo em ouro, aquele pó vermelho, em seu estado perfeito, tinha como virtude transformar todas as impurezas da natureza. Porque agia tanto sobre o animal quanto sobre o vegetal e o mineral, seus adeptos o chamavam de medicina dos três reinos.

Ela transformava o mercúrio em ouro ou o chumbo em fusão, ao qual se acrescentava uma pitada. Siméon confessou, envergonhado, que acontecera de utilizá-la para finalizar a liga de algumas peças de ourivesaria. Não pela sedução do lucro, porque o verdadeiro alquimista não procurava a riqueza, mas pelo gosto da beleza perfeita.

Ela podia ser ingerida em quantidade infinitesimal, e se transformava então em depurativo poderoso, capaz de ajudar na cura de doenças conhecidas. Agia igualmente sobre as plantas, fazendo-as crescer e frutificar em algumas horas, ainda que semanas fossem necessárias para que viessem a termo.

Ao descobrir as propriedades fenomenais da pedra, Michel despertou para o infinitamente pequeno, ele que até então passava as noites com o olhar perdido no infinitamente grande. A aprendizagem da Grande Obra era abrilhantada por discussões que versavam sobre os mais diversos assuntos. Siméon punha à prova seus conhecimentos, sorrindo de contentamento diante das respostas de Michel, sempre eruditas e moderadas, mas sem pedantismo ou vaidade.

Enquanto isso, operava-se a transmutação da matéria. O forno alquímico[1] vivia sob seus olhos, passando, dia após dia, por todas as cores do espectro,

[1] Forno de alquimista, de forma ovóide.

do azul-verde das freqüências baixas ao amarelo alaranjado das freqüências superiores, até chegar ao vermelho rubi.

Siméon iniciara a obra alquímica 14 meses antes, associando pacientemente as modificações da pedra. Michel acabara de testemunhar a última delas, cujo produto seria capaz de transformar 10 mil vezes seu peso de metal em ouro puro.

Acontecia de alguns viajantes visitarem Siméon. Se por acaso Michel não estivesse presente naquele dia, o ourives imediatamente mandava buscá-lo para que ele conhecesse os amigos misteriosos. Eram simultaneamente cientistas e filósofos, transbordando de humanidade, mas nenhum deles parecia, contudo, cheio de si, nem vaidoso por seus vastos conhecimentos.

Assim é que desfilaram, durante o verão de 1534, Jakob van Huyt, diamantário de Anvers que dissertava como ninguém sobre as metamorfoses da luz através dos prismas; Nicolau Bacon, reformador da universidade inglesa, que desejava que as ciências não fossem futilmente especulativas, mas que se tornassem um instrumento de felicidade para a humanidade; Johannes Burckhardt, filósofo hermético e matemático alemão; Francesco Giorgio, monge franciscano, arquiteto a serviço do Doge de Veneza; Khalid Al Jabar, negociante árabe de modos principescos, que percorria o mundo, do litoral da Índia aos desertos da Pérsia, importando para a Europa sedas, especiarias e pedras preciosas.

Nenhum deles praticava a mesma religião, mas cada um era complacente com a fé do outro, aberto a seus conhecimentos e humilde diante da imensidão do desconhecido.

Siméon e esses homens eram membros de uma irmandade de pesquisadores da verdade que punham em comum seus conhecimentos, e que entre si se chamavam de Irmãos da *Rosée-Cuite*.[2] Seu ideal agradou a Michel. Quando já se perguntava como manifestar o desejo de ser admitido naquela irmandade, Siméon adiantou-se ao pedido:

— Se você quiser, tem um lugar entre nós. Você mesmo é um forno alquímico onde um dia se fundirão o espaço e o tempo para produzir a quintessência das três medicinas. Se eu ainda estiver vivo neste dia, eu o chamarei de mestre — acrescentou com melancolia.

---

[2] Outro nome da corrente filosófica rosa-cruzista da qual, segundo dizem, fazia parte o rei Salomão e os profetas do Antigo Testamento. Em inúmeros tratados de alquimia, a *Rosée* [vapor, orvalho] é o veículo do "spiritus mundi", alimentado pela irradiação cósmica da qual participam o Sol e a Lua.

Percebendo respeito nos olhos daquele homem que admirava, Michel sentiu confusamente a surda vibração de sua própria energia interior, como se parte de seu ser estivesse quebrando a opressão que o encerrava. Era uma sensação nova, um pouco aterrorizante. Parecia-lhe que uma decantação se operara nele frente ao espetáculo da decantação do forno alquímico e no contato com os homens notáveis que tinha conhecido.

Como conseqüência direta de sua abertura ao esoterismo operante, constatou que os transes a que o levavam suas fagulhas se estruturavam. Em lugar dos turbilhões de imagens e de sensações sem coerência que o deixavam ofegante, recebia agora breves seqüências quase que ordenadas. Paralelamente à iniciação alquímica, Michel deu continuidade a seus próprios trabalhos. Sua longa experiência do grande sol de verão lhe permitiu inventar novos cremes que faziam com que suas belas clientes conservassem a tez rosada sem serem obrigadas a cobrir a cabeça com véus que lhes provocavam muito calor. Assim, seus negócios continuaram a prosperar.

Os cinco temas astrais não identificados que Saint-André lhe entregara continuaram intocados em sua mesa de trabalho. Não era desinteresse, muito ao contrário, mas achava abusivo estudá-los sem o consentimento dos interessados. Até porque, baseando-se nas posições dos signos de Júpiter e Saturno para determinar os anos de nascimento, imediatamente descobrira de quem se tratava: o rei, seus dois filhos e a jovem Catarina de Médici. Pela lógica, o último tema deveria dizer respeito a alguém próximo. Tendo a curiosidade vencido os escrúpulos, decidiu dedicar-lhes um pouco de tempo.

Sua perspectiva do futuro do reino ficou tão perturbada que preferiu não levar seu estudo adiante. Segundo o que havia discernido nos astros, o delfim da França jamais sucederia ao pai, pois morreria jovem e, ao que parecia, pelas próprias mãos. Isso seria inconcebível, porque o suicídio era pecado mortal. Seu irmão Henrique acederia ao poder, portanto, aos 27 anos. Quanto à sua esposa, a jovem Catarina, seu tema se revelou um pouco inexato. Retificou-o, fundamentando-se na data de seu casamento, e o mapa astral assim obtido lhe surgiu tão promissor de glória e de longevidade, e também de tormentos, que prometeu a si mesmo voltar a ele mais profundamente.

Arrumando preciosamente os mapas astrais com as anotações feitas durante a análise, prometeu a si mesmo não revelar jamais a Saint-André o que percebera. Os astros sugeriam, mas não restringiam. Enquanto a mensagem deles permanecesse no segredo de sua mente, podia ser que nada acontecesse. Pelo menos era disso que queria se convencer.

* * *

Setembro chegou ao fim. Michel voltava para casa num passo tranqüilo através do emaranhado das ruas da Île de la Cité, labirinto tortuoso acima do qual culminavam as torres de Notre-Dame.

Passou sob o arco do triunfo em estilo italiano que se abria para a ponte Notre-Dame, ladeado de casas cujas fachadas idênticas se alinhavam numa perspectiva magnífica, demarcada na outra extremidade por um arco idêntico.

Sua atenção foi atraída pelo palavrório endiabrado de um jogador de cartas que tentava atrair o cliente fazendo girar as cartas arqueadas. Ele localizou o comparsa do escroque, que se preparava para se misturar aos curiosos a fim de ser o primeiro a apostar e a ganhar, o que encorajaria alguns ingênuos a imitá-lo. E havia, um pouco afastados, dois indivíduos mal-encarados cujo papel consistia em vigiar a chegada da guarda e também, sem dúvida alguma, roubar a vítima fácil.

Decidiu divertir-se um pouco. Esgueirando-se entre os curiosos, conseguiu aproximar-se do cavalete do jogador que continuava a se esgoelar com a voz rouca, fazendo volteios com as três cartas.

— É a dama de copas! A dama de copas! Onde está, onde está? Está aqui! Vocês estão vendo! Ela não está mais aqui! A dama de copas! Onde está? Onde está?

As três cartas se imobilizaram lado a lado, deixando à mostra apenas o verso arranhado, pintado com quadradinhos azuis e brancos. O trapaceiro pousou um olhar aliciante sobre a assistência, e pegando uma moeda que colocou diante de si, concluiu:

— Uma libra de prata para quem me disser onde ela está!

Adiantando-se ao comparsa que se preparava para fingir que aceitava o desafio, Michel colocou uma libra de prata perto da do trambiqueiro. Dirigiu-lhe um olhar cândido e, abaixando os olhos, examinou as cartas com o ar de um homem atormentado por extrema perplexidade. Ao constatar seu evidente embaraço, o trapaceiro começava a se recompor quando, com um dedo hesitante, Michel empurrou uma carta, obrigando-o a virá-la. A dama de copas.

— E ganhou! — exclamou o camelô com entusiasmo forçado. — Bravo, meu senhor! — acrescentou, empurrando a libra de prata para Michel.

Afastando-se dele, irritado, dirigiu o olhar provocador para o público.

Michel empurrou delicadamente as moedas de prata para o trambiqueiro.

— O dobro ou nada.

— O dobro! O dobro! — lançaram algumas vozes.

O barulho atraiu os passantes que foram engrossar o grupo em torno do cavalete do jogo. O trambiqueiro compreendeu que não poderia se esquivar. Careteando um pálido sorriso, pegou de má vontade duas moedas, que pousou diante das de Michel. Secou as palmas das mãos nas calças, flexionou os dedos e pegou novamente suas cartas.

— Atenção, atenção! É pela dama de copas! — exclamou, sacudindo a carta no alto para os espectadores.

Pousou a carta na mesa entre o valete de espada e o valete de paus, sugerindo aos espectadores que as localizassem uma última vez e virou-as. Seus dedos se dobraram sobre as cartas arqueadas, e reiniciou a manipulação mil vezes repetida, cujo segredo sabia que ninguém iria descobrir. Começando lentamente, como de costume, desdobrava os gestos de modo que cada espectador compreendesse o encadeamento, ao mesmo tempo que recitava sua falação de modo mecânico. Michel olhava-o sem que um traço de seu rosto traísse-lhe o pensamento. Compreendera perfeitamente que o fundamento da trapaça consistia na ilusão do real. Um bom jogador — e aquele era dos bons — levava o apostador a não mais acompanhar com os olhos a dama de copas que de vez em quando ele deixava aparecer, quando seria necessário antes de tudo interessar-se pelas outras duas cartas. O camelô lançou-lhe uma breve olhada. Compreendendo tarde demais que o cliente o desmascarara, acelerou o movimento, enquanto sua falação se precipitava.

Duas mulheres se aproximaram da primeira fila de espectadores. Uma tinha perto de 20 anos. O cabelo louro veneziano estava preso numa touca de cetim preto, sinal de que pertencia à nobreza. Vestida de cinza-claro, magra e graciosa, tinha uma atitude pudica, mas a excitação do espetáculo corava suas faces. Ao seu lado, estava uma matrona de uns 40 anos. Mulher forte sem ser carnuda, ela afetava um ar severo que os olhos brilhantes desmentiam.

Michel não as notara.

De repente, as mãos do trapaceiro espalharam as três cartas viradas. Ofegante, a testa molhada de suor, desafiou Michel.

— Onde está a dama de copas? Onde está?

Michel olhou para ele diretamente nos olhos, sereno. Seus dedos adejaram sobre as cartas espalhadas, demorando, passando de uma a outra, hesitando, voltando à anterior. Suas mãos caíram ao longo do corpo, dando ao camelô a falsa esperança de que seu adversário desistia. Michel se virou então para os espectadores, tomando-os por testemunhas. Seus olhos cruzaram com os da moça loura. Olhos de opala que se desviaram dos dele com um segundo de atraso. Distraído por um instante de sua cabotinagem para a galeria, voltou ao trapaceiro e, com um piparote displicente, virou a dama de copas.

— E ganhou mais uma vez — rangeu o camelô com voz estrangulada.

Sua expressão contrafeita alegrou a galeria. Exclamações e risos brotaram da assistência entusiasmada. Michel se virou para uma saudação de cabotino. Seu olhar prendeu-se novamente no da moça que sapateava de excitação. Ela parou e, sentindo-se corar, quis abaixar os olhos, mas os do homem, apontados para os dela, impediram-na, com uma doçura sem réplica.

Michel recolheu o ganho, dirigindo ao camelô um sorriso amável que aumentou seu mau humor. Pegando sua última libra de prata, o camelô repetiu a falação, bem decidido a se recuperar. Michel recuou um passo, virando-se. Seus olhos cruzaram de novo com os da moça. Foi uma ilusão? Ela pensou ler um encorajamento no olhar dele.

Impulsiva, tirou uma libra da bolsa pondo-a sobre o cavalete. Sua acompanhante, assustada, tentou impedi-la.

— Não, Marie! Não!

Mas era tarde demais. Todo contente com a presa tão vulnerável, o trapaceiro recomeçou o número.

Franzindo as sobrancelhas de modo encantador, a moça observava as cartas intensamente, tentando não perder de vista a maldita dama de copas que desaparecia para reaparecer onde jamais seria esperada. Michel não tinha ido embora. Um pouco afastado, misturado aos curiosos, observava o perfil da moça, encantado. O escroque não a despojaria. Sem compreender por quê, ele a impelira a apostar. Concentrou o pensamento nela e lhe inspirou inicialmente o domínio de si. Sem que compreendesse nem como nem por quê, ela parou de tremer internamente e se aprumou, tranqüila, cruzando as mãos no regaço. Maravilhada, teve a impressão de ver os gestos do camelô se decomporem diante de seus olhos. A dama de copas tornou-se uma amiga cujo balé ela acompanhava passo a passo com seus dois valetes negros. Um suave calor a invadiu enquanto, sem querer, via a escamoteação com os olhos de Michel. Estava serena.

— A dama de copas! Então, minha bela senhorita? Onde está a bela dama de copas?

Marie habitava seu corpo como nunca antes, mas, ao mesmo tempo, tinha a sensação de flutuar acima dele. Sem que sua própria vontade tivesse ordenado, ela viu sua mão direita dirigir-se para uma carta e virá-la. A dama de copas. Bateu palmas explodindo num riso alegre.

O camelô não teve escolha a não ser pagar o devido à bela, o que fez, xingando por entre os dentes. Em seguida, desmontou o cavalete e fugiu, lançando de passagem um olhar ameaçador a Michel, que lhe devolveu uma piscadela maliciosa, afastando-se na direção oposta.

Demorou-se um momento diante da tenda de um livreiro que expunha algumas coletâneas de poesias e romances corteses. Nada que pudesse despertar as suspeitas dos beatos. Fingindo folhear uma obra, acompanhou com os olhos a moça e sua matrona, que se afastavam em direção à margem direita, a mais velha arrastando a mais jovem, repreendendo-a.

Michel a seguiu com os olhos, encantado. Suas chinelas de veludo pareciam deslizar, mal tocando o solo. Ela caminhava de um jeito fluido, ondulante como uma água límpida. Sua roupa era discreta, mas fora de moda. Embora bem-nascida, não devia freqüentar a corte. Sem dúvida, de pequena nobreza provinciana. Já que uma dama de companhia a escoltava, e com quem parecia ser muito afetuosa, provavelmente ainda era solteira. Perto dos 20 anos, uma dama da nobreza tão bonita já deveria ser casada. Portanto, não tinha nem dote nem terras que pudessem motivar algum senhor de alta linhagem a pedi-la para o filho. Quem poderia ser ela? No momento em que, movido por uma atração irresistível, Michel se preparava para seguir seus passos, a ponta de um punhal tocou suas costelas.

— Devolve tudo o que roubou — rangeu o cúmplice do trapaceiro.

Com movimento vivo e elástico, Michel girou, afastando com o cotovelo a lâmina apontada, antes que o agressor tivesse tempo de reagir. Com uma das mãos agarrou-lhe o pulso, com a outra, o cotovelo. Seus longos dedos apertaram firmemente alguns pontos, infligindo no homem uma dor fulgurante que o entorpeceu até o ombro, fazendo com que soltasse o punhal.

— Roubei, você diz? Contudo, pensei ter ganhado — disse suavemente Michel sem soltá-lo.

— Você ganhou, você ganhou! — arquejou o homem, com uma careta de dor.

Quando chegou à margem direita, Marie quis fazer uma caminhada na margem arenosa, ladeada por altos choupos, que se estendia entre a ponte Notre-Dame e a ponte au Change. Era um espaço de passeio tranqüilo, oásis de calma no coração da cidade trepidante. Por duas vezes olhou por cima do ombro, esperando ver o jovem encantador do jogo. Em vão. Será que ele não a seguira? Será que não sentira a mesma perturbação que a fazia palpitar desde que ele pousara sobre ela seu olhar de feiticeiro?

— Não tão depressa!

Amedrontadas, as duas mulheres se voltaram e descobriram os assistentes do trapaceiro, apontando suas facas para elas. No momento em que, com dedos trêmulos, tentavam desamarrar a bolsa pendurada à cintura, um dos ladrões dobrou-se, gemendo.

Michel o tinha agarrado pela orelha e, torcendo-a, arrastou-o, enquanto ele guinchava, até o Sena, onde o despachou com um pontapé no traseiro. Depois, avançou para o outro cúmplice. Este procurou com os olhos um socorro improvável e fugiu.

Michel se virou para a moça, e o tempo se tornou um eterno recomeço. O ruído da cidade dissolveu-se num zumbido distante, o rumor do rio se fez mais nítido. Um sopro de ar agitou a ramagem dos choupos. Sem se dar conta, avançaram até quase se tocar. A dama de companhia interveio:

— Como lhe agradecer, senhor?

— Sou Michel de Saint-Rémy.

— Sou dona Bertrande. Somos-lhe mil vezes agradecidas.

Ela balançou a cabeça enquanto a sombra de um sorriso involuntário se desenhava no canto dos lábios. Como resistir ao olhar de anjo malicioso daquele rapaz que comandava, fingindo suplicar?

— E esta é a nobre senhorita Marie d'Hallencourt.

Michel inclinou-se lentamente diante de Marie sem deixar de olhá-la. Ela respondeu, esboçando uma reverência.

Olharam-se ainda, com o coração batendo a ponto de explodir. Em seguida, Michel murmurou:

— Virei esperá-la aqui todos os dias, a esta hora.

Ela sustentou seu olhar antes de abaixar as pálpebras, com a cabeça inclinada.

La Jaille nada perdera dos acontecimentos. Antes de partir para Val de Loire, Saint-André o encarregara de retomar a vigilância de Saint-Rémy. Queria saber tudo a respeito das ações de Michel, durante sua ausência. Aonde iria, quem veria, o que faria. Uma missão não cansativa que convinha perfeitamente ao colosso, já que o trabalho seria realizado por seus vagabundos habituais, obrigados a lhe prestar contas para serem pagos.

Contudo, a tarefa se revelou delicada, pois ninguém compreendia como Saint-Rémy conseguia escapar à vigilância. Desaparecia como por encanto, diziam os espiões. La Jaille suspeitava, sobretudo, de que seus mendigos o perdiam porque não resistiam à tentação de cortar, de passagem, algumas bolsas ou de esvaziar algumas garrafas.

Naquele dia, ele o vira por acaso. Movido pela curiosidade, infringiu a recomendação de não se mostrar e pôs-se a segui-lo, certo de que não arriscava nada. Apesar do tamanho imponente, La Jaille sabia perfeitamente se fundir na paisagem.

Misturou-se à onda de passeadores enquanto Michel desembocava da escada, passando a alguns metros dele, e afastando-se. Não desejando tentar o diabo e ser apanhado ao continuar a perseguição, decidiu seguir a moça. Diante do efeito que ela provocara em Saint-Rémy, seria melhor saber um pouco mais sobre ela.

— Normalmente você tem a cabeça nas nuvens. Hoje, está andando acima delas. O que lhe aconteceu? — perguntou Blanche ao ver Michel chegar à rue Ave Maria.

Parecia estar completamente alheio, o rosto alegre, cantarolando sozinho e dando risinhos para o que lhe ia na cabeça, um pouco estupidamente. Ela o segurou pelos ombros e o sacudiu.

— O galante acabou por se deixar apanhar. Quem é?

— Ela se chama Marie!

Ele murmurou o nome como uma prece.

— Marie d'Hallencourt.

Blanche parou. D'Hallencourt? Com um nome desses, essa moça não era certamente do sangue deles. Afinal, que importância tinha, se Michel a amasse verdadeiramente?

Uma vez sozinha, Blanche ficou pensativa. O nome d'Hallencourt lhe dizia algo. Havia um magistrado com esse nome. Um juiz conhecido por sua intratável dureza. Será que Michel se apaixonara pela filha de um homem que odiava tanto os judeus quanto os reformados?! Abriu a gaveta de um baú onde guardava o baralho que usava para pôr cartas para as clientes. Pegou-o e abriu-o em leque sobre o pano de seda grená que cobria o tampo de madeira encerada. Em seguida, sentou-se, concentrando-se, o olhar flutuando sobre as costas patinadas das cartas dos arcanos tantas vezes consultados. Sentia crescer dentro de si uma surda preocupação. Vencendo o medo, estendeu a mão para separar cinco lâminas do conjunto, mas foi incapaz de continuar. Com lágrimas nos olhos, juntou as cartas e recolocou-as na gaveta do baú, que fechou suavemente. Para que interrogar os arcanos? Blanche sabia no mais profundo de si que uma engrenagem fatídica acabara de se pôr em movimento.

Marie não apareceu nem no dia seguinte, nem no outro. No terceiro dia, Michel finalmente a viu descer para a margem, escoltada por Bertrande. Sua presença fez com que ele tomasse consciência do estado de carência lancinante em que sua ausência o precipitava. Vendo-a caminhar ereta, com aquela atitude reservada que não conseguia apagar a ondulante harmonia de seu movimento, notou que ela se tinha preparado para ele. Retoques foram acrescentados às suas vestes antiquadas para deixá-las um pouco na moda. Ele descobriu que aqueles dois dias tinham sido ocupados com trabalhos de faceirice. Portanto, ela também não deixara de pensar nele. Passearam ao longo do Sena sob o olhar atento de Bertrande. O mesmo aconteceu no dia seguinte. Seria incapaz de dizer o que conversaram. Isso não tinha importância alguma.

Reencontraram-se no dia seguinte e ainda no outro. Aos pouquinhos Marie lhe fez algumas confidências. Seu pai era um homem severo que não transigia com os bons costumes. Quando ele ficava em casa, permanecia enclausurada em seus aposentos, bordando, ou estudando música, pois ela tocava cistre e cantava um pouco.

Mas as intenções de Michel eram honestas: tinha a firme intenção de logo pedir a mão de Marie de acordo com as normas. Vendo a moça empalidecer diante dessa idéia, pensou tê-la assustado e se desculpou por tê-la chocado com tanta impaciência. Ela se perturbou, gaguejou que aspirava a mesma coisa com tamanha intensidade que lhe dava medo, mas precisava de tempo. Seu pai, o juiz d'Hallencourt, desejava para ela um casamento ao gosto dele. Quantos pretendentes ele já não tinha rejeitado? Secamente dispensara nobres; como é que aceitaria um herborista, mesmo genial, e cristão-novo, o que era quase que pior?

Blanche, toda elegante, esteve presente no terceiro encontro. Michel e Marie pareciam tão perfeitamente harmônicos que imediatamente ficou encantada com a moça. No entanto, sentiu que as coisas não seriam simples. Eles teriam de vencer muitos obstáculos antes que pudessem se amar.

Informado por La Jaille, que lhe enviava regularmente seus relatórios por portadores especiais, Saint-André sentia uma irritação da qual não conseguia se livrar.

Saint-Rémy estava brincando de quê? Que necessidade tinha de revirar os olhos enamorados, passeando com uma bobinha, quando dispunha para seu prazer de mulheres de qualidade que não se enredavam em sentimentos? Não queria saber de um Saint-Rémy abestalhado e distraído. Aquele homem poderia representar um trunfo maior em seu jogo. Mas como proceder para se ligar de modo permanente a um Michel de Saint-Rémy cuja independência de espírito comandava seu bel-prazer?

No início de outubro, ao voltar para casa, Michel espantou-se ao ouvir ressoar o riso de Blanche. Descobriu-a sentada à mesa com Saint-André, a quem servira um copo de vinho de laranja que ela só degustava em raras ocasiões.

Saint-André percebeu a irritação de Michel, embora este se aplicasse em nada deixar transparecer, porque exclamou, falsamente embaraçado:

— Não se zangue comigo por surpreendê-lo assim em casa com uma grosseria que eu repreenderia em qualquer outro que não eu mesmo, mas tinha pressa em encontrá-lo.

Saint-André explicou então que um motivo superior o tinha levado a infringir as regras da cortesia. Havia muito pensava que chegaria a hora de introduzir Michel na corte. Ora, eis que uma oportunidade única e apaixonante se apresentava. Michel ficou boquiaberto. Por que Saint-André desejava lhe fazer semelhante honra, que nada ainda justificava?

— Mas meu caro, mesmo que faça grande mistério de suas verdadeiras ocupações, não duvido nem por um instante de que você seja muito mais que um perfumista amado pelas damas. Já se viu um modesto boticário ler Copérnico e outras diabruras heréticas e, sobretudo, compreendê-las? Nada tema. Se você gostasse de mim tanto quanto eu gosto de você, nada temeria de mim. Quem quer que você seja, anjo ou demônio, mago ou feiticeiro, você é, antes de tudo, meu amigo, e eu jamais procuraria descobrir seus segredos.

Ao ouvir essas palavras, Blanche empalideceu. Tendo as escamas lhe caído dos olhos, Blanche lançou sobre Saint-André um olhar agudo, escrutador. Depois, à custa de formidável esforço de controle, recuperou quase que imediatamente uma expressão alegre. Nenhum dos dois amigos notara sua perturbação, e Saint-André prosseguiu, revelando a natureza do evento sensacional ao qual desejava que Michel assistisse. O navegador Jacques Cartier acabava de voltar de uma expedição ao Atlântico Norte. Tendo recebido a missão de abrir uma rota de norte a oeste para as Índias, não encontrara passagem, mas, em compensação, descobrira uma terra desconhecida. O território, aparentemente imenso e fértil, que batizara de Nova França, era povoado de seres estranhos dos quais trouxera dois espécimes. Ora, esses indígenas deveriam ser oficialmente apresentados ao rei em presença da corte e de alguns sábios. Certo de que a coisa interessaria a Michel, Saint-André tomara a liberdade de acrescentar seu nome à lista de convidados.

— Mas quando, então? — perguntou Michel.

Saint-André lhe oferecia uma visão sobre a marcha do futuro. Sem que compreendesse por quê, a evocação dessa Nova França e de seus habitantes abrasava sua imaginação, e teve de lutar para não se deixar levar por suas fagulhas, que sentia correr pelos braços.

— Daqui a oito dias — respondeu Saint-André levantando-se para pegar um longo embrulho posto num canto escuro perto da porta. — Não se preocupe quanto à vestimenta. Você ficará perfeito, como de costume, e seu alfaiate certamente fará maravilhas daqui até lá. Em compensação...

Pousou o embrulho sobre a mesa, e o abriu.

— Apenas uma coisa destoa, meu amigo; sua espada. Bela e boa, impressionante, decerto, mas rústica lardeadeira. Na corte, uma espada deve ser um ornamento, mas o perigo que representa deve permanecer emboscado sob a beleza. Assim é que tomei a liberdade de mandar fabricar esta para você — concluiu, entregando a Michel uma arma magnífica numa bainha de couro forrado de veludo azul-noite.

Confuso, Michel pegou o objeto. Puxando algumas polegadas da fina lâmina de dois gumes, constatou que era de aço polido, brilhante como um espelho escuro. Um arrepio percorreu-lhe os braços. Seus olhos se velaram brevemente e ele teve a visão de um risco correndo por dentro do aço como um raio azulado. Empurrou vivamente a lâmina para dentro da bainha.

— Ela foi inspirada na *schiavona*, a espada da guarda do Doge de Veneza — explicou Saint-André, contente com a admiração que pensava ver nos olhos do amigo, cuja perturbação lhe escapara.

Assim que Saint-André se foi, Blanche, para surpresa de Michel, se entristeceu. Ela tremia de cólera e de medo.

— O que está acontecendo? Não compreendo! — exclamou Michel, alarmado.

— Quem é este homem?

— Um caro amigo. Para quem você fez boa figura a noite toda.

— Fui enganada e me envergonho. É a causa de minha cólera — retorquiu Blanche. — Esse homem é astucioso e sedutor. Não é fútil como gostaria de fazer acreditar. Ao contrário! É uma raposa!

Michel riu e abraçou carinhosamente Blanche.

— Você acha que eu não sei? Acha que eu caio nas suas afetações de superficialidade? É astucioso, ardiloso, manipulador, sim, você tem razão. Mas é também um dos homens mais inteligentes que tive a oportunidade de conhecer.

— Não compreendo. Enquanto você progride ao lado de Siméon e de seus amigos, enquanto seu espírito alça vôo, que necessidade tem você de se envolver com um mundano? Não somos como essa gente, jamais seremos como eles.

Michel tentou tranqüilizá-la, explicando que a profundidade de Saint-André era inversamente proporcional à superficialidade de suas tiradas.

— As profundezas são obscuras — sussurrou Blanche com a voz estrangulada.

Michel e Saint-André se reencontraram três dias mais tarde, recuperando o hábito dos jantares animados que tanto apreciavam. O marquês mostrou-se mais encantador que nunca, desculpando-se ainda por ter violado a intimidade de Michel, sem poupar elogios a Blanche.

O pretexto da próxima chegada de Jacques Cartier foi a oportunidade para debaterem as descobertas científicas e geográficas, campo no qual Michel se mostrou muito eloqüente. Parecia que tinha lido tudo, dos antigos aos modernos, e sabia estabelecer brilhantes paralelos históricos entre acontecimentos passados e presentes, como se a História dos homens se repetisse incansavelmente segundo os mesmos esquemas. Saint-André se viu forçado a constatar a extensão e a variedade dos conhecimentos de seu comensal. Experimentou um vago despeito que beirou a irritação quando sentiu que, em algumas questões referentes às ciências, notadamente a astronomia, ou então o conhecimento do corpo humano, Saint-Rémy não se entregava totalmente. Desconfiaria dele?

Uma questão de astronomia ofereceu a Saint-André a oportunidade de abordar o assunto dos temas astrais submetidos à sagacidade de Michel. Os olhos de Michel faiscaram de divertimento.

— E então? — perguntou o marquês, com dificuldade para dominar a impaciência.

— E então... O que você espera de mim?

— Que sei eu? Por exemplo, você adivinhou de quem se tratava?

— Não adivinhei, mas deduzi. Na verdade, não foi muito complicado.

— Estou ouvindo.

— Partindo do princípio de que você se dá apenas com pessoas da mais alta qualidade, e que sua delicadeza de coração o teria proibido de me insultar fornecendo-me o tema de seu lacaio... Eu então calculei que se tratava dos temas de sua majestade o rei, de sua excelência o delfim e de seu irmão caçula, Henrique, assim como o das senhoras Catarina de Médici e Diane de Poitiers. Quanto a esta, eu adivinhei um pouco, embora os 18 anos de diferença em relação ao jovem Henrique me tenham oferecido uma preciosa indicação.

Efetivamente, Saint-André tinha narrado a paixão cavalheiresca que Henrique de Orléans dedicava a Diane de Poitiers, "a Bela Viúva" também chamada de "Grande Senescal"[3]. De fato, a comparação dos dois mapas astrais indicava claramente a força do laço que uniria aqueles dois seres até a morte.

Saint-André bateu palmas exclamando, com admiração:

---

[3] Nome dado comumente a Diane de Poitiers, viúva do Senescal de Brezé.

— Bravo! Bravo! E então, o que dizem os astros sobre toda essa gente? O que predizem?

— Não me compete falar a respeito. Se mesmo assim o fizesse, só poderia ser aos interessados. Primeiramente, porque a leitura de um tema aborda aspectos muito íntimos para serem divulgados; em seguida, porque ela assume sua verdadeira dimensão apenas a partir da troca que se estabelece, ou não, entre o astrólogo e o consulente. Por outro lado, como o médico, o astrólogo está preso ao sigilo.

Saint-André começava a conhecer bem a discrição de Michel e já esperava semelhante resposta. Contudo, não pôde esconder a decepção. Sua curiosidade insatisfeita transformou-se em frustração. O futuro do reino, logo, o seu, já que ele visava um alto destino junto ao futuro rei, talvez dependesse daquelas informações. Suas análises lhe permitiriam manobrar de acordo com o vento. Saber de antemão os períodos fastos e nefastos de seus interlocutores, aliados e oponentes representava um trunfo maior. Precisava daqueles dados! Mas como obtê-los?

Saint-André não duvidava nem por um instante, agora que o conhecia, que Saint-Rémy não se vangloriava quando sugeria sua capacidade de decodificar o futuro num mapa astral. Muitos dos que circulavam na corte tentavam fazê-lo com maior ou menor sorte e disso obtinham ganhos consideráveis. Ele era diferente. Não apenas parecia verdadeiramente inspirado, mas também não queria obter lucro com isso. Saint-André prometeu a si mesmo fazer de tudo para conseguir as informações. Se não conseguisse com favores e bajulações, sem dúvida teria de estudar um meio de tirar vantagem de Saint-Rémy. O procedimento desagradava-lhe e seria lamentável chegar a esse ponto, mas o que estava em jogo era importante demais para bancar o delicado.

De volta a sua casa, naquela noite, Saint-André se refugiou no gabinete de trabalho a fim de consultar novamente o *Mirabilis Liber*. Uma idéia difusa, que não conseguia definir, incitava-o a rememorar as diferentes etapas da iniciação que o futuro profeta teria de cumprir antes de ascender à visão do futuro. Não que acreditasse em profecias. Considerava as narrativas bíblicas como alegorias, mas com certeza não como fatos. A astrologia, em compensação, parecia-lhe mais séria, já que se apoiava em dados científicos. Por ter constatado a extensão dos conhecimentos de Michel de Saint-Rémy, desconfiava que ele fosse notável astrólogo, mas não um profeta. Só os beatos iluminados acreditavam nessas bobagens. Contudo...

"Ele encontra sua Dama e, pela fusão dos três reinos, encontra sua alma."

Saint-André ficou perplexo. Marie d'Hallencourt seria a dama em questão? Porque ele estava transfigurado, o bandido! Ele irradiava. A pequena d'Hallencourt era, de fato, encantadora, mas, afinal, isso não bastava. Confiando nas lembranças de suas leituras esotéricas, Saint-André compreendeu que os três reinos designavam os mundos físico, mental e espiritual. Nesse caso, Marie d'Hallencourt não era a Dama prometida ao aspirante a profeta e jamais o seria. Aquele amor sem saída estava condenado a permanecer platônico. Assim que foi informado do romance de Michel e da identidade da namorada, Saint-André, como era de costume, obteve todas as informações necessárias. O que ficou sabendo não permitia prever nada de bom quanto ao futuro daquele idílio.

O procurador real d'Hallencourt tinha amplamente demonstrado sua intransigência, e até mesmo sua crueldade. Jurista minucioso, sempre interpretava a lei no sentido mais restritivo. Extremamente devoto, reverenciava o clero e castigava com imprecações aqueles que não observavam estritamente a letra do dogma. Quanto aos reformados, judeus convertidos e outros heréticos, ele os execrava, e deplorava a tolerância real que lhes permitia uma boa vida. Por acaso Saint-Rémy se dava conta de que se engajar naquela aventura o expunha perigosamente? À sombra do detestável d'Hallencourt, a bela Marie, até conhecer Michel, tinha levado uma vida austera. Porque a mãe morrera de parto, ela foi entregue a uma ama, dona Bertrande, viúva de um comerciante que lhe deixara um pouco de dinheiro e uma pequena casa na rue de la Tissanderie.

Censurando a filha pela morte da esposa, d'Hallencourt desde sempre tornara sua vida difícil. Enriquecido por uma grande herança e pelas posses da falecida e, contudo, mesquinho, sempre se recusara a dar-lhe um dote. Dele não se conhecia nenhuma intriga, nenhuma fantasia.

D'Hallencourt tinha um defeito: a vaidade. Embora se prevalecendo da partícula, pertencia apenas à nobreza togada. Na verdade, chamava-se Gerfaut, e o nome d'Hallencourt era o de uma terra picarda que possuía. Sentia falta de um título verdadeiro como uma tortura cotidiana, e chegava a usurpá-lo sem risco, exigindo que a criadagem o chamasse de Senhor Barão. Esse abuso poderia custar-lhe a ira do Grande Camareiro da França, exigentíssimo quanto aos níveis de nobreza, se este se dignasse a se preocupar com Gerfaut, senhor d'Hallencourt, togado por profissão.

A idéia de fazer o que fosse preciso para favorecer o idílio de Saint-Rémy e Marie começou a ganhar forma em sua mente. A partir daí, o que Michel poderia recusar ao homem que lhe proporcionara a felicidade?

5.

Oito dias depois, Saint-André recebia Michel num discreto guichê do palácio das Tournelles. Vestindo um traje violeta com gomos pretos, a *schiavona* na cinta, tinha uma aparência soberba. Arrastando-o pelas coxias do palácio real, o marquês explicou, num tom de conspiração, que aquela saída não era uma porta de serviço, mas simplesmente uma passagem usada por alguns dos mais importantes personagens do reino quando queriam escapar dos solicitadores que freqüentavam os vestíbulos. À falta de ser homenageado pelos guardas reais — o que um dia aconteceria —, Saint-Rémy já se imaginava iniciado nos recantos secretos do poder.

Para grande prazer de Saint-André, Michel acolheu essas explicações com o olhar reluzente de entusiasmo quase infantil. Apesar de sentir uma excitação legítima por ser introduzido naquele lugar, Michel não estava efetivamente impressionado.

Depois de terem passado por coxias e escadas secretas, chegaram a uma das duas galerias cobertas, sobrepostas aos arcos do triunfo, que transpunham a rue Saint-Antoine. De lá, disporiam de uma vista privilegiada para observar o desfile dos cortesãos que se comprimiam na rua transformada em vasto pátio de honra entre os dois palácios. Carros atrelados e liteiras se sucediam, depositando aos pés das escadarias seus passageiros que chegavam para assistir à apresentação dos selvagens ao rei.

Saint-André apontou para a massa colorida em que todos competiam em reverências, dando cotoveladas para ficar na primeira fila quando passassem os membros da família real. Michel se divertia muito com aquele teatro de aparências no qual todos os atores se preocupavam menos em estar na melhor forma do que em parecer melhor que o vizinho. Embora aristocratas, eles o faziam pensar nos figurantes de um espetáculo que procuram encontrar um lugar onde caiam sobre eles os respingos da luz reservada aos primeiros papéis.

— Veja! Lá estão meus protegidos — sussurrou Saint-André.

Dois adolescentes de estatura elevada avançavam agora entre as alas formadas pelos cortesãos, condescendendo, de vez em quando, em oferecer a esmola de um olhar para as frontes que se inclinavam diante deles.

— O maior que caminha à frente é Francisco, o delfim.

Michel esquadrinhou a silhueta do herdeiro do trono. Rosto fechado, expressão aborrecida, olhar fugidio. Como imaginá-lo no trono?

— Um pouco atrás, porque a etiqueta o exige — mas isso lhe custa tanto que você nem pode imaginar —, está Henrique.

Um pouco mais esbelto que o irmão mais velho, Henrique de Orléans parecia também mais robusto. Andar flexível de grande felino, rosto carregado, olhos penetrantes sob pálpebras caídas. Numa matilha, certamente seria o macho dominante.

Michel via os dois príncipes passarem, mais insolentes que orgulhosos, o punho na cintura, nos olhos muito tédio e nos lábios, desdém. As cores vivas de suas roupas, de acordo com a moda de Veneza, um tanto estranha, destoava dos rostos descontentes em que, por detrás da arrogância, percebia-se a dissimulação. Saint-André captou a decepção de Michel, cuja razão compreendia muito bem.

— Este é o verdadeiro rosto deles. São ainda muito jovens para dissimular bem, mas logo o conseguirão. São muito dotados para tal. Jamais esqueça essas expressões sonsas e desconfie sempre dos reis. Por vezes possuem altivez; ocasionalmente, visão, mas sempre, caprichos. Acredite, amigo: cuide para não contrariar o capricho dos reis, que eles chamam de bel-prazer.

Michel balançou a cabeça, distante.

A tagarelice do marquês dissolveu-se de repente num zumbido inaudível. Antes mesmo que seu olhar o visse chegar, o espírito de Michel foi atraído por um grupo de mulheres que agora rompia a multidão. Dirigindo os olhos para aquele lado, constatou que se tratava de fato de dois grupos distintos, mas que se seguiam a uma distância tão curta que pareciam misturados.

À frente do primeiro, caminhava uma adolescente escoltada por suas damas de companhia. De estatura modesta, ela ainda possuía um charme infantil, mas o rosto redondo, de olhos saltados, não permitia pressagiar que se tornaria uma bela mulher. Por sua autoridade natural, dominava a onda de cortesãos, alguns dos quais mal se escondiam para trocar sorrisos entendidos. Michel teve um choque ao contemplá-la. Entre os personagens vistos até então, apenas ela carregava a marca do próprio destino. Ela nascera para o poder. Com que então aquela era a jovem Catarina de Médici que o impressionara tanto.

Quem a seguia, caminhando quase que nos seus calcanhares, desprezando o protocolo, só podia ser Diane de Poitiers. Inteiramente vestida de negro, sua beleza provocava uma esteira de murmúrios encantados por parte dos homens, e de olhares azedos por parte das mulheres. A cabeleira castanha apanhada num coque onde se entrelaçavam fileiras de pérolas finas deixava à mostra uma nuca flexível que todos os homens tinham vontade de morder. Os lábios voluptuosos franzidos num trejeito divertido, ela encarnava a sedução. Tal era, pois, a criatura que tinha enfeitiçado o jovem Henrique de Orléans a tal ponto que usava suas cores nos torneios desde a idade de 12 anos. Aquele soberbo envoltório era um artifício. Por dentro, só havia rapacidade, vontade de poder e um coração ressecado.

— O casamento com a Médici só se justificava pela necessidade que tinha o rei de fazer a aliança mais abrangente possível para combater Carlos V. Havia, de fato, no fim, a autorização de Clemente VII para que se recrutassem mercenários suíços. Esse Clemente queria, por sua vez, pôr seu bastardo Alexandre no trono de Florença, no lugar de Catarina, a herdeira legítima.

— Por que não casá-la com o delfim? — surpreendeu-se Michel.

— O motivo é que, para ele, aspira-se a um partido mais alto. Um dia ele se tornará rei da França. Uma princesa inglesa ou escocesa conviria perfeitamente. Quanto à aliança italiana, ela permitirá reivindicar o Milanês para Henrique. O imperador não desejará cedê-lo, o que oferecerá pretexto legítimo para que se rasguem os tratados para retomá-lo pelas armas. O caso foi muito bem pensado, acredite-me. E, além disso, não é que o papa morre? Nada de suíços para nosso Soberano, nem trono de Florença para a pequena Médici. Como disse nosso bom rei, "Recebi a pequena inteiramente nua" — riu, concluindo.

— Que confusão terrível!

Michel pensava na sorte de Catarina e Henrique, ligados por um casamento destinado ao desprazer, se não à infelicidade. Atirar duas crianças numa aliança de conveniência, numa idade em que se aspira ao amor ideal, e, naquele caso específico, para não alcançar nenhum dos resultados previstos, era algo que não podia admitir.

— Diabo, meu amigo, que fogo! — brincou Saint-André. — De repente, vejo você bem zangado. Não haveria aí um amor escondido, alguma paixão secreta que eu desconheço?

Michel se esquivou logo com uma desenvoltura afetada. Sem saber por quê, quando apreciaria muito ter um confidente para a sua felicidade, não conseguia revelar-se a Saint-André. Punha essa reserva na conta do medo de ver o amigo caçoar, como fazia a todo momento, especialmente do amor que, segundo ele, deixava as pessoas tão bobas. Saint-André demonstrou desapontamento e retomou a crônica das alcovas principescas.

— Já que se trata de amores, deixe-me narrar-lhe os dessas duas crianças, no meio das quais brilha a senhora Diane.

A Bela Viúva não interessava a Michel. Teria preferido saber mais a respeito de Catarina de Médici, mas como interromper Saint-André, lançado num daqueles períodos com os quais gostava de desenvolver sua verve? Michel decidiu ouvi-lo parcialmente, enquanto deixava os pensamentos vagarem, voltados para a jovem florentina.

Aos 18 anos, dama de honra da rainha, e já bela a ponto de danar todos os santos, Diane tinha acalentado Henrique desde que ele nascera. Em seguida, de acordo com as idades, ela fez papel de tia, de prima, de irmã mais velha, de governanta, de confidente. Uma espécie de fada boa, em suma, que o estreitara ternamente ao colo quando de sua volta do cativeiro. Só que o homenzinho crescera, e os castos beijos de Diane produziram nele um glorioso efeito. Diane julgou a coisa um pouco prematura. Henrique insistiu. De temperamento fogoso e teimoso, estava também cheio de revolta depois da longa prisão...

Essa dolorosa experiência teve efeitos distintos sobre cada um dos irmãos. Acometido de lancinantes crises de desespero seguido de prostração, Francisco fechara-se num mutismo do qual nada o fazia sair. Henrique reagira ao contrário, com fúria. Ainda não tinha 10 anos e tratava os carcereiros com insolência, sempre com o insulto nos lábios, assim como convinha a um filho de rei.

— Se Henrique possui uma virtude, é exatamente a da coragem física. Cuidar dele nunca foi uma tarefa tranqüila. Mas voltemos ao que nele despertou Diane, a boa fada. Ela era casada e fiel ao velho esposo. Mas cedeu, meu caro, quando ficou viúva! Por sua cara enojada, vejo que acha tudo isso um pouco incestuoso. E é. Mas a corte da França inteira cheira a incesto, meu caro! O que quer? De tanto se unir a pessoas do mesmo círculo, acaba-se sempre caindo num parente. Forçosamente. Você não me pergunta por que a orgulhosa acabou cedendo?

Compreendendo que Saint-André contava chegar ao fim da história, Michel ergueu uma sobrancelha interrogativa.

— Apesar da pouca idade, Henrique era grande, robusto, já sedutor. Astuto, ainda por cima, encontrou um argumento de peso para vencer as reticências da bela. Iam casá-lo, e ele não sabia nada das coisas do amor. Que figura faria diante de uma italiana de sangue quente, já que as italianas são consideradas mulheres de fogo? Tinha, absolutamente, de se tornar experiente nas coisas do amor. Aquilo implicava simplesmente a honra dos reis da França! O desagradável, nessa circunstância, veja você, é que o jovem Henrique não tem mais vontade de tocar na esposa.

Lá embaixo, a praça Tournelles se esvaziava à medida que os cortesãos iam para o grande salão de gala do palácio. Saint-André arrastou Michel para a extremidade da galeria.

— A apresentação vai começar.

No caminho, por corredores e escadas secretas, Saint-André acabou de instruir Michel. Falar sobre Diane de Poitiers permitia esclarecer as relações complexas do casal formado por Henrique de Orléans e Catarina de Médici, por ser ela o pivô do caso. A alusão a Catarina reanimou o interesse de Michel.

Diane era prima de Catarina. Portanto, o rei a encarregou de acompanhar a jovem parenta e iniciá-la nas sutilezas da etiqueta na corte de França. Tarefa da qual ela se desincumbia com o talento que empregava em todas as coisas. Era, porém, uma tarefa delicada, pois as poucas aulas de iniciação amorosa que oferecera a Henrique tinham deixado o lépido garanhão insatisfeito. Queria mais e mais daquilo que Diane não queria mais lhe conceder. Por mais fogoso que fosse, Henrique era apenas um adolescente imaturo. Ora, culta e artista, Diane esperava de um homem que ele também soubesse conversar. Exigira, então, que o rapaz assumisse suas responsabilidades políticas dedicando seu ardor à esposa, a fim de lhe fazer filhos. E esse era o ponto fraco. Com 15 anos, Catarina ainda não era mulher. Incapaz de procriar e, ao mesmo tempo, de sentir desejo ou prazer. Assim, frustrado com a amante e com a esposa, Henrique lançava seu apetite de estupro sobre todas as jovens mulheres que passavam ao alcance de sua flecha.

Saint-André posicionara Michel na primeira fila de uma galeria elevada que corria ao longo do salão de gala e onde ficavam os alabardeiros graduados.

— Não se engane. Este lugar é procurado: daqui se vê sem ser visto, e ninguém nos pisa — caçoara, antes de juntar-se a Francisco e Henrique que, no momento, estavam ao pé do estrado reservado à família real, erguido na extremidade do vasto salão.

Assim posicionado, Michel tinha a atordoante sensação de observar da coxia uma representação teatral. Podia examinar à vontade os personagens que se comprimiam a seus pés, notadamente os dois príncipes reais dominados por uma animosidade recíproca mal dissimulada. Aqueles dois se detestavam. Mas o combate parecia por demais desigual. Francisco mantinha-se encurvado, um pouco de lado, o olhar fugidio. Michel já havia observado aquela atitude em prisioneiros. Henrique se arqueava como um galo de briga, o olhar animado por uma chama de desafio.

Michel avistou Saint-André, que se esgueirava para junto dos jovens príncipes, e notou a atitude de respeitoso afeto que tinham por ele. Visto entre os dois rapazes, parecia mais um mentor que um tutor.

Michel ia dirigir sua atenção para Catarina de Médici quando um arauto gritou:

— O rei!

Francisco I apareceu na grande entrada do salão, fazendo uma pausa para observar a assistência. Com quase 2 metros de altura, o nariz forte, o olhar penetrante, avançou lentamente, majestoso, eventualmente gratificando com um imperceptível movimento de cabeça este ou aquele olhar erguido para ele com reverência. Quando finalmente chegou ao estrado, estendeu uma das mãos à rainha Eleonora, sua esposa, que o seguira tão discretamente que parecia apagada, e, galante, fê-la sentar-se numa poltrona à esquerda da sua. A esse sinal, os príncipes e seu séqüito apressaram-se em ocupar seus lugares, atrás dos pais. Quando, por sua vez, ia sentar-se, Francisco I reconsiderou.

— Venha aqui, minha nora, perto de mim! — jovialmente, convidou Catarina.

Dois lacaios precipitaram-se para colocar à direita do soberano a poltrona de Catarina, que ela ocupou com a naturalidade de quem nasceu para as honras. Francisco I virou-se, então, para a assistência, com um sorriso simples que lhe iluminava a fisionomia.

— Riam, divirtam-se! — exclamou com voz sonora, antes de, finalmente, sentar-se.

"O que é na verdade essa Catarina de Médici para que o soberano lhe testemunhe consideração tão afetuosa?", perguntou-se Michel.

Conduzido por Diane de Poitiers, um grupo de dez jovens mulheres, cada uma mais bela que a outra, desfilou diante do rei. Ele as observava, encantado, dirigindo a cada uma um sinal, de conivência para aquelas que tinham tido a honra de seu favor, promissor para as raras outras. Isabelle de Guéméné, que fazia parte da encantadora brigada, teve direito a um sorriso particularmente cúmplice ao qual respondeu com uma reverência coquete antes de tomar o braço de um jovem senhor de altivo porte que a devorava com os olhos. Ela continuava alegre e sedutora. Michel esboçou um sorriso, prestando atenção em Catarina de Médici. Ela dizia algumas palavras ao rei que, inclinado sobre ela, escutava, balançando a cabeça.

"Esses cortesãos enfatuados têm olhos, mas não vêem as evidências?", pensou Michel. "Como não percebem que ela está cabeça e ombros bem acima deles?"

Uma silhueta escura na borda de seu campo de visão fez com que virasse a cabeça. Com uma rápida olhada percebeu o homem entrevisto na loja do boticário, Messer Ruggieri. Mantinha-se de pé atrás de Catarina, misturado a seu séqüito. Vestido de negro, a barba talhada, exibia, pendurado, um imponente medalhão cabalístico. Dava-se ares de mago inspirado, mas não sabia tanto quanto queria que se acreditasse. Pelo pouco que Michel percebera ao cruzar pela primeira vez com ele, o homem tinha, contudo, verdadeiras capacidades, mesmo que as utilizasse de forma errada. Dispunha de poderes obscuros, os mais facilmente acessíveis, os mais dificilmente controláveis quando ativados. A ausência de verdadeiro poder tornava-o perigoso. Naquele momento, parecia concentrar suas faculdades mentais para erguer uma muralha em torno de Catarina. Não para defendê-la, mas para proteger seus próprios interesses. Se lhe fosse possível, Michel teria aconselhado Catarina a desconfiar de sua tendência ao ocultismo negro e afastar indivíduos daquela espécie. Ela pensava neles buscar forças, quando isso só a fazia cultivar sua fraqueza. Preferiu desviar o olhar, temendo que Ruggieri percebesse que estava sendo espiado.

— Senhor capitão Jacques Cartier! Nobres senhores Domagaya e Taignoagny!

A voz do arauto tirou Michel de sua reflexão. Observou Jacques Cartier que avançava, troncudo, a tez bronzeada, o andar gingado do navegador acostumado a se manter de pé no tombadilho de um navio castigado pelas ondas.

Caminhava um passo à frente de dois homens jovens de aparência extraordinária. Com aproximadamente 20 anos de idade, longilíneos, tinham a pele acobreada. Maçãs do rosto altas, nariz arqueado, pálpebras oblíquas, levemente puxadas, usavam vestimentas de pele, bordadas com pedras coloridas, e, ao pescoço, colares que pareciam ossos entalhados e garras de animais selvagens. O mais estranho, porém, eram seus penteados. Ambos tinham o crânio inteiramente raspado, à exceção de uma crista, correndo da testa à nuca, onde se prolongava em trança. Nos braços nus e musculosos, levavam braceletes da mesma feitura dos colares. Eram filhos de chefe, e o seriam em qualquer parte da Terra. Ninguém poderia ignorá-lo.

Quando chegaram a seis passos do rei, o navegador e seus protegidos fizeram uma profunda reverência. Francisco I respondeu com lenta inclinação de cabeça, sem desviar os olhos, e lhes dirigiu um sorriso benévolo.

Jacques Cartier tomou então a palavra para apresentar os dois jovens, enviados pelo pai, Donacona, chefe do povo iroquês, para prestar homenagem ao rei da França. Começou, então, a prestar contas ao soberano de sua expedição. O capitão Cartier era, infelizmente, tão lamentável orador quanto grande navegador. De seu lugar na galeria, Michel não podia ouvir tudo o que ele contava, e seu olhar se pôs a vagabundear, indo de uma a outra testemunha da cena.

Catarina parecia cativada. Muito intrigado com a imperturbável seriedade da moça, Michel concentrou sua atenção nela, procurando penetrar-lhe a mente. Teve a impressão de esbarrar numa parede opaca. Como é que, tão jovem, Catarina de Médici já controlava o fluxo de seus pensamentos, até torná-lo impenetrável? Michel reuniu suas energias. Foi com dificuldade que conseguiu captar uma fugidia vibração de tristeza gélida, como uma abertura na neblina logo fechada.

Encerrada no silêncio, Catarina ouvia ressoar na cabeça a voz de seu mestre Maquiavel, cujos preceitos a haviam ajudado a suportar provas terríveis.

"Você é uma Médici. Seus antepassados fizeram a glória universal de Florença. Seu nome é símbolo de poder e representa um trunfo político. Não sonhe em encontrar o amor, pois você será trocada. Terá a impressão de ser apenas um peão. Você terá vontade de odiar, porque odiará sua vida. Então, não se esqueça: odiar é perda de tempo e de energia. Se, apesar de tudo, odiar, faça-o em segredo. Não deixe nunca que alguém conheça seu verdadeiro pensamento. E, se acontecer ainda de ter a impressão de ser usada como um peão, tenha sempre em mente que um simples peão que consegue atravessar o tabuleiro se torna, por sua vez, Rainha."

Catarina tinha 7 anos quando Maquiavel lhe disse essas terríveis palavras. Ele morrera, mas ela jamais esqueceu. Dotaram-na com um esposo bem-apessoado, pouco dado à reflexão. Ela poderia se contentar com isso e aproveitar-se da falta de gosto de Henrique pelas coisas do espírito: ele seria mais facilmente manipulável. Em compensação, três obstáculos se erguiam diante dela. Primeiramente, seu esposo não estava destinado a reinar sobre a França. Em seguida, ela ainda não era capaz de lhe dar herdeiros. Por fim, ele amava outra que poderia ser sua mãe. Assim como lhe ensinara Maquiavel, era preciso tratar os problemas um a um e na ordem correta. Mas que ordem seria?

Incapaz de perceber outra coisa que não sensações indecifráveis, Michel observou-a com fascinação. Catarina ergueu de repente os olhos, diretamente para ele, como se tivesse percebido seu olhar. Ele recuou vivamente na penumbra da galeria, mas ela continuou olhando em sua direção até virar a cabeça e fazer um sinal discreto para seu feiticeiro.

— Aquele homem na galeria — murmurou. — Quero saber quem é ele.

Escondido na penumbra, Michel viu o italiano lançar um olhar furtivo em sua direção, enquanto Catarina erguia novamente os olhos para ele. Embora Ruggieri tivesse visto apenas a sombra, Catarina, em compensação, percebeu o homem na sombra, e o espelho escuro de seus olhos refletiu sua curiosidade e até mesmo seu interesse com tamanha intensidade que Michel estremeceu. No mesmo instante soube que seu destino o levaria um dia ao pé daquele estrado onde brilhava o Sol real.

Não pôde deixar de observá-la de novo, mas, dessa vez, sem fixá-la. A troca de olhares lhe ofereceu uma brecha por onde discernir coisas escondidas por detrás das coisas, e, repentinamente, tudo lhe pareceu de uma evidente clareza.

Viu acima da cabeça de Catarina de Médici, aquela criança de 15 anos, não ainda mulher, uma tripla coroa dourada com flores-de-lis.

Viu que o delfim Francisco morreria.

Viu também que Diane de Poitiers permaneceria para o rei Henrique a mulher de sua vida até seu último dia. Já que, se Francisco morresse, Henrique se tornaria o rei depois da morte do pai. E Catarina, rainha.

Pela primeira vez em sua vida, via, não na cabeça, mas diante dele, no exterior do corpo, imagens etéreas, que flutuavam no espaço, parecendo emanar dos próprios personagens.

Um arrepio percorreu-lhe o braço, sinal anunciador de suas "fagulhas". Concentrou-se para manter o controle sobre si. Suas mãos agarraram a caderneta e o estilo, e seus dedos escreveram. Quando abaixou os olhos para a página que acabara de rabiscar, decifrou:

Dita cadena de crimes

"Dita cadena de crimes". Era um anagrama quase perfeito de Catarina de Médici. Contudo, não sentiu nem temor, nem repulsa. Aquela mulher não era guiada nem por ódio nem por interesse, mas por um destino superior. *Soube* que um dia se estimariam.

Sua respiração voltou ao ritmo normal, o martelar do sangue nas têmporas decresceu, e os olhos perderam o brilho vítreo. Persuadido de que alguém tinha notado sua perturbação, abaixou prudentemente o olhar para a sala. Foi para cruzar com o de um dos índios, fixado nele com franqueza. Espantado, devolveu-lhe o olhar com a mesma retidão. O rapaz inclinou então imperceptivelmente a cabeça em sinal de respeito e, diferentemente de Catarina, ofereceu-lhe livre acesso a seus pensamentos.

Michel gostou do que viu. O jovem filho do chefe transmitia-lhe o riso de desprezo contido diante do espetáculo dos médicos de beca preta, saracoteando em torno dele e de seu irmão, apalpando-lhes a musculatura, tentando fazer com que mostrassem os dentes. Tratando-os como gado na feira.

Em resposta, Michel lhe transmitiu sua tristeza e seu desgosto diante desse comportamento indigno. O iroquês ergueu os ombros e, acendendo o olhar, passou-lhe outra visão interior. Tratava-se de uma imensa paisagem de colinas cobertas de florestas vertiginosas. Uma águia girava no céu, muito longe, acima de um homem coberto com estranho enfeite que reproduzia uma cabeça de águia, colhendo ervas e guardando-as num alforje ornado com figuras sagradas. Michel notou, então, com estupor, o rosto do homem: era o seu. Um som desconhecido ressoou então em sua cabeça: "xamã!" Deveria compreender que sem que tivessem trocado uma palavra, sem que tivessem nem mesmo se encostado, o índio o reconhecera como uma espécie de curandeiro?

Essa troca o perturbou, reportando-o aos tempos de sua adolescência, quando o velho *kakou*[1] cigano o iniciava no *olhar* e na arte de ver coisas escondidas. De fato, encontrava numerosas semelhanças entre o iroquês e seus amigos ciganos. Tentou responder-lhe, passando-lhe imagens dos Filhos do Vento, mas o índio completou sua visão mostrando-lhe, escondida num rochedo, uma pantera pronta para dar o bote; no mato alto, uma serpente desenrolando seus anéis e, oculto entre as árvores, um urso gigantesco. Paralisado, encarou o índio que o fixava com seriedade, lançando-lhe um aviso mudo. Queria interrogá-lo, mas a troca entre eles foi subitamente interrompida pela abertura da porta da galeria, a alguns passos dele.

Um colosso acabava de aparecer, dirigindo-se a ele em grandes passadas.

— O senhor é Saint-Rémy? — estrondeou uma voz jovial.

Antes que tivesse tido tempo de responder, a montanha humana pegou-lhe a mão num aperto de urso e a sacudiu a ponto de quebrá-la, apertando-lhe as falanges.

— Barão Gaëtan de La Jaille. Saint-André está ocupado com o filho do rei. Mandou que eu lhe mostrasse o caminho para sair daqui, a menos que o senhor prefira uma pequena visita guiada.

Sorrindo, Michel detalhou a montanha humana. Não era que La Jaille fosse muito grande, mas parecia tão largo quanto alto. O rosto encalombado denunciava uma adolescência truculenta. Sem dúvida, tinha se tornado mais sensato desde então, pois os estigmas dos golpes recebidos mal se adivinhavam

---

[1] Feiticeiro.

sob a face carnuda, e não se percebia traço algum de golpe recente. Uma mandíbula espessa, pequenos olhos brilhantes enfiados em pálpebras pesadas, uma boca gulosa: o rapaz tinha toda a aparência de um bon-vivant.

— Muita amabilidade, mas, veja o senhor, essas emoções me deixaram faminto — respondeu Michel com animação.

— É assim que um homem fala! — riu-se La Jaille. — Conheço um lugar.

Antes de seguir o colosso que imediatamente se pusera em marcha, Michel deu uma última olhada para baixo. O estrado real estava vazio, os cortesãos se retiravam numa grande confusão de conversas, e os iroqueses tinham desaparecido.

La Jaille o levou para uma taberna onde fizeram uma refeição fartamente regada, às custas de Michel, que voltou para casa com o passo um pouco pesado e a cabeça cheia de lembranças daquele dia memorável.

De volta ao gabinete de trabalho, no sótão, Michel sentou-se na grande poltrona, o olhar perdido nas estrelas, e deixou a mente vaguear. Seus pensamentos se voltavam continuamente para Catarina de Médici. Como aquela jovem era impressionante e misteriosa! Decidiu fazer todo o possível para entrar em contato com ela. Seria necessário descobrir o meio de despertar o interesse da futura rainha, pois não duvidava nem por um instante de que ela o seria, e também de como levar a termo seu projeto, evitando passar por Saint-André. Tinha muita afeição e estima pelo marquês, mas sentia que seria melhor nada dever àquele homem. Em todo caso, o menos possível.

Os encontros de Michel e Marie davam-se agora na rue Ave Maria. A jovem tinha de tomar múltiplas precauções para enganar a severa vigilância do pai, e Bertrande empregava tesouros de criatividade para inventar constantemente novos pretextos. Cada escapulida começava por uma etapa na casa de Bertrande, na rue de la Tissanderie. Marie ali se aprontava, trocando as austeras roupas de filha de procurador real por antigos vestidos de sua falecida mãe, febrilmente adaptados ao gosto da época. Bertrande chegou a ousar fazer trança e arrumar a cabeleira ruiva de sua protegida, habitualmente presa em capuchinhos amarrados ao pescoço.

Ao ficar sabendo que Marie tocava cistre, Michel conseguiu um com um famoso luthier. Quando Marie, toda corada, aceitou finalmente usá-lo para se acompanhar, ele foi transportado. A voz da jovem mulher, que amara com toda a alma desde o primeiro olhar, pareceu-lhe uma passarela de cristal lançada nos espaços infinitos. Ela lhe restituía a música das esferas que ele podia apenas imaginar. Para agradecer-lhe, ofereceu-lhe um frasco de perfume que preparou pensando nela. Nele pôs a lembrança do sol do Midi, uma mistura de odores da charneca e de condimentos apimentados, realçada com um toque de citronela. Como secretamente previu ao compô-la, uma só gota da preparação na parte interna do pulso de Marie ganhou uma amplitude incomparável.

Marie quis descobrir como ele conseguira aquela magia. Ele sugeriu mostrar-lhe o gabinete de trabalho se Bertrande e Blanche consentissem, naturalmente. Marie suplicou-lhes tanto que as duas mulheres acabaram dando autorização aos namorados.

No sótão, Michel olhava Marie contemplar a decoração com um olhar maravilhado. Ela passava lentamente de um objeto a outro, sentindo os odores que emanavam dos sacos de ervas e dos potes de ungüentos, acariciando com a ponta dos dedos as capas de couro dos livros, os almofarizes, os alambiques, examinando os tecidos de cores quentes jogados sobre o sofá. Nunca teria imaginado que alguém pudesse dedicar-se ao estudo num ambiente tão alegre. Tinha a impressão de se encontrar no antro de um mágico.

Ele, por sua vez, espiando cada uma de suas reações, sentia um inefável alívio. Tinha receado aquele momento. Como reagiria aquela jovem educada sob o jugo do mais estrito catolicismo ao descobrir que seu apaixonado se entregava a atividades condenadas pela Igreja? Olhando-a deslumbrado, compreendia que se preocupara por nada. Ela possuía a graça fluida de um cisne deslizando numa água calma, e também sua suscetível determinação.

Marie estremeceu ao descobrir, guardada num pequeno cofre de madeira numa prateleira, uma longa adaga com lâmina de aço polido cujo punho de madeira escura era ornado com uma cruz de prata.

— Esta coisa horrorosa lhe pertence?

Constatando sua repulsa, logo a tranqüilizou.

— Não. O que é que ela lhe sugere?

— Ela é... maléfica!

Ele balançou a cabeça com um meio-sorriso, lembrando-se da morte de Jean e da imperiosa necessidade que então sentira de guardar a arma de Ochoa, em vez de jogá-la no rio.

— Maléfica é a palavra certa. Esta arma matou meu mestre — concordou, fechando a tampa do pequeno cofre.

— Por que a guardou? Quer se vingar do assassino?

Ele ficou quieto. Marie tinha razão. Por que se complicar com aquele objeto nefasto, já que sabia que seria incapaz de utilizá-lo para revidar o crime quando o dia chegasse?

— Para devolvê-la a seu proprietário quando chegar o dia.

Marie roçou-lhe a face com um gesto de compaixão instintiva. Tomando repentinamente consciência da nova intimidade entre eles, ela corou de modo encantador e se afastou. Seus olhos pousaram no baralho de Tarô sobre uma mesinha, do qual algumas cartas de cores desbotadas surgiam de um lenço de seda púrpura, desamarrado. Afastando-as com a ponta do indicador, ela deixou à mostra as poderosas figuras dos arcanos.

— Como são bonitas! O que é?

— O Tarô. Uma das chaves do Oculto. É um suporte para a vidência.

— Elas lhe contaram o que vai acontecer conosco?

Juntou as cartas e amarrou novamente as pontas do lenço.

— Há muito desisti de lhes perguntar o que quer que seja a meu respeito. Ou elas se calam, ou caçoam de mim, contando qualquer coisa! Além disso, não se deve incomodar o oculto por causa de futilidades que nos interessam com freqüência, apesar de nosso amor-próprio.

Ela o encarou, surpresa, talvez chocada.

— Sofrer, amar, esperar, recear, rir, tudo o que constitui nossa vida seria fútil?

Seu arrebatamento o emocionou.

— Nossas alegrias e sofrimentos provocam o escárnio dos deuses que conhecem o começo e o fim. Mas eles não têm razão em caçoar. Maltratados como palha seca no oceano infinito do Tempo, podemos mesmo assim decidir suportar, ou escolher nossa estrada.

Ela concordou, pensativa, antes de murmurar:

— Insignificantes, derrisórios, sem dúvida... Mas livres!

— É isso. Nosso peso corresponde ao peso de nossos atos bons e maus, e as forças superiores do Oculto nada têm a fazer em nosso destino individual.

De repente, Michel pensou que o encontro deles seguia uma progressão que evocava um nascimento. A vida antes de se terem encontrado pareceu-lhe simplesmente uma longa sonolência. Agora, seus cinco sentidos despertavam um após outro. Primeiramente, foi a visão, quando seus olhares se cruzaram. Em seguida, a audição, com a harmonia de suas vozes respondendo-se, e o esplendor do canto cristalino de Marie. O odor, com aquele perfume composto para ela, cujas fragrâncias completavam o almiscarado que ele usava. E havia o tato, quando seus dedos guiavam suavemente os dela, mostrando-lhe como aplicar a maquilagem leve sobre as maçãs do rosto. Só restava o paladar para ser despertado. E então eles começariam a viagem.

Percebeu de súbito que Marie era a Terra, aquela pela qual seu dom deveria se encarnar.

A voz de Bertrande ressoou na escada. Estava na hora de voltar. Marie suspirou. Levantando a cabeça, fitou longamente Michel, que estava diante dela, a uma distância respeitosa.

Para seu próprio espanto, não teve vontade de estreitá-la e possuí-la, como acontecia com todas as outras com quem não se encontrava mais. A abstinência que naturalmente se impôs desde que se conheceram parecia necessária. Ele sabia que se amariam loucamente, mas não queria lhe impor nada. Seria necessário que o desejo dela nascesse, inchasse como uma vaga profunda e os carregasse. Aquele seria seu momento.

Marie, por sua vez, espantava-se com as sensações que a agitavam, espalhando em seu corpo um calor, até aquele dia desconhecido, que lhe reduzia o fôlego. Ela não sabia nada do amor, mas o bem-estar que experimentava clamava que não era nem vergonha, nem pecado. Instalava-se nela, por ondas sucessivas, a consciência de ser uma mulher. Chegaria o dia em que o homem que estava à sua frente a possuiria inteira. Mas saberia ela o que fazer? Não faria papel de boba? Precisava perguntar a Bertrande, cuja voz continuava ressoando na escada.

Sem refletir, Marie adiantou-se e roçou os lábios nos de Michel. Foi um beijo tão casto quanto promissor que deixou os dois atordoados.

O gosto tinha despertado, selando o destino dos dois.

A 15 de outubro, dois dias depois da apresentação dos selvagens ao rei, Saint-André teve o desprazer de ver Ochoa apresentar-se em sua casa, dizendo chegar do Jura, onde tivera negócios no fim do verão. Para seu grande espanto, o monge parecia quase cortês. Adotando o mesmo tom afável, Saint-André acautelou-se.

— Então, soldado de Deus, localizou nosso feiticeiro? — perguntou, afetado.

Saint-André demorou a responder. Aquela bonomia inconveniente valia por todas as confissões. O monge sabia de alguma coisa. Alguém o informava. Alguém que teve notícia de seus contatos com Saint-Rémy e que, portanto, freqüentava a corte. Mas quem?

Para manter contato com a Inquisição, só podia se tratar de católicos intransigentes. E, para que Ochoa ficasse tão à vontade com ele, pessoas altamente situadas. Nesse caso, não se precisava ir longe. Os Guise de Lorena o detestavam. Seu modo de ser ofendia-lhes a carolice, e sua devoção à família real o designava como inimigo. O duque de Guise nem se dava o trabalho de esconder sua pouca consideração pelos Valois. Algo se preparava, então. O melhor ainda era não trapacear. Conhecendo Ochoa, sabia que ele não poderia deixar de falar demais.

— De fato! — respondeu, superficialmente. — E, para ser mais exato, eu o cultivo.

Quase explodiu de rir ao ver o monge saltar da poltrona como se uma mutuca tivesse picado seu traseiro ossudo.

— Como? Era então verdade! Você deveria tê-lo entregado a mim!

Então os Guise estavam envolvidos e certamente não como comparsas. Isso, no fundo, não o surpreendia. Eles ardiam tanto por derrubar os Valois para se instalarem no lugar deles no trono da França que poderiam até mesmo arriscar uma guerra.

— É na sombra, com humildade, que serei mais útil à nossa santa causa. Mais de uma vez fui torturado pela vontade de mandar raptar Saint-Rémy para jogá-lo no rio, lastreado de chumbo. Desisti por dois motivos: primeiramente porque seu desaparecimento teria provocado perguntas, pois ele sabe se fazer amar, e por pessoas de qualidade... Em seguida, porque considerei que seu castigo deveria ser público e servir de exemplo aos heréticos cuja peste moral contamina as almas simples e facilmente seduzidas.

Ochoa se entesou. Gostava de ver aquele marquês afetado se dobrar. Constatando o efeito positivo de sua comédia, Saint-André prosseguiu no mesmo tom.

— Eis por que me contento em manter o feiticeiro sob estrita vigilância. Ele não pode dar um passo sem que seja reportado. Ao primeiro ato repreensível de que se tornar culpado, fique certo de que será imediatamente entregue à justiça real.

— A justiça real! — esbravejou Ochoa. — A justiça de Deus prevalece!

— Certamente, mas nosso rei faz questão de suas prerrogativas, veja o senhor.

Ochoa sapateou de raiva frustrada, resmungando: "Isso não vai durar!", e brandiu um mandato assinado por Clemente VII.

— Por meio deste breve, o Santíssimo Padre ordena a todo servidor da Igreja que me assista na realização de minha missão.

— Sou servidor de Deus, mas não da Igreja — sussurrou Saint-André. — O único homem passível de acolher essa ordem de missão é o arcebispo de Paris. Acontece que somos bons amigos. Vamos vê-lo, por favor.

Saint-André sabia não correr risco algum ao fazer tal proposta. O arcebispo de Paris, Jean du Bellay, não gostava dos fanáticos. Seu pai convencera o rei a se tornar protetor das artes e das letras, oferecendo asilo a grandes artistas como Leonardo da Vinci. Ele próprio protegia, sem fazer disso mistério, o jubiloso escritor Rabelais, cujas obras deixavam o clero fora de si.

De fato, a entrevista com o arcebispo se desenrolou da melhor maneira possível, na opinião de Saint-André. Depois de ter escutado o monge sem pestanejar, Jean du Bellay examinou longamente o breve papal antes de devolvê-lo, dizendo, com a amenidade do diplomata que, antes de tudo, era:

— Tudo isto está muito certo, meu bom irmão. Mas como dizer? Sua Santidade Clemente tendo morrido, esse breve sobrevive a ele? Será ele a emanação da infalibilidade pontifícia, ou o desejo de um homem? Não quero nada além de ajudá-lo, conforme esse documento me prescreve. Mas ainda é válido, esse documento? A melhor coisa, parece-me, seria que você fosse a Roma solicitar do novo pontífice a prorrogação deste breve. Quando o conclave tiver finalmente optado, e quando conhecermos sua identidade, evidentemente.

No instante em que pronunciava essas palavras, todos ignoravam que o conclave elegera dois dias antes Alexandre Farnese, que adotara o nome de Paulo III. Mesmo que o soubessem, isso não teria alterado em nada o discurso de Jean du Bellay. Ochoa não tinha nenhum argumento a opor. Ele se forçou à reverência de praxe e, pálido, saiu da sala, resmungando.

O marquês omitira revelar a Ochoa que Jean du Bellay, mais velho que ele cinco anos, era um amigo em quem tinha confiança absoluta. Há muito já lhe tinha falado sobre Saint-Rémy, evocando sua rica personalidade e seus múltiplos talentos. Diante dessa descrição, du Bellay comentara, pensativo:

— Como é estranho! Meu caro Rabelais me falou muitas vezes de um amigo de quem você acaba de me fazer o retrato perfeito. Naturalmente não pode tratar-se do mesmo homem. Que época exaltante nós vivemos, em que tantos belos espíritos desabrocham sob todos os céus!

Saint-André não confidenciou ao amigo du Bellay sua certeza de que um golpe se preparava. Preocupava-o a idéia de que o tempo da justiça real estava contado. Seria necessário um acontecimento inaudito para que o rei renunciasse à política de tolerância que lhe valia o amor do povo. Inutilmente procurou, encarou diversas hipóteses, mas não conseguiu adivinhar o que seus inimigos poderiam ter planejado.

Na noite de 17 de outubro, quando Michel observava as estrelas da janela de seu escritório na mansarda, ficou intrigado ao ouvir a cidade rumorejar de sons insólitos. Corridas abafadas, murmúrios e atritos zumbiam, furtivos, assim que os homens da ronda se afastavam.

Tratava-se de alguma expedição conduzida pelos vagabundos do pátio dos Milagres? Mas então se teriam ouvido os ecos de rixas, ou os lamentos das vítimas. Inutilmente aguçou os ouvidos; nada percebeu. O que acontecera, então? Foi tomado de angústia. Incapaz de recuperar a concentração, permaneceu afundado na poltrona, entre o sono e a vigília, a fronte banhada em suores frios.

Ao amanhecer, despertou sobressaltado com clamores que se respondiam através da cidade, e pelo fragor metálico que acompanhava a marcha de destacamentos de soldados. Arrumou-se às pressas e desceu. Blanche chegou de volta do mercado. Sem uma palavra, esvaziou o cesto e dele tirou uma folha de papel escondida entre os legumes, que entregou a Michel.

— Peguei-a antes que os policiais a arrancassem. Estão por toda a cidade. Parece que até mesmo nas portas do palácio real.

Sentou-se e leu atentamente.

"Artigos verdadeiros sobre os horríveis, grandes e insuportáveis abusos da missa papal inventada diretamente contra a santa ceia de nosso senhor, único mediador e salvador Jesus Cristo" — anunciava o título. O autor, ou os autores, protestantes, ao que tudo indicava, desfiavam insultos e blasfêmias. Essa crítica difamatória representava uma gigantesca provocação que não poderia ficar sem pesadas conseqüências.

A leitura deixou-o abatido. Tinha ali a explicação do terrível pressentimento da noite, coisas terríveis iriam acontecer diante das quais ele e Blanche estariam indefesos. Sem poder explicar o porquê, sentia que a única opção razoável seria a fuga. Mas como pensar em fugir, agora que encontrara Marie? Vencendo o abatimento, falou num tom sem réplica. Blanche teria de parar de receber sua clientela solicitante de vidência. Ele próprio se limitaria à confecção de maquilagem e de ungüentos. E por fim, iriam à missa todos os dias.

O dia 18 transcorreu numa atmosfera de insurreição. O povo de Paris queria obter reparação. Milícias de devotos começaram a se formar, bem decididas a castigar pacíficos reformados, também eles escandalizados com o panfleto, e sem outra saída a não ser emparedar-se. No início da noite, o juiz de Paris[2] tinha conseguido restabelecer a ordem, mas a cidade continuava em estado de sítio, quadrilhada por destacamentos de soldados e arqueiros.

Tarde da noite, Saint-André soube que o rei voltava para Paris, queimando etapas. Murmuravam que um cartaz tinha sido afixado na porta de seu quarto, no castelo de Blois, onde ele mal acabara de chegar.

---

[2] Equivalente a chefe de polícia.

Rigorosa organização do golpe, simultaneidade de ação, exagero deliberado de propósitos, exacerbação das paixões, desestabilização da autoridade real: do ponto de vista estratégico e tático era uma obra-prima. Do ponto de vista político, uma assustadora catástrofe.

Mesmo que não soubesse da cumplicidade de Ochoa com os Guise, Saint-André teria considerado aquele atentado contra a paz civil como fruto de uma manipulação particularmente astuta. Constituía a prova de que os católicos extremistas e a Inquisição tinham-se aliado para estruturar redes de temível eficácia. Decidiram agir no momento de uma vacância do poder no Vaticano, quando ninguém poderia prognosticar qual seria a linha de conduta do próximo papa. Saint-André não via como o rei poderia se livrar de semelhante vespeiro. Se a implicação dos Guise no complô fosse confirmada, Francisco I não poderia castigá-los sem provocar de imediato um rompimento com o ducado de Lorena. Em outras palavras, a destruição de sua obra de unificação do reino. Isso não poderia nem deveria acontecer. O rei se encontrava acuado. Uma idéia, que poderia tirar o rei daquele impasse sem ter de ceder sua autoridade, começou a germinar. Quanto a ele, sua idéia favoreceria seus interesses, confirmando sua posição junto ao delfim, a quem ela faria um ilustre favor, e lhe ofereceria um meio de pôr Saint-Rémy sob sua dependência.

Deitou-se uma hora mais tarde, muito contente de si e impaciente pela chegada do dia seguinte.

No final da tarde de 19 de outubro, a residência real ressoava com mil boatos. Aparentemente, o suposto autor do panfleto seria um certo Antônio de Marcourt, pastor francês refugiado em Neufchâtel, na Suíça. Alguém quase demente que escolhera o exílio para evitar os problemas que suas pregações exageradas lhe causariam.

Saint-André andava de um lado para outro na antecâmara da sala do conselho, em companhia de um punhado de gentis-homens da casa do rei. Estava surpreso por ninguém ter achado estranho que aquela informação circulasse 36 horas depois dos fatos. Maravilhava-se de que ninguém se perguntasse como um banido louco furioso tivesse podido dispor dos meios necessários para, em poucas horas, afixar cartazes por toda Paris, e até na residência real, na província. Os verdadeiros autores da montagem só tiveram de manipular os delírios do homem. Todo o resto foi ação de pessoas poderosamente organizadas.

Uma hora antes, ainda se encontrava com o delfim para uma das sessões de preparação que realizavam antes de todos os conselhos restritos desde que Francisco I exigira que seu herdeiro deles participasse. Representavam uma prova terrível para o rapaz, que sentia dificuldade em exprimir claramente as idéias, que eram poucas, referentes aos negócios do reino.

Francisco chegara a um estado de angústia que beirava o pânico diante da idéia de sentar-se pela primeira vez no conselho, por ocasião de uma crise maior. Saint-André puxou uma cadeira para perto da do delfim e começou a lhe explicar a verdadeira natureza da crise, suas implicações e o melhor modo de sair dela.

— Guise? Estou surpreso! — exclamou o rapaz.

— O que o surpreende? Eles têm a pretensão de descender de Carlos Magno, por que não da coxa de Júpiter? E o sonho do duque Cláudio é pôr seu filho, seu amigo Francisco, no trono, em vez de você. Eu pensava que ele esperaria a sucessão para agir, mas ele parece muito mais apressado. O rei deve punir. A quem entregar a repressão que todos os católicos exigem? Guise vai reivindicar conduzi-la. O rei não pode. Seria delegar sua autoridade a um rival. O senhor vai oferecer-lhes a saída providencial que ninguém poderá contestar.

Na sala do conselho, o delfim observava os acontecimentos se desenrolarem exatamente como Saint-André lhe descrevera.

O duque Cláudio de Guise e seus partidários tinham reivindicado, quase exigido, uma repressão impiedosa. A França, filha mais velha da Igreja, deveria voltar ao seio materno, eliminando os blasfemadores heréticos.

Diante dessa defesa, o decano dos juízes parlamentares membros do Conselho Real de Justiça mostrou-se discreto. Ele e seus colegas eram eleitos pelos parisienses. Nenhum deles desejava assumir a responsabilidade de operações policiais que, um dia, poderiam voltar-se contra eles. Quanto ao Marechal da França Anne de Montmorency, amigo de infância de seu pai e guarda dos Selos Reais, foram evasivos. Não importando qual fosse, eles acompanhariam a decisão do Soberano, que apresentava um rosto sombrio. Estava em jogo a unidade, logo, o poder do reino.

— Seu conselho, meu filho! — disse Francisco I, sem ilusão.

Francisco se levantou. Lembrava-se palavra por palavra do que Saint-André lhe dissera.

— Sire, meu pai, não se trata de uma insurreição, mas de uma provocação, sobre cuja verdadeira autoria, de qualquer modo, não podemos nos interrogar. Que interesse teriam os reformados em romper com o *status quo* do qual só podiam se felicitar? Responder a essa provocação, entregando a repressão a um grande nome de França, seria honrá-la demais, dando-lhe uma importância que não tem. Por mais graves que sejam os fatos, eles representam apenas uma perturbação da ordem pública e devem ser tratados como tal.

Agradavelmente surpreso, Francisco I ouvia o filho com atenção benevolente. O delfim constatou que os outros membros do conselho também estavam atentos a eles, com exceção do duque de Guise e seus partidários, cujas faces contrariadas dava prazer em ver.

— O que sugere, então?

— O povo católico grita por vingança. É necessário mostrar-lhe que a justiça real sabe ser impiedosa quando deve sê-lo, a fim de evitar que alguns, extremamente zelosos, queiram eles mesmos fazer justiça como quase aconteceu com essas milícias incontroláveis. Isso implica uma repressão sem concessão. É preciso, contudo, levar em conta a versatilidade desse mesmo povo, capaz de mudar de humor. Conseqüentemente, a fim de que nenhum pretexto a novas perturbações sediciosas possa ser diretamente imputado à Coroa, seria preciso entregar a repressão a um juiz prebostal designado. Que sempre será possível demitir, se tiver a mão muito pesada.

— Vejo que refletiu maduramente sobre o caso — comentou Francisco I, com o olhar brilhante. — Pensa em alguém em particular?

— Sim, sire, meu pai. O procurador real Gerfaut d'Hallencourt reúne as qualidades exigidas para essa missão. Sua competência de magistrado é incontestável, e sua integridade religiosa, acima de qualquer suspeita.

O rei balançou a cabeça, avaliando a argumentação do delfim, e comentou:

— Um beca[3] pode comandar soldados?

— O senhor pode fazê-lo barão.

Quando Saint-André viu os membros do conselho saírem, soube que tinha ganhado. O delfim jubilava, dirigindo-lhe uma piscadela de triunfo, enquanto o rei ordenava:

— Que se mande chamar o procurador Gerfaut!

Ao ver Saint-André, Francisco I fez sinal para que se aproximasse.

— Seu pai foi um bom e fiel companheiro. Você honra sua memória. Estou satisfeito. Se meu filho não for um imbecil, fará de você um duque.

— O bom serviço da Coroa é minha única ambição, sire. E seu contentamento, minha melhor recompensa.

Na mesma noite, o procurador real Gerfaut d'Hallencourt recebeu oficialmente a tarefa de perseguir os hereges. A função do juiz prebostal que lhe confiara o rei em sua vontade de investir rápida e fortemente lhe dava o direito de vida

---

[3] Magistrado.

e morte sobre os suspeitos. Dotado de tais poderes e extasiado com o título de barão, iria rapidamente demonstrar que sua intransigência só se igualava à sua crueldade. Soube-se, por outro lado, que o rei oferecia 200 escudos a quem denunciasse os que espalharam os cartazes.

Aos panfletos afixados nos muros de Paris sucedeu o texto do édito promulgado de urgência por Francisco I, enquanto, de cruzamento em cruzamento, arautos reais o clamavam ao som de trompa.

Naquele mesmo dia, Marie e Bertrande irromperam na rue Ave Maria, assustadas. Entre soluços, Marie explicou que aquela visita seria a última. Não se veriam mais. Seu pai decretara que ela não deixaria mais o palácio enquanto a ordem não fosse restabelecida na cidade. Ela tinha medo por Michel. Medo por eles. Segurando-lhe o rosto com as duas mãos, Michel forçou-a a levantar a cabeça e olhá-lo.

— Este tempo de loucura não vai durar. Tudo passa. As epidemias se extinguem quando se satisfazem de vítimas. O mesmo acontece com os desvarios humanos. Mesmo que dure mais tempo, já que a doença obedece à lei natural, e os homens, aos seus desvarios. Agora, ouça-me. Vou ensinar-lhe um segredo. Você quer?

Ela balançou a cabeça lentamente, confiante.

— Não é necessário estarmos fisicamente juntos para vermos e falarmos um com o outro. E até mesmo nos tocarmos como fazemos neste instante.

— É impossível!

— Quem diz isso? Os indigentes[4] que não enxergam um palmo adiante do nariz?

— Como se vê, a não ser com os olhos? — perguntou Marie.

— Você já sonhou comigo, já que eu também sonhei com você. E alguns sonhos nossos pareciam tão reais que você pensava não estar mais dormindo.

Ele sorriu ao ver suas faces corarem bruscamente.

— Pois então, pode-se muito bem partir num sonho acordado para onde se quiser e quando se desejar. Quer tentar?

Ela concordou, excitada como uma criança apressada em conhecer o resto. Ele intensificou o toque em seus ombros.

— Feche os olhos. Agora, imagine-me. Comece por uma parte de que você goste especialmente.

— Seu olhar — sussurrou ela, com as pálpebras cerradas.

---

[4] No léxico "nostradamiano", indigente significa imbecil.

— Muito bem. Então, eu também escolho seu olhar. Vê o meu como eu vejo o seu?

— Sim, Michel.

— Agora, acrescente tudo o que há em torno do olhar. Pedaço por pedaço. Não se apresse. Não esqueça nenhum deles. Não gostaria de ficar incompleto quando nos encontrarmos.

Marie fez tudo o que ele pedia. Afastada a tristeza, ela tinha a sensação de flutuar no espaço, impalpável, irreal, vendo compor-se diante de si a silhueta de Michel flutuando no éter cujas volutas se apagavam como uma neblina. Ela sentiu um súbito relaxamento de todos os músculos e teve a impressão de ser impulsionada para o espaço. Encontrou-se, então, diante de Michel, tão próxima que podia tocá-lo. Estendeu as mãos, encontrou as dele, e seus dedos se cruzaram. Falaram-se e abriram o coração. Disseram todas as palavras que não podiam ainda pronunciar no quadro estreito da vida real. De pé perto da janela, Michel a contemplava. Havia muito retirara as mãos dos ombros dela, e recuara sem que ela notasse. Continuava a dialogar com ela em pensamento, e a ouvia responder-lhe sem que seus lábios se movessem. Um estranho que os surpreendesse teria pensado que ela estava morta. Lívida, a respiração lenta, ela estava em catalepsia. A voz de Bertrande ressoou no vão da escada. Ele suspirou e, a contragosto, decidiu tirar Marie do torpor. Ela se sacudiu, como que despertando de um sono profundo. Tinha os olhos cheios de estrelas.

— Onde estávamos? — sussurrou.

— No Astral. É uma zona entre o céu e a Terra, onde por vezes passeiam os grandes iniciados que atingiram esse estado depois de anos de estudo e meditação. Aqueles que se amam verdadeiramente não têm necessidade de todo esse tempo: eles tomam um atalho. Podemos nos encontrar lá sempre que quisermos. Bastará me chamar, fazendo novamente o que acabo de lhe ensinar. O corpo pode muito bem ficar prisioneiro; a alma não é prisioneira dele. A pureza do coração rompe todas as cadeias. A alma é livre. Nunca se esqueça. Mas saiba também uma coisa: é um exercício perigoso do qual podemos não voltar. Prometa-me nunca usá-lo sem motivo.

Quando se separaram naquela noite, não sabiam quando voltariam a se ver. Marie e Bertrande mudaram-se para o sinistro palácio gótico, vizinho à prisão do Temple, atribuído ao barão d'Hallencourt para que ali realizasse sua obra de terror. Passando entre arqueiros e gente de arma que ali estavam aquartelados, compreenderam que a existência delas não teria que invejar a dos prisioneiros. Pelo menos estariam certas de que não sairiam dali para a fogueira. Por esse motivo, reconheceram que não deveriam lamentar a sorte.

Ao contrário, elas se esforçariam para cultivar a esperança naquela antecâmara da morte.

Em poucos dias, os cárceres, as celas e os subterrâneos das prisões do Temple e do Châtelet ficaram cheios de infelizes. A 14 de novembro, sete protestantes foram de lá arrancados, julgados, condenados e queimados na praça de Grève. O juiz prebostal d'Hallencourt tornara-se o homem mais temido de Paris. Os braseiros das fogueiras, guardados por uma tropa de arqueiros, iluminavam praças desertas por onde passavam algumas sombras que caminhavam de cabeça baixa e olhar fugidio.

Michel decidiu dedicar um pouco de tempo à realização do projeto de se aproximar de Catarina de Médici. Esse encontro determinaria suas vidas. Depois de examinar várias soluções, ele chegou à conclusão de que o mais simples seria lhe fazer chegar uma carta. Retomou o mapa astral da jovem italiana e deu início a um longo trabalho.

6.

O inverno se aproximava. Em certos dias, uma chuva fina e gelada caía sem parar, penetrando até os ossos. Embora não fosse bastante cerrada para apagar as fogueiras, envolvia-as de vapores como se fossem bocas do Inferno. Nos dias mais curtos, de sol raro, freqüentemente escondido por um céu baixo de nuvens plúmbeas, o brilho avermelhado dos braseiros representava a única fonte de luz. Michel trabalhava sem descanso para se abstrair da opressão que sufocava a cidade. Havia definido os eixos do discurso que queria apresentar a Catarina de Médici. Graças à análise detalhada de seu tema, ele conseguira estabelecer com precisão o período em que a fecundação se daria com certeza. Tinha agora de pensar nos remédios que poderiam levá-la a uma melhor disposição: um perfume cujo buquê atiçaria os ardores de seu infiel esposo, e um banho a ser tomado durante nove dias, ativado com essências.

Compreendeu que era a confluência de dois sangues antagônicos — que nada teria levado a se misturar, a não ser interesses mal interpretados — que impedia a procriação. Ocupando o trono da França desde 1328, o sangue dos Valois se enfraquecera. Michel sorrira para si mesmo imaginando Saint-André exclamar: "O que você quer, meu caro? É o que acontece de tanto casamento entre primos!" Diante desse sangue de suprema nobreza cujo vigor se atenuara, encontrava-se, fervilhando de força, o de uma plebéia, dado que descendente de boticários que se tornaram banqueiros. Seria preciso, então, simultaneamente, revigorar o sangue Valois e enobrecer o sangue Médici. Logo, operar uma transmutação. Mas qual, e de que forma?

Numa manhã em que acompanhava Blanche ao mercado, Michel parou diante de uma raiz de gengibre na banca de um vendedor de especiarias. Utilizava-a com freqüência em seus preparados medicinais e conhecia-lhe todas as virtudes. Como podia ser tão feia e mirrada contendo tanta energia, ter sabor tão violento prodigalizando tantos benefícios? Teve uma idéia luminosa. Iria fazer uma geléia. Parecia loucura visto que o gengibre não continha nem uma partícula do açúcar indispensável. No entanto, não duvidava um instante sequer de conseguir transcender aquela raiz para utilizá-la como um fruto. Essa transmutação seria a chave para outra transmutação na qual pensava.

Se Catarina tomasse uma colher a cada manhã, seu organismo se revigoraria, produzindo um crescimento da força da alma, já extraordinária. Esse vigor em constante expansão lhe permitiria suportar inúmeras provas que ainda teria de enfrentar antes de se tornar rainha da França e mãe de três reis.

Rainha da França, mãe de três reis? Esse pensamento, que com freqüência lhe vinha à mente, de início pareceu-lhe bizarro. Depois do profundo exame de seu tema astral, ele não duvidava mais de que isso aconteceria num dia da primavera de 1647. Michel sabia que os astros jamais mentiam quando se tratava de soberanos, uma vez que, como eles, estes eram depositários do plano divino. A coreografia dos planetas se desenvolvia no ritmo do universo, insensível às aberrações humanas. O destino dos reis encarnava fugidiamente sua secreta figuração terrestre. Erraria ele interpretando-lhes a mensagem? Achava que não. Verificou muitas vezes seus cálculos, utilizando-se de métodos diferentes: babilônio, cabalístico, ptolomaico. O prognóstico não variava. Acontecimentos extraordinários, que perturbariam a ordem de sucessão ao trono da França, se produziriam.

Saint-André manifestara-se três dias depois da nomeação de d'Hallencourt. Sinceramente preocupado com a segurança de Michel e Blanche, suplicara-lhes que não fizessem nada que pudesse atrair a atenção sobre eles, ou dar um pretexto para uma denúncia. Ao ouvir isso, o rosto de Blanche fechara-se, e ela dirigiu a Michel um olhar de alerta que Saint-André surpreendeu. Imediatamente reagiu.

— Sei, minha senhora, que desconfia de mim. Não lhe quero mal por isso. Com freqüência tenho modos irritantes para quem aprecia a autenticidade. Rogo-lhe, contudo, que não duvide de minha fraterna amizade por Michel e de meu profundo respeito pela senhora.

Longamente ela sondou seu olhar, que não pestanejou, entregando sem artifícios a verdade de seu coração, e acabou aquiescendo.

— Eu acredito no senhor.

Ele lhe agradeceu com uma inclinação de cabeça e se virou para Michel.

— Nada sei sobre suas ocupações e nada quero saber. Talvez até você seja simplesmente o perfumista de talento que as belas elogiam. Não importa. Para mim, você representa um espírito raro e precioso. Não quero que lhe aconteça nenhum mal nos tempos obscuros que se anunciam. Assim é que tomei a liberdade de cuidar de sua segurança.

Tirou do gibão um documento selado que entregou a Michel.

— Aqui está um salvo-conduto que o protegerá contra as iniciativas dos capangas do maldito d'Hallencourt. Esse homem é pior que a peste!

Michel abriu o documento e o examinou. Constatando que levava o selo real, tomou um susto.

— Nosso bom rei assinou alguns documentos como esse para o uso de pessoas cujo serviço não poderia sofrer perturbações — explicou Saint-André, secretamente encantado por ver Michel finalmente impressionado. — Permiti-me acrescentar você à lista.

Saint-André voltou para seu palácio, encantado consigo mesmo e com seus anfitriões. Saint-Rémy não lhe dissera uma palavra sobre Marie. Contudo, que tortura para ele saber que o homem designado para esmagar os parisienses com um punho de ferro era o pai daquela que amava. E que dilaceramento sabê-la seqüestrada por aquele monstro. Chegaria o dia em que Michel seria obrigado a se abrir se quisesse rever Marie. O salvo-conduto representava uma poderosa antecipação dos privilégios aos quais apenas Saint-André poderia lhe dar acesso. Forçosamente, ele iria querer mais. Seria então necessário que desse algo em troca, que contasse o que havia decifrado no destino dos príncipes. Sem se dar conta, já começava a revelar seus segredos.

Saint-André ficou surpreso quando Michel lhe explicou por que motivo conservava frutos e legumes em forma de geléia. Cada planta guardava princípios ativos benéficos para o organismo com diferentes propósitos. Tratava-se simplesmente de aproveitar seus benefícios fora da estação. Que engenhosidade! Que modo revolucionário de encarar a medicina, com fim não mais curativo, mas preventivo, e isso, deleitando-se. Aquele homem era decididamente excepcional! O que não o impediria de curvar a nuca enrijecida quando a falta de Marie d'Hallencourt se tornasse por demais lancinante.

O Natal chegou e passou tristemente sem que Michel tivesse podido ver Marie. Blanche fizera questão de acender as nove luzes de Hanukah como havia feito em todos os anos de sua vida. Michel cedeu. No ambiente de repressão e intolerância odiosa, ele sentia ressurgir o atavismo judeu. O salvo-conduto conseguido por Saint-André garantia-lhes a segurança, mas a sorte de todos os desconhecidos, sem defesa ou proteção, destinados à fogueira, devastava-lhe o coração. Apesar das celebrações, dos presépios vivos nas igrejas e do espírito de solidariedade reinante com os vizinhos e amigos, Michel e Blanche pressentiam, sem, contudo, falar a respeito, que àqueles dias sombrios sucederiam horas bem piores.

A ferocidade da repressão exercida por d'Hallencourt teve como desastrosa conseqüência o afastamento dos príncipes alemães aos quais, por sua tolerância esclarecida, Francisco I se aliara durante o enfrentamento recorrente com Carlos V. Por outro lado, o rei se encontrava confrontado com um novo papa, Paulo III, temível manipulador que pretendia reforçar a unidade dos católicos a fim de recolocar a Igreja romana no centro do tabuleiro político europeu, posição que ela sempre ocupara até um passado recente.

O rei se via obrigado a enviar ao papa uma forte indicação de que a França continuava sendo a filha mais velha da Igreja. Logo após as festas de Natal, ele promulgou um edito que tornava a imprensa fora da lei e ordenava o fechamento das livrarias a fim de entravar a publicação de escritos subversivos, ou heréticos. Essa medida foi favoravelmente acolhida, mas não bastou. Então, em 21 de janeiro, maldizendo os Guise e seus cúmplices extremistas que o meteram naquela situação, Francisco I pôs-se à frente de uma grande procissão expiatória.

Numa atmosfera de terror sagrado, o cortejo subiu pela harmoniosa fileira de casas da ponte Notre-Dame. O alto clero caminhava à frente, precedendo as santas relíquias exibidas na ocasião: a coroa de espinhos, uma gota do sangue de Cristo, uma gota do leite da Virgem. O rei seguia a pé, cercado pela família e escoltado pelos representantes da nobreza de sangue. Durante o te-déum que se seguiu, celebrado na catedral de Notre-Dame, o rei da França renovou seus votos de submissão a Deus, do qual provinha seu poder. Em seguida, os coros e a assistência entoaram hinos à glória do Todo-poderoso, repetidos em altos brados por milhares de parisienses que estavam do lado de fora, tremendo de frio, os pés gelados. Os ecos desses cantos ressoaram pela cidade, repercutindo progressivamente a confirmação da fé oficial do reino da França.

À saída da cerimônia, Francisco I apareceu ao público no átrio onde seis protestantes tinham sido amarrados aos postes de suplício. Na presença dos dignitários da Igreja, da nobreza e dos representantes dos corpos constituídos, declarou solenemente que, se seu braço estivesse infectado com tal podridão, poderia separá-lo do corpo. A arenga terrível terminou com essas palavras:

"Quero que esses erros sejam banidos de meu reino e não quero desculpar ninguém. Se meus filhos estivessem manchados por eles, eu mesmo gostaria de imolá-los."

Em seguida, os ajudantes do carrasco atearam fogo nas fogueiras.

Misturado à multidão, Michel assistia ao suplício com os olhos cheios de horror e o coração em frangalhos. O esplendor da catedral servia de cenário para a abjeção. As figuras da galeria dos reis pareciam estremecer. Em seguida, a imagem da rosácea também se obscureceu enquanto a fornalha dos braseiros irradiava cada vez mais alta. Então, erguendo os olhos para o céu plúmbeo, viu sobre os telhados o manto de neve deslocar-se. Fragmentava-se, escorria, fundia-se em filetes, pingando até mesmo das calhas. De repente, quando o último poste de suplício acabava de cair, devorado pelas chamas, as gárgulas com figuras monstruosas puseram-se uma a uma a vomitar uma mistura imunda de neve derretida e cinzas.

Foi o fim do Belo Renascimento.

Dez dias depois, Michel concluiu o trabalho que realizara para se aproximar de Catarina de Médici. Reescrevera nove vezes a carta antes de chegar a um resultado satisfatório. A missiva começava assim:

> **Senhora, não perca a esperança de, um dia, dar um digno herdeiro ao Trono da França.**

Michel prosseguia, expondo os resultados da análise do tema astral de Catarina. Indicava-lhe o período em que, de acordo com os resultados de seus cálculos, ela estaria apta a procriar: na primavera de 1543, ou seja, dali a oito anos, e estabelecia que seu primogênito viria ao mundo quando o Sol passasse de Capricórnio para Aquário. Em seguida, fornecia-lhe a receita de um banho de amor e de um perfume especialmente composto para ela, assim como a da geléia de gengibre. Tinha a intenção de acrescentar amostras dos três produtos.

O problema agora seria encontrar um meio de fazer chegar tudo discretamente à destinatária. A única pessoa com quem sabia poder contar sem reservas era Isabelle de Guéméné, cuja amizade jamais fora desmentida. Mulher esperta e atenciosa com um homem que tanto lhe agradara, Isabelle notara imediatamente a metamorfose que se operara em Michel. Ele ainda era espirituoso, mas uma espécie de seriedade serena marcava agora suas palavras. Portanto, amava. Depois de uma fisgada no coração, ela não sossegou enquanto não soube tudo sobre o romance. Michel acabou contando-lhe tudo e suplicando-lhe que não revelasse nada a ninguém, sobretudo a Saint-André.

— Nem a ele? — espantou-se ela. — Contudo, ele é seu amigo.

Michel esquivou-se.

— Você sabe como ele ri de tudo, especialmente do amor.

Isabelle o observou, pensativa. Percebia-se que ele carregava mistérios; era talvez capaz de poderes sobre-humanos. Como seria apaixonante seduzi-lo agora. Mas o resultado seria o mesmo, e os arrependimentos, ainda mais dolorosos. Ela prometeu guardar segredo.

E agora ele lhe pedia para transmitir uma mensagem a Catarina de Médici que há pouco se convidara para o salão que Isabelle mantinha todas as semanas. Surpresa diante de tanta honra, Isabelle constatou rapidamente que a pequena italiana tinha espírito mordaz e gosto seguro. As duas mulheres apegaram-se uma à outra, se não por afeto, pelo menos por simpatia.

Isabelle achou estranho que Michel lhe pedisse para não mencionar seu nome. Ela deveria entregar-lhe o pacote como vindo da parte de um desconhecido.

— E se Catarina quiser saber mais, o que lhe direi?

— Tudo dependerá do que ela quiser saber — respondera Michel, enigmático.

— Por que esse interesse por Catarina? Todos sabemos que ela não representa nada e não tem futuro algum. Seu esposo a negligencia para resfolegar na barra da saia de Diane, quando não fornica com tudo o que consegue agarrar. Ela não lhe dá filhos e, aliás, para quê, já que não teriam futuro?

Ela viu o olhar de Michel se acender com uma chama até então desconhecida. Ele se debruçou sobre ela, murmurando:

— E se eu lhe dissesse que ela marcará a História da França e até mesmo a do nosso século?

— Por que por seu intermédio? — perguntara Catarina a Isabelle de Guéméné, depois de lançar uma olhada no conteúdo do pequeno pacote de Michel.

— Minha perplexidade se iguala à sua, senhora — respondera prudentemente Isabelle.

Desde a confidência de Michel, Isabelle via Catarina com novo olhar. Discernia sob os traços adolescentes uma autoridade que impunha respeito, e uma inteligência de uma acuidade quase que assustadora. Sobretudo quando, como naquele momento, Catarina lançava sobre ela um olhar observador. Isabelle teve a certeza de que ela não tinha acreditado, mas se contentou com a resposta. A sombra de um sorriso passou pelo rosto de Catarina antes de comentar:

— Pode-se crer que o mensageiro sabia que aqui eu me encontro numa casa de confiança.

Ela esboçou uma reverência e respondeu muito simplesmente:

— Esteja certa, senhora, de que será sempre assim, enquanto quiser honrar minha casa com sua presença, e mesmo depois.

Catarina fechou-se em seus aposentos e se atirou sobre a missiva que lhe havia endereçado o misterioso desconhecido cuja elegante escrita ela apreciava. Ninguém jamais analisara seu tema astral com tamanha sutileza. Ela reconhecia todas as facetas de seu caráter, inclusive as mais tenebrosas. Aquele homem a desvendara. Compreendia, ao lê-lo, que ele nada ignorava de suas angústias e ambições, de seus desejos e frustrações. Nenhum dos que partilhavam sua intimidade sabia, ou jamais saberia tanto.

Ele lhe falava em seguida da promessa dos astros. O que anunciava teria parecido inconcebível a qualquer outro que não ela; mas ela acreditava nele. Aquele documento continha todas as respostas às suas indagações secretas. Predizia também que ela sofreria enormemente por não ser amada ou estimada como merecia, mas que, em compensação, ultrapassaria de muito longe aqueles que a denegririam. Anunciava, por fim, que ela seria rainha da França e daria à luz três reis, acrescentando:

> **Não sou eu quem diz, Senhora, são os astros que não poderiam mentir, visto que são eternos, sem paixão, sem sofrimento nem desejo, enquanto nós só podemos passar atormentados a cada dia pela consciência de nossos limites. Alguns, porém, como a senhora, sabem vencer os sofrimentos para alargar esses limites humanos. E se tornam, então, novas estrelas no firmamento da História da Humanidade.**

Ela refletiu durante três dias sobre o melhor modo de reagir a essa mensagem de esperança. Esse tempo lhe deu oportunidade para experimentar o perfume, que produziu no esposo um efeito notável, e provar a geléia com a qual se deleitou, tanto mais que, cozinheira refinada, sabia como não deixar que faltasse, já que possuía a receita que não passaria a ninguém.

O mago desconhecido anunciara que seu destino só alçaria vôo dali a oito anos. Sua mensagem a estimulava a não perder a confiança. Tudo o que ela tinha a fazer agora era não se deixar ferir pelas vilanias e se preparar para o tempo da ação.

Não tinha dúvida de que o mago apareceria no dia certo. Poderiam então se falar. Até lá, ele deveria permanecer seu misterioso mensageiro das estrelas. Tentou imaginar seu rosto. Estranhamente, o que se impunha à sua mente era o do homem jovem e belo visto na galeria no dia em que Jacques Cartier prestava contas de sua missão. Sentira que ele captava seus pensamentos apesar de sua resistência.

Antes mesmo que Catarina de Médici lhe tivesse ordenado que se informasse sobre o desconhecido da apresentação dos selvagens, Ruggieri reconhecera nele seu adversário. Notara seus olhos, percebera seu poder e logo compreendeu que jamais teria a capacidade de se medir com ele. Ruggieri não era mau astrólogo, nem boticário medíocre. Sabia de cor a obra de Ptolomeu e conhecia o segredo de algumas receitas potentes. Todavia, sua erudição jamais lhe permitira cuidar dos males que atormentavam sua protetora, nem torná-la fecunda. Para sua infelicidade, ele também era muito inteligente para ignorar que, não importava o que fizesse, continuaria sempre desprovido de genialidade. Assim, por despeito por não poder atingir as esferas luminosas do Saber superior, aplicara suas forças no domínio do poder obscuro. Jogando com a mórbida fascinação que sabia exercer, impusera-se a Catarina de Médici, cujo gosto pelo oculto confinava às vezes com a credulidade. Ele não queria absolutamente que pessoa alguma viesse privá-lo de sua renda, mas, tendo Catarina assim ordenado, precisava obedecer, com a morte na alma.

Recentemente, sentira em seus aposentos os eflúvios de um perfume inebriante, capaz de despertar o desejo de um homem. Não conhecia aquele odor. De outra vez, ela lhe dera para experimentar uma geléia deliciosa, embora de sabor violento, perguntando-lhe em seguida de que se tratava. Diante de sua incapacidade em responder, ela exclamara, toda contente por vê-lo posto em xeque:

— É gengibre!

Foi inútil protestar que era impossível, visto que o gengibre era uma raiz e não um fruto. Não conseguiu desenganá-la. Ela não quis aceitar. Como não lhe dar razão? Tratava-se exatamente de gengibre. E como se isso não fosse o mais preocupante; ele a surpreendera escondendo furtivamente um documento no cofrinho onde guardava alguns segredos, e cuja chave jamais saía de seu pescoço.

Alguém dotado de talentos notáveis tinha conseguido entrar em contato com sua senhora. Quem, a não ser o desconhecido? Mas como? Graças a quem?

Não lhe foi preciso muito tempo para descobrir que o homem devia ser protegido do marquês de Saint-André. Ruggieri o apreciava. Sem conhecê-lo verdadeiramente, observara-o como observava a todos os que gravitavam em volta de Catarina e de seu esposo. Aquele marquês de alta nobreza francesa poderia ser florentino. Não se sabia o que de fato pensava, não se sabia se iria apunhalá-lo ao abraçá-lo.

Saint-André foi cativado assim que compreendeu que o verdadeiro objeto da visita de Ruggieri era seu interesse por Saint-Rémy. O feiticeiro italiano agia por conta própria, ou a mando de sua senhora? Aparentemente pelos dois. Restava determinar em que proporção. Que aqueles dois amantes de magia e outras diabruras se preocupassem com Michel indicava que tinham percebido nele um de seus semelhantes. Catarina esperava monopolizar seus talentos, enquanto Ruggieri, preocupado em preservar seus próprios interesses, desejava, logicamente, afastá-lo.

— Caro *Dottore*, eu responderia à sua pergunta com prazer — respondeu. — Mas veja, o homem estava apenas de passagem por Paris. Um pequeno perfumista de Toulouse que sonhava ver a Corte. Mas, enfim, ele se foi e não o veremos mais.

Deu tempo para que Ruggieri assimilasse a resposta e acrescentou, distraído:

— Pelo menos de imediato.

Ruggieri, que não era tolo, gostou da esquiva como um conhecedor. Saint-André quase que ditara a resposta que poderia dar a Catarina, e com a qual ela não poderia se ofender. Quanto a ele mesmo, obtivera a certeza de que seu concorrente em potencial estava afastado.

Quando Ruggieri se foi, Saint-André perdeu-se em conjecturas. O que é que Saint-Rémy tinha inventado para despertar o interesse de Catarina de Médici? Só poderia tratar-se de uma mensagem cujo teor a impressionara muito. Tudo isso poderia se tornar apaixonante. Saint-André tinha de obter as informações indispensáveis à orientação de seu próprio destino. A estúpida teimosia de Michel em nada revelar fazia com que às vezes quase perdesse o sangue-frio.

"Paz!", censurou-se. "Paciência! Ele me suplicará em breve."

Antes de ir ao encontro do delfim, Saint-André anotou, para não esquecer, que deveria exigir que Isabelle jamais mencionasse Saint-Rémy diante de Catarina de Médici. Sob pretexto algum a italiana e o provençal poderiam se encontrar.

Enclausurada com Bertrande nos aposentos do sinistro palácio gótico atribuído ao juiz prebostal d'Hallencourt para que ali exercesse sua terrível função, Marie encontrara refúgio na música. Não se passava um dia sem que ela trabalhasse várias horas no cistre e no canto. Os ecos de sua voz ressoavam às vezes bem longe, através dos corredores escuros e gelados, oferecendo a d'Hallencourt um inebriante sentimento de poder mesclado de deleite perverso. O canto tão puro de sua filha, que se unia aos lamentos dos supliciados, lembrava-lhe a voz de anjos prevalecendo sobre os urros dos danados.

Bertrande, por sua vez, ocupava-se com trabalhos de costura, ajustando ao tamanho de Marie vestidos de sua defunta mãe e adaptando-os com habilidade ao gosto da época. Tinha sempre ao alcance da mão uma tapeçaria inacabada com a qual poderia cobrir o trabalho se d'Hallencourt aparecesse.

Essa vida de reclusas fazia com que as duas mulheres sofressem terrivelmente. Nada lhes faltava, é certo, mas outras sofriam miséria e sevícias. Outras que elas viam, do outro lado da rua, com os punhos crispados nas grades das janelas da prisão do Temple, ou cujos lamentos ouviam, provenientes das salas de tortura situadas nos porões do palácio prebostal.

Uma tarde, Bertrande abrira de par em par a grande janela para aproveitar um pouco o ar puro do inverno. Marie tocava cistre, cantando uma triste canção. Um discreto chamado de Bertrande fez com que virasse a cabeça. Ela viu, então, do outro lado da rua, os rostos emaciados de prisioneiros que se comprimiam nas grades para ouvi-la. Perturbada, Marie se aproximou da janela e cantou ainda mais forte. Desde então, chovesse, ventasse ou gelasse, ela abria todos os dias sua janela quando tocava.

Num dia do fim de março, d'Hallencourt irrompeu nos aposentos de Marie e a viu de pé à janela, as faces molhadas de lágrimas silenciosas, cantando como jamais havia cantado para ele. Sua raiva explodiu. A música de sua filha lhe pertencia. Ninguém além dele tinha o direito de desfrutá-la.

Arrancou-lhe o cistre das mãos e derrubou-a no chão com uma bofetada formidável. Depois, com um brilho demente no olhar, despedaçou o instrumento contra a parede. Lascas de madeira voaram numa terrível dissonância, enquanto as cordas partidas estalavam como chicotes. Um grito fraco ressoou do outro lado da rua. Girando vivamente a cabeça, percebeu entre duas barras o rosto de uma moça loura que soluçava, brandindo o punho para ele.

Marie não emitiu um som. Levantando-se rapidamente, fez sinal para que a moça recuasse. Tarde demais. D'Hallencourt a vira. Pálido de furor, agarrou-lhe a cabeleira, torcendo-a, forçando-a a dobrar os joelhos.

— Você vai ver o que conseguiu, idiota!

Michel sentia um verdadeiro mal-estar físico todas as vezes que passava perto da prisão do Temple, de cujas altas torres emanavam os sofrimentos dos prisioneiros, acumulados ao longo dos séculos. Contudo, vencia a repugnância, pois aventurar-se naquelas paragens significava aproximar-se de Marie. Encontrara um pretexto plausível para a sua presença regular no bairro, ao descobrir ali a loja de um comerciante de especiarias. Apesar da proteção do salvo-conduto fornecido por Saint-André, não se sentia tranqüilo. Funestos pressentimentos o agitavam.

A imagem que o iroquês lhe transmitira voltara-lhe de repente à lembrança. Uma pantera à espreita, uma serpente erguida, um urso emboscado. A representação figurava aproximadamente a imagem simbólica atribuída a determinado grau do zodíaco[1] marcando a transição entre os signos de Libra e Escorpião. Como era estranho! Seria de se pensar que, sem concertar-se, povos nascidos sob céus diferentes partilhavam um mesmo fundo comum de arquétipos? O que o iroquês quis passar-lhe? Um alerta, ou apenas sua lucidez quanto ao próprio destino e o de seu povo, que pressentia trágico?

Debruçada na janela, Marie viu os soldados arrastarem a moça para fora da prisão. Eles a içavam agora na carroça do carrasco, enquanto d'Hallencourt se esgoelava em imprecações dirigidas aos curiosos que se aglomeravam. Nenhum deles teria imaginado protestar, mas a hostilidade apontava. Quando a moça ficou empoleirada no fundo da macabra carroça, soldados a cercaram. D'Hallencourt subiu na sela e tomou a frente do cortejo que se movimentou rumo à praça de Grève.

Diante desse espetáculo, Marie ficou lívida. Tremendo dos pés à cabeça, foi agitada por uma violenta convulsão, e sua cabeça tombou para trás. Bertrande só teve tempo de segurá-la antes que ela desabasse como morta. Bertrande detestava esses transes em que Marie mergulhava quando se encontrava em pensamento com Michel. Inutilmente sua protegida lhe explicara que isso era bastante natural; ela não conseguia se acostumar.

Michel se imobilizou. Cambaleando, sentiu os pêlos dos braços se eriçarem. Sentiu surgir em ondas em sua mente, irresistível como o fluxo do oceano, a presença de Marie. Reuniu todas as forças para juntar-se a ela. Um soluço apenas lhe respondeu. Compreendeu que ela se sentia impotente, desesperada. Concentrou-se na mensagem que ela tentava lhe fazer chegar. Pedia socorro. Embora nenhuma palavra tivesse sido pronunciada, compreendeu que ela su-

[1] As imagens simbólicas associadas aos 360 graus do zodíaco, chamadas também de monômeros, remontariam ao calendário tebaico egípcio, de mais de 3 mil anos.

plicava que ele fizesse alguma coisa. Quase podia ouvir sua voz suplicar: "Aju-de-a! Ajude-a!"

De repente, bem próximo, ressoou o rangido das rodas da carroça do carrasco. Normalmente, Michel fugia desse rumor funesto, não por fraqueza de alma, ou covardia, mas porque temia demonstrar sua revolta diante dos infelizes assim exibidos ao povo no caminho do suplício. Dessa vez, lançou-se desvairado pelas ruelas desconhecidas, guiado unicamente pela assustadora litania de estridências metálicas e pelo lamento de Marie, ressoando em sua cabeça.

Chegou à Grand-Rue du Temple, que ligava a prisão à praça de Grève. Ali, erguendo-se por sobre as cabeças, avistou a uns 50 metros a silhueta de uma mulher de cabelos louros que oscilava ao ritmo dos solavancos da carroça. Com o coração na boca, às cotoveladas, aproximou-se dela. Alternadamente agarrado e afastado pelos movimentos da multidão, tinha a sensação de não avançar. Contudo, tinha de aproximar-se da infeliz que levavam para o suplício. Abriu caminho à força, indiferente às reclamações.

Quando chegou à primeira fila do cortejo, chocou-se com o cordão de soldados que cercavam a carroça. Então, prosseguiu, acompanhando a coluna, mais febril a cada passo, até chegar à altura dela. A inocente levada ao carrasco ainda não era nem mesmo uma mulher. Teria 14 anos? A miséria e o terror tinham gravado seus estigmas no rosto magro. A sujeira da prisão incrustada na pele estava sulcada de lágrimas secas. Os olhos claros, sublinhados de olheiras roxas, não podiam mais chorar. Fixavam o vazio, já ausentes de vida. De sua camisa, com as mangas arrancadas, emergiam braços descarnados entravados por uma corda mais grossa que eles.

Aquela criança só conhecera a fome e, sem dúvida, maus-tratos. Seu coração teria pelo menos uma vez palpitado de amor? Ela iria, porém, morrer em alguns minutos, sacrificada em nome de falsos pretextos ditados pela cegueira fanática.

Deus não podia querer semelhante crueldade em Seu nome. Ele não podia se alegrar com isso — repetia Michel para si mesmo, com os olhos cheios de lágrimas. Ele gostaria de apertar aquela criança nos braços, limpar-lhe o rosto, arrancá-la daquele pesadelo e devolvê-la à vida. "Ajude-a! Ajude-a!" — não parava de repetir a voz de Marie em sua cabeça. Mas ele nada podia.

A moça se virou para Michel. Piscou os olhos. Ele captou seu olhar, não o largou mais e continuou caminhando na altura da carroça. Apelava para todos os seus recursos a fim de lhe transmitir um pouco de força, dissipar-lhe o medo, mas seus esforços lhe pareceram derrisórios diante da morte prometida. Contudo, a angústia desapareceu do rosto da moça, dando lugar a uma espécie de calma resignação.

O sinistro cortejo chegou à praça de Grève. A vítima foi atirada carroça abaixo. Arrastaram-na até a fogueira, amarraram-na, apertando os laços até que penetrassem em seus membros descarnados.

"Feiticeira! Queimem a feiticeira!", gritavam algumas vozes espalhadas na multidão. Outras testemunhas, as mais numerosas, choravam de pena.

A moça levantou a cabeça, desafiando seus torturadores. Seus olhos não demoraram muito a encontrar os de Michel. Ela não estava preocupada com o mestre executor mascarado que se aproximava do poste do suplício, esperando a ordem do cavaleiro que havia dirigido o cortejo e que agora se mantinha próximo da fogueira. O homem a cavalo balançou a cabeça. O carrasco deitou fogo nas achas besuntadas com piche para garantir uma queima rápida. Acres volutas negras logo se levantaram.

Michel compreendeu, então, que seu único poder seria o de abreviar a agonia da supliciada. Se ela inspirasse a infecta fumaça a plenos pulmões, perderia os sentidos e morreria asfixiada, em lugar de sofrer as insuportáveis mordidas do fogo. Se tivesse a coragem de fazer isso, tornar-se-ia dona da própria morte. Recuperaria a dignidade de que a tinham despojado. Com os olhos arregalados, ela o olhava intensamente e, tendo esboçado um sorriso triste, abriu a boca e prendeu a fumaça que começava a envolvê-la, mais e mais, bebendo a própria morte.

"D'Hallencourt! Assassino!", urrou a voz de uma mulher.

O homem a cavalo estremeceu. Brutalmente girou a montaria que pateou e resfolegou. Dominou-a com um violento puxão de rédeas, depois do quê, de pé nos estribos, escrutou calmamente a multidão com um olhar predador. Quando localizou quem pensava ser a praguejadora, apontou-a para os soldados com um movimento seco do queixo. Quatro deles avançaram para a multidão para agarrá-la, mas não chegaram até ela. Quando quiseram romper as fileiras de testemunhas para alcançá-la, afundaram-se na massa movente de corpos apertados uns contra os outros, que se esquivavam deles, resistindo, e a mulher desapareceu.

— De volta às fileiras! — exclamou o homem a cavalo com uma voz breve, áspera.

Os guardas logo retomaram seus lugares no quadrado formado em volta da fogueira transformada em fornalha que vomitava um gêiser de chamas laranja e fumaças negras. Dificilmente perceptível no meio do braseiro, uma forma encarquilhada, que diminuía, lembrava que um ser vivo, uma criança, tinha cessado de viver.

Uma rajada de vento fez as chamas girarem e lançou sobre a praça um abominável cheiro de carne carbonizada. Indiferente ao fedor, Michel observava o homem a cavalo que, conduzindo a montaria a passo, desfilava lentamente, dominando a multidão com um olhar imperioso. Todo vestido de negro, usava por cima do gibão uma casaca de couro forrada de vermelho sangue. Quanto às mãos, longas, magras, nodosas, repousando a meio no arção da sela, pareciam garras de um abutre à espera de sua hora. Assim apareceu pela primeira vez a Michel o barão Gerfaut, senhor d'Hallencourt, grande juiz prebostal e pai daquela que ele amava. Um ataque de angústia apertou-lhe a garganta. Um terrível pressentimento cuja natureza não podia determinar. Recuou, tremendo, e desapareceu na multidão.

Ao chegar à rue Ave Maria, Michel avistou Blanche em companhia de uma mulher cujos ombros ela apertava enquanto lhe falava. Apressou o passo, quase que correndo, para ir ao seu encontro.

— Obrigada, senhora, obrigada. A senhora me devolve a esperança — dizia a mulher.

O sangue de Michel subiu à cabeça. Blanche continuava dando consulta de vidência apesar das decisões tomadas. Segurou-a pelos braços e a arrastou para casa. Quando a porta se fechou, Blanche o considerou, de forma cândida.

— Essas pessoas precisam de mim. É meu dever ajudá-las, se puder. Não se esqueça nunca de que devemos dar na medida do dom que recebemos.

— Eu sei qual é nosso dever. Mas é muito perigoso neste momento! — disse ele com vigor.

Surpresa com sua veemência, ela o encarou. Jamais o vira tão desamparado. Conhecia aquela sensação animal da iminência de um perigo impossível de ser definido.

— Podemos sair de Paris, se você acha melhor... — acabou sugerindo com voz suave.

A sugestão deixou Michel embaraçado. Afastou-se, deu alguns passos indecisos e se deixou cair numa poltrona, com os ombros arqueados, a cabeça baixa. Quando ergueu os olhos para Blanche, tinha uma expressão perdida, quase infantil.

— Não posso — balbuciou.

Ela aprovou, cheia de amor e compaixão.

— Você não pode. Creia-me, de nós três, é Marie quem merece mais compaixão. Nós somos livres.

Ele se levantou e, tendo beijado Blanche no rosto, dirigiu-se à escada e subiu ao quarto de trabalho. A velha senhora o acompanhou com os olhos, perturbada. Ele tinha alcançado o desapego. Seu futuro se punha em marcha. Nada nem ninguém poderia impedir coisa alguma.

Era sexta-feira, 19 de março de 1535. O Sol acabava de entrar no signo do Áries, abrindo um novo ciclo de estações. A Lua cheia de prata líquida em fusão iluminava o céu noturno, esbatendo o cintilar das estrelas.

Sentado no chão, sozinho na mansarda inundada de luz, Michel não precisou acender vela. As cartas do Tarô estavam espalhadas diante dele. O Sol, a Roda da Fortuna, a Torre, a Papisa, o Eremita... Conhecia todos os seus possíveis significados, mas os arcanos não lhe falavam.

Juntou as cartas, recompôs o baralho e se levantou. Quando se dirigia para a janela, um leve toque fez com que estremecesse. Girando sobre si mesmo, viu Blanche, que o observava da entrada do cômodo. Ela usava uma longa túnica presa na cintura por um cinto de ouro cuja fivela representava o Uróboro,[2] a serpente que morde a própria cauda, e uma faixa de prata ornada com um escaravelho egípcio representando o deus Kheper,[3] símbolo da eternidade.

— Por que se obstinar desse modo, meu filho? — perguntou ela com uma voz profunda que ele desconhecia.

Ela foi até o centro do quarto, onde se plantou de pé, na claridade lunar, e prosseguiu:

— É nossa maldição. Somos cegos para nosso próprio futuro. Cegos para o futuro daqueles que amamos. Todas as vezes que você tentar, a despeito de tudo, decifrar seu destino terá a impressão de se olhar num espelho que devolverá apenas sua própria imagem flutuando no vazio. O que o cerca aparecerá sempre como um teatro de sombras. É o preço que temos de pagar.

Estendendo os dois indicadores unidos, ela girou lentamente sobre si mesma com a graça de uma dançarina sagrada, e fez sinais para que Michel se juntasse a ela no círculo que assim havia traçado.

— Dê-me suas mãos.

Compreendendo o que se seguiria, Michel não se moveu.

— Por que agora? — murmurou.

— Você encontrou sua alma gêmea. Marie é a terra nutriz na qual seu fogo interior vai poder incubar até jorrar através do Éter para ligá-lo ao Todo.

---

[2] Símbolo alquímico muito poderoso, presente em muitas civilizações antigas. Surgiu inicialmente no Egito, no século XVI a.C., e representa o início e o fim, o Yin e o Yang, o ciclo da vida liberta da morte, o ser andrógino.

[3] Representa o princípio de todas as transformações, de todas as evoluções. Permite ao homem não afundar no imobilismo e na fixidez.

Desse modo, você se tornará uma passarela que ligará o que está no alto e o que está embaixo. Nesse momento, sua verdadeira vida começará.

— Então, ela é o elemento que faltava... Enquanto isso, tenho medo de me enganar. Mas o que sentimos me parece cada dia mais inscrito na justeza...

Blanche balançou a cabeça com um sorriso acolhedor.

— Justeza é a palavra. A justeza não tem nada a ver com a justiça dos homens. As noções de bem e mal são apenas humanas, logo, variáveis segundo os lugares e as épocas. A justeza se inscreve na eternidade. Ela é a garantia do equilíbrio universal.

Michel deu um passo em sua direção para juntar-se a ela no círculo. Ela o interrompeu.

— Devo, no entanto, adverti-lo. O caminho que se abre a você será cruel. Você verá no fundo do coração de cada pessoa antes que ela tente penetrar no seu. Você saberá então que os homens sinceros são tão raros quanto flores no deserto. Você não terá mais paz, pois discernirá sem trégua a violência e o ódio à espreita. Você perderá o sono, pois, onde os humanos encontram o esquecimento, você encontrará a consciência esfolada da humanidade. Porque você encontrou a alma gêmea, nada disso o destruirá e você se tornará o carro da *Shekhinah*.[4] Está preparado?

Michel balançou a cabeça e, tendo avançado um passo para dentro do círculo traçado por Blanche, estendeu as mãos do modo como ela havia ordenado. Ela segurou-lhe os pulsos, posicionando com precisão os dedos que, um após outro, pressionaram um ponto específico. Depois, interrogou-o com os olhos. Ele fez sinal de que compreendera. Ela o soltou e, por sua vez, estendeu as mãos.

— Faça você agora.

Lentamente, penetrado da intensidade do que iria acontecer, ele posicionou devagar os dedos assim como ela havia feito. Então, quando os dez contatos tinham sido firmemente estabelecidos, começou a perceber concretamente a energia que animava Blanche. Essa conexão material estabelecida pela ponta dos dedos poderia servir apenas para captar o estado físico de um indivíduo, mas ela também abriria para a alma e para os pensamentos. O que via na alma de Blanche era luz e bondade.

Blanche balançou a cabeça, satisfeita com o modo pelo qual Michel tinha executado perfeitamente a pegada. Preparando-se para lhe transferir o que tinha sido sua riqueza, mas também seu fardo, ela sorriu estranhamente enquan-

---

[4] Presença divina.

to seus traços se revestiam da majestade hierática de uma divindade vinda do fundo das idades, e pronunciou solenemente, com voz de eternidade:

— Meu filho, você já possui a ciência. Eu lhe transmito o poder que o elevará acima dos humanos. É sua herança. Faça bom uso dela.

De repente, Michel sentiu um prodigioso fluxo de energia atravessá-lo. Sentiu o coração e o cérebro se dilatarem. Seus olhos se arregalaram com a sensação de ser atirado no caldeirão de prata em fusão da Lua cheia. Em seguida, Blanche soltou as mãos, e Michel recuperou a consciência, voltando à percepção normal. Diante dele, sua avó era novamente uma velha senhora cheia de bondade.

— Agora — concluiu ela —, você vai esquecer tudo o que aprendeu nos livros e deixar que isso viva através de você. Agora, nosso nome secreto vai ressoar de novo no Oculto.

— Nostradamus... — murmurou Michel, infinitamente perturbado, pois ouvia novamente naquele instante a voz musical de Jean salmodiar o vocábulo antigo ao seu ouvido.

— Nostradamus — modulou Blanche, transformando a palavra numa evocação de harmonias enfeitiçantes.

Porque cada letra possuía uma tonalidade específica, sua combinação formava um acorde cujo arpejo podia ser desfiado. Acorde tão rico e invocador quanto o nome era raro.

Ora, o de Nostradamus era único.

Quando Michel despertou de um sono sem sonhos, profundo e reparador, teve a impressão de ter dormido 12 horas. Não foi assim. De fato, a verdadeira ausência no mundo durara apenas três horas.

Olhando-se no espelho, ficou espantado ao descobrir um rosto liso e claro, como que lavado das feridas deixadas pelas inquietações cotidianas. Jamais teria imaginado que a revolução interior que nele se havia operado deixasse uma marca tão visível. Sentia-se decantado. Vinham-lhe pensamentos novos, respostas límpidas para o que antes era tudo confusão. Essa dilatação do ser não durou. Após uma hora, recuperou a expressão costumeira, displicente e refletida, mas continuava sentindo uma força palpitar docemente através de todo o seu ser. Compreendeu que acabara de atingir o total domínio do corpo e do espírito.

O primeiro lugar aonde Michel quis ir para inaugurar a nova vida foi ao passeio onde ele e Marie tinham trocado as primeiras palavras. O degelo chegara, aumentando o volume do rio. O Sena, que saíra do leito, inundando as margens, submergia o caminho à beira da água. Michel soube o que tinha de fazer. Marie não poderia ficar reclusa. Quem senão Saint-André teria o poder de conseguir sua liberdade? Haveria, sem dúvida, uma contrapartida para esse favor. Michel sabia qual, desde que o outro procurava em todas as oportunidades fazê-lo falar dos temas astrais que lhe fornecera. Procuraria não falar demais. Ao menos, não evocaria a estranha morte anunciada do delfim da França. Mandou que levassem uma mensagem a Saint-André, pedindo para vê-lo sem demora. A resposta lhe chegou quase que imediatamente na forma de um convite para jantar em sua casa.

Quando Michel concluiu a narrativa de seus amores com Marie d'Hallencourt, Saint-André o abraçou.

— Eu poderia ficar mortalmente zangado com você por não me ter revelado antes esse romance, mas vejo-o tão infeliz que não posso aumentar sua aflição.

Michel sabia que Saint-André era rico, mas não imaginava tal refinamento na opulência. A casa parecia votada ao culto da beleza sob todas as formas. Pinturas, esculturas, tapeçarias, tapetes, ourivesaria, tudo era admirável. E agora, aquela ceia fina em conformidade com a harmonia do lugar. Saint-André revelava-se um homem decididamente notável.

— Aos seus amores! — propôs Saint-André, erguendo o copo. — E, desta vez, o voto não será uma frase vazia.

Ficaram em silêncio enquanto o mordomo servia e, quando ficaram sozinhos, Saint-André continuou:

— O rei lamenta o excesso de zelo do barão. De qualquer modo, o detestável d'Hallencourt tem uma filha que você ama e que o ama. O que vamos fazer para arrancá-la dele? Você disse que ela é musicista?

— Canta melhor que uma sereia.

— Isso é perfeito! Deixe-me agir. Daqui a três dias você verá sua Marie.

A segurança dele deixou Michel paralisado. Enquanto ele procurava em vão palavras de agradecimento, Saint-André emendou.

— Agora que esse assunto está resolvido, voltemos, se quiser, às nossas discussões habituais. Debatamos, especulemos, filosofemos como dois bons amigos que somos. E, sobretudo, embriaguemo-nos — concluiu, servindo novamente a bebida.

O resto da noite passou sem que Saint-André fizesse uma só vez alusão aos temas astrais e ao futuro de seus protegidos. Excetuando-se as especulações metafísicas, sua única preocupação pareceu ser a exacerbação das paixões religiosas, portadoras, segundo ele, de catástrofes.

— Eu só poderia lhe dar razão — concordou Michel. — Que o Todo-poderoso nos preserve das guerras de religião conduzidas em Seu nome. Temo, infelizmente, que a loucura dos homens ponha seu poder em xeque. Todas essas paixões desviadas levam a um massacre. A guerra religiosa manchará este século.

Bruscamente, sem que nenhum dos sinais habituais lhe tivesse permitido antecipá-lo, foi possuído por suas fagulhas. Os olhos vidrados, a voz branca, o sopro curto, resmungou uma série de palavras aparentemente incoerentes, enquanto sua mão se agitava sobre a toalha como se escrevesse.

Mais fascinado do que assustado, Saint-André ouviu:

— A Hege... Quatrocentos... Diatribe... No quarto dissonante...[5]

O transe de Michel cessou tão abruptamente quanto começara. Piscou os olhos e dirigiu um sorriso um pouco embaraçado a Saint-André.

— Você vê que estou confuso. Essa aflição nervosa de que sofro desde a infância não tem nada de muito interessante. Habituei-me e sei, em geral, precaver-me desses acessos. Salvo, às vezes, quando uma emoção intensa...

— E a hipótese de uma guerra religiosa diferente da dos católicos com os protestantes ofereceu-lhe tal emoção? — interrompeu-o Saint-André. — Você parou bem no meio de uma frase e encadeou uma seqüência de palavras obscuras.

— Quais?

Saint-André repetiu-lhe o que tinha compreendido. Michel retomou-as a meia-voz, gravando cada uma delas na memória a fim de anotá-las assim que estivesse de volta a casa.

— Tudo o que posso dizer agora é que, um dia, se pedirá que nossos descendentes prestem contas dos crimes da Igreja e dos nossos.

— Isso dá arrepios.

— Não será amanhã, tranqüilize-se!

— Bebamos a essa feliz notícia — exclamou Saint-André, pegando uma garrafa de vinho de Douro,[6] tão raro quanto delicioso.

Saborearam o néctar, partilhando um instante de perfeita e fraterna harmonia. Saint-André retomou:

---

[5] Na verdade, Michel menciona a Hégira (a emigração de Maomé) e Iatribe (antigo nome de Medina), confundido aqui com "diatribe" (discurso polêmico). Esse processo de entrelaçamento fônico será freqüentemente utilizado em seus futuros escritos. "Quatrocentos" = 14 séculos. Quarto dissonante = crescente da Lua com aspecto violento.

[6] Porto.

— Em resumo, se não me engano, você seria um profeta?

Michel balançou a cabeça, achando graça.

— Os profetas eram sábios visitados pelo poder divino que se exprimia por suas bocas. Ora, como você judiciosamente sublinhou, não sou absolutamente sábio, muito ao contrário. A prova: amo a filha daquele que poderia me amarrar à fogueira se soubesse a meu respeito.

Quando se separaram, muito tarde da noite, eram como irmãos.

Logo no dia seguinte, Saint-André foi à casa do barão d'Hallencourt. Prevendo o momento que jamais duvidara viesse a acontecer, fizera com que o juiz prebostal fosse discretamente informado do papel exercido pelo delfim em sua nomeação. A autoridade de Saint-André sobre o herdeiro do trono não sendo segredo para ninguém, d'Hallencourt viu na visita de homem tão influente a perspectiva de novas honras. Assim é que lhe concedeu uma atenção respeitosa e não ficou decepcionado.

Tratando-o insistentemente de "barão", Saint-André explicou-lhe que sua grande amiga, a princesa Isabelle de Guéméné, tinha ouvido falar do talento de musicista da jovem Marie. Muito interessada em arte, desejava ser iniciada na prática musical, mas repugnava confiar em um mestre de música. Teve então a idéia de apelar para a jovem filha de nobreza. Ela insistiu com Saint-André para interceder em seu favor, e obter de sire d'Hallencourt seu consentimento ao projeto.

A entrada de sua filha na casa da princesa de Guéméné significava para ele uma apresentação à corte e, com certeza, uma aliança prestigiosa. Gentis-homens da melhor nobreza se enfrentariam para lhe pedir a mão de Marie. Uma vez que sua beleza representava a ascensão ao estatuto do qual se considerava digno, a questão estava decidida.

7.

O reencontro na rue Ave Maria foi um momento de alegria memorável. Michel e Marie se abraçaram, mudos de felicidade, rindo e chorando ao mesmo tempo, incapazes de se afastarem um do outro.

Marie preparara aquele momento à medida que a dor da ausência se fazia mais lancinante, e que o horror inspirado pelo pai crescia.

— Não quero mais saber desse nome que me dá vergonha, desses rumores de ódio às minhas costas. Partamos! O mais rápido possível! Podemos levar Bertrande e Blanche conosco, se elas quiserem.

Michel olhava para ela, aturdido.

— Quem se preocupa com um grande casamento? — prosseguiu ela. — Celebrado por quem? Abençoado por que pai de mãos limpas?

Ela se levantou de um salto da grande poltrona e andou pela sala, continuando:

— A alma é livre de qualquer entrave. Foi você que me ensinou. O espírito é livre. Somos livres. Não ligo para as convenções. Tudo o que quero é viver com você, não interessa onde ou como.

Como essa aspereza lhe ia bem! Ela tinha razão. Não havia futuro para eles se ficassem em Paris. Abraçou-a.

— Será como você disse. Dê-me um pouco de tempo para organizar tudo. Enquanto isso, continuemos a viver como se nada estivesse acontecendo. Não podemos despertar suspeitas em seu pai.

— Diga-me quando partiremos. Prometa!

O que lhe importava deixar tudo agora? Realizara o que devia, dirigindo sua mensagem a Catarina de Médici. A continuidade da relação entre eles só aconteceria dali a muitos anos, se tivesse de acontecer. O futuro estava em outro lugar, nos grandes caminhos do mundo, conhecidos e desconhecidos. Sob céus inexplorados.

— No verão, abandonaremos esta vida para, a cada dia, inventar outra.

Era início de abril. Dali a três meses, partiriam.

— Como estou impaciente em ser sua mulher! — sussurrou repentinamente Marie, com a respiração opressa.

— Você já é. Já era antes mesmo de ter nascido.

Quase sem corar, dirigiu o olhar para o fundo dos olhos dele e respondeu, atrevida, colando-se a ele:

— Você sabe muito bem o que eu quero dizer.

Seus encontros no astral tinham sido ricos em sentimentos elevados, mas também em sensações tão intensas que algumas lhes pareceram reais. Sem que as peles tivessem sido tocadas, ela acreditava conhecer tudo sobre seus dois corpos, seus odores e seu calor.

Michel percebeu o desejo que fazia eco ao seu. Esteve à beira de se deixar levar, mas conteve a paixão. Cada separação se tornaria um dilaceramento. A fome que tinham um pelo outro os tornaria imprudentes. Afastou-se suavemente e viu em seus olhos que ela compreendia os pensamentos que o agitavam.

Ela deu um suspiro frustrado e esforçou-se em sorrir.

— Você tem razão. Ficaríamos mais loucos do que já somos. Mas dói de tanto que o quero.

Quando desceram ao encontro de Blanche e Bertrande, as duas mulheres trocaram um olhar entendido, cheio de nostalgia.

— Partiremos todos no verão — anunciou Michel.

Bertrande estremeceu de alegria, mas Blanche ficou pensativa, perguntando em seguida com uma voz distante:

— No verão, você diz? Não antes?

Entregue ao entusiasmo da decisão tomada, Michel não prestou atenção ao véu de medo que embaçou o olhar de sua avó.

— É melhor sair de Paris quando algumas de minhas clientes e relações se instalarem para o verão no Val de Loire. Partiremos no solstício. Na festa de São João — acrescentou ele para Bertrande e Marie.

Blanche balançou a cabeça, pensativa, e pontuou docemente:

— Na festa de São João, portanto.

Com o olhar claro, afundou na poltrona, bem ereta, como se não tivesse mais de se mover dali.

* * *

A vida de Michel e Marie se organizou, a partir daí, em torno das aulas de música, verdadeiras ou supostas, da princesa de Guéméné.

Na primeira vez que se viu em presença de Marie d'Hallencourt, Isabelle de Guéméné compreendeu a paixão de Michel. Mulher experiente, afeita a todas as faltas de escrúpulo, ficou desarmada diante daquela virgem cuja força era a sua paixão. Sem saber nada dos homens, parecia, contudo, adivinhar tudo deles. Desconhecendo o mundo, já que sempre vivera quase que seqüestrada pelo pai terrível, ela possuía sobre ele um olhar curioso, cheio de benevolência e sabedoria. Isabelle não conseguia explicar o fugaz sentimento de inferioridade que experimentara ao fim de uma hora passada juntas. Aquela moça tinha o ar de um anjo e, como ele, parecia planar acima das vicissitudes. Contudo, ria e não parava de vibrar diante das emoções que passavam por seu extraordinário olhar de opala, movente como uma onda acariciada pelo vento. Ela encarnava o complemento ideal de Michel. Não se poderia imaginar um sem o outro.

"Tão verdadeiro quanto o dia é o dia, e a noite é a noite, esses dois pertencem à ordem universal", pensou Isabelle, envolvida no próprio espanto por um sopro de emoção. Ela combinou com Marie tomar quatro aulas de música por semana. Duas seriam verdadeiras, pois a idéia de se iniciar no cistre lhe agradava. As outras duas representariam espaços de liberdade em que Marie e Michel poderiam se encontrar, e naquele palácio mesmo, que deveriam considerar como um asilo seguro.

Ela achou encantador o modo como Marie corou diante da proposta. Uma diabinha se dissimulava, então, sob a aparência angelical? Como poderia ser delicioso guiá-la pela mão até seu desabrochar como mulher!

Enquanto apenas se esboçava em sua mente as primícias do plano perturbador, Marie interrompeu o fio de seus pensamentos.

— Você o amou muito, não?

— Você está a par? — gaguejou Isabelle, empalidecendo.

Marie lhe dirigiu um sorriso cúmplice.

— Evidentemente. Mesmo que ele não me tenha dito o que sentiam um pelo outro, eu o teria adivinhado.

Seria Isabelle tão transparente para que aquela ingênua a visse com clareza? De qualquer outra que não Marie, a reflexão teria sido pérfida, mas sua expressão amigável não mascarava nenhuma dissimulação.

— Como poderia ter sido diferente? — retomou a moça. — Ele só pode ser amado.

Isabelle balançou a cabeça com um pouco de melancolia e pousou a mão na de Marie.

Michel e Saint-André continuaram a se ver como antes, em longas ceias em que polemizavam alegremente com a franqueza por vezes brutal dos verdadeiros amigos cuja confiança mútua não suscita mais nenhuma dúvida. Saint-André ordenara a La Jaille que interrompesse a vigilância. Primeiramente, porque isso não interessava mais, já que sabia tudo sobre Michel; em seguida, porque agora tinha escrúpulos em mandar espionar aquele homem por quem sua amizade se aprofundara. Pelo menos era o que gostava de pensar.

Algumas semanas se passaram assim, férteis em ricas horas de amor e de amizade. Michel via naquela harmonia uma resposta favorável à decisão de partir para a aventura com Marie. Avaliara seus desejos profundos e suas ambições. Só aspirava a uma existência simples, dedicada ao estudo e à descoberta do mundo, em companhia da mulher de sua vida.

Como para confirmar a legitimidade desse projeto, produziu-se um acontecimento que deveria permanecer um dos mais marcantes de sua vida, tanto no plano humano quanto no do conhecimento.

Numa manhã de maio em que trabalhava em alguns preparados para as belas clientes, o filho mais velho de Siméon Toutain, Richard, irrompeu, muito excitado. Vinha procurá-lo para um assunto de extrema importância. Havia um visitante que Michel deveria absolutamente encontrar. Concentrado numa dosagem delicada e conhecendo a propensão do rapaz para se exaltar, Michel mal levantou a cabeça, resmungando:

— Termino aqui e encontro vocês em dez minutos.

— Isso não pode esperar!

— Para todas as coisas, é preciso dar tempo ao Tempo.

Contudo, Richard insistiu:

— Paracelso chegou!

Michel quase deixou escapar os cadinhos. Circunspecto em suas avaliações, só concedia o qualificativo de gênio a duas pessoas: Leonardo da Vinci e Paracelso.[1] Leonardo partira havia 15 anos, mas Paracelso estava bem vivo, e de sua pena inspirada surgiam milhares de folhas que eram repassadas aos Irmãos da *Rosée* da qual era o grão-mestre. Sua vinda a Paris poderia, certamente, ter

---

[1] 1493-1541. Theophrastus Bombastus von Hohenheim. Astrólogo, alquimista, curador maravilhoso, considerado atualmente o precursor da iatroquímica, da homeopatia, da organoterapia, da balneologia. Criou a primeira cadeira de química na Universidade da Basiléia.

numerosos motivos. Poderia também significar que Michel tinha sido considerado digno de entrar para a confraria. Com as mãos um pouco trêmulas, aplicou-se mesmo assim em terminar a preparação antes de acompanhar Richard Toutain.

Uma hora depois, na casa de Siméon, encontrava-se dividido entre a fascinação e a hilaridade. Diante deles agitava-se um homem tão pequeno que se poderia chamar de gnomo. Arrotando, gesticulando, soltando perdigotos, inserindo em suas afirmações grosserias de posto de guarda, enunciava, contudo, axiomas diretamente buscados em fontes da inspiração superior. Tudo isso com um sotaque atordoante, mistura de sons arrastados suíços e guturais alemães.

— *Alterius non sit qui suus esse potes!*[2] — trovejava o incrível personagem para concluir um período.

Esvaziou o copo de um trago, pousou a mão no ombro de Michel, que estava sentado. Seus rostos ficaram assim na mesma altura.

— É a pedra angular, meu jovem irmão. Não se esqueça jamais. E, por favor, queime todos os livros! De que serve a chuva que caiu há mil anos? É útil a que cai hoje. E nosso papel é fazê-la cair! Esqueça tudo o que sabe, derrube os hábitos e as idéias prontas, invente, crie, fulgure! Essa é nossa função na Terra. E se os asnos não compreenderem nada, pior para eles!

"Meu jovem irmão", assim o interpelara Paracelso. Logo, fora admitido na irmandade da *Rosée-Cuite*, entre aqueles espíritos notáveis que tivera o privilégio de encontrar há quase um ano. Assim deveria compreender o sentido do encontro com o Imperador, outro nome do grão-mestre da irmandade.

Estranho Imperador! Surpreendente entronização!

Foram para A Espiga de Ouro, cuja freqüência Michel achava ser digna do mestre. Mas o gnomo genial reclamou ao descobrir a sala cheia de conselheiros do Parlamento, imbuídos da importância que se davam. Não perdeu a oportunidade de bancar o provocador, chegando a exclamar de modo que todos o ouvissem:

— Lutero e o papa são duas putas que compartilham a mesma camisa!

Fez poucas e boas até que o albergueiro suplicou-lhe que parasse. Se um espião de d'Hallencourt o ouvisse, seria o fim da liberdade deles e da reputação de seu estabelecimento. Ao que Paracelso retorquiu, soberano, que se encon-

---

[2] Que não seja outro aquele que pode ser ele mesmo.

trava em Paris a convite da senhora Margarida de Angoulême, irmã do rei, e rainha de Navarra, de quem era o astrólogo, e quem quer que o atacasse, ou a um de seus amigos, deveria antes dirigir-se a ela. Todos sabiam que a irmã do rei, erudita, poeta, autora dramática de talento, era receptiva às idéias da Reforma. Não havia dúvida de que viera a Paris para pedir ao irmão, que a ouvia, o retorno à tolerância. Na expectativa do resultado dessa visita, seria melhor abster-se de qualquer iniciativa infeliz.

Ao final da refeição, um banquete, Paracelso tirou do gibão uma caixinha na qual pegou uma minúscula pílula que engoliu com um gole de vinho. Notando o ar de curiosidade de Michel, explicou, jovial, dando tapinhas na pança:

— Uma pequena pílula de antimônio para ajudar o alquimista!

O interesse apaixonado de Michel por aquele personagem rabelaisiano aumentou em vários graus, se ainda fosse possível. Fazia tempo que adquirira a certeza de que se podia, para curar, utilizar os metais, matérias vivas como tudo o que pertencia ao ciclo da criação. A dificuldade residia inicialmente na redução a estado de sal, de enxofre ou de quintessência; em seguida, no ajuste das dosagens e, finalmente, na aplicação, de acordo com o mal que se desejava curar.

— Não empreguemos o antimônio como ourives, mas como médico — prosseguiu Paracelso. — É bom para tudo: reumatismo, gota, varíola, nada resiste a ele. Tente, portanto, do contrário eu não vejo como você vai agüentar a noitada, irmãozinho.

Michel pegou uma pílula da caixa que o mestre lhe oferecia e a engoliu. Esperou, curioso, com uma parte da mente espiando os efeitos da preparação em seu "alquimista" — o estômago —, e a outra, cativada pelo discurso de Paracelso que encadeava, tão à vontade quanto se estivesse num salão e não num lugar público.

— A Natureza é una, e sua origem é una. Um vasto organismo no qual as coisas naturais se harmonizam e simpatizam reciprocamente. O macrocosmo e o microcosmo são um só. Eles formam apenas uma constelação, uma influência, uma harmonia, um tempo, um metal, um fruto. Eis por que, se o Cristo disse: observem as Escrituras, eu digo: observem as coisas da natureza! Não há nada tão escondido que não deva se manifestar.

Tais afirmações, proferidas o mais abertamente possível, poderiam custar ao autor a fogueira, precedida da Questão, pequena e grande. Michel achou graça no modo como os vizinhos se encolheram, entregando-se com toda a alma à surdez passageira.

— Como você se sente? — acabou perguntando Paracelso, levantando-se.

— Muito bem, com certeza — respondeu Michel, imitando-o, enquanto Siméon fazia o mesmo. E, de fato, não sentia mais o peso da digestão depois da copiosa refeição generosamente regada.

— Tratava-se apenas de uma *karena*, explicou Paracelso. A 80ª parte de uma gota minúscula. Do contrário, você teria passado a noite numa cadeira furada. Tudo é uma questão de dosagem, como você sabe. Vou lhe explicar.

Ao sair da Espiga de Ouro, o mestre da *Rosée-Cuite* se sentia sociável e desejava continuar com as libações em lugares menos cheios de respeitabilidade. Siméon desculpou-se: tinha o que fazer no ateliê e fugiu sem querer saber de mais nada, depois de ter dirigido a Michel uma piscadela cúmplice e um tanto compassiva.

Depois de terem passado por diferentes tabernas, eles foram dar na Adivinha, lugar que Michel preferia evitar, com medo de que se lembrassem ali de sua imprudente demonstração do sistema copernicano. Medo justificado, já que, evidentemente, alguns estudantes que ele havia encantado naquela noite se encontravam lá, reconheceram-no e lhe fizeram festa. O albergueiro também se lembrava dele, e jarros de Chinon se alinharam sobre a mesa antes que tivesse aberto a boca. Alguns jarros mais tarde, Paracelso, de pé sobre uma mesa, arengava a assembléia de estudantes de medicina, dividida entre a hilaridade e a preocupação.

— Eu lhes digo! — proclamava o gnomo genial. — A penugem que tenho na nuca é mais sábia que todos os seus autores, e os cordões dos meus sapatos sabem mais que Galeno, ou que o seu Avicena, e minha barba tem mais experiência do que todas as suas escolas. Ah, não! Eu quero ver quando as porcas derrubarem na lama os asnos de seus mestres!

Michel tentou convencer Paracelso a descer, o que não foi fácil porque o extravagante pretendia continuar discursando:

— Não haverá um só dentre eles, escondido nos cantos mais escuros, que os cães não cobriram de urina! É preciso pincelar a goela dos sarnentos!

Michel atirou sua bolsa para o albergueiro que lhe agradeceu humildemente, tremendo de medo, depois, puxando e empurrando, esforçou-se para evacuar o perigoso gênio.

Paracelso virou-se para os estudantes que o observavam boquiabertos e os apostrofou uma última vez:

— Aprendam, médicos, a não matar ninguém. Do contrário, lavrem a terra!

Depois disso, seguiu docilmente Michel, que o arrastou para Petit Pont. Caminharam em silêncio até que, inesperadamente, o mestre alquimista parou para tirar do gibão sua caixa de pílulas. Pegou uma e a engoliu delicadamente, convidando Michel a se servir, e, com o olhar vivo, retomou a caminhada.

Ao fim de alguns minutos, Michel teve a sensação de que seu corpo acabava de se purificar completamente dos excessos daquele dia excepcional. Graças a uma única pílula! Quase pensou que a ciência das plantas fazia má figura ao lado da supremacia dos metais, mas voltou atrás. Tudo se respondia e se completava. Cada elemento, mesmo o mais modesto, participava da harmonia universal. Que um só viesse a faltar e o equilíbrio se romperia.

— Você viajará, meu irmãozinho... — murmurou de repente Paracelso, no momento em que atravessavam a ponte deserta. — A verdade está nos atalhos e nas estradas. Não nos livros, nem nas faculdades onde não se aprende nada.

Michel parou de repente, perplexo. Como Paracelso sabia dos planos que ele não revelara a ninguém? O alquimista voltou sobre os passos, plantou-se diante dele e fitou-o com uma gravidade benevolente.

— O que você imaginava, meu irmãozinho? Eu também percebo o invisível. Em todo caso, o suficiente para tratar, como todo médico digno desse nome. No seu caso, evidentemente, é outra história — acrescentou depois de um tempo. — Você *vê.*

Michel e Paracelso se reencontraram três vezes por semana até o fim dos primeiros dez dias de junho. Os banquetes do primeiro dia, felizmente, não eram habituais. Embora de natureza robusta, Michel não saberia como sobreviver a esse regime de ogro, apesar das panacéias poderosas que o mestre lhe administrava, ensinando-lhe seus segredos.

Suas conversas aconteciam ora em companhia de Siméon, perto do forno alquímico cujas palpitações iridescentes manifestavam a cada segundo que a matéria pretensamente inerte vivia e se transmutava. Por vezes também se encontravam na mansarda de Michel e, ali, Paracelso se maravilhava com a inspiração do discípulo excepcional que corrigia eventualmente sua percepção dos princípios ativos das plantas e das associações inesperadas que delas obtinha. No mais das vezes, porém, saíam para longos passeios sem destino através dos bairros de Paris, flanando pelas lojinhas e observando as pessoas enquanto conversavam a esmo.

Paracelso sentia grande prazer nessa relação mais fraterna que pedagógica em que o aprendiz tinha muito pouco a invejar do mestre. Não contente em compreender por meias palavras o que ele lhe expunha, Michel antecipava freqüentemente o que ele iria sugerir. Assim, a troca entre eles se tornava muitas vezes mais um excitante debate do que uma lição.

Se um dizia:

— O que cura o homem pode também feri-lo, e o que o feriu pode também curá-lo.

O outro encadeava imediatamente:

— Toda doença deve ter um remédio semelhante a ela mesma.

— Mas é claro! — insistia logo o primeiro. — Seria uma desordem completa se procurássemos as curas nos opostos!

Numerosas hipóteses levantadas por Paracelso pareciam familiares a Michel. Censurando-se por essa convicção imodesta, abriu-se com o mestre. Este lhe demonstrou sua satisfação, explicando-lhe que não se inventava ou descobria coisa alguma. Descobria-se apenas o que permanecia enterrado num canto da mente onde se acumulava, geração após geração, a consciência do saber comum da humanidade. Contudo, raríssimos eram capazes de alcançar esse tesouro e utilizá-lo. Afinal, seria para melhor? Que uso as almas mercenárias teriam feito das possibilidades incomensuráveis oferecidas por esses conhecimentos sagrados vindos do fundo das idades?

Entre duas visitas às clientes, Michel ia ao palácio de Guéméné. Também Isabelle o impelia para a fuga. Um dia, sozinho com ela, deixou escapar a inquietação que sua amiga acabara por lhe inspirar.

— Por que esse desejo urgente de nos afastar? Você sabe alguma coisa que eu ignoro? Por que tanta pressa?

Ela não sabia como formular claramente as idéias que se atropelavam em sua cabeça. As palavras saíram desordenadas, em fragmentos entrecortados mais eloqüentes do que um período estruturado.

— Catarina agora freqüenta regularmente meu salão... Ela ouviu Marie cantar e ficou maravilhada... Seu nome começa a ser repetido na corte. Eu recebo pedidos. De homens que zombam da arte e da poesia, mas que correriam 100 léguas para deflorar uma moça. Sobretudo se a donzela é filha de d'Hallencourt, que todos execram, salvo um punhado de fanáticos, e cujo título de barão faz sorrir. Desonrar sua filha significaria humilhá-lo publicamente. Todos são suficientemente grandes senhores para não temer uma vingança do pai. São rapinantes, Michel! Predadores! Eles a sujarão, eles a tirarão de você, e eles os destruirão. Preserve Marie; preserve-se. Partam enquanto ainda é tempo!

Embora esse sentimento jamais o tivesse tocado, Michel sentiu o ciúme lacerar-lhe as entranhas. Não o sentimento de posse exclusiva, visceral, próprio a todos os apaixonados, mas o do terror da falta. A idéia de que pudessem lhe roubar Marie fez com que ele percebesse a amplitude do lugar que ela agora ocupava em toda a sua existência. Se ela viesse a desaparecer de sua vida, só lhe restaria um vazio infinito onde cairia sem fim.

Tomado de dor, pousou as mãos nos ombros de Isabelle.

— Agradeço-lhe por ter-me aberto os olhos. Não tenha medo. Está tudo organizado.

— Seja rápido...

Michel balançou a cabeça, com o coração apertado pela ironia da situação. A futura rainha, a quem havia espontaneamente oferecido o melhor de seu trabalho, detinha, sem o saber ou querer, seu destino nas mãos. Isabelle o viu partir, tendo no coração um sentimento de urgência do qual não conseguia se libertar.

Daquele dia em diante, Michel não teve mais paz. Impossibilitado de visualizar seu próprio destino e o dos entes queridos, confiava no julgamento de Isabelle de Guéméné. Ela conhecia este mundo bem demais.

Os preparativos para a partida, que até então gerira com método, tornaram-se uma corrida desordenada. Contava os dias que o separavam da festa de São João. Até lá, não estaria tranqüilo.

Por intermédio de Paracelso e Siméon, conhecera um banqueiro lombardo que possuía estabelecimentos em toda parte do mundo, onde quer que houvesse trocas comerciais. Graças a ele, poderia viajar com letras de câmbio em vez de ouro. Seus mentores na Irmandade da *Rosée* também lhe forneceram uma lista de irmãos dispersos pelas diferentes cidades da Europa e do Oriente Médio, constituindo uma impressionante rede secreta. Graças a esses contatos, seria por toda parte acolhido e assistido em caso de necessidade. Mandara confeccionar um guarda-roupa sóbrio e cômodo, resistente aos acasos dos grandes caminhos, e fabricar, por um marroquineiro, um alforje com bolsos impermeáveis, em bexiga de porco, no qual poderia conservar algumas ervas e substâncias essenciais para casos de urgência. Também comprou uma carroça coberta, arranjada ao modo das *verdines* de seus amigos ciganos. Ela poderia servir de abrigo em caso de intempéries e permitiria que Blanche e Bertrande viajassem mais confortavelmente do que em lombo de mula, o que, de qualquer jeito, Blanche seria incapaz de fazer. Só faltava contar os dias, que se alongavam.

* * *

Não tendo conseguido convencer o irmão Francisco I a retomar os costumes de tolerância, Margarida de Angoulême deixou Paris, voltando ao reino de Navarra. Privado de sua protetora, Paracelso achou preferível não se demorar mais naquela cidade onde a feroz repressão conduzida por d'Hallencourt prosseguia, inexorável.

Michel e ele se encontraram uma última vez. Sentira orgulho em se relacionar com o irmão em filosofia que se revelava um rival. Acontecera-lhe de se sentir quase assustado com seu modo simples e natural de abordar as altas esferas do conhecimento como se se tratasse de um domínio em que passeasse como herdeiro, enquanto ele, o grande Paracelso, que toda a Europa admirava tanto quanto difamava, tinha a impressão de ser apenas uma espécie de jardineiro. Todavia, não tendo mais nada a provar, sabia inclinar-se diante do talento. E tanto mais facilmente quanto sentia por Michel afeição e admiração sincera.

O último passeio deles foi marcado de nostalgia. Ambos sentiam que nunca mais voltariam a se ver. A caminhada os levou, como em peregrinação, a todos os lugares onde tinham rido e festejado, rivalizando em espírito. Tinham partilhado tantos sonhos e pressentido tantas evoluções da ciência, já ao alcance do entendimento humano, se os homens ao menos ousassem libertar-se da canga das convenções. Mas seus semelhantes — passados, presentes e por vir — não possuíam tal audácia. Seria preciso deixar o artífice supremo desenvolver sua obra. Tudo já estava escrito. O Tempo faria com que as coisas ocorressem em seu devido momento.

— Há tempo para tudo — sublinhou Paracelso —, e os tempos são as matrizes de todas as coisas. Contudo, eles não seguem uma única via, mas milhares de caminhos.

Lançado de volta ao combate espiritual em que estimulavam um ao outro, Michel encadeou:

— O tempo não é linear! Ele existe em vários níveis simultâneos. E esses milhares de caminhos que os tempos seguem veiculam, individualmente, causas idênticas que, reunidas nos mesmos cruzamentos, produzirão efeitos idênticos a uma oitava acima, qualquer que seja o momento do tempo em que o acontecimento sobrevenha.

Calou-se, de repente, com a mente focalizada no que acabara de dizer, só então lhe descobrindo o sentido. Em seu espírito se formava a imagem de uma gigantesca engrenagem de relojoaria que fazia os planetas girar, cada um num tempo. E, em seus cursos distintos, cada um medido com precisão, chegavam a formar e reproduzir entre si aspectos geométricos idênticos com intervalos variáveis segundo seu andamento.

Paracelso, deslumbrado, observava-o apaixonadamente. Percebia quase que fisicamente a intensa vibração daquele espírito único em ação. Ao fim de alguns instantes de ausência, Michel retomou:

— O que é foi e será, já que o relógio dos astros reproduzirá eternamente os mesmos ciclos. E as mesmas configurações voltarão, desencadeando os mesmos fenômenos.

Isso significava que os homens jamais deixariam de se massacrar uns aos outros, por vontade de poder, avidez, intolerância; que eles se dariam tantos falsos pretextos como a fé sagrada, a integridade, ou mesmo a justiça? Isso significava que a humanidade não pararia de se esforçar para destruir a ordem natural das coisas que estava em perfeito equilíbrio, levando, um dia, o planeta de volta ao caos original? Provavelmente, Paracelso também compreendera assim, pois exclamou:

— A humanidade seria, portanto, na sua opinião, condenada a repetir os mesmos erros, crimes e aberrações?

Michel refletiu por um momento antes de encontrar a imagem adequada que expôs: a da torre de Babel, erguendo-se até o céu. Os humanos galgando-a por um caminho que a circundava em direção ao cume, perpetuamente invisível, ou mesmo hipotético. Ao subir, a todo instante percorriam na verticalidade pontos fastos e nefastos do passado, que poderiam observar para deles obter lições. Contudo, ninguém se demorava ali, não por medo de que um pé escorregasse, mas pela embriaguez do avanço sentido como uma elevação quando não era senão afastamento fatal das verdades terrestres.

— Se o compreendo bem — interrompeu-o Paracelso —, você pensa que a humanidade caminha para a destruição, como a maldita torre que, de tanto querer subir alto demais, acabou desmoronando sobre seus construtores?

— Não sei — respondeu Michel, desconcertado.

Paracelso o observou longamente e, impressionado, declarou num tom de evidência:

— Então é isso que você veio anunciar.

— Mas não tenho nada a anunciar! Não tenho vocação para me tornar um profeta!

Paracelso o observou longamente e lhe dirigiu um de seus movimentos entendidos de queixo.

— Você ainda não sabe! — cortou ele.

Deu o braço ao discípulo, convidando-o a continuar o passeio. Depois de alguns passos meditativos, continuou numa voz surda:

— Tome cuidado, meu querido. Eles o queimarão. Não são capazes de ouvir a verdade. Não querem se emendar. Seria muito cansativo!

— Creio na capacidade de redenção do homem!

— Acredite no que quiser enquanto ainda é jovem, meu amigo. Mais tarde, tente não ceder ao desespero quando tiver atingido a idade em que não se pode mais negar a verdade. Quando chegar o dia de anunciar — e você não poderá deixar de fazê-lo, mesmo resistindo —, mascare o discurso. Talvez você seja mais bem compreendido fazendo-os sonhar e se interrogar, em vez de ser considerado como uma ave de mau agouro. Quanto a ser verdadeiramente compreendido, não conte com isso! — concluiu num soluço que se transformou num rugido de cólera mesclado de hilaridade, sem que se pudesse discernir qual deles era o mais intenso.

O dia 17 de junho chegou. Paracelso deixara Paris havia três dias. Michel acabara de concluir os preparativos da viagem. Examinava a bagagem: um armário para as roupas, coldres preparados para proteger documentos preciosos, seu alforje com compartimentos impermeáveis, tudo preparado de modo a ser pendurado na sela. Viajaria leve como havia decidido.

Desceu ao térreo, onde Blanche, como agora era habitual, parecia cochilar na grande poltrona. Vendo o cômodo perfeitamente arrumado, com cada objeto em seu lugar imutável, surpreendeu-se. Com os olhos fixos no invisível, a velha senhora respondeu com voz fraca:

— Não irei com vocês. Estou cansada, meu querido. Como é que você pôde imaginar que eu teria a força de me aventurar? Chegou o momento de me encontrar com Jean.

Emocionado, ajoelhou-se perto da grande poltrona. Tomando as mãos de pele diáfana onde transparecia o desenho das veias azuladas, ele as apertou com suavidade para insuflar-lhes um pouco de calor. Ela lhe sorriu.

— Tal é a ordem das coisas. Você não deve se entristecer. Ao contrário. Quero que você esteja feliz por mim.

Ele a encarou, escrutando cada pequena ruga de seu belo rosto, e a descobriu, de súbito, muito velha, embora a vivacidade de seu espírito tivesse até então feito esquecer sua idade. Ela já havia renunciado a se agarrar à vida. Ele não duvidava de que pudesse morrer no instante em que decidisse.

— Pense simplesmente que eu também vou fazer uma viagem. Para o grande desconhecido de onde ninguém volta.

Michel compreendeu que seria inútil protestar. Levantando-se, beijou-a ternamente na fronte.

— Vou sentir falta de você todos os dias.

— Não lhe desejo isso e não o quero, meu querido. Lembre-se de mim de tempos em tempos; será suficiente. Agora, prometa-me que partirá assim que for possível. É preciso!

Tinha encontro marcado para jantar com Saint-André naquela mesma noite. Seria a última vez que se veriam. Depois disso, assim que o rei e a corte tivessem partido para o Val de Loire, Marie e Bertrande pretensamente iriam, como em todos os verões, para casa de d'Hallencourt no Vexin normando. Na verdade, elas se encontrariam com Michel num albergue ao sul de Paris.

Ao final de refinado jantar, como de hábito regado com finos vinhos, em que Saint-André se mostrou mais falante e atencioso que nunca, Michel sentiu que chegara o momento propício. Os olhos de Saint-André se animaram com um brilho de excitação logo suavizado ao verem Michel tirar do gibão, cuidadosamente dobradas, as folhas que lhe havia entregado anteriormente.

— Por que nesta noite? — limitou-se a perguntar no tom indiferente que usava quando vibrava de impaciência.

Michel continuou impassível. Era preciso reconhecer o talento de Saint-André de sempre fazer a pergunta certa.

— Porque os astros são propícios — esquivou-se ele, despreocupadamente.

O marquês balançou a cabeça, malicioso.

— Eles lhe disseram?

— Evidentemente — respondeu Michel, sonso. — Para falar a verdade, conversamos dia e noite.

Saint-André explodiu num riso alegre. Michel lhe devolveu um olhar cintilante de malícia no qual Saint-André viu, erroneamente, apenas conivência. O contentamento em ver sua vontade finalmente realizada fazia com que se esquecesse do distanciamento que, de costume, representava sua maior força. Se o tivesse mantido, teria visto que seu interlocutor não estava mesmo brincando.

Michel espalhou diante dele os cinco temas astrais, anunciando:

— Nosso rei Francisco, sua excelência o delfim, seu irmão Henrique, a senhora Catarina de Médici, a senhora Diane de Poitiers. Deseja que eu lhe fale de algum deles em especial?

— Minha resposta poderia ser o delfim, já que liguei meu destino ao dele. Presumo, porém, que não seria, evidentemente, a resposta certa. Então, eu lhe direi: fale do que lhe parece importante.

— Será então a Coroa da França. O que há de mais importante?

Saint-André teve de concordar, observando, porém, que parecia impossível elaborar-lhe o tema.

— Você tem toda razão, já que ignoramos a data exata da fundação do reino. Não nos fixemos na da sagração de Clóvis, já que a noção de França ainda não existia. Seria necessário considerar a de Pepino, o Breve, Hugo Capeto ou Felipe VI?[3] Também não, porque a regra de soberania feudal não corresponde mais à de soberania monárquica, inteiramente nova, que devemos ao nosso bom rei Francisco.

— Que erudição, meu amigo! — exclamou Saint-André.

— Conhecer o passado permite abordar melhor o presente e, por vezes, prever o futuro.

— Desde que se saiba tirar lições do passado, o que, segundo meu conhecimento, jamais foi confirmado — observou Saint-André.

— Nisso consiste o problema de nossas civilizações. Embriagados pelos avanços da modernidade, os humanos ganham em presunção o que perdem em sábio temor do universo que os cerca. Eles ocultam erros do passado, acreditando erroneamente que não se pode reproduzi-los. É não contar com a natureza do Tempo, que é a eternidade. O Tempo em si é feito de tempos sucessivos, eles mesmos infinitos, que se empilham e continuam a vibrar, cada um deles único, e ainda assim antes repetido que renovado, no ritmo das configurações planetárias que se medem em períodos. Para o olho humano, os acontecimentos parecem se suceder. Na verdade, eles se acumulam, e cada um é essencial para a busca da evolução. A prova é que quando o humanismo oferece ao espírito novos horizontes de conhecimentos que deveriam logicamente conduzir à tolerância, o obscurantismo dos tempos bárbaros tenta uma volta forçada sob o falso esplendor da Inquisição. Esse é o paradoxo do Tempo: acreditamos que ele avança e se desenrola quando, na verdade, ele se limita a ser simultaneamente passado, presente e futuro, eternamente confundidos. Em resumo, é seu único limite.

Saint-André o considerou seriamente. A visão de Michel ia de encontro a tudo o que pregavam os sábios e os eclesiásticos para quem o saber humano devia permanecer coagulado na forma admitida que eles pretendiam definitivamente controlar.

— No fundo, você me diz que, sob a espuma das coisas, nada mudará jamais... — murmurou Saint-André, pensativo.

---

[3] Respectivamente, fundadores das dinastias dos carolíngios, capetianos e Valois.

Michel mergulhou nos olhos dele um olhar profundo, sondando-lhe a mente. Só encontrou melancolia desencantada.

— Não é exatamente o que digo. A sociedade dos homens mudará. Ela evoluirá continuamente pela força das coisas; já os progressos científicos e técnicos a levarão a isso, inelutavelmente. Mas esses progressos trarão consigo a ilusão perigosa, se não fatal, de que o homem pode se liberar das leis da natureza e da ordem universal. Aí residirá o perigo, pois a barbárie dos primeiros tempos da humanidade permanece e permanecerá emboscada nos cantos obscuros da alma humana, pronta para se desencadear. Eis, infelizmente, o que não mudará.

— A menos que os monarcas esclarecidos desviem o povo de seus instintos primitivos.

Michel balançou a cabeça, pensativo, sorrindo vagamente.

— É um ideal por cuja realização só podemos aspirar.

Absteve-se de sublinhar que os monarcas e os poderosos de todos os tipos também eram homens de instintos baixos tão tenazes quanto os do comum dos mortais, já que possuíam o poder de saciá-los.

— Eis aqui, então, o tema da Coroa da França — retomou, empurrando o tema de Francisco I para o centro da mesa. — É também o do reino e daqueles que o povoam. E que os súditos não se enganem, pois as ações do soberano, seus sucessos ou fracassos, sua força ou fraqueza determinam o destino deles.

Para Saint-André, o destino do reino não poderia se resumir ao do soberano. Tinham de ser levados em conta muitos fatores externos sobre os quais o rei não tinha nenhuma influência: as catástrofes naturais, a escassez, as epidemias.

— Alguns resultam da fatalidade contra a qual um rei nada pode fazer além de se inclinar, e que atinge igualmente o poderoso e o fraco. Pode-se, em contrapartida, se premunir contra outras, como a fome ou as epidemias, por meio de medidas apropriadas, suscetíveis de limitar-lhes os efeitos. Não misturemos jamais o que pertence ao universo, em perpétuo equilíbrio, com o que pertence às ações humanas, em constante desequilíbrio.

Conhecendo seu interlocutor, Michel sabia que ele sentia prazer em fazer o papel de advogado do diabo, posando de cético. Na verdade, como muitos espíritos fortes atraídos pelo racional, resistia a conceber o universo sob outra luz a não ser a da ciência. Contudo, as visões esotéricas e científicas não se contradiziam. Complementavam-se.

— Vou lhe apresentar as coisas de outro modo. Você admite o fundamento da análise astrológica do ponto de vista médico, não é?

Saint-André concordou de boa vontade.

— Você sabe que o Sol simboliza o coração, sem o qual o corpo morre. Todo o resto, órgãos, nervos, vasos, fluidos, tudo depende dele. Pois bem, considere que a pessoa do rei — sua coroa — é o Sol do reino, em torno do qual tudo se organiza, do mesmo modo que no corpo humano.

— Consideremos que a Coroa seja uma representação do Sol ou mesmo a auréola dos santos — caçoou Saint-André quando na verdade se deleitava. Jamais Michel lhe abrira tanto seu pensamento. Provocá-lo seria, talvez, conseguir mais.

Michel deu um sorriso entendido.

— Partindo-se do princípio de que tudo o que está no alto é como o que está embaixo, conceba, então, que o universo todo, visível e invisível, é organizado segundo a mesma estrutura que Copérnico descreveu. Um Sol no centro e outros elementos em número igual e constante, posicionados segundo a sua massa, de modo a respeitar o equilíbrio universal, movendo-se em suas órbitas em torno dele. Dia virá, eu lhe afirmo, em que o homem perceberá tudo isso com seus olhos por meios ópticos que lhe permitirão escrutar o infinitamente grande e o infinitamente pequeno. Ele terá então a prova de que tudo o que compõe o universo, planetas e partículas ínfimas, está organizado do mesmo modo. Então, o homem, situando-se a igual distância do infinitamente grande e do infinitamente pequeno, verá desenvolver-se diante de seus olhos a sinfonia das esferas e terá a medida de sua grandeza e de sua pequenez.

— O que você diz é vertiginoso...

— O tema de nosso rei Francisco ilustra perfeitamente o simbolismo que acabo de lhe expor. Seu Sol no zênite em conjunção com Júpiter prometia a irradiação de sua pessoa e a de sua Coroa. Nosso soberano realizou as promessas que os astros lhe faziam. Ele já fez muito por nossa glória e nosso poder. Resta-lhe ainda solidificar a unidade do reino por atos escritos que perpetuarão essa unidade.[4]

Saint-André observava Michel inclinado sobre o mapa astral do rei. Ele gostaria de entrar em sua cabeça e discernir o que ele via por intermédio dos símbolos traçados com uma pena nervosa.

— Logo será realizado — murmurou Michel antes de voltar a Saint-André. — Mas nada disso lhe interessa verdadeiramente, não é? O que lhe interessa é o futuro. É saber a quem ligar seu destino. Pois, se a ordem da su-

[4] Francisco I instituirá o francês como língua oficial dos textos jurídicos em substituição ao latim e ordenará o estabelecimento de registros de nascimentos em todas as paróquias.

cessão designa o delfim para suceder ao rei, você não tem muita certeza de que a ordem de sucessão esteja certa. Estou enganado?

Saint-André ficou tenso, pálido. Como é que Michel tinha podido captar suas mais secretas preocupações? Apesar da afeição que lhe tinha por quase ter sido seu mentor, apesar de todos os esforços para prepará-lo para assumir um dia suas responsabilidades, Francisco não lhe parecia talhado para o cargo que o esperava. Michel lhe dirigiu um sorriso de conivência fraterna, indicando que não fazia nenhum julgamento. Ambos tinham provado suficientemente que sabiam se colocar acima das idéias convencionais para enunciarem a verdade sem máscara.

— Você tem razão. Há nesse rapaz uma fissura na alma que não será curada. Seu tema conta que, desde a primeira infância, sofreu com a solidão e o desdém de si mesmo. Sentimentos agravados pelos rigores do cativeiro. Sua preocupação é justificável. O delfim terá necessidade de apoios sólidos quando tiver de carregar seu fardo. Mas poderá contar com você para tudo. Todavia, observo que, apesar da inteligência, ele sofre de uma fraqueza nervosa que pode compeli-lo a excessos caprichosos produzidos por devaneios. Você terá de ajudá-lo a desconfiar dessa inclinação. Até mesmo a defender-se de si mesmo.

Saint-André deixou transparecer um início de mau humor.

— Nada do que diz me agrada, Saint-Rémy! Você está falando do delfim da França!

Michel não se deixou desconcertar. Ao contrário, sustentou o olhar de Saint-André sem dizer nada até que este se desviasse, embaraçado. Esboçou um gesto de impotência.

— Pois bem, suponho que tenha de trabalhar muito ainda a fim de que ele esteja pronto quando chegar o dia de suceder ao pai.

Michel preferiu mudar de assunto. Decidira não revelar a Saint-André que o delfim morreria muito jovem, em circunstâncias violentas e misteriosas, sem ter subido ao trono, pois, segundo os astros anunciavam, seu pai reinaria ainda por mais dez anos depois de sua morte.

— Voltemos à Coroa da França, já que não há nada de mais importante. A irradiação real, prejudicada no tema do delfim, brilha, em compensação, no zênite de seu irmão Henrique.

— Henrique? — exclamou Saint-André. — Você está brincando!

Antes de responder, Michel bebeu um gole de vinho, sorrindo francamente:

— Absolutamente. Não com um assunto tão sério. Eu sei: vai me objetar que esse rapaz cultiva mais o corpo do que a cabeça, que sua única idéia permanente é eleger domicílio no leito da Grande Senescal, e que é muito desconfiado e teimoso para ser um soberano, ofício que requer pelo menos certa moderação. Tudo isso é verdade, mas examinemos as coisas por outro ângulo. Henrique é um atleta cuja imponência física lembrará ao povo a de seu pai. Os súditos, você já o constatou, gostam que seus senhores tenham bela postura. Gostarão que Henrique represente o reino da França.

— Esse rapaz, como você disse, só tem uma idéia, tão fixa quanto forte. Para o resto, é só um simples sim ou não, preto ou branco, doce ou amargo.

— Você acaba de fazer o retrato exato da Grande Senescal! Suas cores não são o preto e o branco? Você verá que, quando ela tiver substituído o não pelo sim e o amargo pelo doce, o jovem Henrique se tornará inteiramente capaz de assimilar outras noções claras, tais como justo e injusto, católico e protestante, guerra e paz.

Saint-André riu também.

— Isso não é assunto para brincadeira. Não vejo Diane ceder a Henrique quando o pai o tiver instalado no trono do Milanês, que ele não deixará de reclamar de novo, um dia ou outro.[5] Um duque não vale um rei, e o Milanês não vale a França.

— Quando a coroa real passar a Henrique, fique certo de que a bela mudará de tom.

Pegou o mapa astral de Diane de Poitiers.

— Ela é tão ávida e cúpida quanto bela, e não gosta de nada além do poder e das honrarias. Quanto ao resto, duvido que seja a grande apaixonada que seus atributos prometem.

Saint-André fez uma careta insistente. Com a testa franzida, refletiu sobre tudo o que Michel acabara de lhe dizer e, dando um ruidoso suspiro, fixou nele um olhar frio. Michel sustentou o olhar sem pestanejar, imaginando os pensamentos contraditórios que se atropelavam na mente do amigo. Ao mesmo tempo, sentia-se um pouco ofendido ao vê-lo duvidar de sua palavra. A não ser que, como era seu costume, Saint-André o estivesse desafiando para levá-lo a revelar mais do que ele desejava.

Juntou lentamente os mapas astrais e começou a dobrá-los com cuidado para guardá-los no gibão. Os dedos de Saint-André crisparam-se em seu pulso.

— Espere, diabo de homem! Imagina o caos em que suas revelações me afundam?

---

[5] Francisco I era neto da duquesa de Milão, Valentina Visconti. Suas pretensões a essa herança foram o principal pretexto para as campanhas militares italianas.

— Só interpreto a mensagem dos astros — retorquiu Michel.

— Portanto, o delfim Francisco, a quem liguei meu destino, não reinará, ou reinará pouco. Pode me dizer a data?

— Não. Recuso-me a prognosticar a morte. Evocá-la já é convocá-la.

— De qualquer modo, Henrique se tornará rei da França, e Diane se entregará então à cobiça, por meio de favores e riquezas. Compreendi bem?

Michel balançou a cabeça, divertido e um pouco admirado com a facilidade com que Saint-André assimilava informações no mínimo desconcertantes. Aquele homem, decididamente, era um animal de sangue frio.

— Logo, parece necessário aproximar-se de Henrique para cultivar o terreno inculto que, no momento, é seu cérebro.

— Eu o aconselho vivamente a fazê-lo.

Saint-André refletiu por um instante e retomou:

— Tudo isso é realmente muito bom, mas não há grande rei sem descendência. Henrique deverá repudiar a pequena Médici que não lhe dá herdeiro?

— Certamente que não! Catarina representa o trunfo maior de Henrique. Ela lhe dará uma numerosa descendência. Ela será seu melhor conselheiro e o mais escutado. Eu lhe direi até que, sem renunciar à paixão quase mística por Diane, Henrique lhe dedicará, na falta de amor, imenso respeito e reconhecimento.

Diante da expressão incrédula de Saint-André, Michel desenvolveu seu argumento.

— Você compreendeu a importância do simbolismo solar na função do rei. Há no céu outro luminar igualmente importante: a Lua, cujos efeitos sobre a natureza e o temperamento até mesmo os mais indigentes conhecem. A Lua comanda os humores e simboliza o povo. Numa oitava acima, ela simboliza a rainha. Ora, ela ocupa no tema de Henrique um lugar preponderante. Tenho certeza de poucas coisas, mas se me restasse apenas uma, seria a certeza de que Catarina de Médici será uma grande rainha e deixará sua marca neste século. Se eu tivesse um conselho a lhe dar, seria o de se aproximar dela. Ela não merece a sorte que a corte lhe reservou. Muitos se arrependerão um dia de a terem ridicularizado e desprezado. Acredite, meu amigo, Catarina possui a cabeça política que falta ao esposo e, veja, observe como nosso rei não se engana e lhe testemunha sua estima em qualquer oportunidade e, por vezes, solicita sua opinião.

Saint-André ficou aturdido.

— Não entendo mais nada. Você me disse que a presença de Diane na vida de Henrique ganharia importância.

— Catarina aceitará isso até o dia em que estiver pronta para atacar. Nesse dia, a Bela Viúva conhecerá a humilhação suprema e perderá tudo. Veja você, a força de Catarina é saber submeter-se ao tempo, diferentemente da maioria dos humanos, sempre tão apressados, e que por isso se dispersam em agitação estéril.

Saint-André levantou-se, pensativo, e deu alguns passos antes de voltar e se plantar diante de Michel.

— Não sei o que lhe dizer. Se tudo o que você anuncia acontecer — e eu tendo a acreditar —, você acaba de me fornecer inestimáveis chaves pelas quais eu serei para sempre agradecido. Mas tudo isso é tão inesperado, tão...

Interrompeu-se subitamente, ao ver Michel enrijecer-se no assento. Lívido, com os olhos convulsos, ele arfava. Com os dedos da mão esquerda arranhando a toalha, tirou, com a direita, uma caderneta guardada no gibão. Novo tremor, mais violento que os precedentes, venceu sua vontade. Caderneta e estilo caíram no chão enquanto Michel lutava para não sucumbir à crise que o abatia.

Vencendo a repulsa assustada que sempre lhe inspirara as manifestações do grande mal, Saint-André começou a enrolar uma faca num guardanapo para inseri-la entre os dentes do amigo, mas interrompeu o gesto ao ouvir Michel articular palavras quase inaudíveis.

— Braseiro divino... O trono chamejante deve permanecer nos céus... Quando Ulis no zênite brilhar no baile... Depois, declínio... Queda abissal... Grandes perturbações e terror...

Sua mão agitou-se como se escrevesse, até que caiu, flácida. Um fio de baba gotejou da comissura dos lábios e, tão abruptamente como começara, a crise cessou. Michel caiu para a frente, e a testa bateu na mesa. Copos viraram com o choque. Saint-André não ousava mais se mexer. Depois de um instante, dirigiu os olhos para a caderneta e o estilo caídos, recolheu-os. Folheando a caderneta, descobriu páginas escurecidas com rabiscos caóticos onde por vezes se destacava uma palavra identificável. Ao ouvir Michel soltar um gemido surdo, pousou vivamente os objetos sobre a mesa.

Michel sacudiu-se com dificuldade. Erguendo um olhar esgotado, murmurou:

— Perdoe-me por tê-lo afligido com esse espetáculo. Você pôs minhas forças a uma dura prova.

Seus dedos agitaram-se maquinalmente sobre a toalha e encontraram a caderneta. Abriu-a na última página escrita e constatou, decepcionado, que a seguinte estava virgem.

— Eu disse alguma coisa?

— Eu distingui algumas palavras obscuras...

Saint-André lhe ditou as palavras que ele pronunciara, à medida que revia a cena terrível, para sempre gravada em sua memória.

— O que significa a menção a Ulisses? — não conseguiu deixar de perguntar, por fim.

— Eu disse Ulisses? Que estranho. Você tem certeza?

— Eu lhe asseguro. Ulisses no zênite, no baile...

Com as sobrancelhas franzidas, Michel consultou as notas que acabara de tomar. Seu rosto iluminou-se de repente.

— Não pronunciei "Ulis"?

— Sim, efetivamente! Ulis. É isso!

Michel hesitou por um instante: poderia ou não erguer para Saint-André uma ponta do véu de mistério lançado sobre sua vida e seus trabalhos? Sem dúvida devia essa pequena satisfação a um protetor tão atencioso cuja afeição jamais fora desmentida.

— Ulis é simplesmente o anagrama de Luís.

— É claro! Como sou tolo! — exclamou Saint-André, batendo com a mão na testa. — Mas então — encadeou, devorado de curiosidade —, o que significa essa algaravia?

— Que sei eu?

Saint-André quase protestou, mas o olhar claro de Michel não deixava lugar à dúvida. Ele não sabia mesmo o sentido daquela reunião de palavras brotadas da mente, a despeito de sua vontade, quando se encontrava fora de si.

Michel hesitou novamente, e resolveu revelar-se um pouco mais. Que importava, já que iria deixar Paris para não mais voltar? Explicou a Saint-André como, durante crises violentas assim, mas raras, ou, com mais freqüência, em sonhos despertos, ele via em espírito rasgarem-se as brumas dos corredores do Tempo. Apareciam-lhe então imagens sem seqüência ou sentido que ele anotava para nelas descobrir, quem sabe um dia, seu significado. Em compensação, evitou revelar que nessa ocasião também se desenhavam símbolos astrológicos formando aspectos que lhe permitiam datar acontecimentos notáveis dos quais recebia algumas imagens animadas.

— O que você viu dessa vez e que lhe inspirou as palavras que pronunciou? — perguntou Saint-André no auge da excitação.

— O Sol do meio-dia majestoso, cujo brilho ofuscante força a baixar os olhos. Um homem, usando uma máscara dourada figurando o astro, dança no meio de um baile. Pelo modo como todos se prosternam diante dele, deve ser um grande monarca. Chamado Luís, já que pronunciei esse nome. Depois, o grande Sol terrestre empalidece, declina e afunda num magma de nuvens escuras que rolam em volutas abrasadas sobre um mar de sangue.[6]

Saint-André estremeceu.

— Isso é assustador. Queira Deus que esses quadros não sejam o anúncio de nosso futuro!

Michel absteve-se de retorquir que era Deus, justamente, quem oferecia essas visões. Deus, ou o poder global, ou a energia universal; o nome que os homens lhe davam importava pouco. A irreverência de Saint-André tinha limites. Ele se recusaria a ouvir.

— Você possuiria dons de profeta, meu amigo? — perguntou gravemente Saint-André.

— Certamente que não! A aflição de que sofro me provoca algumas fantasmagorias das quais você acaba de ter um exemplo, é só. Trata-se de uma maldição, mais que um dom, como eu já lhe disse.

Corpo exausto e pernas bambas, levantou-se com dificuldade, repondo no bolso caderneta e estilo.

— Tenho de me despedir mais cedo do que gostaria, mas essa crise me esgotou. Você me perdoará, eu espero, por ter-lhe infligido essa contrariedade.

Saint-André afirmou que, ao contrário, tinha, como de hábito, achado apaixonantes os momentos passados juntos. Sua única tristeza era não poder aliviar o amigo de suas dificuldades. Quando chegaram ao alto da escadaria, abraçaram-se calorosamente antes de se despedirem. Chegando ao pé da escada, Michel se virou uma última vez.

— Lembre-se do que lhe disse. Aproveite sua temporada no Val de Loire para se aproximar de Catarina. Ela possui as chaves do futuro.

— Seguirei seu conselho, esteja certo. A partir de amanhã. Mas ninguém parte. O rei decidiu cuidar ele mesmo do progresso dos trabalhos do Louvre e estabelecerá sua residência de verão em Fontainebleau. Fico contente com isso porque assim poderemos continuar a nos ver.

Michel balançou a cabeça, esforçando-se para demonstrar alegria, mas um punho gelado apertava-lhe o coração. Foi-se depois de uma última saudação, mobilizando a energia para não urrar de amargura.

Se fosse só por ele, teria esperado que Saint-André e a corte estivessem em Fontainebleau. Mas o que fazer com Marie e Bertrande que não podiam

---

[6] Ulis, anagrama de Luís. O reino de Luís XIV, que se fez chamar de Rei Sol, marcou o apogeu da monarquia absoluta depois da qual começará a decadência que levará à Revolução Francesa.

chamar a atenção de d'Hallencourt? Por outro lado, viajando lentamente, precisavam de tempo para pôr distância suficiente entre eles e seus eventuais perseguidores. O rapto da filha de um juiz, especialmente daquele juiz, representava um crime grave.

Continuou a caminhar, pensando nas imagens surgidas quando da crise. Contrariamente ao que afirmara, tinha percebido claramente o sentido delas. Significavam que a identificação do monarca com o Sol deveria permanecer um símbolo oculto que tocava a imaginação do povo e, sobretudo, jamais se tornar uma figuração material. No dia em que o rei da França que se acreditava o maior de todos se apropriasse da imagem do Sol para manifestar concretamente o absolutismo de seu poder, nesse dia, começaria o declínio da realeza que levaria à queda inelutável. Porque se o povo sabia venerar o astro inacessível dispensador de vida, não poderia permanecer submisso a uma máscara. Sob a máscara, havia sempre um homem. E os reis eram apenas homens, mesmo que tivessem compactuado com a Igreja, com a presunção de serem designados para reinar por intermédio do próprio Deus.

Com o pensamento longe, não ouviu a ronda se aproximar. O chamado do oficial tirou-o da reflexão. Não era bom ficar pelas ruas depois do toque de recolher. Os soldados podiam depender de d'Hallencourt. Não era o caso, e o salvo-conduto fornecido por Saint-André preencheu mais uma vez sua função.

8.

Saint-André ficou muito tempo acordado depois que Michel se foi. O que vira e ouvira deixara-o às voltas com sentimentos incertos. Experimentou um leve desencanto.

Saint-Rémy seria um adivinho ou apenas decifrava os desejos secretos de seu interlocutor? Suas temíveis palavras inspiradas pela crise do grande mal seriam fruto do delírio ou de uma visão sobrenatural? Por muito tempo Saint-André rejeitou a idéia de que Michel pudesse dominar conhecimentos excepcionais, tão profundos e diversos, sem pertencer a um cenáculo da Universidade. Durante um tempo, conseguira competir com ele no plano da cultura e das idéias, mas começava a se sentir superado. Em que se baseava aquela humilhante superioridade intelectual? Num saber iniciático? Numa forma de inspiração superior? De que reais poderes disporia? A serviço de quem os colocava? Ele representaria um trunfo maior ou um perigo?

Na rue Ave Maria, quando Michel, Blanche, Marie e Bertrande se reuniram no dia seguinte àquele jantar, o anúncio da permanência da corte em Paris foi recebido de vários modos. Tratava-se apenas de um contratempo. Certo de que Isabelle de Guéméné, a qualquer momento, liberaria Marie, Michel decidiu que, no dia seguinte à festa de São João, ela e Bertrande iriam para o Vexin sob a proteção de homens de d'Hallencourt, como estava previsto. Nos anos anteriores, o próprio juiz escoltava a filha até a casa familiar onde ela tinha passado a infância. Seu cargo o impedia agora de se incumbir dessa tarefa. Por sua vez, Michel esperaria que Saint-André e os príncipes fossem para Fontainebleau para ir ao encontro delas. Seguiriam juntos pela estrada de Flandres. Absteve-se de mencionar que Blanche não os acompanharia. Ela detestava despedidas e achava inúteis os abraços lacrimosos.

A mais contrariada foi a própria Blanche. Compreendia os tormentos de Michel! Ela e Jean também tinham conhecido essas etapas dolorosas, em que o espírito permanece preso a ilusões tão desejadas que se obstina em lhes atribuir a força de sentimentos autênticos. Mais tarde, como eles, Michel compreenderia que apenas a evidência, o outro nome da verdade, tinha valor. Como a evidência do amor descoberto ao encontrar Marie.

Blanche sabia que Saint-André trairia Michel do modo mais cruel. Ela sabia que, muito brevemente, ele precipitaria a todos na infelicidade e na desesperança. Mas não sabia nem como nem por quê. Daí ser incapaz de desfazer suas maquinações. E se de algum modo pudesse? Michel deveria, inevitavelmente, de um modo ou de outro, enfrentar provas inumanas para ascender ao conhecimento supremo. A decantação alquímica não se aplicava somente aos metais. Também o ser tinha de se depurar de suas escórias. Ódio, cólera, medo, impaciência, inveja, tantas paixões humanas que mantinham a alma enviscada na matéria. Sucessivas renúncias balizavam o caminho de Michel. Somente assim se realizariam as promessas de seu destino.

Arrasada diante da idéia dos sofrimentos que suportaria aquele que desde sempre considerara como um filho, deixou que as lágrimas escorressem silenciosas. Apesar de sua sabedoria, não podia evitar o medo.

Na manhã da festa de São João, Marie e Bertrande terminavam os preparativos. Tinham acabado de falar com o sargento que comandaria a escolta. A partida estava prevista para o alvorecer do dia seguinte. Toda animada, Marie se dedicava a dissimular, escolhendo as roupas que levaria. O que lhe interessavam agora as velharias austeras? Seriam deixadas na Picardia.

As duas mulheres se assustaram quando d'Hallencourt irrompeu nos aposentos da filha, o rosto sério, mas o olho brilhante. Perplexas, elas o encararam.

— Parem com isso! Vocês não vão mais viajar! — ordenou, sacudindo um bilhete.

Marie empalideceu. Vendo-a assim, trêmula, d'Hallencourt coaxou um riso rouco.

— O que você tem, menina tola? Deveria se alegrar. A princesa de Guéméné, sua benfeitora, oferece uma festa em honra de Catarina de Médici. Acaba de me mandar este bilhete no qual solicita minha autorização paterna para deixá-la figurar entre os convidados. É uma grande honra para a nossa família.

Marie cambaleou. Precisava sair dali, ver Michel. Ele encontraria uma solução. Ao preço de um esforço sobre-humano, conseguiu esboçar a sombra de um sorriso.

— Minha filha erguerá alto o meu nome! — coaxou orgulhosamente d'Hallencourt, lançando a Bertrande uma bolsa que mantinha pronta. — Vá ao melhor alfaiate, gaste sem contar! Trata-se de ficar bonita, mas com modéstia.

Assim que foi avisado, Michel correu para a casa de Isabelle de Guéméné. Ela deixou que a tempestade se acalmasse. Sabia por experiência que, nos homens, esse tipo de exaltação não durava. Depois de alguns minutos de extrema excitação sucedeu, de fato, a prostração. Michel deixou-se cair numa poltrona, abatido.

— Por que esse desespero? — perguntou suavemente.

Ele ergueu para ela um olhar desamparado.

— Deveríamos partir, como você mesma me aconselhou. E eis que estamos bloqueados em Paris. Por culpa sua. Mas o que é que deu em você?

Vendo-o a ponto de se exaltar novamente, Isabelle ergueu o tom.

— A ordem dessa festa não me pertence. Pediram-me. Eu não podia recusar. Há pessoas a quem devo ceder.

Explicou a Michel como Saint-André a visitara repentinamente, ainda maravilhado com a noite passada com ele. Não poupando elogios à clarividência do "amigo mágico", como ele dizia, contou-lhe a respeito da recomendação que este lhe fizera de se aproximar de Catarina. Fazia questão absoluta de seguir o judicioso conselho, mas não sabia como agir. A coisa deveria parecer natural. Já que Isabelle estava nos melhores termos com a italiana, não poderia criar condições propícias? Saint-André sugerira convidar Michel e Marie, cuja música Catarina apreciava. Por gostar tanto das ciências ocultas, ela teria de gostar dele.

Isabelle confessou que essa perspectiva a entusiasmara. Colocar Michel sob a proteção da jovem, mas já influente Catarina de Médici, poderia favorecer sua posição. Ela não era o ouvido de Francisco I?

Michel se arrependia de ter deixado Saint-André entrever, por menos que tivesse sido, suas capacidades. Precipitar-se desse modo não era dele. De hábito, tinha como ponto de honra demorar-se, posando facilmente de cético para descobrir mais. A hipótese de que estava jogando não poderia ser excluída. Seria Saint-André o amigo que dizia ser?

Michel pressentia também, confusamente, a presença de um grande perigo. A sensação de ser espiado o inquietava novamente. Apesar dos esforços para desvendar o verdadeiro do ilusório, tinha a impressão de flutuar numa neblina opaca. Mais uma vez maldisse sua cegueira. Quanto mais progredia em conhecimento, quanto mais sua clarividência se lançava no espaço e no tempo, menos discernia o que lhe dizia respeito. Era de enlouquecer!

Isabelle de Guéméné interrompeu-lhe a reflexão.

— Fique tranqüilo. Marie não vê, não pensa e não ouve senão por você. Por outro lado, cuidarei para que nenhum galante se aproxime dela.

Michel ficou-lhe reconhecido por introduzir um pouco de leveza na conversa ao pôr sua perturbação na conta do ciúme amoroso. Ela se enganava, mas isso tornava as coisas mais angustiantes.

— Não duvido dela nem por um instante — respondeu, sorrindo.

Vejamos, precisava acreditar que a festa oferecida em honra de Catarina de Médici não dissimulava nenhuma má intenção. Por ignorar seus planos de viagem, Saint-André buscara acertar, criando condições para uma aproximação com Catarina. Sem dúvida ele imaginava ver Michel assumir, um dia, junto a ela o lugar ocupado por Ruggieri. Como havia justamente sublinhado Isabelle, ele não conseguia deixar de querer a felicidade dos outros sem se preocupar com a opinião deles.

Na segunda-feira, 12 de julho, véspera da festa em que Marie deveria cantar para Catarina de Médici, Michel sentiu suas forças cederem. Apesar de todo o domínio sobre si, não suportava ver-se bloqueado em Paris pela força de uma vontade sobre a qual não tinha o menor controle. Tentara persuadir-se de que poderia tirar proveito desse contratempo para usufruir cada minuto suplementar em companhia de Blanche, ou confeccionar algumas pílulas para acrescentar aos vários remédios já cuidadosamente arrumados nas bolsas impermeáveis de seu alforje. Nada mudou. A bagagem, cem vezes desfeita e refeita, não necessitava de nenhum aprimoramento. Quanto a Blanche, embora sua relação fosse marcada por inquebrantável ternura, ela palpitava agora como uma chama morrente. A força vital desertara o espírito da velha senhora. Michel tinha a sensação de viver perto de uma doente atingida por um mal incurável do qual ela aceitava o resultado, e esse consentimento sereno o torturava. Ele se sentia preso em tempos imóveis.

Marie não estava em melhor condição. Depois de juntar coragem tendo em vista a partida para a liberdade, tremia de novo sob o olhar ciumento de seu terrível pai. A perspectiva de uma vida sem entraves, junto daquele que amava, dera lugar em seu espírito a uma dúvida mesclada de um medo inexplicável. Esvaziada de energia, temia aquela festa que toda moça de sua condição teria considerado a oportunidade única de toda uma vida. Quando os amantes se encontravam, Michel conseguia devolver-lhe alguma esperança e trazer-lhe o sorriso aos lábios. Mas ela percebia o esforço que lhe custava. Também ele tinha medo.

Michel soube que não havia escolha a não ser confessar o plano a Saint-André. Este não poderia anular a recepção na casa de Isabelle de Guéméné, mas, pelo menos, saberia agir de modo a que não tivesse conseqüências. Apenas ele poderia facilitar a partida. Confiando nessa decisão, Michel foi para o palácio de Saint-André, no final da tarde. Sabia que o marquês se encontrava normalmente em casa naquele dia, ocupado em gerir seus negócios com o intendente.

Quando estava quase chegando ao destino, paralisou-se de súbito, os pêlos da nuca eriçados, enquanto uma onda de calor emanava da esmeralda em seu indicador. Não precisou olhá-la para saber que ela irradiava luminescência. O perigo estava ali, bem próximo! Sentia até mesmo no fundo dos rins. Trêmulo, andou para trás um passo, depois outro. Sem querer descobrir o que o esperava adiante, virou-se e se foi às pressas.

— Eis meu breve, prorrogado por Sua Santidade Paulo III — anunciou Ochoa, pousando o documento na mesa de Saint-André.

A chegada do monge, que não se dignara a se anunciar, aborrecera profundamente Saint-André. Detestava ser pego de surpresa. Considerando o pergaminho marcado com o selo do Pescador, observou, com indiferença:

— Monsenhor du Bellay está em Roma, em embaixada para nosso rei. Aliás, lá, ele recebeu o barrete.

Ochoa não era homem para se deixar impressionar por tão pouco. De seu ponto de vista, um Jean du Bellay cardeal só daria para ser um desviado a mais entre os príncipes da Igreja.

— Não tenho dúvida de que seu substituto se mostrará mais diligente.

Saint-André teve o pequeno prazer de lhe destilar sua resposta.

— Sua majestade Francisco I estima ter dado à nossa Santa Igreja provas suficientes de sua vontade de erradicar a heresia do reino da França. Os poderes conferidos ao barão d'Hallencourt, grande juiz prebostal, cujo zelo a serviço da fé supera qualquer elogio, lhe permitem, de fato, perseguir e expulsar os ímpios e os servidores de Satã, onde e quando bem lhe aprouver. Mas o povo começa a murmurar.

— Para o diabo com o populacho! — resmungou Ochoa.

— De qualquer modo, Monsenhor du Bellay, cardeal arcebispo de Paris, tem, como o senhor sabe, autoridade sobre o conjunto do clero da capital. Antes de partir para Roma, foi recebido em audiência por nosso soberano, que lhe exprimiu sua vontade. Uma vontade que Sua Eminência traduziu em diretivas precisas a seus subordinados.

— O que isso quer dizer? — gritou Ochoa, farejando a cilada.

Fingindo desapontamento, Saint-André se deleitava.

— Qualquer ingerência de gente da Igreja nos negócios internos do reino seria considerada uma insuportável ofensa à autoridade real.

As falanges do monge embranqueceram nos braços de sua cadeira, enquanto gritava, grandiloqüente:

— Apostasia!

— Tendo nosso rei confiado a repressão da heresia ao juiz prebostal d'Hallencourt, entende que ninguém deve usurpar suas prerrogativas. Para ele, trata-se de manter a ordem pública, e não de acender uma guerra religiosa que levantaria os súditos uns contra os outros, e o enfraqueceria.

Ochoa assumiu a voz cortante de um chefe dando ordens.

— Temos então de agir sozinhos contra esse falso profeta. Não tenho dúvidas de que você poderia recrutar a ajuda necessária. Nós o raptaremos e jogaremos seus despojos nos esgotos. Evidentemente, eu gostaria de agir à luz do dia, a fim de submetê-lo à questão antes de queimá-lo em praça pública, mas a detestável complacência de seu rei me impede.

— Não é tão simples. Mesmo que conseguíssemos, ainda seria necessário que déssemos sumiço ao corpo, pois a descoberta do cadáver não passaria despercebida. Ele fez alguns amigos influentes... Estou decidido a trabalhar para o sucesso de sua missão sagrada. Deixe-me agir do modo mais adequado.

— O que sugere? — resmungou Ochoa, voltando a sentar-se.

Foi a vez de Saint-André levantar-se.

— Nosso objetivo é restabelecer na França a pureza da fé. Aborrecer o rei não seria o melhor modo de consegui-lo. Tomo as providências necessárias e o mantenho informado — concluiu com voz cortante.

Com isso, chamou o mordomo, significando assim que a entrevista tinha terminado.

— Quando? — Ochoa não pôde deixar de perguntar.

— Daqui a três dias, Michel de Saint-Rémy será apenas uma lembrança rapidamente esquecida, e o senhor voltará para Roma coberto de glória.

Os profetas existiam mesmo? Seria de supor que sim, já que a Bíblia o demonstra continuamente. Os antigos escritos pagãos também, fazendo freqüentes referências aos augúrios, auspícios e outras Pítias. Que seus vaticínios exprimissem ou não a veracidade de fatos futuros não tinha a menor importância, já que a crença, ou a credulidade, em sua vidência bastava para atestar-lhes a realidade. E seus oráculos, nascidos de uma inspiração superior e não de uma construção intelectual, não poderiam ser discriminados entre lícitos e ilícitos. Logo, se se reconhecia a existência dos profetas, forçoso seria aceitar a todos. Ora, fundamentando-se na predição de um de seus santos, a Igreja ordenava o assassinato de um profeta não oriundo de suas fileiras, cujos oráculos ainda não formulados não lhe conviriam. Só que matar esse profeta não suprimiria os acontecimentos que ele tivesse previsto. Se estes a desagradavam tanto, a Igreja deveria se emendar de modo a desviar-lhes o curso, em lugar de eliminar o anunciador.

Saint-Rémy era o espírito mais brilhante que Saint-André encontrara. Como pôr na balança essa inteligência luminosa e o obscurantismo odiento que exigia sua morte? Como hesitar em escolher entre o amigo maravilhoso, rico de tantas seduções, e aquele monge louco, cuja alma transpirava crime? A pergunta nem mesmo poderia ser considerada. A decisão se impunha.

Seria preciso pôr Michel fora do alcance das garras daquele demente. Com Marie, eles poderiam encontrar refúgio nos territórios de Carlos V.

Enquanto refletia, Saint-André percebeu as vantagens a tirar daquela situação nova. Eles poderiam, eles deveriam corresponder-se. Assim conservariam a amizade fraterna. Poliglota, erudito, culto, fino observador e excelente analista da história, Michel poderia lhe endereçar preciosas informações sobre os territórios percorridos. Sem dúvida teriam de combinar códigos. Tudo isso poderia vir a ser um estimulante jogo intelectual. Fazer de Saint-Rémy um espião a serviço da Coroa da França. Como a idéia lhe agradava! Também agradaria a ele. Gostava tanto de decifrar as causas secretas dos acontecimentos! Precisava, sem demora, comunicar-lhe esse oferecimento.

Saint-André redigiu um bilhete — que mandou levar imediatamente à rue Ave Maria —, marcando encontro com Michel uma hora antes da festa.

Encontraram-se no palácio de Guéméné, ressoante do tumulto dos últimos preparativos, no salão particular da bela Isabelle. Marie também estava lá, recém-preparada pelas damas camareiras da princesa. Ela usava um vestido de seda verde-esmeralda com decote quadrado, em perfeita harmonia com seus cabelos ruivos e a nuance de seus olhos, que acentuava a palidez. O alfaiate de Isabelle havia feito maravilhas ao criar aquela vestimenta cuja linha, de uma sabedoria irretocável, sublinhava com sutileza o porte gracioso da moça e deixava adivinhar suas curvas, sem nada revelar. Seguindo as diretivas de Isabelle, o homem de arte havia feito daquela roupa uma obra-prima cuja castidade competia com a sedução. Admirando aquela que amava com toda a alma, Michel pensava como ela se parecia com uma estátua que reunia as nove Musas[1] numa só, representação viva da sinfonia das esferas, tão próxima quanto inacessível.

— Meus amigos, tenho de lhes falar — anunciou com ar grave Saint-André, fazendo sinal para que se aproximassem.

Preocupados com sua seriedade, foram até ele, perto de uma janela de onde se via o vasto jardim irisado de florações multicores.

— A felicidade de vocês me é cara.

Michel e Marie trocaram um olhar perplexo no qual a inquietação transparecia.

— Saint-Rémy — continuou Saint-André —, fiquei sabendo da presença em Paris de um monge que o procura.

Michel empalideceu. O pesadelo recomeçava. Como pudera se contentar em imaginar que o inquisidor relaxaria?

— Como você soube? — murmurou, com voz inexpressiva.

— Poucas coisas acontecem na corte sem que, mais cedo ou mais tarde, eu fique sabendo. Como creio já ter dito, o rei me encarregou de me manter discretamente informado sobre a evolução das tendências dos ultras com a Liga, da qual os Guise são os chefes.

Tanto mais eloqüente quanto exprimia a verdade, embora atribuindo seu próprio papel ao duque de Guise, Saint-André expôs a Michel o motivo da perseguição de Ochoa e a extensão da rede de cumplicidades de que ele dispunha.

— Assustadora estupidez a desses orgulhosos que se proclamam delegados de Deus! — bradou Michel, cheio de raiva. Percebendo a amplitude das informações fornecidas, questionou abruptamente: — Como você pode saber tanto?

— Tenho, como você pode imaginar, um homem infiltrado.

Marie, pálida, lutava valentemente para reprimir o tremor que a agitava. Estreitando-se contra Michel, murmurou:

— O que vai acontecer conosco?

— Seria melhor fugir o mais rapidamente possível, se vocês acreditam em mim.

Levando os amigos para uma banqueta, fez com que se sentassem e, puxando uma poltrona, sentou-se frente a frente com eles.

---

[1] Na mitologia grega, as Musas, filhas de Zeus, presidiam as artes.

— Primeiramente, Michel, esse inquisidor ainda não conhece seu endereço. Guise deve anunciá-lo no momento em que se encontrar com ele, quando estiver de volta de suas terras da Lorena. Quer dizer, não antes de três dias. Em seguida, a ação deles apresenta algumas dificuldades: não provocar a fúria do rei, desobedecendo à sua vontade; não alertar seus amigos, pois, você sabe, eles são obrigados a agarrá-lo sem escândalo e tirá-lo de Paris com extrema discrição. Finalmente, supliciá-lo na carne, com muitos salmos e exorcismos variados. Temos então quando muito três dias, ou, no melhor dos casos, cinco, para pôr uma distância satisfatória entre você e seu perseguidor. Comecei a tomar providências para a sua fuga.

Michel balançou a cabeça, vermelho de confusão. Pensou que jamais vira Blanche enganar-se daquele modo a respeito de alguém. Saint-André dava naquele instante a prova cabal de que era o mais maravilhoso e seguro de todos os amigos.

— Como e quando lhe retribuir tantos favores? Nossa vida não bastará.

— Cale-se, ou então não sou mais seu amigo! — interrompeu-o Saint-André. — Quanto a você, querida Marie — prosseguiu ele —, creio não me enganar ao supor que tem a intenção de acompanhar esse feiticeiro herético até o inferno, sem considerar sua reputação, ou a ira de um pai amoroso.

Michel e Marie trocaram um olhar emocionado diante daquela demonstração. Não tendo jamais amado alguém, Saint-André descobria, desarmado, um sentimento até então desconhecido. Incapaz de dar um nome a esse estado, disse a si mesmo que fazer o bem aos outros poderia oferecer alegrias inefáveis.

— Eis o que vamos fazer.

Resumiu brevemente suas propostas. Em vez da estrada da Picardia, mais rápida, mas muito evidente, e onde os da Liga dispunham de grande apoio, ele sugeriu que Michel e Marie partissem para o sudeste, na direção da Suíça. Assim sendo, sua gente, naquele exato momento, reabastecia de montarias o albergue das Três Gruas, situado na borda da floresta de Fontainebleau.

Vendo que Michel estava a ponto de se opor, ele o interrompeu.

— Logo você vai compreender por quê. Nem Marie nem você podem deixar a cidade sem um pretexto irrefutável. Nossa cara Isabelle, a quem comuniquei nosso complô, já enviou a sire d'Hallencourt uma carta em que implora a presença de Marie durante os dias de férias que ela conta passar em sua casa de Moret, próxima a Fontainebleau. Quanto à querida Blanche e à boa Bertrande — retomou Saint-André —, duvido que possam acompanhar o ritmo de vocês, pois, quando partirem, terão de correr como o vento. Sugiro, então, que elas se refugiem em lugar seguro. De todo modo, fiquem certos de que cuidarei delas. Acreditam que seja viável?

— Bertrande possui uma casa na rue de la Tissanderie cuja existência meu pai desconhece — exclamou Marie.

— Tudo vai pelo melhor — alegrou-se Saint-André, esfregando as mãos. — Nós nos reuniremos depois de amanhã para acertar os últimos detalhes e nos despedir, pois não quero adeus entre nós.

Os primeiros convidados começavam a chegar. Isabelle de Guéméné foi atender a seus deveres de anfitriã, e Marie, a uma última afinação de seu cistre.

— Quanta confusão — murmurou Michel olhando-a afastar-se. — O que seria de nós sem você?

— Para que imaginar o que poderia ter sido quando não será? Vai ficar para ouvir Marie?

Michel declinou do convite, pretextando que tinha de preparar Blanche para a idéia de uma partida iminente. Na verdade, não desejava correr o risco de se encontrar em presença de Catarina de Médici. Não tinha dúvida de que ela o reconheceria e adivinharia nele o autor da profética missiva. O que aconteceria, então? A prudência e a razão exigiam que ele desaparecesse. O momento de encontrar-se com Catarina chegaria na hora certa. Estava escrito. Precisava deixar o Tempo agir.

Afastando-se do palácio de Guéméné, teve de encostar-se a um muro para não ser derrubado por uma viatura coberta atrelada a quatro cavalos. Lançando automaticamente um olhar curioso para o interior do veículo com as cortinas levantadas, ele divisou o perfil grave da jovem princesa italiana diante da qual estava Ruggieri. Ele se afastou, mas não rápido o bastante. Tendo sentido sua presença, Catarina de Médici virou prontamente a cabeça em sua direção. A troca de olhares durou apenas uma fração de segundo.

No veículo que prosseguia, Catarina se perguntou por que a providência vinha novamente pôr em seu caminho aquele homem estranho cujos olhos de mago ela não esquecera. Mais uma vez, em circunstâncias que tornavam qualquer troca impossível. Contudo, ela quis ver nisso um feliz presságio.

Instalada num pequeno estrado no limiar da escadaria que dava para o jardim, Marie tocava, ausente a tudo o que não fosse sua música e a lembrança de Michel. Rumor de conversas, risos, tilintar de moedas de ouro nas mesas de jogo, nada podia distraí-la. Seus longos dedos dançavam no braço do instrumento, desfiando seu devaneio, indiferente. Já estava longe, evadida, livre. Começara interpretando alguns trechos de inspiração italiana, e agora dava livre curso aos seus impulsos. Sem perceber, pôs-se a cantarolar.

Uma melodia, à qual as cordas do cistre faziam contraponto, nasceu insensivelmente. Uma vez estruturadas as frases musicais, Marie começou a cantar a meia-voz, pondo nas notas palavras cinzeladas havia meses no segredo da mente, e nunca pronunciadas. A canção dedicada a Michel contava sua sorte de triste prisioneira antes que ele irrompesse em sua vida e a felicidade que esperava do amor sem entraves que em breve ele lhe ofereceria.

— Basta!

A voz do delfim estalou secamente. A interjeição se dirigia ao irmão e seus amigos que continuavam bebendo e jogando dados, trocando comentários picantes, sem se dar o trabalho de baixar o tom. O delfim Francisco tinha reclamado muito antes de aceitar comparecer à festa da princesa de Guéméné. Saint-André teve de insistir, explicando-lhe que se tratava de uma recepção onde era necessário ser visto. Mostrar-se fazia parte de suas obrigações de herdeiro do trono. A Corte desejava que seu futuro senhor aparecesse como o digno filho de seu pai.

Forçado a comparecer à recepção de Isabelle, Francisco sentia ali, contra qualquer expectativa, certo prazer. Pela graça de uma só pessoa: aquela espantosa jovem mulher de dedos de fada e voz de anjo. Quem era? De onde vinha? Isso não importava. Importavam apenas seu canto e as esperanças que ele reanimava em seu coração de príncipe mal-amado.

Indiferentes à sua ordem, Henrique e os amigos continuavam a brincar, fazendo apostas sobre esta ou aquela mulher que um deles se via desafiado a levar para a cama num prazo determinado.

— Basta! — ordenou ele, agora em voz alta.

Henrique fitou o irmão com um olho mau, uma caçoada à beira dos lábios. Contudo, foi forçado a engolir o insulto que ia escarrar. Francisco era o delfim. Ninguém podia faltar-lhe ao respeito em público, nem mesmo ele. Não importava. As contas se ajustariam entre os dois. Ele levaria a melhor, como sempre.

Marie perdeu o compasso. Ao som da voz do delfim, parou de tocar. Erguendo a cabeça para ver de que se tratava, avistou o homem grande, triste, pálido de furor. Virou-se para ela e, acompanhando o gesto com discreta inclinação da cabeça, fez-lhe graciosamente sinal para que continuasse.

A troca de olhares durou o tempo de um relâmpago, antes que a moça abaixasse respeitosamente os olhos. Aquele instante bastou para abrasar o coração de Francisco, levando-o a anos passados, quando fora cativo na Espanha. Emocionado com sua aflição, o imperador da Alemanha, Carlos V, afeiçoou-se ao jovem refém junto ao qual se habituou a passar algum tempo, quando suas ocupações lhe permitiam. Mas o que dizer ao herdeiro de França, a não ser contar-lhe histórias como a qualquer menininho? As tradições germânicas abundavam em lendas heróicas ou perturbadoras; ele tinha apenas a dificuldade da escolha. Havia uma, porém, que Francisco pedia sempre ao soberano inimigo, que se comportava como um tio indulgente, a de Lorelai.

Ao descobrir o olhar de opala de Marie d'Hallencourt e sua cabeleira ruiva, o delfim Francisco viu de repente diante de si a encarnação daquela feiticeira loura cujo olhar cheio de pedrarias ardia como uma chama, fazendo com que todos os homens em volta morressem.

— Eu quero aquela moça...

A voz do delfim era tão surda que Saint-André pensou ter ouvido mal. Encontraram-se na residência das Tournelles às nove horas da manhã para uma das sessões de aprendizagem dos negócios do reino cuja responsabilidade o rei havia atribuído ao mentor de seu herdeiro. Tratava-se, naquela manhã, de estudar a situação das alianças militares com as quais Francisco I queria poder contar antes de empreender a reconquista do Milanês, que destinava ao segundo filho. Desde que chegara, Saint-André tinha notado o ar triste do delfim, que, evidentemente, não tinha fechado os olhos durante a noite. Impressão confirmada por sua desatenção.

— Eu quero aquela moça! — repetiu o delfim num tom ao mesmo tempo raivoso e angustiado.

Saint-André não ousou compreender.

— De quem está falando, Francisco?

Com a voz trêmula, os olhos embaçados, o delfim enfiou o rosto nas mãos.

— A musicista!

Saint-André se retesou. Era algo que não previra. Tratando-se de qualquer outro que não Francisco, teria argumentado contra. Buscando ser leviano, comentou como se não fosse nada.

— Ela é encantadora, de fato, mas não é para o senhor.

— E por quê, por favor? Não sou eu o delfim?

Francisco tinha razão. Naquela corte licenciosa, onde abundavam criaturas pouco tímidas, ele podia ter quem quisesse. Aquilo de que nem seu irmão nem seus amigos se privavam. Mas ele era diferente. Tinha de se apaixonar por uma moça cuja virtude rivalizava com a beleza e que, sobretudo, já pertencia de corpo e alma a outro. Armando-se de pedagogia, Saint-André foi sentar-se perto do rapaz.

— O senhor a quer como amante? Seduza-a, faça-lhe a corte. À força de assiduidade, não duvido um instante de que chegue aos fins.

Marie teria deixado Paris dali a dois dias.

— Está caçoando de mim? Não se faz de um anjo uma amante! Seria aviltá-la!

— E o que quer, então? Fazê-la princesa, rainha, um dia? É muito cavalheiresco, mas tenho de lembrar-lhe de que não é dono de sua futura união. O senhor será rei. Deve aliar-se a uma potência reinante. Isso faz parte de seus encargos. Desposar essa moça lhe custaria a inimizade dos poderosos e dos humildes. Cometeria um grave erro político. Além de afrontar as cortes européias dotadas de uma herdeira casadoura, você insultaria seu povo.

— Posso compreender meus primos da Europa, mas por que o povo?

Incomodava um pouco a Saint-André revelar a identidade de Marie, mas não podia fazer de outro modo, e por sua própria culpa. Censurou-se por ter querido demonstrar tanto. Esforçando-se para manter o mesmo tom, respondeu:

— Porque ela é filha do grande juiz prebostal d'Hallencourt que o povo odeia tanto quanto teme. Mesmo que ela não tenha nada a ver com esta terrível repressão conduzida pelo pai, aliar-se a ela resultaria em honrar seu nome. Imagina o desastre para o equilíbrio do reino?

— Essa mixórdia política me enoja! — exasperou-se o delfim com voz estridente, recaindo no assento, abatido.

Ele ia choramingar e depois se fechar numa aborrecimento melancólico durante alguns dias. Depois, passaria, como tudo anteriormente. Saint-André se enganava. Pulando de repente do assento onde estava prostrado, o delfim gritou numa voz cheia de raiva:

— Se eu fosse rei! Se eu fosse rei, faria o que quisesse! Ela teria de me amar! Ninguém teria nada a dizer! Todos deveriam inclinar-se!

— Não, Francisco — retorquiu suavemente Saint-André, controlando a irritação.

— E como meu pai faz? Tem todas sem ter de dizer "Eu quero"!

— Não é assim, Francisco. Seu pai nunca impôs arbitrariamente seu desejo. Atribuem-lhe uma multidão de amantes. Ele deixa esses boatos se alastrarem porque é lisonjeiro. Mas Diane, por exemplo, colocou-o em xeque. Ele teve de se submeter, com elegância. O capricho e o bel-prazer são armadilhas funestas. Saber não cair nelas é o privilégio dos bons reis. O senhor me diz que ama Marie d'Hallencourt; pois bem, faça-se amar por ela. Talvez o amor recíproco tenha força suficiente para varrer os obstáculos. É sua única chance e, acredite-me, o único modo que convém a um futuro soberano.

Quando Saint-André pensou não ter se saído muito mal da situação espinhosa, o delfim explodiu.

— Para mim, chega! Quem você pensa que é para me desprezar desse modo? Quero aquela moça como jamais desejei coisa alguma em minha vida, e você vai trazê-la.

Saint-André ia fingir submeter-se, dando tempo a que Michel e Marie desaparecessem. Concordou antes de se despedir, quando então o delfim retomou.

— Dou-lhe três dias. Arranje-se como quiser, mas, daqui a três dias, eu a quero em Montfort.

Saint-André levantou uma sobrancelha cética. Embora até então tivesse se esforçado para moderar a discussão, não podia mais deixar o jovem desenvolver sua quimera insana. Tanto pior se se expusesse a um novo acesso de raiva.

— Vamos, Francisco! Está pensando em mandar raptar essa moça? Seria indigno!

Os olhos brilhando num lampejo maléfico, a boca torcida num ricto, o delfim avançou para ele.

— Indigno? É você quem fala de indignidade? Hipócrita!

Saint-André sentiu-se empalidecer.

— Se a corte soubesse quem você verdadeiramente é, como riria! — Jubilou o adolescente. — Bugre[2] miserável!

Saint-André, lívido, deu um passo para trás, levando instintivamente a mão à guarda da espada. Imediatamente interrompeu o gesto. Tremendo de humilhação e de cólera contida, encarou o delfim, que o olhava de alto a baixo, zombeteiro.

— Você não se lembra? Estávamos em Madri havia apenas seis meses. Nossa detenção parecia um passeio. Magnífica quinta mourisca. Odores de laranjeiras em flor. Rumor de fonte no pátio. Noites mornas. Ritornelos de guitarras. Serviçais atenciosos. Tudo se concertava para nos fazer esquecer que éramos prisioneiros. Tudo levava à volúpia dos sentidos. Eu ainda era muito pequeno para percebê-lo. Muito menos para aproveitar. Mas você...

Será que também Francisco conhecia aquele segredo do qual a Inquisição se utilizava para chantageá-lo?

---

[2] Homossexual.

— Vejo que recupera a memória — debochou o delfim, prosseguindo. — Numa noite em que eu tinha tido um pesadelo horrível — certamente você se lembra que eu os tinha quase todas as noites —, corri até seu quarto para que você me consolasse. Você não estava lá. Eu não queria acordar meu irmão, que tinha sono pesado e caçoaria de mim. Então, eu o procurei. Na quinta, reinava um silêncio absoluto. Quando muito se ouviam alguns murmúrios para os lados da sauna. Quem poderia estar lá a não ser você? Nossos carcereiros não tinham o direito de penetrar em nossos aposentos. Fui, portanto, na direção desses sons que se tornavam mais precisos à medida que eu avançava.

Saint-André quis suplicar-lhe que parasse, mas sua voz ficou presa na garganta.

— E quanto mais eles se tornavam nítidos, mais parecia que não se tratava de murmúrios, mas de gemidos felizes, semelhantes a lamentos. O que acontecia em meio àqueles vapores de eucalipto cujas volutas cobriam o cenário? Eu estava um pouco assustado, você imagina. Adiantei-me, assim mesmo, desejoso de encontrar meu protetor, aquele a quem o rei, meu pai, havia dado a honra de confiar minha educação. Aquele que devia servir-me de tutor e de preceptor durante o cativeiro. Meu modelo, em suma!

Entregue ao gozo da narrativa, o delfim não se deu conta da mudança que se operava em Saint-André. Abatido de vergonha um instante atrás, deixava-se agora invadir por uma raiva fria.

O delfim o dominava dessa vez. Apenas dessa vez. A primeira e a última. Acreditando-se dono da situação, cometia naquele momento o erro irreparável de querer humilhá-lo mais do que o necessário. Não lhe havia ele ensinado que jamais se devia desesperar o adversário sob pena de vê-lo transformar-se num inimigo irredutível? Michel desvendara-o com clareza. Embora em termos medidos, ditados por sua delicadeza, ele o havia justamente avisado. O querido Michel que agora iria trair. Não tinha escolha. Refletindo já no melhor modo de proceder dentro do prazo imposto, ouvia parcialmente o final da história.

— Foi então que o vi. De quatro, os olhos convulsos, a saliva nos lábios. Agarrando suas ancas, o massagista mouro trabalhava sua garupa com grandes golpes da tromba. Você se deixava montar como uma cabra!

Saint-André era apenas indiferença gélida. Afetou com arte o ar descomposto de circunstância que o adolescente esperava. Vendo-o tão lamentoso, o delfim explodiu em riso, as lágrimas nos olhos, balançando as nádegas de modo grotesco. Certo de ter afirmado sua supremacia, acalmou-se e encadeou num tom de conversa:

— Eu guardava essa lembrança para o dia em que tivesse necessidade de lhe lembrar quem é o mestre. A ocasião surgiu mais cedo do que eu esperava. Agora você sabe que posso, com uma única frase, cobri-lo de ridículo. O que lhe vetaria qualquer função oficial, qualquer cargo e até mesmo simplesmente aparecer na corte. Adeus às honrarias, pequenas e grandes, de que tanto gosta. Você se tornaria alvo da chacota do reino.

O olhar de Saint-André faiscou um instante e se abaixou em sinal de respeito, ao mesmo tempo que declarava com fingida humildade:

— Embora eu seja vítima de sua habilidade, considero uma cartada de mestre, meu Senhor. O procedimento é rude, mas eficaz. Constato, com orgulho, que o senhor soube aproveitar meus ensinamentos. A moça estará em Montfort daqui a três dias.

— Muito bem — rejubilou-se o delfim, engolindo a adulação, deliciado. — Vá agora — continuou — e não me queira mal por eu ter me divertido um pouco às suas custas. Aliás, tenho de confessar, você é meu único amigo verdadeiro.

Saint-André pensou que aquele jovem imbecil decididamente nunca compreendia nada. Na situação irreversível em que ambos se encontravam, não se deveria consolar o adversário, mas manter-lhe a cabeça sob o calcanhar e não relaxar a pressão.

Voltando ao seu palácio a toda pressa, Saint-André afastou o delfim do pensamento. Sua hora chegaria logo, logo. Michel o predissera. Embora não tenha importância nem a veracidade das profecias nem a natureza de sua revelação inspirada. Contavam apenas o poder de influência e a energia que se utiliza para a sua concretização. Portanto, ele não precisava mais de Michel.

Com essa última constatação, apagou toda a amizade em seu coração, sem remorso ou arrependimento. Livre desse sentimento que o enfraquecera mais do que o fortalecera, agora percebia que recuperara a capacidade de raciocinar friamente.

Bastava aplicar o plano estabelecido, exceto quanto à parte concernente a Marie. Quanto a Michel, era de se temer, infelizmente, que jamais saísse da floresta de Fontainebleau.

De volta a casa, redigiu uma breve mensagem para Ochoa. Chamou seu factótum, encarregando-o de levar pessoalmente sua missiva ao convento dos dominicanos. Depois, com o olhar perdido nas copas das árvores de seu parque, meditou sobre os motivos freqüentemente irrisórios que dão origem às perturbações do destino. Ele poderia ter enfrentado o delfim. Argumentos não faltavam. O que ele pensava? Que Saint-André era um caso único? Ele poderia citar-lhe muitos senhores e capitães valorosos que, ao capricho das circunstâncias, não desdenharam um pajem, ou um escudeiro. Poderia ter enumerado alguns bordéis especializados da colina de Montmartre aonde alguns grandes capitães iam à noite. Evidentemente, evitava-se mencionar isso na corte do rei cavaleiro,[3] cuja galhardia servia de modelo. O que não impedia que essas coisas acontecessem e fossem conhecidas. Tudo sempre acabava por se saber. Saint-André não ignorava que o fato de não gostar muito das mulheres dava o que falar. Mas fazer o quê? Embora apreciasse muitíssimo a companhia de algumas e, eventualmente, honrasse uma delas com a finalidade única de que ela o apreciasse, achava as intrigas sentimentais abominavelmente fastidiosas, quando não fonte de aborrecimento. No fundo, essa imagem de cabra representava a única coisa efetivamente desagradável. Por uma vez o delfim se mostrara brilhante!

Estaria ele traindo Michel apenas pelo medo do ridículo? Seria tão fútil assim? Ele o teria traído sem isso, mais dia menos dia, porque, como dissera La Jaille, o brilhantismo de Michel lhe fazia sombra? Não. Então, por que aceitara tão facilmente a idéia da traição? Por que sentia aquela sensação de liberdade recuperada? Preferia ignorar as respostas para essas perguntas.

---

[3] Cognome de Francisco I.

9.

— Comecei a me aproximar de Catarina, como você me aconselhou — disse Saint-André ao ouvido de Michel.

Estavam sentados lado a lado, ombro a ombro, na proa de uma grande barca de passeio que subia suavemente o Sena, na direção da confluência com o Marne. Oito remadores impulsionavam silenciosamente a embarcação no centro da qual haviam instalado uma mesa carregada de terrinas e cestos de frutas. Garrafas de vinho lacrado refrescavam em cestos pendurados na amurada, meio submersos. Na popa, abrigadas por um toldo de linho, Marie e Isabelle de Guéméné sussurravam confidências. O clima era o da paz vibrante que precede as longas separações.

— Essa jovem pessoa parece reunir as virtudes próprias aos grandes soberanos. A começar pela desconfiança. Ou, digamos, pela circunspecção.

Os olhos de Michel cintilaram de malícia.

— Devo compreender que sua brilhante conversa não a subjugou. Seria algo extraordinário.

O tom levemente caçoador desestabilizou por uma fração de segundo Saint-André, que quase se enfureceu. Tendo notado sua furtiva reação de humor, Michel continuou:

— Eu estava brincando, amigo. Deveria podar essa tendência à zombaria que faz com que eu ofenda aqueles que me são caros. Suplico-lhe que me perdoe.

— Perdoe antes a mim por ter esquecido que você nunca maltrata os amigos.

Michel apertou-lhe afetuosamente o braço.

— Se não pararmos de rasgar seda, nunca chegaremos aos fatos. Conte-me mais!

— Ela não me provocou má impressão, mas manteve uma atitude reservada. Ouvindo muito, com uma atenção lisonjeira, mas falando muito pouco. No momento em que lhe conto isso, ainda não sei o que ela pensava. De uma cortesia principesca, na qual muitos deveriam se inspirar, de uma graça deliciosa, mas de uma frieza, meu caro! Eu estava quase paralisado e, para ser franco, tenho medo de não ter absolutamente provocado seu interesse.

Michel o escutara balançando a cabeça, sorrindo diante das reflexões que lhe vinham à medida que a história se desenvolvia.

— Com apenas 17 anos, ela é capaz de, brincando, desconcertar um dos melhores espíritos da corte da França, que é também um mestre em estratégia.

— Você me lisonjeia muito, mas eu fiquei bem embaraçado.

— Não deveria. Essa fingida indiferença constitui a prova de que sua atitude a interessou vivamente. Como queria que ela reagisse? Por ora é apenas a esposa desprezada do segundo na lista de sucessão da França. Além disso, não está apta a procriar. Como interpretar a atitude de um homem unanimemente considerado como pertencendo ao futuro rei, e cuja influência só tende a crescer? Você não é conhecido por perder tempo com reverências inúteis. Daí a distância. Ela espera para ver se você quer chegar a algum lugar e, se for o caso, onde.

Saint-André ficou em silêncio, meditando sobre essas palavras. Em seguida, a meia-voz, num tom que transparecia a admiração que não podia evitar:

— Quando o ouço afirmar tudo isso, tenho a impressão de que você a conhece melhor que ninguém. Contudo, mal a viu. Ou, então, está me escondendo alguma coisa!

— De modo algum! — protestou Michel. — Apenas, graças a você, estudei à vontade seu tema astral. Isso me permite ter a pretensão de conhecê-la um pouco.

— Pois bem, meu caro, felicito-me por não ter lhe fornecido os elementos necessários para a elaboração de meu zodíaco. Até onde iríamos se lesse em mim também como num livro aberto?

Assim que concluiu a frase, Saint-André mordeu os lábios. Mas se preocupava por nada. Michel não notara sua perturbação.

— Eu me absteria, salvo, naturalmente, se você me pressionasse para que eu desvendasse as brumas de seu futuro. Não corre grande risco. Você não é daqueles que não sabem dar um passo sem antes consultar os oráculos. Voltando ao assunto que o preocupa, suas dúvidas não têm razão de ser. Tomei a liberdade de examinar os aspectos planetários no momento em que você iniciava sua conquista.

Saint-André sentiu uma pontada de excitação.

— Como, se você não possui meu tema?

— Sei que você nasceu sob o signo do Escorpião, e qual o ano de seu nascimento, já que sei sua idade. Poderia, portanto, baseando-me nos acontecimentos de sua vida — os anos do cativeiro, por exemplo — que devem corresponder a uma poderosa passagem de Saturno por seus planetas natais, ou na sua 12ª Casa, a das provas, deduzir a hora de seu nascimento e, conseqüentemente, seu signo ascendente.

A preocupação brotou no espírito de Saint-André. Não criou raízes porque Michel emendou:

— Não o faria, porém, já que lhe repugna ver o destino encerrado em algumas figuras geométricas traçadas num pedaço de pergaminho. Limito-me a considerar o tema de Catarina.

Apesar do medo, Saint-André ouvia com um interesse apaixonado.

— Nada de espetacular poderia acontecer imediatamente porque os trânsitos de efeito imediato não eram significativos naquele momento. Contudo, vê-se bem melhor no vazio que no cheio. Nesse céu limpo, pois, o Sol no signo de Câncer prenuncia harmoniosamente a Parte da Fortuna de Catarina, situada — adivinhe — no signo de Escorpião: aquele em que se encontra o seu próprio céu astral. Por outro lado, esse Sol do dia transitava na 4ª Casa de Catarina, regendo, entre outros, o círculo próximo dos familiares, o começo e o fim, e também o túmulo. Finalmente, a Parte da Fortuna, iluminada naquele instante, encontra-se na 7ª Casa, a das alianças, dos contratos, de tudo o que rege nossas relações com os outros. A dedução que posso facilmente tirar dessa figura é que a 13 de abril de 1535, por volta das 16h30, produziu-se uma atividade da Parte da Fortuna de Catarina de Médici, que pôs em harmonia o círculo de seus familiares e o de suas alianças. Meu prognóstico será, pois, que sua iniciativa marcou um início, que ela terá seqüência e que dará frutos.

— Gostaria muito de acreditar — disse Saint-André. — Tudo isso me parece tão simples quando você o formula. Mas, se acreditasse em você, seria tomado de horror ao pensar que é capaz de decodificar com tanta facilidade os arcanos de meu destino. Não quero, de modo algum, tornar-me transparente a seus olhos!

— Você não se tornará transparente — riu-se Michel. — Já lhe disse que, na minha opinião, amor e amizade perdem com muita luz, enquanto um pouco de mistério mantém seus atrativos.

Essa perigosa discussão inebriava Saint-André. Michel acabara de declarar que não procurava sondar a alma dos que lhe eram caros. Admirável, ingênua e estúpida retidão! Se Saint-André possuísse suas extraordinárias capacidades, ele usaria e abusaria delas.

A voz de Michel tirou-o da reflexão.

— Não, não creio que você abusasse desses conhecimentos.

— Tem certeza? — retorquiu Saint-André, tomado de estupor ao constatar que mais uma vez Michel via dentro dele com clareza. Ele tinha de, imperiosamente, controlar o fluxo de seus pensamentos sob pena de se ver desmascarado. Mas como era difícil!

Aparentemente ignorando sua perturbação, Michel continuou.

— Você não gosta da facilidade, nem trapaceia no jogo. Isso posto, para concluir o assunto, eu lhe enviarei um bilhete por seu aniversário, no dia 13 de novembro de cada ano.

Saint-André arregalou os olhos estupefatos, provocando um largo sorriso em Michel.

— É feitiçaria!

— Não. Apenas geometria. Somada a um golpe de sorte. Eu tinha, digamos, uma chance em seis de acertar. A figura harmônica que eu evocava se compõe de dois aspectos elementares. Um trígono de 120° entre Câncer e Escorpião, e uma conjunção a 0° em Escorpião. Para analisá-los, tolera-se uma margem de erro de aproximadamente 5°, cada grau correspondendo a um dia. Quanto mais o aspecto é exato, mais tem força. Tratando-se de duas fortes personalidades, como a de Catarina e a sua, eu poderia supor que os aspectos eram perfeitamente exatos no grau de 13 de novembro, onde se encontra a Parte da Fortuna de Catarina. Não pode ser mais simples!

— Não pode ser mais simples para você! — exclamou Saint-André, deslumbrado. — No entanto, duvido que alguém consiga tal clareza de análise, mesmo possuindo todos os conhecimentos teóricos necessários.

— Tem razão. Eis por que, mesmo sabendo Ptolomeu de cor, nossos médicos são asnos. Além de um pouco de prática, é preciso muita humildade para discernir o indício essencial mascarado pelo que salta aos olhos.

Saint-André achou o amigo bem cego. Seu amigo, porque nessas horas, mais do que nunca, ele o considerava como tal e sabia que não teria outro da mesma qualidade. Aquela certeza lhe dava uma espécie de serenidade matizada de nostalgia.

— Quando há pouco você falou de túmulo, aludia apenas às atribuições da 4ª Casa astrológica, ou pensava em outra coisa que prefere calar?

— Ora, ora! O que você vai procurar? Dou minha palavra que não vi nenhuma mensagem planando sobre a vida de Catarina ou sobre a sua, se é isso que o preocupa.

Saint-André fez um gesto vago de negação.

— Esse misterioso aspecto de seus talentos não deixa de fascinar. Seria você capaz de predizer, anunciar, prever, prognosticar — não sei que palavra usar — a morte de alguém?

— Do ponto de vista teórico? Sim. Embora o pior nem sempre esteja à espreita — e a morte não é o pior? —, algumas configurações podem indicar o fim da vida. Em todo caso, o fim de alguma coisa. Recuso-me, porém, a explorar um tema sob esse aspecto. O sabor da existência não reside na ignorância de sua duração? A consciência dessa limitação deveria fazer cada instante precioso. Infelizmente, perdemos tanto tempo em vã agitação e perniciosa indolência!

— Eis aí você bem moralista — riu Saint-André. — Posso lhe assegurar que não me arrependo nem um pouco dos momentos que passei devaneando no meu canapé!

As pálpebras de Michel se estreitaram de contentamento. Sentia falta desses diálogos em que às vezes suas mentes faiscavam como lâminas de duelistas.

Fugaz a encarnação, eterna a vida. Blanche não sentia nem amargor nem cólera. Era preferível alegrar-se a tremer. Muito calma, sentou-se em sua grande poltrona e pousou as mãos abertas sobre os joelhos. Esperando que o destino se decidisse, concentrou o pensamento em Michel com o objetivo de mais uma vez lhe transmitir todo o seu amor e afastá-lo de casa nas horas seguintes. Seu único pensamento triste foi para ele. Como iria sofrer!

Às cinco da tarde daquela quinta-feira, 15 de julho de 1535, d'Hallencourt e seus guardas chegaram às proximidades da rue Ave Maria. O calor pesado tinha esvaziado as ruas. Enxames de moscas zumbiam em nuvens escuras em volta dos montes de imundícies que obstruíam as sarjetas ressecadas. O fedor sufocava. A tempestade se armava. Todos esperavam uma chuva benfazeja que purificasse a cidade e refrescasse os corpos pesados. Ricocheteando nas fachadas com as janelas fechadas, os ecos do fúnebre rangido de rodas da carroça do carrasco tiraram do torpor os habitantes do Marais. Aquele ruído só podia significar uma coisa: d'Hallencourt e seus mercenários vinham agarrar um vizinho, um amigo, talvez. Alguém teria sido traído?

Rostos desconfiados apareceram às janelas. Olhares ansiosos brilharam na penumbra das casas. Todos prendiam o fôlego. Ouviam a morte chegar, temendo que ela parasse à sua porta. Mas d'Hallencourt prosseguia, e o medo se dissipava.

Naquela quinta-feira, 15 de julho, em que a tempestade se armava, sem se combinarem, os habitantes do Marais ergueram a cabeça. Exautos de horror, esgotados por meses de terror cotidiano, preferiam, num impulso de dignidade, enfrentar o perigo a continuar a se entocar. Envergonhados da covardia passada, saíram de casa e acompanharam o cortejo. Casa após casa, rua após rua, logo o bairro inteiro escoltava d'Hallencourt.

Ninguém sabia por que agia desse modo, nem o que faria quando conhecesse a identidade da próxima vítima supliciada. Caminhavam ombro a ombro com o vizinho que também não sabia de nada, mas que avançava assim mesmo. Indiferente ao populacho que se amontoava atrás dele, o juiz prebostal cavalgava a passo. De vez em quando, por prazer, mergulhava o olhar nos olhos de um dos curiosos cuja pressa em logo evitá-lo enchia-o de satisfação. Entregue ao gozo do poder, não notava que, pela primeira vez, eles desviavam os olhos em vez de abaixá-los. O número crescente de seguidores também não o preocupou, muito pelo contrário. Quanto mais numerosos fossem para assistir ao auto-de-fé, melhor compreenderiam a lição.

Depois que o bom monge, emissário da Santíssima Inquisição, lhe comunicou o endereço do feiticeiro, ele quase se precipitou para prendê-lo, mas mudou de opinião. Nenhuma denúncia jamais lhe chegara daquele bairro onde pululavam judeus. Seria melhor empregar o tempo para vê-los e ser visto, a fim de que soubessem que a vez deles chegara. Eis por que decidira fazer demonstração de poder, levando consigo cem homens. Não tinha dúvidas de que a parada incitaria mais de um a voltar aos sentimentos de bons cristãos.

— Perdoe-me repetir — insistiu Saint-André —, mas o assunto provoca em mim uma fascinação, sem dúvida doentia, que não consigo evitar.

Michel deu um sorriso indulgente.

— Como censurá-lo? A morte, quando se pensa nela, representa nossa única certeza. Contudo, ela suscita inesgotáveis interrogações.

— Você me garantiu que Catarina será rainha. Logo, Henrique será rei. Sucederá a Francisco, ou ascenderá diretamente ao trono?

— Em outras palavras, o delfim viverá tempo suficiente para enterrar o pai e usar a coroa? É essa sua pergunta?

Saint-André concordou. Michel pousou nele um olhar cínico de gato, deixando-o curtir, antes de dizer:

— Ainda não chegou a hora de nosso bom rei Francisco expirar. Tantas coisas podem acontecer daqui até lá!

— Você sabe! — inflamou-se Saint-André. — Você esmiuçou o destino de todos. Por que não me disse nada?

Sua excitação desconcertou Michel. Aborreceu-se por ter, de modo estúpido, dado a entender que sabia mais do que podia ou desejava revelar. Por que se entregara ao desejo de brilhar se, nas raras vezes em que cedera a ele, colocara-se em situações falsas?

— Por que motivo subitamente isso se reveste de tamanha importância para você? O sentido de um tema não pode ser revelado senão para aquele ou para aquela a quem ele concerne. E, mesmo para um ou outra, eu não revelaria a hora da morte, supondo-se que eu seja capaz de determiná-la. Conhecer o prazo final pode levar ao desespero ou então a atos loucos. Mas eu já lhe disse tudo isso.

Saint-André percebeu a hesitação. Mas precisava daquelas informações. Como obtê-las sem ofender Michel ou despertar suas suspeitas?

— Você conhece minhas preocupações com o destino do reino. A sorte das pessoas não é o que me preocupa, apesar da afeição ou do interesse que tenho por elas. Todavia, como você me explicou um dia, o destino delas determina o do povo todo. O da França, depois da partida de nosso rei, me importa. É isso, Michel: é minha única ambição, e tenho vergonha de me ter mostrado tão fútil.

Michel deixou-se convencer.

— Pois bem, nesse caso — sorriu —, arme-se de paciência. O mal de Nápoles[1] não levará nosso rei antes que Zeus tenha, mais uma vez, percorrido sua órbita.

Inicialmente desconcertado, Saint-André refletiu por um instante e compreendeu que Michel se referia à duração do ciclo de revolução de Júpiter.

— Doze anos, portanto — comentou com um leve despeito do qual não se deu conta, mas que Michel percebeu.

— Aproximadamente. E, repito, trata-se de uma vaga estimativa, não de uma predição, muito menos de uma promessa.

Uma ventania provocou leve ondulação no rio e fez o toldo de linho estalar. Erguendo a cabeça, Michel e Saint-André divisaram ao longe as sombrias espirais de uma tempestade em formação. Saint-André ordenou aos remadores que navegassem para um albergue florido situado um pouco mais acima.

---

[1] A sífilis.

— É melhor nos abrigarmos para esperar o fim da tempestade — anunciou ele, voltando a sentar-se ao lado de Michel, sem notar-lhe a repentina palidez.

Lutando com todas as forças para não perder a consciência, este se sentia dominar por um tremor irresistível. Pesadas brumas rolavam em seu espírito como reflexos de nuvens desdobrando-se no fundo do céu. Sons repercutiram em seu crânio, em ecos ensurdecedores.

"Ato... Belo... Fim"...

De repente, Michel se enrijeceu, ofegante. As costas arqueadas, as mãos levantadas a meio, ele se virou para Saint-André, que percebeu na pele de seus braços a formação de marcas irregulares cuja forma evocava chamas. Em seus olhos cinza dilatados, com as pupilas reduzidas a cabeças de alfinete, as estrias douradas ondulavam como ouro líquido. Petrificado, Saint-André sentiu aquele olhar cego transpassá-lo. Compreendeu que Michel iria decifrar seus pensamentos mais secretos. Mais alguns segundos, e ele ficaria sabendo de todas as suas traições!

Os olhos de Michel se convulsaram por um instante e, em seguida, após um rápido bater de pálpebras, seu olhar recuperou a limpidez.

— É preciso voltar imediatamente! Rápido! Alguma coisa terrível está acontecendo!

Pulando do banco, ele ordenou aos remadores que dessem meia-volta. Puxando e empurrando os remos com toda a força, os oito homens fizeram girar a embarcação que iniciou a descida para Paris em ritmo acelerado, ao longo do muro da área de caça real de Vincennes.[2]

Os cimos dentados das altas torres da fortaleza da Bastilha logo apareceram, culminando acima das árvores das quais alguns ramos pendiam até quase tocar a água. Depois, numa volta do rio, a sombra negra da flecha de Notre-Dame apontou, ainda distante, na claridade plúmbea do Sol poente.

Marie foi imediatamente para perto de Michel, pressionando-o com perguntas que ele não ouvia. Passando os braços em torno de seu peito para estreitá-lo ternamente, percebeu seu tremor. Então, a certeza de uma tragédia iminente contorceu-lhe as entranhas. Saint-André compreendera que Michel não tinha chegado ao fim da visão que lhe dizia respeito. Em compensação, captava algo de temível. O que estava acontecendo? Para que Michel ficasse em semelhante estado de angústia, forçosamente tratava-se de um próximo.

---

[2] Do século XII ao XVII, a floresta de Vincennes foi área de caça real, cercada por um muro. Tornou-se o bosque de Vincennes quando Napoleão III a restaurou.

Mas quem? Ele só conhecia... Blanche! Alguma coisa estava acontecendo na rue Ave Maria!

A verdade o cegou! Ochoa! Só podia ser isso. Mas quem lhe dera o endereço? Ele não escondera que possuía outros contatos em Paris. Era de se supor que um deles lhe fornecera a informação, e o danado do monge não soubera resistir à tentação. Não poderia ter esperado mais 24 horas para que Michel se atirasse à boca do lobo na floresta de Fontainebleau?

D'Hallencourt apeou diante da casa de janelas azuis. Um arrepio percorreu as testemunhas reunidas atrás dos soldados. A monstruosa notícia se espalhou como um rastilho de pólvora até as últimas fileiras da escolta popular.

— Abram, em nome do rei! — ordenou d'Hallencourt, martelando a porta com a mão enluvada.

Sentada na poltrona perto da lareira, Blanche não se assustou. O momento chegara. Levantou-se lentamente, alisou as dobras da roupa com mão firme e ficou lá, imóvel, à espera dos torturadores.

D'Hallencourt mandou que dois de seus homens armados com machados derrubassem a porta. Preferia que as coisas acontecessem assim. Qualquer oportunidade de usar a força era boa. Os pesados golpes abateram-se, fazendo voar lascas de madeira e soltar faíscas ao se chocar com os pregos da porta maciça que logo tombou, deslocada. Conhecendo o chefe, os dois homens se afastaram a fim de lhe dar o prazer da captura. D'Hallencourt penetrou na casa, os olhos cintilando com um brilho maléfico.

— Onde ele está? Onde está o feiticeiro?

— Aqui não há ninguém, a não ser eu — respondeu uma voz fraca.

Virou-se, surpreso. A visão daquela velha senhora que o observava tranqüilamente o desconcertou. Detestava não inspirar medo. Tomado por um acesso de raiva, avançou para ela, a mão erguida, imobilizando-se logo, pregado no lugar. Os olhos de Blanche o fitavam, chamejando com uma energia sobre-humana. Atingido por um terror sagrado, sem querer deu um passo para trás, mas esse instante de hesitação não durou.

— Agarrem-na! — vociferou ele. — Agarrem a feiticeira!

O olhar de Blanche recuperou o brilho sereno enquanto os soldados a empunhavam, arrastavam-na para fora da casa e a içavam na carroça do carrasco. Não se deram o trabalho de amarrá-la. Para onde poderia fugir? Por ordem de d'Hallencourt, a coluna pôs-se em marcha rumo à praça de Grève, escoltada por todos os habitantes do bairro. Ochoa assistira à cena, misturado à multidão. Jamais duvidara de que o pedido de informações lançado um ano antes nas paróquias de Paris acabaria dando frutos. Havia sempre em algum lugar um pequeno vigário ambicioso diposto a tudo em troca de uma promoção acelerada.

Constatando que Michel não se encontrava na carroça do carrasco, discretamente bateu em retirada. O suplício de uma velha não interessava. Só lhe restava voltar ao plano do marquês de Saint-André. Tinha ainda bastante tempo para sair de Paris antes do fechamento das portas e chegar a Fontainebleau, onde o esperavam os capangas fornecidos por aquele poderoso barão repugnante. Cuspiu antes de fazer o sinal-da-cruz, afastando-se num passo apressado.

Suando, sem fôlego, os remadores não podiam mais com a cadência que Michel lhes impunha, escandindo-lhes o esforço com a voz e com o gesto. A leve barca de passeio parecia mal tocar a superfície da água, levantando uma esteira cujo marulho vinha morrer mole e demoradamente nas margens lamacentas ao passar. Alcançaram a ilha de Vaches, à qual logo sucedeu a ilha de Notre-Dame.[3]

— À direita! — ordenou Michel.

A barca desviou o curso, aproximando-se da margem. Embarcações de todos os tamanhos, amarradas lado a lado, impediam o acesso aos pontões. Equilibrando-se na proa, Michel saltou para a primeira barcaça ao seu alcance e se atirou para a margem.

Vendo-o afastar-se saltando por entre os cordames e as cargas, Marie quis segui-lo. Embaraçada pelo vestido, tropeçou e teria caído na água se Saint-André não a tivesse segurado. Quando, depois de ficar de pé, olhou novamente para a margem, Michel tinha desaparecido, engolido pela multidão. Ela quis gritar seu nome, mas sua voz se estrangulou.

— Não se preocupe. Vamos encontrá-lo — prometeu Saint-André.

Ele fez sinal para que Isabelle de Guéméné fosse cuidar de Marie. Depois de tê-la confiado a ela, voltou para os remadores e se postou de modo a dirigir a manobra, apontando-lhes um ancoradouro na vazante. Embora aparentando total segurança, Saint-André sentia que estava perdendo o controle. Os acontecimentos escapavam ao seu controle. De que loucura Michel seria capaz? Quando, à medida que a barca se aproximava do ancoradouro, distinguiu os rostos na multidão, um funesto pressentimento tomou conta dele. Aquelas pessoas estavam muito calmas. Delas emanava uma espécie de determinação quase serena, até então desconhecida. A multidão o levava a pensar em longas ondulações onde quebra a onda profunda, devastadora.

---

[3] Quando foram unidas, no século XVII, essas ilhotas formaram a ilha de Saint-Louis.

* * *

Com o coração angustiado, Michel abria caminho com dificuldade por entre os passantes que convergiam, todos, para a mesma destinação. Que execução poderia mobilizar assim a atenção dos parisienses? Ele chegou à praça de Grève no instante em que, do outro lado, desembocava a coluna de soldados cercando a carroça do carrasco. Um lamento surdo ficou preso em sua garganta quando reconheceu Blanche. Precipitou-se para ela, às cotoveladas.

"Mãe... Não... Mãe... É minha mãe que estão levando!", explicava ele àqueles em quem esbarrava.

Imediatamente, alguns foram atrás dele. Outros, que não tinham ouvido nada, o seguiram. Ver aquele rapaz atirar-se na frente dos torturadores lhes insuflava o ínfimo acréscimo de coragem que ainda lhes faltava.

D'Hallencourt ordenou que os guardas cerrassem fileiras. Ombro a ombro, lanças apontadas, formando uma muralha de couro e aço, eles chegaram até a fogueira onde o carrasco e seus ajudantes esperavam, prontos para segurar Blanche. Ela ergueu a mão direita, para indicar que poderia descer sozinha da carroça, e, virando-se para a multidão, avistou Michel. Ele estava a poucos metros do quadrado formado pelos guardas. Com os olhos exorbitados, as mãos estendidas para degolar, aproximava-se dela, disposto a tudo para salvá-la. Ela pousou os olhos nele. Ele ergueu a cabeça. Seus olhares se fundiram. Seus espíritos se uniram. Michel se transportou para um espaço de percepção sobre-humana em que o Tempo se apagou.

Gritos de piedade ou de cólera, os berros dos soldados, os lamentos das mulheres, tudo se fundiu num magma ensurdecido. Os movimentos da multidão ficaram em suspenso, a montaria de d'Hallencourt ficou meio empinada, abrindo uma boca ensangüentada pelos freios que a machucavam. Michel continuou avançando no meio da floresta humana petrificada até conseguir se esgueirar entre dois guardas. Não estava a mais de 10 metros da carroça.

"Não, meu filho! — ordenou-lhe Blanche em pensamento. "Não, meu filho! Você não tem o direito de morrer."

Ele queria ignorá-la, mas, naquele momento, uma espécie de nuvem envolveu Blanche, condensando-se em torno de seu rosto, e Michel viu distintamente surgirem os traços de Jean. Os dois rostos ficaram em suspenso por alguns instantes até se confundirem num só, brilhando de paz interior.

Blanche deixou a mão direita cair suavemente. Os gritos das mulheres e os berros dos soldados ressoaram novamente. A multidão recomeçou a ondular como um pântano de areia movediça.

Blanche se voltou para o carrasco e desceu sozinha da carroça. Dirigiu-se para o poste do suplício ao qual se encostou. Nenhum dos ajudantes do carrasco ousou aproximar-se para amarrá-la. Foi necessária uma ordem de d'Hallencourt para que obedecessem, tremendo de medo. Blanche fitou o juiz prebostal com o mesmo olhar que antes o amedrontara tanto e, com voz fatídica, predisse:

— D'Hallencourt! Que a desgraça caia sobre você!

— Sou eu quem te maldiz, feiticeira! Queime-a! — ordenou ele ao carrasco.

Inexplicavelmente, o executor não se moveu. Como um animal que sente a tempestade se aproximar, tremia da cabeça aos pés, incapaz de fazer um gesto. O medo se insinuou em d'Hallencourt. Aquela feiticeira pretendia fazê-lo acreditar que comandava os elementos? Esporeando a montaria, avançou até a altura do braseiro onde repousavam as tochas. Pegou uma e empunhou-a, corcoveando em volta da fogueira, até lançá-la sobre os feixes que logo se incendiaram, estalando.

Vendo as chamas se elevarem em volta de si, Blanche olhou pela última vez para Michel. Pôs nos olhos de água-marinha todo o poder do amor que sentia por aquele filho com o qual o céu a presenteara.

"Não se esqueça jamais, Nostradamus!", transmitiu-lhe ela sem mover os lábios.

Diante do espetáculo de Blanche aureolada pelas chamas, Michel soltou um lamento rouco que se transformou em urro de animal:

— Mãe!

Um longo arrepio percorreu a multidão. Fazendo a montaria girar, d'Hallencourt localizou Michel.

— Agarrem o filho da feiticeira!

A multidão se fechou sobre Michel, envolvendo-o num círculo protetor, e os soldados foram impedidos de avançar. O povo de Paris acabara de passar do medo ao furor. Gritos de cólera se levantaram, acompanhados de maldições contra d'Hallencourt e seus guardas, que começaram a recuar passo a passo. Inconsciente da revolta que se iniciava, Michel mantinha os olhos fixos no braseiro, a boca aberta num rugido mudo, enquanto Blanche desaparecia, absorvida pela nuvem ardente.

O céu escureceu mais, mergulhando a praça em trevas. A fogueira lançava reflexos sangrentos nos rostos dos revoltosos que continuavam a rechaçar os guardas.

Emparedado no orgulho, d'Hallencourt tentava, contra toda expectativa, reagrupar seus homens. O medo que ele lhes inspirava eletrizou os guardas. Por alguns instantes, pensaram conseguir enxotar a multidão. Foi então que os vagabundos do pátio dos Milagres irromperam na praça de Grève, por todas as vias de acesso. Quando ficaram sabendo da prisão de Blanche, que tinham em alta estima por sua bondade pelas mulheres perdidas e pelos rejeitados, e ao verem ali uma oportunidade única de se livrarem do maldito d'Hallencourt, Cesário[4] soou o toque de reunir para lançar os súditos ao assalto.

A multidão abriu passagem para os vagabundos que se atiraram contra os soldados. Assaltados por todos os lados com golpes de punhal, lança, foice, bastão, tudo o que pudesse retalhar, cortar, perfurar ou abater, foram logo submersos e recuaram desordenadamente, abandonando a cada passo um dos seus, degolado, ou com o crânio arrebentado. Foi uma mortandade. D'Hallencourt desembainhou a espada, mas não teve tempo de utilizá-la. Cem mãos se estenderam para ele, arrancaram-no da sela e o atiraram por terra. Desencadeou-se uma horrível carnificina da qual rapidamente emergiu sua cabeça enfiada na ponta de uma lança. No mesmo instante, o poste de suplício desabava num feixe de centelhas.

Michel, ajoelhado no meio da peleja sangrenta, ergueu para o céu o rosto devastado pelo sofrimento. Um relâmpago azulado zebrou as trevas, quase imediatamente seguido por um estrondoso trovão de fim de mundo. Algumas gotas pesadas se abateram sobre os corpos molhados de suor e sangue, arrancando os revoltosos do transe assassino. Depois, um temporal diluviano desabou, dispersando os combatentes, submergindo o braseiro e diluindo o sangue derramado.

Em pouco tempo, na praça restou apenas Michel, chorando diante do pequeno monte de restos escurecidos de Blanche, que ia diminuindo à medida que a chuva levava, em longos regos, suas cinzas para o rio.

Eram 19h30 da quinta-feira, 15 de julho de 1535.

No momento em que a barca de Saint-André finalmente acostava, passada a ponte Notre-Dame, no exato lugar em que Michel e Marie se falaram pela primeira vez, a revolta explodia. Era impossível desembarcar.

Saint-André ordenou aos remadores que continuassem até os fossos do Louvre, próximos de seu palácio, para onde levou Marie e Isabelle de Guémené. O desconhecimento, por parte das duas mulheres, dos motivos daquela violência, lançaram-nas num abismo de preocupação.

---

[4] Nome dado tradicionalmente ao rei dos vagabundos, também chamado Grande Coësre ou rei de Argot.

Quando suas convidadas foram instaladas, e ele se certificou de que nada lhes faltava, Saint-André encarregou o mordomo de buscar notícias. Em seguida, fechou-se em seu gabinete e se perdeu em conjecturas impotentes.

Um enviado do delfim interrompeu suas reflexões, informando-o de que sua presença imediata era exigida nas Tournelles. Saiu imediatamente, sob boa escolta, aproveitando a oportunidade para deixar Isabelle e Marie no palácio de Guéméné, que ficava no caminho.

A tempestade limpara a área de toda impureza. As estrelas apareciam uma após outra, à medida que o céu de verão escurecia suavemente. Na claridade do crepúsculo, distinguiam-se longos riachos de sangue carregados pelo temporal nas ruas circunvizinhas à praça de Grève. Alguns corpos jaziam ainda na rua. Religiosas socorriam os feridos, enquanto os coveiros amontoavam os mortos em charretes.

Diante do espetáculo de desolação, Marie quis ir à procura de Michel. Isabelle a impediu. Se Michel ainda vivia, e seu coração lhe dizia que sim, ele saberia encontrá-las. Esgotada de angústia, Marie explodiu em soluços que nada conseguia interromper. Tentando reconfortá-la apesar da própria emoção, Isabelle procurava captar uma idéia difusa. Alguma coisa a intrigava. Uma coisa antes vista que ouvida da qual não conseguia lembrar-se apesar de seus esforços.

No palácio de Guéméné, as duas mulheres encontraram Bertrande, que as esperava na copa. Um pouco pálida, abraçou Marie, murmurando:

— Minha querida, minha pobre queridinha.

Marie jogou-se para trás, em choque, erguendo um olhar súplice.

— Michel?

Bertrande balançou a cabeça. Marie continuou, febril.

— Ele desembarcou antes... Exatamente antes de todo aquele tumulto, daqueles gritos... O que aconteceu?

Bertrande fez um sinal de inteligência para Isabelle, que as levou para seus aposentos.

— Então? O que aconteceu? Fale, em vez de ficar plantada como uma idiota! — impacientou-se Marie, que a angústia tornava brutal.

Bertrande hesitou, procurando as palavras. Queria tanto não ter assistido aos horrores daquela tarde! Teria dado qualquer coisa para não ter tido a idéia de visitar Blanche e não ter chegado bem a tempo de assistir à sua captura. Mas se tivesse chegado mais cedo, o que poderia ter feito?

— Trata-se de seu pai.

— Que outro crime ele cometeu? Que vergonha ainda vou ter de suportar?

Bertrande dirigiu-lhe um longo olhar antes de responder.

— Ele morreu. A multidão se revoltou. Os guardas talvez pudessem contê-la, mas os vagabundos chegaram, e o massacre começou.

Marie não fez um movimento. Ficou de pé, ereta, nem mesmo espantada por não sentir nenhuma emoção a não ser um alívio um pouco amargo do qual não se envergonhava.

— Suponho que deveria sentir tristeza — acabou por dizer com voz neutra. — Mas não, não sinto nada, e lamento. Por que não posso chorar por meu pai como qualquer pessoa? Ele me privou até mesmo desta dor comum a todos os humanos.

De repente, tomou consciência de que Bertrande não poderia saber dos detalhes se não tivesse assistido à cena.

— Você estava lá? Como aconteceu?

Os olhos de Bertrande se encheram de lágrimas enquanto abordava, com a garganta presa, a parte mais difícil de suas revelações.

— Eu quis visitar Blanche, mas quando cheguei...

— Não! — gritou Marie. — Blanche não! Ele não a matou!

Desesperada, agarrava-se a Isabelle.

— Foi isso que Michel viu! Por isso queria voltar tão depressa!

Bertrande foi até ela e, pousando as mãos em seus ombros, continuou contando.

— Ela não teve medo. Permaneceu muito digna. Parecia uma santa. Uma sacerdotisa antiga. Estava em paz. Como o carrasco não conseguia cumprir sua tarefa, ela maldisse d'Hallencourt, e foi ele que sentiu medo, juro a você.

Era demais para Marie. Cambaleou e quase caiu. Isabelle amparou-a.

— Oh, Michel — murmurou Marie, erguendo os olhos para o céu, para uma divindade da qual agora duvidava. — Faça com que ele não tenha visto isso.

Bertrande deixou as lágrimas correrem livres.

— Ele estava lá. Ele viu tudo.

Marie se dobrou como se tivesse recebido uma punhalada no ventre, e caiu de joelhos, o fôlego rouco, a náusea à beira dos lábios.

— Minha vida acabou... Não tenho mais nome...

"Onde estará Saint-Rémy?", não parava de se perguntar Saint-André, cuja irritação crescia por ter de suportar a verborréia do delfim. A morte de d'Hallencourt levara o rapaz ao auge da excitação. O desaparecimento do pai significava para ele o acesso à filha, sem mais dificuldade.

— Francisco, repito-lhe: o pai não representava o obstáculo maior. É do noivo que é preciso se livrar.

— Pois então! Você não me disse que ele é filho da feiticeira que foi queimada? É só queimá-lo também!

— Você acha que sobrecarregar a moça com um segundo luto, muito mais cruel, pois ela adora esse homem...

— Ele a enfeitiçou!

"Você nem sabe que está dizendo a verdade", pensou Saint-André, continuando:

— ... favoreceria seu amor? Acredite em mim: é melhor que ele desapareça discretamente. Sem notícias dele, desconhecendo seu destino, ela se consideraria abandonada. Então, o despeito e a cólera deixarão seu coração livre para o senhor. É para amá-la que a quer, não para possuí-la, não é mesmo?

Saint-André sabia que esse argumento pesaria. O delfim invejava secretamente a paixão de seu irmão por Diane de Poitiers. Marie d'Hallencourt representava para ele o acesso ao ideal amoroso cavalheiresco.

— Você tem razão, como sempre! — exultou o delfim. — Mas você a levará a Montfort para mim, daqui a dois dias, conforme me prometeu!

A entrada de Anne de Montmorency, grão-mestre da França,[5] e do duque de Guise interrompeu a conversa do delfim e o devaneio de Saint-André. Pelo modo irritado de Montmorency, podia-se perceber que Guise acabara de, mais uma vez, pregar uma repressão impiedosa, quando a pacificação representava claramente a melhor solução para a situação presente.

— O estafeta chega a Villers-Cotteret neste momento — avaliou Montmorency, olhando para o relógio que indicava 23h50. — Amanhã de manhã saberemos qual é a vontade do rei. Enquanto isso, não podemos fazer mais do que já fizemos.

Antes mesmo do fim da revolta, o grão-mestre do Palácio dispôs a guarda real em volta da residência das Tournelles, fechou as portas de Paris, pôs de prontidão as guarnições das fortalezas da Bastilha e de Vincennes e enviou a Francisco I, sob boa escolta, um estafeta portando o relato dos acontecimentos. Qualquer outra medida constituiria abuso de poder acrescido de ultraje à autoridade real.

Superior a Montmorency pelo sangue, mas inferior pela função, Guise tinha de inclinar-se. Montmorency virou-se para o delfim, de quem não gostava. Valoroso chefe de guerra, preferia Henrique, cujas qualidades viris e espírito combativo apreciava.

---

[5] Personagem mais importante do palácio depois do rei. Numa república, acumularia as funções de secretário geral da presidência e ministro do Interior.

— E então, Francisco, que conselho dará ao seu pai quando ele lho pedir?

O delfim hesitou, apanhado de surpresa, e, como sempre, virou-se para Saint-André em busca de apoio. Este deixou a resposta em suspenso por uma fração de segundo, por prazer, antes de se dirigir diretamente a Montmorency.

— Sua Excelência o delfim me falava justamente a respeito, um instante antes de sua chegada. Segundo ele, o rei certamente dirá: "Paris acaba de nos comunicar que não quer que se queimem suas feiticeiras."

Montmorency, que, por ser o melhor amigo de Francisco I, conhecia-o melhor que ninguém, concordou, achando graça, e provocou:

— E depois?

— A fim de contemporizar, o rei dará aos protestantes um prazo razoável para que modifiquem suas crenças e voltem ao seio da Igreja.

Montmorency deu um ínfimo sorriso de lado, comentando com os olhos fixos nos de Saint-André.

— Sua Excelência o delfim assimilou perfeitamente a arte de reinar de seu pai.

Cumprimentou Francisco com uma inclinação de cabeça e se foi. O duque de Guise, ao contrário, não se deu o trabalho de fingir.

— Como é que ele ousa? Você viu? — zangou-se o delfim.

— O grão-mestre mostrou-se perfeitamente cortês.

— Estou falando de Guise! Ele nem me detesta, despreza-me!

— Oh, Guise! — minimizou Saint-André. — O senhor sabe o que ele sente pelos Valois.

"Salvo um", poderia ter acrescentado, já que o jovem Henrique era o único da família que escapava ao desprezo do duque de Guise.

Saint-André prometeu a si mesmo listar quem partilhava o sentimento de Guise e Montmorency em relação ao delfim. O resultado desse estudo pesaria na seqüência dos acontecimentos. Enquanto esperava, tinha uma prioridade: descobrir o rastro de Saint-Rémy.

Da fogueira, restava apenas um toco de madeira calcinada, plantado no magma lamacento. A chuva diluviana levara os restos de Blanche para o rio onde, já dispersos na correnteza, voltariam a se fundir na água original do oceano.

"Está bem assim, afinal. É justo", pensou Michel. Blanche tinha sido luz em vida. Vaporizara-se numa iluminação. Feliz, se ele acreditasse na aparição de Jean a seu lado e na fusão de ambos no instante da passagem.

Michel se sentia anestesiado, sem experimentar tristeza ou dor. Nada além da sensação de um vazio imenso que nada jamais preencheria. Agora compreendia de que modo, havia meses, Blanche se preparava para a partida próxima: suas longas ausências entremeadas de saltos de humor, por vezes sua maldade, ela que era a bondade mesma. Conhecia a saída inelutável e fazia de tudo para que ele se desligasse. Sacrificou-se voluntariamente. "Você não tem o direito de morrer", dissera-lhe antes de partir. Ele obedeceria. Tinha agora de avançar sozinho para o vertiginoso desconhecido onde seu destino se realizaria, e do qual nada sabia.

Mas havia Marie, sua alma gêmea. Onde estaria? Em que estado? Já deveria saber o que acontecera, qual fora a participação do pai, e por isso sentia uma culpa insuportável. Como estaria sofrendo naquele momento, sem ter nenhuma responsabilidade pela tragédia!

Uma pergunta permanecia: como d'Hallencourt tinha chegado à rue Ave Maria? A quem fora procurar: Blanche, ou ele? Essas perguntas ficariam sem resposta, pois agora ele deveria fugir de manhã cedo, se ainda houvesse tempo. Mas como partir sem ter reencontrado Marie?

A mão amiga de Siméon Toutain em seu ombro tirou-o da reflexão. Assim que foram avisados dos acontecimentos, o mestre ourives e seu filho mais velho, Richard, puseram-se à sua procura. A presença fraterna trouxe Michel de volta à realidade. Ao encontrar o espetáculo de desolação que a praça de Grève oferecia, sentiu-se dominado por uma cólera desesperada.

"Em nome de Deus! Pela fé!", clamava d'Hallencourt, o monge e seus semelhantes. Como imaginar que Deus deseje tais horrores, e que a fé desencadeie tanto ódio? Siméon e Richard levaram-no para longe da praça atulhada de cadáveres, na maioria guardas de d'Hallencourt. Seria melhor não se demorar por ali. O juiz de Paris acabara de triplicar as patrulhas da ronda, dando-lhes como missão prender quem ainda estivesse por lá. Eles acompanharam Michel até a rue Ave Maria, onde ele tinha de pegar a bagagem.

Com exceção da poltrona de Blanche, tombada, não havia marcas da intrusão de d'Hallencourt e seus homens. Ao verificar os cômodos do andar de cima, Michel constatou, com espanto, que não faltava um único objeto. Em tais circunstâncias, porém, os saqueadores não deixariam de passar a mão em tudo o que pudessem carregar. Os vizinhos teriam cuidado para que ninguém violasse o domicílio? Sons de uma briga no térreo fizeram com que descesse correndo a escada. Siméon e Richard tinham agarrado um sujeito forte, com uma faixa sobre o olho, em quem se preparavam para dar uma surra.

— Deixem-no, é um amigo! — ordenou a Siméon e Richard, reconhecendo o caolho como o namorado de uma moça a quem tinha ajudado.

O vagabundo se ajeitou com dignidade afetada e anunciou:

— Cesário espalhou que a gente tinha de vigiar. Ninguém entrou, ninguém pegou nada. Cesário disse também que se você quiser asilo no Pátio dos Milagres, ou se preferir deixar a cidade, ele garante.

Michel concordou. Ronda triplicada e portas de Paris trancadas não faziam diferença para os vagabundos que iam e vinham à vontade. Contudo, ele declinou do oferecimento com polidez. Como desaparecer sem ter reencontrado Marie e Saint-André? A primeira, para lhe confirmar seu amor e lhe explicar que seria muito perigoso para ela acompanhá-lo na fuga. O segundo, para agradecer-lhe e garantir-lhe sua amizade e, talvez, saber mais a respeito do monge que o perseguia.

O vagabundo balançou a cabeça com uma careta de decepção. Ele quase lhe revelou que gente poderosa pagava a alguns dos seus para ficar de olho nele, mas desistiu. Nada daquilo lhe dizia respeito. Responder a perguntas que não lhe fizeram só traria problemas.

Depois que ele se foi, Michel fez uma rápida triagem em suas coisas. Tinha de andar muito rápido. Da bagagem idealizada com tanto cuidado restou apenas o alforje com bolsos impermeáveis, contendo certos ingredientes raros e os manuscritos herdados de Jean, bem como um par de sacolas com um pouco de roupa de baixo. Enfiou casaca e botas de pele, especialmente confeccionadas para a viagem, e enrolou o bastão de combate e a espada numa capa. Assim equipado, confiou alguns livros e documentos a Siméon, prometendo que viria buscá-los um dia. Depois disso, separaram-se, e Michel meteu-se na noite.

Desde o anúncio do suplício de Blanche, Marie ficara prostrada numa poltrona. Lívida, emparedada no silêncio, entregara-se a uma deriva para o vazio.

Depois de tê-la longamente velado, Isabelle de Guéméné adormeceu num canapé. Bertrande andava em círculos. Esforçou-se para tirar Marie do torpor, mas desistiu. A pequena recuperaria a lucidez com bastante tempo para enfrentar as sombrias perspectivas do futuro.

Uma sutil mudança de ritmo na respiração de Marie alertou-a. A moça ainda tinha os olhos perdidos num ponto inacessível, mas o rosto recuperava as cores, e um vago sorriso aflorava na comissura dos lábios.

"Pronto, lá foi ela", pensou Bertrande, reconhecendo naqueles sinais que Marie estava em comunicação mental com Michel. No início, cética, Bertrande considerara as crises como transes amorosos de moça exaltada. Contudo, de tanto ouvir Marie lhe contar detalhadamente o que ela chamava de "viagens no éter" com Michel, ela acabou acreditando.

Acabavam de soar as três horas no campanário da igreja próxima. Marie ergueu-se de repente, como a um sinal.

— Ele está chegando — murmurou ela, radiante.

Isabelle despertou em sobressalto ao som de sua voz. Lançando um olhar interrogador para Bertrande, ouviu-a sussurrar:

— Michel está chegando.

A princesa de Guéméné ergueu-se, estupefata.

— Como é que você sabe?

Bertrande apontou para Marie, transfigurada, dirigindo-se para a janela.

— Ela sabe — murmurou. — Eles se falam.

Sublinhou a afirmação com um gesto evasivo, sugerindo vibrações saindo da cabeça.

A bela Isabelle ajeitou em volta dos ombros o xale de algodão com o qual se protegia da friagem noturna e chamou o mordomo, ordenando-lhe que trouxesse algo para comer. Depois disso, foi para junto de Bertrande, e ambas esperaram, observando Marie, que, com o olhar perdido nas estrelas, mãos apoiadas no parapeito da janela, balançava-se imperceptivelmente para a frente e para trás.

Isabelle não se surpreendia. Criada na charneca bretã, embalada por antigas histórias povoadas de elfos, fadas e fogos-fátuos, achava perfeitamente natural que pessoas se falassem por pensamento.

— Ele chegou — disse Marie sem se virar.

Isabelle puxou a sineta. Ouviu-se o ruído do tamborete caindo, e um criado despenteado apareceu, visivelmente despertado em sobressalto de um sono no banco do vestíbulo.

— Mande abrir — ordenou a princesa de Guéméné.

Havia perplexidade no rosto do criado.

— Eu sei: ninguém bateu na porta, mas mande abrir, mesmo assim. Vá, ande logo!

Após alguns instantes, Michel aparecia.

O reencontro de Michel e Marie foi repleto de emoção pura. O que tinha ele a contar além da felicidade de se saber vivo? De que teria adiantado lamentar os acontecimentos da véspera? O desaparecimento de Blanche afetava a ambos. Seu suplício provocara a morte de d'Hallencourt. Michel perdera aquela que amava mais que a própria mãe. Aquela que fizera com que ele fosse aquele homem. O assassinato de seu execrável pai despojara Marie do nome, deixando-lhe a vergonha como herança. Encontravam-se livres para agir, sozinhos, ou quase, no mundo.

Observando como eles se bebiam com os olhos como numa fonte de vida, Isabelle e Bertrande sabiam que contavam pouco em vista daquela paixão, embora tivessem certeza da afeição que eles tinham por elas.

Michel ouviu o testemunho de Bertrande, mantendo as mãos de Marie apertadas entre as suas. A única explicação plausível era que d'Hallencourt fora à sua casa motivado pela denúncia do monge, e que um passeio de barco, por acaso, lhe salvara a vida.

— Preciso absolutamente me encontrar com Saint-André.

— Para quê? — objetou Isabelle. — Você corre perigo. Deve fugir o mais rapidamente possível.

— Talvez ele saiba de alguma coisa!

— E aí, o que você vai fazer? Vai querer se vingar? O que pode contra a Igreja? Contra Guise e os carolas? Conheço essa gente, Michel. Não recuam diante de nada. No que diz respeito a Saint-André, vocês se despediram ontem à noite. Um dia, vão se rever, como ficou combinado. Enquanto isso, vá correndo para a Suíça.

Marie empalideceu. Compreendendo sua perturbação, Isabelle explicou.

— Michel terá de queimar etapas. Você é capaz de segui-lo?

Michel abraçou-a.

— Mesmo separados, estaremos sempre juntos — sussurrou ele ao seu ouvido. — Além disso, nós dois temos de apagar a morte. Nossa vida não pode continuar como se nada tivesse acontecido. Você sabe, não?

Ela ergueu para ele os olhos marejados de lágrimas. Ele a abraçou com mais força. Como lhe explicar que o sacrifício de Blanche deveria ser respondido com outro sacrifício? Ambos tinham de passar por tempos de solidão. Vendo a intensidade da comunhão dos dois, Isabelle e Bertrande saíram sem fazer barulho. Ficaram enlaçados, fundindo-se numa sombra única no enquadramento da janela.

Com a cabeça de Marie aninhada em seu ombro, Michel tinha os olhos perdidos nas estrelas como em quase todas as noites desde a mais tenra infância. Contudo, aquela noite, que precedia a aurora de novo começo, era diferente, quase um segundo nascimento.

Marie olhou para ele, detalhando amorosamente com a ponta dos dedos os contornos de seu rosto. Um impulso de desejo fez com que suas têmporas pulsassem. Estavam agora face a face, aureolados pelo brilho pálido da Lua. Contemplaram-se longamente, ambos atentos à paixão que crescia neles, espalhando-se até a menor das fibras. A respiração de Marie se acelerou. Teve a impressão de que, do fundo da garganta, formava-se um grito que ainda não podia soltar.

— Quero ser sua mulher, agora — sussurrou ela com a voz presa, sem dele afastar os olhos.

Michel pressionou suavemente seus ombros e se inclinou sobre ela. Num impulso irreprimível, ela se apoiou nele, jogou a cabeça para trás, oferecendo os lábios, o sopro quente, a alma inteira. Michel recusou-se a se deixar levar pela paixão. Queria que o primeiro beijo, as primeiras carícias, a primeira relação, todas essas primeiras vezes fossem únicas como a primeira aurora do mundo.

Com os lábios, acariciou os dela, provocando, fugindo, retomando. Queria que o desejo dela fosse o primeiro a ser satisfeito. Queria que a deliciosa exasperação da espera fizesse com que ela perdesse a cabeça. Queria que, quando chegasse o momento, fosse ela que o tomasse, e não ele que a possuísse. Afastou-a docemente e, em seguida, sem desviar os olhos, começou a despi-la. Quando por fim deixou que sua túnica escorregasse, o tecido de linho flexível ficou por um momento preso ao bico dos seios, e escorregou ao longo do corpo num roçar que soou como um suspiro.

Com os olhos arregalados, Michel admirou o corpo nu de Marie. Cada um de seus componentes, tomado em separado, era admirável; o conjunto compunha uma sublime harmonia. Ele observou a delicadeza do pescoço, a finura dos ombros, os seios redondos e altivos, o ventre ligeiramente arredondado, as longas coxas arredondadas. Conhecera muitas mulheres, algumas muito bonitas, mas elas não existiam mais. Marie lhe aparecia como a mulher original, aquela que precedera todas as outras e que lhes servira de modelo.

Ela deu um passo por sobre a túnica caída no chão, afastou-a com um pontapé e ficou nua diante dele, impudica e virginal. Sem desviar os olhos, desamarrou as fitas da camisa dele para descobrir-lhe o torso. Inclinando-se, excitou-lhe o peito com leves beijos. Então, começaram a se amar numa dança tão bárbara quanto suave e voluptuosa.

A Lua brilhava, enorme, no enquadramento da janela, quando Marie soltou seu primeiro grito, vibrante como um lamento surpreso e encantado. E depois, enquanto as constelações desfilavam lentamente na abertura da janela, ela foi da surpresa à felicidade, continuamente renovadas. Até o momento em que, muito depois, ela se acalmou, exausta.

Deslumbrado e sereno, Michel a contemplava. Sentia-lhe o acetinado da pele morna sob os dedos, a mata dourada dos cabelos colados nas têmporas pela transpiração, a umidade da carne ainda percorrida de breves arrepios semelhantes a ventos que correm sobre a água calma, o perfume sutil, marinho e apimentado que seu corpo exalava. Perturbado com tantas emoções, lágrimas lhe vieram aos olhos.

Marie abriu os olhos e o viu chorar em silêncio.

— Você está triste?

Ele afundou em seus olhos de opala, sabendo que sua vida a partir dali jamais seria a mesma, já que caminhariam juntos, fundidos um no outro, olhando na mesma direção.

— Oh, não... — murmurou ele. — Eu não sabia que ao longo de 24 horas podia-se passar de uma grande tristeza a uma grande felicidade.

Ela lhe deu um sorriso radioso e lhe estendeu novamente os lábios, dessa vez como mulher conquistadora que toma seu homem. Enquanto a Lua se escondia por detrás dos telhados, seu grito se transformou num clamor de triunfo. A primeira luz da aurora apontava quando eles adormeceram, esgotados, no grande divã do budoar de Isabelle de Guéméné.

Às dez horas da manhã, Saint-André voltou para seu palácio acabado, ao final de uma noite execrável. Tivera apenas duas horas de sono, encolhido numa banqueta, depois que o delfim concordou em ir dormir, exausto. As luzes brilharam a noite inteira no Palácio Real em estado de sítio. Os membros do Conselho presentes na cidade esperavam as decisões do rei. Ninguém sabia o que a manhã seguinte poderia trazer. Saint-André tinha a obrigação de estar lá, para evitar cobrir-se de ridículo, já que seu cargo o exigia e, sobretudo, porque não podia perder a oportunidade de aparecer entre os que tinham importância no reino.

Os portadores reais retornaram ao amanhecer, portando o Édito de Concy pelo qual Francisco I dava, como Saint-André previra, seis meses aos protestantes para voltar ao seio da Igreja Romana. Os impressores do ateliê das Tournelles puseram-se imediatamente ao trabalho para editar exemplares que seriam afixados nas ruas e anunciados por arautos.

Finalmente, por volta das 8h30, o rei apresentou-se. Ele sabia o quanto as revoltas parisienses tinham custado ao reino nos séculos anteriores. Ao duque de Guise, que tentava mais uma vez dissuadi-lo de promulgar o édito, ele respondera:

— Paris acaba de nos dizer que não quer que se queimem suas feiticeiras. Ouçamos sua voz. É preciso saber sorrir ao leão para melhor domá-lo.

Para grande satisfação de Saint-André, Montmorency lhe dirigira um discretíssimo movimento de cabeça em sinal de alegre elogio. Essa manifestação de simpatia do grão-mestre do Palácio poderia, no futuro, representar um trunfo de peso.

Saint-André se desvencilhou das roupas e se precipitou para a sauna onde tomou banho. No momento em que se vestia, La Jaille entrou.

— Saint-Rémy não está nem no cemitério nem no hospital — anunciou o colosso.

— O que me interessa é onde ele está!

— Com aquela desavergonhada da Guéméné, se arranjando com a menina! Ainda estava dormindo vinte minutos atrás.

Saint-André chamou o mordomo:

— Minha espada e meu cavalo!

Quando Michel saiu da sauna, encontrou Saint-André à mesa com Isabelle e Marie, diante de um almoço tardio. Depois das felicitações por sabê-lo salvo e das palavras de circunstância, por se compadecer da dor pela morte de Blanche, Saint-André informou-o das disposições tomadas com as duas mulheres. Sabendo que alguns, cuja sede de sangue não se satisfizera com a revolta, queriam, depois de terem assassinado o pai, vingar-se na filha, ele sugeria pôr Marie e Bertrande a salvo, em lugar seguro, fora de Paris. Assim que Michel lhes tivesse comunicado o lugar de sua nova residência, ele organizaria a viagem delas sob escolta, para que fossem ao seu encontro. Quanto a ele, ousava esperar que o amigo não o esquecesse e lhe enviasse notícias de tempos em tempos, à espera do momento abençoado em que pudessem se rever.

— O Sol avança. Faça como ele, meu amigo. E, sobretudo, sem efusões. As despedidas chorosas têm sempre uma aparência de definitivo que magoa a alma!

Michel montou um magnífico garanhão árabe que Isabelle tirara de suas cocheiras para lhe dar de presente. O corcel de pelagem de fogo, cuja testa se ornava com uma estrela branca, chamava-se Alnilam, nome da estrela central da Constelação de Órion. Michel quis ver nisso um feliz presságio de proteção. Com a garganta presa, dirigiu um último adeus a Marie e aos amigos, e voltou rédeas. Depois de ter atravessado o pátio a passo, virou-se uma última vez. Com um último aceno, dirigiu a montaria para o pórtico do palácio de Guéméné. La Jaille, que tinha ficado um pouco afastado durante as despedidas, instigou a montaria e seguiu atrás dele. Combinaram que ele o escoltaria até Fontainebleau para maior segurança. Saint-André fazia questão que Michel tomasse a estrada prevista.

Saint-André e as duas mulheres, de pé na escadaria, viram Michel perder-se nos raios de luz que inundavam a rua. Ficaram lá, em silêncio, até que o bater dos cascos de Alnilam no calçamento se perdesse nos rumores da cidade.

"Pois bem, vamos ver se Michel de Saint-Rémy é da raça dos grandes profetas", pensou Saint-André. "O *Mirabilis Liber* não afirma que eles enfrentam a morte e triunfam sobre ela? Enquanto isso, que ele viva ou morra, não importa. Basta que não volte nunca mais."

Isabelle notou a expressão indiferente de Saint-André. Isso fez com que ela se lembrasse de seu mal-estar da véspera. Quando Michel saltou da barca para pular no cais, ele tinha o mesmo rosto gelado. Essa lembrança lhe deu um frio na espinha. Por que Saint-André teria provocado a perda de Michel? Sua amizade por ele, tão apaixonada, representava o único sentimento sincero que ela reconhecera nele. Duvidar dele significaria ver por toda parte nada além de fingimentos e mentiras.

10.

O albergue das Três Gruas era uma antiga fazenda fortificada constituída por três construções em torno de um vasto pátio quadrado. O corpo da habitação reservado aos clientes ricos compunha-se de uma sala comum no mesmo nível onde se serviam as refeições e de vários quartos.

As alas incluíam, de um lado, os estábulos, a oficina do ferreiro e os galpões onde estacionavam as carroças e os carros; de outro, um conjunto de celeiros onde aves e viajantes pobres dormiam na palha. Michel chegou lá no fim da tarde. Alnilam o levara a galope curto, sem esforço. Depois de tentar derrubar o cavaleiro, tanto por brincadeira quanto por temperamento, acostumou-se com sua mão e docilmente respondeu aos comandos.

Michel tinha deixado a mente se esvaziar. Nada traria Blanche de volta à vida. Seria melhor encarar uma nova existência, em outra parte, em companhia de Marie, vítima, como ele, da intolerância, e ainda mais infeliz porque carregava sem razão a vergonha da crueldade do pai.

Obrigá-la a não se comunicar com ele no astral tinha sido doloroso, mas era necessário para a felicidade futura de ambos. No momento, ela sofria pelo que considerava um abandono, mas compreenderia. Tinham acabado de viver coisas muito violentas que os deixaram machucados. Precisavam de tempo para que as feridas da alma cicatrizassem. Ele sabia também que estar juntos sem poder se tocar, como tinham o costume de fazer, se tornaria uma tortura depois da felicidade que acabaram de alcançar.

"Você encontrou sua alma gêmea, sua verdadeira vida vai começar", dissera-lhe Blanche, um dia. Como tinha razão, novamente! Pela primeira vez na vida, ele sentia uma exaltante sensação de ser uno. O coração, o corpo e o espírito emitiam um acorde perfeito. Sentia-se em total harmonia. Com Marie perto dele, realizaria as coisas mais prodigiosas.

La Jaille ocupou-se em levar os cavalos para o estábulo, enquanto o albergueiro dava atenção a Michel, anunciando que o intendente do Senhor Marquês de Saint-André tinha estado lá na véspera para avisar de sua chegada. Michel precisava de calma e silêncio. Preferiu ir para o quarto, desculpando-se com La Jaille por não lhe fazer companhia na ceia. Surpreendentemente, o colosso não manifestou nenhuma contrariedade, dizendo-lhe, ao contrário, palavras de reconforto, um pouco ásperas, mas tocantes. Despediu-se de Michel. Teria de voltar para Paris ao amanhecer e talvez demorassem a se rever.

Esgotado de cansaço e de emoções, Michel desabou na cama assim que tirou as botas e só acordou quando uma empregada lhe levou a refeição.

Naquele exato momento, La Jaille, que não tinha desencilhado o cavalo quando o levara para o estábulo, chegava ao lugar da emboscada para garantir a Ochoa a passagem de Michel no dia seguinte de manhã.

O céu clareava a leste. A aurora não tardaria a apontar. Estava muito escuro no quarto, como quase sempre naquele momento da noite que precede imediatamente o dia, em que as trevas parecem se retesar num último combate antes de serem varridas.

Michel despertou, dolorido, de um sono sem sonhos. Precisou de alguns instantes para se lembrar de onde estava, e por quê. Logo recuperando a lucidez, vestiu-se prontamente e desceu com as bagagens. Depois de se refrescar no pátio, foi para o estábulo. Alnilam o reconheceu, pois balançou a cabeça, bufando e esticando os beiços de modo engraçado, com todos os dentes à mostra, para morder a maçã que Michel lhe estendia.

Quando deu uma olhada nos compartimentos, constatou que o cavalo de La Jaille não se encontrava mais lá. Onde o colosso teria passado a noite? A menos que tivesse caído da cama antes de o galo cantar.

O albergue ainda não despertara de todo. Um aprendiz avivava o braseiro da fundição, um cavalariço emergia da forragem onde havia dormido, uma ajudante da fazenda se aproximava silenciosamente para agarrar uma ave ainda adormecida no poleiro. Afastando La Jaille do pensamento, Michel se concentrou no encilhamento de Alnilam, cuidando para não feri-lo ou incomodá-lo. Em seguida, montou.

Na saída do albergue das Três Gruas, esporeou Alnilam e lhe deu rédeas. Feliz com a liberdade, o puro-sangue deixou que sua energia explodisse. O martelar dos cascos que arrancavam fagulhas das pedras sobrepôs-se no peito de Michel às batidas de seu coração. O futuro se encontrava no fim da estrada.

A melhor solução seria chegar a Basiléia, onde Paracelso ensinava. A cidade, conquistada pela Reforma, era o centro da química européia. Ele poderia conquistar um lugar ali. Nem mesmo um louco como Ochoa ousaria ir até lá para importuná-lo. Poderia chegar em dez dias. De lá, enviaria uma mensagem a Saint-André, que então poderia organizar a viagem de Marie. Em meados de setembro, o mais tardar, estariam juntos.

Escondido num bosque, La Jaille assistira à partida de Michel, certificando-se de que ele tomaria mesmo a estrada da floresta. Tranqüilizado quanto a isso, impeliu a montaria por um atalho para prevenir Ochoa de sua chegada.

Raios de luz dourada tracejavam a penumbra da submata. Desde a infância ele as via como colunas projetadas para o céu. Acontecia-lhe ficar horas observando o giro das partículas vegetais, ou dos insetos nos túneis de luz movente, persuadido de que eles conduziam às estrelas.

Um latejar na mão direita arrancou-o do devaneio. Virando o engaste do anel, viu a esmeralda palpitar. Ela nunca havia emitido um brilho tão claro. A certeza de um perigo iminente provocou-lhe um arrepio gelado dos rins à nuca. Soube quem o esperava. O perigo estava adiante. Percebia a presença de Ochoa, quase palpável.

Como é que ele não estava na estrada do Norte? No entanto, Saint-André parecia tão seguro das informações. Também ele teria sido enganado? Aqueles fanáticos infiltravam seus vírus por toda parte? O furor o invadiu. Sem diminuir o passo do cavalo, prosseguiu na estrada com todos os sentidos em alerta, pronto a matar se preciso fosse. O juramento de médico não exigia se deixar degolar sem combate.

Concentrado na presença de Ochoa, mais próximo a cada impulso de Alnilam, quase foi surpreendido pelos espadachins que subitamente emergiram dos esconderijos para lhe barrar a estrada. Não esperava que estivessem tão perto.

O lugar da emboscada tinha sido bem escolhido. Uma larga encruzilhada encravada entre dois montes rochosos de onde qualquer fuga seria impossível.

Michel não tinha mais tempo de empunhar sua *schiavona*. Sem compreender por que o movimento lhe vinha tão naturalmente, estendeu a mão, o punho fechado, num antigo gesto de imprecação. Passando de imediato a um estado de consciência superior em que todo movimento lhe parecia ser mais demorado, ele se pôs em ação, vendo-se em ação. Sua energia se concentrou no fundo do ventre como uma bola incandescente e, sem que tivesse a intenção, essa força acumulada dentro dele soltou-se como um fogo original que se irradiava da pedra verde. Em estado de dupla vidência, compreendeu que aquela imagem surgida de seu espírito no momento propício representava a força superior de Blanche. Não tinha realidade, no sentido em que a entendiam os humanos, mas se ele a sugerisse mentalmente, eles a veriam e sentiriam seus efeitos.

Dono de si como jamais estivera, deixou sair a força que o habitava inteiro. O efeito foi instantâneo e espetacular. O cavalo do primeiro espadachim empinou, os olhos loucos, as narinas fumegantes. Soltando um relincho lancinante, derrubou o cavaleiro e fugiu, arrastando o homem cujo pé tinha ficado preso no estribo.

O segundo interrompeu o assalto, dando tempo a Michel de desembainhar. Quando se recuperou, deparou-se com um ferro rápido como açoite, que não esperava. Enraivecido por ser posto em xeque, deu um formidável golpe de revés, interrompido por um punho tão firme que a arma quase lhe escapou das mãos. Com a violência do choque, a lâmina de Michel se partiu como vidro, exatamente no lugar onde ele percebera um risco azulado quando Saint-André lhe presenteara com ela. Seu velho espadão estava afivelado atrás da sela junto com o bastão de combate. Não tinha tempo de pegá-lo. Livrando-se do punho da espada que se tornara inútil, segurou a Garra presa à cintura sob o colete de couro. Bem a tempo. Seu agressor arremetia, a espada apontada para ele, lançando já um clamor de triunfo sem notar o esporão afiado que apontava por entre as falanges de Michel.

Michel se abaixou no último segundo para evitar o golpe e, erguendo imediatamente a lâmina presa na mão, cortou-lhe profundamente a face. O espadachim urrou, soltou a arma, levando as mãos ao rosto de onde o sangue jorrava e, em pânico, deu a rédea e fugiu sem querer saber de mais nada.

Postados atrás do cume de um monte pedregoso, Ochoa e La Jaille trocaram um olhar sombrio. Aquele feiticeiro era homem ou criatura infernal? Que brilho fora aquele que lhe jorrou da mão? Como é que, com as mãos nuas, lacerara o rosto de um degolador?

Um pavor irracional paralisava Ochoa. Ele, que sempre fora o primeiro a desembainhar a espada contra os inimigos de Deus, se sentia privado de coragem. Quando via pela primeira vez em ação um homem que dispunha de poderes verdadeiramente demoníacos, sentia-se incapaz de afrontá-lo como vencedor, como sempre fizera. Pedindo secretamente perdão a Deus por essa covardia de que se envergonhava, pegou um longo e pesado espingardão e começou a posicioná-lo na forquilha.

Nesse ínterim, Michel abateu o terceiro agressor com um golpe rápido do bastão de combate, jogando o homem por terra, inanimado. Vendo o rumo que os acontecimentos tomavam, o quarto espadachim tentou atacar por trás e ficou completamente desguarnecido quando o homem a quem ia atacar pelas costas, de súbito, fez-lhe frente. O bandido jamais vira olhos assim, cujo brilho fulminante esvaziou-o de sua substância. Oscilou na sela, e a arma escorregou-lhe dos dedos. Quis esporear para fugir, mas o cavalo, paralisado de medo, os olhos loucos, tremia entre suas coxas, pregado no lugar.

— Quem o enviou?

Incapaz de responder, o espadachim moveu os lábios sem conseguir emitir um único som, e apontou com um vago movimento do queixo para o monte que dominava a estrada. Em seguida, degringolando sela abaixo, saiu correndo sem se virar.

Michel ergueu os olhos na direção da crista pedregosa atrás da qual se escondiam Ochoa e La Jaille. O rumor do combate tinha silenciado os pássaros. Nem um sopro de vento agitava as folhas. No silêncio sepulcral, Michel ouviu o estalo seco do gatilho do arcabuz na pederneira, seguido do chiado do pó incendiado. Com uma pressão dos joelhos fez Alnilam virar no instante em que a detonação rasgava o espaço. A pesada bala de chumbo zuniu e lacerou-lhe a têmpora. A espantosa violência do choque o desestabilizou. Uma miríade de moscas luminosas cegou-o por um instante. Quando sua visão clareou, ajustou a montaria e olhou novamente para o monte.

Ochoa, que fechara os olhos no momento da detonação, e que o coice do pau-de-fogo atirara ao chão, ignorava que tinha atingido o alvo na cabeça. Achatado no chão ao lado de La Jaille, não ousou mover-se. Com os dedos enfiados no musgo, controlava-se para não tremer. O falso profeta, a quem tinha por missão suprimir, acabara de revelar o poder de um demônio encarnado. Sua invulnerabilidade não tinha outra explicação.

Michel esperou ainda um instante e, soltando um riso desesperado, fez com que Alnilam girasse de modo a dar as costas a um novo projétil. Ficou assim por alguns segundos e disparou a galope.

Ochoa e La Jaille ouviram-no afastar-se. Quando tiveram certeza de que estavam sozinhos, levantaram-se sem ousar olhar um para o outro.

— É o diabo — soprou Ochoa.

La Jaille não estava longe de partilhar essa opinião. Pouco faltava para que suspeitasse de alguma presença maligna nas sombras da floresta.

* * *

Quando, no fim da tarde, se apresentou a Saint-André para prestar contas dos acontecimentos e do modo prodigioso como a presa lhes escapara, o marquês riu-lhe na cara.

— Vocês são dois imbecis! Saint-Rémy é apenas um homem. O prodigioso nele é a inteligência.

"E que inteligência!", pensou com admiração, antes de acrescentar, sarcástico:

— Vocês só tinham de matá-lo. Mas esqueci que são estúpidos.

Michel saiu do semicoma em que tinha caído uma hora depois do golpe recebido. Era noite. Jazia com o rosto na terra, numa clareira. Não sabia nem o que estava fazendo, nem como tinha chegado ali. Só importava a terrível dor de cabeça que lhe triturava o crânio. Levando a mão à região dolorida, sentiu o sangue seco que cobria o lado direito do rosto como uma máscara de papelão.

Levantando-se com dificuldade, cambaleou até as sacolas, nas quais remexeu tateando, até encontrar a pequena caixa onde guardava as pílulas que aliviavam a dor. Um quarto de hora mais tarde, tendo a dor diminuído, sentou-se ao pé de uma árvore, procurando juntar as idéias. Tudo se confundia. Sentia-se capaz de analisar a situação imediata, mas estava desligado do passado. Era para se ficar louco. Lembrava-se com precisão apenas de que tinha de fugir porque um perigo terrível o ameaçava. Tomou da espada e se encolheu entre dois rochedos, à espreita, tremendo como um animal perseguido.

Pela manhã, pulou na sela e pôs Alnilam a galope.

No rosto imóvel como uma máscara de pedra, os olhos brilhavam, alucinados por causa do insustentável vazio interior que o obsedava. Indiferente às paisagens que atravessava, aos salteadores que se afastavam à sua passagem, aos temporais, aos relâmpagos, ao granizo, ele cavalgava sempre adiante, sem saber para onde se dirigir.

Quando chegou próximo ao Morvan, abandonou a estrada principal e se enfiou pela Floresta Negra. Voltaram-lhe fragmentos de lembranças das lendas pavorosas daquela região de demônios e de lobos, desértica e erma. Que viessem, se ousassem. Nenhum demônio seria mais terrível do que aqueles que obsedavam o caos de seu espírito.

Alimentava-se, pouco, de pílulas, de bagas e de insetos, e matava a sede nas nascentes. Os enormes arcos das raízes de algumas árvores milenares constituíam refúgios onde podia se abrigar.

Incapaz de dormir, ficava lá, no escuro, sentado num tapete de musgo, deixando-se invadir pelos sons da floresta. Então, o terror se instalava, insidioso. Sem conseguir dormir, tremia ao menor ruído. Uma fricção no solo se tornava serpeio ameaçador. O bater de asas de uma ave noturna ou de um minúsculo morcego se transformava em sopro de dragão. O menor vaga-lume se metamorfoseava em olhar de predador pronto a cair sobre ele para dilacerá-lo. Tinha a impressão de despencar num abismo insondável.

Depois que seus olhos se habituaram à escuridão, começou a perceber o que o cercava. Nenhum demônio ou monstro sanguinário o vigiava, nenhum animal imundo pronto a se alimentar de sua carne. Todas essas abominações eram apenas fantasmagorias surgidas dos subterrâneos de sua imaginação. Ninguém o perseguia. Estava sozinho no mundo.

Começou a recuperar a memória. Fragmentos de textos, fórmulas, salmodias. A voz de um homem velho de olhos de cobalto cujo rosto reconheceu numa noite, e de cujo nome se lembrou. Jean. Aquele homem lhe ensinara tudo. Hoje, não sabia mais nada. Seguiu caminho, obstinadamente.

Emergindo da floresta, continuou para o sul e logo avistou no horizonte, acima da ondulação das colinas peladas, as alturas dos montes da Auvérnia. Como imaginar um lugar melhor que aquela cadeia de vulcões extintos para dar adeus às ilusões da paixão, do conhecimento e da vida? O que importava a partir dali?

Fez pausa na beira de uma torrente. Sujo, hirsuto, enlameado, não se lavava desde a partida e parecia um espantalho enrijecido de sujeira, de lama, de sangue seco. Encontrou num ressalto das correntezas uma banheira natural cavada pela água viva durante milênios. Lavou-se longamente ali e, em seguida, queimou as roupas que não tirara durante três semanas.

Descobriu no espelho da água o rosto de um espectro. Tez lívida, olheiras escuras, faces cavadas devoradas de barba.

Vestiu roupas limpas, da cor do céu noturno que, como lembrava, preferia. Fez uma verdadeira refeição com uma truta, pescada com as mãos, e agrião que crescia na margem da torrente. Depois disso, subiu de novo na sela e se dirigiu para os vestígios de uma via romana que corria em linha reta na direção dos vulcões adormecidos. Milênios antes, eles tinham expelido o magma original que os erigira, camada após camada de lava. Michel não tinha dúvidas de que um dia eles recomeçariam.

Ao final de cinco dias de marcha, iniciou a subida do Puy de Dôme, o mais alto de todos aqueles vulcões. Deixou que Alnilam seguisse o traçado da via romana que serpenteava pelo flanco da montanha.

Na noite da sexta-feira 13 de agosto, atingiu o cume. A via romana o conduzira até as ruínas de um templo do qual alguns fragmentos de colunas ainda se erguiam. Por alguns sinais gravados na pedra, compreendeu que o lugar fora outrora dedicado ao culto de Mercúrio.[1]

Contemplou os cimos escalonando-se a perder de vista, meio encobertos pelas névoas do crepúsculo. Sabia que tinha chegado ao término da viagem. Em todo caso, daquela viagem. Mas por que um templo dedicado a Hermes?

Desmontou. Tirou a sela do cavalo, esfregou-o e deu-lhe de beber numa depressão de pedra cheia de água da chuva. Descobrindo os vestígios de um forno ovóide com uma tampa afunilada, limpou-o. Em seguida, acendeu nele o fogo. Fez uma refeição frugal, olhando a noite chegar.

Uma após outra, a começar por Vênus, as estrelas familiares reapareceram. Então, a Lua se levantou, enorme, e seu reflexo prateado lançou sobre as ruínas antigas um brilho quase ofuscante.

Michel estendeu-se nas lajes, braços e pernas abertos. Nessa posição, a cabeça, as mãos e os pés formavam as cinco pontas de uma estrela. Com os olhos inteiramente abertos perdidos no infinito, entregou-se, deixando que o céu o abocanhasse.

Finalmente, o vazio se fez em seu espírito. O sofrimento se atenuou como que varrido por uma brisa gelada, dando lugar à imagem de um deserto nevado, uniformemente plano, onde nada mais vivia. Permaneceu assim, incapaz de fazer um movimento. Sentia-se petrificado numa canga de gelo que nem queimava, nem mordia a carne. Sem dor, mas também sem alegria ou esperança. Ou vontade. Estava pronto para se abandonar ao sono eterno do esquecimento.

Os ecos da voz de Blanche ressoaram em sua mente:

"Não, meu filho! Você não tem o direito de morrer!"

Quis ignorá-la a fim de prosseguir na queda para o limbo, mas, à voz de Blanche, sucedeu a de Daenae, mais enfeitiçante:

"Seu nome ultrapassará fronteiras e sobreviverá aos séculos... Mas você sofrerá a ponto de ter o coração despedaçado."

---

[1] Nome latino do deus grego Hermes, identificado ao Tot egípcio. Deus dos médicos, dos ladrões e dos negociantes, era também o mensageiro de Zeus, o que "voa tão leve quanto o pensamento para cumprir sua missão". E ainda o guia solene dos mortos, que levava as almas para a última morada.

"Deixe-me quieto! Meu nome não existe mais... O sofrimento me mata", ouviu a própria voz gemer dentro da cabeça.

Mas a voz de Daenae insistiu, obsedante:

"Você se tornará o maior mago de todos os tempos... Se não morrer de amor antes."

A voz de Blanche retomou, imperiosa, dessa vez:

"Você não tem o direito de morrer! Não esqueça jamais, Nostradamus!"

Então, ele parou de fugir.

Sentia-se flutuar num estado de semiconsciência, derivando no espaço, turbilhonando, lentamente. Nessa beatitude, redescobria a magnífica ordenação das estrelas e dos planetas; e a sinfonia das esferas invadiu seu espírito. Estava no seio do universo e, ao mesmo tempo, abraçava o universo inteiro.

Das extremidades do céu, viu o Sol e a Lua moverem-se um em direção ao outro para se juntarem e fundirem num chamejar apocalíptico. Pela primeira vez em sua existência, via o Sol da meia-noite.

Saiu do êxtase de uma só vez. As sensações voltaram-lhe ao corpo. O coração pulsava lentamente. A respiração era regular. O calor voltava às extremidades dos membros. Escancarou os olhos e se espreguiçou como se saísse de um profundo sono reparador. Recuperara a memória. Sabia o que deveria fazer.

Levantou-se com a mente clara. Nenhum dos gestos que se preparava para realizar era premeditado. Deixava-se guiar. Foi procurar nos coldres o cofre onde estavam os preciosos manuscritos antigos legados por Jean, e os levou para perto do fogo onde algumas brasas ainda queimavam.

Pegou os documentos que continham a origem do saber oculto da humanidade e os dispôs diante da goela ardente para contemplá-los serenamente uma última vez. Sabia que o que iria fazer era justo. Não importando o que viesse a acontecer com ele na vida errante que se iniciava, não poderia deixar que aqueles documentos caíssem nas mãos de qualquer um.

Depois de agradecer as alegrias e os ensinamentos que lhe tinham oferecido, empilhou-os um a um, compondo uma pirâmide sobre as brasas.

Recuou três passos e, posicionando os pés em ângulo reto, ergueu a mão direita com a palma voltada para a terra, a fim de captar as forças telúricas. Em seguida, esperou.

As brasas se avivaram, palpitando suavemente, e adquiriram reflexos de ouro líquido. Uma leve fumaça branca começou a flutuar, semelhante a vapores de essências perfumadas. Algumas fagulhas se alastraram sem produzir nenhum som, enquanto toda a lareira se iluminava com um brilho estranho onde dançavam todas as nuances do arco-íris.

Sem que nada pudesse prever, uma bola de fogo, de extraordinária densidade, se formou. Flutuava no núcleo da pirâmide formada pelos livros secretos que a chama nem chamuscava.

A esmeralda no dedo indicador direito de Michel foi atravessada por fulgores que se intensificaram, até irradiar um halo verde cujo brilho não enfraquecia. Os manuscritos se queimaram, então, de uma só vez, absorvidos pela bola de fogo que pareceu se contrair, juntando energia antes de elevar-se para o alto com uma força fenomenal. Impulsionada para fora da tampa afunilada que coroava o forno, ela se concentrou novamente, formando um cogumelo de brilho insustentável, e jorrou para o céu, coluna ardente elevando-se a perder de vista. O prodígio durou alguns segundos, após os quais, a lareira voltou instantaneamente à escuridão, enquanto a flecha de fogo continuava a subir para o céu.

Michel a perdeu de vista quando ela se tornou apenas um ponto brilhante que se confundia com as estrelas. Abaixando os olhos para a lareira, constatou que as paredes do forno estavam como novas, limpas de toda impureza. Nem poeira de cinza restara dos manuscritos secretos.

A esmeralda na mão direita palpitou a intervalos decrescentes, enquanto seu brilho diminuía de intensidade até se extinguir. Michel compreendeu o que acabara de acontecer. No momento em que estava no cúmulo da miséria moral, quando havia perdido tudo, quando não acreditava em mais nada, acabava de ascender ao saber supremo do livro sagrado de Tot.

Escrito magicamente por suas mãos imperecíveis, o Livro permanecera escondido no recinto de zonas pertencentes exclusivamente a Hermes. Em algum lugar numa região entre o céu e a Terra, próximo o bastante para despertar o sopro da busca e suficientemente afastado para que o intelecto não o coagulasse na aridez.

Acima do cerebral e abaixo do céu, tal era a realidade do Hermetismo, aguilhão que incitava, através das idades, a alma humana a aspirar à visão do conjunto das coisas, e tendo visto, compreender, e tendo compreendido, revelá-la e mostrá-la.

Mas para alcançar esse recinto sagrado onde o livro secreto velava, fora necessário que Michel se imbuísse dos livros abertos e os possuísse até a última letra. Somente então pôde esquecê-los para deixar que a Obra se realizasse nele.

Então era isso... Sorriu sozinho para as estrelas e para a Lua, sua amiga. O Livro Sagrado não estava mais numa gruta guardada por grifos, nem em pergaminhos escondidos numa cripta esquecida, nem num sarcófago imerso nas areias. Ele simplesmente repousava onde devia estar. No recinto mais próximo e mais inacessível. Naquela parte eterna da alma humana onde se perpetuavam os mitos originais.

Tolhido pelo frio mordente, pegou a capa e com ela se envolveu, descendo o capuz sobre a cabeça. Apressado em transcrever a experiência que acabara de ter, acendeu uma lanterna furta-fogo, pegou a caderneta e o estilo e, apoiando-se no bastão com a estrela gravada, pois o cansaço o abatia, dirigiu-se para um pilar quebrado. Uma víbora, cujo sono ele havia perturbado, ergueu-se, pronta para atacar. Limitou-se a pousar o olhar sobre ela. O pequeno réptil se achatou na pedra e deslizou rapidamente para uma fenda.

Michel sentou-se junto ao pilar e abriu a caderneta. Depois de refletir por alguns instantes, começou a escrever:

Vários volumes escondidos ao longo dos séculos me foram revelados. Mas pressentindo o que aconteceria, e depois de tê-los lido, fiz deles presente a Vulcano. Enquanto ele os devorava, a chama lambendo o ar produzia uma claridade insólita, mais clara que a chama natural...

Interrompeu-se, procurando uma forma para explicar com a maior exatidão o espetáculo daquele jato de fogo fulminando rumo às estrelas como que impulsionado por uma bomba, uma seringa ou um clister. Não encontrando nada que estivesse à altura do fenômeno, contentou-se em escrever:

Como luz de fogo de clister brilhante, iluminando tudo em volta como num súbito grande incêndio.

O sono o pegou tão subitamente que ele ficou assim, com o estilo levantado acima do caderno aberto. Quando a Lua estava a meio caminho da descida, ele sonhou.

Caminhava através do espaço, suspenso entre o céu e a Terra, levando nas mãos o bastão com a estrela gravada. Embora imóvel, prosseguia através das nuvens irisadas. Jean à direita, Blanche à esquerda o escoltavam. Sentia a presença deles, mas não os via.

As nuvens foram repentinamente afastadas por mão invisível e, ao longe, desenharam-se os contornos das pirâmides de Gisé e da Esfinge. Ele pousava suavemente no solo e continuava a avançar até se encontrar diante da Esfinge, imersa na areia. A ventania soprava, levantando um turbilhão, e uma porta de bronze apareceu.

Nela, deu quatro batidas rápidas seguidas de uma quinta, espaçada, e a porta se abriu para cima, revelando um corredor escuro.

As mãos de Jean e de Blanche o empurravam levemente para que ele entrasse. Prosseguiu caminho ao longo da estreita passagem enquanto a porta se fechava atrás dele. Estava agora sozinho na escuridão cortada por fosforescências verdes.

De repente, o bastão gravado com a estrela escapou-lhe das mãos e se pôs a ondular no chão, metamorfoseando-se numa gigantesca naja sagrada de cor púrpura que se ergueu diante dele com o capuz aberto.

— Está pronto para receber sem pretender oferecer? — silvou a serpente.

— Estou — respondeu humildemente Michel.

Um clarão surgiu então diante dele, tornando-se mais intenso à medida que se aproximava, seguido pela serpente cujo capuz formava sobre ele um dossel.

Ao penetrar numa vasta sala com as paredes ornadas de símbolos esotéricos, geométricos e estelares, descobriu que a luz provinha de uma longa mesa verde-esmeralda que irradiava a penumbra.

Quatro estátuas enquadravam a mesa: um touro, um leão, uma águia e um andrógino. Uma silhueta branca emergiu da sombra e se pôs diante dele, do outro lado da mesa.

Era um homem com o rosto barbeado, a cabeça coberta com um solidéu de prata provido de três pontas arredondadas, das quais uma descia até o meio da fronte e as outras duas, sobre as têmporas. Usava uma túnica de um branco imaculado sobre a qual se destacava um medalhão de ouro onde se misturavam os símbolos dos quatro elementos: uma cruz inscrita num círculo e esse inscrito num triângulo, recobrindo a cruz grega.

Numa iluminação, Michel soube que se encontrava diante do mago supremo, Hermes Trimegisto.

Então, os olhos de pedra das estátuas se animaram, e suas bocas se abriram.

— Irmão, qual é a hora? — perguntou o Touro.

— É hora de se calar — respondeu Hermes.

— Irmão, qual é a hora? — perguntou o Leão.

— É hora de querer — respondeu Hermes.

— Irmão, qual é a hora? — perguntou a Águia.

— É hora de se elevar — respondeu Hermes.

— Irmão, qual é a hora? — perguntou o Andrógino.

— É hora de saber — respondeu Hermes.

O olhar eterno do mago pousou três vezes em Michel, e ele perguntou:

— Filho da terra, aceita se submeter às leis da Tábua de Esmeralda?... Se recusar, será devolvido à terra.

— E se eu aceitar? — replicou-lhe Michel.

— Será senhor do mundo, Nostradamus.

Tudo se diluiu nas nuvens.

O calor dos primeiros raios do sol despertou Michel. Pousando os olhos na caderneta, releu o que havia anotado anteriormente e reviu o fogo extraordinário cuja imagem o perseguiria por toda a vida. O que realizara era justo. A aplicação de algumas fórmulas contidas nos livros dos mágicos poderia ser terrivelmente perigosa nas mãos de um operador inexperiente. E não apenas para a sua própria pessoa.

Sentiu necessidade de anotar as razões de seu ato. Mas queria formulá-lo de modo que apenas um Irmão da *Rosée* compreendesse ao que aludia. Por isso, escreveu:

> **Por quê? A fim de que no futuro ninguém se engane ao escrutar a perfeita transmutação, tanto lunar quanto solar, dos metais incorruptíveis sob a terra e das ondas ocultas, em cinzas os converti.**[2]

A fim de localizar o lugar onde o acontecimento se produzira, substituiu "vizinhanças" por "na casa", e inscreveu na margem o sinal de Hermes: ☿. Um eventual leitor, capaz de ver, compreenderia que ele fazia menção a um templo de Mercúrio. Depois disso, decidiu voltar para o mundo.

Recolhendo o bastão com a estrela gravada, constatou que nele figurava agora, profundamente marcado na madeira endurecida, o símbolo de uma serpente que não se encontrava lá na véspera. Portanto, o sonho tinha sido realidade.

* * *

[2] Ele reutilizará essas anotações, um pouco modificadas, vinte anos mais tarde, na *Carta ao Filho de César*, que constitui uma da três chaves de decodificação da parte de sua obra que chegou até nós.

Decidiu ir para o vale do Ródano e, de lá, descer até Saint-Rémy. Queria se recolher na ilha do Ródano, onde havia cremado Jean. Em seguida, tomaria a direção de Veneza, a fim de lá estar dali a um mês, para a assembléia dos Irmãos da *Rosée-Cuite*.

Enquanto descia pelos montes da Ardèche, desfiou com nostalgia suas lembranças recuperadas. Jean, Blanche, Daenae, os Alpilles, os perfumes da charneca concentrando-se nos alambiques... Contudo, uma coisa o intrigava. Nenhum rosto de amante aparecia nos quadros felizes.

O castelete de Montfort fazia parte do domínio real de Rambouillet, a 10 léguas[3] de Paris. Situado em plena floresta, era mais um solar fortificado do que um castelo. Restaurado alguns anos antes, o edifício tinha uma elegância austera em que se misturavam pequenas torres com ameias medievais e pontudos campanários Renascença. Cercado por um fosso profundo, chegava-se até ele através de uma ponte levadiça. Montfort era uma pequena praça-forte onde ninguém podia entrar ou sair sem o consentimento dos senhores do lugar. Francisco I dera-o de presente aos filhos, para que ali tivessem seus casos de rapaz, com toda a discrição.

Quando Marie e Bertrande chegaram lá, ficaram deslumbradas com a sedução do lugar e com o refinamento dos aposentos que Saint-André lhes atribuiu no segundo andar. Eram constituídos de vastíssimo quarto nobre, em ângulo, que dava vista para a espessa floresta da qual emergiam, ao longe, as torres do castelo de Montfort l'Amaury. Um salão e outro quarto completavam o conjunto.

Deixando a moça e sua acompanhante ocupadas com a instalação, Saint-André deu instruções ao chefe dos espadachins contratados para vigiá-las. Com aproximadamente 40 anos, cabelos prematuramente embranquecidos, físico seco, rosto bronzeado com feições talhadas à faca, o mercenário conhecido sob o nome de Ronan de Nantes tinha bela presença. Saint-André o encarregou de tomar as providências necessárias para que as duas mulheres não saíssem mais de Montfort, fazendo-as crer que se tratava de garantir-lhes a segurança, e foi prestar contas ao delfim do sucesso de sua missão.

Como esperava, o herdeiro do trono ficou extremamente embaraçado ao saber que a cativa estava à sua disposição. Como se dirigir a ela? Foram-lhe necessários dois dias até encontrar coragem para ir a Montfort. Lá chegando, sua vontade fraquejou. Incapaz de encarar a moça, preferiu refugiar-se num gabinete secreto

---

[3] Quarenta quilômetros.

de onde, por uma espreitadeira, podia observar tudo o que acontecia no quarto. Em seguida, virou-se, lamentoso, perdendo a esperança de se fazer amar. Ao final de três dias que passou se amofinando, foi suplicar a Saint-André que intercedesse a seu favor. O marquês nunca duvidara de que chegariam a isso.

— Você me traz notícias de Michel? — exclamou alegremente Marie, ao ver o marquês entrar em seus aposentos.

Tomando suas mãos, Saint-André murmurou, sério, olhando-a diretamente nos olhos:

— Não, cara Marie. Em compensação, tenho outra notícia.

Ela se ergueu num pulo, inquieta.

— Não compreendo.

Saint-André fez o sinal combinado com o delfim, que estava perto da porta aberta. O jovem apareceu e se inclinou como que diante de uma princesa de sangue azul.

— Você já teve a oportunidade de conhecer Francisco, delfim da França.

Perplexa, ela esboçou uma reverência e gaguejou:

— Não compreendo por que mereço a honra...

— Pois então, Francisco, fale!

O jovem corou e baixou a cabeça. Saint-André sorriu com indulgência, dando-lhe tempo de se embrulhar um pouco mais, e prosseguiu:

— Sua Excelência o delfim se digna a interessar-se por sua pessoa. Ele lhe pede por minha boca que consinta que lhe faça a corte.

Marie se retesou, pálida de furor.

— Como ousa?

Compreendendo, num segundo, que Saint-André lhe mentira, ela percebeu sob os traços sedutores a máscara horrenda de um demônio. Ninguém a ameaçava. O único motivo de sua presença ali era entregá-la ao delfim.

— Como ousa, sem corar, trair um amigo para raptar sua mulher e oferecê-la como uma?...

A palavra não saía. Um brilho de ironia no olho de Saint-André fez com que apesar de tudo ela esquecesse qualquer moderação.

— Como uma puta!

Transfigurada pela cólera, ela cuspiu seu desprezo e sua dor.

Vexado com os insultos, o delfim recuperou a palavra.

— Compreendo sua fúria, senhorita. Por isso perdôo suas injúrias. Peço-lhe, em troca, que perdoe a atitude insolente de que usei para trazê-la aqui. Meu grande amigo, o marquês de Saint-André, não merece seu desprezo. Ele apenas obedeceu às minhas ordens.

O jovem deixou que as palavras que lhe enchiam o coração fluíssem.

— Quando seus olhos me olharam, compreendi que as lendas de fadas não eram fantasmagorias, mas verdade. Quando a ouvi cantar, sua música me transportou para o domínio dos sonhos que eu acreditava inacessíveis...

A essa lembrança, Marie saltou sobre o cistre, agarrou-o e jogou-o contra a parede, despedaçando-o.

— Já que a música faz do senhor um patife, não tocarei mais, pela salvação de sua alma!

A destruição do instrumento pôs o delfim fora de si. Recuperando a arrogância, ele a apostrofou secamente.

— Basta! Fui tolo demais em me humilhar, suplicando-lhe. Já que não cede à bondade, se curvará diante de minha autoridade! Trata-se de minha vontade real.

Para sua grande confusão, Marie riu-lhe na cara em vez de reconsiderar.

— O senhor não é o rei e não é digno de sê-lo. Saia!

Saint-André julgou chegado o momento de intervir; empurrou suavemente para a porta o delfim, muito desconcertado, garantindo-lhe que iria ter com ele num instante. Voltou para Marie, com o rosto glacial.

— Está muito enganada. De um modo ou de outro, você se curvará. Se for de bom grado, uma vida de luxo e prazer se abrirá para você. Do contrário, você se submeterá mesmo assim.

— Você é ignóbil.

— A gente é o que pode ser, quando tem de ser.

— Michel teria usado as mesmas palavras, na ordem inversa — ela atacou.

Ele a fitou com olhar irônico.

— Esqueça Michel. Ele jamais voltará.

Marie cambaleou, apertando as mãos no peito.

— Ele não morreu?

Ele a olhou sem pestanejar. Um ricto cínico contraía-lhe o canto da boca.

— O que importa?

Deu as costas e se foi, satisfeito. Jamais teria imaginado tamanha violência em Marie d'Hallencourt. Conhecendo o delfim, não tinha dúvida de que este iria agora afundar numa de suas longas melancolias rabugentas que preocupavam o pai e divertiam o irmão. Dali a pouco, Henrique certamente lhe perguntaria que nova divagação a provocara. Naturalmente, ele se sentiria na obrigação de informá-lo.

Foi o que aconteceu. Passados dez dias, quando se encontrava no jogo do rei, conversando com Catarina de Médici, cujo convívio lhe interessava cada vez um pouco mais, o príncipe Henrique se aproximou de muito mau humor. Acabara de perder muito no trinta-e-um,[4] o que considerava uma afronta. No torneio, no jogo da péla bem como no amor, Henrique de Orléans era execrável quando ganhava e deplorável quando perdia.

— Saint-André, venha cá! — interpelou-o sem se dar o trabalho de se desculpar com a jovem esposa.

Saint-André despediu-se galantemente da jovem italiana e foi ao encontro de Henrique, que se isolara perto de uma janela.

— Você que conhece todos os sentimentos de meu irmão, conte-me que nova mania lhe perturba o espírito. De insuportável, passou a impossível. Se ele não fosse o delfim, já lhe teria dado a surra que merece.

— Ora, Henrique, não posso!

— Haveria uma tratante por aí? Eu não acredito em você! De acordo com testemunhas dignas de fé, Francisco é mais capão que garanhão! — gargalhou o príncipe Henrique.

— Não seja cruel. Trata-se de amor.

Francisco ousara chantageá-lo para conseguir Marie d'Hallencourt, com quem não fazia nada. Entregá-la ao irmão representava um delicioso modo de fazê-lo pagar. Revelou o suficiente para instigar Henrique.

— Quando será o próximo conselho?

— Amanhã. Aliás, tenho de preparar Francisco para a ocasião.

O jovem príncipe caçoou com maldade. A gestão dos negócios do reino o entediava, mas não detestava menos a constante preocupação do rei em preparar seu irmão. Isso lhe lembrava que ele era o segundo, lugar que não lhe convinha em situação alguma.

— Parece-me que seria o momento propício para dar uma volta por Montfort com o objetivo de restaurar a honra dos Valois.

Marie achou o delfim fácil de manobrar; o irmão, porém, era outra história. Depois de despachar Bertrande, ele fechou a porta do quarto. Com as mãos nos quadris, despiu-a com os olhos tão intensamente que ela se viu aos poucos despojada das vestes. Até aquele instante ela ignorava a bestialidade que o olhar de um homem podia transmitir.

Henrique ficou agradavelmente surpreso. Ele não apreciava as donzelas, por preferir mulheres experientes, mas aquela tinha algo de excitante. Já lambia os beiços antes mesmo de despertar aquele vulcão adormecido.

---

[4] Jogo de aposta baseado no mesmo princípio do *blackjack* [vinte-e-um].

— Meu irmão não sabe como fazer. Vou lhe mostrar o que vale um Valois. E, acredite-me, bela, você vai pedir mais. Vai suplicar!

Paralisada de horror, ela o viu adiantar-se lentamente, seguro de si, despindo o gibão, que deixou cair no chão, e deslaçando a camisa. Era bonito, grande; tinha ombros largos e tronco forte. A maioria das mulheres teria ficado lisonjeada com seu desejo ardente. Para ela, ele encarnava a barbárie.

Ela recuou por reflexo e compreendeu, pelo olhar dele, que seu medo lhe atiçava a luxúria. Quando chegou a um metro de distância, ele estendeu a mão e agarrou-lhe a gola do vestido que rasgou com um puxão seco, desnudando-a até a cintura. Ao descobrir a perfeição dos seios expostos, ele soltou um grunhido fundo que vibrou como um rosnado e a empurrou displicentemente com a palma da mão. Suas pernas bateram na beira da cama, e ela caiu de costas. Um sorriso mau, de triunfo antecipado, estirou a boca de Henrique, enquanto ele se soltava.

"Há vezes, minha pequena, em que não se pode fazer nada", dissera-lhe Isabelle de Guéméné, num dia em que lhe dava conselhos e fazia confidências de mulher. "Talvez a ciência venha a explicar o porquê, mas parece que os homens não sabem desejar e refletir ao mesmo tempo. Alguns podem, então, tornar-se muito perigosos. Se, Deus a livre, você um dia se encontrar em má situação, sugiro-lhe o seguinte: afaste as pernas e deixe acontecer. É apenas um mau momento por que terá de passar. Ou então, finja-se de morta. A inércia, às vezes, tem um efeito enorme sobre o macho no cio. Em caso algum, porém, resista, ou mostre medo. O combate os excita, o medo os torna violentos." Marie sentiu o sangue fugir-lhe das extremidades. Com a carne gelada, a mente vazia, entregou-se como uma boneca de trapo, enquanto Henrique caía sobre ela. Mal sentiu suas mãos robustas levantarem suas anáguas. Ele afastou-lhe brutalmente as pernas, seus dedos subiram ao longo de suas coxas e abriram caminho para apalpá-la. Furioso por encontrá-la tão seca e estreita, esbofeteou-a. A cabeça de Marie balançou. Mas ela não pestanejou. Com os olhos bem abertos, olhou-o sem vê-lo, envolta no silêncio. Ele a esbofeteou novamente, sem lhe tirar uma queixa, e tentou forçá-la, empurrando com toda a força, sem sucesso. Enfurecido com aquela resistência passiva que intensificava seu desejo, pronto a tudo para alcançar seus fins, ele ia descambar para a violência incontida, mas seu corpo o traiu. Incapaz de controlar o espasmo que crescia, ele se aliviou sobre o ventre dela. Louco de humilhação, recompôs-se às pressas, recolheu o gibão e saiu.

Marie ficou lá, ofegante, tremendo dos pés à cabeça, até que a consciência da semente pegajosa espalhada sobre ela lhe provocasse uma náusea irreprimível. Sacudida por soluços que lhe reviravam as entranhas, vomitou longamente, sem conseguir parar. A partir daquele dia, ela começou a definhar, comendo pouco e quase não bebendo. Só sabia chorar, de raiva, ao pensar em Saint-André e nos filhos do rei; de desespero, ao pensar em Michel. Não podia nem queria acreditar que ele não voltaria mais. Se estivesse morto, não sentiria a vida agitar-se dentro de si. Ela se teria apagado como uma fagulha soprada por uma brisa.

Michel chegou às cercanias de Tournon na sexta-feira, 19 de agosto, no fim da tarde, e achou encantadora a cidade dominada por um velho castelo edificado sobre uma rocha plantada no Ródano. Avistando um albergue, decidiu fazer uma pausa ali para comer, lavar-se e passar a noite numa cama de verdade. Depois de comer a uma mesa externa, demorou-se, terminando seu pichel de vinho. O cansaço o derrubou de vez, e ele adormeceu.

O crepúsculo avançava quando um leve tilintar de sino o despertou. Entreabrindo os olhos, percebeu uma procissão rala que se dirigia para uma pequena capela dedicada à Virgem, situada defronte a ele, do outro lado da praça.

Meninos transportavam uma liteira onde se encontrava uma garota de uns 10 anos. Mulheres a escoltavam, bem como alguns homens modestamente vestidos, salvo um, de uns 40 anos, cuja aparência indicava antes um notável, ou um comerciante próspero. Considerando-se a atenção que dava à criança, Michel supôs que se tratava do pai.

O cortejo parou diante da porta da capela, que se abriu para um padre seguido por coroinhas carregando uma estátua colorida da Santa Virgem. Os carregadores pousaram a liteira, e todos se ajoelharam. Um coroinha balançou o incensório, outro agitou as sinetas. O padre deu início a uma prece cantada, cujos responsos foram repetidos por todos os membros da procissão.

Do fundo da memória de Michel, a voz de Blanche ressoou: "É sua herança... Faça bom uso dela."

Seus olhos se iluminaram. Observou atentamente a garota sentada na liteira. Na verdade, tinha aproximadamente 14 anos, e não 10 ou 11. O engano se devia à expressão de medo, muito infantil, e à postura encolhida.

Virou-se para o albergueiro, que saíra para observar o patético espetáculo.

— A pequena está paralítica das pernas há dois anos, não é?

— Nem me fale, meu senhor! É uma tragédia! Uma criança tão viva que corria por aí tudo. E depois, da noite para o dia, parou! Uma boneca de trapo! Eles a levam até a Virgem todas as sextas-feiras, mas não há milagre. Ah, isso não!

Michel se levantou do banco e atravessou lentamente a praça, passando pelas pessoas reunidas, que pararam de cantar.

O padre olhou para ele, ofendido. Ia reclamar, mas a expressão dos olhos de Michel o dissuadiu. Nunca vira um olhar assim. Contudo, não sentia temor algum, muito ao contrário. Do desconhecido emanava uma força que, até aquele dia, imaginara ser apanágio dos santos. Balançou imperceptivelmente a cabeça, demonstrando, sem se dar conta, que aceitava a intervenção do estranho personagem.

Michel se aproximou da menina e se abaixou diante dela. Ela o encarou, curiosa. Ele deixou que ela examinasse à vontade sua barba emaranhada, seus cabelos embaraçados, suas faces encovadas, e esperou que ela estivesse pronta para ser cativada. Finalmente, ela ousou olhá-lo diretamente, e seus lábios esboçaram a sombra de um sorriso tímido. Ele estendeu as mãos abertas, esperando que ela as pegasse. O que ela fez. Então, ele segurou delicadamente as suas mãos, do modo como Blanche lhe ensinara, e mergulhou na mente da pequena, lendo-a. O que viu revoltou-o, mas ele se esforçou para não demonstrar nada. Erguendo os olhos, avistou duas adolescentes um pouco mais velhas. As irmãs da menina. Ambas tinham uma atitude surpreendente, misto de vergonha e provocação. Entendeu que elas conheciam as causas do mal da irmã caçula. Passou ao burguês cujos ares de pai aflito cheiravam a fingimento. Sob aquele olhar insistente, o burguês empalideceu, depois corou. Michel deixou-o entregue ao embaraço e voltou à mocinha.

Erguendo-se um pouco, ele se inclinou junto ao seu ouvido e murmurou:

— Não tenha mais medo. Não é pecado. É apenas a vida que fervilha em você. Ninguém a tocará se você não quiser. Ninguém lhe fará mal. Você acredita em mim? — concluiu ele, recuando para olhá-la diretamente nos olhos.

A mocinha balançou a cabeça.

— Então, venha... Levante-se! — murmurou ele.

Ele se levantou, recuou três passos e lhe estendeu as mãos.

— Levante-se! — disse ele mais alto.

A menina hesitou, e pousou os pés no chão.

Cheia de medo, começou a se erguer, cambaleando um pouco. Michel agarrou rapidamente sua mão, impedindo-a de cair. Depois que ela recuperou o equilíbrio, soltou-a novamente e, de pé, os braços abertos num convite para que ela fosse até ele, ordenou-lhe:

— Ande agora! Ande!

A mocinha avançou um pé, depois outro, caminhando até Michel, que continuava a recuar diante dela, com os braços bem abertos. Os membros da procissão caíram de joelhos, gritando que era um milagre, enquanto o padre se persignava, confuso.

— Sim! — exclamou Michel, exultante.

A esmeralda de seu indicador foi atravessada por um breve clarão que Michel mal notou.

— Não há milagre — ganiu uma voz áspera.

Ocupado como estava em cuidar da adolescente, Michel não reparara que os curiosos se amontoaram, invadindo a praça. Assustou-se. Aquele timbre agudo, enrouquecido pelas prédicas histéricas, acabava de estimular sua memória. Sabia a quem pertencia aquela voz. Conhecia aquele homem. Um fluxo de imagens terríveis invadiu sua mente. Ochoa!

Depois da emboscada fracassada, Ochoa decidira não voltar a Paris. Confiando no instinto de caçador, pensou que a caça fugiria sempre em frente, pondo o máximo de distância entre eles. Quando estivesse tranqüilizado a esse respeito, possivelmente mudaria de direção para confundir seus rastros. Poderia então se dirigir para a Suíça, mais próxima, ou dar uma volta pelo centro antes de continuar rumo à Provença, que conhecia perfeitamente.

Ochoa pressentia que o feiticeiro desistiria da Suíça, evidente demais. Contudo, prudente, picou o passo rumo a Sens, onde, brandindo o breve papal, alertou o clero e um correspondente secreto da Inquisição. Imediatamente depois, atravessou a Borgonha e foi de cidade em cidade até Mâcon, levando a todos a mesma instrução. Todo bom cristão, membro do clero ou fiel servidor da Santíssima Igreja Católica Romana, deveria, por todos os meios, prender um fugitivo que se encaminhava para o Jura. O tom grandiloqüente com que Ochoa a enunciava não deixou de amedrontar alguns.

Pondo sob escrupulosa vigilância as vias de acesso à Suíça, voltou para Lyon e, de lá, seguiu para o sul, sempre divulgando as características de sua presa. Tendo chegado a Tournon na véspera, encontrou-se discretamente com o responsável por uma célula de sua rede, ali estabelecido havia um ano. Antes de retomar a estrada logo no dia seguinte pela manhã, de tanto insistir, acabara de obter uma entrevista com mestre Marsaz, bailio[5] do cantão. O oficial real acolheu-o friamente, concedendo-lhe alguns minutos de conversa em plena rua, quando voltava de uma missão de justiça.

Ora, eis que o acaso, ou melhor, a Providência Divina, acabara de pôr o feiticeiro em seu caminho. Ochoa não poderia ter sonhado com melhor

---

[5] Oficial real que dispunha de poderes de polícia e justiça.

oportunidade para demonstrar o fundamento de sua ação e, ao mesmo tempo, afirmar sua autoridade.

— Não há milagre!

Virando-se lentamente na direção da voz, Michel viu o rosto emaciado e o olhar louco de Ochoa, que estava perto de um homem de preto cercado por uns vinte soldados. Virando-se para ele, o monge insistiu:

— É um feiticeiro que fez um pacto!

Com 40 anos, cabelos grisalhos, rosto altivo de traços marcados, olhar sério, o homem de preto deu um muxoxo cético.

— Em nome de Deus, prendam este homem! — vociferou Ochoa.

Mestre Marsaz observou Michel sem deixar transparecer nada do que realmente pensava, e indicou-o aos guardas. Três horas depois de ter chegado a Tournon, Michel se encontrava trancado numa cela, no topo de uma torre medieval provida de uma estreita portilha com uma única abertura para a vida.

Enquanto os guardas silenciosos o escoltavam até a prisão, Michel pôde detalhar o castelo que contemplara havia alguns instantes. Estranha construção erigida ao longo dos anos, unida à margem direita do Ródano por uma ponte fortificada.

No topo da formidável rocha que lhe servia de base, desenhava-se o contorno de uma torre de vigia galo-romana que servira de pedra de toque para a edificação de um castelo forte medieval de muralhas espessas. Diversas construções vieram acrescentar-se a ele ao longo dos séculos, dando ao conjunto uma aparência desconcertante.

Depois que os ferrolhos da porta maciça se fecharam, Michel permaneceu plantado diante da portilha, olhando sem ver para o Ródano, que lá embaixo despejava incansavelmente seus turbilhões.

11.

A noite chegou sem que ninguém aparecesse. Quando Michel começava a se perguntar se o tinham atirado naquela prisão para esquecê-lo, os ferrolhos estalaram novamente.

Dois guardas carregando tochas entraram, seguidos de mestre Marsaz. Michel tentou buscar seu olhar, mas o outro lhe devolveu uma face neutra que não traía os pensamentos, e se colocou um pouco afastado. Ochoa entrou, por sua vez, imbuído de importância, e se plantou diante do prisioneiro. Erguendo a mão, traçou um largo sinal-da-cruz, murmurando uma fórmula de exorcismo.

Michel compreendeu que o monge não o tinha reconhecido. Ele próprio tinha dificuldade em se reconhecer naquele selvagem arrepiado e emagrecido que descera da montanha. Uma minúscula oportunidade de provar sua boa-fé lhe era oferecida. Tinha de agarrá-la. Sua liberdade dependia disso.

Com as mãos juntas, a cabeça baixa, Ochoa se recolhia com ostentação. Quando levantou a cabeça, a loucura faiscava em seus olhos.

— Blasfemo! Como ousa pronunciar as palavras do Cristo? Você disse! — berrava com a voz rouca subindo nos agudos. — Você disse: levante-se e ande!

— São palavras simples dirigidas a uma criança. Nosso Senhor Jesus também era um homem simples.

— Cale-se! Proíbo-o de falar em seu Santo Nome. Rezo a Ele e Lhe suplico todos os dias, e Ele nunca me concedeu o poder de curar como você o fez! Revele o sortilégio que usou, e eu o pouparei da tortura e da fogueira. Você será apenas enforcado.

— Não utilizei nenhum sortilégio. A criança sofria de uma doença imaginária. Tinha medo. Eu apenas lhe devolvi a confiança.

— Você mente! — vociferou Ochoa, atirando-se a ele.

Michel ficou tenso. A custo de um esforço sobre-humano conseguiu encolher-se, assumindo uma expressão amedrontada.

Agarrando-o pelos cabelos para forçá-lo a levantar a cabeça, Ochoa notou a longa cicatriz rosada que lhe riscava a têmpora direita.

— Quem fez isso em você?

— Ninguém — balbuciou Michel. — Caí do cavalo. Em cima de uma pedra.

— Como você se chama?

Michel gaguejou um nome que tinha inventado quando criança, na época em que Jean o iniciava em anagramas, prelúdio da linguagem dos pássaros:

— Anchelm de Mostière...[1]

— O quê? Fale direito!

Fingindo pavor, Michel repetiu sem sotaque:

— Anselme de Mostier.

— De onde você vem?

— Aix.

— Esse nome fede a convertido.

Michel aquiesceu humildemente.

Ochoa suspirou. Aquela espécie de canalha era indigna dele. Contudo, sua missão divina exigia que soubesse dar prova de humildade.

— Guardas! Ponham-no a ferros! Eu levo o prisioneiro.

Os dois soldados não fizeram um gesto. Com os olhos voltados para o chefe, esperavam que este confirmasse a ordem do monge.

O bailio de Tournon afastou-se da parede onde se apoiara para observar a cena. Olhou Ochoa de alto a baixo e lhe disse, simplesmente:

— Não.

— Tenho ordem de missão assinada por Sua Santidade o papa.

Marsaz sustentou seu olhar e respondeu num timbre uniforme.

— As minhas ordens vêm do rei da França. Ora, o rei, meu senhor, ordenou pôr fim às execuções sumárias de feiticeiros e hereges.

Esperou um pouco e, com um brilho de desprezo nos olhos, acrescentou:

— Ou assim considerados.

— Fraqueza de alma mais criminosa que o próprio crime! — cuspiu Ochoa.

Sem perder a calma, o bailio de Tournon avançou até quase tocá-lo e advertiu-o num tom sem réplica:

---

[1] Anagrama de Michel de Nostredame.

— Preste bem atenção. Tenho o poder de prendê-lo por desacato à autoridade real.

A um sinal, os guardas ladearam o inquisidor, prontos para segurá-lo. Ele saiu por conta própria, praguejando.

Michel ficou só com mestre Marsaz. A porta estava aberta. Se havia uma chance de escapar, seria agora ou nunca. O bailio de Tournon o observava com curiosidade, e Michel compreendeu o que ele lhe transmitia. Se fosse louco o bastante para tentar fugir, seria morto sem arrependimentos. Em compensação, percebeu também que mestre Marsaz não lhe era hostil e não tinha preconceito. Decidiu, portanto, confiar nele. De qualquer modo, não tinha escolha. O bailio aprovou com um ínfimo aceno e, abandonando um pouco a rigidez, perguntou:

— Não posso jurar, mas parece-me que aquele exaltado tomou-o por outra pessoa. Por quê?

Michel hesitou.

— Não sei. Ele pensa que eu sou feiticeiro. Sou judeu. Sem dúvida, isso basta.

Marsaz concordou.

— De fato, isso basta para muitos imbecis.

— Não para o senhor?

— Não creio no Diabo, mas acredito na idiotice e na maldade dos homens. Sei que a Igreja afirma possuir todas as respostas para os mistérios do universo e por isso execra os espíritos aventureiros, a tal ponto teme o que eles poderiam descobrir. Ora, se confio no que meus olhos viram, você é um médico pouco comum.

A expressão surpresa de Michel o fez sorrir.

— Não poderia fazer outra coisa a não ser prendê-lo. A situação aqui é um pouco como em toda parte. Católicos e protestantes até que se mantêm tranqüilos, mas uma fagulha bastaria para pôr fogo na pólvora. Se sua prisão escandalizou alguns, ela encheu de alegria muitos outros que pensam como o monge. Portanto, não posso soltá-lo.

Michel avaliou o tamanho do desastre. Por quanto tempo deveria ficar ali? Como poderia se livrar?

— Levá-lo a julgamento seria muito arriscado. A magistratura está infestada de carolas cujo espírito de justiça transpira água benta. Eles se apressariam em entregá-lo ao monge, e eu não poderia fazer mais nada por você. Só há uma solução. O cardeal de Tournon é ministro, um grande ministro, na verdade, e ele me dá a honra de ouvir-me. Defenderei sua causa assim que ele estiver dentro de nossos muros. Se ele não puder assumir sua libertação, solicitará uma graça real.

— Quando? — perguntou Michel, abatido.

— Não sei. Os negócios do reino o prendem freqüentemente em Paris.

Constatando a perturbação de Michel, mestre Marsaz pousou a mão em seu ombro.

— Enquanto esperamos, vou acomodá-lo num local mais decente e fazer o melhor para tornar sua estada o menos desagradável possível. É tudo o que posso fazer por você.

— Por que está fazendo isso?

Marsaz sustentou seu olhar e, com a imperceptível ironia que aparecia como um de seus traços de caráter, respondeu com voz neutra:

— Eu me importo com a justeza.

Levou Michel pelos corredores e escadas de pedra até uma esplanada na extremidade da qual se erguia a antiga torre galo-romana. Vista de perto, carregada de séculos de grandes e pequenas histórias, de violência e de tédio, ela emitia uma impressão de força imutável.

No térreo, havia um alojamento de guardas onde devolveram a Michel sua bagagem, exceto a velha espada e o bastão. Marsaz examinou as figuras gravadas nele com interesse e fixou em Michel um olho investigador.

— Vejo que conhece bem os ciganos.

— Desde a infância.

Marsaz assentiu, esboçando seu sorrisinho de lado, e estendeu a mão aberta.

— Neste caso...

Ao ver a surpresa de Michel, explicou:

— Detestaria ter de mandar revistá-lo.

Michel tirou a Garra do cinto e entregou-a ao bailio.

Precedidos por um guarda, subiram uma íngreme escada de pedra até o topo da torre. O cômodo redondo onde, dali em diante, Michel passaria o tempo situava-se no topo. Abaixo havia apenas um posto de vigia batido pelo vento sempre furioso do vale do Ródano. Equipado com uma lareira onde cozinhar, um leito relativamente bom, uma mesa e duas cadeiras, podia ser considerado confortável. Quatro aberturas ofereciam uma vista excepcional acima e abaixo do vale: do norte e do sul, bem como dos contrafortes e dos cumes distantes dos Alpes, a leste, e dos montes Ardèche, bem próximos, a oeste.

— Não se preocupe com sua pequena protegida. Vou tratar do pai pessoalmente — disse ainda o bailio, antes de deixar Michel entregue à solidão.

* * *

Naquele exato momento, Marie vagava sozinha pelo quarto de Montfort. Tinham acabado de enterrar Bertrande, encontrada com o pescoço quebrado ao pé da escada de uma pequena torre. A única explicação era que ela tinha pulado um degrau ou perdido o equilíbrio. Marie não acreditava em acidente porque vira La Jaille rondando pelas imediações. Era bem de seu feitio empurrar covardemente uma mulher na escada.

Certa de que nem Saint-André nem o delfim recuariam diante de nada para levá-la a ceder, Marie decidiu não continuar tentando encontrar Michel através do limbo, apesar do desejo imperioso de romper sua promessa. Tinha a certeza de que ele estava vivo. Sua presença dentro dela não seria tão forte se fosse diferente. O que aconteceria caso se comunicassem? Ele se lançaria à sua procura e a encontraria. Se seus raptores tiveram a coragem de matar Bertrande como se mata uma mosca, que fim lhe reservariam, então?

Diante das estrelas que haviam contemplado juntos, e cujo sentido e poderes ele não lhe explicaria nunca mais, com o coração despedaçado ela jurou rejeitar seu amor, para lhe dar uma chance de sobreviver.

O outono chegou. Michel observou sua lenta passagem do alto das janelas que davam para os incessantes redemoinhos do Ródano. Por vezes, tinha a impressão de estar no convés de um navio petrificado.

Flutuava numa estranha situação em que nada o atingia. O passado lhe escapava. À exceção de algumas imagens de que se lembrara, painéis inteiros de sua memória lhe pareciam vazios. Seus esforços para preenchê-los eram inúteis. Contentava-se em existir pelas ações que compreendia, sem obrigatoriamente saber de onde lhe vinha aquele saber. Observar as estrelas, sabendo exatamente onde se encontravam e o que significavam. Compor preparados sem entender por que dosava com tanta precisão os ingredientes, sabendo que as proporções estavam corretas e para que serviam. Discutir com Marsaz, que normalmente mostrava ser homem de grande cultura, curioso de tudo e que, esforçando-se para ajudá-lo a vencer a amnésia, levava-o a tomar consciência de saberes que ele não imaginava possuir. Reaprendia o que já sabia, com a consciência difusa de reaprender melhor, já que sua mente não estava sobrecarregada de reminiscências. Quando falou sobre isso com Marsaz, este observou que, de algum modo, tratava-se da decantação de saberes adquiridos dos quais redescobria a pura substância.

A palavra decantação, que remetia à alquimia, tinha preenchido uma página vazia de sua memória. Lembrou-se dos rostos de Siméon Toutain e de Paracelso.

O bailio mandara instalar uma pequena bancada provida com todo o material necessário e lhe conseguira ervas e substâncias de base. Não desejando divulgar nem o nome nem as virtudes de alguns frutos e raízes que ele próprio teria de colher, Michel preferiu abrir mão deles. Apesar dessas lacunas, logo dispôs de uma farmácia variada. Foi, de certa forma, promovido a médico pessoal do bailio de Tournon. De resto, tarefa pouco exigente, já que este gozava de excelente saúde.

Aos poucos, chegou a tratar dos oficiais da guarnição, e de alguns soldados quando se espalhou a notícia de que o estranho prisioneiro não apenas tratava sem sangrar ou purgar, mas também curava seus pacientes. Suas receitas se resumiam a alguns chás para o fígado sobrecarregado pelo excesso de bebidas, bálsamos para as contusões e, às vezes também, poções indicadas para aliviar os ataques de Vênus.[2] Sua cela ficou com a aparência de um celeiro onde se amontoavam legumes, frutos frescos, salsicharia, queijos e boas garrafas. Aproveitou para experimentar algumas receitas e criar doces e especiarias, geléias variadas e legumes em conserva.

No início do inverno, ele revelou a Marsaz seu verdadeiro nome e a história da incompreensível perseguição de Ochoa, cuja intolerância fanática não bastava para explicar. Contou-lhe sobre Jean de Saint-Rémy e Blanche, Daenae e os ciganos, Paracelso, a emboscada na floresta de Fontainebleau... Ouvinte fascinado, Marsaz aproveitava a menor oportunidade para descobrir pistas. De nada adiantou. O espírito de Michel recuperara a maior parte de seu saber legado e adquirido, e a lembrança vivaz dos mortos. Em compensação, tudo o que dizia respeito aos afetos vivos parecia apagado.

O inverno chegou. Em janeiro, do alto de seu observatório, Michel notou movimentos de tropas nas duas margens do Ródano. Francisco I assumia o controle da Savóia antes de atacar o Piemonte para exigir o Milanês. Isso não o surpreendeu. Ele havia previsto a manobra, ao examinar o tema do rei. Havia pouco, acabara, de fato, de recuperar o domínio da astrologia e estudava apaixonadamente os temas guardados no alforje com outros papéis. Por outro lado, questionava-se ainda sobre o sentido das linhas rabiscadas numa escrita caótica em cadernetas pretas conservadas dentro de um bolso impermeável. Lembrou-se muito bem de ter escrito nelas no alto do Puy de Dôme, mas ao reler aquelas páginas não compreendeu bem o que tinha querido dizer.

* * *

---

[2] Doenças sexualmente transmissíveis.

Em fevereiro, soube da assinatura de uma aliança com o sultão Solimão, o Magnífico. Carlos V estava entre dois fogos. Enquanto enfrentava as tropas francesas na Itália, tinha também de se defender dos otomanos, no leste. Michel viu aí a confirmação de sua análise: de fato, tinha previsto um pacto no Oriente.

Embora Saint-André não tivesse ordenado a morte de Bertrande, achara-a bem oportuna. Marie não teria mais ninguém em quem se apoiar e, cedo ou tarde, sua resistência acabaria cedendo. Teve, porém, de encontrar uma substituta para a falecida, uma pessoa de confiança que não fizesse perguntas, nem fosse faladeira. Deixou isso por conta de Ronan.

Encantado com a oportunidade, o soldado escolheu Marguerite, uma de suas amantes. Ela se instalou em Montfort, encarregada de acompanhar a pequena e cuidar do bem-estar de Ronan. Tarefas que desempenhava, respectivamente, com consciência e com o coração.

Perto dos 40 anos, com opulenta cabeleira ruiva, formas levemente cheias, não exatamente bonita, mas sedutora e engraçada, Marguerite era uma pecadora que acabara de se arrepender. Ronan, com os cabelos prematuramente embranquecidos, o rosto marcado por muitos golpes, tinha uma presença e um charme rude que excitava as mulheres. Nenhuma resistia a ele. Quando descobriam seu corpo seco e musculoso costurado de cicatrizes, todas se entregavam.

No início, Marguerite teve um pouco de dificuldade com Marie. Aquela moça era digna de amor, mas por que sentia prazer em se torturar? Marguerite tentou argumentar. Sabia, por experiência, que os homens sempre conseguiam o que queriam. Quantos belos vestidos e jóias Marie tinha jogado no fosso? Quantas finas ceias atiradas aos cães? E cistres quebrados! Mas o príncipe não se desencorajava. Refugiava-se no pequeno gabinete escuro e ficava horas espiando a prisioneira.

Não foi preciso muito tempo para que a resistência teimosa de Marie conquistasse o respeito de Marguerite e, mais tarde, sua afeição. Invejava aquele orgulho indomável que outrora não tivera a oportunidade de descobrir em si mesma, jovem demais para se defender. Decidiu domar a cativa e se tornar sua amiga. Em vez de continuar a monologar, incentivando a moça a se submeter para seu próprio bem, começou a falar dos homens sobre os quais tinha muito a dizer, e com graça. No dia em que conseguiu arrancar um sorriso de Marie, soube que havia vencido. Em seguida, dia após dia, a confiança foi se estabelecendo. Até o dia em que Marie descobriu que esperava um filho de Michel. Desde aquele instante, a ex-mundana se mostrou uma companhia atenciosa, pródiga em bons conselhos. Embora as cureteiras[3] a tivessem tornado incapaz de ter filhos, acompanhara a gravidez de algumas de suas semelhantes e sabia o que fazer.

Assim que teve certeza de que conquistara a afeição de Marie, insistiu para que ela se cuidasse e se dedicasse de novo à música, já que pelo menos isso lhe restava. Sua insistência ia ao encontro do desejo secreto da jovem. Marguerite conseguiu vencer sua hesitação, prometendo avisá-la assim que o delfim se anunciasse. Desse modo, teria tempo para guardar o instrumento e fazer uma cara triste. Marie recomeçou, portanto, a tocar e, sem se dar conta, a cantarolar. Foi preciso que Marguerite entoasse vigorosas cantigas populares com entusiasmo e desafinação para que ela ousasse cantar novamente, obrigando a outra a se calar.

No dia em que a gravidez tornou-se visível, o delfim deixou de aparecer. Ele a sonhara virgem inacessível; a evidência de que ela pertencera a outro a derrubava do pedestal. A interrupção das visitas mergulhou Montfort numa aparente quietude.

Marguerite se enganava, porém, em acreditar que Marie estava melhor. Ela fingia. Aparentemente, gostava dos momentos agradáveis que passavam juntas, mas, no fundo, cultivava uma dor surda. A idéia de que estava grávida de Michel aterrorizara-a, mais do que transportara de alegria. O que aconteceria com aquela criança? Certamente lhe seria tirada depois que nascesse. O que se tornaria? Quem a criaria?

Ronan não gostava do que lhe obrigavam a fazer. Não era nenhum bandido ou mercenário, mas um aventureiro. Ficando ali, renegava-se. Depois de anos de tribulações por vales e montes, ter dinheiro na bolsa, mesa farta e mulher bonita na cama era sedutor, de fato! Mas, meu Deus! Como tinha ficado mole! Tentara recuperar a liberdade, mas o tal de Saint-André aumentara o pagamento, e Marguerite suplicou-lhe que ficasse, não por ela, a esperta, mas pela pequena. Então, evidentemente, deixou-se enternecer, sabendo que isso não levava a nada. O que podiam um andarilho dos grandes caminhos e uma puta arrependida diante de canalhas reais?

Confuso, ele olhava Marguerite embalar Marie como uma criança, sussurrando-lhe ao ouvido coisas de mulher.

— Marie... Sua vida não lhe pertence mais. Ela pertence ao pequenino que está dentro de você.

---

[3] Aborteiras.

A jovem abriu os olhos, dando-lhe um sorriso que se transformou em ricto de dor, fazendo-a curvar-se, dilacerada por uma dor aguda. O fôlego curto, ela encarou Marguerite com pânico nos olhos. A dor voltou, terrível. Surpresa com a violência daquele sofrimento, ofegou, enquanto um gemido surdo passava por entre os dentes trincados. Gotas de sangue brotaram-lhe dos lábios que ela mordia para não gemer, balançando-se suavemente, com os punhos cerrados entre as pernas, no alto das coxas.

— Ela está possuída? — perguntou Ronan.

— Possuída o quê! A infeliz está dando à luz, seu bugre cretino!

Marguerite levantou a barra do vestido, descobriu uma grande poça que se alastrava no leito e apalpou-lhe o ventre.

— Não é para já.

Virando-se para Ronan, que estava em palpos de aranha, ela ordenou:

— Veja se serve para alguma coisa! Vamos precisar de lençóis limpos e água quente. E lave as mãos!

— É muito cedo — gemeu Marie.

Marguerite acariciou-lhe ternamente a face.

— Se esse menino está com vontade de ver o dia hoje, você não pode fazer nada. A partir de agora, é ele quem decide.

Então, Marie deixou-se cair de costas, entregando-se aos cuidados de Marguerite. A dor lhe dava às vezes um descanso, voltando em seguida em ondas cada vez mais fortes que a submergiam totalmente, deixando-a sempre mais esgotada.

Ronan teria preferido deixá-las sozinhas, mas Marguerite o obrigara a ficar, pois sua ajuda seria certamente necessária. Ele se retirou para um canto do quarto, distante do grande mistério do nascimento, que lhe dava medo. Embora achando a pequena muito corajosa, cada um de seus gemidos roucos fazia-o estremecer.

Marguerite fez um sinal para Ronan. O momento se aproximava. Vencendo o medo, o aventureiro foi sentar-se atrás de Marie para apoiá-la. Com os olhos semicerrados, o rosto um pouco virado, recatadamente deu um jeito para não ver o resto.

Marie estava agora quase sentada. Uma carga enorme pesava-lhe no ventre, buscando passagem, mais imperiosamente a cada instante. Ficou por um momento sem fôlego sob o poder da força insensata que a esquartejava, forçando a passagem para fora de seu ventre e, de repente, sem pudor e transfigurada por uma alegria sobre-humana, afastou ainda mais as pernas, deixando ver uma chaga que se alargava.

Ergueu-se, ajudada por Ronan, que virava a cabeça. Quis ver a vida que saía de seu corpo. Era a desforra contra o filho do rei e contra a morte.

Agora, completamente sentada, empurrou Marguerite e, estendendo os braços num impulso de puro instinto, ela mesma libertou o ser de carne que brotava de seu corpo e o ergueu alto para o céu. O grito do bebê ressoou imediatamente. Era o mais belo hino à vida.

Ronan sustentou delicadamente Marie para ajudá-la a se deitar, enquanto Marguerite, chorando copiosamente de alegria, soluçava dizendo que sabia que era um menino. Com a terrível adaga que tinha tirado tantas vidas, ele cortou o cordão umbilical.

— Seu filho, Michel... — murmurou Marie, estreitando o bebê contra o peito.

A criança nasceu no domingo 19 de março de 1536, às dez da noite, depois de seis horas de trabalho de parto.

Era meado de junho. As telhas cor-de-rosa dos telhados cintilavam em meio à verdura. O Sol incendiava os rodamoinhos do Ródano com mil reflexos.

Michel e mestre Marsaz estavam sentados diante de um tabuleiro. O bailio de Tournon não estava ganhando. Rosto preocupado, mão levantada acima do tabuleiro quadriculado, ele hesitava.

Inspirando profundamente, decidiu aproveitar a vez. Posicionando a peça, lançou a Michel um olhar decidido. Este lhe devolveu um sorriso amável e disse candidamente:

— Xeque-mate em seis lances.

— O quê?

Erguendo-se a meio, Marsaz se inclinou sobre as peças, incrédulo. Quando percebeu a armadilha em que tinha caído, deitou o rei, sorrindo.

— Combate desigual: você lê meus pensamentos!

— Oh, eu jamais me permitiria tal coisa — protestou Michel, fingindo boa-fé hipócrita.

Marsaz respondeu-lhe com uma careta entendida.

— O rei logo chegará, não é? — perguntou Michel.

— Como é que você sabe? — exclamou o bailio, com os olhos arregalados. Em seguida, balançou a cabeça, rindo francamente: — Nunca vou me acostumar!

— Não é preciso ser adivinho. Basta olhar seu tema.

Foi pegar duas folhas. Numa figurava o quadrado mágico representando o tema de Francisco I; na outra, o de Carlos V. Como a astrologia era ensinada oficialmente na Sorbonne, Marsaz não fez objeção a que Michel continuasse a praticá-la na cela, muito ao contrário. Sua curiosidade intelectual transformava-se em paixão à medida que o prisioneiro expunha seus fundamentos e desvendava alguns arcanos.

— Consideremos que exista concordância entre o futuro da França e o do rei. Do mesmo modo entre o Sacro Império e seu senhor.

Apoiando as explicações nos trânsitos planetários nos dois temas, Michel demonstrou a Marsaz que aquela enésima guerra da Itália era previsível e inevitável, pois estava inscrita no curso dos astros.

Os soberanos tinham uma concepção do poder radicalmente oposta. Chamejante em Francisco I, quase mística em Carlos V, mas cada um deles, porém, precisava do outro para afirmar sua grandeza.

— Meu prognóstico é o seguinte: sim, o rei virá; mas não, não imediatamente. Os enfrentamentos atuais são apenas ninharias. Confiando nos trânsitos, eu diria que Carlos vai se envolver lá pelo final do mês de julho. Então, e somente então, Francisco descerá para enfrentá-lo. Na Provença, sem dúvida. Não esperemos sua passagem antes dos primeiros dez dias de agosto.

Como em todas as vezes que Michel lhe fazia esse tipo de demonstração, Marsaz ficou pensativo.

— Em sua opinião, qual será o resultado da guerra?

Michel deu um sorriso desiludido.

— Ela será vitoriosa e levará a uma trégua, sem dúvida longa, mas não a uma vitória incontestável. O país ficará arruinado, mas o rei, portanto, o reino, ficará contente. Não é o que importa?

Como sua atenção tivesse sido repentinamente desviada para um ponto específico do tema de Francisco I, abandonou o tom superficial e murmurou, pensativo, depois de alguns instantes de reflexão:

— Contudo, vejo luto e aflição. Para o rei, bem como para a França. Que estranho... Poderia ser uma traição...

— Uma reviravolta na aliança? — sugeriu Marsaz.

— Seria preciso que o traidor fosse um próximo, pois o rei ficará muito entristecido.

— A traição não é a fiel companheira do poder? — resmungou Marsaz.

Marie estava ocupada com a toalete da criança, nascida prematura de cinco semanas. Ela temia por sua sobrevivência, mas sem motivo, na opinião de Marguerite, que acreditava que a natureza fazia bem as coisas. Grande e forte como era, o bebê teria matado a mãe ao nascer se tivesse demorado mais.

Marie esperava reencontrar Michel para lhe dar um nome. Bastava um pouco de paciência. Sua provação não duraria mais muito tempo. Seus algozes logo partiriam para a guerra. Na ausência deles, ela poderia fugir. A cumplicidade de Marguerite já estava garantida. Quanto a Ronan, seu ar de felicidade quando o bebê apertava seu nariz de batata não dava lugar a nenhuma dúvida. Ele fecharia os olhos. Assim que estivesse livre, ela romperia o juramento que fizera a Michel de não tentar entrar em contato com ele no Astral e lhe diria onde encontrá-los, a ela e ao bebê. E se ele se visse na impossibilidade de se encontrar com eles, ela o esperaria o tempo que fosse necessário.

Inclinou-se sobre a criança. Via-se agora que seus abundantes cabelos se tornariam castanhos, e que seus olhos teriam o mesmo tom de água-marinha dos de Blanche. Marie desejava ver nisso o sinal de que a velha senhora a abençoava.

O ruído de uma tropa a cavalo irrompendo no pátio fez com que ela estremecesse. Deitou a criança no berço e esperou, o coração batendo forte, enquanto ressoavam os ecos de passos precipitados subindo a escada. A porta se abriu dando passagem a Francisco. A angústia sufocou-a.

Ronan vinha atrás dele, seguido por Marguerite. Por sua expressão abatida, Marie compreendeu que a situação era desesperadora. O delfim estalou os dedos. Envergonhado diante do que lhe ordenavam, Ronan foi até o berço. No momento em que Marie ia se atirar para proteger o filho, o delfim a imobilizou, apertando-lhe a nuca com violenta pressão.

Ronan lançou um olhar terrível para Marguerite, que parecia a ponto de se interpor. Vencida, submeteu-se e saiu precipitadamente do quarto, cobrindo o rosto com as mãos.

Reprimindo um suspiro, Ronan segurou o pequeno e o enrolou nas dobras da capa.

— Se eu não lhe der notícias até meia-noite, faça o que deve ser feito!

Sem dar mais atenção ao capanga, Francisco empurrou brutalmente Marie para a cama, onde ela desabou. Saboreando já o triunfo, começou a deslaçar o gibão, resmungando.

— Agora, você é minha!

Ao ver Ronan pronto para desaparecer com seu filho, Marie pulou e avançou para ele com todas as garras à mostra. Francisco barrou-lhe a passagem. Em vez de dissuadi-la, sua reação transformou o pânico de Marie em furor. Ela o atingiu em plena face, fazendo-o recuar dois passos. Siderado diante da audácia que ela tivera de levantar a mão contra ele, o delfim devolveu-lhe uma violenta bofetada. Agarraram-se furiosamente para um combate cujo resultado parecia certo. O que podia uma frágil jovem mulher contra aquele adolescente habituado às atividades físicas e que era uma cabeça mais alto que ela?

Contudo, Marie conseguiu pegar a adaga pendurada na cintura de Francisco. Foi a vez de o delfim defender-se.

Vendo o rumo que os acontecimentos tomavam, Ronan interrompeu os passos. Embora liberto de quase todas as leis, a não ser daquelas que sua própria moral lhe ditava, não concebia tocar numa pessoa de sangue real, o que teria constituído um crime de lesa-majestade, do mesmo modo que, apesar de sua lamentável opinião sobre o clero, jamais levantara a mão para um religioso, nem profanara uma igreja.

Portanto, Ronan não socorreu Marie quando, na verdade, seu primeiro impulso teria sido fazê-lo. Também não pousou o bebê no chão para ajudar o delfim.

Lutando pela vida, Francisco batia como se ela fosse um homem. Marie não desistia e voltava à carga, com a lâmina apontada para o pescoço do delfim. Apesar de sua grande coragem, suas forças a traíram. Com um movimento desesperado, ela tentou pela última vez plantar a adaga no pescoço de Francisco. Este aparou o golpe e, torcendo-lhe o pulso, virou a arma contra ela.

O gemido que Marie soltou foi o primeiro som humano desde o início da luta. Ela caiu para trás, com a arma enfiada no peito. O delfim se pôs de pé, sem fôlego, pousou nela os olhos desvairados e fugiu, soltando um gemido apavorado.

Com o coração pesado de desprezo, Ronan o viu safar-se. O bebê se agitou em seus braços. Ele, que tantas vezes enfrentara a morte, sentia-se atordoado com a de Marie. Pois ela ia morrer. Ninguém se recuperava de um ferimento como aquele.

Ruídos de cascos no pátio sinalizaram a partida precipitada do delfim e de sua escolta. O silêncio caiu, perturbado apenas pelos cantos dos pássaros e pelo balbucio da criança. Marguerite acorreu e ficou petrificada na entrada do quarto.

Marie tossiu, cuspindo uma espuma sanguinolenta. Abriu os olhos e deparou com Ronan, confuso, com o bebê nos braços.

— Por favor... — disse ela, estendendo a mão com dificuldade.

Ele a olhou, a boca aberta, pregado no lugar.

— Poupe meu filho — continuou, quase inaudível. — Prometa. Por favor!

Ronan sacudiu-se como se saísse de um pesadelo. Com um movimento lento de sonâmbulo, pousou um joelho no chão, segurando o bebê na curva do braço, e contemplou os extraordinários olhos de opala que lhe suplicavam. Com os ouvidos zumbindo, ouviu-se responder, num murmúrio:

— Eu lhe prometo.

Um sorriso tremeu nos lábios de Marie. Juntando suas últimas forças, ela continuou:

— Entregue-o ao pai.

— Eu farei isso. Quem é?

— Ele se chama... — ela tentou responder. — Ele se chama...

Exausta, ela deixou a cabeça cair para trás e fechou os olhos, gemendo:

— Michel...

Ronan olhou para ela mais uma vez, esboçou um sinal-da-cruz sobre ela, ele que jamais rezava, e se levantou. Marguerite, que não ouvira nada do que disseram, precipitou-se para ele, com os braços estendidos.

— Me dê ele!

Arrumando o bebê do melhor modo possível nas dobras da capa, ele se afastou, resmungando:

— Ela tem direito a uma sepultura cristã. Cuide disso com as irmãs de caridade ao lado. E depois, suma. Eles não vão querer testemunhas.

Marguerite cortou-lhe a passagem, desvairada.

— O que é que você vai fazer?

Ele hesitou, sabendo que iria partir o coração da boa companheira, mas seria melhor mantê-la de fora, para seu próprio bem. Não se pode falar do que não se sabe.

— O que tenho de fazer — acabou dizendo com voz surda, afastando-se e desaparecendo escada abaixo.

Tarde da noite, Ronan entrou na cozinha do Sino de Ouro, um albergue mal-afamado da colina de Montmartre. Uma robusta e viçosa mulher, carregando um bebê no quadril, recebeu-o alegremente. Enternecida, examinou o pequeno, que a olhou com uma expressão séria. Provavelmente, por não considerá-la digna de exame mais detalhado, se retorceu para segurar o nariz de Ronan.

— Danado de Ronan — sorriu ela. — É seu?

— Sobretudo não faça perguntas. Ele está com fome.

Ela abriu a blusa e tirou um seio intumescido.

— Me dê ele. Quando tem para uma, tem para dois.

Enquanto o pequeno mamava gulosamente, Ronan desabou num tamborete, depois de ter passado a mão num pichel de vinho, do qual bebeu diretamente uma golada. Pagara o soldo aos homens que guardavam Montfort e os despedira. Amanhã iria anunciar a Saint-André que Marie d'Hallencourt estava morta e enterrada, e que não sobrara rastro do que acontecera. Ele lhe diria também que, na dúvida, executara a ordem do delfim de se livrar do pequeno. Se é que compreendia o modo de pensar do tal Saint-André, o celerado o gratificaria com um bom prêmio. Aquela gente acreditava que sempre podia se safar com dinheiro. Restava, depois disso, cuidar do diabinho.

A entrevista do dia seguinte aconteceu exatamente como prevista. Quando Ronan saiu do palácio de Saint-André, carregando uma bolsa recheada, o marquês exultava.

— Você agora é portador de um segredo mortal — comentou depois que Ronan fez seu relato.

O espadachim não reagiu. Plantado nas botas altas, apertado no velho casaco de couro, a mão repousando com enganosa apatia na guarda do formidável espadão, contentou-se em fitá-lo, sem nada dizer. Nem dúvida, nem medo, nem hostilidade. Quando Saint-André já temia ter de desviar o olhar, Ronan respondeu com voz estranhamente suave:

— Não sou fácil de matar, o senhor sabe. — Imediatamente, emendou com um fino sorriso de homem que tinha visto de tudo: — Nós dois sabemos que a palavra de um bandido não tem peso, comparada à de um príncipe.

Tranqüilamente, apanhou a bolsa cheia de moedas de ouro posta sobre a mesa. Com um breve movimento de cabeça à maneira de cumprimento, virou-se e se foi num passo lento de homem forte.

Aproximando-se de Catarina, Saint-André ligou-se a Ruggieri, que exercia junto à sua senhora o papel de *consigliere*, semelhante ao que ele mesmo exercia junto ao delfim. Sabia tudo a respeito de suas ambições e a compreendia sem que ela precisasse falar.

Saint-André compreendeu que o período de observação tinha terminado quando, por ocasião de um torneio em que Henrique triunfava mais uma vez, Ruggieri exclamou apenas para ele: "Ele é régio!" Embora preenchendo a conversa com italianismos, o mago negro escolhia sempre com precisão suas palavras. Algumas semanas mais tarde, ao ver Catarina conversar gravemente com Francisco I, Saint-André disse a Ruggieri: "A esposa de Henrique reúne, evidentemente, todas as qualidades para se tornar uma grande soberana."

O mago negro lhe dirigiu um olhar indecifrável e respondeu: "Seria uma pena se uma pequena pedra no sapato lhe prejudicasse a marcha rumo ao seu destino."

Saint-André conhecia perfeitamente o sentido profundo dessa velha expressão italiana.[4]

— Ela tem um pé tão gracioso! — exclamara ele, mundano.

Nunca mais tocaram no assunto.

Hoje, depois do assassinato de que Francisco se tornara culpado, era necessário comunicar a Ruggieri que chegara o momento de agir para a harmoniosa realização do destino de Catarina de Médici. Saint-André teve um pensamento furtivo a respeito de Saint-Rémy. Ele poderia ter ocupado o lugar de Ruggieri. Que grandes feitos teriam realizado juntos!

[4] *Togliersi un sassolino della scarpa* (tirar uma pedrinha do sapato) significa acabar com um incômodo.

12.

Carlos V e seu exército chegaram à Provença no mês de julho, semeando a devastação. Como havia prognosticado Michel, Francisco I foi imediatamente ao seu encontro com suas tropas.

Na terça-feira, 8 de agosto, fizeram alta em Lyon. Aproveitando-se da existência de uma sala de jogo da péla na península de Ainay, Francisco e Henrique agarraram a oportunidade para se enfrentarem, como tinham o hábito de fazer. Depois disso, aquecidos pela partida enfurecida, desafiaram-se a nadar nas águas geladas do Ródano.

No dia seguinte, o delfim sentiu-se mal. De humor mais sombrio e atormentado desde o assassinato de Marie, dessa vez foi fisicamente atingido. Quando o séqüito real fez alta em Tournon, na quinta-feira, dia 10, seu estado se agravara sem que médico algum fosse capaz de definir a natureza do mal de que ele sofria.

Naquela noite, o cardeal de Tournon oferecia um banquete em homenagem ao rei.

Do alto de sua torre, a mente vazia, Michel contemplava as janelas iluminadas da construção nova que se erguia no outro lado do pátio. Para seu próprio espanto, procurou alguém entre os convidados, no momento em que chegavam à escadaria. Ignorava de quem se tratava, mas sabia que não o tinha visto. Estava sozinho no mundo, sem objetivo e sem propósito. Naquele inverno da alma e do coração, só sentia uma fria indiferença. Contudo, seu espírito continuava a funcionar e num nível jamais alcançado de lucidez e domínio de suas capacidades. Caso se analisasse com um olhar de alquimista, teria observado que a liga de que ele era feito decantara resíduos. Com a diferença de que um ser humano não era um mineral e de que, se suas paixões podiam enfraquecê-lo, elas o nutriam com sua energia vital. Ora, ele não tinha mais paixões.

Um longo arrepio correu-lhe pelos braços, anunciando suas fagulhas. Isso não lhe acontecia desde o ferimento na têmpora.

— Sua Excelência está com muita sede — anunciou Saint-André, saindo do pequeno salão onde Francisco se refugiara, incapaz de suportar por mais tempo o barulho da sala do banquete.

O conde de Montecucculli, provador do delfim, pegou o pichel de vinho fresco que antes tinha posto num aparador. Derramou um pouco num copo e tomou um gole, como sempre fazia quando tinha de servir o herdeiro do trono. Dez minutos depois de tê-lo engolido, não percebendo nenhum sabor diferente, nem sentindo nenhum mal-estar, bateu na porta. Gentil-homem que chegou com a corte de Catarina de Médici, Montecucculli era afetuosamente dedicado ao herdeiro do trono da França e desempenhava com escrúpulo seu cargo de provador. Como às vezes gostava de se vangloriar com seus amigos, a vida do delfim repousava na delicadeza de suas papilas e na rudeza de seu estômago. Apenas uma vez ficou um pouco doente, três semanas antes. Uma dolorosa indigestão rapidamente curada graças a um dos maravilhosos chás de que o bom *Dottore* Ruggieri, seu compatriota, possuía o segredo.

O delfim sentia-se mal havia alguns dias. Tinha a impressão de que levava no rosto os estigmas de seu crime, expostos a todos. Até aquele momento, tentara se convencer de que sofria de um mal imaginário nascido de sua tortura moral, mas eis que começara a tossir, escarrando secreções purulentas. De tanto se atormentar, ficara mesmo doente.

Estremeceu quando abriram a porta. O barulho proveniente da sala de banquete apertou-lhe as têmporas num estojo, mas a calma voltou. Alguém entrara. Virando-se, descobriu o irmão, que o considerava com seu leve ar de sonso, tão detestável.

— Sua ausência está sendo muito notada, meu irmão.

— Todo esse barulho... — esquivou-se Francisco, fazendo com a mão um gesto vago.

— Não será porque o arrependimento o corrói?

O delfim se retesou e se virou rapidamente. Henrique deu a volta de modo a ficar de frente para ele e, agarrando-lhe rudemente o queixo para obrigá-lo a olhá-lo, continuou no mesmo tom insidioso:

— Você a matou...

— Cale-se! — gemeu Francisco, virando-se novamente.

Henrique se inclinou por cima de seu ombro e disse-lhe ao ouvido:

— Você a matou, mas eu a possuí.

Francisco virou-se, desesperado, e agarrou o irmão pela gola.

— Você mente! Ela jamais cederia a você! Você mente!

Henrique se soltou sem dificuldade e continuou, arrumando displicentemente a gola de renda.

— Oh, na verdade, ela se debateu um pouco no início. Mas eu lhe asseguro que depois ficou bem contente. Aliás, eu me pergunto se seu bastardo...

— Você mente!

— Será? — cantarolou Henrique.

O delfim o pegou pela garganta, estrangulando-o, quase.

— Você mente! Confesse! Você mente! Não é verdade!

Henrique observou o irmão exaurido, cujas mãos sem força incomodavam mais que feriam. Com uma displicência estudada, soltou um a um os dedos que se agarravam ao seu pescoço e depois sibilou, sarcástico:

— Isso você nunca saberá.

Afastando o irmão com desdém negligente, deu-lhe as costas e saiu muito contente com a brincadeira. Só quis Marie d'Hallencourt para humilhar Francisco. Por que se privar, já que ela não poderia mais desmenti-lo?

Michel passou a noite em claro, interrompido por sonhos despertos durante os quais febrilmente preencheu página após página de sua caderneta. O drama de um teatro de sombras se desenrolava a alguns metros dele. Captava-lhe as diferentes cenas sem poder discernir-lhe os atores, mas com a certeza de ser chamado para nele exercer um papel.

Desde o alvorecer, tinha preparado o alforje e se vestido com cuidado. Em seguida, esperou que fossem chamá-lo. Ao ver o rei e seu séqüito tomarem a estrada de Avignon por volta das nove horas, deixando Tournon entregue aos filhos e sua gente, ele teve a confirmação do que já *sabia*. Desde então, cada minuto das horas que passavam diminuía suas chances de intervir a tempo para modificar o desenlace quase que inelutável. Se o que pressentia se confirmasse, Catarina estava a ponto de subir a um novo patamar em sua ascensão ao poder supremo. Mas isso chegava cedo demais. Henrique não poderia se tornar delfim enquanto ela não lhe tivesse dado um herdeiro. Sua situação se tornaria insustentável. Muita gente influenciaria seu esposo para que a repudiasse por ser estéril.

Não. Catarina não poderia ter causado aquela iniciativa criminosa que ia contra seu interesse. Inteligente demais para cometer semelhante tolice. Paciente demais, também. A morte prematura do delfim estava inscrita no curso dos astros, mas também estava anunciado que ele morreria "por sua própria mão". Quem tinha tomado aquela estúpida iniciativa? Por que as pessoas nunca davam ao Tempo o tempo de agir?

Finalmente, no início da tarde, mestre Marsaz apareceu, muito agitado.

— Ah, Michel! — começou ele sem fôlego. — Ontem à noite, o delfim bebeu muito. Nesta manhã, ele não se levantou. Acredita-se que seja uma indigestão...

— Não é — afirmou Michel.

— Uma febre maligna tomou conta dele, e ninguém compreende nada. Falei sobre você. O delfim o chama.

Michel pegou o alforje e seguiu os passos do bailio que descia rapidamente a escada. Ao atravessarem o vasto pátio em direção ao edifício residencial, ele se informou:

— Descreva-me os sintomas.

— Parece que ele não se sentia bem desde alguns dias. Um grande cansaço, acompanhado de melancolia e bruscos acessos de irritabilidade. Seu estado se teria agravado em conseqüência de um banho na água gelada, depois de ter jogado péla. Ele começou a tossir muito, escarrando secreções purulentas. Depois, vieram as dificuldades respiratórias...

— Por enquanto, parece uma pleurisia.

— Era também a opinião dos médicos — confirmou Marsaz, continuando: — Mas ontem à noite, a doença piorou de modo incompreensível. Ele vomita tudo o que engole. Não pára de pedir para beber, mas não retém nada. Além disso, seu ventre começou a inchar como um odre. Então, os médicos o sangraram...

— Os imbecis! — enfureceu-se Michel.

Tinham subido a escadaria, saudados pelos guardas, e agora escalavam de quatro em quatro os degraus do lance de escada que levava ao primeiro andar. Tiveram ainda de abrir caminho por entre os cortesãos amontoados na galeria até que um porteiro lhes permitisse a entrada no quarto do delfim.

Michel viu inicialmente a agitação sombria das batinas de padres mergulhados em preces e de médicos imersos em assembléias eruditas. No fundo do cômodo, o leito onde Francisco jazia, com a pele marmórea, molhada de suores frios. Com a respiração curta, ele parecia sofrer. Os lábios ressecados agitavam-se convulsivamente, filtrando um sopro fraco e obstruído.

Ao ver os médicos fazerem frente para impedi-los de chegar ao delfim, mestre Marsaz anunciou com voz forte:

— Excelência, tenho aqui o único homem capaz de salvá-lo.

Firmemente decididos a não se deixar suplantar, os médicos explodiram em protestos indignados.

— Quem é? Possui diplomas? De onde vem?

— Michel de Saint-Rémy. Os das faculdades de Toulouse e Montpellier — respondeu calmamente Michel a todos eles.

— Que se aproxime! — estertorou Francisco, que penosamente se ergueu dos travesseiros, num esforço que logo lhe custou um terrível acesso de tosse.

Marsaz afastou com as mãos médicos e padres, abrindo passagem para Michel, que finalmente chegou à cabeceira do delfim.

Primeiramente, pousou a mão na fronte úmida para medir a febre; em seguida, segurando-lhe os pulsos como Blanche lhe havia ensinado, auscultou o corpo. Finalmente, examinou as unhas salpicadas de manchas pálidas. Ao contato com as longas mãos magras, suaves e, apesar disso, tão carregadas de energia, Francisco recuperou a esperança.

— Deixem-nos — ordenou Michel sem se dar o trabalho de virar-se.

Novo concerto de protestos se levantou, imediatamente interrompido pelo delfim.

— Saiam! — ele gritou, juntando as últimas forças. — Saiam todos!

Com os braços abertos, mestre Marsaz afastou todos para a porta e saiu também, dizendo a Michel que estava à sua disposição.

Quando ficou sozinho com o delfim, Michel se inclinou sobre ele e mergulhou o olhar no dele.

— Olhe-me. O senhor viverá.

Francisco entregou-se, confiante, àquele desconhecido que esperava fosse capaz de prodígios.

Michel tirou do gibão uma caixinha de onde pegou uma pílula que pôs entre os lábios dele.

— Eis aqui algo que fará a morte recuar. Não se trata de remédio; isso apenas me dará tempo para preparar o antídoto.

Dando tempo a que a medicação agisse, afastou-se do delfim, dirigindo-se a uma escrivaninha onde fez uma lista de substâncias que lhe seriam necessárias.

— Antídoto? — espantou-se Francisco às suas costas. — Quer dizer que fui envenenado?

— Sim, Excelência — respondeu Michel, sem se virar. — Um veneno muito raro cuja fórmula poucos de nós conhecem.

Tendo terminado, foi abrir a porta atrás da qual Marsaz esperava.

— Queira me trazer esses ingredientes o mais rápido possível. O tempo urge.

Fechando imediatamente a porta, voltou para Francisco, que parecia ter sido estimulado pela medicação.

— Tem certeza de que fui envenenado?

Michel o observou longamente antes de concordar.

— Foi meu irmão — arquejou Francisco. — Meu irmão e a mulher dele. A maldita Médici. Com seus falsos mágicos!

— Pois bem, pelo menos um deles não é — interrompeu Michel, a quem a imagem de Ruggieri veio de imediato ao espírito.

No momento em que Michel chegava ao quarto do delfim, Saint-André estava de costas para a porta. Antes mesmo de tê-lo visto, o timbre grave de sua voz o assustou. Evitando virar-se, deslizou para trás de um grupo, esgueirando-se para a saída, e se eclipsou precipitadamente. Com a cabeça pulsando, o coração na boca, saiu do castelo a fim de recobrar o sangue-frio necessário à reflexão. Descobrir que não apenas Saint-Rémy estava vivo, mas também que se encontrava em Tournon, e que aquele sinistro do bailio o levava à cabeceira de Francisco, fizera com que imediatamente tivesse idéia da extensão do desastre.

O caldo das 11 horas que Ruggieri preparou poderia ter enganado os asnos dos médicos, mas não enganaria Michel. Ora, este era capaz de compor um antídoto. Se ele salvasse a vida do delfim, obteria de imediato o favor real. Tornar-se-ia intocável. Possuidor, a partir daí, de meios de pressão intoleráveis, quem poderia imaginar do que ele seria capaz para se vingar?

— Finalmente o encontro!

Saint-André se virou rapidamente, furioso, reconhecendo a voz rouca de Ochoa.

— Quantas vezes já lhe disse que não devemos ser vistos juntos?

O monge apontou para a margem deserta.

— Estamos sozinhos.

— Há sempre olhares invisíveis — rosnou Saint-André, arrastando o monge para a sombra de um pequeno bosque. — Por que não me informou que o feiticeiro estava aqui?

— É impossível! Eu teria sabido. Tenho gente por toda a região.

— Pois bem, sua gente tem a visão fraca e os ouvidos tapados. Saint-Rémy está preso aqui há quase um ano.

Ochoa reviu num segundo a cura diabólica e o lamentável energúmeno que era seu autor. Empalideceu.

— Era ele? Tais são as astúcias de Satã!

— Por que você o tinha apanhado? Eu riria se a situação não fosse tão grave.

Michel estava à janela, contemplando o céu escuro. Estrelas cadentes vindas das Plêiades traçavam bruscamente um risco fulgurante através da esfera celeste antes de se abismarem no horizonte invisível.

Francisco agitou-se no sono, gemendo. Michel deixou o posto de observação e foi sentar-se à cabeceira do doente.

Felicitava-se porque o amigo Marsaz reagira suficientemente rápido. Duas horas a mais, os efeitos do veneno seriam irreversíveis. Não teria como salvar o delfim.

Graças às informações dadas por Francisco, tinha podido reconstituir o método utilizado pelos assassinos. Começaram imunizando o provador do delfim, administrando-lhe pequenas doses dos venenos que utilizariam. Durante três semanas, enfraqueceram as defesas da vítima pela administração diária de um tóxico misturado aos alimentos, cujos efeitos o provador não poderia perceber, já que agora se encontrava imunizado. Quando o trabalho de preparação terminou, tudo aconteceu depois da partida de péla. Alguém serviu um copo d'água contaminada a Francisco, em quem o mergulho nas águas geladas do Ródano fez decuplicar o efeito nocivo. O calor e o frio brutal teriam sido tônicos para qualquer adolescente saudável. Foi fatal para um organismo vulnerável. Bastou, por fim, administrar a Francisco, na noite da véspera, uma dose de veneno que o levaria sem deixar rastro, já que a doença seria a causa oficial da morte. Foi diabolicamente concebido e executado.

Por quem? Ruggieri, certamente. Ele possuía os conhecimentos necessários. Contudo, não teria agido por iniciativa própria. Alguém poderoso o bastante o encorajara a isso. Mas quem?

Encolhido na cabeceira da cama, Francisco estendia os braços diante de si para afastar inimigos invisíveis. Ofegante, os olhos semicerrados, soltando estertores dolorosos alternados com palavras incoerentes, ele parecia tomado de alucinação.

Decidindo sondar-lhe a mente para saber o que o atormentava de modo tão atroz, Michel girou o anel do indicador, deixando à mostra a esmeralda.

Segurou delicadamente os pulsos do delfim e apoiou uma após outra a ponta dos dedos nos pontos correspondentes. A pedra verde palpitou duas ou três vezes, como que despertando, e se estabilizou num lento pulsar luminoso.

Via com o olhar de Francisco o caleidoscópio das imagens que passavam em espiral por sua mente.

Marie debruçada ao cistre, com um vestido verde-amêndoa que se harmonizava perfeitamente com seus olhos. A expressão gélida de Saint-André ao ouvir Francisco ordenar: "Eu quero aquela moça!"

O mesmo Saint-André afirmando, persuasivo: "É do noivo que é preciso se livrar!"

Marie cuspindo orgulhosamente seu desprezo: "Não tenho medo do senhor! O senhor não é o rei e não é digno de sê-lo!"

Depois, o rosto de Marie desmedidamente aumentado, seus olhos cheios de cólera, a mão brandindo uma adaga cuja ponta afiada refletia um ofuscante raio de Sol.

Francisco despertou sobressaltado com aquele brilho insustentável. Viu Michel debruçado sobre ele, lívido, os olhos fulminando, apertando-lhe os pulsos a ponto de esfacelá-los. Amedrontado, tentou em vão soltar-se, desviar-se do terrível fogo daquele olhar.

— E depois?— grunhiu Michel com a voz estrangulada. — Depois? Fale!

O delfim desabou, soluçando.

— A mim, ela não cedeu... A mim só... Porque meu irmão... Ele a tomou à força...

— Não!

Michel pensou que estava ficando louco. Desejaria convencer-se de que aqueles horrores eram fruto de um delírio, mas, no fundo, sabia que eles eram o espelho fiel de acontecimentos reais.

— Ela teve um filho dele... E eu, eu a matei...

Fulminado, Michel soltou os pulsos do delfim e ergueu para o céu o rosto banhado em lágrimas. Cinco minutos antes, ele ainda teria dado tudo para recuperar a memória. Agora que ela lhe voltara de modo atroz, a lembrança de Marie, que poderia transportá-lo, atirava-o no fundo do desespero. Como pudera esquecer Marie, sua alma gêmea? Por que tinha de redescobri-la para ficar sabendo de sua morte? Um furor devastador o dominou, rivalizando com o abatimento.

O relógio começou a soar os 12 toques da meia-noite. Francisco agitou-se ofegante.

— Estou morrendo...

Michel afastou-se e foi pegar o filtro decantado, transferindo-o para um pequeno frasco, surpreso em constatar que suas mãos não tremiam. Atordoado, com a mente vazia, atuava como um autômato. Voltou para perto do leito onde Francisco o esperava, suplicante, às portas da agonia, e pousou sobre ele um olhar distante, sem qualquer paixão. Então, aquele era o filho do rei, destinado a se tornar um dia monarca por direito divino? Michel via apenas um adolescente ocioso, cruel e pervertido. Que presente daria ao reino trazendo-o de volta à vida?

— Por piedade! — arquejou Francisco, erguendo a mão fraca para o frasco contendo o filtro.

Michel o observou com um olhar distante. Tinha poder de vida e de morte sobre o delfim da França; logo, sobre o destino do reino.

— Onde Marie está enterrada? — perguntou suavemente.

— De que adianta? — Não sei de nada!

Michel se petrificou, submerso por uma onda de raiva. E nem poderia se recolher diante do túmulo da amada?

Apenas seus olhos viviam, chamejando no rosto lívido.

— Quem é você? — assustou-se o delfim, a voz trêmula, ao ver-lhe a expressão terrível.

Mergulhando o olhar nos olhos de Francisco, Michel só encontrou covardia, medo abjeto, egoísmo.

— Sou aquele que Marie amava — murmurou. — Aquele cuja vida você destruiu.

Francisco caiu novamente nos travesseiros. Se aquele homem dizia a verdade, estava perdido.

Michel não desviou os olhos, e ficou vendo sua vida escapar. Como a tentação de deixá-lo morrer era obsedante! Mas tinha feito um juramento. Tinha jurado salvar os doentes ou, pelo menos, não matá-los. Abandonando aquele jovem à própria sorte, também ele se tornaria um assassino. Com a morte na alma, aproximou o gargalo do frasco dos lábios de Francisco. Compreendendo que viveria apesar de tudo, o delfim levantou bruscamente as mãos para agarrá-lo, derrubando o frasco das mãos de Michel. O frágil recipiente escorregou pelo lençol e se quebrou nas lajes.

Abaixando os olhos para a poça verde onde cintilavam minúsculos estilhaços de cristal, Michel lembrou-se da promessa dos astros. O delfim da França iria efetivamente morrer "por suas próprias mãos". Até o último segundo, sem ódio, mas sem compaixão, ele manteve o olhar preso ao de Francisco, cheio de horror, que viu a morte chegar de frente, e deu o último suspiro com os olhos abertos.

Depois de lhe ter descido as pálpebras, Michel se dirigiu para a porta, abrindo os dois batentes, e enfrentou o grupo de cortesãos, médicos e padres.

— O delfim está morto — anunciou. — Estava condenado por Deus, já que não pude salvá-lo.

Henrique, novo delfim da França, adiantou-se, ladeado por Saint-André e La Jaille.

— Prendam-no! — ordenou. — Prendam o feiticeiro!

Mestre Marsaz, consternado, pôs a mão no ombro de Michel. Antes de se entregar, este pousou suavemente os olhos em Saint-André, La Jaille e depois em Henrique, liberando toda a força de seu olhar.

Ao fim de alguns segundos, Michel pousou os olhos em Saint-André.

Agora sabia quem havia guiado a mão de Ruggieri.

— Quem é este homem? Quem é ele, verdadeiramente?

Essa pergunta obsedava Henrique havia 24 horas. Depois de ter ordenado a prisão de Michel a conselho de Saint-André, dormira pouco e mal, torturado pela angústia. Aquele desconhecido, que quase não notara, tinha lhe deixado uma lembrança indelével. Seus olhos de demônio o assustaram.

Saint-André conteve a irritação. Nem encantador Merlin, nem druida maléfico. Michel de Saint-Rémy era apenas um médico, desprovido de poderes mágicos. Ao constatar o envenenamento, poderia tê-lo conjurado, mas nada fez. Devia-se, então, presumir que era cúmplice dos assassinos e devia, portanto, ser castigado como tal. A referência ao fim trágico do irmão provocou em Henrique uma nova manifestação de tristeza. Depois de ter desafiado, caçoado e invejado o irmão durante quase toda a vida, descobria a profundidade de sua afeição por ele, uma afeição forjada na prova partilhada do cativeiro, e sofria sinceramente por seu desaparecimento.

Ruggieri se lembraria da cólera de Catarina de Médici. Em momento algum ela erguera a voz; nem uma só vez o insultou. Ela o rebaixou até não poder mais, sem manifestar a menor emoção.

— Quem é você, Ruggieri, para tomar tais iniciativas? Pretendia antecipar-se aos meus desejos? Você não sabe nada dos meus desejos. Não tente antecipar; você não pensa longe o bastante. Acredita ler nos astros, mas como não compreende o que eles dizem, não lhes dá tempo de cumprir suas promessas. Você me pôs numa situação detestável. Meu esposo se tornou o delfim da

França, e não tem herdeiro. Enquanto eu não lhe der um, estarei vulnerável. Agora vão tramar contra mim para tentar me expulsar. Por outro lado, embora o pobre Montecucculli tenha sido apontado como culpado, muitos pensarão que vocês estavam de mãos dadas. Em outras palavras: verão a minha mão, pois ninguém pensará que você agiu sem meu aval. Ora, eu não tinha interesse algum que Francisco morresse prematuramente. Com ele vivo, eu estava protegida. Enfim, fique sabendo: se um dia eu me visse obrigada a recorrer a semelhante procedimento, não apelaria a você, tão exibido e tão sem jeito. Retire-se e só apareça quando eu mandar.

Ruggieri prosternou-se servilmente e saiu de costas sob o olhar impassível de Catarina. Nem por um segundo imaginou que o sermão de sua jovem senhora se destinava antes de tudo a eventuais espiões que poderiam dar testemunho de sua boa-fé, caso as investigações levassem até ele.

Quando ficou sozinha, Catarina avaliou tranqüilamente a situação. Na falta de interlocutores à sua altura, gostava de se lançar em longos monólogos interiores durante os quais pesava todos os aspectos do problema, do mesmo modo que lhe acontecia jogar partidas de xadrez consigo mesma. Durante as últimas 24 horas, informara-se sobre o misterioso prisioneiro por quem o bailio de Tournon tinha tanto interesse. Assim que o nome de Michel de Saint-Rémy foi mencionado, ela o associou ao desconhecido que a impressionara tanto quando da apresentação dos iroqueses no palácio das Tournelles. Lembrava-se de tê-lo visto em seguida, quando ele saía do palácio da princesa de Guéméné, e de ter tido a intuição de que era ele o autor da carta profética da qual ela nunca se separava.

Catarina acreditava no destino e na predestinação. Tinha a certeza de que Michel de Saint-Rémy iria exercer um papel em sua vida e de que ele era um mago de grande poder. Ruggieri quase se sentiu mal ao ler a lista de ingredientes que ele pedira para cuidar do delfim. Era evidente que Saint-Rémy identificara o veneno e tinha a capacidade de preparar o antídoto. Ora, por mais extraordinário que fosse, não apenas Francisco morrera, como também o mago não denunciara publicamente o envenenamento. Por quê? Já que Saint-Rémy estava detido havia quase um ano, seria necessário encontrar a explicação de seu silêncio no período que precedeu sua prisão. A incorrigível faladora da Isabelle de Guéméné lhe segredara que ele mantinha um romance secreto com a bonita moça d'Hallencourt, que cantava maravilhosamente. Coisa estranha: ambos haviam desaparecido na mesma época. Por que Saint-Rémy era encontrado na prisão de Tournon? E o que acontecera com Marie d'Hallencourt? Detestando os enigmas não resolvidos, Catarina alargou o campo de reflexão para descobrir coerência naquele imbróglio. Ficara sabendo dos rumores que diziam que o falecido delfim nutria uma paixão desesperada por uma jovem mulher que ele seqüestrara em Montfort. Supondo-se que a mulher fosse Marie d'Hallencourt, e que Saint-Rémy tivesse tido conhecimento do que Francisco tinha feito, poder-se-ia dizer que ele simplesmente deixara o rival morrer.

Todavia, o espírito tortuoso de Catarina não podia se satisfazer com isso. Muito aborrecida por se deparar com esse problema, Catarina o considerou de outro modo. Por que Saint-André incitara Ruggieri ao crime? Porque só podia ter sido ele. Ele era um político refinado, muito inteligente, muito frio para cometer semelhante tolice. Ele conhecia o que estava em jogo. Sendo assim, só havia uma explicação: Francisco deveria ser impedido de falar. O que saberia ele de tão perturbador? Eis o que seria proveitoso descobrir. Saint-André era brilhante, mas perigoso. Ao manipular Ruggieri, ligara propositalmente seus destinos. Saber o que Francisco sabia permitiria controlá-lo. Catarina lembrou-se ainda de que Saint-André pertencia também ao círculo de amigos de Isabelle de Guéméné. Portanto, forçosamente, tinha estado em contato com Saint-Rémy. O imbróglio subitamente tomava outra direção. Tudo tinha relação. Forçosamente. Ela descobriria como.

Distraída por um movimento lá embaixo, desceu o olhar e percebeu na margem do Ródano um monge de capa preta, um dominicano, que se dirigia apressadamente para um espesso bosque onde penetrou depois de ter verificado se não era seguido. Ela ia retomar sua meditação quando outra silhueta furtiva apareceu na margem. Reconhecendo Saint-André, recuou vivamente no vão da janela. Quando arriscou uma olhada ao cabo de alguns instantes, o marquês entrava também no bosque, tomando as mesmas precauções.

O que ainda tramava, aquele velhaco? A imagem de Michel de Saint-Rémy logo lhe veio à mente. Compreendeu. Saint-André queria que também ele se calasse.

Aquele marquês revelava-se um homem de muitos recursos e de decisões rápidas, e um completo traidor. Ora, a partir dali encontrava-se aliada ao traidor que a pusera na detestável situação de envenenadora.

"Dita cadena de crimes." Seu mestre Maquiavel fora o primeiro a pôr em evidência a tenebrosa mensagem contida em seu nome e a advertira de que não deixariam de utilizá-la contra ela, na primeira oportunidade. A morte de Francisco representava essa primeira oportunidade. Ninguém estaria disposto a acreditar em sua inocência.

Nesse caso, melhor seria reverter a situação em seu proveito.

Não a amavam? Eles a temeriam.

Achavam-na complicada? Ela se tornaria enigmática.

Denegriam seu nome? Ela o transformaria em lenda.

Exatamente antes da aurora da segunda-feira 14 de agosto, mestre Marsaz foi buscar Michel na cela. Mandou que juntasse suas coisas e vestisse roupa de viagem. Ele próprio já estava equipado para uma longa cavalgada.

— O rei quer vê-lo em Avignon.

Michel não manifestou surpresa. A ordem real tinha lógica, mas chegava tarde demais. Preparou-se para a viagem, observando Marsaz pelo canto do olho. O bailio nunca parecera tão preocupado.

— O que o preocupa? — perguntou, enlaçando as botas de pele.

— Supostamente, a ordem do rei teria chegado há 36 horas. Nesse caso, deveria me ter sido comunicada imediatamente. Já estaríamos próximos a Avignon.

Michel não ficou surpreso. Retardar a transmissão da ordem real permitira que tomassem providências para que ele nunca chegasse à presença de Francisco I.

— Concluo — continuou Marsaz — que alguém não quer essa audiência. Conseqüentemente, a morte de Sua Excelência o delfim se torna, em minha opinião, altamente suspeita.

— Lógica implacável! — ironizou Michel, pegando o alforje e os coldres.

Marsaz levou Michel para a escada, que desceram apressadamente.

Um carro atrelado, com portas gradeadas, esperava no pátio, cercado por 12 soldados carregando tochas.

Antes de fazer com que Michel entrasse no carro, fez sinal a um guarda para que trouxesse logo os ferros, enquanto outro pegava a bagagem de Michel e a colocava no veículo.

— São as ordens do novo delfim — sussurrou Marsaz, indicando com uma rápida olhada uma janela iluminada no primeiro andar, onde um perfil solitário se recortava na sombra.

"Saint-André e La Jaille já estão emboscados em algum ponto da estrada", pensou Michel.

Deixando-se docilmente entravar, dirigiu os olhos para uma janela com as duas folhas abertas, dando para um cômodo escuro. Ela estava ali. Ele percebia a acuidade de seu olhar fixo nele.

Com os pulsos amarrados, Michel subiu no carro onde já estavam os coldres e o alforje, bem como o bastão de combate e a velha espada. Inclinando-se para dentro, Marsaz lhe passou furtivamente sua Garra por entre os dedos e um gancho de ferro com o qual poderia abrir o cadeado de suas correntes.

Sob as ordens de um sargento, os guardas da escolta montaram em sela. O bailio fez o mesmo, assistido por um cavalariço que segurava o estribo. Antes de dar ordem de marcha, virou-se para Michel com uma piscadela de conivência e de encorajamento. Este *viu* então, numa imagem fulgurante, a fronte dele marcada com uma estrela sangrenta.

— Não vá! — exclamou instintivamente.

O bailio o observou por um momento. Esboçou um fraco sorriso e respondeu:

— Pois bem, se temos de morrer, que seja em boa companhia.

O primeiro dia de viagem se desenrolou sem imprevistos a não ser o da dificuldade de avançar numa estrada congestionada pelas tropas reais marchando para a Provença. Estranha caravana se escalonava ao longo do vale do Ródano, na qual se alternavam carros de forragem e de alimentos, bordéis ambulantes, canhões, cisternas, cantinas rolantes. Era uma verdadeira cidade em deslocamento, com seus artesãos e corpos de ofícios, e também com suas mulheres da vida, jogadores profissionais e bandidos. O lento caminhar dessa migração guerreira levantava uma nuvem de poeira ocre que empoava os rostos e as roupas e ressecava as gargantas. Assim, os hinos que se erguiam da interminável coluna eram, na maioria das vezes, mais canções de beber do que cantos de marcha.

Pelo menos o comboio lhes garantia uma perfeita segurança. Ninguém teria podido atacá-los no meio daquela multidão. Michel se desfez das correntes logo na saída de Tournon graças ao gancho fornecido por mestre Marsaz. Surpreendeu o olhar sonhador do outro.

— O que é que o perturba ainda?

O bailio entregou a montaria a um de seus homens e entrou no carro.

— Oh, tão pouca coisa. Eu me pergunto por que merecemos a honra de uma emboscada.

Michel não lhe revelara nada a respeito do que acontecera no quarto de Francisco, mas, evidentemente, desde então o bailio recebera informações terríveis. Submetido a tortura, o provador do delfim confessara ter envenenado seu senhor por ordem de Carlos V. Essa versão não contentava Marsaz.

— A não ser que o que me recuso a imaginar seja verdade... Sua revelação teria conseqüências tão terríveis para o prestígio da Coroa que o próprio rei impediria que qualquer um a conhecesse... Contudo, não creio que ele tenha ordenado a emboscada. Não por preocupação moral, mas por razões práticas. Essas coisas, para serem bem-feitas, exigem tempo e organização. Como, a menos que voassem, os estafetas reais teriam podido chegar a Avignon e voltar em menos de 24 horas depois da morte do delfim?

— Logo, a ordem de me apresentar ao rei é falsa.

— E aproveitaram as 36 horas decorridas entre a pretensa chegada da ordem e sua transmissão para inventar e organizar a emboscada.

Marsaz calou-se, ruminando a decisão tomada assim que recebeu a ordem tardia de transferir Michel, a única que poderia ser aceita por sua ética.

— Decidi o seguinte — disse ele por fim. — Amanhã de manhã, na confluência do Ardèche, sairemos desta estrada para evitar o congestionamento e cruzaremos o rio a montante. Lá, você fugirá.

Essa resolução deixou Michel perplexo.

— Já pensou que, ao permitir que eu mergulhe no rio, você também estará abandonando a sua honra nele, meu amigo?

— Minha honra está a serviço da busca da justeza. Portanto, ela ficará em seco.

Ficaram em silêncio durante longos minutos, ambos mergulhados em seus pensamentos.

— Você é outro homem — retomou Marsaz, de repente.

— Sou de novo eu mesmo. Recuperei a memória.

Marsaz ia expressar sua alegria em saber dessa notícia, mas o olhar torturado de Michel o impediu.

— Toda a memória...

A voz de Michel ficou sufocada. Respeitando sua dor, Marsaz se calou, deixando que o amigo falasse se tivesse necessidade.

Quando Michel terminou de lhe contar tudo, o bailio estava lívido.

— Sabe, Michel — retomou com voz surda, depois de um longo silêncio —, partilho sua opinião sobre a inutilidade da vingança, mas há circunstâncias em que, se tais abominações me tivessem sido infligidas, eu perderia todo o verniz de civilização adquirido com esforço, estudo e experiência, e voltaria a ser bárbaro. Nenhum castigo seria terrível o bastante para obter reparação. Ou simplesmente aplacar o sofrimento inextinguível.

— É por isso que alguém nos espera num ponto qualquer da estrada. Meus inimigos preferem evitar serem expostos aos meus golpes. Se eles soubessem...

Marsaz o encarou, atônito.

— Você não quer se vingar?

— A vingança não me pertence. Agora que recuperei inteiramente minhas capacidades, garanto-lhe que o Tempo se encarregará de me vingar de um modo mais terrível do que eu poderia fazê-lo. O resultado já está escrito em seu grande livro. Matar-me hoje, ou em outro dia, não mudará nada. Meu único arrependimento ao morrer será não estar presente no dia em que eles caírem. Em contrapartida, se eu viver, fique certo de que nada no mundo me impedirá de estar presente. Então, eles se lembrarão e morrerão danados por toda a eternidade.

No dia seguinte de manhã, quando chegaram à confluência onde Marsaz decidira bifurcar, um sargento mandou que parassem. Carroças derrubadas bloqueavam a ponte sobre o Ardèche uma légua adiante. Ninguém passava mais. Era necessário esperar que o caminho fosse liberado.

Michel e Marsaz trocaram um olhar entendido. O acidente não tinha nada de fortuito. Alguém queria obrigá-los a tomar o caminho que tinham escolhido. Não havia escapatória, a não ser dar meia-volta. A sorte estava lançada.

— Passaremos, então, pelas gargantas.

Marsaz deu ordem de marcha. Alguns minutos depois, sozinho na via deserta, o magro comboio começava a subir as primeiras encostas dos montes Ardèche. O ataque poderia acontecer a qualquer momento. A estrada estreita que subia para o alto do planalto logo tornou qualquer emboscada impossível, e a atenção da escolta relaxou. Um sol de chumbo castigava a encosta íngreme. Homens e animais estavam com a língua de fora.

Próximo ao topo, Marsaz aproximou-se da porta do carro.

— Estamos chegando ao lugar que escolhi.

Um arrepio percorreu o braço esquerdo de Michel.

— Eles esperam por nós.

— Eles nos levaram exatamente aonde tinha de ser. Mas temos uma chance de passar.

Vendo Michel erguer com ceticismo uma sobrancelha, o bailio deu, pela primeira vez, um sorriso franco.

— Vamos atacar, meu caro.

Marsaz deu as ordens. Todos pegaram as rédeas entre os dentes, desembainharam a espada e armaram a pistola de sela. Assim que o carro desembocou da encosta, seguindo para o planalto, a escolta se reagrupou à frente das parelhas.

— Encontro-o do outro lado — disse Marsaz antes de se colocar à frente de seus homens para comandar a carga.

O comboio se moveu, tomando logo uma velocidade infernal no terreno árido, lavado pelas chuvas e embranquecido pelo sol. Os animais, molhados de espuma, tinham as ventas fumegantes e os olhos exorbitados.

* * *

Michel escrutava a paisagem deserta que desfilava a toda velocidade. Somente pedras. Sem lugar para se esconder, salvo a linha das árvores, a uns 50 metros de cada lado.

Compreendeu. Tarde demais.

No momento em que o comboio, lançado numa carreira desesperada, estava apenas a 100 metros do declive no outro lado do planalto, uma carga de mosquetes explodiu.

Com a metade dos homens de Marsaz ceifada, a outra metade rompeu a formação. Ocupados demais em controlar as montarias assustadas pelo barulho das detonações, os guardas não conseguiam revidar. Nova salva estrondeou, arrancando mais dois dos estribos, enquanto o cocheiro rolava do banco.

Emergindo do bosque com vinte guardas, Saint-André, Ochoa e La Jaille caíram sobre os sobreviventes.

Marsaz pegou pela rédea um cavalo sem cavaleiro, levando-o até o carro. Pulando em sela, abriu o ferrolho que mantinha fechada a porta gradeada. Talvez ainda pudessem se safar. Um tiro estourou próximo. A fronte de Marsaz estrelou-se de sangue. Ergueu-se bruscamente, ereto na sela, e caiu de costas, com o olhar perdido no espaço infinito. Com uma coronhada da pistola de sela ainda fumegante, La Jaille abaixou o ferrolho e o bloqueou. Michel ficou engaiolado, sem a menor possibilidade de se soltar. O silêncio voltou a cair, rompido apenas pela agonia dos feridos que os guardas degolavam. Saint-André e Ochoa reuniram-se a La Jaille a trote curto. Lado a lado, os três homens se fartaram com o espetáculo das vítimas impotentes.

Michel os observou longamente, sem paixão, um após outro, guardando-lhes os traços na memória, e com voz suave, portadora de fatalidade, prometeu:

— Um dia, vocês sofrerão o que eu sofro.

Incapazes de sustentar por mais tempo o olhar de Michel, La Jaille e Ochoa se postaram à frente dos animais que puxavam a carruagem. Agarrando as rédeas dos cavalos dianteiros, fizeram com que avançassem, incitando-os com a voz e com o chicote. Quando chegaram à borda do planalto, deixaram os animais desenfreados mergulharem na encosta íngreme.

Saint-André, Ochoa, La Jaille e seus capangas observaram a corrida desenfreada do carro que nada mais poderia parar. Quando chegaram a uma curva à esquerda, 300 metros abaixo, os cavalos continuaram em frente, arrastando o carro para uma queda vertiginosa. Acompanharam-no com os olhos enquanto ele se precipitava num lago escuro. A parelha rompeu a superfície da água com um imenso jato d'água cujos ecos chegaram a eles alguns segundos depois.

O carro desarticulado boiou por alguns instantes antes de ser aspirado por um grande fervilhar. Turbulências esporádicas pontuaram a descida para o fundo. Alguns destroços surgiram lentamente na superfície. As últimas ondas do choque foram morrer ao pé de falésias escarpadas. Tudo terminara.

13.

Sacolejado dentro do carro louco que o levava para a morte certa, Michel ficou ocupado demais em se agarrar a tudo o que podia, e nem teve tempo de ter medo.

Durante a queda interminável para o lago, ficou em estado de inconsciência, flutuando dentro da caixa trancada que seria sua tumba. Com o espírito já separado do corpo, assistia ao mergulho para o abismo como se fosse outra pessoa que, no fundo, teria conhecido pouco. Agora flutuava num espaço acolchoado onde seu corpo não pesava nada e do qual a dor estava ausente. Sentia-se tão leve quanto a neblina fosforescente que o envolvia e cuja densidade diminuía à medida que uma estranha claridade aumentava. Se não estivesse mergulhado numa benéfica tepidez, acreditaria estar numa catedral de gelo com reflexos azulados. Abriu-se diante dele a entrada de um túnel de luz, para a qual avançava sem se mover. Penetrou nela de olhos abertos, dirigindo-se para a origem daquela luz intensa cuja cintilação não feria o olhar.

Alinhados ao longo do túnel, desenharam-se alguns contornos cujos traços se tornavam nítidos à medida que ele flutuava ao seu encontro. Reconheceu Jean com seu ar grave, cheio de bondade, que tanto o tranqüilizava quando ele era pequeno. Depois, apareceu Blanche, de olhos de água-marinha, carregados de sabedoria antiga. Em seguida, viu Daenae, um pouco mais adiante. Flutuando na luz, outra silhueta fluida da qual ele só distinguia a cabeleira pálida.

O coração bateu mais forte. A cabeça ressoou com o martelar do sangue que pulsava nas veias. No momento em que quis atirar-se para a aparição de cabelos de luz, Jean, Blanche e Daenae ergueram as mãos, com a palma para a frente, e o empurraram para as trevas.

* * *

Michel recuperou a consciência no limite da sufocação, com os tímpanos furados por atrozes fisgadas que lhe transpassavam o cérebro. Prisioneiro do carro que penetrava nas águas geladas, sentia que se afastava da superfície do lago de onde a luz se derramava. Com os pulmões em fogo, as têmporas latejando, notou as ombreiras quase arrancadas de uma portinhola. Contorceu-se, chutando obstinadamente até conseguir soltar a moldura gradeada. Juntando as últimas forças, deslizou pela abertura e subiu para o Sol. Rompeu a superfície, à beira do desmaio, sentindo o gosto do sangue que escorria do nariz. Viu as falésias e as rochas em ondulações que lhe provocavam náuseas.

Depois de um tempo que lhe pareceu infinito, chegou a uma laje rochosa levemente inclinada, meio submersa. Agarrando-se nas menores fendas da pedra, conseguiu içar meio corpo e perdeu a consciência.

O crepitar do fogo despertou-o. Era noite. Um cheiro de peixe grelhado excitou suas narinas. Não compreendeu. Onde estava? O que tinha acontecido?

A memória voltou-lhe de imediato. Ergueu-se num pulo de animal perseguido, temendo encontrar diante de si as caras medonhas de Saint-André, Ochoa, La Jaille e seus capangas, mas não havia ninguém.

Contudo, alguém o havia tirado da água e levado para o pé da falésia, posto seu alforje e seu conteúdo para secar junto do fogo, pescado e grelhado um peixe. Uma comichão na nuca avisou-o de que estava sendo observado. Com todos os sentidos em alerta, procurou localizar o olhar pousado nele. Quando teve certeza, virou lentamente a cabeça e descobriu na escuridão dois olhos negros onde dançavam os reflexos amarelos do fogo.

Adivinhando uma silhueta pequena, pensou que um espírito supersticioso poderia ter imaginado encontrar-se em presença de um Djinn.[1] Ele pensou antes numa criança. Ficaram assim, olhando-se em silêncio, até que um marulho perturbou a superfície do lago. Um objeto solto dos escombros do carro acabava de subir à superfície. Viraram os olhos, ao mesmo tempo, para as águas sombrias onde piscavam os reflexos das estrelas. Uma longa haste de madeira apareceu, derivando lentamente para a margem.

O menino saiu da sombra onde estava e foi buscá-la. Tratava-se de um garoto de uns 10 anos. Pele bronzeada, grenha cacheada: era um cigano.

---

[1] Árabe: gênio, demônio, diabinho.

Voltou até Michel e, a dois passos dele, ajoelhou-se, dando sinais do mais profundo respeito, e entregou-lhe o bastão de combate gravado com a estrela e a serpente. Ele lhe agradeceu em língua rom, aprendida quando tinha a mesma idade do garoto. O pequeno cigano era sozinho no mundo. Sua tribo tinha sido massacrada algumas semanas antes pelos luteranos do Imperador. Escapara, pois, naquele dia, a *phuri-dae* mandara-o colher ervas na charneca.

Alguns dias antes, certamente pressentindo a ameaça que pesava sobre eles, ela lhe disse que, no caso de uma desgraça, ele deveria esquecer até mesmo o próprio nome e seguir a estrela do Norte até encontrar o mestre que tomaria conta dele. A *phuri-dae* também lhe dissera que o encontro deles representaria para ambos um novo nascimento, e lhe entregou um presente para o mestre, a fim de comprovar aquela verdade. O pequeno cigano tirou do cinto um objeto embrulhado num pano de seda púrpura, abriu-o e o expôs junto ao fogo. No centro do pano de seda, Michel descobriu o olho que Jean oferecera a Zoltan no dia em que se despediram. Refletindo o brilho avermelhado das brasas, a pedra negra parecia viva. "Essa é a força do Destino", pensou Michel.

Lembrando-se de sua primeira idéia ao descobrir aqueles olhos onde as chamas brincavam, fixos nele do fundo das trevas, decidiu chamar o garoto de Djinno. Todos acreditariam que se tratava do nome italiano Gino. Apenas ele saberia que seu sentido secreto era Djinn, e que sua correspondência cabalística, uma oitava acima, produzia Al-Kemia, a química de Deus.

Em suas cadernetas de anotações, Michel já recorrera a esse jogo de equivalências verbais e sonoras, e também à tradução de uma palavra ou de um nome de uma língua para outra. Esse processo de codificação, embora simples, era tão eficaz que por vezes acontecia de ele próprio não entender de imediato, quando relia uma anotação, depois de passado algum tempo.

Sozinhos no mundo, livres para ir aonde o vento os levasse, Michel e Djinno iniciaram uma longa viagem. Caminhando longe das estradas principais, desceram para a Provença em ritmo lento. Além do mais, Michel se ressentia da queda. O terrível choque sofrido ao tocar o lago o abalara. Não se sentia diminuído, mas diferente, percebendo e concebendo de um modo novo, estranhamente agradável, mas desconcertante. Incapaz de explicar claramente o que sentia, referia-se a isso com Djinno, falando de uma espécie de fusão da razão e das emoções. As palavras em que pensava transformavam-se imediatamente em cores e sons antes mesmo que as tivesse combinado ou mesmo pronunciado. Os números também se animavam, não mais abstrações, mas entidades coloridas com volumes inauditos. Se pensasse numa configuração astrológica para uma determinada data, não via mais desfilarem as colunas cifradas das tábuas astronômicas, mas visualizava o conjunto dos planetas girando, cada um em seu ritmo exato no cosmo para se posicionar no momento desejado.

Sentia-se reunificado.

O único modo pelo qual Michel poderia explicar esse fenômeno a Djinno seria dizendo que vivia a Cabala, ou que ela vivia nele, mas considerava o menino jovem demais para ouvir esse discurso. Sem dúvida erroneamente, pois, um dia, depois de tê-lo escutado, Djinno juntara as mãos e em seguida as afastara, agitando-as como marionetes, dizendo: "Então, é como se sua mão direita fosse igual à esquerda?"

Fizeram uma pausa no Priorado de Frigolet. Dom Tomassin tinha morrido. Só restava o irmão menor Antônio, que herdara o segredo da Aqua Ferigoleta e continuava a destilá-la, esquecido de todos a não ser do irmão ecônomo, que passava de vez em quando para recolher a produção.

Michel descobriu que irmão Antônio também herdara a ciência alquímica de seu velho mestre quando ele lhe revelou que, muito preocupados com sua ausência no convento de Veneza no ano anterior, os Irmãos da *Rosée* tinham inquirido em vão sobre seu desaparecimento. Sem perder a esperança de encontrá-lo vivo, a irmandade alertara todos os membros — aqueles que estavam na lista que Siméon Toutain dera a Michel e outros. Deveriam, se ele aparecesse, oferecer-lhe toda a ajuda necessária. Depois de passar alguns dias recuperando as forças no priorado, Michel e Djinno voltaram à estrada. Entre todas as destinações propostas pela irmandade, Michel escolheu o mundo dos Antigos, onde o grande saber nascera. Poderia embarcar num navio da frota mercante de Khalid Al Jabar, que acostaria dali a duas semanas em Aigues-Mortes, como sempre fazia na primavera e no outono.

No momento de se despedir, irmão Antônio não agüentou mais. Tinha absolutamente de fazer a Michel uma pergunta que tinha na ponta da língua desde que ele chegara.

— Que lugar é Mirzam?

— Dom Tomassin partiu sem contar a você?

A cara de desapontamento de irmão Antônio valia por uma resposta.

— É tão simples — respondeu Michel. — Vem de uma brincadeira inventada por Jean para me ensinar sobre as estrelas quando eu era criança. Você sabe pelo menos o que é Mirzam?

— Uma estrela da constelação do Cão. Mas o que tem a ver?

— Nos Alpilles existe uma pedra elevada que sempre se chamou de Pirâmide. Ela se encontra ao lado de uma caverna. Já que se trata de estrelas, o que lhe inspira a Pirâmide?

— Sirius, cuja passagem pelo topo da Grande Pirâmide anunciava a cheia do Nilo...

Parou de repente, com os olhos arregalados, e bateu na testa.

— Como sou bobo! É preciso procurar o lugar de Mirzam em relação a Sirius, quer dizer, a localização da Pirâmide!

— Aí está! Vê como era fácil! Evidentemente, outros lugares correspondem a outras estrelas que compõem o Cão. Reconstituímos no chão o traçado de algumas constelações cujas estrelas eram, entre outras, o monte Gaussier, a Cova do Vigilante, o Túmulo do Roman, o lago do Peiroou, o caminho do lago do Inferno.

Alguns dias depois, embarcaram num barco marroquino que, descendo lentamente pelo canal que leva ao mar, içou as velas e singrou para o Egito. Numa noite em que dormiam na ponte acariciada pela brisa do Mediterrâneo, ele viu em sonho um grande clarão brilhando além do horizonte. Focalizando essa luz, projetou-se para ela até distinguir uma torre colossal de três níveis, no topo da qual, sob o olhar imperioso de Zeus brandindo o forcado, chamejava um braseiro visível 12 léguas ao redor.

Quando saiu do sono, seu primeiro pensamento foi que vira o lendário farol de Alexandria.

O Sol acabava de saltar por cima do horizonte, lançando reflexos numa faixa de areia que se recortava, próxima e distante como uma miragem, sobre o verde do delta do Nilo e o azul profundo do mar. Do farol, sétima maravilha do mundo, restava apenas um monstruoso monte de pedras. Quando desembarcaram, o capitão da embarcação confiou Michel e Djinno ao responsável da banca de Khalid em Alexandria, que recebera instruções para satisfazer seus menores desejos. Michel não desejava nada. A primeira travessia que acabava de viver lhe ensinara que se podia navegar com vento contrário e continuar avançando. Já que o Destino o atirara nos caminhos do mundo, tinha de escolher sua estrada.

— Isso tudo começou quando? — perguntara-lhe Djinno dois dias antes, quando ele lhe explicava a diferença entre estrelas e planetas.

— O quê? O universo? Ele não tem nem começo nem fim.

— Não! Tudo isso: desde quando os homens sabem ler o céu? Sempre souberam, ou aprenderam? Quem lhes ensinou?

Quando a história começou? Será que ele mesmo sabia? Acreditava nos ciclos temporais, mas de qual duração? A Igreja afirmava que nada existia antes da divina criação do mundo. Ora, eles acabavam de pisar na cidade de Hermes Trimegisto, edificada numa terra onde existira uma alta civilização, anterior, talvez, aos tempos bíblicos. Ele se lembrava de ter constatado, ao examinar o calendário Sothis,[2] que teria surgido perto de 15 séculos antes do início das datações da Bíblia, tais como enunciadas nos textos.

— Pois bem, por que não partimos à procura do início das coisas? O que você acha, Djinno?

O garoto concordou gravemente.

Começaram indo para o sul, até Gisé, para contemplar as pirâmides e a Esfinge, onde Michel entrou como que em sonho. O misterioso e colossal monumento emergia da areia onde os ventos do deserto o tinham enterrado. As patas e o corpo permaneciam invisíveis. Contudo, Michel sabia que a contemplara em sua totalidade quando penetrou o Enigma. Foi à sombra daqueles quarenta séculos de História que ele deu início à formação de Djinno, explicando-lhe o simbolismo da cruz fixa representada pela Águia, pelo Touro, pelo Leão e pelo Andrógino. Prosseguiram a viagem subindo o Nilo até o Alto Egito e em seguida, atravessando o mar Vermelho, seguiram o caminho de Moisés através do deserto. A longa viagem encontrava sua coerência. De que importava o tempo que levaria? Eles iriam acompanhar o curso da história dos homens, visitando um após outro todos os lugares mencionados nos textos antigos.

Depois de terem seguido os caminhos da Bíblia através dos territórios do Oriente Médio, cobertos dos vestígios de impérios construídos e deslocados ao sabor do fluxo e do refluxo das civilizações nascidas no mesmo cadinho da Suméria,[3] seguiram as pegadas de Alexandre até o litoral da Índia.

Aonde quer que fossem, Michel anotava o que via gravado em estelas de pedra ainda intactas entre as ruínas de templos desmoronados. Não sabia decifrar as gravuras, que variavam de uma região e de uma época para a outra, mas constatava, pela freqüência com que algumas se repetiam, uma perfeita semelhança com o que já conhecia. Tratava-se de tábuas astronômicas de milhares de anos. O que fizeram os Antigos para indicar os ciclos planetários com aquela surpreendente exatidão?

---

[2] Sothis = Sirius. Calendário do antigo Egito calculado com base no surgir helíaco de Sirius. Surgir helíaco: data na qual uma estrela se torna visível acima do horizonte, a leste.

[3] Atualmente, região sul do Iraque, às margens do golfo Pérsico.

Bem no início de 1540, chegaram a Calicute,[4] depois de terem percorrido as mesmas estradas usadas há milênios pelos exércitos, comerciantes e sacerdotes de todas as crenças. Cada cruzamento desses caminhos tinha sido teatro de incessantes enfrentamentos em nome de Deus, do ouro, da glória ou, mais freqüentemente, dos três juntos. Ao longo dessa jornada, Michel pôde constatar a extensão e eficácia da rede dos Irmãos da *Rosée*. Encontrava-se um em cada etapa importante. Artesão, erudito, negociante, opulento ou modesto, seu ofício ou sua função contavam menos do que suas qualidades de homem de saber e de tolerância. Correspondências, às quais ele respondia, o esperavam, às vezes, algumas etapas mais adiante. Desse modo, o diálogo iniciado no Cairo ou em Jerusalém continuava em Bagdá, Xiraz ou Samarcanda, enriquecido com a experiência da viagem.

Três meses antes, Khalid Al Jabar fora se encontrar com Michel e Djinno em Bandar Abbas, prestigioso porto do golfo Pérsico onde possuía uma banca. Ele os recebeu magnificamente, como era de hábito. Michel confundiu-se em agradecimentos, dizendo que nunca lhe seria possível retribuir nem mesmo a centésima parte daquela generosidade. Khalid respondeu:

— Pretendo mesmo lhe pedir um favor em troca. Trata-se de algo que desejaria realizar. Meus negócios não me deixarão tempo para tal. Assim é que peço que aceite ser meus olhos, meus ouvidos, meu pensamento, durante uma viagem na qual venho pensando há muito.

— De que se trata? — respondeu Michel, estranhamente excitado, embora o outro ainda não tivesse dito nada.

E eis que se encontrava com Djinno no porto de Calicute, a bordo de uma pequena embarcação, dirigindo-se para o *Astrolábio*, leve galeão de 100 pés, saído havia um ano dos estaleiros da cidade dos Doges. Seu capitão piloto, Bartolomeu Pessoa, visivelmente da mesma idade de Michel, acolheu-os no portaló e fez as honras de bordo, levando-os à cabine do armador, vizinha da sua, que se tornaria o alojamento deles pelos anos por vir, se não mais.

— Vindo de Veneza pelo cabo da Boa Esperança, atingimos 18 nós, com vento pela popa, e ainda não tínhamos desferrado velas — explicou Pessoa. — Isso permite evitar enfrentamento com navios de guerra espanhóis, ingleses e portugueses, os malditos! Como se o mar lhes pertencesse!

A personalidade um pouco banal do capitão-pirata seduziu imediatamente Michel. Aprendiz de piloto num navio de Lisboa capturado por piratas oto-

[4] Antigo nome de Korzhikhode, no estado do Querala, na Índia.

manos, Bartolomeu fora levado ao cativeiro. Como sabia ler, escrever, falava três línguas e já possuía uma notável percepção do mar, o chefe pirata Piri ofereceu-o ao sobrinho, jovem almirante da poderosa frota turca. Este, Piri Ibn Haji Mehmed, chamado Piri Reis,[5] cartógrafo e letrado, tomou-se de afeição por ele. Seduzido por sua habilidade como navegador, completou sua formação, fez dele seu secretário. Bartolomeu Pessoa foi assim associado à criação de extraordinários mapas marítimos dos quais fizera réplicas que mostraria a Michel.

Quando subiu ao castelo de ré, Michel pôde abarcar a longa perspectiva da ponte de 25 pés de largura. Aquele barco era feito para o corso.

— Aproxime-se, doutor, chegue-se para perto de mim.

Vendo Michel a ponto de protestar contra o título, Pessoa explicou:

— A bordo, cada um tem um lugar e uma função. O senhor será médico de bordo e será chamado de Doutor.

Com isso, virando-se para a ponte onde uns vinte homens da equipagem esperavam suas ordens, ele chamou o mestre, fazendo um sinal circular com o indicador.

O mestre da equipagem distribuiu as ordens. As correntes das âncoras tilintaram no escovém. O casco se pôs ao mar, rolando suavemente.

A uma ordem de Pessoa, substituído pelo mestre, os gajeiros soltaram as velas, que se incharam com um grande estalo. O *Astrolábio* ganhou velocidade, adernando num concerto de chiados de cânhamo e rangidos de madeira, até romper sua primeira onda do oceano Índico, levantando jatos de borrifos. Outras ondas se seguiriam durante meses, hora após hora, dia e noite, perpetuamente renovadas, imprimindo ritmo e humor à vida de bordo.

Na passagem do cabo da Boa Esperança, no extremo sul da África, Michel compreendeu por que seu descobridor[6] o batizara de cabo das Tormentas. Sob um céu baixo, tão escuro que se confundia com o oceano, ventos de furacão, arrancando tudo em sua passagem, levantavam trombas de espuma nas cristas de ondas colossais que pareciam a ponto de engolir o *Astrolábio*. O navio, portando vela de traquete,[7] continuava, apesar de tudo, a escalar valentemente as ondas. Preso ao mastro de mezena por um fio de vida, Michel se agarrava,

---

[5] Reis: almirante.

[6] Bartolomeu Dias. 1488. Renomeado por Dom João II, rei de Portugal.

[7] Vela de tempestade.

escorrendo água, as pálpebras ardendo com o sal, esforçando-se para não demonstrar terror diante do desencadeamento da natureza. A alguns passos dele, com as mãos agarrando a barra, Pessoa parecia estar em seu elemento, conjurando o medo com impressionantes blasfêmias.

Pela manhã, a longa ondulação recuperou a brandura. Carpinteiros, cordoeiros e veleiros consertavam as avarias. A experiência da tempestade marcara profundamente Michel, levando-o a sentir a verdadeira medida das paixões humanas.

— Agora posso confessar: nunca senti tanto medo — murmurou.

— Infelizes os que não temem o mar: ele os pega. Os ventos e as ondas com que nos deparamos dão a volta na Terra sem encontrar obstáculos, daí sua força. Vamos subir ao longo da África até o cabo Verde e, de lá, cavalgar os alísios rumo ao Brasil. Venha, vou mostrar-lhe.

Levou Michel para a cabine e de um cofre fechado a cadeado tirou longos rolos de pergaminho que abriu sobre a mesa. Acompanhando com os olhos o caminho que o capitão piloto descrevia com a ponta do indicador, Michel sentiu os braços se arrepiarem. Isso não lhe acontecia havia muito tempo. Examinou atentamente os mapas. Eram mais bem desenhados que todos os que ele já tinha visto. Os contornos dos litorais apareciam também mais detalhados. De repente, compreendeu. Aqueles mapas incomuns mencionavam com precisão terras ainda desconhecidas. Observou que indicavam até mesmo a localização de cadeias de montanhas em continentes inexplorados. O desenho de um animal espantoso também aparecia ali. Como era possível?

— Isto o surpreende, não? Khalid Bei gostaria que eu os mostrasse ao senhor. São o elementos-chave da missão que ele lhe confiou.

Atônito, Michel sentou-se e acariciou os mapas com a ponta dos dedos, impregnando-se com sua mensagem. Apontando para uma terra recortada, situada bem ao norte, murmurou: “Hiperbórea”.

— A Terra Verde dos viquingues, sim. O problema, veja o senhor, é que os gelos eternos a cobrem. Não se pode, portanto, estabelecer o traçado das costas com tanta precisão. O mesmo acontece com o continente antártico — prosseguiu ele, indicando outro ponto do mapa. — O mais notável, porém, está em outra parte.

Indicou um ponto figurando o pólo, de onde partiam raios que dividiam a terra em setores.

— A única explicação para essas linhas é que elas representam as longitudes. Ora, embora conhecendo o princípio da longitude, não sabemos calculá-la por não termos um instrumento de medida do tempo suficientemente preciso.

— O almirante Piri teria apesar de tudo descoberto esse procedimento?

— Não. Tenho certeza.

— Então, a pergunta é: onde ele conseguiu os documentos que lhe permitiram desenhar o mapa?

— Ele nunca me disse. Simplesmente contou-me que se inspirou em documentos antigos. Cretenses e fenícios, suponho.

Michel e Pessoa trocaram um longo olhar. Aqueles conhecimentos proviriam de uma civilização extinta, engolida por um cataclismo anterior ao Dilúvio? Nesse caso, a história dos homens começaria verdadeiramente pela narrativa feita pela Bíblia? Michel lembrou-se do calendário de Sothis. Tentando restabelecer sua cronologia, obteve uma data inicial situada perto de 7 mil anos antes, ou seja, 2 mil anos antes dos tempos bíblicos. Pensou ter-se enganado nos cálculos, mas a realidade dos mapas do almirante Piri fez com que revisse essa opinião.

— O senhor crê que tal cataclismo tenha sido possível?

Michel ficou pensativo.

— Nosso planeta é um organismo vivo. Os mares sobem e submergem as terras. A terra se abre e engole as construções dos homens. O deserto se desloca ao sabor dos ventos, apagando as inscrições gravadas na pedra, enterrando os testemunhos do passado, esterilizando planícies antes férteis. Nosso planeta vive com seus períodos de saúde e doença. Vive, porém, mais e melhor do que nós, já que nos precedeu e sobreviverá a nós. Somos apenas partículas efêmeras que se agitam por uma fração de segundo sobre sua casca antes de desaparecer, sem nada conhecer do que a compõe e do que a move, do que a beneficia e do que a fere. Depois de ter sentido a força dos elementos, sim, creio que nossa terra seja capaz de varrer o homem de sua superfície com a mesma facilidade com que pisamos em um formigueiro.

Aquele dia significou para Michel a volta ao estudo. Desde o início da viagem, excetuando a instrução de Djinno, ele se limitara a ver e receber, deixando a mente se impregnar, como uma esponja, de sensações e de experiências. Voltara o tempo de fazer trabalhar a razão e a inspiração que, desde a queda no lago, pareciam continuar funcionando simultaneamente com facilidade. Internamente, não precisava mais de palavras para formular o encaminhamento das idéias, sensação muito desconcertante, pois, se a figuração de seus pensamentos aparecia com muita clareza, sua expressão era por vezes árdua.

Nesse estado de unidade mental, atirou-se à tradução do grego de uma obra que Khalid lhe havia dado, os *Hieróglifos* de Horapolo, filósofo egípcio que viveu no século V. Agradava-lhe aquele nome, formado pelo do falcão celeste dos faraós, cujos olhos eram o Sol e a Lua, e o de Apolo, deus grego do Sol. Havia a união do Sol interior e com aquele em torno do qual o cosmo se ordenava. Sem constituir um tratado de glifos do antigo Egito, a obra interessava, pois representava um interessante florilégio de princípios esotéricos. Ele aproveitou esse trabalho para, sem saber aonde isso poderia levá-lo, acrescentar ao texto de Horapolo algumas considerações pessoais a respeito da codificação dos textos.

Seguindo a costa africana, contemplava também as constelações das quais só conhecia o nome graças à Uranometria de Johann Beyer. O Camaleão, a Pomba, o Triângulo Austral, a Fênix, a Ave do Paraíso... Alguns desses nomes não faziam sonhar tanto quanto os transmitidos pelos Antigos. Michel teria curiosidade em saber como os sacerdotes daquele continente as chamavam. Com a aproximação do Trópico de Capricórnio, o *Astrolábio* dirigiu-se para oeste. Os odores de terra deixaram de afluir. Com eles, desapareceu o sentimento de segurança oferecido pela proximidade do litoral. Encontravam-se agora sem nenhum recurso. Embora confiando na capacidade do navio de enfrentar a tempestade, Michel não se desfez nem por um instante da consciência de flutuar acima de abismos que poderiam engoli-los a qualquer momento.

Três semanas depois, Michel constatou, estupefato, uma progressiva mudança na cor do oceano. Conhecera-lhe todos os matizes do azul, do verde e do cinza. E agora ele se tingia de marrom, como se estivesse misturando-se com terra.

— São as elevações do fundo do mar? — preocupou-se.

Pessoa achou graça em seu comentário.

— Pensei a mesma coisa na primeira vez. Não. Simplesmente nos aproximamos da embocadura do rio Maranhão.[8]

Inutilmente Michel escrutou o horizonte; não distinguia terra alguma.

— Você não corre o risco de avistá-lo. Ainda se encontra a 50 léguas náuticas.[9]

— É mesmo de um rio?

— Se não fosse de água doce, eu lhe responderia que não acreditava. O rio Maranhão é, contudo, um rio. A mãe de todos os rios. Sua embocadura

---

[8] O Amazonas.

[9] Uma légua náutica = 5.556 metros.

deve ter 70 léguas.[10] Ninguém tem certeza. Mas não é para lá que vamos. Amanhã, rumaremos para noroeste.

— Qual é nosso destino?

Pessoa não respondeu.

O vento trouxe, de repente, um odor reconhecível entre todos, especialmente após semanas no mar. O desagradável cheiro de suor de corpos humanos. O capitão piloto inspirou e se voltou na direção do vento para observar o horizonte. Ao fim de alguns instantes, ele indicou um ponto minúsculo.

— Um negreiro. Com este fedor, deve haver uns 150 amontoados no porão, faz três semanas.

Dando as costas ao vento, resmungou uma maldição e cuspiu.

À medida que subiam para noroeste, o ar ficava mais quente. Depois de ter navegado por entre fileiras de ilhas paradisíacas, o *Astrolábio* atingiu águas fervilhantes de peixes multicores, onde o mar cristalino se abria ao olhar até o fundo arenoso, 20 braças[11] abaixo. Uma linha verde-escura logo se desenhou no horizonte.

— A terra dos maias — anunciou Pessoa.

Um membro da equipagem atraíra a atenção de Michel. Por volta dos 25 anos, pele acobreada, atarracado, taciturno, rosto estranho lembrando um pouco o dos mongóis. Os companheiros o chamavam de Pedro. Por diversas vezes Michel percebera seu olhar pousado nele quando observava as estrelas. Surpreendeu-o olhando por cima de seu ombro quando traçava o quadrado mágico de um tema astral e também notara sua curiosidade ao vê-lo preparar poções, emplastros, bálsamos e chás. Michel tentara dialogar com ele, mas Pedro parecia não querer. Ora, havia dois dias, aquele rapaz, de ordinário tão reservado, se permitia sorrir. À vista da grande franja verde-escura, ele foi para a ponta do mastro de proa com agilidade de macaco.

— Olha só o Pedro! — riu Pessoa. — Ele não se agüenta mais.

— É esse seu nome?

— O nome dele é tão impronunciável que os homens o batizaram assim. Na verdade, ele se chama Citlalhuicatl. Seria necessário acrescentar *tzin*, pois ele é filho de nobre.

— Então é Citlalhuicatltzin.

---

[10] 280 quilômetros.

[11] Braça = 6 pés; 20 braças = aproximadamente 40 metros.

— Khalid Bei passou por aqui há uns dez anos. Conseguiu estabelecer diálogo com os locais, e o chefe, que é também um sacerdote, confiou-lhe o filho para que ele conhecesse o mundo além dos mares.

Quando o *Astrolábio* ancorou numa angra invisível do largo, pirogas ornamentadas convergiram para ele, levando a bordo homens trajando roupas de cerimônia agaloadas, incluindo toucas de todas as formas que, em sua maioria, deveriam ter um significado sagrado. "Pedro" pôs uma vestimenta idêntica. Usando uma tanga açafrão e púrpura com longas franjas, o peito coberto com um peitilho de pérolas coloridas, a fronte cingida com um chapéu representando a cabeça de um rapinante, ele tinha uma aura majestosa.

Pessoa ofereceu ao chefe Cuauhtemoctzin, pai de Pedro, sedas do Império do Meio e especiarias do Oriente, bem como utensílios de cozinha e ferramentas de ferro. Diante do entusiasmo provocado por esses objetos, Michel adivinhou, surpreso, que os maias não conheciam o trabalho do ferro. Isso lhe pareceu ainda mais incompreensível quando começou a se familiarizar com a ciência astronômica e matemática daquele povo. Pedro o apresentara como um xamã, assim como seu pai. Salvo o fato de os maias considerarem a Terra plana e quadrada, seus conhecimentos médicos e astronômicos ultrapassavam o entendimento. Com a ajuda de Pedro, cujo nome ficara sabendo que significava "Abóbada estrelada", que servia de tradutor, ele pôde estudar uma placa que reunia perto de 2 mil receitas à base de plantas, algumas das quais ele desconhecia. Acompanharam-no na selva para que ele pudesse reconhecê-las. A vida exuberante da floresta original o fascinara tanto quanto o amedrontara. Pela primeira vez via a natureza viver, fervilhar, desenvolver-se com uma rapidez e exuberância que tinham algo de prodigioso.

Levaram-no também a um observatório instalado no alto de imensa pirâmide em degraus. Dali pôde observar esculturas esculpidas na pedra, cujas aberturas permitiam acompanhar com precisão o percurso dos planetas. O fruto dessas observações era reunido em outras placas compiladas ao longo dos séculos. Depois de um ritual em que o chefe Cuauhtemoctzin — tratava-se antes de um sacerdote — recolheu algumas gotas do sangue de Michel com uma haste de pastinaca, espalhando-as sobre um papel, queimado em seguida a fim de que a fumaça estabelecesse comunicação direta com o mundo celeste, eles beberam uma decocção de peiote para se comunicarem pelo pensamento.

Michel teve acesso à grande pergunta que obsedava os maias: do outro lado do Grande Mar do Leste acreditava-se também que o fim do mundo estava inscrito no curso dos astros? Compreendeu que, para os maias, não havia dúvida. Segundo eles, o Tempo se dividia em ciclos ao longo dos quais as civilizações nasciam e morriam. Será que do outro lado do mar guardava-se a lembrança do passado oculto?

Durante a estranha comunicação do peiote, o chefe Cuauhtemoctzin, cujo nome significava "Céu poente", transmitiu-lhe como seus distantes ancestrais tinham chegado ao Noroeste, cruzando uma ponte que passava por sobre o Grande Mar do Oeste.[12] Como alguns deles pararam durante a caminhada, espalhando-se por uma terra imensa. Como alguns dos Grandes Antigos, chamados de Hopis, ainda viviam em algum lugar no Norte, além das florestas desertas, no cume de montanhas achatadas, perto de uma falha gigantesca, único vestígio do aniquilamento do mundo anterior.

A estada entre os maias durou cinco meses, ao longo dos quais ele aprendeu a ciência deles. Em troca, ele lhes transmitiu alguns de seus próprios conhecimentos. Por outro lado, quanto mais se familiarizava com as sonoridades de sua língua, mais se sentia perturbado. Alguns vocábulos soavam como palavras do grego antigo e do hebraico, mas muitas delas levavam a pensar na língua dos vascos.[13] Como era possível? As lancinantes perguntas, estimuladas por essas revelações, mantinham-no acordado durante noites inteiras. Para aumentar seu mal-estar, a harmonia da estada era perturbada pelo vaivém incessante de longas colunas de carregadores que mudavam tesouros de lugar. Pedro lhe explicou que seu povo já havia agido assim no passado. Quando calamidades naturais — seca e fome — ou humanas — guerras e epidemias — reduziam tanto a população a ponto de ela não poder mais defender a cidade contra a floresta que engolia tudo, escondiam os objetos de valor e os arquivos num lugar sagrado em torno do qual a floresta se fechava, protegendo o segredo. Essa migração era a terceira e última que os maias conheceriam antes do início de um novo ciclo, em exatamente 471 anos.

Dessa vez, a calamidade anunciada não viria nem do céu nem da Terra, nem da doença, mas do mar, quando os espanhóis voltassem. Eles os haviam expulsado uma vez. Não haveria segunda. Estava escrito nos astros.

Como Pessoa não quisesse cair sob o fogo de um galeão de guerra, e os maias não desejassem que seus amigos partilhassem seu funesto destino, tiveram de se dizer adeus.

---

[12] O estreito de Behring.

[13] Bascos.

Plantado no castelo de popa do *Astrolábio*, que singrava rumo ao largo, Michel viu se esbater no horizonte a linha verde-escura daquela terra que jamais reveria e cujos habitantes esperavam a escravização e a morte. Apertava ao peito o inestimável presente de Cuauhtemoctzin: um códice médico que tentaria adaptar, se encontrasse em sua terra plantas com virtudes equivalentes às que vira na selva, o que ele duvidava.

Navegaram subindo para o norte através das numerosas ilhas. Enquanto costeavam um arquipélago chamado de Beemeenee[14] por seus habitantes — os índios tainos —, Pessoa explicou que ali se encontravam a lendária Fonte da Juventude e uma espécie de piscina natural cujas águas eram famosas por curarem. Recusou-se a aportar ali apesar da insistência de Michel, que morria de curiosidade. Aquelas águas infestadas de piratas e de espanhóis não eram seguras. O *Astrolábio* nada temia enquanto em movimento. Surpreendido ancorado, estaria perdido.

— Mas você não perde com a troca! — gargalhou. — Incline-se a bombordo e olhe!

Michel obedeceu e viu através das águas límpidas uma muralha colossal feita de blocos de pedra branca pouco incrustada de conchas. Ficou mudo, sem fôlego, enquanto desfilavam lentamente sob o casco do *Astrolábio* os vestígios de... Os vestígios do quê?

— Dizem que são os restos da Atlântida — murmurou Pessoa, debruçado a seu lado. — E o senhor, Doutor, o que pensa?

Sufocado, incapaz de pensar, Michel contemplava o esplendor do passado desconhecido. Naquela noite, pela primeira vez desde que deixara a França, tentou entrar em transe. Queria ver do que se tratava, compreender o sentido de todos os elementos recolhidos através do Antigo e do Novo Mundo durante aquela fabulosa viagem. Nada aconteceu. Apesar dos esforços, seu espírito se chocava contra uma muralha opaca além da qual parecia proibido buscar.

Viu-se então diante da certeza de que a história dos homens era feita de ciclos sucessivos. Como pertencesse ao tempo em que vivia, jamais saberia nada do anterior, nem do seguinte. Naquela noite, iniciou a escrita da relação da viagem de estudo prometida a Khalid Al Jabar para uso da Irmandade. Cada frase posta no papel lhe dava vertigem. Todavia, ele apenas prestava contas do que vira e aprendera.

---

[14] Bimini.

Os antigos escritos não reportavam mitos, mas fatos. Embelezados pelos poetas e deformados pelas sucessivas narrações. Por toda parte na Terra, povos que, segundo as fontes conhecidas, não tinham nenhuma capacidade de comunicar-se tinham estabelecido tábuas astronômicas equivalentes e de uma exatidão assombrosa. Traçaram-se mapas que davam do mundo uma imagem ultrapassada há milênios. Várias vezes na história do mundo, o Leste e o Oeste, o Norte e o Sul tinham sido invertidos em decorrência de cataclismos cósmicos, como atestavam papiros egípcios, as tabuinhas babilônicas e as narrativas indígenas ou maias, todas descrevendo o mesmo cometa que passava rente à Terra, semeando a devastação.

A destruição da Atlântida, contada por Heródoto e por Platão, não era invenção, mas História. As tradições indígenas e maias contavam a mesma guerra apocalíptica na qual a humanidade inteira teria sido destruída.

Notáveis alinhamentos planetários presidiam aos grandes transtornos das civilizações. O último se produzira em fevereiro do ano 3102 a.C. O próximo teria lugar em dezembro de 2012.

Michel pousou o estilo e massageou os olhos, pensativo. Acabara de se dar conta de que o alinhamento de dezembro de 2012 se produziria exatamente no lugar de seu Sol natal.

Analisando os elementos que coletara, Michel se encontrava no âmago da pergunta que Khalid Al Jabar lhe fizera, e percebia que não tinha resposta. Os homens adoravam a Deus de modo diferente, de um ciclo para o outro? Com toda a certeza. Não faltavam escritos que descreviam rituais sem relação uns com os outros. Conseqüentemente, no presente ciclo temporal, ninguém tinha o direito de afirmar que uma religião era melhor que as outras, já que, em outros tempos, outras as haviam precedido e outras as seguiriam. Deus permanecia. O modo como os homens rezavam a Ele não importava.

Lembrou-se de um sufi[15] alquimista com quem ele e Djinno tinham passado um tempo nas montanhas do Damavand. O homem não era muito idoso, mas a serenidade lhe conferira um aspecto intemporal.

Seguia ele a religião de Moisés ou a de Jesus, já que podia reivindicar ambas?, perguntou ele a Michel, que ficou muito embaraçado. Não podia pretender seguir a religião judaica, a não ser por algumas celebrações tradicionais.

---

[15] O sufismo representa o aspecto interior do Islã. O termo "sufi" designa o indivíduo que alcançou a completa realização espiritual.

Também não podia reconhecer-se católico, já que desaprovava as práticas da Igreja. Constatando seu mal-estar, o sufi dirigiu-se a Djinno.

— E você, rapaz? *Issawi? Moussawi?*

— O que importa? Só Deus é Deus!

Os olhos estreitados de contentamento, o sufi riu silenciosamente.

— É verdade! O que importa?

O *Astrolábio* ancorou em São João da Luz, onde Pessoa tinha alguns amigos entre corsários e caçadores de baleia, com quem cruzara nos oceanos. Separaram-se com emoção, prometendo rever-se, sabendo que isso não aconteceria.

Michel levou Djinno para Pau. Lá, foram recebidos e hospedados durante algum tempo por Margarida, rainha de Navarra, irmã de Francisco I e protetora de Paracelso. Souberam, então, da morte do Imperador da Irmandade bem como da de Copérnico, cuja *De Revolutionibus Orbium Cœlestium* finalmente tinha sido publicada. A morte do amigo que lhe abrira as portas da química dos deuses e a do desconhecido que revolucionara a visão do cosmo afetaram muito Michel. Ambos conheceriam uma glória imortal. Isso não apagava a tristeza de tê-los perdido.

Também ficou sabendo que Catarina de Médici ainda não dera herdeiro ao esposo. Grandes nomes do reino conspiravam, visando seu repúdio. No entanto, o delfim Henrique resistia, defendendo a esposa com o apoio incondicional do marquês de Saint-André, que exercia junto a ele o mesmo papel de conselheiro experiente que havia exercido junto ao falecido irmão. Contudo, era difícil não censurar a esterilidade da italiana, já que Henrique já tivera, no Piemonte, uma bastarda batizada como o nome de Diane, cuja educação confiara à Grande Senescal, a quem ele era mais dedicado que nunca.

Durante sua estada em Pau, tomou-se de afeição pela jovem Joana, princesa de Navarra, que se entediava. Tinham acabado de casá-la com o duque Guilherme de Clèves, que não sabia o que fazer com uma menina de 13 anos, preferindo dar festas luxuosas em seu palácio de Amsterdã. Michel lhe predisse que aquele casamento seria anulado em breve e que ela daria à luz um futuro rei da França.[16]

Tinha terminado a adaptação dos *Hieróglifos* de Horapolo, assinada "Michel de Nostredame de Saint-Rémy da Provença", mas preferiu adiar a publicação. Ainda não estava na hora de voltar para o mundo e muito menos de chamar a atenção de seus inimigos. Ter superposto Nostredame e Saint-Rémy na folha de guarda, de modo a que alguém pudesse estabelecer uma ligação,

[16] Henrique IV.

era uma provocação fácil que poderia lhe custar caro. Redigiu mesmo assim uma dedicatória a Joana de Navarra, prometendo que o livro seria publicado quando ela se casasse novamente.

Manteve a palavra, fazendo editar a obra em 1548, depois que Joana de Navarra desposou João d'Albret. Contudo, suprimiu seu nome da folha de guarda, remetendo-o para o fim da obra com a menção: "traduzido por Michel Nostradamus de Saint-Rémy de Provença".

Ao longo de seu périplo, Michel ensinara a Djinno o que sabia, assim como Jean de Saint-Rémy fizera com ele. Para o adolescente, chegara o momento de iniciar estudos regulares. Michel decidiu que se estabeleceriam por uns tempos na Itália, onde a Irmandade estava bem estabelecida. Instalaram-se em Pádua, onde Djinno entrou para a Faculdade de Medicina depois de ter sido brilhantemente admitido sob um nome fictício. Ali ficaram três anos, que Michel aproveitou para preparar o que chamava de seu retorno ao mundo. Mantendo o nome falso que utilizara durante suas viagens, estabeleceu-se como astrólogo sob o pseudônimo de Nostradamus. Todos concordavam que possuía uma forte carga evocativa. Como teriam imaginado que se tratava, de fato, do nome secreto de sua linhagem e que, utilizando-o a pretexto de anonimato, apresentava-se às claras? Começou a reunir uma clientela rica e influente. O nome de Nostradamus logo circulou por debaixo do pano através de toda a Europa.

Nesse intervalo, Catarina de Médici dera à luz um filho, no mês de fevereiro de 1544, na data prevista por Michel.

Em 1546, Djinno terminou os estudos.

Dez anos depois que seus inimigos o atiraram num abismo dos montes de Ardèche, Michel considerou chegado o tempo de voltar para seu país. O desencadeamento da peste na Provença ofereceu-lhe a oportunidade. Retomando o nome de Michel de Nostredame recebido ao nascer, foi para lá com Djinno. Conseguiram resultados que alguns julgaram prodigiosos. Ambos acharam muito engraçado porque, excetuando a utilização de máscaras estéreis impregnadas com uma mistura de essências naturais, Michel sabia por experiência que nenhum remédio poderia curar a peste depois que ela se manifestava. Simplesmente, tendo compreendido a relação entre água poluída, sujeira, ratos e peste, empenhou-se em impedir que a doença se propagasse, impondo regras de higiene elementar.

O tratamento da epidemia, que durou nove meses, lhe deu oportunidade de conhecer pregadores histéricos. Nada havia mudado.

Michel se viu, portanto, novamente confrontado com a excomunhão e com o azedume. Mas as coisas aconteceram diferentemente. Aprendera a fingir respeito e devoção, a apagar o olhar, a passar por elemento sem importância. Djinno, que aprendera isso ao mesmo tempo que seu mestre, chamava a técnica de "cobrir-se com o elmo de Plutão".[17] Michel se dedicava agora a manter uma atitude tranqüila, e a argumentar com paciência e razão.

Sua demonstração modesta, mas irrefutável, de que se a sujeira se encontrava na origem da epidemia ela era material, e não espiritual, abalou os habitantes de Aix. Quando constataram que o saneamento das vias públicas, o despejo dos excrementos em outro lugar que não os telhados, e as abluções diárias com água corrente combatiam mais eficazmente a epidemia que o auto-de-fé de alguns judeus, mouros e ciganos, o reconhecimento por quem eles chamavam de "bom doutor" não teve mais limites. O nome de Michel de Nostredame brilhou na Provença.

Um de seus irmãos, Bertrand, entrou em contato com ele para lhe anunciar que o pai acabara de morrer. Não havendo nada que impedisse sua volta à região, a cidade de Salon de Craux, da qual era um dos notáveis, ficaria honrada em tê-lo como um dos seus.

Já que, antes de voltar novamente a Paris, precisava mesmo se estabelecer, Michel aceitou o convite e, ao mesmo tempo, decidiu abrir um consultório na bela casa que lhe sugeriram comprar. "Doutor Michel de Nostredame — Astrófilo." Isso não deixaria de dar boa impressão. A partir dali, foi disputado; solicitavam seus conselhos; apresentavam-lhe jovens casadouras. Eis que agora representava um belo partido e estava a ponto de se tornar um dos notáveis de Salon. "Tanto caminho percorrido para chegar aqui? Que ironia!", pensava ele.

Aos 43 anos, magro, cabelo e barba grisalhos, fisionomia austera, mas expressão acolhedora, embora não possuísse mais o encanto juvenil vibrante de magnetismo que lhe valeram as aventuras parisienses, tornara-se um belo homem. Ninguém podia suspeitar dos acessos de feroz hilaridade a que se entregava quando ficava sozinho com Djinno, o único no mundo que o conhecia verdadeiramente, nem das crises de desespero em que caía às vezes, pois a lembrança de Marie, lancinante como uma ferida incurável, jamais o deixara. Apesar do tempo, o único remédio que encontrara para os repentinos esgotamentos foi refugiar-se no excesso de bebida ou, às vezes, no uso de plantas

---

[17] De fato, segundo os mitos, o elmo de Plutão tornava invisível os que o usavam.

psicotrópicas como a papoula ou alguns cogumelos de efeito semelhante ao do peiote.

"Por que não casar, afinal?", pensava ele. Depois de longos anos de errância, talvez fosse bom encontrar um lar. Contudo, consciente de que jamais se transformaria em esposo amante e atencioso, pois seria incapaz de fingir para outra mulher o amor que sentira por Marie, Michel preferiu não decepcionar inutilmente as ilusões de uma moça inexperiente. Assim é que sua escolha recaiu sobre a viúva recente de um velho tabelião.

Esta, uma tal de Ana Ponsard, com aproximadamente 30 anos, era dessas morenas ardentes, típicas das regiões mediterrâneas. Diziam que tinha tido uma existência agitada. Murmurava-se até que, por uns tempos, tinha sido pensionista em famosos bordéis de Montpellier e Nîmes. O contato entre eles seria o de duas pessoas adultas, já experimentadas pela vida, entre as quais se poderia estabelecer uma relação de boa amizade.

Quando Michel de Nostredame e Ana Ponsard se casaram, em novembro de 1547, Henrique acabava de suceder a Francisco I, com o nome de Henrique II, e Catarina de Médici se tornara rainha da França.

O Concílio de Trento iniciara seus trabalhos havia dois anos, com o objetivo de regulamentar a Contra-Reforma. Nele se reafirmou a Revelação bíblica como verdade científica, decretando a Vulgata[18] como único texto de referência. Michel ficou consternado ao saber que, apoiando-se numa mixórdia de lacunas e de mentiras, punia-se o humanismo e a revolução copernicana como heresias.

Sua lua-de-mel com Ana durou pouco, pois ele retomou a estrada, chamado em toda parte da Europa para consultas. Foi a desculpa que deu. Na verdade, passava a maior parte do tempo em Turim, lugar da principal assembléia dos Irmãos da *Rosée.*

Um grande debate agitava a irmandade. Começava a circular um rumor sobre sua existência, porque nada pode permanecer indefinidamente oculto. Seria necessário deixar a confraria adormecer ou, ao contrário, oficializar de algum modo sua existência.

Michel era dos que consideravam necessário fazer o mundo profano entrever sua existência. Não se trataria, é claro, de revelar sua origem secreta, a busca da Grande Obra Alquímica, mas de protegê-la, fornecendo partes de informações.

---

[18] Tradução da Bíblia por Jerônimo Strídon, chamado de são Jerônimo.

Michel achava que era necessário permitir que se soubesse o suficiente para terem tranqüilidade, permanecendo misteriosos o bastante para serem reconhecidos. Sua opinião acabou vencendo.

Trata-se então de providenciar para a confraria estatutos e objetivos que não firam a Igreja. A busca da harmonia entre sábios, filósofos e pesquisadores, para além das fronteiras, pareceu conveniente. Restava-lhe inventar uma hierarquia e um emblema compreensível para o mundo exterior.

Michel teve a idéia de retomar, transformando-o de modo sutil, o selo de Hermes Trimegisto: cruz inscrita num círculo, este inscrito num triângulo recobrindo a cruz grega. Deslocando simplesmente a cruz grega, o Tau, para baixo, obtinha-se uma cruz com uma rosácea sobreposta. Pronto. Assim que uma cruz aparecia em qualquer lugar, a Igreja se sentia segura. Se olhassem mais de perto, os censores romanos teriam percebido que aquela rosa vermelha e branca, aparentemente com cinco pétalas, que comumente simbolizava a taça que conteve o sangue do Cristo, tinha, na verdade, sete, o que a ligava inequivocamente à cabala.[19] Por outro lado, tratava-se antes de uma pilriteira, flor dos druidas. Assim, a irmandade da *Rosée Cuite*, iniciada por Christian Rosenkreutz quase um século antes, se torna a Rosa + Cruz, cuja denominação era a tradução literal do nome de seu fundador.[20] As pesquisas prosseguiram, mas de modo tão secreto que se acreditou que os alquimistas tinham desaparecido da face da Terra.

Michel sabia agora que dispunha do suporte de uma organização estruturada, estendendo-se através da Europa e infiltrada nos círculos do poder. Podia iniciar a segunda etapa da preparação de sua volta a Paris.

A partir de 1549, começou a publicar almanaques. Essas coletâneas, que misturavam previsões para as colheitas, conselhos úteis e receitas de cozinha, tinham grande popularidade, mas se pareciam. Ele fez com que as suas fossem mais atraentes. Tendo observado como o povo gostava de se alimentar das venturas e desventuras dos poderosos, acrescentou a essas publicações alguns presságios e máximas que poderiam aludir a esta ou àquela personalidade. Inevitavelmente, os que se viam assim lembrados, ou pensavam sê-lo, não demoravam a reivindicar para si as luzes do "Mago de Salon". O sucesso de seus almanaques, traduzidos para o inglês, italiano e alemão, estimulou Michel a

---

[19] Sete como as sete ciências que levam à sabedoria: Música, Ciências Naturais, Astrologia, Alquimia, Matemática, Filosofia e Teosofia.

[20] Rosen, Kreutz: Rosa, Cruz.

publicar as *Predições*, compostas de presságios em prosa e de comentários mais específicos dedicados aos negócios dos reinos, do papado e dos grandes deste mundo.

Em menos de seis anos, difundido pelos boatos, o nome de Nostradamus repercutia por toda a Europa. Então, em 1555, chegou o momento de editar as *Centúrias*, quadras em grupos de cem que ele mesmo denominou pela primeira vez de profecias para os tempos futuros, e que teve enorme repercussão. Michel de Nostredame acabava de virar lenda. Imediatamente, Catarina de Médici o convocou para estabelecer o tema astral das crianças reais.

Antes de chegar à rainha, Michel teve de se apresentar ao tribunal de Dijon, onde um júri, composto de altos magistrados e de eclesiásticos, desejava deliberar sobre sua sorte. Profetizar, sim, mas o mago Nostradamus usara para isso de sortilégios de inspiração satânica? Michel concentrou-se em passar por um doce sonhador que baseava suas previsões apenas na astrologia. Embriagados por demonstrações que não compreendiam absolutamente, os juízes acabaram por quase expulsá-lo do tribunal. Porque a astrologia era oficialmente ensinada na Universidade, não se poderia incriminá-lo por praticá-la.

Quando chegou a Paris, Michel teve ainda de passar por outro exame, conduzido por alguns astrólogos e doutores que achavam ter exclusividade sobre a clientela da rainha e temiam a chegada de um concorrente. Ele também os enganou, dissimulando a extensão de sua mestria. Convencidos de que Michel era apenas um charlatão de pouca envergadura, eles mesmos o levaram até Catarina de Médici, em Blois.

A consulta que deu desenrolou-se sob os olhares zombeteiros daquela meia dúzia de pedantes que agarravam qualquer oportunidade para apanhar Michel em erro, com citações livrescas e frases feitas, aprendidas de cor. Foi inútil. Michel não perdeu a calma em momento algum.

Estabelecido o tema de Catarina, ele ia interpretá-lo quando Ruggieri exclamou:

— Mas esse tema não está correto!

E logo os outros insistiram:

— As Casas estão mal situadas! Onde já se viu! Chega de perder tempo! Escroque! Incapaz!

Michel se limitou a salientar que tudo dependia das efemérides utilizadas. Como havia cinco conjuntos diferentes, indicando posições diferentes, parecia-lhe bem difícil determinar quais delas eram exatas. Ninguém pôde discordar.

Catarina de Médici, que até então se mantivera à margem do debate, tomou a palavra com uma doçura enganosa na voz.

— Mestre Nostredame, esses senhores têm razão. Meu ascendente não é Áries, mas Touro.

— O Touro, signo fixo, poderoso, certamente, Vossa Majestade! — comentou com uma insolência que deixou os outros atordoados. — Logo, o Touro, se de fato agrada a Vossa Majestade. Os astros não pensarão diferentemente. Esses senhores desejam contentar Vossa Majestade. Não se surpreenda, então, se o que lhe anunciam se produzir num momento diferente daquele em que eles o anunciaram, ou até mesmo nem se produza. Eu só sei dizer a verdade. Agora, se Vossa Majestade me permite, despeço-me.

Sufocada com tanta audácia, Catarina fez um vago gesto com a mão. Michel inclinou-se profundamente e se dirigiu para a porta. Antes de sair, virou-se.

— Dia virá, senhora, em que desejará conhecer a verdade. Saiba que estarei pronto para responder às suas expectativas e então lhe revelar tudo o que desejar saber. O que até o momento estes senhores se mostraram incapazes de fazer.

Virou-se para os falsos colegas, continuando como se Catarina não estivesse presente.

— Embora eu saiba que a causa esteja antecipadamente perdida, pois é inútil desejar instruir os indigentes, vou lhes demonstrar por que o ascendente de nossa soberana é Áries e não Touro. Se fosse Touro, vejam os senhores, ela jamais teria concebido o filho mais velho na noite de 9 de maio de 1543.

Não precisou virar-se para constatar os efeitos dessas palavras em Catarina. Ele acabara de revelar um segredo que só ela sabia e agora tinha conquistado toda a sua atenção. Convencido do resultado, continuou, tomando cuidado de nem por um instante se dirigir a ela, ou olhá-la.

— O tema natal de nossa rainha mostra que ela é extremamente fecunda, mesmo que essa disposição tenha demorado a se manifestar. Primeiramente, por motivo de compleição; em seguida, por motivo humano. A principal, eu ousaria dizer. No tema de nossa rainha, Marte está em Câncer, na Casa IV. Marte que representa o sangue, a linhagem. Ora, esse Marte está em oposição a Saturno em Capricórnio, na Casa X. Saturno representa aqui o poder supremo, a autoridade, o Reino. O Rei. Um poder frio, em resumo, que se opõe à fecundidade, como se o Rei resistisse a esse Marte que é também o planeta da forte sexualidade de Sua Majestade. O que acontece, então, no tema de Catarina de Médici, no dia 9 de maio de 1543? Primeiro: a Lua estava na Casa IV natal, no Marte de nascimento. Portanto, a Lua, em duplo domicílio, em Câncer e na Casa IV, tinha seus efeitos decuplicados. Existiria posição mais bela para a fertilidade, meus senhores e caros colegas? Não, vocês hão de convir. Marte e Lua em Câncer: o Fogo e a Água se misturam. Encontramos aí todos os atributos do Escorpião, logo, da sexualidade. Essa Lua reconstitui com o Marte de nascimento a oposição ao Saturno natal. Ela se torna, de certa forma, o espelho de Saturno, e vice-versa. É o momento ideal para que todos os símbolos da Lua, mentiras e enganos, vençam esse Saturno gelado. Não esqueçamos que a Lua representa também a ilusão. Esse Saturno ali se refletiu para construir na matriz da Lua. Estamos no cerne do princípio da encarnação. Naquela noite, a Rainha poderia utilizar qualquer subterfúgio, qualquer sedução para estimular o desejo do Rei. Cheiros, sabores, ungüentos, banhos, tudo servia para ela alcançar os fins. Ela utilizou tudo isso com equilíbrio e com o resultado que se conhece. Simultaneamente, Mercúrio em trânsito acabava de se posicionar entre Sol e Vênus natais em Touro — mais uma vez a fertilidade —, na Casa I. Ora, no tema natal, Mercúrio se opõe à Lua em Libra. Vê-se aí a confirmação do que eu dizia anteriormente. Grande poder de sedução de Sua Majestade que pôde facilmente alcançar seus fins. Naturalmente, Mercúrio deve ser tomado aqui como o Mensageiro dos Deuses, anunciando a boa-nova, e fazendo tão bem resplandecer o Sol de nossa rainha bem-amada que a levava ao lugar que lhe pertence, o primeiro, na Casa I. Acrescentarei que Marte e Vênus em trânsito estavam conjuntos em Gêmeos. Ainda o poder de sedução. E desde logo se poderia prognosticar que a criança seria um menino!

Michel fez uma reverência zombeteira para os astrólogos petrificados, antes de plantá-los lá e se retirar, sem um olhar para a rainha.

"Será que Nostradamus é Michel de Saint-Rémy?", perguntou-se ela antes de imediatamente afastar essa idéia. Quer na escuridão da galeria, nas Tournelles, diante do pórtico do palácio de Guéméné, quer no pátio do castelo de Tournon, Saint-Rémy possuía um charme fascinante. Tinha-se a impressão de quase ser possível tocar a força que dele emanava. Aquele Nostradamus, com sua fisionomia severa de pequeno erudito de província, não poderia ser o mesmo homem. Além disso, ninguém voltava dos mortos, a não ser que se fosse o maior dos feiticeiros. Seria o caso de Nostradamus? Como saber?

A insolência de Michel para com Catarina de Médici tinha sido muito cuidadosamente premeditada. Deixá-la na incerteza provocaria nela uma necessidade. Jamais se esqueceria da breve entrevista e chegaria o dia em que novamente recorreria a ele. Mas, desta vez, ele imporia as condições. Para isso seria necessário seduzi-la, subjugá-la, e se recusar. Ele lhe dedicou suas *Predições* em 1556: "À Sereníssima e Cristianíssima Catarina de Médici, Rainha da França". Assim é que lhe enviou uma separata de seu *Tratado de Doces e Maquiagens*. Assim que o recebeu, Catarina procurou febrilmente a receita do doce de gengibre. Constatando que ela aparecia ali incompleta, sem uma das fases da transmutação, ela pensou ter encontrado a prova de que Nostradamus não era seu misterioso amigo do passado. Aborreceu-se por tê-la procurado. Gostara de pensar que ele era mesmo o protetor distante que lhe fizera recuperar a confiança em seu destino. Mais do que decepcioná-la, supor que ele jamais apareceria diante dela causou-lhe uma estranha tristeza.

14.

O tempo da revanche chegaria. Michel conhecia o dia e a hora marcada pelo Destino. Não tinha pressa. Considerava a vingança um ato estéril e destruidor, sobretudo para si mesmo. O tempo gasto em odiar os inimigos era tempo perdido para aqueles que mereciam que nos interessássemos por eles. Perdido para o tempo da vida. O Destino, cujos arcanos se inscreviam no Tempo, sempre fazia com que as coisas se equilibrassem. Cada coisa e seu contrário se sucediam de modo inelutável. Sempre.

Os humanos continuavam impotentes face ao Destino, agitando-se em todos os sentidos como animais amedrontados, encadeando loucuras e más ações, ou então esgotando-se em esforços fadados ao insucesso já que realizados, no mais das vezes, no momento inapropriado em relação à pulsação do Universo. Ao atingir o estágio superior do Saber, ao se tornar Nostradamus, Michel ascendera aos segredos do Destino e se tornara senhor do Tempo.

Seu desejo se resumia, pois, a simplesmente estar presente quando chegassem o dia e a hora. Queria ser testemunha da decadência de seus inimigos, e mostrar-se a eles a fim de que soubessem que suas humilhações tinham sido inúteis, já que ele sobrevivera e, pior, sobreviveria a eles. Em compensação, o Tempo tomara posse de sua pessoa. Obsedado pelas visões de cenas escondidas nas curvas do Destino, freqüentemente pavorosas, e cujos elementos extraordinários ultrapassavam os conhecimentos de seu século, Michel não tinha escolha a não ser trabalhar para a realização de uma obra profética cujo fluxo não dominava.

A obra lhe era revelada. Ele a suportava. Longe de lhe oferecer uma sensação de força, torturava-o, pois cada revelação constituía o chamado desesperador da loucura humana. As viagens, as pesquisas, as longas meditações ao lado de sábios de outras culturas lhe permitiram controlar suas crises de clarividência. Agora sabia controlar a chegada das fagulhas, em vez de ser vítima delas. Porém, suas incursões no Espaço-Tempo deixavam-no cada vez mais esgotado.

O uso freqüente de opiáceos e outras substâncias tóxicas que aliviavam seus sofrimentos tanto físicos quanto psíquicos faziam-no oscilar entre a exaltação e o abatimento.

Conseqüência desses excessos, a gota, "doença dos reis, e rainha das doenças" desde a Antiguidade, lentamente tomava conta de seus membros inferiores. Ele sabia que ela o derrubaria um dia, e não se importava. Não desejava viver suficientemente para ver realizadas algumas profecias cuja revelação recebera.

Pagava pelo conhecimento dos segredos do tempo o preço exorbitante da perda da esperança e, por vezes também, da cólera. Assim, não podendo fazer outra coisa a não ser ver, e consciente de que expor claramente suas profecias o colocaria em perigo, decidiu cifrar seus textos, divertindo-se em introduzir neles ora alguma poesia, ora humor, ora trocadilhos. Sabendo por experiência que o mistério representava o único trunfo capaz de alargar o espírito humano, decidiu levar seus leitores a se interrogar. Somente um incansável questionamento permitiria que a luz jorrasse. Desejoso, porém, de um dia ser compreendido, deixou parte das chaves de decodificação necessárias expostas em evidência em sua *Carta a César* e em sua *Epístola a Henrique*. O restante, que figurava no testamento que já havia redigido, seria divulgado depois de sua morte.

Afogado em pedidos, Michel de Nostredame teve de contratar um secretário para cuidar de seus papéis. Sua escolha recaiu sobre Jean-Aimé de Chavigny, jovem estudante de teologia. Entregou-lhe seus rascunhos, para que ele os passasse a limpo, e a composição de seus almanaques, presságios e de suas *Predições*. Ditava-lhe também algumas cartas quando se tratava de análises não confidenciais de temas astrais encomendados por correspondentes estrangeiros. Jamais, porém, deixou que ele entrevisse a real extensão de suas capacidades. Na verdade, o piedoso rapaz roubava rascunhos, provavelmente para explorá-los. Muitos editores pagariam caro por alguns inéditos. Ele também se metia a corrigir alguns dos textos, que recopiava antes de enviar aos impressores! Aquele tolo ao menos se perguntara se o mestre não tinha um bom motivo para disseminar algumas anomalias ao longo de seus textos? Evidentemente, não. De outro modo, não teria se empenhado em corrigir a ortografia de certas palavras, nem em distinguir cuidadosamente os *m* dos *n*, os *u* dos *v*, os *f* dos *s*, entre outros, ou ainda substituir o *&* tipográfico por *e*.

Djinno não tinha a mesma paciência do mestre:

— Ele não percebe que essas confusões de grafia reduzem as 26 letras de nosso alfabeto às 22 do alfabeto hebraico? Quanto ao *&* tipográfico, nem digo nada. Até uma criança compreenderia que indica a presença de um código! E nem falo de sua mania de recalcular a contagem que o senhor faz dos anos bíblicos, quando explicou bem que ela estava correta! Não vejo sua obra decodificada antes do dia do Juízo Final!

— Eu diria até que nem antes de cinco séculos.

Michel mantinha a fachada de respeitabilidade oferecida aos habitantes de Salon. Ele era astrófilo. Tinha uma bela esposa que lhe dava um filho por ano. Tinha também um secretário cegamente dedicado, que ele suspeitava não ser estranho ao aumento de sua descendência. Conhecendo o temperamento ardente de Ana Ponsard, e sabendo contar, sabia muito bem que alguns de seus filhos não podiam ser seus, mas nem ligava.

Iam juntos à missa, contribuíam para a caridade e faziam parte dos notáveis. Michel tinha até financiado a construção de um aqueduto concebido pelo engenheiro Adam Craponne, para levar água do Durance a Salon de Craux.

No entanto, sucumbia às vezes a manifestações de amarga nostalgia. Quanto mais progredira rumo ao conhecimento da verdade, mais sentia necessidade de dissimular diante do mundo sua própria verdade. Quanto mais sua visão interior adquiria transparência, mais a imagem que oferecia aos outros tinha de ganhar opacidade. Esse não era o menor paradoxo da verdade que condenava seu detentor a fingimentos.

Cego diante de seu próprio destino, Michel sabia, porém, que nenhum dos seus descendentes herdara seu dom. Seria o último representante de sua linhagem a ser o portador da Tradição. Eis por que revelara seu nome secreto. Se tinha de ter um herdeiro, que fosse Djinno, a quem transmitira tudo o que sabia. Ele se tornara seu igual em todos os campos. Salvo num. Djinno não *via*.

No final do ano de 1558, Michel sabia que o tempo e a hora estavam próximos. Começou, portanto, os preparativos para voltar a Paris, para onde, ele não tinha dúvida, Catarina de Médici iria ordenar que fosse, já que ele agira de modo a tornar a curiosidade da rainha uma tentação devoradora. Quando o convite chegou, mandou responder que estaria à disposição da rainha no início da primavera.

Catarina de Médici acabara de lanchar em seu palácio da residência das Tournelles. Embora as obras de embelezamento do palácio do Louvre estivessem avançadas, ela não gostava de permanecer ali.

A jovem introvertida se tornara uma mulher segura, experiente em dissimulação. Com exatamente 40 anos, um pouco mais pesada em razão de dez anos de sucessivas gravidezes e da gulodice, não era bonita. Nenhum detalhe de seu rosto tomado em separado oferecia atração particular. No entanto, compunham um conjunto de impressionante e temível sedução. Aquela mulher era bela de tanta inteligência.

Indiferente à agitação de Ochoa, Catarina saboreava um pequeno bolo ao rum napolitano enquanto folheava as *Centúrias*, que sabia quase de cor de tanto lê-las e relê-las.

Obrigava-se a aparecer bem diante do monge. Ele queria levá-la a rever sua posição hostil ao restabelecimento da Inquisição na França. Enquanto ela vivesse, isso não aconteceria. Embora sob a influência da maldita Diane de Poitiers, que, com a idade, dera para ser devota, e sob a dos Guise, cujo grande projeto seria criar uma Santa Liga, Henrique II, seu esposo de triste figura, confiava em suas opiniões políticas. Soube convencê-lo de que não se podia governar pelo terror, mas não pudera impedir a restauração das Câmaras Ardentes destinadas a julgar os hereges. Pelo menos, tinham direito a um julgamento quase que imparcial.

Ela pousou o livro e, recostando-se na poltrona, murmurou com uma voz sonhadora os versos do quarteto I.35.

"O leão jovem o velho sobrepuja.
Em campo bélico por singular combate
Numa gaiola de ouro, seus olhos ele vai perfurar
Duas classes uma depois morrer morte cruel."

A reação foi imediata. Ochoa pulou da poltrona.

— Esse Nostradamus é um impostor! Aliás, seu pseudônimo cheira a charlatanismo. Em vez de posar de sábio, faria melhor se latinizasse corretamente seu nome para Nostradamia e não Nostradamus.

— Esse quarteto designa o rei, tenho certeza. Como o senhor interpretaria "duas classes uma"?

— Todos sabem que o rei adora os torneios. Esse indivíduo não é senão um manipulador.

Ignorando a etiqueta, agarrou o livro e o abriu com violência.

— Veja esta dedicatória — continuou ele. — "Contra os que tantas vezes me mataram"! A quem ele pensa amedrontar?

— Já pensou que talvez ele tenha mesmo inimigos que desejaram sua morte? Se tem inimigos assim é porque tem poderes.

— Só poderiam ser maléficos! — fulminou Ochoa, com um dedo apontado para o céu.

— Basta — ela o interrompeu. — Seria má política tocar em Nostradamus. O povo o ama. Seus livros vendem-se aos milhares. Eu mesma cheguei a pensar que o senhor deu uma olhada neles — acrescentou ela ironicamente.

— É preciso conhecer o inimigo para melhor combatê-lo. Aliás, foi tempo perdido. Só vi um amontoado de bobagens obscuras, saídas de um espírito perturbado.

Ochoa omitia a verdadeira razão de sua angústia. A divulgação de almanaques e coletâneas de presságios não o preocupara. Mas a obra de Nostradamus era diferente. Ela evocava o mistério. Ela enfeitiçava. Bastava ver seu efeito sobre Catarina de Médici. Quatro anos antes, quando da publicação das *Centúrias*, ele enviara agentes para investigar o autor. Apesar do cuidado que tiveram nas investigações, não encontraram nada de suspeito. Mas o quadro idílico soava falso. E se tivesse de recomeçar tudo? Ochoa sentia-se velho. Sua fé estava intacta, mas o corpo doente o traía. Encontraria coragem para enfrentar novamente as forças do mal?

Pondo na voz toda a força de sua convicção, continuou.

— Contudo, a senhora sabe que nossa tarefa sagrada é exterminar a heresia. Que pensará o Santo Padre ao saber que o povo da França, filha mais velha da Igreja, venera um adivinho, e que sua rainha se entrega a práticas contrárias ao dogma?

— Dom Ochoa, o rei da Prússia, o czar Ivã,[1] o rei da Espanha, o rei da Inglaterra solicitaram Nostradamus. O próprio papa Paulo apelou a ele. E eu deveria dispensar os seus serviços?

— Sua Santidade é infalível, logo, protegida das tentações de Satã! — exclamou Ochoa.

— Enquanto eu, rainha da França, seria uma criatura sem defesa?

— Penso unicamente na salvação da sua alma — gaguejou Ochoa.

— Guarde a lengalenga sobre a danação eterna para o povo. Isso lhe mete medo e o mantém tranqüilo. Nossa preocupação primeira é cuidar dos interesses de que somos encarregados. Acontece que os da França e os da Igreja convergem. Mas a Igreja não pode se permitir interferir nos negócios privados da rainha. Tanto mais que isso não mudaria nada: Nostradamus está a caminho.

Então, quando Ochoa ia saindo da sala, teve de dar passagem a um gentil-homem de aspecto temível. Era o barão de Nérac, chefe da guarda pessoal de Catarina de Médici, batizada de Esquadrão de Ferro.

---

[1] Ivã IV, conhecido como Ivã, o Terrível.

— Então, Nérac? — perguntou Catarina assim que a porta se fechou.

— Os pacotes chegaram a bom porto, e foram descarregados segundo as instruções, senhora. Material de química, sacos de ervas, potes de pílulas e de ungüentos. E livros. Muitos livros.

Tratava-se do carro de bagagens de Nostradamus, que chegou antes dele sob a proteção de uma escolta especialmente enviada. Catarina não resistiu ao desejo de saber o que continha, embora tivesse imaginado que não encontraria nada de especial.

— E ele? Quando chega?

— Não deve estar longe. Eu mesmo hesitaria em pegar sozinho a grande estrada, com todos esses bandos de salteadores. Não ele! É de se acreditar que se sinta invulnerável.

— E você, Nérac? Desembainharia a espada contra ele? — perguntou Catarina, com a voz carregada de curiosa excitação.

— Não creio. Não. Não me arriscaria. Ele dá a impressão de poder nos reduzir a cinzas só com os olhos.

Vindo de um homem que tinha cem vezes provado não ter medo de nada, nem de ninguém, esse temor encantou Catarina.

— Como estou ansiosa para que ele esteja aqui! Quando é mesmo que você disse que ele chega?

Mais do que dedicação, Nérac sentia um verdadeiro afeto por aquela mulher, tão freqüentemente ridicularizada pela gente da corte que caçoava das origens plebéias de sua família,[2] mas não tinha o mesmo valor que ela. Ela os enfrentava com altivez e sabia revidar. Cedo ou tarde rastejariam a seus pés. Nérac contava estar ao lado dela nesse dia. E se Nostradamus pudesse ajudá-la, seria bem-vindo.

— Eu não lhe disse, majestade. Ele me pediu para lhe transmitir uma mensagem. Quando o Sol em sua Casa secreta iluminar Júpiter com a Lua de ontem e a de hoje, ele estará à sua disposição.

Os olhos de Catarina se iluminaram. Como todos os apaixonados por astrologia, conhecia seu tema de cor. Sem precisar verificar, visualizava-o mentalmente. Dali a quatro dias, o Sol entrado em Áries, na Casa XII, a das coisas escondidas, estaria em oposição à sua conjunção Júpiter-Lua natal em Libra, enquanto a Lua Cheia transitaria nessa mesma conjunção. Ainda quatro dias de espera!

Estavam a 19 de março de 1559. A Lua, passada sua primeira fase, já subia no céu.

---

[2] Originalmente, os Médici eram boticários. Quando se tornaram ricos banqueiros, tomaram o poder em Florença, com o apoio do povo.

Michel e Djinno conduziam a montaria a passo, arrastando pelo cabresto dois cavalos de carga carregados com sacos e armários. Acabavam de sair das escuras folhagens da floresta de Fontainebleau e se dirigiam calmamente para o albergue das Três Gruas, bem próximo.

Tinham caminhado sem pressa, descansando em diferentes lugares, dos quais a cidadela de Bibracte, ou o templo de Jano em Autun. Não era mais tempo para loucas cavalgadas. Agora que o espírito de Michel atingira a plenitude dos píncaros, seu corpo começava a traí-lo.

Balançando-se ao passo tranqüilo de seu cavalo castrado, pensava nos múltiplos caminhos explorados, todos levando a diferentes pontos de vista sobre a verdade que, contudo, permanecia indiscernível em seu conjunto. Podia-se apreendê-la, abordá-la, cercá-la, jamais apontá-la ou abraçá-la inteiramente. Havia 25 anos, Blanche lhe transmitira o poder. Vinte e um anos depois, duração do ciclo da iniciação superior, tinha publicado as *Centúrias,* onde se apresentava em ordem coerente o conjunto das anotações feitas nas cadernetas ao longo desses anos. Realizara o que devia realizar. Nada o prendia mais à terra a não ser estar presente ao encontro da decadência que o Destino havia marcado com "aqueles que tantas vezes o tinham matado".

— Como é doce esse caminho ao contrário — murmurou de repente. — Saboreei cada dia. Amanhã, Djinno; amanhã, estaremos prontos para agir.

Djinno deu-lhe um olhar afetuoso. Com 32 anos, ainda tinha uma cabeleira de cachos negros indisciplinados. Sua fisionomia enrugada dava a falsa impressão de chacota pronta para guinchar a qualquer momento.

— Os fios do Destino se atam neste exato momento. Sinto-o!

— O que tecem?

— O manto da vingança? A cura do sofrimento? O que importa? Temos encontro marcado com o Destino. Esta noite!

A uma meia légua atrás deles, nas proximidades de uma encruzilhada que tinham acabado de atravessar, dois homens fizeram uma pausa para passar a noite. Encontravam-se no alto de um monte, numa depressão dos rochedos que formavam uma fortificação natural onde ninguém poderia apanhá-los de surpresa.

Um era Ronan, o soldado. Com mais de 60 anos, a cabeleira branca ainda abundante, não tinha uma onça de gordura, apenas algumas cicatrizes suplementares. Seu olhar claro, sob as pálpebras puxadas, suavizava-lhe a cara desfigurada. Estava bebendo água do cantil, olhando para o jovem companheiro agitado. De altura superior à mèdia, este movia-se com a flexibilidade falsamente indiferente de um felino. Depois de saltar da sela, acendera um fogo e acabava de esfolar um coelho que lhes serviria de jantar. Era Lagarde.

— Feliz aniversário, menino — disse suavemente Ronan.

O rapaz respondeu com um riso breve e lhe deu uma piscadela sem interromper o que fazia. Tinha os cabelos castanhos e um belo rosto prematuramente marcado ao qual uma leve protuberância no osso do nariz conferia um ligeiro toque de heroísmo. Seus olhos de água-marinha cintilavam.

Ronan não imaginara apegar-se tanto àquela criança que batizara de Roland, como o intrépido?[3] Assim que aprendeu a andar, o pequeno se tornou sua única preocupação. Cuidou para que recebesse a instrução de que ele próprio fora privado. Um ex-monge ensinou-o a ler, escrever, contar, e lhe apresentou alguns livros. Ronan fez até questão de que o monge o iniciasse na poesia. O jovem Roland, que inutilmente preferia as gestas de cavalaria e o Romance do Graal, apaixonou-se por François Villon.

Depois, Ronan decidiu assumir sua educação. Sendo a ciência das armas a única que era capaz de transmitir a um jovem, começou a lhe ensinar tudo o que sabia. Quando ele fez 14 anos, levou-o para os grandes caminhos da aventura. Aos 15, espadachim e cavaleiro perfeito, o adolescente inventou um movimento de espada que lhe permitia atordoar seus adversários com um golpe da guarda em plena testa, o que lhe valeu o apelido de Lagarde.

Quando o jovem pôs o coelho espetado sobre o fogo e ia tratar dos cavalos, disparos de mosquete explodiram, bem perto, seguidos de relinchos e gritos. Com duas passadas, Lagarde saltou em sela. Ronan pôs-se de pé mais calmamente, reprimindo uma careta de dor.

— Vamos ver! — disse Lagarde, soltando as rédeas ao cavalo, que deu um salto.

Ronan seguiu-o sem se apressar e o encontrou na submata. Depois de um avanço silencioso, chegaram à orla da floresta.

Uma furiosa batalha acontecia em torno de um carro imobilizado, com a metade de sua escolta caída por terra. Os sobreviventes travavam um combate desesperado contra uns 15 capangas, mas eram derrubados um a um. O resultado parecia certo.

Lagarde e Ronan trocaram um olhar entendido. Os homens da escolta usavam o uniforme cinza da Guarda do chanceler Saint-André. Podiam mor-

---

[3] Roland, personagem do poema épico *A Canção de Rolando* (fim do século XI). (N. da T.)

rer! Enquanto o grosso dos assaltantes concentrava esforços nos quatro últimos guardas, o chefe berrou uma ordem.

— Peguem a garota! Eu a quero viva!

Isso mudava tudo! Lagarde, que ia dar de rédea, ficou tenso na sela. Viu dois capangas desmontar e se dirigirem para a portinhola, caçoando. Uma dupla detonação ressoou. Caíram ambos, atingidos por uma bala bem na testa. O chefe saltou da sela e se precipitou para o carro. Tirou de lá uma jovem que se debatia como uma Fúria, soltando insultos e ameaças.

Ela conseguiu se soltar e agarrou a espada de um dos capangas, que derrubara, ficando em guarda. Lagarde adiantou a montaria e emergiu da submata. Desembainhando as pistolas de sela, abateu sem hesitar dois capangas que vinham em sua direção e continuou a avançar. Quando chegou ao carro, desmontou, desembainhando um espadão cujo manejo exigia um punho de aço temperado, e se plantou na frente da jovem.

— Como ousa? — ela reclamou.

Ele deu um sorriso luminoso e replicou com um bom humor desarmante, enquanto lutava com o chefe dos capangas:

— Tenho o hábito de ousar tudo o que quero!

A ponta de Lagarde golpeou a face do espadachim, deixando um lanho sangrento.

Ronan se debatia como um diabo para impedir que os capangas se aproximassem dos jovens desmontados, mas sua valentia e arte não resistiram tempo suficiente para conter a matilha.

Lagarde aparou o golpe do adversário que voltava à carga e o despachou com dois passes. Pulando em sela, estendeu a mão para içar a moça na garupa e percebeu então que ela acabara de montar o cavalo de um dos guardas mortos. Com as saias levantadas sobre as pernas admiráveis, ela foi para perto de Ronan, com a espada erguida.

Os guardas venderam caro a derrota, matando cinco de seus agressores. Somando-se a esses, os quatro derrubados por Lagarde e pela moça, assim como o chefe agonizante, ainda sobravam cinco contra três. Um velho, um garoto e uma moça. Mas esses três estavam furiosos, e a luta foi rápida. Dois sobreviventes preferiram fugir.

Ao constatar a derrota deles, Lagarde explodiu num riso de alegria, imediatamente interrompido quando viu Ronan cambalear na sela. Com a mão pressionando o lado do corpo onde uma mancha escura molhava o casaco de couro, o velho soldado fazia cara de dor.

— Chegou a hora — sussurrou, trincando os dentes. — A gente se conhece muito bem, eu e a morte... Vejo que ela está rindo...

Lagarde ficou com os olhos cheios de lágrimas.

— Não quero — murmurou com a voz estrangulada.

A jovem os observava, perturbada. A julgar pela atitude, aqueles homens que acabavam de salvar-lhe a vida eram gente sem fé nem lei, bandidos ou, no mínimo, aventureiros de estrada. Via-os, contudo, comportar-se com emoção assim como tinham demonstrado coragem. A tristeza daquele rapaz a emocionava no mais fundo da alma. Desatou a echarpe que usava em torno do pescoço e entregou-a a Ronan. O soldado agradeceu-lhe com o olhar e pegou o precioso pano que cheirou deliciado antes de usá-lo como tampão sobre a ferida.

— Você está vendo? — sorriu ele a Lagarde. — Vou partir no meio de rendas.

A jovem apeou e se aproximou do chefe dos capangas, que agonizava. Tirou-o do torpor com um pontapé no flanco e o interrogou.

— Quem te pagou?

O espadachim riu fracamente e tossiu uma baba sangrenta.

— Deixe — interveio Ronan. — Eu o conheço. É Feuilly, a alma danada de La Jaille.

— O Preboste de Paris? — perguntou a moça, estupefata.

Ronan balançou a cabeça.

— O que a senhora pode fazer? Os poderosos sempre empregaram os bandidos para fazer o trabalho sujo. Por que mudaria?

Michel chegou ao albergue das Três Gruas com um aperto no coração. Ali começara sua errância, ali deveria iniciar seu retorno. O fio de sua vida deveria ser retomado no mesmo lugar em que se rompera.

Djinno e ele tinham acabado de jantar havia muito. Demoraram-se perto do fogo, na sala comum do albergue, e continuaram pensando em silêncio, enquanto um após outro os clientes iam se deitar. De repente, sons de cascos de vários cavalos ressoaram no pátio. Depois de alguns instantes, a porta estremecia com violentas batidas. Vendo o albergueiro amedrontado hesitar em puxar os ferrolhos, Michel ordenou a Djinno que abrisse.

Ronan, lívido, foi o primeiro a aparecer, apoiado por Lagarde e pela moça. Diante deles uma onda de emoções contraditórias submergiu Michel. Sem compreender por quê, ele experimentou um estranho sentimento de fraternidade para com o velho aventureiro seriamente ferido. Quanto aos jovens, pareceram-lhe tão belos e tão cheios de fogo que as lembranças do tempo em que amava apaixonadamente Marie, contidas com dificuldade, irromperam em sua memória.

— Sou médico — disse calmamente Michel, dando um passo na direção deles.

— Então, cure-o — ordenou Lagarde, feroz.

Por detrás da violência que ele imprimiu à ordem, Michel captou toda a aflição de uma criança. Pousando a mão tranqüilizadora no ombro do rapaz, mergulhou seu olhar no dele a fim de acalmá-lo.

— Este homem foi ferido ao salvar-me a vida. Faça o impossível. Meu pai saberá recompensá-lo. Sou Diane de Saint-André — interveio a moça, insistente, aproximando-se de Lagarde.

Michel controlou-se para não estremecer. Fez uma pausa imperceptível e virou-se para ela. Como é que aquela moça luminosa e cheia de paixão podia ser filha de um traidor?

— Não tenho necessidade alguma de recompensa — respondeu ele com voz indiferente.

Afastou-os e se dirigiu para o velho soldado, surpreso com a perturbação que acabara de sentir ao descobrir o tom de água-marinha dos olhos de Lagarde. Inclinou-se sobre Ronan, que o encarou, intrigado, mas sereno. Pegando seus pulsos, auscultou-lhe o corpo. Djinno estendeu-lhe o alforje, de onde ele tirou uma caixinha. Separou uma pílula de sua composição, que levou aos lábios de Ronan.

— O senhor perdeu muito sangue, mas posso salvá-lo.

A forte mão de Ronan apertou a mão longa e magra de Michel. Sem forças, o velho soldado murmurou:

— Não... Vivi meu tempo... Não quero decair... Não estou aborrecido com ele — disse, por fim, apontando para Lagarde com o olhar.

Michel balançou a cabeça. Como compreendia bem o que acabara de dizer aquele desconhecido tão estranhamente fraterno. Dirigiu-lhe um longo olhar e, em seguida, com um último movimento das mãos, levantou-se, fazendo sinal para que Lagarde se aproximasse.

— É a vontade dele — murmurou.

Por sua vez, o rapaz foi para a cabeceira de Ronan. Com o coração apertado, contemplou o rosto lívido, marcado pela agonia.

Michel se afastou para observar os jovens, à vontade. A moça, Diane, ouvia-o. Morena, de olhos cor de avelã, cheios de fogo, magra, nervosa, ela reunia nobreza, paixão, violência, até, mas também sensibilidade. Ele sondou seu espírito e só encontrou entusiasmo e retidão. Quanto a Lagarde, Michel não compreendia a emoção difusa que sua visão provocava nele. Havia naquele rapaz algo de principesco. Tentou sondar seu espírito, mas não conseguiu. Quando muito adivinhou, no fundo da opacidade, um jorro de chama azulada, intensa e clara.

Ronan abriu os olhos e pousou em Lagarde um olhar cheio de ternura. Trocaram um sorriso que demonstrava a intensidade de um amor recíproco.

— O pouco bem que fiz na minha vida devo a você — retomou fracamente Ronan. — Sabe por quê? Porque você é bom...

Depois de alguns instantes dolorosos que usou para submeter o corpo à sua vontade, ele murmurou:

— Vou sentir falta de você, meu rapaz... Prometa-me não acabar como eu. Você merece uma vida melhor. Dá sua palavra de honra?

— Eu lhe prometo — respondeu Lagarde com voz inexpressiva.

Ronan aprovou, satisfeito. Juntando suas últimas forças, ergueu um pouco a voz para concluir, como se quisesse que todos fossem testemunhas das palavras que ia pronunciar.

— Antes de partir, devo lhe contar o segredo de seu nascimento... Sua mãe foi uma infeliz, seqüestrada por príncipes que a tomaram do noivo... Ela se chamava Marie...

Um medo surdo se insinuou no espírito de Michel desde as primeiras palavras de Ronan. Retesou-se para não deixar escapar o gemido que lhe vinha do peito.

— E seu pai... — Ronan ainda tentou dizer, mas, sem força, caiu inerte, os olhos abertos, fixados sem medo no desconhecido do além.

Lagarde inspirou profundamente, engolindo todas as palavras que não tinha pronunciado e que não poderia mais dizer. Fechou suavemente as pálpebras de Ronan, e beijou-o na fronte.

— Meu pai era você — sussurrou.

Ergueu-se, os ombros arriados por uma nova solidão, e se virou lentamente. Viu Diane voltada para ele, e Michel, cujo espantoso olhar de mago parecia velado por uma dor que correspondia à sua.

— Por que ele morreu? — perguntou com uma voz sem timbre, vazia de emoção.

— Ele realizou o que tinha de realizar — respondeu Michel com um sorriso triste. Hesitou por um instante, e continuou sem compreender por que fazia aquela promessa. — Venha me ver em Paris. Eu lhe direi o que ele ia lhe revelar.

Mergulhou um olhar distante no do rapaz antes de acrescentar com simplicidade:

— Sou Nostradamus.

Os dois jovens ficaram perplexos. Divertido com essa reação, virou-se e subiu a escada que levava ao andar dos quartos. Quando chegou ao patamar, ficou na penumbra, invisível aos olhares, observando Lagarde e Diane, sozinhos lá embaixo com os despojos de Ronan.

Durante um tempo, ficaram com os olhos erguidos para o lugar onde Michel tinha desaparecido. Quando baixaram a cabeça, não ousaram olhar-se. De repente, conscientes da intimidade em que se encontravam, não souberam o que fazer. A intensidade das últimas horas dava lugar ao esgotamento do corpo e do espírito. Lagarde vacilou até uma cadeira posta à cabeceira de Ronan. Deixou-se cair nela, as mãos juntas, os cotovelos apoiados nos joelhos, os ombros arriados, a cabeça baixa. Diane o contemplou, perturbada com aquela aflição para a qual não conhecia remédio algum. Acabou pegando outra cadeira para se instalar perto dele e velar o morto.

Michel desprendeu-se da fascinação provocada pela impressão do *déjà-vu* que o jovem lhe provocava. Nada de mais natural, já que era filho de Marie, cujos olhos outrora o enfeitiçaram. Mas qual era a exata nuance deles? Não saberia dizer. Nada lhe restara dela. Maldisse as areias movediças da memória em que se afundava a lembrança dos rostos amados, e até mesmo o som de suas vozes. O espírito perpetuava os nomes, as palavras, as ações, mas todas as sensações que tinham despertado eram engolidas pelos pântanos do Tempo. Cansado, o coração ferido, virou-se e se dirigiu para o quarto em companhia de Djinno, que não tirara os olhos de cima dele nem por um instante.

— Essa é a força do Destino, Djinno... A filha de Saint-André... E esse rapaz é o filho de Marie... O filho de Marie! Mas também de Henrique! O bastardo do rei da França!

Michel e Djinno deixaram o albergue ao alvorecer para chegar no final da manhã ao palácio de Sens,[4] no coração do bairro do Marais.

Construído à beira do Sena, cuja margem corria a alguns passos do flanco sul, a construção representava uma insólita reunião de estilos, misturando gótico e Renascença. Com seu torreão quadrado e suas três torrinhas, lembrava

---

[4] O palácio ainda existe, no número 1 da rue du Figuier. O portal, as torrinhas e o torreão quadrado são originais. O restante foi restaurado e reconstruído entre 1936 e 1962, sem verdadeira preocupação de autenticidade.

uma fortaleza medieval erguida no centro do Marais, ou um castelo de conto de fadas.

Edificado originalmente para os bispos de Sens, tornara-se residência real. Os soberanos ali alojavam ocasionalmente seus hóspedes importantes. Catarina de Médici insistira para que Nostradamus fosse ali instalado. Manifestava assim, diante de todos, que o tinha em alta estima. Além disso, aquela residência oferecia para ela a vantagem de se encontrar ao alcance de um tiro de flecha do palácio da rainha. Teria então toda facilidade de dispor dele a qualquer instante.

Embora lisonjeado, Michel o considerava impróprio. O lugar era grande demais para ele e Djinno, e a numerosa criadagem, certamente encarregada de relatar todos os seus feitos e gestos, representava mais embaraço que conforto. Todavia, ele compreendia a soberana. Desde sempre empenhada numa guerra de influência tão silenciosa quanto implacável, devia manter-se informada de tudo e não confiar em ninguém. Nem mesmo nele. Mas estava próximo o tempo em que Catarina de Médici poria seu destino em suas mãos.

O palácio de Sens situava-se no coração do bairro onde ele outrora vivera. Do portal e de cada janela da fachada via-se a rue Ave Maria e a casa que habitara com Blanche. Decididamente, o Destino lhe pregava peças. Depois de Lagarde, eis que o colocava no lugar mesmo da felicidade destroçada.

Decidiu, portanto, recuperar o domínio de si e permanecer surdo aos apelos da vingança que exigiam que ele fizesse seus inimigos sofrerem tanto quanto eles o fizeram sofrer. De qualquer modo, seria inútil, já que a desgraça deles estava inscrita no curso dos astros. Bastava esperar, deixando girar a implacável mó do Tempo, que acabaria por triturá-los, como fazia com cada coisa.

Um agrupamento crescia continuamente em torno da grande figueira que se elevava diante do portal do palácio, cujos batentes continuavam fechados. A notícia da chegada de Nostradamus se espalhara como um rastilho de pólvora. Solicitantes já faziam fila. Homens e mulheres, burgueses e pobres confundidos, todos queriam ver o mago. A pequena porta situada à direita do portal se abriu, e Djinno apareceu. Erguendo os braços para pedir silêncio, observou, sorrindo, todos os rostos voltados para ele, e levantou as mãos em sinal de paz.

— Meu mestre acaba de chegar. Ele promete receber cada um e cada uma de vocês. Mas dêem tempo para que ele se acomode!

— Afastem-se! Populacho supersticioso! — latiu uma voz rouca. — Saiam, ou serão danados!

Quando chegou diante de Djinno, Ochoa quis continuar desabalado e entrar no palácio, mas o cigano lhe barrou a passagem. Cuspiu, imperioso:

— Vá dizer a seu mestre que dom Ochoa exige falar-lhe neste instante!

Nem um pouco impressionado, Djinno examinou o monge de quem Michel lhe fizera um retrato fiel. Rosto encovado, salpicado de barba rala e desigual, hálito azedo, olhar febril, dentes amarelos, o defensor da Inquisição poderia parecer patético se não fosse possuído por uma demência cruel.

— Ele predisse sua vinda — respondeu finalmente Djinno num tom de ironia sutilmente dosada.

Virou-se e o precedeu no pátio do palácio. Empregados trabalhavam, transportando móveis e tapeçarias. Depois de percorrer a habitação, Michel decidira instalar o quarto, o laboratório e o gabinete de trabalho no primeiro andar da ala oeste, dominando um jardim elegante. Todas as janelas davam para a esplêndida perspectiva do Sena e para a île de la Cité, onde culminavam as torres e a flecha de Notre-Dame.

Djinno o conduziu por uma pequena porta que dava para uma galeria escura e deserta, com piso de lajes brancas e pretas. Indicou-lhe um banco de madeira de pátina escura e o abandonou sem lhe dar oportunidade de reclamar.

Fechando a porta da galeria, Djinno abriu outra, escondida atrás de uma tapeçaria, e subiu uma pequena escada que levava diretamente aos aposentos do mestre. De lá, passou para o imenso cômodo que Michel escolhera como gabinete de trabalho.

Carteiras e mesas estavam atulhadas de documentos e livros que Michel tirara das malas despachadas sob a proteção de Nérac. Pensativo, selecionava-os, interrompendo-se às vezes, perdido numa reflexão que o deixava estranhamente emocionado e perplexo. Não percebera, ou não prestara atenção à silenciosa interrupção de Djinno, que o observou durante alguns instantes antes de comentar:

— Um jovem bem interessante, de fato.

— Você ousa se insinuar em meus pensamentos, discípulo insolente? — brincou Michel, sem, contudo, se virar.

— Eu não ousaria, mestre. Mas não é minha culpa se seu pensamento é tão límpido.

Ao fim de um tempo, Michel se virou.

— O ilustre Ochoa está aqui. Como o senhor disse.

Nos lábios de Michel desenhou-se um sorriso que se transformou numa gargalhada.

— Pois bem, que espere!

— Já providenciei, mestre.

Trocaram um olhar malicioso que exprimia toda a cumplicidade entre eles, e caíram na risada.

Lagarde e Diane cavalgavam lado a lado, melancólicos. Avançavam a passo pelas ruas de Paris, inconscientemente retardando a separação.

Logo ao amanhecer Lagarde cavara um túmulo ao pé de um carvalho numa clareira tranqüila onde enterraram Ronan. Não havia necessidade de sepultura cristã no cemitério no qual, de qualquer modo, lhe negariam a entrada.

Até a primeira adolescência, Lagarde tinha sido criado por Manon, patroa do Tirso. Portanto, de mulheres, só conhecia as putas com quem havia convivido desde a infância. Elas o mimaram e depois lhe tiraram a inocência. Sensual e bonito, conheceu precocemente os prazeres da carne, mas nada sabia do amor que transporta a alma. Até a noite da véspera, quando conhecera Diane, esplêndida em seu furor guerreiro.

Foi inútil retardar os passos dos cavalos: estes os levaram ao palácio de Saint-André, que se delineava agora na esquina da rue Saint-Honoré.

— Roland de Lagarde — murmurou Diane. — Como gostaria que seu nome fosse repetido na corte e na cidade como o do mais bravo cavaleiro...

O jovem deu um riso breve no qual a amargura transparecia.

— Ele é repetido, eu lhe asseguro! Como o de um malfeitor. Minha cabeça está a prêmio. Por três vezes nada! Depenamos um pouco alguns coletores de impostos que, diga-se de passagem, roubavam tanto o rei quanto os burgueses.

Ela também riu, tranqüilizada, embora soubesse, por ter sido testemunha desde pequena, que seu pai e seus amigos julgavam o ataque a esse dinheiro, que eles colocavam acima de tudo, como o mais abominável dos crimes.

— Abandone essa vida! — exclamou ela.

Lagarde já o tinha prometido a Ronan. Contudo, o retorno à vida honesta lhe parecia impossível. Dali a seis meses, um ano, dez anos, os policiais acabariam por agarrá-lo. Somente a graça real poderia absolvê-lo.

— Seu pai, o chanceler, deixaria que eu a abandonasse?

Um sorriso radiante iluminou o belo rosto de Diane. Tranqüilizada pelo amor que lhe tinha o pai, prometeu, com a certeza de conseguir o perdão para aquele rapaz de alma épica.

— Ele só tem a mim! — exclamou ela. — Ao me salvar, você resgatou todos os seus crimes.

Lagarde a contemplou, deslumbrado. Tinha 19 anos e não era senão retidão e lealdade. Confiava no pai. Em outros tempos, ele a teria deixado completar sozinha o restante do caminho. Dessa vez, preferiu acreditar nela. Entraram juntos no pátio de honra do palácio de Saint-André, suntuosamente renovado por Philibert Delorme, arquiteto preferido do rei e de Diane de Poitiers.

Vendo a multidão de guardas de uniforme cinza, o instinto mandou que Lagarde mudasse de direção. Tendo percebido sua desconfiança, Diane lhe deu um sorriso tranqüilizador. Ele se dobrou à vontade dela, e prosseguiram até a escadaria onde apearam.

O marquês Jacques de Saint-André, Chanceler do Reino, saiu correndo da casa principal e desceu os poucos degraus que levavam aos jovens. Abraçou a filha, apertando-a ao peito, emocionado. Aos 50 anos, Saint-André tinha um físico seco e distinto. Perfil agudo, lábios finos cercados de rugas acentuadas, olhar penetrante, barba bem aparada, cabeleira grisalha. Trocara a elegância espalhafatosa dos jovens anos por uma aparência mais discreta, de acordo com sua alta função, mas cujo luxo se via em cada detalhe.

— Para onde foram seus guardas? — perguntou, finalmente.

— Morreram numa emboscada da qual este homem me salvou — respondeu Diane, traindo com um sorriso toda a ternura que já sentia por Lagarde.

Saint-André olhou o jovem de alto a baixo, reconhecendo-lhe, de má vontade, uma bela aparência e até mesmo certa nobreza, embora sua roupa — casaco de couro gasto, botas até o meio da coxa e capa vermelha — indicasse sem dúvida que se tratava de um espadachim.

Lagarde lhe devolveu o olhar, sem insolência, mas sem humildade. Vendo-o pela primeira vez face a face, voltou à primeira impressão e logo ficou atento. O chanceler era um homem a quem a glória, a riqueza e as honrarias deram uma segurança próxima do desprezo universal. Uma serpente.

— Sou-lhe agradecido — condescendeu Saint-André. — A quem tenho a honra?

O jovem hesitou mais uma vez. Cabeça erguida e olhar direto, respondeu com simplicidade.

— Sou Lagarde.

— Bandido! Ousa me desafiar em minha casa?

Ao mesmo tempo que Lagarde levava a mão à guarda do espadão, Diane se agarrava ao pai, veemente.

— Temos uma dívida de honra para com ele!

— Não há honra que se sustente com a ralé! — explodiu Saint-André, afastando-a com brutalidade e alertando os guardas, que logo acorreram.

Lagarde já tinha desembainhado. Embora fosse um contra vinte, começou a lutar com o primeiro, golpeando e abatendo três homens de cinza no primeiro bote. Mas não poderia sozinho vencer uma tropa tão numerosa. A cada adversário fora de combate, outro se erguia em seu lugar, forçando-o a recuar passo a passo até se ficar encurralado, com trinta lâminas apontadas para seu peito.

No alto da escadaria, Diane não perdia nada do combate desesperado. Foi então que, recuando ao longo do muro, diante do círculo de espadas que se fechava sobre ele, Lagarde sentiu uma pequena porta se abrir às suas costas. Vendo nisso uma trégua, talvez a salvação, empurrou o batente e se enfiou num túnel. Encontrava-se bloqueado num recinto escuro sem outra saída além de uma estreita portilha e um alçapão que levava aos porões, fechado por fora. Ou então, a porta atrás da qual morte certa o esperava.

Ouviu então o chanceler Saint-André lançar um grito de triunfo.

— Tragam as tochas! Vamos defumar o malfeitor.

15.

Sozinho na escura galeria onde Djinno o abandonara, Ochoa passou da exaltação ao abatimento. De repente, a porta se abriu, e o cigano ordenou-lhe que o seguisse. Levou-o para um amplo salão de recepção, cuja porta fechou sem dizer uma palavra. Novamente sozinho, Ochoa examinou a decoração. Sem prestar atenção aos jardins que se viam pelas grandes aberturas envidraçadas, logo notou uma esfera armilar[1] exposta em evidência. Desconfiando, examinou-a mais de perto, mas ali não encontrou nada de repreensível. A Terra estava corretamente no centro, e os anéis representavam a órbita das esferas celestes, disposta segundo os cânones da ortodoxia ptolomaica. Sem que compreendesse por quê, seus olhos se dirigiram, em seguida, para um brasão pendurado acima de uma das grandes lareiras, dispostas nas extremidades da sala. Ali se destacava uma espécie de Sol de ouro com oito raios sobre fundo de gules.[2] O estandarte desdobrado abaixo trazia a inscrição "Soli + Deo", que Ochoa traduziu de imediato como "Ao Deus único". Sobre isso ele também não tinha nada a dizer. Perplexo, cruzou as mãos nas costas e foi se plantar à janela.

Confortavelmente acomodado numa poltrona baixa perto da outra lareira, dando as costas à sala, Michel "cobrira-se com o elmo de Plutão", provocando a ilusão de desaparecer do cenário pela simples força da vontade. Pôde assim observar comodamente o reflexo do velho inimigo no espelho mural. Michel se divertiu com o interesse de Ochoa por sua esfera armilar. Ele não soube ver. Se

[1] Instrumento de cosmografia, que representa o mundo tal como os Antigos o concebiam: a Terra no centro e, em volta dela, com o Sol e a Lua, os principais Círculos, os Coluros, o Equador, os Trópicos, os Círculos Polares e o Zodíaco.

[2] Gules: vermelho, em heráldica.

a tivesse examinado mais atentamente, teria notado uma linha tênue na junção das duas calotas aparafusadas, encerrando uma bola de ouro puro que representava o Sol, em pleno centro do sistema. Todos os outros planetas inseridos nos anéis foram fabricados do mesmo modo e, quando acionado, um mecanismo de relojoaria astuciosamente disfarçado punha em movimento a rotação dos planetas em torno do Sol. Essa obra-prima tinha sido concebida especialmente para Michel por um irmão R + C, relojoeiro de Gênova. Michel se levantou com a expressão de um homem que acabava de despertar da sesta, e se pôs de pé, sem pressa. Ochoa estremeceu ao perceber às suas costas um movimento não esperado. Virou-se de uma só vez, com o coração disparado, e descobriu um homem de expressão benigna. Este, de cabelos prateados, pouco corpulento para a idade, o olhar embaçado, não tinha nada de impressionante ou de notável.

— A Santíssima Inquisição me concede uma grande honra — disse amavelmente Michel, esboçando uma reverência.

— Hipócrita, charlatão! Exijo que deixe a cidade ou será excomungado!

Michel lhe dirigiu um longo olhar atento e emendou como se nada tivesse acontecido.

— Notei seu interesse pelas armas de minha família. Deixe-me explicá-las ao senhor. A estrela de oito pontas representa uma rodela quebrada. Como o senhor sabe melhor do que ninguém, se não me engano, os cristãos obrigavam os judeus a usar uma rodela. Esta está quebrada porque meus antepassados renunciaram à religião de seus ancestrais. Sob pressão, evidentemente.

Michel o olhou novamente com profunda atenção. Embora sem perceber nenhuma hostilidade de sua parte, Ochoa estremeceu de modo irracional. Como é que aquele homem insignificante conseguia instilar o medo em seu coração? Incapaz de sustentar seu olhar sereno, Ochoa desviou os olhos. Essa fuga divertiu muito Michel. Decididamente, o monge não reconhecia Michel de Saint-Rémy sob os traços de Nostradamus.

— No centro da rodela quebrada figura um círculo marcado por um ponto. O círculo, forma perfeita, representa o Todo. E o ponto simboliza Deus. Quanto à inscrição que aparece no estandarte, ela significa...

— Ao Deus único! Eu sei latim! — interrompeu-o Ochoa, com raiva.

— Assim, a perspectiva da excomunhão não me impressiona. Tanto mais que o senhor não tem poder de decidir a respeito.

— Como ousa me desafiar, feiticeiro?

— A Igreja vê bruxaria em tudo o que não entende, ou que perturba seus interesses. O senhor chama de heresia tudo o que ajuda o homem a compreender o universo, pois o Saber o libertará de sua tirania.

— Blasfemo!

Ochoa lançava o anátema, mas cada imprecação era seguida de um recuo, enquanto Michel avançava calmamente para ele, prosseguindo, com o olho animado e a voz cortante.

— Esquece-se dos três magos vindos da Pérsia, do Egito e da Babilônia, os primeiros a se inclinar diante do menino Jesus? Eram astrônomos, astrólogos e alquimistas, sábios entre os sábios de seu tempo. Hoje, a Igreja os renega, e persegue seus herdeiros.

— É demais! Recuso-me a argumentar com você! Você erra em me provocar! Não sabe do que sou capaz!

No momento em que ele chegava à porta, Michel se pôs à sua frente. Deixara cair a máscara de simplicidade. Com o queixo erguido, o olhar imperioso, passou à ofensiva.

— Ao contrário, Inácio! Sei muito bem quem você é, e dos crimes de que é capaz.

Quando esteve na casa de Jeanne d'Albret, de volta do Novo Mundo, Michel se informara sobre Inaki Ochoa, e o que ficara sabendo tornara o personagem ainda mais odioso para ele.

Surpreso ao ser chamado pelo nome, Ochoa encolheu-se. Sem mesmo se dar conta, começou a bater em retirada, passo a passo, como se cada nova lembrança do passado que ele acreditava enterrado fosse um golpe em plena face.

— Você foi um libertino, Inácio! Trapaceou, roubou, mentiu. Matou com as próprias mãos. Por traição. Uma mulher que não o amava, e seu rival, que ela amava! Se você oferece amor sem medo, recebe na medida do que ofereceu. Mas você, você é cheio de ódio e de medo! Você era um assassino solitário; tornou-se um assassino de massa. Como seus pecados deviam ser grandes e graves para que os pagasse com o sacrifício de todos os que queriam viver felizes, confiantes no amor de Deus. Mas você detesta a felicidade dos outros. E encontra a própria na loucura mística. Sua alegria é fúnebre e sanguinária!

— Cale-se! Cale-se! — ganiu Ochoa, com a voz estrangulada de raiva e terror. — Tudo o que faço é para a maior glória de Deus!

— Não! — vociferou Michel. — Deus jamais pediu holocaustos em sua glória.

Michel interrompeu-se de súbito, sentindo correr pela pele dos braços uma onda de arrepios anunciadores das fagulhas. Retesou-se, com a mente alerta. Quem o chamava de modo tão insistente? Com os olhos semicerrados, focalizou suas faculdades de percepção naquele lamento desesperado cujos ecos ressoavam em sua cabeça.

Surpreso, Ochoa arriscou um olho e viu aquele que considerava agora, sem dúvida possível, uma criatura de Satã, de pé a alguns metros dele, vibrando da cabeça aos pés, com o olhar distante.

— Cale-se! — murmurou Michel quando ele esboçou um gesto. — Chamam-me... Sinto cheiro de fumaça...

Petrificado, lutando com todas as forças para não ceder ao pânico que o dominava, Ochoa viu os olhos de Michel se convulsarem, enquanto o corpo se congelava, imobilizado. Seus lábios se moveram.

— Corra! — murmurou ele, insistente. — Corra!

Os limbos por onde corria o espírito de Michel se dissiparam, transformando-se em volutas de fumaça. Através dos olhos de Diane, viu as paredes de uma fileira de porões abobadados dançarem ao ritmo de uma corrida desenfreada que terminou na base de um plano inclinado que levava a um alçapão fechado com dois grandes ferrolhos.

No túnel invadido por fumaças acres, Lagarde emergia do torpor no qual afundava. Alguém lhe falava, exortando-o a recuperar consciência. Ouviu estalarem os ferrolhos do alçapão contra o qual se debatera em vão. Juntando as últimas forças, rolou de lado para liberar o batente no qual estava caído. A portinhola ergueu-se, e o rosto de Diane surgiu.

Para Ochoa, a oportunidade era boa demais, e forte a tentação de acabar de uma vez por todas com o seguidor de Satã. Apunhalá-lo, fazer seu sangue esguichar, tê-lo-ia encantado, mas seria motivo de aborrecimento para a rainha. Havia coisa melhor, e mais discreta. Tirando do bolso da capa preta um pequeno frasco de veneno com o qual se munira em previsão daquele encontro, dirigiu-se vivamente para um aparador onde repousavam um jarro de vinho e copos.

Lagarde cambaleava, lutando para recuperar o fôlego. Com Diane apoiando-o, os dois jovens caminhavam através da sucessão de porões, fugindo da fumaça que filtrava pelas fendas do alçapão fechado e aferrolhado atrás deles.

Quando chegaram a um celeiro cujo respiradouro, no alto, garantia a ventilação, caíram num banco, arquejantes. Com o cérebro em ebulição, o coração acelerado, sentiam-se absolutamente confusos. Trocaram um longo olhar grave, cuja reserva mascarava mal o tumulto das emoções. Diane corou enquanto Lagarde abaixava os olhos, suspirando.

— Por quê? — perguntou, finalmente.

Ela demorou a responder, e ele imaginou que ela responderia "Porque o amo. Amei-o desde o primeiro olhar", palavras que ele ardia por pronunciar.

— Você me salvou, eu o salvo — murmurou ela simplesmente, logo lamentando a frieza tão contrária à febre que a abrasava. Gostaria de se atirar em seus braços, mas o pudor, a educação e, sobretudo, o respeito por aquele amor nascente a impediam. Contudo, não pôde deixar de pousar a mão sobre a dele.

Influenciado pelo contato com aquela pele fresca que o fez estremecer, Lagarde apertou entre as suas a mão graciosa e tão cheia de força.

Por uma sutil mudança no ritmo de sua respiração, Ochoa compreendeu que o espírito de Michel reintegrava o corpo. Afundou numa poltrona.

Michel pestanejou e se sacudiu, sorrindo, e exclamou:

— Como faz bem fazer o bem! Você devia experimentar, um dia. Toda aquela fumaça me deixou com a boca seca — prosseguiu, umedecendo os lábios.

Dirigiu-se para o aparador onde se encontrava o jarro de vinho e serviu dois copos. Ochoa observava-o, expectante. Em alguns instantes, seu inimigo estaria morto, e ele se deleitava diante dessa perspectiva. Executar aquele feiticeiro era obra piedosa. Recusou o copo oferecido.

— Você está errado — riu-se Michel. — Por que então Nosso Senhor teria criado a vinha?

Levou o copo aos lábios, fez uma pausa, olhando o monge com malícia, e bebeu um gole que rolou na boca a fim de saborear todas as sutilezas do buquê antes de deixá-lo lentamente descer pela garganta. Sorriu de satisfação e, erguendo o copo numa saudação, esvaziou-o de um trago e o pousou no aparador. Ochoa devorava-o com os olhos, impaciente por constatar os efeitos do veneno. Gostaria de rir na cara daquele feiticeiro que caçoava dele com um sorriso imbecil, mas não foi capaz. A dúvida acabara de se insinuar em sua mente quando o sorriso de Michel se apagou, dando lugar a uma expressão terrível, e seus olhos chamejaram. Ochoa sentiu a pele se cobrir de arrepios, e seus pêlos se eriçarem. Acreditou ser vítima de uma alucinação. Durante uma fração de segundo, o olhar fulminante do feiticeiro lembrou-lhe outro, cuja recordação obsedava ainda seus piores pesadelos. Mas ele vira Michel de Saint-Rémy precipitado no fundo de um abismo do qual jamais saiu. Nenhum ser humano sobreviveria a semelhante queda.

— O que você achava, então, pobre tolo? Há anos, tornei meu corpo invulnerável a todos os venenos conhecidos e a muitos outros mais!

Ochoa recuou precipitadamente. Agitando os braços diante de si, num ridículo gesto de proteção, gemeu:

— Deixe-me, demônio! Poupe-me!

Ficou acuado num canto da sala, encolhido, as pernas bambas. O riso de Michel ressoou sarcástico, mas triste.

— Como suas vítimas gostariam de vê-lo agora, tremendo como uma criança! Pilhe, viole, queime, massacre! Deus o quer! O que me desespera é que todos esses horrores são por nada. Tempo virá em que essa Igreja cruel tremerá em suas bases.

— É Satã que fala por sua boca — soltou Ochoa com sua voz rouca.

Michel liberou-o, cansado, e até mesmo triste com tanta cegueira fanática.

— Satã é uma invenção dos homens para justificar o mal que está neles — continuou calmamente. — A inveja, a cobiça, o desejo de poder, a intolerância. Feiticeiro, você diz? Talvez, já que você só conhece essa palavra.

— Confessa, então!

— Vou até mesmo prová-lo, fazendo com que você veja os tempos futuros como eu os vejo.

Virou o anel que usava no indicador direito, e a esmeralda apareceu. Reconhecendo a pedra verde cujo brilho sobrenatural lhe gelara o sangue e ainda feria sua memória, Ochoa foi sacudido por um longo estremecimento.

— Não!

Primeiramente os olhos, depois, a pedra. Será que Nostradamus era Michel de Saint-Rémy de volta entre os vivos para realizar a profecia de Malaquias? E ele, Ochoa, teria falhado em sua missão sagrada?

Michel pegou-lhe um dos pulsos. À medida que os longos dedos magros do feiticeiro se enfiavam um após outro em sua carne, o monge perdia o controle do braço.

Michel segurou o outro e procedeu da mesma forma. Ochoa perdeu o controle do corpo, enquanto a esmeralda palpitava suavemente, irradiando um halo verde.

— Veja, Ochoa, veja! — começou Michel com voz surda. Veja os impérios se desarticularem e ruírem... Veja como se vingam os povos convertidos pelo terror, sujeitados, negados, massacrados... Veja o Anticristo voltar a cada século e lançar suas hordas em assalto à humanidade... Veja as legiões do Mal espalharem o luto, o horror, a aflição... Veja a terra nutriz se revoltar contra a loucura dos homens...

No espírito do monge, a voz de Michel ressoava cada vez mais distante e, contudo, terrivelmente presente, enquanto se sucediam as imagens do que ele anunciava. E aquelas visões só poderiam surgir do espírito de um danado! Misturados, arrastados pelo terrível turbilhão das correntezas do Tempo, apareciam homens à deriva, ensangüentados, feridos, desmembrados. Estranhos objetos passavam pelo céu, e seus enxames compactos como os do louva-a-deus escureciam o astro do dia e soltavam sobre a Terra quantidade de projéteis cujas explosões incendiavam as trevas. Os avatares do Anticristo imperavam nas estradas multicores onde se exibiam tropas com uniformes cinza, verdes, negros, cáquis, alinhados até o infinito, sob estandartes com as cores da morte.

Monumentos, veículos, flâmulas, bandeiras, bandeirolas, insígnias, vestimentas, chapéus com cruzes de todas as formas, de todas as cores, de todas as origens, aos quais se misturavam martelos, foices, crescentes de Lua, estrelas e símbolos, num carrossel alucinado. Um Sol falso surgia no céu, abolindo matizes, formas e criaturas vivas, enquanto um sopro mais vingativo que o do Deus vingador da Bíblia carregava tudo ao passar.

E se erguiam ondas sob um céu escurecido, e se formavam furacões cujos movimentos fortes se projetavam, juntando oceano e nuvens, enquanto os solos deslocados abriam-se em abismos. E o mar e os ventos e o fogo dos vulcões pulverizavam e engoliam inúmeras torres de Babel pagãs, mais altas que as mais vertiginosas torres de catedrais, cujos cimos se fundiam na agitação de nuvens escuras...

— Veja, Ochoa, veja! Veja Roma devorada pelas chamas! Veja as igrejas abandonadas! Veja o Pontífice derrubado!

Michel soltou os pulsos de Ochoa, que não se sustentava mais nas pernas.

Contemplando o monge caído, Michel concluiu, solene:

— Deus, porém, permanecerá, eterno no silêncio do espaço infinito, pois Ele é o desejo supremo do homem. Então, a palavra de Jesus ressurgirá dos escombros, no esplendor de sua pureza original.

— Piedade! Poupe a Igreja — soluçou Ochoa.

— Isso não está em meu poder. Sei apenas ler essas calamidades no ciclo dos astros, cujo curso foi estabelecido por Deus. Nem ele poderia mudar a ordem das coisas.

— Graça! — implorou mais uma vez Ochoa.

Michel pousou nele um olhar de desprezo. Agarrou-o pela gola, forçou-o brutalmente a se pôr de pé e o arrastou para a porta. Ao passar diante de seu brasão, ele parou e demorou-se para decodificá-lo realmente.

— Aproveite o tempo que lhe resta para aperfeiçoar seu latim pretensioso. Minha divisa "Soli Deo" significa também "Ao Deus Sol", e o círculo marcado com um ponto no centro é, antes de tudo, o símbolo astrológico do

Sol. Se você se interessasse pela Cabala, talvez notasse que, retirando-se de Soli Deo as letras sem equivalência no alfabeto hebraico, tem-se *sodh-e*, que significa "veja o segredo".

Abriu a porta e empurrou Ochoa para fora da sala. Bestificado, mesmo assim o monge encontrou força para se virar e lhe dar um sorriso mau.

Michel sustentou seu olhar sem pestanejar e, por sua vez, sorriu.

— Sei o que você pensa. Acredita ter com que me queimar dez vezes. Tente, se quiser. Será inútil. Você nada pode contra mim. Ninguém pode nada contra mim, nem o rei, a menos que eu consinta.

O barulho da porta do túnel derrubada a golpes de machado tirou os jovens do devaneio amoroso. Assim que Saint-André percebesse que Lagarde não estava mais no túnel, correria para a entrada dos porões. Diane se deu conta de que seu impulso cavalheiresco só adiara o resultado inelutável. A não ser que houvesse um milagre, Lagarde morreria. Se isso acontecesse, sua própria sorte lhe interessaria bem pouco.

— Já que estamos perdidos — murmurou, aproximando-se dele, pronta a oferecer e a receber seu primeiro beijo que, sem dúvida, seria o último.

— Ainda não!

Lagarde sabia que estariam definitivamente perdidos se cedesse às delícias daqueles lábios. Precipitou-se para um recinto fechado com uma grade, que descobrira havia alguns instantes. Ali estavam guardados mosquetes, pistolas e barriletes de pólvora. Aquele recinto protegido era o paiol do palácio.

Lagarde pegou dois barriletes de pólvora negra e mechas, dando em seguida instruções a Diane. Quando tudo ficou pronto, trocaram um olhar cheio de promessas. Em seguida, Lagarde puxou os ferrolhos da pesada porta dos porões.

O primeiro que viram na escada, com a espada nua, foi o chanceler Saint-André. Lívido de cólera, seu rosto mostrava uma dor abominável, quase abjeta. Atrás dele, enfileirados ao longo dos degraus de pedra, seus guardas apontavam mosquetes e pistolas. Correu para Diane, agarrou-a pelo braço e puxou-a com tanta violência que lhe arrancou um grito de dor.

— Mais tarde cuidarei de você! — rangeu ele, dirigindo-se ao rapaz, e fechou a porta dos porões.

Lagarde ouviu-o dar ordens aos guardas e subir a escada, arrastando Diane. Colocou um barrilete de pólvora encostado na porta e se abrigou numa reentrância, derramando atrás de si um rastilho de pólvora de outro barril. A explosão que ressoou por todo o subterrâneo, provocando uma chuva de entulho, deslocou a porta, e o efeito de sopro derrubou os guardas postados na escada como se fossem pedaços de madeira.

Saint-André correu, reagrupando os homens na entrada dos subterrâneos que agora vomitava uma espessa nuvem de poeira. Talvez o bandido dispusesse de meios, mas aquele fogo de artifício seria sua última proeza. Assim que aparecesse, encontraria vinte mosquetes apontados, prontos a abrir fogo. Uma silhueta branca desenhou-se através da poeira. Saint-André ordenou aos homens que mirassem. Mas, de repente, empalideceu.

Diante dos mosquetes apontados para seu peito, Lagarde mantinha-se ereto, sorridente, dominador. Carregava sobre o ombro direito um barrilete de pólvora do qual pendia uma mecha curta e, na mão direita, um lança-fogo incandescente que segurava a alguns centímetros da mecha.

— Deixe passar, chanceler! Ou juro que nós todos passaremos!

A uma ordem de Saint-André, os guardas abaixaram os mosquetes e se afastaram. Dando um sorriso zombeteiro para Saint-André, ele o intimou a recuar também. Humilhado em sua própria casa, na frente de seus guardas, o chanceler da França jurou que não descansaria até pôr a mão naquele bandido para fazê-lo pagar com tamanho luxo de refinamentos que ele suplicaria chorando que tivessem a bondade de matá-lo.

Lagarde atravessou lentamente o pátio do palácio, com um sorriso de bravata nos lábios, mas o olho vigilante. Quando chegou ao portal, assobiou, e seu cavalo foi ao seu encontro a trote curto. Diane o soltara, aproveitando-se da distração geral, como haviam combinado. Ele olhou mais uma vez para o senhor e seus guardas de cinza, impotentes, e, em seguida, pondo o barrilete no chão, acendeu a mecha e saltou em sela.

Dirigiu um longo olhar apaixonado para Diane, que, de uma janela do primeiro andar, devorava-o com os olhos, fez a montaria empinar e desapareceu, rindo.

Assim que a mecha foi acesa, Saint-André e seus guardas correram para se pôr a salvo. Como nada acontecesse ao fim de alguns minutos, foi escolhido um voluntário para inspecionar o barrilete de pólvora.

— Está vazio! — anunciou ele a todos.

Ochoa apressou-se em pedir uma audiência ao rei. Somente ele poderia, desconsiderando a proteção que sua esposa concedera ao feiticeiro, mandar prendê-lo, julgá-lo e executá-lo. Ele dispunha de um aliado de peso: o chanceler Saint-André. Este jamais faltara com suas obrigações para com a Inquisição. Sua maneira de agir, sempre com extrema discrição, tinha por vezes frustrado

Ochoa. Era-lhe forçoso convir, porém, que esta maneira permitira à Santa Igreja dispor de um eficaz agente de influência bem próximo do trono de França.

Saint-André, por seu turno, não tinha que se meter com Nostradamus. Habituado desde sempre com os caprichos de Catarina de Médici por mágicos de todos os feitios, não dava àquele maior importância que a concedida a seus predecessores. Também ele seria despedido mais dia menos dia, mais rico ou mais pobre do que quando chegara conforme tivesse ou não talento. E Ruggieri conservaria seu lugar. Será que ainda não compreendera que estava indissoluvelmente ligado a Catarina desde a morte de Francisco, em Tournon? Um único homem poderia pôr em risco sua supremacia ao lado dela, mas esse homem não existia mais.

Saint-André, a pedido de Ochoa, concordou em solicitar uma reunião do conselho privado dedicada aos problemas causados pela presença de Nostradamus. Mas só concordou para ter paz.

Ele, que não estimava ou gostava de ninguém, e que por isso construíra uma carreira política exemplar, tinha, contudo, uma fraqueza. A verdadeira paixão que descobriu pela filha Diane. Acolhera-a ainda menina depois que a mãe morrera de tristeza na casa provinciana onde ele a abandonara. Decepcionado e furioso por ela não lhe ter dado um herdeiro homem, e sem querer repetir a fastidiosa experiência de engravidá-la, desinteressou-se completamente da mãe e da criança. Diane chegou a Paris pouco antes de completar 10 anos. Era um verdadeiro menino que não deu certo, robusta e ousada, cuja carinha e o caráter enérgico conquistaram a simpatia daquele homem frio. Sempre atento aos seus interesses de cortesão, Saint-André lembrara-se, muito a propósito, de que Diane de Poitiers, favorita de Henrique II, e rainha depois da rainha, dera o exemplo ao mostrar-se amazona emérita, nadadora e caçadora. Já que essas qualidades correspondiam ao temperamento de sua filha, decidiu encorajá-la a praticá-las, acrescentando a arte da esgrima. Depois de tê-la batizado com o nome da Dama de Copas daquele que então era apenas o delfim, estimulou nela as aptidões em que a outra brilhava. Desse modo, atribuía a Diane de Poitiers o estatuto do ideal feminino a ser imitado. A homenagem foi devidamente apreciada.

Quatro anos mais tarde, Diane de Saint-André participava das caçadas reais com os jovens da nobreza. Saint-André descobriu que tinha um imenso orgulho dos sucessos da filha e se pôs a querê-la ternamente. Quando Diane completou 16 anos, o esboço da primeira adolescência se apagou dando lugar ao gracioso projeto de moça, de onde surgiu, repentinamente, a beleza ardente da jovem mulher. Saint-André descobriu então um amor exclusivo — mais forte do que o de um pai por uma filha, e do qual estava ausente o desejo, pois não se interessava por sexo —, mas exacerbado pelo ciúme que acarretava um perpétuo tormento. Para sua grande alegria, se Diane partia corações, não se interessava por seus enamorados. As conveniências exigiriam que ela escolhesse entre os numerosos partidos que se apresentavam, pondo glória e fortuna a seus pés, mas, para ela, o casamento só poderia acontecer por amor.

Saint-André vivia permanentemente com medo de que aparecesse um homem que roubasse o coração da filha. Quase teria preferido que ela se entregasse aos amores múltiplos, ou lésbicos, a exemplo da poetisa Louise Labbé,[3] de quem era admiradora, a deixá-lo um dia por causa de um único homem. Ora, eis que ela se apaixona por um bandido procurado por todas as polícias do reino. Era algo que se poderia corrigir, mas havia pior! Dominando-se para moderar o furor e esconder sua vergonhosa tristeza, interrogou Diane sobre as extraordinárias circunstâncias de seu encontro com Lagarde. Embora violentamente zangada com ele pela primeira vez na vida, controlou-se depois que ele lhe jurou nada tentar contra Lagarde. Ele concordou não atentar contra a vida do homem que salvara a de sua filha, com a condição de que ela não procurasse revê-lo. Pai e filha trocaram juras que nenhum dos dois tinha, no fundo, a intenção de cumprir.

A referência a Ronan gelou-lhe a alma. Saint-André nunca mais tivera nada a ver com ele depois da morte de Marie. Com a distância, esse comportamento lhe parecia completamente normal, salvo se Ronan não tivesse matado a criança. Saint-André não acreditava em coincidências. Seria o jovem bandido filho de Marie? Sua idade correspondia. Nesse caso o que ele saberia? Teria Ronan lhe revelado as circunstâncias de seu nascimento, o nome dos carcereiros de sua mãe e o de seu assassino? Por ter tentado roubar-lhe o coração de Diane e conhecer os fatos que, se divulgados, poderiam manchar a reputação do rei da França e de seu chanceler, Lagarde devia desaparecer o mais rápido possível.

Ficar sabendo que o chefe dos capangas encarregados de raptar Diane tinha sido Feuilly, o executor dos trabalhos sujos de La Jaille, criava-lhe, em compensação, um problema mais espinhoso. Quem, a não ser o próprio rei, poderia ter lhe permitido ousar atacar o que lhe era mais caro? Enquanto bus-

---

[3] Poetisa, educada à italiana, Louise Labbé construiu sua vida e sua obra em torno do sentimento e do discurso amoroso. Casou-se com um cordoeiro de Lyon, donde seu nome a "Bela cordoeira". Atribuem-lhe múltiplas aventuras amorosas. Sua obra *Débat de la Folie et de l'Amour* [Debate entre a Loucura e o Amor] dá provas de uma rara audácia na expressão da paixão carnal.

cava uma saída que preservasse sua honra e a de sua filha, sem lhe roubar o favor do soberano, nem prejudicar o futuro, ele decidiu fingir que não sabia.

Henrique II agitava-se na poltrona, visivelmente apressado em acabar com aquilo. Não soubera recusar a reunião do conselho privado que Saint-André fingira solicitar quando na verdade a havia imposto! Não agüentava mais se sentir sob constante tutela. Entre a cara Diane de Poitiers e o chanceler, ambos sempre o dirigindo, Henrique sufocava. Agora queria governar à vontade.

Sentado à sua direita, Saint-André o observava, impassível, embora captando seus pensamentos. Nunca o rei tivera um ar tão sonso. Saint-André procurou refletir friamente. Henrique chegara à idade em que, vendo apontar o caminho que leva à velhice, todo homem quer acreditar que sua juventude não passou. Surpreendeu pousado nele o olhar do juiz de Paris, que lia com dificuldade um relatório de polícia. O brutamontes envelhecia mal. Outrora talhado como um colosso, tornara-se inchado de gordura e de auto-suficiência. Sua expressão bonachona se transformara em ricto malvado, e sua jovialidade, que antes provocava simpatia, dera lugar à vulgaridade arrogante. Longe de beneficiá-lo, o acesso ao poder fez apenas que adquirisse brutalidade e maldade.

Perfeitamente senhor de si, o chanceler devolveu ao juiz o olhar indecifrável, mistura de altivez e tédio, que lhe era habitual.

— Em resumo — concluiu La Jaille —, ele está aqui há apenas três dias, mas seu palácio já está assediado por solicitantes. Recebe a todos e atende sem distinção de nível ou de fortuna. Até mesmo abre a bolsa para os mais desprovidos.

Ochoa se ergueu a meio no assento, apesar das convenções. Ninguém podia tomar a palavra sem ser a convite do rei.

— É preciso agir imediatamente! Se esperarmos, será tarde demais! É preciso prendê-lo e queimá-lo!

— Queimá-lo, queimá-lo! O senhor só tem essa palavra na boca! — retorquiu Henrique II. — Já estou cansado da arrogância dos protestantes e, além disso, não preciso que o povo de Paris se revolte! Nostradamus é, por outro lado, hóspede de minha esposa.

Despediu a todos com um gesto da mão, mas ordenou que La Jaille ficasse ainda um pouco.

Assim que Ochoa e Saint-André saíram, ergueu-se violentamente.

— E então? A moça? — sussurrou ele com voz impaciente.

Foram necessários dois dias para que La Jaille agarrasse os dois fugitivos da expedição que a interferência de Lagarde e Ronan transformara em derrota sangrenta. A morte de Feuilly deixava-o extremamente embaraçado. Capangas tão astuciosos quanto desprovidos de escrúpulos não eram fáceis de achar.

— Tenho de me organizar. É melhor esperar para agir com certeza.

Ambos sabiam que atacar Diane de Saint-André equivalia a ofender-lhe o pai. Quem poderia saber a que extremos o levariam a tristeza e a cólera?

Henrique bem que tinha pensado em exigir-lhe a filha, porque tinha o poder e até mesmo o direito. Mas que preço deveria pagar por ela? O chanceler seria capaz de exigir uma coroa ducal. De qualquer forma, tinha de ter aquela moça. Ela fazia renascer nele os transes amorosos de sua adolescência, quando se apaixonara de modo tão cavalheiresco pela dama Diane de Poitiers.

Dividido entre a cólera e a decepção, Ochoa não largava Saint-André, que não sabia mais como livrar-se dele. O monge alternava queixas e recriminações, praguejando ao mesmo tempo contra Nostradamus, os protestantes, os hereges em geral e Henrique II.

Vendo aparecer de repente o barão de Nérac, Saint-André compreendeu que um alívio tão surpreendente quanto inesperado se oferecia a ele. O guarda de Catarina de Médici caminhava diretamente em sua direção, prova de que o encontro não era por acaso. Em si mesma, sua presença no Louvre não tinha nada de extraordinário. Mesmo que o casal real ainda morasse nas Tournelles, Catarina de Médici acompanhava de perto os acabamentos dos trabalhos de decoração, ao contrário de seu esposo, que só se interessava pela questão militar e pelos arcos do triunfo. Mas por que hoje, quando acabara de ter lugar um conselho privado imprevisto?

— Peço-lhe que me desculpe: serviço da rainha — ele interrompeu Ochoa, caminhando ao encontro de Nérac.

Para surpresa de Saint-André, Nérac o conduziu a um carro que o levou ao palácio da rainha. Sua curiosidade foi vivamente excitada. Se Catarina o mandava buscar tão expressamente, só poderia ser por um caso da maior importância que não permitia demora.

No grande salão de recepção do palácio, Catarina de Médici estudava atentamente a maquete de gesso em tamanho natural do projeto de uma frisa do escultor Jean Goujon, ilustrando a passagem dos signos do zodíaco. Interrompeu-se quando Saint-André chegou e cumprimentou o artista, que fez profunda reverência e se eclipsou, acompanhado dos aprendizes que levaram a obra disposta num largo suporte.

Catarina estendeu a mão, que Saint-André beijou galantemente. Em seguida, com um gesto, ela o convidou a acompanhá-la ao budoar contíguo.

Quando a porta se fechou atrás deles, ela se sentou, convidando o chanceler a fazer o mesmo, e o encarou por um longo tempo. Tanto quanto Saint-André se lembrava, os raros encontros a sós que tivera com Catarina tinham sempre começado por aquela observação silenciosa.

Embora a cordialidade não determinasse o relacionamento entre eles, nem por isso eram inimigos. Desde o início, Catarina compreendeu o jogo de Saint-André. Teria sido fácil considerá-lo o anjo mau de seu marido.

Certamente, ele favorecia as libertinagens de seu esposo, mas, ao fazê-lo, impedia-o de cair completamente na dependência de Diane de Poitiers. Certamente, era um administrador ávido de riquezas, mas demonstrava ser hábil administrador e sábio conselheiro que sempre favorecia as soluções negociadas, não o conflito. E não era proeza fácil conseguir controlar o rei. Partilhavam também a convicção de que a tolerância religiosa e a manutenção do equilíbrio eram melhores para o reino. Sua estratégia de moderar o apoio à Inquisição para manter os Guise sob controle era maravilhosamente pensada e executada. Com uma inteligência fora do comum, sabia, além disso, informar-se sobre as opiniões da rainha, cujo julgamento político, a profundidade de visão e a habilidade diplomática ele respeitava. Melhor ainda, suas decisões freqüentemente se inspiravam nisso. Catarina era, enfim, quem melhor conhecia o papel determinante que Saint-André exercera na ascensão de Henrique II ao trono. Se hoje ela era rainha da França, no fundo, foi um pouco graças a ele que, entre os dois irmãos, escolhera o rei que melhor conviria à satisfação de suas ambições. Em resumo, o chanceler era, por inúmeras razões, o homem mais poderoso do país. Enquanto conservasse sua ascendência sobre Henrique II, o reino seria bem governado, e Catarina de Médicis teria a certeza de manter sua posição.

O que aconteceria, porém, se Henrique, insensatamente, decidisse derrubá-lo? Ela decidiu atacar sem perder tempo com fingimentos.

— Senhor chanceler, temos um problema em comum. Sua filha. Henrique a deseja.

Saint-André ficou impassível, mas, percebendo seu ponto fraco, Catarina compreendeu que ele sofria abominavelmente.

Esforçando-se para ignorar a dor quase física que o dilacerava, Saint-André ficou quieto. A atitude da rainha era por demais extraordinária. Ela jamais lhe manifestara particular estima, mesmo que por vezes parecesse apreciar seu trabalho. Por que, de repente, se preocupava com sua honra?

Como se lesse num livro aberto o fio de seus pensamentos, Catarina continuou, cortante.

— Não se engane! Ele não a quer para colocá-la em meu lugar. Ele a quer apenas como uma de suas meretrizes, como muitas das que o senhor pôs em sua cama. Ele quer arrancá-la do senhor e humilhá-lo! E sabe quem é seu cúmplice?

Um traço de agitação no timbre de Catarina pôs Saint-André de sobreaviso. Por mais experiente que fosse em dissimular, a rainha não conseguira mascarar a terrível angústia que roía seu coração. Nesse caso, a verdade era o contrário do que acabara de afirmar.

— La Jaille, evidentemente — respondeu ele com o olhar atento.

— O que quer o senhor? Quando não se tem mais ninguém a quem trair, restam os amigos!

Agora Catarina podia abordar a segunda parte da conversa. Mas não teve tempo.

— Preocupemo-nos com os interesses do reino — atacou Saint-André.

— Assim como sempre fizemos — completou Catarina, satisfeita com a rapidez de pensamento de seu interlocutor. — O senhor leu as *Centúrias*, senhor chanceler? Não. Não o censuro. Os deveres de seu cargo deixam-lhe muito pouco tempo para o lazer. Eu as li apaixonadamente, como certamente o senhor sabe. Há nelas um quarteto extremamente perturbador que poderia evocar a morte do rei num torneio.

— Estou a par — disse Saint-André. — Henrique também.

— E o que ele pensa a respeito?

— A senhora o conhece, majestade. Ele não se importa com adivinhações. E mesmo que fosse verdade, conforme ele me garantiu, seria um belo e nobre modo de morrer.[4]

— Mas o senhor, chanceler, o que pensa disso? — retomou Catarina.

— Que, em caso de tal infelicidade, o reino se encontraria em grande perigo se a senhora não estivesse presente para assumir a regência.

— Semelhante carga não teria um peso esmagador, com a ajuda de um grande servidor da Coroa.

Trocaram um olhar intenso. Ninguém poderia perceber nele o menor sinal de aliança. Todavia, acabavam de fazer um pacto que ligava o destino de

[4] Autêntico.

ambos para sempre. Uma última pergunta, cuja resposta determinaria o futuro deles, permanecia, porém, em suspenso.

— Quando é que essa terrível infelicidade acontecerá, de acordo com seu feiticeiro?

— Ficarei sabendo esta noite! — respondeu Catarina, com os olhos brilhando de impaciência.

16.

Horas mais tarde, Catarina de Médici deixava o palácio por uma porta secreta depois de ter liberado suas acompanhantes. Apenas uma camareira estava a par da escapada.

Caminhava num passo apressado, escoltada apenas por Nérac a fim de não chamar atenção com um aparato de tropas. Mas não se devia confiar nesse aparente comedimento. Vinte homens do Esquadrão de Ferro garantiam sua segurança a distância, precedendo-a ou seguindo-a. Após alguns minutos, ela entrava no jardim do palácio de Sens, e Djinno a recebia com manifestações do maior respeito. Entraram no palácio pelo salão nobre que dava para o jardim, que apenas atravessaram, para chegar ao gabinete de trabalho de Nostradamus, no primeiro andar.

Usando uma túnica de veludo azul-da-prússia, de sóbria elegância, Michel caminhou em direção à soberana para beijar-lhe a mão estendida. Ele escolhera essa cor porque ela lembrava sutilmente a roupa que usara vinte anos antes, quando da apresentação dos iroqueses no palácio das Tournelles. A única mancha de cor na harmonia de céu noturno era a insígnia de grão-mestre da Rosa + Cruz, pendurada ao pescoço por uma corrente de ouro fino, significando que um governador do invisível recebia uma rainha terrestre. Michel deixava que sua energia e o poder de seu olhar irradiassem livremente. Ela o encarou, muito impressionada, e examinou sua aparência. Tinha dificuldade em reconhecer nele o doutor insolente com quem se encontrara havia quatro anos.

Michel ajudou-a a tirar o manto e a conduziu até um cômodo contíguo ao estúdio, do qual fizera seu gabinete secreto. Situado no primeiro andar do torreão, assumia-lhe a forma. Leves vapores de essências raras elevavam-se em volutas de duas bacias dispostas em altos tripés de bronze. Ao descobrir uma reprodução da Esfinge, voltada para o Oriente, num pedestal quadrangular com as laterais ornadas de símbolos esotéricos, bem como, no centro, uma mesa octogonal com tampo de pedra opalina, Catarina compreendeu que o mago dispunha até mesmo em Paris de uma rede de amigos que lhe haviam trazido aqueles objetos. De fato, eles não figuravam entre os que Nérac tinha escoltado desde Salon.

À exceção de um pergaminho virgem e de um estilo de ouro, a mesa estava vazia. Percebendo a surpresa decepcionada de Catarina, Michel deu um fino sorriso e explicou.

— Como vê, majestade, nem Tarô, nem bola de cristal, nem pedras de druidas... Nem espelho obscuro — acrescentou, depois de uma pausa imperceptível, por saber que Ruggieri tentara essa técnica de adivinhação sem obter resultado conclusivo. — Considerei que, para a senhora, eu precisaria exprimir a quintessência de minha Arte. Somente o Espírito soprará esta noite.

Ofereceu a Catarina um assento que ela ocupou. Querendo, talvez, afirmar sua autoridade diante daquele homem cuja enfeitiçante presença começava a subjugá-la sem que dela pudesse, ou quisesse, libertar-se, prometeu:

— Se o senhor me servir bem, eu o cobrirei de ouro.

Michel fitou-a com um olhar alegre.

— Não preciso de ouro.

Seus olhares se fundiram. Libertando-se da fascinação, Catarina murmurou:

— O senhor é homem, anjo ou demônio?

— Sou homem, senhora — respondeu simplesmente Michel. — A ciência não me ensinou a vencer as dores do coração. Posso muito pelos outros, e pouco por mim mesmo.

Sentou-se, finalmente, e estendeu as longas mãos magras espalmadas sobre a mesa, como que para tomar posse do tampo opalescente. Catarina notou, então, a esmeralda octogonal que ornava o indicador direito e a cornalina gravada com planetas dispostos em triângulo no anular esquerdo. Foi ilusão? Pareceu-lhe que as pedras palpitaram com uma breve cintilação.

— Aqui estou às suas ordens, como prometi.

Michel a observava, sorrindo com simplicidade. Embora rainha da França, Catarina começava a avaliar a inutilidade das perguntas que obsedavam seu espírito. Esse era o primeiro passo para o Conhecimento.

— Procedamos por ordem, se assim desejar — sugeriu com voz calma. — A senhora deseja primeiramente saber se o quarteto I.35 designa o rei, seu esposo.

Catarina teve dificuldade em reprimir um estremecimento.

— Henrique errou ao restabelecer a prática dos torneios que seu pai sabiamente proibiu. Ao fazê-lo, torna-se o artífice da sua própria morte.

— Quando?

— Sabê-lo não lhe será de nenhuma utilidade e só a distrairá de suas tarefas importantes. Saiba apenas que está escrito no grande livro do Tempo.

— Mas será logo?

— Será cedo o bastante para que os perigos que a ameaçam não lhe sejam fatais, mas não o suficiente para que não se manifestem. Não precisa saber mais. Conhecer o dia e a hora é antes uma dolorosa maldição que um privilégio.

— Vou me contentar, então, com essa resposta — sorriu Catarina. — Mas espero do senhor maior precisão! Do contrário, eu teria de dar razão a todos os que, em grande número, riem do senhor e o tratam de charlatão?

— Deixe-os rir e falar, senhora — sorriu Michel por sua vez. — É muito tranqüilizador, e até mesmo relaxante, não ser levado a sério! Mas voltemos à verdadeira pergunta que obseda seus pensamentos.

— Uma última coisa, pelo menos! — retomou. — O que significa "duas classes uma"?[1]

— Oh! Isso? — riu-se Michel. — A palavra latina *classis* significa uma frota de navios, mas também, raramente, é verdade, uma multidão. É nesse sentido que se deve entender a palavra classes. A imagem que recebi foi a de clamores da multidão. Os espectadores do torneio farão duas aclamações de alegria, e depois, uma de aflição. O rei enfrentará duas justas vitoriosas, e uma terceira, fatal.

Como era simples! Catarina aborreceu-se por ela mesma não ter pensado nisso. Cruzou o olhar de Michel, cujos olhos brilhavam com uma espécie de malícia extremamente surpreendente.

— E então? O que posso efetivamente fazer pela senhora?

— Quero conhecer o futuro de meu filho.

— Seu filho? — Michel fingiu espantar-se. — Não conta o rei com quatro herdeiros homens?

— Eu disse exatamente: meu filho! — confirmou Catarina com voz sufocada.

O rosto de Michel se transformou numa máscara de mármore onde apenas os olhos brilhavam com um fulgor distante como o de um farol no fundo das trevas. Entrou em si mesmo. Em seguida, sua voz ressoou, suave e profunda.

— Falaremos, então, de Alexandre, já que agrada a Vossa Majestade.

---

[1] "O leão jovem o velho sobrepuja. / Em campo bélico por singular combate / Numa gaiola de ouro, seus olhos ele vai perfurar / Duas classes uma depois morrer morte cruel."

Catarina assustou-se. A clarividência do mago ultrapassava a compreensão. No segredo de seu coração, um segredo que ela jamais revelara a ninguém, ela continuava, de fato, a chamar seu terceiro filho por esse nome, para atrair sobre ele o espírito de bravura do lendário conquistador.

— Escreva sua pergunta em termos sucintos — ordenou Michel, empurrando para ela o pergaminho e o estilo de ouro. — Utilize, de preferência, o nome usual de seu filho.[2]

Girando o estilo entre os dedos, Catarina refletiu um pouco e escreveu: "Diga a sorte, a felicidade e o futuro do amado filho Henrique."

Michel puxou o pergaminho e estendeu as mãos por cima dele.

— Sua pergunta contém 49 letras. Cada formulação contendo sua metástase, a resposta conterá o mesmo número de letras, e serão exatamente as mesmas, em francês.

Pegou, por sua vez, o estilo e escreveu à medida que pronunciava as palavras extraídas da pergunta:

Rei lento... vaidoso... Herod... Mas o ferro de um monge fere sua vida.

— Herod... Isso só pode significar Herodes... Mas por quê? — murmurou Michel, constrangido.

Catarina tomou o pergaminho e releu as palavras recém-escritas.

— Henrique reinará! — exclamou Catarina, recusando-se a se deter nas outras afirmações da resposta, a tal ponto a primeira a contentava.

— Ele reinará, de fato. Mas, atenção! O ferro de um monge fere sua vida![3] — insistiu Michel.

Mas a rainha não queria ouvir.

— Eu cuidarei dele! — assegurou ela, feroz. — O filho de Catarina viverá longos dias tranqüilos, sem temer nem a dor nem o ferro!

Michel ficou dividido entre a ironia e a decepção, porém, evidentemente, nada deixou transparecer. Teria ele superestimado Catarina de Médici? Saber que Henrique reinaria era uma coisa, mas sobre o quê? De acordo com a ordem de sucessão, suas chances de se tornar rei da França eram muito pequenas.

A imagem de uma águia branca coroada surgiu em sua mente!

---

[2] Henrique II, que não gostava do nome Alexandre-Eduardo dado a seu terceiro filho, ordenara que o chamassem por seu nome. Aos 13 anos decide usar oficialmente o nome do pai.

[3] Será assassinado pelo monge dominicano Jacques Clément.

— O que a Polônia vem fazer em seu destino? — espantou-se Michel. — Será que ele se tornará o rei[4] desse país, senhora?

— Para isso seria preciso que ele se casasse com uma princesa polonesa; mas o que têm elas a oferecer a não ser neve? Não, mestre, falo do trono da França!

— Então, temos de conhecer o futuro de seus dois irmãos designados para reinar antes dele.

Michel empurrou para ela o pergaminho e o estilo.

— Escreva a última frase que pronunciou — pediu Michel.

Vendo que Catarina hesitava, ditou-lhe de memória: "O filho de Catarina viverá longos dias tranqüilos, sem temer nem a dor nem o ferro!"

Quando ela terminou, ele tomou do pergaminho e obteve a resposta do mesmo modo.

Tão jovens... Francisco e Carlos... Dupla dor... Nada devido... Perecerão na flor da idade.

Vendo a folha tremer levemente entre os dedos de Catarina, Michel enunciou o oráculo.

— Desde a infância, seus filhos mais velhos foram fonte de preocupação para a senhora. Morrerão jovens e darão o lugar para o filho de seu coração.

Catarina estremeceu. Aquele mágico lhe dava medo. Como é que ele podia falar num tom de convicção sobre pensamentos que ela mantinha escondidos, sem jamais ter ousado formulá-los para si mesma?

— Não se atreva a sondar os segredos de meu coração! — silvou ela, ameaçadora.

Michel limitou-se a lhe dirigir o olhar sereno do mestre que, como se sabe sem necessidade de prova, pode o que quiser.

— Agora, senhora, para servi-la com utilidade, devo conhecer o nome de seu amante.

Catarina ergueu-se, lívida.

— Meu amante?

Para suavizar o que sua afirmação tinha de provocadora, Michel explicou com voz doce:

— Francisco e Carlos são filhos de um homem que a senhora não ama...

---

[4] Impressionados com suas vitórias militares contra os huguenotes, os poloneses o escolherão como rei em 1573. Ele os abandonou clandestinamente quando da morte de seu irmão Carlos IX, que lhe abria as portas da sucessão da França.

— Eu o proíbo! Não tolerarei que o senhor ponha em dúvida meu amor por Henrique. Eu o amei loucamente!

Compaixão e admiração lutavam no coração de Michel, mas ele nada deixou transparecer, e seu olhar continuou impenetrável. Estendendo a mão, ele tocou com a ponta dos dedos as costas da mão de Catarina, e ficou satisfeito ao constatar que ela não fugia desse contato físico.

— Não duvido, senhora. Mas também sei que ele a decepcionou do modo mais cruel, e a humilhou para além do tolerável. Seu caro Alexandre foi concebido na paixão verdadeira, com um homem que, o único, amou-a como um homem ama uma mulher.

O mago tinha razão em todos os pontos, mas ela teria preferido morrer a lhe revelar tal coisa.

— O senhor insulta a rainha!

— Não, senhora, eu a salvo — respondeu Michel sem pestanejar. E acrescentou numa voz inalterada: — O nome do homem?

Confusa, Catarina ergueu-se a meio da cadeira.

— O nome do homem! — sussurrou ela com a voz estrangulada. — Não, mago, rei do inferno!

Pensando que a insígnia de grão-mestre da Rosa + Cruz pendurada ao peito de Michel fosse um dos pentáculos com que Ruggieri gostava de se enfeitar, ela apontou para ele.

— O nome? Você ordenará a este poder que o diga a mim!

Dessa vez ela tinha gritado. Michel olhou-a sem nada dizer. Nem seu olhar nem seus traços exprimiam coisa alguma. Diante daquela impassibilidade de estátua, Catarina voltou a sentar-se, lentamente. Quando se acomodou, Michel falou. Parecia a Catarina que seus lábios não se moviam; contudo, ela ouviu distintamente:

— Vou encontrá-lo nas palavras que a senhora acabou de pronunciar.

Seus dedos se estenderam para o estilo cuja ponta ele colocou em cima do pergaminho. Sem afastar os olhos de Catarina, ele escreveu:

O nome do homem. Não, mago, rei do inferno. O nome, você ordenará a este poder que o diga a mim.

Ele pousou o estilo e, sem se dar o trabalho de consultar o pergaminho, ou perder tempo em decantar o arcano, anunciou:

— O pai da criança se chama Montgomery. Sua lança, dom de Catarina, decide a sorte do rei.

Gabriel de Lorges, conde de Montgomery. Capitão da Guarda Real. Com que então, aquele mago extraordinário tinha a capacidade de tudo desvendar!

Ela se sentia extremamente feliz por um homem, um homem como aquele, finalmente saber o que o mundo teria chamado de erro imperdoável, mas que ela considerava ser o que toda mulher merecia. Nos braços de Montgomery, conhecera o prazer que pensava lhe ser proibido.

Fora necessário que a própria Diane exigisse que Henrique cumprisse seu dever para que ele visitasse o leito de Catarina. Avisado todos os meses do período de fecundidade da esposa, Henrique se fazia acompanhar por Diane, que o deixava em condições até o limiar da porta do quarto. Era então preciso que Catarina tivesse feito o necessário à força de ungüentos para que o esposo a possuísse rapidamente e sem esforços inúteis. Mordendo o travesseiro para engolir a ofensa, ela se deixava silenciosamente cobrir como uma cadela. Ele lhe fez, então, seis filhos em sete anos, dos quais um morreu na primeira infância. O casal real tinha, assim, encontrado certa harmonia. E a situação de Catarina estava agora assegurada. Rainha e mãe, ninguém poderia mais destroná-la.

Contudo, numa noite de janeiro de 1551, Henrique não fora capaz de cumprir seu dever conjugal. Ele a culpou e fugiu vergonhosamente por uma porta secreta.

Montgomery, que montava guarda na entrada do quarto, foi alertado por seu choro desesperado. Aproximou-se, emocionado. Ela se agarrou ao seu pescoço, encolheu-se junto ao seu peito, e o desejo aconteceu. Ele aproveitou todos os segredos eróticos recebidos de cortesãs experientes na época em que ela não tinha mais esperança de seduzir o esposo. Em seguida, ele a possuiu. Naquela noite, ela deu e recebeu os primeiros beijos verdadeiros de sua vida.

Quando retomou a palavra, foi com a voz quebrada.

— Henrique teve muitas mulheres. Isso jamais me incomodou. Mas por aquela que agora ama, ele poderia chegar...

— A repudiá-la — completou Michel, num murmúrio. — Essa mulher — continuou ele — é Diane de Saint-André. Não é?

— Diane, Diane, Diane! — explodiu ela. — Quantas Dianes mais para destruir minha vida?

Como um animal que demarca seu território, Diane de Poitiers nunca deixara de impor por toda parte seus brasões, onde figuravam dois crescentes de Lua entrelaçados. Ora, do ponto de vista da simbologia astrológica, a Lua era o apanágio da rainha, assim como o Sol era o do rei. Agindo assim, a favorita enfraquecia deliberadamente a imagem do casal real e confundia a percepção que deles tinha o povo da França.

— Tenho de recuperar meu poder sobre Henrique... — sussurrou Catarina.

Michel ficou satisfeito em constatar que ela continuava suficientemente senhora de si para não ceder à irritação, pensando em responsabilizar diretamente suas rivais.

— Já usei poções com sucesso. Fabrique-me uma! — insistiu ela.

— Como o xarope de flores de pessegueiro, ou a essência de mandrágora? — ele brincou.

Ela ficou perplexa. Quatro anos antes, ele citara precisamente as datas anunciadas por intermédio do misterioso correspondente de outrora. Eis que acabara de mencionar as duas infusões cujas receitas ele juntara às cartas. E por que, de repente, ela prestava atenção à cor azul-escura de sua roupa? Será que aquele homem jovem, vestido de azul-noite, que vira na apresentação dos iroqueses e que, mais tarde, descobrira o envenenamento de Francisco, era também Nostradamus? Que poderes sobre-humanos ele possuiria para ter sobrevivido a uma morte certa?

— São os clássicos da ciência das ervas. Todos conhecem essas receitas.

Catarina sabia que essa afirmação era inteiramente improvável. Se Nostradamus fosse quem ela acreditava, teria tanto o poder de perdê-la quanto o de elevá-la ao poder absoluto.

Em resposta a esse pensamento, Michel lhe dirigiu um sorriso enigmático, mas tão tranqüilizador que sua tensão diminuiu.

— A paixão do rei por essa moça não pode ser suprimida assim — retomou Michel. — Ela se alimenta de um enfeitiçamento poderoso iniciado por aquela que será sua primeira vítima. A favorita do rei, sua inimiga.

— Diane? — riu-se Catarina. — Ela nunca lançou mão da magia. Tem medo demais para isso!

— Quanta gente se entrega à magia sem saber! Basta um pensamento insistente que se materializa num ritual repetido durante o tempo necessário. Ao marcar tudo com seu código, a Grande Senescal não fez outra coisa. O crescente de Lua não é apanágio de seu nome, mas, numa oitava acima, o símbolo de outra Diane, maior que ela, a deusa caçadora. Assim, pois, por intermédio desse nome transformado em verdadeira encantação, foi por uma divindade que o rei acabou se apaixonando, e não por uma mulher. De tanto querer afirmar seu poder sobre Henrique, a senhora de Poitiers o perdeu. Tanto melhor se dois crescentes de Lua figuram em suas armas. Ela abriu espaço para aquela que a suplantaria.

— O que vamos fazer com a jovem Diane? O rei tem de renunciar a ela!

— Não se preocupe com nada. Henrique nada obterá dela. Quanto à senhora, juro que ocupará o trono da França com o filho de seu coração.

Ele falou com tanta segurança que Catarina se sentiu tomada por nova energia. Dali até o verão, estaria livre. Não poderia ser diferente, já que o mago o prometia.

— Eu acredito em você!

Com o olhar ele mandou que ela voltasse a se sentar.

— Para que meu juramento se realize, devo repeti-lo diante de um falecido membro da família real.

Michel decidira, afinal, usar o procedimento que o repugnava: a evocação de um morto. Era o único meio de entrar em contato físico com Catarina, já que tocar uma pessoa real sem seu consentimento constituía crime. Mas não tinha alternativa.

Decidira chamar Francisco I, a fim de atrair sua atenção sobre o jovem Alexandre, herdeiro da dinastia dos Valois. Não se tratava de fazer aparecer o espectro do falecido soberano, operação dolorosa, perigosa até. Ninguém poderia pretender dominar as entidades suscetíveis de irromper por uma brecha aberta entre os dois mundos. Michel tinha apenas a intenção de tornar a figura presente no espírito da rainha.

— Dê-me suas mãos — pediu ele, estendendo as suas, com as palmas abertas, sobre o tampo opalescente.

Os longos dedos magros de Michel se fecharam um após outro em torno de seus pulsos. Ela sentiu-se descontrolada. Objetos e volumes perderam o relevo enquanto seu olhar se convulsionava, para se dirigir à visão de um mundo intermediário, a meio caminho entre o céu e a Terra. Ouviu a voz do mago ressoar, distante.

— Deixe seu espírito abrir-se aos mortos.

Do fundo dos limbos ela viu, então, erguer-se a alta silhueta de seu sogro, enquanto a voz de Nostradamus retomava:

— Juro, Catarina, que você ocupará o trono da França com o filho de seu coração.

A evocação de Francisco I sorriu com benevolência, estendeu os braços e pousou a mão sobre a cabeça de Alexandre. Perdida nessa visão, Catarina deu um sorriso extático que lhe iluminou o rosto. Ela brilhava.

De repente, sua expressão se contraiu, transformando-se num ricto horrível, enquanto a imagem tolerante de Francisco I era substituída pela do delfim Francisco, jazendo no leito de morte em Tournon. Embalsamado, vestido com a armadura, ele parecia de uma lividez irreal. Seus olhos se abriram. Seu corpo se levantou, o torso rígido, até chegar à posição sentada. O braço direito se ergueu, então, e, com o indicador estendido, apontou para Catarina. Ela o viu, em seguida, crescer desmesuradamente, enquanto se aproximava até tocá-la.

Ela soltou um grunhido de terror e desmaiou.

Quando Catarina voltou a si, estava deitada num canapé, no estúdio de Nostradamus. Ergueu-se, estremecendo.

— Francisco! Ele me tocou!

Levou a mão direita à testa como que para dali apagar uma mancha. Michel abaixou-lhe suavemente a mão, substituindo-a pela sua, a fim de apagar da memória de Catarina qualquer lembrança do que acabara de acontecer. Ela sorriu tranqüilizada, enquanto ele murmurava com voz hipnótica:

— Paz! Nada aconteceu... Você apenas desfaleceu de alegria quando eu predisse que você reinaria junto a seu filho.

Depois que Catarina se foi, Michel deixou-se cair no mesmo canapé. Esgotado, ali permaneceu até quase amanhecer. Jamais havia desejado a vinda do espectro do delfim, que apareceu porque ainda obsedava as lembranças de Catarina. A alma do príncipe assassinado não teria paz. Aliás, tinha marcado Catarina na fronte. Que efeitos aquele estigma invisível produziria? De repente, lembrou-se do nome de Herodes, contido no primeiro oráculo revelado a Catarina. Ele lavara das mãos o sangue inocente de Jesus. Alexandre lavaria das mãos o sangue de que inocentes?[5] Numa súbita intuição, *soube* que Alexandre seria o último soberano da linhagem dos Valois. Portanto, Catarina de Médici reinaria ao lado de seus três filhos, assim como ele anunciara, mas o assassinato de Francisco, que rompera a ordem natural da sucessão, seria confirmado com a extinção da dinastia. Essa era a lei do universo. Mesmo com anos de distância, o pêndulo do Tempo traria de volta o equilíbrio.

O mergulho no espírito de Catarina lhe fizera, por outro lado, descobrir o amor insensato que Saint-André tinha por sua filha. Para preservá-la, tinha sido capaz de renegar seu rei, estabelecendo um pacto secreto com a rainha. Michel sabia que perigo algum ameaçaria Diane, já que a sorte a colocara sob a

[5] Ele incitou o irmão, Carlos IX, a ordenar o massacre da noite de são Bartolomeu, fazendo depois com que assumisse sozinho a responsabilidade por essa decisão. O objetivo era livrar-se apenas dos chefes protestantes que se preparavam para desencadear em Flandres uma guerra contra a Espanha. Provocado pelos membros da liga dos Guise, o povo de Paris se lançou numa matança que resultou em 30 mil vítimas.

proteção de Lagarde. Aquela que Henrique II escolhera lhe seria arrancada por seu próprio bastardo nascido de um crime. Como o Destino sabia ser refinado no castigo!

Mas então Saint-André se safaria. Pior: conservaria o cargo depois da morte de Henrique, já que tinha sabido, bem a tempo, colocar-se ao lado de Catarina. Michel sentia a cólera dominá-lo; uma cólera antiga que pensara estar domesticada à força de Saber e de elevação espiritual. Contudo, ele ainda era um homem...

Levantou-se do canapé. Pela primeira vez em vinte anos, pensou em ajudar o Destino.

Repentinamente lívido, a fronte porejando de suores frios, cambaleou, prestes a desmoronar no chão. Diante de seus olhos, acabava de se formar uma nuvem leve, anunciadora de aparição. A nuvem se condensou numa bruma cujas volutas desenhavam a forma de uma mulher. Conhecia aquela silhueta pálida. Ela obsedava seus sonhos havia agora mais de vinte anos. No instante em que o rosto de Marie se adivinhava, no segundo em que ela nitidamente ia se soltar daquela neblina, a nuvem se volatilizou.

Bem a tempo, Djinno impediu que Michel caísse, e ajudou-o a deitar no canapé. Viu quando ele recuperou lentamente o fôlego, e o rosto, um pouco de cor.

— Como é estranho — ofegou Michel. — Isso não me acontecia desde... Quando nossas almas se falavam, sabe... Mas, não... É impossível... Marie morreu...

Nos dias que se seguiram, esgotado com tantas emoções, Michel foi derrubado por uma crise de gota que o obrigou a se enclausurar. Aproveitou a imobilidade para desenvolver uma idéia nascida de seu mergulho na mente de Ochoa. Enquanto fazia com que o monge partilhasse suas visões do futuro, tinha explorado sua memória, esperando encontrar a origem da obsessiva fúria contra ele.

Djinno lhe trouxera havia algum tempo uma obra italiana escrita por certo Onofrio Panvino, bibliotecário do Vaticano. Tratava-se de uma cronologia dos papas, do apóstolo Pedro até Paulo IV, o atual Soberano Pontífice.[6] Michel a folheara, descobrindo alguns erros. Dois antipapas eram ali mencionados, em lugar dos oito que haviam existido. Eugênio IV não tinha sido monge celestino, mas agostiniano. E se João XXII pertencia de fato à família de Duese, ou de Osse, não era filho de sapateiro.

[6] *Epitomae pontificum Romanorum. Petro usque ad Paulum IV.* Veneza, Jacob Strada, 1557.

Que não fosse por isso! Michel iria dar continuidade à lista até o último deles cujo reino já havia previsto. Como era incapaz de adivinhar o nome que cada um escolheria, ele definiria os pontificados por meio de um lema, ou fato marcante, como Panvino fizera. Aliás, parte do trabalho já estava realizada, já que alguns quartetos das *Centúrias* referiam-se a futuros papas. Estava fora de questão publicar essa profecia dos papas com seu nome. Havia coisa melhor a fazer, mais sutil e mais divertida, que era conseguir que a profecia que se preparava para compor fosse descoberta entre os arquivos a serem classificados e atribuída a são Malaquias. Como os Irmãos da Rosa + Cruz contavam com alguns membros entre os beneditinos, não seria complicado.[7]

Todavia, Michel prometeu a si mesmo semear alguns indícios que permitiriam a uma inteligência capaz de ler nas entrelinhas distinguir o falso do verdadeiro.[8] Por exemplo: conservaria os pequenos erros cometidos por Panvino, a fim de indicar que a profecia não poderia ser anterior à publicação do livro.

Seu contentamento transformou-se em júbilo quando se tornou evidente que seu próprio nome era, em hebraico, o anagrama perfeito de Malaquias. As mesmas letras, *He*, *Kaph*, *Lamed* e *Mem* formavam, de fato, os nomes Mikhael e Malkhie. Portanto, atribuir a Malaquias a profecia cuja composição iria iniciar não constituía realmente um embuste. Essa era a beleza da coisa! Pôs-se ao trabalho com entusiasmo.

Todos os dias, Catarina de Médici pediu notícias dele. O bem-estar do mago tinha se tornado para ela negócio de Estado. Também, para sua própria surpresa, sentia falta dele. Não era apenas avidez por coisas ocultas. Sabia que encontrara nele um interlocutor de seu nível.

Por várias vezes, mandara que o visitasse uma ou outra senhorita de seu Esquadrão de Rendas. Essas mulheres, cada uma mais encantadora que a outra, e talentosas para as coisas do prazer, serviam-lhe para manobrar diplomatas, personalidades do clero ou banqueiros. Ninguém resistia a elas. Contudo, foi diferente com as que tinham de seduzir o mago. Nostradamus mimou-as com vinho de absinto, de laranja ou de pêssego, e com bolinhos de gengibre temperados com cânhamo indiano,[9] que ele mesmo confeccionava; contou-lhes as

---

[7] No *Lignum Vitæ*, obra apologética das personalidades da ordem beneditina, editado em 1595, o relator Arnold de Wion tornou pública a *Profecia dos Papas*, atribuindo-a a são Malaquias. Curiosamente, ele jamais revelou a ninguém onde tinha encontrado o documento original.

[8] Eric Platel d'Armoc, exegeta de Nostradamus, será o primeiro a ler nas entrelinhas de sua obra *N. D.*, Éditions Verso, 1994.

[9] *Cannabis indica.*

coisas maravilhosas que vira em suas longas viagens. Também falou sobre elas, baseando-se em suas estrelas natais, sem nem mesmo saber em que data tinham nascido. A quinta voltou com uma mensagem para a rainha.

Após os floreios de polidez, Nostradamus escreveu:

Agradeço mil vezes a Vossa Majestade as doçuras que teve a bondade de me oferecer. Contudo, como homem velho, diminuído pelos ultrajes do tempo, tenho muita dificuldade de, por menos que seja, entregar-me a Vênus, quando minhas energias devem todas se juntar para servir dignamente a Juno. Assim, peço humildemente a Vossa Majestade que deixe de me cumular de delícias suscetíveis de abreviar os dias que me restam, o que não seria absolutamente grave, mas a privariam de meus serviços antes da hora.

Ver-se comparada a Juno[10] agradou muito a Catarina.

Ela se divertiu demais com o embaraço e com a malícia do mago. Além dele, o único de seus conhecidos sobre quem a sedução não tinha poder era o chanceler Saint-André. Os prazeres carnais poderiam levar as almas fracas a perder a cabeça, e amolecer as almas fortes. Por outro lado, seu último parto,[11] que quase lhe custara a vida, deixara-a fisicamente muito enfraquecida, e seus médicos a advertiram de que uma nova gravidez certamente lhe seria fatal.

Quando ficou sozinha, ela pensou em como o futuro se anunciava sob bons auspícios. Aconselhada por Nostradamus e assistida por Saint-André, os dois únicos homens cuja inteligência a impressionava; certa, por outro lado, da ascendência sobre o jovem Francisco II, que sucederia ao pai, ela poderia encarar o futuro com toda serenidade. Girou a mensagem entre os dedos. Uma idéia, que não conseguia definir, a perseguia. De repente, ergueu-se de um salto e correu para um cofre inviolável onde guardava certos documentos. Explorou-o febrilmente até encontrar uma velha pasta de couro marcada com as armas dos Médici. Dela retirou algumas folhas escurecidas com fórmulas cabalísticas e símbolos, sem encontrar a que procurava. Finalmente, descobriu num bolso secreto algumas páginas dobradas que levou para a mesa onde tinha deixado a mensagem de Nostradamus.

---

[10] Esposa de Júpiter, senhor do Olimpo.

[11] Das gêmeas, Joana, morta logo depois do nascimento, e Vitória, algumas semanas depois.

Com a mente em ebulição, comparou a escrita daquela mensagem antiga de "anjo anunciador" que guardara como uma relíquia preciosa com a da mensagem de Nostradamus. Ofegante, as pernas bambas de emoção, deixou-se cair numa poltrona. Com que então, o mago e seu misterioso correspondente eram um só.

Catarina conteve-se para não bater palmas de alegria. Nostradamus soube captar todos os seus segredos. Em compensação, ele lhe desvendava o mistério de sua própria vida. Que melhor prova de dedicação ele poderia ter dado? O destino de ambos estava agora indissoluvelmente ligado.

"Mas se ele está de volta, é porque soou a hora de sua vingança. O que será que vai fazer para que eles paguem?" Estremecendo de curiosidade impaciente, ela considerou sábio não mais integrar o chanceler a seus projetos de futuro.

Saint-André casualmente encontrou La Jaille quando saía do Parlamento. Embora sentindo repugnância em dirigir a palavra àquele bruto vulgar cuja vista não suportava mais, teve de fazê-lo. Ele deveria saber. Talvez, em seu desejo por Diane, houvesse mais do que baixa luxúria em Henrique. Talvez tivesse recorrido ao rapto por covardia, por se envergonhar diante dele?

Saint-André chamou de parte o juiz, esforçando-se para manter o tom neutro que usava para impressionar seus interlocutores.

— Sei que Henrique escolheu minha filha, e que o encarregou de levá-la até ele.

La Jaille dirigiu-lhe um olhar zombeteiro e retorquiu, deleitando-se com as palavras que pronunciava:

— E você sabe que não se contraria o bel-prazer do rei.

Num acesso de raiva, Saint-André quase desembainhou a adaga para plantá-la na pança do outro.

— Diane não será a puta de Henrique! — respondeu, com os dentes trincados e a voz inexpressiva.

La Jaille caiu na risada.

— A puta, a puta! Se ela se mostrar à altura, poderá se tornar a favorita!

— Só tenho a ela... — soprou Saint-André, com o coração devastado.

A bravata do juiz confirmou a amplitude e a gravidade dos perigos que o ameaçavam. Não importando como encarasse a situação, estaria desonrado. A única saída possível para preservar o futuro teria sido ele mesmo entregar Diane em vez de deixar que ela fosse roubada. Todos o acreditavam capaz de infames comprometimentos, desde que seus interesses estivessem em jogo. Mas essa idéia bastava para que estremecesse de nojo.

Foi inútil só deixar que Diane saísse pela cidade escoltada e persuadi-la a desistir das caçadas fora dos muros, de que ela tanto gostava, a fim de evitar uma nova tentativa de rapto. Um dia, Henrique lhe exigiria a filha. O que faria então? E, como se Henrique não lhe causasse bastantes tormentos, também tinha de desconfiar do bandido cuja presença sentia em volta do palácio a qualquer hora do dia ou da noite.

17.

Depois de fugir do palácio de Saint-André, Lagarde saiu da cidade para se refugiar na colina de Montmartre, no albergue do Tirso.

Não ficou ali por muito tempo. Suas antigas companhias lhe eram agora indiferentes. Desceu à cidade vezes seguidas a fim de ver Diane. Nunca pôde se aproximar do palácio de Saint-André, cuja guarda havia triplicado. O bom senso teria exigido que ele partisse, mas não se sentia capaz. Pensou então em Nostradamus. O mago não o convidara para visitá-lo?

De manhã cedo, apresentou-se no palácio de Sens, misturado às pessoas que se comprimiam diante do portal na esperança de uma consulta. Para não ser descoberto pelos moscas,[1] escondeu o espadão na capa enrolada sob o braço. Habituado a estar sempre alerta, Lagarde examinava discretamente aquelas pessoas que, como ele, esperavam. Ficou surpreso ao constatar quantos humildes havia entre elas, e quanta esperança ansiosa transparecia em seus rostos.

Uma pequena porta se abriu e Djinno apareceu. Pelo rápido olhar de inteligência que lhe lançou, Lagarde compreendeu que o cigano o reconhecera, e que ele era bem-vindo.

Djinno demorou-se observando com atenção todos os que esperavam. Em seguida, mandou-os entrar um a um no palácio. Depois de ter acomodado os solicitantes na sala de espera contígua ao gabinete de Nostradamus, levou o rapaz para uma biblioteca, dizendo-lhe que ficasse à vontade. Compreendendo que sua espera corria o risco de ser longa, o rapaz se instalou numa banqueta de maciez incomum e pegou no sono.

---

[1] Dedos-duros.

Ao despertar, examinou a biblioteca cujas estantes cobriam todas as paredes até o teto. Acabou escolhendo um livro cujo título lhe agradou.

Ao cair do dia, saiu de novo cochilo, com o livro aberto sobre os joelhos. Chegavam-lhe sons de vozes pela porta entreaberta do gabinete de Nostradamus. Levantando-se em silêncio, foi dar uma olhada.

O mago estava inclinado sobre o rosto de uma moça bem jovem. Pela aparência, tratava-se na melhor das hipóteses de uma criada, ou de uma faxineira. Teria sido muito bonita se feias chagas não lhe tivessem maltratado o rosto. Terminado o exame, Nostradamus foi até uma bancada onde repousavam numerosos recipientes de todos os tipos. Escolhendo um ungüento, encheu com ele um pote, que fechou antes de entregá-lo à jovem.

— Aplique isto pela manhã e à noite durante um mês.

— E não se verá mais nada?

Nostradamus deu-lhe um sorriso paternal.

— Eu lhe prometo, se você seguir escrupulosamente o tratamento.

A moça pegou o recipiente como se se tratasse de uma substância mágica e remexeu no bolso do capote à procura de algumas moedinhas que entregou ao mago.

— Você não me deve nada.

Ela beijou-lhe as mãos e se foi, com o rosto iluminado de esperança.

Quando a porta se fechou, Lagarde viu Nostradamus espreguiçar-se longamente. Pegou um cachimbo branco de terracota e calmamente encheu-o de tabaco.

— Entre, rapaz, entre!

Lagarde aproximou-se do mago que acendia o cachimbo com pequenas baforadas gulosas. Volutas azuladas, de perfume insistente, se espalharam pelo cômodo.

Escolhendo um frasco, Michel derramou em dois copos um licor escuro ao qual acrescentou um pouco de água. A bebida se turvou e ganhou uma bela cor verde opala. Ficando com um dos copos, ele apontou o outro para Lagarde.

— Como posso servi-lo?

O jovem cheirou o estranho conteúdo de seu copo, e logo uma exalação de essências misturadas lhe subiu ao cérebro. Nele molhou os lábios como um animal selvagem apreende uma percepção ainda ignorada. Michel não perdia nada de seu prudente manejo. O rapaz tinha a circunspecção de um gato.

— É um absinto feito por mim — explicou Michel. — Ponho nele umas sessenta ervas.

— É bom. Mas perigoso.

— Tem razão. Não mais de uma dose por dia. E mesmo assim, nem todos os dias.

Lagarde bebeu um gole maior, atento aos sabores que impregnavam suas papilas.

— Você veio para que eu lhe fale de sua mãe? — retomou Michel.

Sua pergunta pegou o rapaz desprevenido. Passada a surpresa provocada pelas revelações de Ronan no momento de sua morte, ele não pensara mais no mistério da identidade de sua mãe. Apenas Diane ocupava seus pensamentos. E depois, o que sabia sobre o que as pessoas chamavam de sentimento materno? Crescera em liberdade.

— Não — respondeu ele com simplicidade.

Tendo o absinto lhe dado coragem de pedir, o que ele detestava, Lagarde disse de supetão:

— Preciso de um refúgio!

— Eu sei. Aqui, você está em casa, pelo tempo que quiser.

Sem que fosse preciso chamar, Djinno entrou sem fazer ruído.

— Djinno — prosseguiu Michel. — Nosso amigo Lagarde vai ficar aqui por um tempo indeterminado. Faça o melhor possível para acomodá-lo. Não falta lugar.

— Sim, mestre — respondeu Djinno.

— E veja se consegue vesti-lo melhor!

Lagarde se ergueu de um salto, ofendido.

— Você tem uma bela aparência, rapaz. Mas com essas botas altas e esse casaco de couro, atrai os olhares! Você é leão. Vai se tornar raposa. Fundir-se à multidão. Tinham medo quando você se aproximava. Nem perceberão que você se aproxima. Você verá: é um jogo muito engraçado. O primeiro segredo é velar o olhar. Não desvie os olhos, mas não fite ninguém. Impregne-se de humildade. É a virtude dos orgulhosos. É reconfortante ser tomado por imbecil pelos cretinos. Isso permite chegar bem perto para atacar, para usar de uma imagem que lhe é familiar...

De natureza taciturna, Nostradamus sabia se tornar inesgotável quando encontrava um auditório que lhe agradava. Djinno pigarreou para chamar sua atenção.

— Tinha algo para me anunciar, Djinno? A rainha chegou, talvez? Introduza-a. Quanto a você — acrescentou para Lagarde —, nos veremos no jantar.

Djinno levou o rapaz e, alguns minutos depois, introduziu Catarina de Médici, escoltada por Nérac, que carregava um longo embrulho enrolado num tecido precioso. Diferentemente de sua primeira visita, a rainha não se dera o trabalho de se disfarçar para visitar seu mago. Apenas uma longa capa escondia dos olhares o vestido vermelho com adornos em negro e ouro. Ela resplandecia. Pelo olhar agudo que lhe dirigiu, Michel compreendeu que ela agora conhecia sua verdadeira identidade e o papel que ele representara em sua vida. O pacto tácito entre eles estava, portanto, selado.

Quando o embrulho foi posto sobre a mesa, Nérac e Djinno se retiraram.

— Ouço-a, majestade.

— Pois bem, mestre. Sondei Montgomery. Ele jamais ousará! É devotado de corpo e alma ao meu esposo.

Por que as pessoas não se contentavam em deixar o destino se realizar?

— A senhora lhe revelou explicitamente o oráculo?

— Se o fizesse, ele seria capaz de fugir da corte! Em todo caso, sei que acredita na verdade do quarteto e fala de renunciar à justa.

— Se o próprio Henrique o desafiar, não poderá escapar. Ora, as coisas se passarão desse modo. Acredite-me, senhora, deixemos as coisas acontecerem. O que foi anunciado será.

Catarina levantou-se e foi desembrulhar o objeto que tinha trazido. Tratava-se de uma espada com a guarda magnificamente trabalhada.

— Pensei em lhe dar esta espada de presente, para que ela lhe insufle o suplemento de alma necessária ao ato. Quero que opere nela um desses encantos do qual conhece o segredo!

Michel se levantou para examinar a espada que tirou a meio da bainha. A lâmina de aço, temperada e mais de dez vezes batida, tinha sido forjada por um artista. Refletindo no pedido da rainha, julgou impossível concordar com ele. O melhor seria ganhar tempo. Ela esqueceria.

— Eu precisaria de ingredientes dos quais alguns só se consegue em determinadas noites. Terei de sair da cidade. Precisarei de um salvo-conduto vindo de suas mãos.

As portas de Paris eram, de fato, fechadas todas as noites na hora do toque de recolher, e ninguém podia mais entrar, ou sair.

Vendo uma escrivaninha, Catarina pegou uma pena presa num tinteiro e escreveu rapidamente: "O portador da presente age por minha ordem, no interesse do reino. Catarina. Rainha." Aqueceu um bastão de cera na chama de uma vela, derramou algumas gotas no final do documento e, pegando o carimbo pendurado ao pescoço, nele imprimiu o sinete real.

* * *

Djinno foi ao encontro do mestre depois que a rainha partiu.

— O que vamos fazer com isso? — perguntou ele, guardando a espada enquanto Michel fechava o salvo-conduto num cofre.

— Nada — respondeu Michel, irônico. — Está definido que a lança de Montgomery decide a sorte do rei. Não sua espada! Príncipes, mendigos, ricos, humildes ouvem, mas não querem escutar.

18.

Somente Michel sabia que o destino preparara todos os elementos do drama anunciado, e que somente o Tempo poderia agora dispor deles. Restava aos homens esperar e viver. Ninguém, ou força alguma no mundo, poderia impedir o inelutável. Portanto, Michel continuou a trabalhar como decidira, recebendo sua variada clientela todos os dias, salvo aos domingos, e Catarina, três noites por semana.

A rainha pegou o hábito de visitá-lo depois do anoitecer, como se fosse à casa de um familiar. De fato, a relação deles se tornava cada dia mais calorosa.

Uma noite, Catarina de Médici lhe levou, como demonstração de reconhecimento, um precioso volume da biblioteca real. Tratava-se de uma tábula de Leonardo da Vinci, o único homem que o mago considerava diretamente inspirado pelos deuses. Ela não imaginava o efeito que sua visão produziria no profeta. Michel abriu a inestimável coletânea de cadernos reunidos com o mesmo terror sagrado que antes experimentara ao descobrir certos livros secretos. Com as mãos abertas sobre as páginas escurecidas por linhas apertadas, ele se impregnava da alma do grande gênio. À medida que virava as páginas, descobrindo com crescente deslumbramento esboços, fórmulas e planos, ele sentia o espírito sugado pelo turbilhão do gênio. Nenhum sinal o advertiu da chegada das fagulhas.

De repente, Catarina o viu atirar-se violentamente para trás, o olhar convulso. Se obedecesse ao primeiro reflexo, a rainha teria pedido socorro. Contudo, reprimiu-o. Dominando o medo que lhe inspirava o estado do mago, ela ficou lá, observando-o. Um violento tremor sacudiu o corpo de Nostradamus, quase o derrubando do assento. Catarina precipitou-se para impedi-lo de cair e, somente então, pediu ajuda. Alguns minutos depois, o mago recuperava a consciência graças aos cuidados de Djinno. Lívido, ofegante, com a fronte molhada de suores frios, lembrava um supliciado.

Michel ergueu para Catarina um olhar sem nenhuma energia. Nunca voltara tão desesperado de uma viagem através do tempo.

— Eu que chegava a invejá-lo... — disse suavemente Catarina. — Agora creio que não gostaria absolutamente de estar em seu lugar. O senhor parece ter saído do Inferno.

— A loucura dos homens é muito mais terrível, acredite-me.

Michel esperou um momento até juntar as idéias, e falou, com voz quebrada.

— Isso remete mais à natureza profunda da profecia, senhora. À sua inserção na ordem do universo. À sua materialização. Enquanto não for formulada, enquanto não for proferida, enquanto não se tornar uma vibração que entre em consonância com a harmonia universal, ela pode permanecer incerta. Pelo menos, tal era minha esperança. Eis por que codifico muitas delas. Não posso impedir que me cheguem, mas posso tentar que não se concretizem.

Sua angústia abalou Catarina até o mais profundo do ser.

— Não compreendo a maioria das imagens que me chegam, nem conheço as formas que nelas aparecem, já que ainda não existem. Então, para descrevê-las, refiro-me ao que conheço! Quando falo do grande rei de Angoumois, não é em Francisco I que temos de pensar, mas em seu brasão.

— Azul com três flores-de-lis, com lambel de prata com três pontas, cada ponta com um crescente de gules — murmurou Catarina.

— É preciso considerar, por um lado, os crescentes, por outro, o Angoumois.

Catarina o encarou, perplexa.

— Como a senhora sabe, o crescente horizontal é o emblema do Islã.

— Mas se trata de um único crescente, e o senhor fala de três?

— Os três crescentes de Angoum são de gules, quer dizer, vermelho sangue. Trata-se, portanto, de nova guerra santa. Mas o que temos em nossa religião cristã? Católicos, luteranos, bizantinos são dogmas inimigos. Maometanos, cristãos e judeus adoram o mesmo Deus e buscam os fundamentos de sua fé no mesmo Livro dos livros.[1] Não é derrisório, senhora?

Embora concordando com a afirmação, Catarina preferiu não continuar com o assunto. Preferia voltar à decodificação pelo próprio mestre do terrível quarteto X.72.[2]

---

[1] A Bíblia.

[2] No ano mil novecentos e noventa e nove e sete meses/ Do céu virá um grande rei de terror/ Ressuscitar o rei de Angoumois/ Antes depois de Marte reinar por felicidade.

— Estou convencida a respeito do crescente. E sobre o grande rei? — perguntou ela, ávida.

— É preciso lembrar que Angoumois não se limita à cidade de Angoulême, mas se estende até Poitiers. E o que aconteceu em Poitiers?

— O rei Carlos Martelo derrotou os sarracenos! — exclamou ela.

— Logo, é preciso compreender que um temível chefe de guerra maometano de certa forma provocará a emergência, a "ressurreição" de um grande chefe de guerra cristão. Que o vencerá, talvez.

Catarina estremeceu.

— E o século XXI será irmão do nosso. Como hoje, crer-se-á erroneamente abarcar o conjunto do saber humano, e religiosos dementes pregarão a intolerância. O ano, porém, não significa nada. Escrevi em diversas ocasiões que não me é possível conhecer nem a data, nem o momento. O livre-arbítrio[3] do homem pode precipitar ou retardar as coisas, bem como atenuá-las ou agravá-las.

— Poderia fazer mais um pergunta, mestre? O que significa a perturbação em que essas cadernetas o lançaram?

Michel acariciou com a palma da mão a tábula ainda aberta sobre a mesa, e a fechou suavemente, com infinito respeito.

— Enquanto essas visões estavam em minha cabeça, eu podia esperar que elas fossem pesadelos. Mas a pena encantada de Leonardo lhes deu uma existência física. Num dia próximo, naves navegarão no seio dos oceanos, tartarugas de ferro armadas com canhões destruirão os campos de batalha, e assassinos virão do céu em máquinas voadoras. E este mundo estará perdido...

Naquela noite, a relação entre Michel e Catarina enraizou-se profundamente. Agora, como cada um deles sabia tudo a respeito do sofrimento do outro, podiam assumir livremente suas verdades. Apaixonada por estenografia,[4] Catarina sempre voltava às *Centúrias*, cujo mistério sonhava desvendar. Achando graça nessa obstinação, de tempos em tempos Michel lhe dava acesso a outro elemento de compreensão que lhe permitia levantar o véu sobre um ponto. A fascinação de Catarina de Médici pela magia negra representava, porém, um obstáculo para a harmonia da relação deles. Todas as vezes que ela voltava ao

---

[3] Que ele chama de "liberal arbítrio" na introdução de sua própria obra.

[4] Do grego *steganos*, aberto; e *graphein*, escrita. Arte de esconder uma mensagem no interior de outra de caráter anódino, de modo que a existência mesma do segredo seja nela dissimulada. Com a estenografia, a segurança repousa no fato de que a mensagem não será provavelmente detectada.

palácio, Ruggieri lá estava, pronto para contrapor-se à influência de Michel. O mago negro sabia como lhe apresentar sedutoramente artifícios e sortilégios nefastos, mas muito excitantes. Essa paixão nociva foi a origem da única e verdadeira disputa que tiveram.

— O senhor poderia devolver a vida a um morto? — perguntou Catarina, quando conversavam mais uma vez sobre a manipulação de forças ocultas.

— Tudo no universo se corresponde. Exceto a morte, que não corresponde a nada. Ela é apenas transmutação. Tudo sobrevive, aqui ou em outro lugar, de outro modo ou sob outra forma. A morte física é apenas um instante irreversível. Não se pode compensá-la com nada. Seria inverter o curso do Tempo.

— Contudo, ouvi dizer que existiria um procedimento — insistiu Catarina.

— Existe uma fórmula, que conheço, mas um dos elementos necessários à sua aplicação me enoja.

— Qual é?

— A vida de uma criança. Uma criança forte, com menos de 12 anos, nascida de um amor verdadeiro. Posso dispor de todos os outros elementos. Jamais procuraria esse.

Michel não contara com a obstinação de Catarina. Ofegante, ela murmurou:

— O senhor se deixaria convencer...

— Senhora! — ele a interrompeu. — Seu filho Alexandre! Ele reúne todas as condições. Estaria tão interessada que, para dar vida a um cadáver, eu tomasse a vida dele?

— É terrível! — Catarina empalideceu. — Eu morreria!

Maio passou. Michel continuou a trabalhar sem impaciência. Sabia que o desenlace se daria ao final das semanas por vir, no final de junho.

Terminara de enumerar os futuros papas; restava descobrir o lema que definiria cada um deles. Divertira-se muito quando descobriu que havia 111 papas a partir de Celestino II, pontífice reinante na época em que são Malaquias teria supostamente escrito a profecia que lhe atribuiriam nos séculos seguintes. Cento e onze correspondia a três I, ou seja, um quarteto menos I. Quem sabe alguém seria capaz de encontrar aí um indício?

O número 111 era mesmo revelador. De fato, ele havia calcado a estrutura do quarteto, quatro I, na da palavra cabalística *iod-he-vau-he*, que significa "o Ser que é, foi e será". Essas quatro letras condensavam por si mesmas o princípio do ciclo da vida. Ao *iod*, ativo, sucedia o *he*, passivo. Seu equilíbrio produzia o *vau*, neutro. O *he*, resultando da reação em cadeia desse terceto, abria a transição para o ciclo seguinte.

Por que então sua profecia dos papas se resumia a esses três I, um terceto que nenhuma transição vinha completar? Ele preferia não levar adiante a busca. Queria acreditar que, um dia, a Igreja venceria seus erros, graças aos bons servidores cuja fé era verdadeira. A imagem de Marie continuava a obsedar sua mente, até, por vezes, dar a impressão de surgir diante de seus olhos. Contudo, ela continuava indefinida, e ele nunca conseguia distinguir seus traços. Todas as vezes Michel imaginava que a sombra vinha se assegurar de que ele não tinha esquecido, e que os culpados da infelicidade deles seriam castigados. Como poderia ele esquecer?

Alguns anos antes, no decorrer de suas viagens com Djinno, fora confrontado com os rituais de outros povos, impressionando-se em constatar que todos possuíam técnicas similares para evocar os mortos, às vezes fazê-los aparecer, ou explicar-se pela boca de um dos oficiantes do qual se apossavam.

Michel sempre considerara contrário à ordem universal abrir as portas do passado para dar às almas errantes a possibilidade de se materializar e interferir nas coisas do presente. A dor da perda de Marie o lacerava de modo tão intolerável que, apesar do medo que essas práticas lhe inspiravam, cedera à tentação de evocá-la. Como nada se produzira, pensou que sua alma pacificada tinha deixado de errar no limbo. Mas não era isso, já que ela se manifestara a ele desde sua chegada a Paris. Então, supôs que ela permanecia presa aos lugares onde tinham sido felizes e que encontraria a paz eterna somente quando os artífices de sua infelicidade tivessem sido punidos.

"Em breve, Marie", pensava ele. "Em breve!"

Era o início do mês de junho de 1559.

Desde que Nostradamus a tranqüilizara inteiramente a respeito de seu futuro, Catarina sentia-se no auge de suas capacidades, impaciente de por fim ocupar o lugar que merecia. Esse estado de exaltação interior tornava-a mais sedutora do que jamais havia sido.

Um camareiro esbaforido irrompeu por uma porta secreta e correu para a rainha. No momento em que ela lhe lançava um olhar enfurecido, a porta do apartamento se abriu de par em par enquanto um oficial anunciava:

— O rei!

O silêncio se fez no mesmo instante. As damas se posicionaram lado a lado, numa fila, o olhar baixo. Sem se apressar, Catarina levantou-se para receber Henrique II, que entrava.

Qual o grave motivo que poderia justificar aquela visita inesperada? O rei jamais condescendera em ir até ela.

— Deixem-nos — ordenou o rei.

O Esquadrão de Rendas eclipsou-se num rumor de seda, e as portas se fecharam. Finalmente, Henrique II ergueu os olhos para Catarina, que lhe fez reverência.

— Queira sentar-se, senhora.

Sua galanteria pôs Catarina em alerta. Essa cortesia, de todo inusitada, deixava pressagiar uma notícia desagradável. Ela se sentou e esperou, com o espírito vigilante.

Henrique sempre tivera belo porte. Conservava uma presença que muitos homens mais jovens poderiam invejar-lhe. A mudança mais sensível residia na expressão do rosto. Antes desconfiada e, ocasionalmente, tenebrosa, transformara-se numa face melancólica. Por que Henrique parecia tão embaraçado? Com seu olhar fugidio, dava a imagem de um homem extremamente constrangido. Aquele manejo amedrontado não era dele.

— Senhora... Desde algum tempo, tenho a estranha intuição de que vou morrer em breve.

Catarina estremeceu. Em que é que ele estava pensando? Será que, de repente, iria levar a sério o quarteto do qual nunca deixara de rir, decidindo renunciar ao torneio? Ou, então, existiria outra ameaça que ela desconhecia? Eis o que a surpreenderia, mas como saber?

— Essa idéia me perturba. Decidi, portanto, tirar a limpo. Se alguém me ameaça, quero saber quem é.

— Isso me parece sensato, sire — comentou prudentemente Catarina. — Tem idéia de como proceder?

— Tenho uma, na verdade... — murmurou ele, confuso. — Mas... Não, não posso; a senhora vai rir! Depois de todas as minhas caçoadas...

— Agora está me fazendo esperar! Diga, sire, fale!

Vendo-a tão bem-disposta, Henrique sorriu de modo quase juvenil e acabou confessando.

— Decidi consultar o seu Nostradamus.

Catarina controlou-se para não exultar. Procurar Nostradamus significava restaurar aos olhos de toda a corte a confiança de Henrique no julgamento da rainha. Que comentários maldosos sobre suas crenças não ousaram proferir, já que o próprio rei dava o exemplo! Estendendo-lhe as mãos com um sorriso radiante, ela exclamou:

— É uma grande e bela idéia!

Para estupefação de Catarina, Henrique inclinou-se diante dela para beijar-lhe as mãos estendidas. Teria ela ainda algum poder sobre ele?

Deixando as mãos nas do rei, levantou-se e pôs no olhar toda a sedução de que era capaz. Não procurava de modo algum reavivar o desejo físico do esposo. Contudo, talvez conseguisse fazer desabrochar nele uma ternura cúmplice.

— Nostradamus é tão seu quanto eu sou sua.

Observando o olhar hipnótico daquela esposa tantas vezes ridicularizada, mas que o compreendia tão bem, Henrique cedeu ao impulso que o levava a ela. Segurando-a pelos ombros, ele a contemplou.

— Como está bonita assim, Catarina — sussurrou ele.

Ela lhe respondeu com um sorriso radiante. Ele se inclinou para beijar-lhe a fronte, mas, de repente, ficou tenso, pálido.

— O que há? — espantou-se Catarina.

— Esta marca branca em sua testa — murmurou Henrique com a voz estrangulada.

A imagem do espectro de Francisco apontando o dedo para a sua testa surgiu na mente de Catarina. Ela conseguiu se espantar.

— Apague-a com seus lábios — murmurou ela, estendendo novamente a fronte.

— Não posso! Não, eu não posso!

— Por quê? — gritou Catarina, alterada.

Incapaz de sustentar seu olhar, Henrique ainda conseguiu balbuciar:

— Porque... Porque a senhora cheira a morte![5]

Cedendo a um terror incontrolável, virou-se e fugiu.

Quando a porta bateu, Catarina ficou por um tempo ofegante, o coração precipitado. Não compreendia o que acontecera. Por que aquela brutal visão espectral?

Vendo um vaso cheio de rosas, lembrou-se do pentáculo pendurado ao pescoço de Nostradamus quando da primeira consulta cuja lembrança a enfeitiçava. Ignorava o que significava a figura cuja forma lembrava uma rosa, mas, impregnada dos rituais nos quais Ruggieri a iniciara, desejou colocar-se sob sua proteção de modo simbólico, esperando assim exorcizar a imagem do espectro de Francisco. Escolhendo a mais vermelha das rosas do buquê, quebrou-lhe a haste com um gesto seco e prendeu-a no corpete do vestido.

— Já que cheiro a morte, é melhor que eu a use — murmurou com um sorriso terrível.

---

[5] Autêntico.

Agindo desse modo, pensava pôr-se um pouco mais nas mãos de Nostradamus. Ela ignorava que acabara de realizar uma manipulação que poderia revelar-se maléfica e alterar o laço que a unia ao mago.

No dia 5 de junho, à noite, de pé diante da janela aberta de seu gabinete de trabalho, Michel contemplava o céu primaveril, à espera do carro real que deveria levá-lo ao Louvre. As estrelas cintilavam no céu límpido, ainda claro apesar da hora adiantada. Seu pulsar multicor lembrava a cintilação do mar. Faltava a Lua naquela magia. Michel sentia-se disposto, pronto para o confronto para o qual se preparara havia anos. Todos os que o quiseram morto estariam presentes. Será que o reconheceriam? De que importava? Não poderiam fazer nada contra ele, mas saberiam, ao vê-lo, que a hora de prestar contas chegava. A perspectiva do pavor deles, porém, não lhe dava alegria alguma. As coisas tinham de se realizar, era só isso.

Pouco depois, dirigia-se em grande aparato para o palácio do Louvre. Ao deixar sua casa, quase se assustou ao cruzar, no fim de uma escada, com Lagarde, que descia para a biblioteca. Não tinha percebido sua aproximação.

Lagarde acostumou-se com o palácio onde ia e vinha com toda a liberdade, passando junto à criadagem por um jovem gentil-homem ligado à casa de um amigo da província. Michel fizera o necessário para que um fidalgote provinciano do Languedoc, irmão da Rosa + Cruz, corroborasse a história em caso de necessidade. Com roupas novas, os cabelos cortados, o rapaz elegante, mas sem ostentação, passava facilmente por um pequeno nobre de província, sem fortuna, mas orgulhoso. Lagarde não podia, sob pretexto algum, perturbá-lo quando ele trabalhava, ou recebia consulentes. Tinha acesso à biblioteca, tanto quanto quisesse. Michel ficou agradavelmente surpreso quando notou que o jovem não passava um dia sem ler.

Se a porta de comunicação entre a biblioteca e o gabinete de trabalho estivesse entreaberta, ele podia entrar. O que se habituara a fazer. Freqüentemente, por uma pergunta a respeito de uma obra que estava lendo. Mas era apenas pretexto. Ele se sentia bem na companhia do "enfeitiçante", como o havia nomeado por lembrar-se do lendário Merlin. Sabendo que por duas vezes o rapaz jurara mudar de vida, Michel lhe sugerira, caso precisasse, pedir-lhe conselho sobre a escolha de uma profissão. Como Lagarde só conhecia as armas, pensara que o trabalho com metais talvez lhe agradasse. Assim é que Michel o encaminhou a Richard Toutain, que assumira o ateliê de ourivesaria de Siméon, seu pai, e gozava de rica e prestigiosa clientela. Não se surpreendeu ao saber que, em pouco tempo, seu protegido revelava habilidade de fundidor e, melhor, grande predisposição para a invenção de novas formas. Embora, até o momento, sua criatividade só se tivesse manifestado para a concepção de guarda de espada ou de adaga.

O restante do tempo, Lagarde rondava pelas imediações do palácio de Saint-André com a esperança de avistar Diane. Não era raro que Michel o ouvisse entrar altas horas da noite, e, embora o rapaz não fizesse barulho, ele quase podia perceber seus suspiros, que o enterneciam. Como a dor de amor era bonita!

19.

Para não dar à visita de Nostradamus uma importância maior do que deveria ter, Henrique II decidiu que a audiência ao feiticeiro da rainha aconteceria na sala de jogos, no final da galeria de honra de seus aposentos, na ala sul do Louvre.

Foi oferecida uma ceia, reunindo em torno de trinta familiares. Todas as pessoas importantes da corte tinham feito o possível e o impossível para comparecer ao acontecimento que viria em seguida. A rainha obtivera do esposo a aprovação da lista dos convidados. Alguns, que não lhe tinham poupado insolências, mordiam agora a língua, ao se verem excluídos.

Duzentos privilegiados vagavam, pois, para controlar a impaciência. Sentada a um canto com as amigas, entre as quais Diane de Saint-André, a princesa de Guéméné se deliciava com a disputa de belas palavras à qual se entregavam alguns jovens poetas que ela protegia.

Um estranho magricela, fazendo palhaçadas, agitando a *marotte,*[1] fazia piruetas de grupo em grupo. Magro, pernalta, longo nariz sobre boca torcida num riso permanente, usava uma roupa em vermelho e amarelo ornada de guizos que tilintavam a cada movimento, e um boné com grandes abas vermelhas. Era o senhor Brusquet, o bobo do rei. Catarina de Médici e Diane de Poitiers estavam no tablado real. Ambas cercadas por mulheres, ocupavam poltronas dispostas dos dois lados da do rei, no momento desocupada. Enquanto a poltrona da rainha se alinhava com a de seu esposo, a da favorita ficava um pouco recuada. Com mais de 60 anos, a duquesa de Valentinois[2] ainda se impunha

---

[1] Cetro de bufão, guarnecido com guizos, tendo na ponta uma cabeça com capuz colorido.

[2] Entre outras prodigalidades prelevadas do tesouro real, Henrique II, assim que subiu ao trono, deu a Diane de Poitiers o ducado de Valentinois, em 1548.

pela imponência e beleza. Certa de sua sedução, aparentemente invulnerável à ação dos anos, levava a vaidade a ponto de não tingir os cabelos brancos, usando-os puxados num coque a fim de deixar à mostra o pescoço em que mal se percebiam algumas rugas.

Catarina ocupava seu lugar com uma insolência cheia de graça. Estava longe o tempo em que a jovem florentina deixava-se impressionar por aquela prima tão bela e tão completa. "A alfandegária" — foi assim que a apelidou secretamente — não sabia que seus dias de favores estavam contados. Por sua vez, Diane de Poitiers sentia um misto de espanto e inquietação ao observar a rainha com o canto dos olhos. Aquela a quem chamava desde o primeiro dia de "A menina" parecia bem confiante. O que tramava?

Como de hábito, vestido de preto e branco, as cores de Diane de Poitiers, o perfil alto e elegante de Henrique II se destacava, um pouco afastado da agitação, diante de uma janela que dava para o Sena. Chamara Saint-André para uma conversa particular da qual o chanceler sentia que poderia sair reconhecido, ou em desgraça.

— Fico feliz em ver que sua filha está completamente restabelecida — ironizou o rei um pouco antes, ao verificar a presença de Diane ao lado de Isabelle de Guéméné.

Pretextando o choque nervoso em conseqüência da tentativa de rapto de que fora vítima, Saint-André dissera que Diane ainda estava muito frágil para aparecer em público. Fingimento que não enganava ninguém, já que ela continuava freqüentando o salão literário da princesa de Guéméné. Saint-André não imaginara que o soberano encontraria nessa desculpa um estímulo ao seu desejo. Lembrando-se de como a resistência de Diane de Poitiers exacerbara a paixão adolescente de Henrique, o chanceler percebia tarde demais que se enganara. Longe de se apagar, o desejo do rei por sua filha parecia ter ganhado força. O silêncio sombrio de Henrique começava a lhe pesar, mas, querendo abrir o jogo, Saint-André se aventurou:

— Sua frieza me entristece, sire. Teria eu desagradado meu rei? Vossa Majestade não está satisfeita com meus esforços a serviço do reino? — insistiu Saint-André.

— E os seus esforços em benefício próprio? — retorquiu ele por entre os dentes. — Está satisfeito? Está rico. Talvez mais rico do que eu. Permito que pilhe meus tesouros. E você? O que me dá em troca?

— Esse tesouro, sire, é... — disse ele com dificuldade.

— Digno de um rei! — interrompeu-o Henrique II, feroz.

Para grande surpresa de Saint-André, repentinamente, Henrique fez-lhe frente. Continuou, sério:

— Não a exijo, como seria meu privilégio. Peço a seu pai — murmurou por fim.

Saint-André sentiu o coração parar. O rei acabara de lhe pedir sua filha não como amante, mas como esposa? Se Henrique persistisse nesse projeto, teria de, primeiramente, repudiar Catarina. Os Guises provocariam uma cisão das facções. Seria a desarticulação da obra de unificação levada a bom termo por Francisco I. Sem tirar os olhos de cima do rei, ele apontou para a rainha com um imperceptível bater de pálpebras.

— Eu encontraria como repudiá-la. Eu a acusaria de adultério.

Mesmo que se fabricasse motivo de repúdio, ainda assim seria preciso obter a dissolução do casamento pelo papa.

— Minha Dama Diane listou quantas vezes eu cobri minha esposa. Ela também conhece os períodos das gestações. Então? O que me responde? — continuou Henrique, insistente.

— Então, sire... — respondeu Saint-André, pesando as palavras. — Graças às suas ordens esclarecidas, as ruas de Paris estão agora seguras. A guarda de meu palácio vai, portanto, poder ser diminuída.

— Quando? — exclamou ele, com os olhos brilhantes.

— Daqui a dois ou três dias.

Henrique voltou para o centro da galeria, aplaudindo.

— Riam! Divirtam-se!

As conversas se interromperam. As cartas ficaram suspensas. A orquestra parou de tocar. Todos se viraram para o soberano, que ninguém vira de tão bom humor fazia muito tempo.

— Teremos, esta noite, um divertimento raro que fará esquecer a dança e abandonar o jogo. Teremos Nostradamus!

Ninguém o ignorava, mas exclamações encantadas brotaram, como convinha. Brusquet assanhou-se em convulsões que fizeram tilintar todos os seus guizos para obter silêncio. Alguns risos saudaram a palhaçada.

— Imperador da magia que adivinha que você está doente quando a febre o prega na cama! — esganiçou-se ele, provocando a hilaridade geral.

Mas o bufão não tinha acabado. Agarrando a manga do rei para chamarlhe a atenção, o que somente ele tinha o direito de fazer, continuou:

— Henrique! Henrique! É verdade que ele sabe como cada um de nós vai morrer?

— Pelo menos, ele diz que sabe — respondeu o rei. — Mas isso nos é indiferente, não é, senhor Brusquet?

Henrique caiu na risada e jogou a bolsa para Brusquet, que a agarrou no vôo e fugiu com caretas de avarento, protegendo o dinheiro.

— Volte agora mesmo, besta ruim! — ordenou o rei, rindo e se fechando de súbito. Tinha acabado de ver La Jaille e Ochoa dirigindo-se diretamente para ele. Aquele monge fedido o irritava enormemente. Felicitou-se por Saint-André adiantar-se logo para acolher os importunos.

— Mestre Nostradamus!

Fez-se silêncio antes mesmo que o eco da voz do arauto tivesse acabado de ressoar. Todos se viraram, então, para o recém-chegado, cuja silhueta e, em seguida, o rosto se tornavam mais distintos a cada passo. Embora não se pudesse ainda distinguir-lhe os traços, já se percebia a extraordinária intensidade de seus olhos. Com o rosto impenetrável, Catarina olhava seu mago adiantar-se, sozinho diante daquela horda de cortesãos bajuladores e rapinantes que, insensivelmente, se agrupavam para fazer um círculo a uma distância respeitosa do rei, cercado pelo chanceler, o juiz e o inquisidor.

Ele caminhava num passo tranqüilo. Vestido com suprema elegância, estritamente de acordo com os cânones de vestuário divulgados por Henrique II, usava gibão, calções e sapatos rasos de veludo violeta finamente listrados de prata. Os golpeados de suas roupas, a camisa e as meias eram de fina malha de seda preta. Tinha enorme imponência.

Catarina percebeu a tensão que crescia insidiosamente em Henrique, Saint-André e La Jaille à medida que o mago se aproximava. Ainda não tinham reconhecido o homem cuja felicidade destruíram. O que fariam quando Michel de Saint-Rémy fosse reconhecido sob os traços de Nostradamus? Ela apostava que eles não ousariam tentar coisa alguma contra ele. Se ele dissesse uma palavra: "Tournon!", o escândalo os varreria.

Quando Nostradamus não estava senão a alguns metros deles, Saint-André e La Jaille sentiram um inexplicável arrepio percorrê-los. Quanto a Ochoa, tremia simultaneamente de furor e de medo. Henrique sentia um estranho mal-estar. Tinha a impressão de que aquele homem não lhe era desconhecido, mas não conseguia definir com precisão sua lembrança.

Michel parou a cinco passos do soberano, se inclinou profundamente e anunciou com sua voz grave cujos ecos atravessaram a imensa galeria, embora não tivesse erguido o tom:

— Sire, aqui estou, às ordens de Vossa Majestade.

Cortejou o rei com uma inclinação de cabeça e juntou as mãos em postura serena.

Saint-André, que reconhecera o brilho da pedra verde no indicador de Nostradamus, empalideceu. La Jaille piscava os olhos com nervosismo, como um animal que percebe a iminência do perigo sem ainda identificá-lo.

— Quem é você? — murmurou Henrique.

Sem perder a calma, Michel mergulhou o olhar no fundo dos olhos do rei e respondeu com simplicidade:

— Um homem que passou a vida sondando as consciências. Eu abri as portas do invisível.

Muito constrangido sob a cintilação daquele olhar que perfurava o fundo de sua alma, mas consciente de que precisava salvar sua dignidade diante da Corte, Henrique arqueou a alta estatura e conseguiu caretear uma espécie de sorriso. Contudo, incapaz de sustentar por mais tempo o olhar do feiticeiro, girou nos calcanhares e chamou um oficial. As conversas retomaram, num tom mais baixo, como num lugar de culto.

Michel dirigiu a atenção para Saint-André e La Jaille, petrificados, cujos olhos permaneciam fixos nele. Toda animosidade recíproca desvanecida, os criminosos aproximaram-se inconscientemente um do outro.

— Vocês estão bem pálidos. Teriam visto um espectro? — caçoou ele.

— Você não é... Você não é... — balbuciou Saint-André com voz sem timbre.

Michel deixou que ele hesitasse, limitando-se a fitá-lo com a atenção acolhedora de um mestre diante de uma criança que custa a encontrar a resposta certa.

— Michel de Saint-Rémy? — sugeriu, por fim. — Você sabe perfeitamente que não, já que você me matou.

Considerou-os alternadamente e acrescentou sem intenção particular, como se fosse uma informação totalmente banal:

— Mas venho da parte dele.

Essas poucas palavras soaram como uma ameaça inelutável aos ouvidos de Saint-André e La Jaille, que, acusando o golpe, recuaram dois passos e foram se juntar ao rei.

Ochoa ficou lá, tremendo de raiva impotente. O esforço do monge para dominar a raiva fez com que tremesse dos pés à cabeça.

— Ri, demônio! — rilhou, com os dentes trincados. — A vez de Deus chegará!

Michel censurou-se por ter cedido à tentação de zombar de seus inimigos. Embora não o tivessem reconhecido, pois a idéia de que tivesse sobrevivido lhes era inconcebível, pelo menos agora sabiam que era um enviado do passado que viera pedir contas. Para sua própria segurança, deveria ter continuado mascarado. O prazer de ver a angústia começar a roê-los constituía, porém, um puro deleite.

O rei, Saint-André e La Jaille estavam envolvidos num concílio animado do qual certamente ele era o objeto. Ninguém ousava aproximar-se dele. Estava isolado no centro de um círculo invisível cujo contorno ele próprio traçara. Ninguém teria tido a audácia de ultrapassar-lhe os limites, arriscando ser repelido. Mais uma vez Michel constatava, satisfeito, que o poder da sugestão representava o verdadeiro suporte daquilo que os ignorantes chamavam de magia.

Contudo, sentia um olhar insistente fixo em seu perfil. Um olhar familiar. Virando um pouco a cabeça, viu Isabelle de Guéméné, perto de quem estava Diane de Saint-André. As duas mulheres o observavam, fascinadas. Ele percebeu na jovem um impulso cheio de claridade que a levava a confiar nele cegamente.

Em compensação, a princesa parecia ter visto um fantasma. Pálida, dava a impressão de estar a ponto de desfalecer, mas a sombra de um sorriso flutuava em seus lábios. Logo, ela o reconhecera. Melhor ainda, não lhe era hostil. Ele estreitou levemente os olhos, ordenando-lhe que ficasse em silêncio. Ela lhe respondeu do mesmo modo para lhe dizer que tinha compreendido. Abraçando-a com um último olhar, admirou sua beleza serena. A jovem viúva provocante de outrora se tornara uma mulher madura sem nada perder da sedução. Ela estava magnífica.

Michel foi tirado do devaneio pela gritaria de Brusquet. Puxando a manga do rei como um cão que quer arrastar o dono, o bufão acabava de interromper o conciliábulo. Bem a tempo, se Michel acreditasse na cara contrariada de Saint-André e na cara furiosa de La Jaille.

— Henrique! Henrique! — pateava o bufão. — Você nos faz ficar acordados sob pretexto de que o rei dos feiticeiros nos leria a sorte! Quero Nostradamus! Que me tragam Nostradamus!

Antes de deixar que Brusquet o levasse até sua cadeira, Henrique deu uma piscadela de conivência para Saint-André, que lhe respondeu com um ricto sinistro, e gratificou a assistência com um largo sorriso alegre. Enquanto o rei se sentava entre Catarina e Diane de Poitiers, o bufão foi pulando até Michel. Segurando sua mão para guiá-lo até o soberano, murmurou rapidamente, com o olhar grave:

— Tome cuidado! O rei quer sua morte. Não sei por quê, mas eu não gostaria que o maltratassem.

— Obrigado, senhor Brusquet — sussurrou Michel. Em seguida, erguendo-se, deixou o *Mat*[3] guiá-lo até o palanque. O círculo de cortesãos fechou-se atrás deles, formando uma arena.

De seu trono, Henrique II olhou-o de alto a baixo e, falsamente jovial, interpelou-o:

— E então, mestre! O senhor, que pretende saber tudo, diga-nos o que acontecerá ao senhor mesmo nos próximos oito dias.

— Isso me é impossível, sire. Posso ler o destino dos outros, mas o meu permanece velado. Só me torno clarividente para os que não têm meu sangue.

O rei tomou Diane como testemunha balançando a cabeça com um sorriso sarcástico. Alguns risos foram logo ouvidos na assistência.

— Então, sua ciência não pode ser aplicada nem em você, nem nos seus? — retomou Henrique com intensa ironia.

— Exatamente, sire. Sobre o resto, o senhor pode me interrogar.

Tranqüilizado pela certeza de que o feiticeiro não poderia prever a própria sorte, o rei decidiu oferecer à corte a atração prometida.

— Que seja, tenho amigos aqui?

Michel virou-se lentamente, fingindo examinar os rostos dos cortesãos que rivalizavam em sorrir com deferência para o soberano.

— Sim, sire. O senhor tem um. Apenas um.

Um rumor de protestos hipócritas elevou-se às suas costas.

— Quem é? — caçoou Henrique.

— O seu bufão.

O rei deixou escapar um risinho. A impertinência do feiticeiro não tinha limites.

— Muito bem, mestre. Com que então, se não tenho outro amigo verdadeiro, tenho inimigos?

Michel percebeu que conseguira provocar a melancolia de Henrique. Agora era possível inverter a situação. Mergulhou os olhos no fundo dos olhos do rei e o escrutou longamente antes de anunciar:

— Pelo menos um. Um inimigo que o matará se o senhor não o matar antes.

Henrique ficou tenso. A angústia difusa que o feiticeiro lhe provocara voltou, mais lancinante.

---

[3] O louco do Tarô.

— Quem?

— Não procure, sire. O senhor está nas mãos do Destino.

A possibilidade de ficar na dúvida acabou de perturbar Henrique, cuja soberba desapareceu. Tinha pensado oferecer à corte um divertimento às custas do feiticeiro. Mas o jogo se voltou contra ele.

— Ordeno-lhe que o diga! — exigiu o rei, erguendo a voz mais do que o necessário.

Michel o observou e, olhando-o diretamente, a voz tranqüila, respondeu num tom mais baixo:

— Esta noite é impossível, sire. Eu lhe direi quando a hora chegar.

— E essa hora...

— Será a minha, não a sua.

Henrique apelou para a força de vontade para manter o controle sobre si e não deixar explodir a cólera mesclada de preocupação. Não contente em afrontá-lo, aquele maldito feiticeiro lhe impunha sua vontade. Se se irritasse naquele momento, perderia a honra.

Diane de Poitiers inclinou-se ligeiramente para tocar suas mãos, crispadas no braço da poltrona. Quando a grande e bela mulher o fitou, de imediato Michel sentiu dureza. Sob a aparência sedutora, Diane de Poitiers era, sobretudo, ávida e ambiciosa.

— Senhor — começou ela numa voz rouca, muito sugestiva. — O senhor quase nos causaria muito medo se não soubéssemos que tudo isso não passa de um jogo.

Sua tentativa de tranqüilizar o rei, minimizando a situação, não deixava de ser hábil. Dirigindo à duquesa um movimento de cabeça que poderia significar uma aprovação, ele encadeou, explícito:

— Um jogo, senhora? Sim, a matemática é um jogo. A vida de um indivíduo ou de um povo é composta de elementos diferentes. O cálculo permite fazer-lhe a síntese e conhecer-lhe a resultante. Por mais distante que esteja.

Um véu de contrariedade passou pelos olhos de Diane de Poitiers. Não admitia que o feiticeiro da "Menina" preocupasse o rei. No momento em que ia disparar a réplica, brutal, Brusquet se interpôs.

— Calcule, então, o futuro de Paris! — choramingou de modo tão grotesco que provocou risos de alívio.

Com efeito, a corte sabia por experiência como podia ser nefasto opor-se à favorita. Michel agradeceu ao bufão por ter se intrometido tão a propósito.

— Ah! Esse senhor Brusquet me agrada! Não se trata mais de saber se o senhor morrerá de febre ou de um golpe de lança! — começou, falando com

Henrique. — Nem de saber se seu filho Francisco morrerá de uma doença ou de uma vontade assassina! — prosseguiu, dirigindo-se a Catarina.

Ignorando deliberadamente a duquesa de Valentinois, ele se dirigiu à sala.

— Nem de saber que luta fratricida vai atirá-los um contra o outro! O que se quer saber é o destino de Paris! E, por minha fé, uma preocupação tão sensata, sire insensato! — concluiu, gratificando Brusquet com uma reverência. — Muito bem! Vou lhes dizer o que vejo! Vejo o Sena correr vermelho! Vejo incêndios! Mata-se! Metade de Paris assassina a outra! Vejo um espectro, que já está entre nós, marcando uns com o sinal dos assassinos, e outros com o das vítimas! Será numa noite de agosto![4]

A assistência ficou petrificada de pavor, num silêncio de morte. Até mesmo Diane de Poitiers estava lívida. A voz de Catarina de Médici ergueu-se.

— É verdade, mestre?

Michel compreendeu que agora ela lhe pedia para reconfortar todas aquelas pessoas que ele acabara de maltratar duramente. Muito bem. Ele iria consolá-las com outras verdades nas quais elas não acreditariam.

— É verdade, majestade. Tão certo quanto os tronos dos reis desmoronarão um dia, estrondosamente. Tão certo quanto se verão um dia carros sem cavalos. Tão verdadeiro quanto o homem um dia realizará o sonho de Ícaro. Voando!

As feições de Henrique II perderam a expressão zangada, e seus olhos se iluminaram. De início, suave, partindo do fundo do ventre para logo sacudi-lo inteiro, seu riso explodiu tonitruante.

Sua hilaridade contagiou toda a assistência.

Michel ficou lá, solitário, no meio daquela assembléia convulsa que o ridicularizava. Seu espírito vagava ao longe, entre as esferas onde o tumulto dos risos nem chegava a ser distante rumor. Catarina não ria, incapaz de desviar os olhos do mago, certa de que, mais uma vez, ele dissera a verdade.

Enquanto Michel enfrentava os artesãos de sua infelicidade em meio à pompa do palácio do Louvre, Lagarde errava pelas ruas escuras. Como todas as noites, ou quase, havia algumas semanas, ele fora rondar pelas imediações do palácio de Saint-André. A moça se habituara a acender um castiçal perto de uma de suas janelas, assim que a noite caía. Ele não duvidava de que era para que ele soubesse onde ela estava. Depois da ceia, quando as luzes do palácio se apaga-

[4] O massacre da festa de são Bartolomeu teve início na noite do dia 24 de agosto de 1572.

vam uma a uma, aquela chama permanecia acesa até tarde da noite, quando Diane ia se deitar. Antes, ela ficava longamente apoiada à janela, os olhos perdidos na escuridão onde estava o namorado. Não podia vê-lo, mas sabia que ele estava lá, velando por ela.

Vendo-a de baixo, aureolada pelo brilho dourado, Lagarde sabia que o destino pusera em seu caminho a mulher que lhe fora prometida. Esse pensamento o transportava tanto quanto o desesperava. Os aposentos de Diane, situados num ângulo do primeiro andar, davam ao mesmo tempo para uma rua calma e para um vasto jardim cercado por altos muros. Entrar ali não oferecera dificuldade alguma para o jovem. Na primeira vez, ele escalou o muro. Depois, tendo descoberto uma pequena porta cujos ferrolhos arrombara, ousou chegar até debaixo da janela de Diane. Uma velha hera que subia agarrada à fachada permitiria que ele se içasse até a dama de seus pensamentos, mas a idéia nem lhe passou pela cabeça. Sentia-se indigno dela.

Naquela noite, como em todas as outras, o castiçal aceso brilhava na janela de Diane, mas ele não percebeu, projetada no fundo, sua silhueta movendo-se no quarto, nem a vira inclinar-se para ele. Mesmo assim, ficou muito tempo perdido em devaneio, ao pé da chama trêmula, e se foi com o coração pesado.

Estava a meio caminho entre o palácio de Saint-André e a residência de Nostradamus, aproveitando o silêncio da cidade adormecida.

De repente, ouvindo gritos de mulheres em perigo, sem dúvida atacadas por ladrões, ele correu. Só precisou de alguns segundos para alcançá-los. Uma pequena praça escura, iluminada apenas por alguns candeeiros nas janelas que permaneciam fechadas. Ele viu duas sombras usando manto com capuz abaixado, às voltas com quatro ladrões. Saltando diante delas, fazendo uma barreira com o corpo, desembainhou o espadão. Com um único molinete, um bandido ficou desarmado; um segundo, cortado; um terceiro, estocado na coxa. O quarto tentou fugir com a bolsa roubada. Com algumas passadas, Lagarde estava em cima dele. Segurando-o pela gola, trouxe-o para perto das vítimas.

— Devolve, o que você roubou — ordenou ele.

Como o outro demorasse a obedecer, ele lhe apertou o braço com um punho de ferro, forçando-o a abrir os dedos crispados e soltar o butim. Despachou-o com um pontapé no traseiro. Entregou a bolsa a uma das mulheres que, pelos modos, parecia ser a senhora.

— Guarde-a. Não é o bastante pela vida salva.

Ele se retesou, humilhado. A mulher compreendeu a dor que acabara de lhe causar, porque pegou a bolsa de sua mão estendida, pedindo-lhe desculpas.

— Eu não tinha a intenção de ofendê-lo.

— A senhora me daria a honra de aceitar que eu a escolte?

A mulher levou um tempo para responder, com um sorriso, como ele poderia jurar.

— Sou-lhe mil vezes agradecida, senhor, por me poupar de ter de pedir.

Pegando no braço da companheira, ela se pôs a caminho. Lagarde as seguiu, quatro passos atrás, a mão orgulhosamente pousada no punho do espadão. As duas mulheres logo pararam diante de uma bela casinha da rue de la Tissanderie.

— Seu nome, senhor? — perguntou a mulher depois de se virar para se despedir.

O jovem recusou-se a lhe dar o nome de empréstimo que Nostradamus inventara para ele. Sentia a retidão daquela mulher. Embora morando numa casa burguesa, ele teria jurado, por sua aparência, que era de condição superior. Em todo caso, tinha a nobreza do coração. Decidiu lhe dizer seu verdadeiro nome, aquele com o qual Ronan o batizara, e o outro, que forjara com a ponta da espada.

— Chamam-me Roland de Lagarde, senhora.

Ela ergueu a cabeça para olhá-lo, como se quisesse gravar seus traços na memória. Ele não distinguiu seu rosto, mergulhado na sombra do capuz, mas percebeu o brilho pálido de seus olhos, luzindo na penumbra. Nunca vira olhos assim. Tão claros que pareciam quase brancos. Azuis ou verdes. Talvez ele jamais soubesse qual sua verdadeira cor.

— Pois bem, senhor Lagarde, se tiver necessidade de uma amiga, não esqueça este endereço.

No instante em que ela ia fechar a porta, Lagarde avançou um passo.

— Quem é a senhora? — perguntou ele.

A mulher ficou imóvel, refletindo. Depois, oferecendo-lhe novamente o brilho de seus olhos pálidos, respondeu com a mesma dor grave, carregada de sutil tristeza:

— Sou a Dama Sem Nome.

Contrariamente ao que esperara, Michel não obteve satisfação alguma com sua audiência no Louvre. Expusera-se inutilmente aos seus inimigos, e assim lhes dera a oportunidade de tomar providências contra ele.

A justeza teria ordenado que se contentasse em esperar. A sorte de Saint-André, La Jaille e Henrique estava gravada no coração dos astros. O pêndulo do Tempo logo os varreria. Bastava deixar que seguisse seu curso. Em vez disso, ele permitiu que seus sentimentos, que sua sede de vingança se sobrepujassem à sua sabedoria.

Evidentemente, Catarina correu à sua casa logo no dia seguinte. Pela primeira vez ele a vira quase que desamparada. Ela temia que a situação escapasse ao seu controle. O rei e Saint-André urdiam, por sua vez. Ela tinha de saber! Michel se esforçou para tranqüilizar seus pavores e lhe devolver a confiança na força do Destino.

Saint-André sentia-se incapaz de tomar uma decisão. À incerteza vinha se juntar a inquietação que a presença de Nostradamus lhe provocava. Quem quer que fosse aquele homem, representava um perigo. Mas o que fazer e como agir, já que era hóspede e protegido da rainha?

Saint-André concluiu que tudo se resumia a uma questão elementar: ser a favor ou contra Catarina. Colocar-se ao lado do rei para derrubar a rainha permitiria, ao mesmo tempo, livrar-se de Nostradamus. Colocar-se ao lado da rainha para preservar o equilíbrio do reino e poupar sua filha de um casamento régio, mas insensato, o colocaria em posição de força para negociar a sorte do feiticeiro. Era para essa decisão que tendia, depois que Henrique afirmara que seu novo casamento não alteraria a posição de Diane de Poitiers na corte, ou em sua intimidade. O chanceler sabia que, sem nem mesmo referir-se ao resto, apenas essa idéia faria sua filha estremecer. Ele mesmo não desejava, por nada neste mundo, vê-la publicamente humilhada como Catarina o fora durante mais de vinte anos.

Depois de, durante toda a vida, ter sempre agido como fino manipulador, o chanceler Saint-André não sabia mais o que decidir. No fim das contas, ele chegou à única conclusão possível, de acordo com seu ponto de vista: dizer a verdade a Diane e a Catarina. Ele faria sua escolha de acordo com a reação de cada uma.

Apesar do incomparável domínio sobre si, Catarina não conseguiu dissimular completamente sua perturbação quando ele lhe revelou os projetos de Henrique. Saint-André teria jurado que ela empalideceu quando ele disse que Henrique pretendia acusá-la de adultério. Aquela ínfima manifestação durara apenas um instante, mas dava matéria a reflexões apaixonantes. Se Catarina pudesse ser legalmente acusada de adultério, o jogo mudaria completamente.

— Com que então, o senhor chanceler estaria verdadeiramente preocupado com o Estado? — Catarina ironizou. — Contudo, eu teria acreditado que somente o amor zeloso que o senhor tem por sua filha poderia levá-lo a trair seu amigo.

— Ambos disputam meu amor em partes iguais em meu coração, senhora.

Catarina acolhera a resposta com um fino sorriso. Embora a sinceridade do chanceler parecesse plausível, ele exigiria também, forçosamente, uma contrapartida. O que poderia pedir-lhe a não ser a cabeça de Nostradamus? Ela notara sua insistência em forçar Henrique a prendê-lo. Reconhecera nele um inimigo poderoso. A coisa viria a seu tempo, e ele compreenderia então que a vida de seu feiticeiro não era negociável. E azar se isso não lhe agradasse. Ela já se teria tornado Regente do reino. Seu bel-prazer seria lei.

Catarina foi correndo contar tudo a seu mago. Tinha de impedir que Henrique continuasse naquele caminho. Não tinha mais tempo de esperar que ele morresse durante um torneio fatídico. Um lado da consciência de Michel divertia-se com a situação. Depois de ter-se agarrado de modo quase fanático à interpretação do quarteto no qual via a morte do rei, Catarina não se importava mais com ele. Assim são os humanos, perpetuamente animados pela necessidade de ação para terem a ilusão de dominar o próprio destino.

Michel se lembrava muito bem de ter deliberadamente redigido aquele quarteto de modo a atiçar a curiosidade da rainha, mas ele possuía também um outro sentido, mais sutil. O verdadeiro. Surpreendia-se de que Catarina não tivesse percebido — apesar da licença poética — que não se podia fabricar elmo, "gaiola", com ouro, metal mole demais para isso, e que Montgomery e o rei, cuja diferença de idade não excedia quatro anos, não podiam ser tomados como o jovem e o velho leão. Aliás, esse animal não figurava nas armas de nenhum dos dois.

Na opinião de Michel, o mais absurdo era que Henrique provavelmente manipulava toda a sua gente. Como é que Saint-André, habituado a considerá-lo apenas um jovem impetuoso, incapaz de tomar uma decisão sem consultá-lo, poderia pensar que estava sendo enganado? Como é que Catarina, de inteligência fria e aguçada, podia acreditar por um instante na possibilidade de seu esposo equiparar a unidade do reino a uma barra de saia? Porque não conseguiam lembrar que, se Henrique não cultivava o raciocínio tortuoso, nem por isso era um idiota desprovido de bom senso.

Como o rei não lhe dava trégua, Saint-André tinha de falar com a filha, tentar convencê-la. Depois de madura reflexão, chegou à conclusão de que tomar o partido do rei lhe ofereceria melhores garantias contra o feiticeiro. Para seu grande espanto, o pensamento daquele homem o obsedava. Inutilmente o afastava, ele voltava sempre. Por que sua visão lhe gelara o sangue? Ele representava uma ameaça. O pior era não saber quando aconteceria.

Quando entrou no apartamento de Diane, ela divagava perto da janela, afundada numa poltrona, com um livro aberto no colo. Não o ouvira entrar. Ele ficou lá, contemplando-a em silêncio. Um sofrimento agudo lhe dilacerava a alma todas as vezes que imaginava o dia em que se separariam. O momento era, contudo, iminente, e ele não podia fazer nada para impedi-lo, já que o rei tinha se pronunciado.

Alheia, Diane pensava na conversa que tivera na véspera com Isabelle de Guéméné, sua madrinha e, sobretudo, sua amiga. Nenhuma das duas deixara de notar os conciliábulos entre o rei e Saint-André, por ocasião da festa no Louvre. Evidentemente, Diane tinha sido a aposta de uma transação que o rei ganhara. Desde então, a moça não dormia mais. Quando, já havia algumas semanas, sua madrinha lhe explicara o que significava sua instalação na corte, ela fugira. Tornar-se uma das jovens mulheres que o rei usava de acordo com seu capricho lhe era insuportável. Disposta a ser renegada pelo pai, disposta a perder o nome e os títulos, ela preferia fugir novamente.

Isabelle tentara convencer Diane. Submeter-se ao capricho do rei não apresentava apenas desvantagens. Sem contar que ele era um homem belo e ardente, cair em suas boas graças representava um futuro brilhante e a certeza de um belo casamento. Muitos grandes senhores lutariam pela honra de suceder ao rei.

— Mas já que você tem a coragem de fazer o que não ousei quando podia, eu a ajudarei — acabou prometendo diante da determinação da moça.

Diane devia ter sentido a presença do pai. Descobriu-o de pé na entrada do quarto, embaraçado, o que não era dele. Apesar de suas queixas contra ele, fez um movimento para se levantar. Ele pediu que ela continuasse sentada e, puxando uma cadeira, foi sentar-se à sua frente.

— Diane — começou, com voz suave —, tenho de lhe comunicar graves acontecimentos.

Chegara o momento que Diane temia desde a festa no Louvre, quando o mago subjugara a todos. Seu pai, que prometera preservá-la, finalmente cedera ao bel-prazer do rei. Ela compreendeu tudo pelo olhar e pelos gestos cheios de embaraço e vergonha.

— Já está pronto para me vender!

Erguendo-se de um salto, ele agarrou a filha pelos ombros e obrigou-a a sentar-se na poltrona, onde a manteve à força.

— Você vai me ouvir!

— Você me enoja!

— Cale-se! — urrou, esbofeteando-a.

Ficaram ambos confusos. Aquela bofetada, a primeira, acabava de romper o forte laço que os unia. Diane contentou-se em fitá-lo com olhar gélido, murmurando por entre os dentes:

— Você está errado.

Saint-André também se refugiou na frieza.

— O rei ordena. Nós obedecemos. Ele pede por você. É uma grande honra que nos concede.

Constatando que Diane não esboçava nenhuma reação a não ser um desprezo sem limites, ele continuou, perdendo novamente a calma:

— Mas então você não compreende absolutamente nada? Ele a quer como esposa. Vai repudiar a rainha...

A gargalhada de Diane o interrompeu.

— E você acredita? Jamais teria acreditado que a ingenuidade coroaria seus vícios! Que ele venha, então, seu amigo o rei!

Vendo-a tão determinada e tão bela em sua cólera, Saint-André desistiu de defender uma causa que sabia ruim. O que estava acontecendo com ele? Talvez cansaço de tantos anos de arranjos, intrigas e manobras? Não tinha mais vontade de lutar. Talvez tivesse chegado a hora de desistir?

Contemplou Diane com seriedade. Seu amor por ela lhe doía. Alquebrado, buscou-a, e com voz grave, quase dolorosa, murmurou, implorando com os olhos:

— Eu acreditava que minha ambição fosse maior que o amor que sinto por você. Enganei-me... Só existe um meio de nos libertar. Sair de Paris nesta noite.

— Por que fugir? — ela objetou, ofegante.

— Para ter você, o rei está disposto a me dar uma coroa de príncipe. E me mandará para o palanque, e terá você, assim mesmo...

Diane ficou em silêncio, desarmada diante da aflição do pai. Contudo, conhecia-o bem demais para se emocionar. Esse sentimento não duraria.

— Não quero sair de Paris.

O humor de Saint-André mudou num piscar de olhos. Viera oferecer à filha o sacrifício de todas as suas ambições, e era assim que ela lhe agradecia? Enfureceu-se. Segurando-a com tanta violência que quase a estrangulou, soltou num tom brusco:

— Porque o bandido mora em Paris! Porque você o ama! É para se ficar louco de vergonha!

Pálido de cólera, os lábios trêmulos, ela o fulminou com o olhar. Saint-André recuou até a porta.

— Meu nome não será desonrado! — ele espumou. — E você verá esse amante se balançar na ponta da corda que seu pai vai lhe passar em volta do pescoço!

Diane ouviu os ferrolhos baterem enquanto o pai berrava ordens à guarda. Ela seria impedida de sair dos aposentos.

Naquele mesmo instante, Lagarde entrava no gabinete de trabalho de Nostradamus. Surpreso por não encontrá-lo vigiando o fogo de uma poção odorífica qualquer, ou lendo, o rapaz deu alguns passos pelo quarto e descobriu o mago caído no canapé, com os dedos crispados numa folha de papel. Sua respiração estava tão fraca que se poderia pensar que não respirava mais. No rosto, branco como marfim, um suor fino porejava.

Notando uma taça caída no chão, ele a recolheu e cheirou. O odor da papoula fez sua cabeça girar e ele teve de se levantar para caminhar. Como é que um homem daqueles podia ter a fraqueza de se entregar àquelas drogas?

No mesmo instante, Nostradamus se espreguiçou, como se saísse de longo sono reparador, e se levantou agilmente do canapé. Depois de recolher as folhas espalhadas no chão, dirigiu-se para a mesa de trabalho.

Lagarde pegou a taça que antes recolhera e pousou-a diante dele.

— A papoula e outras substâncias me ajudam a suportar o que vejo. Se não as usasse, seria intolerável — Michel achou bom explicar.

Lagarde balançou a cabeça. Sem compreender totalmente o que o mago acabara de dizer, teve a impressão de perceber do que se tratava.

— A mim também acontece de ver coisas — disse ele, de repente.

— Explique-me isso — respondeu Michel, concedendo-lhe um olhar distraído.

— Quando eu andava pelas estradas com Ronan, aconteceu-me pressentir uma coisa ruim, quando nada permitia prevê-la. Ou então, às vezes, tenho sonhos, e as coisas acontecem um pouco depois, exatamente como as vi em sonho.

— São premonições. Todos as têm, mas poucos as levam em consideração. Comigo, o instinto e o coração foram desnaturados pelo raciocínio. Você é como um animal selvagem cuja sobrevivência depende da capacidade de perceber o perigo.

Michel voltou a mergulhar na redação codificada de um quarteto que viu no momento em que se ausentou do mundo. Lagarde o observou durante um tempo e continuou:

— De que serve ver, se o senhor logo esconde o que viu?

— Se os homens pudessem ler com clareza o que os espera, acredita que mudariam o que quer que fosse em seu insensato desejo de poder? Tudo está escrito. Ninguém poderia interromper a engrenagem do tempo... Quantas vezes disse a mim mesmo que preferiria ser cego diante desses horrores, como sou cego diante de meu próprio destino!

Ele acabou de codificar o quarteto e, levantando-se, foi até a lareira para ali jogar as anotações que fizera durante a visão. Vendo as chamas devorarem-nas, reduzindo num instante a cinzas o enunciado do que aconteceria, ele continuou, abatido de cansaço:

— Agora, deixe-me, meu rapaz. Você tem o que fazer. Diane o espera. Ela precisa de você.

No momento em que ia cruzar a porta, ainda ouviu Michel dizer-lhe:

— Não esqueça a espada!

— O senhor sabe de alguma coisa? — perguntou, virando-se inteiramente.

— Não! — ele o tranqüilizou, acrescentando: — Uma simples premonição...

— Tudo é vão, Djinno — murmurou Michel após alguns minutos para o cigano que acabara de entrar. — Até mesmo minha revanche perde o sabor. Sinto que ela me escapa.

— Então, por que se vingar? O senhor não ensinou que toda sabedoria é uma sabedoria de perdão?

Michel se recostou na poltrona, com os olhos fechados. Quando os abriu de novo, Djinno ficou impressionado com a tristeza que lia neles. Quando finalmente Michel falou, sua voz tremia de cólera antiga.

— Por Marie. Por minha alma gêmea que me chama.

Em Saint-André a raiva dominara o desespero. Tinha ido ver o rei a fim de assegurar que o caminho estaria livre naquela mesma noite. Em seguida, ordenou que retirassem do apartamento de Diane todas as armas que ali estavam. Sabia-se lá? Ela seria capaz de defender sua honra. Que honra? Ela mesma a atirara aos cães.

Por um instante, lembrou-se de Catarina. Por que a advertira da pequena escapada do esposo, já que Henrique parecia ter desistido de livrar-se dela? Nada iria mudar. Tratava-se apenas de continuar a governar. Saint-André era excelente nesse jogo.

20.

Era 18 de junho. Uma tropa de homens avançava pelas ruas e ruelas, certa de que ninguém ousaria atacá-la. Quando chegou ao palácio de Saint-André, a escolta se dividiu em dois grupos de quatro homens que tomaram posição nas extremidades da pequena rua para onde davam as janelas de Diane. Depois que os guardas se posicionaram, Henrique adiantou-se sozinho até a altura de uma janela vizinha ao apartamento de Diane. A janela se abriu e uma escada de corda começou a se desenrolar. A claridade da Lua permitia perceber os traços de uma mulher comum. Henrique observou que seu chanceler não levara a desonra a ponto de ele mesmo facilitar o acesso à filha. Entregue ao fascínio da escada que descia até ele e ao prazer antecipado de em breve possuir a criatura desconfiada que inflamava sua imaginação, Henrique não notou o que acontecia no fim da rua.

Assim que seus guardas se posicionaram, silhuetas silenciosas surgiram da sombra para degolá-los. Elas agora caminhavam para ele, com a espada em punho. No momento em que Henrique segurava a escada, viu-se cercado por oito espadões cintilando à luz da Lua.

Agarrando um apito pendurado ao pescoço, produziu um chamado estridente ao qual ninguém respondeu. Não havia dúvida de que fora uma emboscada. Deu uma olhada no círculo dos assassinos mascarados cujas lâminas apontavam para seu coração. Somente um milagre poderia salvá-lo.

Henrique da França era muito corajoso. Olhando de alto a baixo aquele que parecia ser o chefe, rilhou:

— Você sabe quem eu sou? Retirem-se imediatamente e eu os perdoarei!

O círculo das lâminas se apertou em torno dele. Já que era preciso lutar, desembainhou com brio.

Diante de tanta audácia, os assaltantes hesitaram. Foi aí que erraram. Dois deles caíram mortos. Uma sombra pulou para fora das trevas, brandindo um formidável espadão, enquanto uma voz carregada de ardor juvenil anunciava:

— Resista, senhor! Estamos chegando!

Do canto escuro do telheiro, de onde, todas as noites, se escondia atrás de um monte de madeira, Lagarde vira a escada de corda descer. No momento em que ia atirar-se sobre o intruso que pretendia se aproximar de Diane como um ladrão, viu-o ser assaltado por um bando. Quem quer que fosse aquele homem, ele não admitiria o massacre. Com quatro passadas colou as costas em Henrique, que, reanimado com a ajuda, lutava como um louco. O combate foi breve. Vendo seus homens obrigados a parar diante dos ataques fulgurantes dos dois possuídos, o chefe do bando ordenou a retirada. Os agressores fugiram tão silenciosamente quanto chegaram, levando os feridos.

— Sou-lhe imensamente grato, senhor — disse Henrique, embainhando a espada. — Seu nome, por favor.

O jovem anunciou com naturalidade:

— Chamam-me de Lagarde.

O rei teve uma contração de surpresa. Bandido ou não, o rapaz se mostrara um magnífico combatente. Henrique II tinha uma dívida. Recuperando a costumeira expressão, misto de melancolia e astúcia, declarou:

— Vamos, retire-se antes que eu revogue meu agradecimento.

— As ruas não são seguras. Meu rei me daria a honra de escoltá-lo?

— Você é um rapaz bem estranho! — sorriu Henrique II, sem querer, seduzido. — Siga-me.

Não foram muito longe. Saint-André e um grupo de guardas acorreram para o lugar do combate.

— O senhor não precisa mais de mim — sussurrou Lagarde antes de se enfiar na escuridão.

Quando Henrique se virou, ele tinha desaparecido. Após alguns segundos, estava sob a proteção de Saint-André e seus guardas, que o abrigaram no palácio. Então, a cólera foi mais forte. Segurando o braço do chanceler a ponto de triturá-lo, ele silvou:

— Foi uma emboscada. Se eu descobrir que está implicado nisso, você está morto!

Saint-André protestou, mas o rei não acreditou inteiramente nele. Tudo o apontava como instigador da emboscada.

* * *

Lagarde voltou ao lugar da agressão para continuar de vigília sob a janela de Diane. Enquanto a escada de corda estivesse pendurada, a moça corria perigo. Quando ele chegou, ela estava à janela, procurando-o sem dúvida, pois um radioso sorriso iluminou-lhe o rosto quando ela o reconheceu. Contemplaram-se, deslumbrados.

A escada de corda tinha desaparecido. Não ficara nenhum rastro do combate.

— Venha! — sussurrou Diane, apontando para o jardim.

Lagarde não hesitou. Em poucos segundos arrombou a fechadura da pequena porta e se esgueirou até a velha hera-trepadeira, furtivo como um gato. Içou-se até o ponto em que a planta suportasse seu peso, para não arrancá-la da parede, e conseguiu assim chegar a menos de um metro de Diane, debruçada sobre ele. Contemplaram-se de novo, cheios de fervor.

— Vi a luta — cochichou a moça. — Sem você, eu estaria perdida.

Ele sorriu gravemente.

Ao som dos ferrolhos que estalavam, Diane recuou vivamente para dentro do quarto, enquanto Lagarde se achatava contra a hera.

Saint-André entrou no quarto da filha sem dizer uma palavra. Depois de examinar o cômodo com ar de suspeita, foi até a janela, onde ficou por um tempo escrutando as sombras do jardim. Depois disso, saiu novamente, não sem ter lançado sobre Diane um olhar mau.

A jovem esperou que o eco de seus passos se apagasse para correr à janela. Reencontrou o rosto de Lagarde erguido para ela. Estendeu a mão para tocar a dele, agarrada à frágil hera. Ficaram assim, unidos apenas por aquele contato e pelo fluxo de seus olhares. Ao fim de longo tempo, murmurou:

— Se alguma infelicidade lhe acontecer, juro que vou me entregar ao carrasco.

— Se alguma infelicidade lhe acontecer — sussurrou ela em resposta —, juro morrer com você.

Ele se ergueu para beijar-lhe a ponta dos dedos pousados em sua mão, e desceu, tão silenciosamente quanto tinha chegado. Diane adivinhou seu percurso através do jardim pelo leve rumor de algumas moitas, seguido do fraco tilintar da fechadura da pequena porta.

Lagarde apressou-se no caminho de volta, com a alma transportada. Diane o amava. De repente, ficou tonto e cambaleou. Quis atribuir esse atordoamento à exaltação, porém, alguns passos adiante, seus joelhos se dobraram, forçando-o a apoiar-se num muro para não cair, ao mesmo tempo que uma fisgada lhe transpassava o flanco direito. Levando a mão ao ponto dolorido, retirou-a ensangüentada.

Felicitou-se por ter vestido o casaco de couro acolchoado depois de Nostradamus lhe ter falado de sua premonição. Sem essa proteção, teria sido seriamente retalhado. O ferimento não era mortal, mas suficientemente profundo para fazê-lo perder muito sangue. Agora que a febre da ação baixara, sentia que não teria mais força para chegar à casa do mago. Com a mente turvada, juntou as últimas forças para prosseguir caminho. Após alguns minutos, conseguia bater na porta de uma bela casinha da rue de la Tissanderie, antes de desabar.

Lagarde voltou a si para descobrir extraordinários olhos opala fixos nele. Recusando entregar-se à estranha emoção que lhe prendia a garganta, ergueu-se.

— Não se mexa! Você está ferido.

A Dama Sem Nome tentou empurrar-lhe o ombro para que ele se deitasse novamente. Ele afastou deliberadamente aquela mão tão suave, onde, sob a pele transparente, desenhava-se uma rede azulada de veias, e levantou-se.

Quando se sentou, levou a mão ao flanco e sentiu o curativo.

— Não fiz nada. Todo o mérito é de Marguerite.

Lagarde levantou-se, pegou a camisa e o gibão e começou a arrumar-se, enquanto observava as duas mulheres.

Enfiou o casaco de couro, fez uma careta ao descobrir, enrijecido pelo sangue seco, o talho aberto pela lâmina do chefe dos espadachins, e cingiu o espadão.

— Não se vá! — exclamou de súbito a mulher.

Ele se virou para ela, emocionado com aquele tom de súplica.

— Eu preciso — respondeu com doçura. — Estou sendo perseguido. Se ficar aqui, ponho-as em perigo.

Ela concordou. Aquele rapaz dizia a verdade com uma simplicidade que afastava o drama. Exatamente como Michel sabia fazer.

— Para onde irá?

— Para a casa de Nostradamus. Ninguém ousará me procurar lá. É um homem bom que ajuda os desesperados.

Num impulso inconsiderado, a Dama Sem Nome correu a barrar-lhe a passagem.

— Você voltará?

Lagarde parou e olhou-a no fundo dos olhos.

— Prometo.

Ele pousou a mão em seu ombro, obrigando-a a lhe fazer face.

— Posso saber seu nome, senhora?

— Não tenho mais nome. Eu lhe disse!

Ela quis se soltar, mas ele a impediu.

— Qual era? — insistiu Lagarde com uma doçura implacável.

Sem compreender por quê, ela soube que devia dizer a verdade àquele rapaz.

— Marie d'Hallencourt — sussurrou.

Ela sentiu Lagarde se retesar sob o choque da revelação.

— Como o juiz prebostal?

Ela se maldisse por ter falado. Aquele nome seria para sempre sinônimo de infâmia. Por que ele insistiu tanto? Num movimento de cólera e de tristeza, ela quis se soltar.

— Você não pode saber! Você não era nascido!

Ele a reteve e, forçando-a a olhá-lo, pressionando-lhe os ombros, murmurou:

— Contaram-me. As fogueiras. A revolta. Como sinto pena da senhora! Voltarei — prometeu novamente, antes de ir embora.

Marie ficou lá, pálida, chocada. Atrás dela, Marguerite tinha as faces molhadas de lágrimas. Jamais vira aquele famoso Michel, mas tinha como certo que, se Ronan educara uma criança, não teria feito dela ninguém, senão aquele moço.

Marie d'Hallencourt devia a vida às freiras do monastério vizinho, para onde Marguerite correu depois que Ronan levou o bebê. Quando voltou ao castelo com algumas religiosas para retirar o corpo de Marie e lhe dar sepultura, descobriu que a jovem ainda respirava. A Providência quis que a irmã Marta, a mãe abadessa, tivesse na juventude, como irmã hospitaleira, conhecido os campos de batalha.

Deixando Marie aos cuidados das religiosas, Marguerite venceu o terror e voltou ao castelo. Tinha cavado um túmulo sob as árvores, no fundo do parque, onde enfiara, fechado numa tina, um animal morto que começava a feder. Em seguida, esperou. Após alguns dias, o marquês de Saint-André fora se assegurar de que não restaram vestígios da presença de Marie em Montfort. Ele exigira ver o túmulo e obrigara Marguerite a abri-lo novamente. Enojado, porém, com o cheiro da carne em decomposição que brotava da terra porosa, Saint-André mandou que ela o fechasse imediatamente. Depois disso, deu-lhe uma bolsa recheada, ordenando que ela desaparecesse.

Marguerite recusava-se a acreditar que o soldado tivesse executado a criança. Dia e noite, ela e as religiosas se alternaram à cabeceira de Marie, que, durante semanas, oscilara entre o delírio e a agonia. Até o dia em que abriu os olhos, desesperada, mas viva.

Marguerite e ela passaram o inverno com as religiosas e depois voltaram para Paris. Ficaram na casa da rue de la Tissanderie, onde estava o dinheiro de d'Hallencourt, escondido por Bertrande. Começaram uma nova vida, modesta e decente. Faziam caridade, ensinavam crianças pobres a ler e escrever e ajudavam aos necessitados. O sorriso voltara a casa e, às vezes, o riso, mas a alegria, nunca mais. Nem o amor. A subida de Henrique II ao trono e as promoções de Saint-André e La Jaille não as escandalizaram. Tampouco despertaram nelas desejo de vingança. Este mundo era feito de tal forma que o vício e a traição sempre venciam a virtude.

E, de repente, algumas semanas antes, sem que Marguerite compreendesse o porquê, Marie foi tomada por uma crise semelhante às de antigamente, quando falava com Michel através do espírito. E o fenômeno se repetiu.

Quando encontrou Lagarde caído diante de sua porta, experimentou duas emoções totalmente contraditórias. Inicialmente, pavor diante daquele homem ensangüentado; logo em seguida, a atordoante alegria de reconhecê-lo. Ela e Marguerite lavaram seus ferimentos e o enfaixaram do melhor modo que puderam. Agora só restava esperar que ele recuperasse a consciência. No entanto, sem conseguir se afastar de sua cabeceira para repousar, Marie não se cansava de contemplar o rosto do jovem inconsciente.

Tantas vezes acreditara reconhecer algo de Michel nos rapazes de sua idade, e tantas vezes se enganara! Jurara não mais se deixar enganar. O passado se fora. Ela não podia continuar vivendo naquela esperança perpetuamente insaciada de um dia reencontrar o filho.

O rapaz, porém, não se parecia com Michel. Apesar da pouca idade, um longo passado de violência e aventuras estava gravado em seus traços. De estatura mais alta, e mais forte, tinha a pele costurada sobre músculos longos e nodosos. Nada em comum com a elegância felina de Michel. Contudo, pensava Marie, de onde vinha aquela perturbadora semelhança que ela percebia? Da chama alegre que animava a ambos? Do brilho impertinente dos olhos? Do entusiasmo de viver que dava a impressão de que nada lhes era impossível?

Diante de seus olhos, os traços de Lagarde se confundiram, dando lugar aos de Michel tais como permaneciam impressos em sua memória.

— É você? — ela murmurou.

E o som de sua voz acordou Lagarde.

* * *

Os dias que se seguiram passaram-se num ambiente estranho. A cidade tinha medo. Era uma ameaça terrível, cuja natureza ninguém podia prever. Salvo, talvez, Nostradamus, que se calava. Dali a alguns dias, o Sol do reino sofreria um eclipse simbólico, quando o rei morresse.

Embora não saísse de casa, Michel era mantido informado de tudo o que acontecia na cidade e no palácio pela rainha e pelos irmãos da Rosa + Cruz, dos quais alguns eram bem situados na corte. Apesar de ser mantida em segredo, a notícia do atentado frustrado contra Henrique II transpirara. Espalhavam-se rumores. As suspeitas recaíam sempre sobre os mesmos: os Guises, a rainha ou Saint-André. Naquela corte em que nada era segredo por muito tempo, o nome do bandido Lagarde não tardou a filtrar. Desde então, Catarina de Médici estava sempre encolerizada.

— Não vivo mais! Nenhuma de suas promessas se realiza! Você me enganou!

— O que foi que eu lhe prometi?

— Tudo!

— Nada, senhora. Fui apenas o intérprete. A senhora me perguntou se seu filho Alexandre reinaria; foi-lhe respondido que, um dia, a senhora o veria no trono.

Catarina se enfurecia contra a ascendência do mago sobre ela, mas não conseguia deixar de senti-la.

— Mas... O rei?

— Foi-lhe respondido que ele morreria de morte violenta. Ele morrerá, portanto — respondeu Michel sem abandonar o tom brusco.

— Quando? — ela quase suplicou.

— Antes que o mês chegue ao fim, senhora.

Michel compreendeu que ele ainda não estava quite. Ela continuou, entregue à sua idéia fixa:

— Se o que o senhor diz é verdade, por que o maldito Lagarde estava lá?

— E a senhora? Por que tentou forçar o destino? Foi-lhe dito que "a lança de Montgomery desata a sorte do rei". Não o espadão de um capanga ou o punhal de um assassino! A lança de Montgomery! E assim será!

Saint-André sabia que sua vida estava por um fio. Apesar de seus veementes protestos, Henrique II não acreditava. Como acreditar que outro que não ele tivesse podido preparar semelhante emboscada? Analisada a situação, pareceu-lhe evidente que Lagarde representava a jogada de mestre que permitia restaurar a confiança do rei e recuperar a união deles. Nada como um inimigo comum para varrer as dissensões.

Ele então revelou a Henrique que Lagarde tinha a presunção de se colocar como rival amoroso. A partir daí, o rei quis o bandido, vivo ou morto.

Um prêmio de 20 mil libras foi oferecido a quem conseguisse prender Lagarde. A quantia, enorme, correspondia ao ódio do rei, e era de natureza a fazer esquecer o medo que o espadão do jovem aventureiro inspirava. Logo se descobriu que se refugiara na casa de Nostradamus. Saint-André não conseguia acreditar naquela dádiva. Acompanhado de Ochoa e La Jaille, prestou contas ao rei. Este ordenou que se reunisse imediatamente uma escolta armada. Quando Saint-André lhe solicitou uma ordem escrita de próprio punho, indispensável para prender um hóspede de Catarina, Henrique respondeu que ele mesmo assumiria o comando da tropa. Era evidente que fervia de impaciência por ver o bandido coberto de correntes, forçado a se ajoelhar diante dele.

Informado quase que de hora em hora sobre o desenrolar da situação, Michel sentia que o enfrentamento era iminente. Pela primeira vez estaria face a face com aqueles que tantas vezes o mataram. Eles quatro pensavam representar o poder absoluto, temporal e espiritual. Mas essa autoridade era apenas ilusão. A união de seus adversários não repousava sobre a convicção, mas sobre o ódio e o medo. Era, portanto, frágil. Precisava encontrar a falha que dissolveria a liga. Contudo, o enfrentamento prenunciava-se brutal.

Pousou um olhar afetuoso sobre Lagarde, cujos curativos acabara de retirar.

— Em menos de uma semana, você curou um corte que deveria prender-me na cama por um mês! — exclamou o rapaz.

— Note bem, eu poderia curá-lo em oito horas, mas preferi ficar com você.

O jovem sorriu e, após um instante de silêncio, perguntou:

— Chegou a hora de me dizer o que sabe sobre minha mãe.

— Ela se aproxima. Eu lhe direi também quem é seu pai.

Lagarde refletiu um pouco e, sacudindo a cabeça, respondeu com simplicidade:

— Não. Ronan foi meu pai. Melhor que muitos pais que vi.

Michel olhou-o com brandura. Aquela resposta lhe agradava.

— Você ainda pensa nela? — continuou, mudando de assunto.

O jovem fingiu espantar-se.

— Diane, já que é preciso nomeá-la! — acrescentou Michel, caçoando gentilmente.

Lagarde se encolheu como a imagem viva da aflição. Michel se emocionou. Como o rapaz podia ignorar que seu coração era melhor do que o de muita gente considerada honesta?

Com a garganta presa, a cabeça baixa, o jovem murmurou, cheio de tristeza:

— Será que ela me ama? Ela está lá em cima, na luz... E eu... Embaixo, nas trevas...

No momento em que Michel lhe estendia a mão compassiva, Djinno apareceu.

— Eles estão saindo do palácio.

Com que então, a hora do confronto tinha chegado. Muito calmo, levantou-se e apertou o ombro de Lagarde.

— O que quer que aconteça, não saia deste quarto.

Agitado por uma perturbação cujo motivo desconhecia, aproximou-se do cigano que o esperava à porta. Saíram e foram para a escada secreta que levava ao salão de festa.

Djinno, que o precedia, decidiu lembrar ao mestre a provação iminente.

— Mestre! Ochoa, Saint-André, La Jaille e duzentos arqueiros. E o rei marcha à frente! O senhor ainda pode desistir.

Seu tom insistente tirou Michel do torpor. Sacudiu-se e, constatando a expressão preocupada de Djinno, deu um breve sorriso.

— Não. Foi acionado um mecanismo que ninguém poderia interromper, a menos que abalasse o universo.

Do Louvre, a coluna de arqueiros avançava a passo marcado. Henrique II cavalgava à frente, ladeado por Saint-André e La Jaille. Ochoa estava um pouco atrás do chanceler. Semelhante ostentação de força provocava o interesse dos parisienses. Não havendo festividade alguma prevista, só poderia ser para uma captura. E, para que o próprio rei conduzisse a tropa, tratava-se forçosamente da prisão de um alto personagem. Curioso de saber do que se tratava, os transeuntes seguiram os passos da tropa. A excitação aumentava. Progressivamente. O cortejo real ultrapassou a Pont-Neuf sem bifurcar para a île de la Cité, onde ficava o Parlamento. Continuou até a praça de Grève, onde se erguia o Hôtel de Ville recém-construído, mas também não parou ali. Vendo que o cortejo continuava, ao longo do Sena, alguns pensaram ter adivinhado. Logo o rumor correu pela multidão.

— É para o feiticeiro! Eles vão prender o feiticeiro! Vão queimar Nostradamus!

Nesse instante, os sinos das igrejas anunciaram o fim das vésperas. Misturadas aos fiéis que saíam da igreja de Saint-Gervais e de Saint-Protais estavam Marie e Marguerite. Elas ouviram o martelar dos passos dos soldados sobrepondo-se ao ruído ondulante da multidão em marcha. Marie vacilou. Aqueles sons remetiam a 24 anos atrás, quando seu pai tinha levado Blanche para a fogueira. Era o mesmo calor opressivo, a mesma febre na cidade, o mesmo arrepio popular em que se mesclavam pavor, estupor e cólera, sem que se soubesse ainda que emoção arrasaria ou levantaria a multidão.

Quando o cortejo apareceu no ângulo do Hôtel de Ville, ela reconheceu à sua frente Henrique II, Saint-André, La Jaille e Ochoa. Nunca mais vira os homens que destruíram sua vida.

Ficou imóvel, lívida, agitada por um tremor irreprimível. Sua intuição não a enganara. O pesadelo recomeçava. Iam imolar um homem sob falsos pretextos. De imediato, a lembrança de Lagarde invadiu-lhe o espírito. O rapaz se encontrava na casa de Nostradamus, gravemente ferido, impossibilitado de fugir. Era preciso fazer alguma coisa! Sem ter decidido nada, Marie se aproximou de um grupo de vizinhos, que reconhecera. Também eles pareciam perturbados.

No meio daquela multidão ansiosa que seguia o cortejo real, muitos conheciam Nostradamus apenas de nome e pela fama de profeta, mas inúmeros conheciam alguém, um parente, um amigo, que o mago havia tratado ou a quem socorrera. O ardor que animava a Dama Sem Nome se comunicou gradualmente.

Quando chegou ao palácio de Sens, a tropa se dividiu para tomar posição em torno do edifício de modo a bloquear-lhe todas as saídas. O rei e seus agentes continuaram até a entrada principal, acompanhados de Montgomery e de alguns guardas reais.

Tocheiras iluminavam o pátio do palácio, e as janelas de pequenos vidros coloridos dos salões de festa brilhavam com mil fogos, como se o dono da casa oferecesse um baile. Esse ambiente de festa produzia uma impressão desconcertante, quase inquietadora.

A silhueta de Djinno apareceu no pátio, andando em direção a eles num passo tranqüilo. Quando chegou à soleira, Saint-André intimou La Jaille a agir. Tranqüilo diante do adversário que pesava a metade de seu peso e a quem ultrapassava em uma cabeça, o colosso avançou para o cigano.

— Em nome do rei!

Ignorando o juiz de Paris, Djinno foi até Henrique II, diante de quem se inclinou com o mais profundo respeito, e anunciou:

— Sire, meu mestre é mil vezes agradecido a Vossa Majestade pela honra que lhe concede, e me ordenou que o conduzisse até ele.

Henrique e seus companheiros ficaram atordoados. Sentia a multidão, contida pelos guardas, concentrar-se atrás deles. Com um seco menear de cabeça, Henrique ordenou a Djinno que o levasse a Nostradamus.

Com o rei à frente, Saint-André e La Jaille em seus calcanhares, seguidos de Montgomery e cinco guardas, atravessaram o pátio e entraram no palácio. O chanceler e o juiz trocaram um olhar desconfiado. Tudo ia bem demais.

Nostradamus os esperava à entrada do grande salão de festa. Saint-André sabia que tinham de acabar com aquilo o mais rapidamente possível. Olhou imperiosamente para La Jaille, que, confiando na autoridade da presença do rei, dirigiu-se para Nostradamus com a mão erguida.

O olhar do feiticeiro fulminou-o de súbito. Pregado no lugar pelo brilho lançado do passado por aqueles olhos cinza com lâminas douradas, La Jaille recuou, deixando escapar um gemido estrangulado.

Isso durara apenas um segundo. Rosto neutro, olhar impenetrável, Michel inclinou-se diante de Henrique com uma deferência acentuada.

— Sire, estou às suas ordens.

Henrique perdeu o pé. Embora facilmente rude, o rei se vangloriava de ser elegante. Portanto, não podia responder com brutalidade àquela cortesia que o desafiava. Sustentando o olhar do feiticeiro, respondeu laconicamente:

— O senhor tem aqui um rebelde...

Fixando o olhar no de Henrique, Michel mergulhou em seu espírito. Embora o pensamento dos outros três fosse límpido — medo animal em La Jaille, pavor odioso em Saint-André, paixão fanática em Ochoa —, o que obsedava o espírito do rei era algo irrisório. Tudo girava em torno de Lagarde e Diane de Saint-André. Tratava-se apenas de vaidade. Humilhação de dever a vida ao bandido. Vexame por esse mesmo bandido se apresentar como rival amoroso.

Michel soube desde logo como proceder para pulverizar a aliança incidental de seus inimigos.

— Eu lhe entregarei o bandido — prometeu ele.

— Imediatamente!

— Não agora, sire. Seria um perigo para o senhor. Permita-me escolher o momento.

— Que brincadeira é essa? — exclamou Saint-André, furioso.

Não pôde ir adiante. Como um inquietante eco das palavras do feiticeiro, um clamor se ergueu. Henrique estremeceu. Seus olhos desprenderam-se do domínio de Nostradamus para olhar ao longe, do outro lado das janelas que davam para o jardim. Com um seco estalar de dedos, ele ordenou que Saint-André e La Jaille fossem ver o que estava acontecendo.

Henrique, desconcertado, mantinha os olhos fixos na massa silenciosa que tinha cercado todas as ruas e praças circunvizinhas, a perder de vista.

— Posso conversar com o senhor a sós, sire? — perguntou Michel com voz hipnótica.

Observando o feiticeiro, sentiu uma curiosidade mórbida em descobrir o que ele queria lhe dizer, e voltou a ficar sob seu domínio. Michel aproximou-se dele num movimento tão fluido que dava a impressão de deslizar acima do solo. Acendendo o fogo de seu olhar, mergulhou no espírito do rei e, sem mexer os lábios, disse:

— Você quer que eu lhe dê Diane?

Sua voz ressoou como um trovão no espírito de Henrique. Ele arregalou os olhos, sem ousar acreditar no que tinha ouvido.

— Ela está presa no quarto. Ameaçou matar-se caso o senhor se aproxime. Ou então matá-lo. E ela é bem capaz de fazê-lo!

O murmúrio da voz grave de Michel assumiu inflexões enfeitiçantes que ressoaram ao ouvido do rei como o canto das sereias.

— Somente eu. Somente eu posso fazer com que ela vá até o senhor. Amanhã, se quiser.

Henrique não ousava acreditar na sorte.

— E o senhor? O que espera de mim, em troca? — perguntou ele ao feiticeiro num tom desconfiado.

Diante do portal do palácio, Saint-André, La Jaille e Montgomery esperavam pelo instante em que a situação escaparia ao controle. Arqueiros e soldados estavam ficando nervosos, obrigados a recuar inexoravelmente diante da multidão.

Michel espantava-se com a facilidade com que tinha posto Henrique sob sua dependência. Esperara uma resistência maior. Submetido às influências contrárias de Catarina de Médici e Diane de Poitiers, era de se acreditar que Henrique II devia o prestígio ao talento de seu chanceler. Se tivesse conservado sua confiança, teria se tornado invulnerável. Mais uma vez Michel se maravilhou com a malícia do Destino. Contentou-se em ficar ali, olhando os personagens se agitarem, curioso de ver como eles mesmos construíam as armadilhas onde cairiam. Mantendo o olhar fixo no do rei, acabou ditando-lhe suas vontades.

— O senhor terá de encontrar uma moradia para Diane. O senhor corre perigo se ficar em Paris.

— Mandarei levá-la para Montfort.

Michel esforçou-se para não reagir ao nome daquele lugar.

— Pois bem, sire, só falta dizer onde quer que a menina o encontre.

— Um carro a esperará amanhã de manhã, na porta Saint-Denis.

— Ela estará lá às seis horas, sire.

Michel também queria descobrir por quanto tempo Diane ainda estaria em segurança. O rei tinha de, no dia seguinte, receber o representante do rei Filipe II da Espanha, que ia desposar sua filha Isabel, em nome de seu soberano. Também receberia o duque Emanuel Filiberto de Savóia, chamado de Cabeça de Ferro por sua grande coragem, que por sua vez se casaria com sua irmã Margarida da França. Como o duplo casamento estava marcado para 1º de julho, as inúmeras festividades previstas lhe impediriam qualquer escapada durante pelo menos alguns dias, mas seria melhor ter certeza disso. A entrada de Saint-André impediu Michel de continuar.

Em poucas frases breves, ele informou o soberano do cerco do palácio e da impossibilidade de sair dali. Saint-André concluiu, dirigindo a Nostradamus um olhar glacial. O feiticeiro os tinha à sua mercê. Somente ele poderia acalmar a multidão que esperava vê-lo ileso e livre. A idéia de solicitar sua intervenção punha o chanceler à beira da náusea.

Tendo feito, com um último olhar alegre, Saint-André e Ochoa compreenderem que estava totalmente consciente da situação, Michel virou-se para o rei.

— A superstição do povo às vezes o faz enlouquecer. Provavelmente, a visão de sua escolta fez com que se enganasse sobre o sentido da visita com a qual o senhor me honrou. Permite que eu os tranqüilize?

— Nós o acompanhamos, mestre, já que também o nosso destino está em suas mãos.

Perdida na multidão que lhe escondia a visão do portal do palácio de Sens, Marie não pôde ver a marcha de Henrique e Nostradamus, seguidos de Saint-André, La Jaille e Ochoa. Pelo silêncio que pouco a pouco se fez, ela compreendeu que algo acontecia. O palpitar da massa humana que a cercava se acalmou, como se alguma mão invisível tivesse espalhado óleo sobre as ondas tumultuadas.

Quando chegou diante do portal, Michel dirigiu às pessoas reunidas um breve aceno tranqüilizador. Em seguida, virando-se para o rei, pôs um joelho em terra e beijou-lhe a mão. Henrique II, que tinha idéia de sua grandeza e gosto pelo teatro, fez com que ele se levantasse. Diante do espetáculo, explodiram vivas, logo seguidos de aclamações em honra do soberano. Henrique se aproveitou do tumulto para dizer ao ouvido de Nostradamus:

— Se ela for amanhã de manhã, o senhor será o grande favorito do rei. Será meu médico e meu amigo. Será meu irmão!

Era a noite do dia 24 de junho. Recortada no céu coalhado de luzes, a Lua iniciaria seu último quarto.

21.

Marie e Marguerite voltavam para casa. Marie se sentia estranhamente alegre. A alguns metros de sua porta, de repente, ela cambaleou. Marguerite só teve tempo de apoiá-la e arrastá-la para dentro, onde ela caiu numa banqueta e desmaiou. Em pouco tempo sua respiração ficou fraca e os batimentos cardíacos quase imperceptíveis. Contemplando-a mergulhada naquela catalepsia, Marguerite se persignou, entristecida. Aquelas crises voltavam agora a intervalos muito próximos. Temia que dessa vez ela não sobrevivesse.

No mesmo momento, Michel se curvou. Djinno precipitou-se para evitar que ele caísse. Habituado com as doenças do mestre, sabia o que fazer. Pressionando com a ponta dos dedos alguns pontos dos ombros e da nuca, conseguiu soltar os músculos paralisados. Desnorteado, Michel deixou-se cair no canapé. Ainda ofegante, a voz quebrada, ergueu para Djinno um olhar de danado.

— Ela me obseda, Djinno. Ela está voltando como antes. Ela pede justiça.

Não explicou a Djinno que tinha sentido o espírito de Marie flutuar desde o início da noite, fortalecendo-se à medida que seus inimigos se aproximavam. E quando eles se reuniram, a força de sua presença fizera-o pensar que o espectro iria se manifestar para clamar por vingança. Essa percepção dilacerante lhe insuflara a raiva necessária à formulação da promessa feita a Henrique de entregar-lhe Diane. De outro modo, nunca teria ousado correr esse risco desnecessário.

No dia seguinte de manhã, Saint-André se apresentou no Louvre às nove horas. Um oficial o introduziu na antecâmara do gabinete real e lhe pediu que esperasse um pouco. O chanceler não se preocupou com isso. Henrique nunca fora pontual. Entretanto, ao fim de vinte minutos, começou a se impacientar. Preocupado em não deixar transparecer o aborrecimento, ficou de costas para a sala, plantando-se diante de uma janela que dava para o Sena.

Acompanhando, distraído, a navegação das barcaças na água, seus pensamentos voltavam-se continuamente para Nostradamus. Aquele homem ganhava uma importância desmedida. Sem que pudesse evitar, imagens surgidas do passado invadiram sua mente. As figuras das cartas do Tarô, outrora explicadas por Michel de Saint-Rémy, se sucediam num carrossel caótico. Uma delas, que voltava a intervalos cada vez menores, representava uma roda dourada, carregando dois macacos, um vermelho e outro verde, rodopiando do alto ao abismo. No momento em que lhe vinha à memória o nome desse arcano, a "Roda da Fortuna", um grito agudo o assustou.

— Ontem, Henrique me deu um presente!

Virando-se, com o coração disparado, viu Brusquet, que lhe fazia grotescas reverências.

Constatando que havia captado a atenção do chanceler, o bufão continuou:

— Um belo cavalo baio! Eu me dizia justamente que o tempo estava perfeito para experimentá-lo numa estrada da Picardia! Com tempo bom e um bom cavalo, pode-se chegar a Flandres em poucas horas! — disse ainda Brusquet.

Ofuscado pela imagem da roda cuja rotação vertiginosa abrasava seu espírito, o chanceler não deu atenção ao tom insistente do bufão.

Brusquet observou, penalizado, a nuca tensa daquele grande senhor que sempre lhe demonstrara um altivo desprezo.

— Senhor chanceler! — gritou ele de novo. — O senhor ouviu falar do Colosso de Rodes? Quem um dia o derrubou?

Saint-André paralisou-se à medida que as palavras do bufão penetravam em sua mente. Enquanto sem querer virava lentamente a cabeça sem perceber, Brusquet emendou:

— Os colossos são feitos para cair!

Saint-André imediatamente se virou. Com o espírito em alerta, encontrou força para caretear um sorriso falso.

— Fale. Sempre admirei sua compreensão da corte.

O bufão olhou-o gravemente e agitou o bastão de modo a fazer os guizos tilintarem. Inesperadamente, partiu-o ao meio com um gesto seco e deixou cair os pedaços com desdém.

— Este é meu bel-prazer! — rilhou ele, desaparecendo com súbita pirueta.

Saint-André compreendeu. Tarde demais. Montgomery entrou, seguido de dez homens. A três passos do chanceler, o capitão da Guarda Real o saudou com uma leve inclinação da cabeça e ordenou:

— Em nome do rei! Sua espada, senhor.

Não havia mais tempo para se lamentar.

Naquele exato momento, Henrique II andava de um lado para outro diante do arco do triunfo da porta Saint-Denis.

Desembocando da rue Saint-Denis, Nostradamus apareceu. Caminhava lentamente, com os olhos semicerrados voltados para uma visão interior. Embora totalmente ausente a tudo o que o cercava, avançava sem tropeçar, num passo seguro.

— Está tudo pronto? — perguntou com voz distante.

Henrique apontou para um carro atrelado, do outro lado do arco do triunfo, junto ao qual se encontravam duas matronas e sete guarda-costas patibulares, recrutados por La Jaille. Nostradamus aprovou com um meneio de cabeça sem nada perder da concentração.

— Ela está chegando...

Ele abriu os olhos. A intensidade do brilho que tinham assustou Henrique e La Jaille, que instintivamente recuaram um passo. Voltando o olhar para a mesma direção que ele, viram Diane, que se aproximava. Com um sorriso extático flutuando nos lábios, a moça caminhava, indiferente à agitação da rua.

Não fora difícil para Michel atrair Diane para a órbita de sua sugestão mental. Ao chamá-la duas vezes, ela abrira espontaneamente os canais etéreos que levavam ao seu próprio espírito. Michel só teve de fazer o caminho ao contrário para se insinuar no pensamento da jovem. Ele lhe sugerira vestir-se para uma longa viagem e desaparecer sem que os guardas a vissem, descendo pela velha hera-trepadeira. Lagarde lhe falara tanto e tão bem sobre o lugar que ele guiara Diane quase passo a passo, até a pequena porta do jardim. Uma vez na rua, Michel ordenara que ela fosse até a porta Saint-Denis; depois disso, não a largou um só instante, mantendo-a sob seu domínio mental.

Diane passou diante deles sem vê-los e continuou até o carro, no qual subiu. Assim que se acomodou no banco, fechou os olhos e mergulhou num sono hipnótico, sem sonhos, do qual só sairia por ordem do mago.

O cocheiro fechou a portinhola e, quando subiu para o seu banco, estalou o chicote. O carro se moveu.

Michel recuperou sua expressão soberana.

— Quando o senhor irá para Montfort?

O rei deu um muxoxo contrariado.

— Infelizmente, só depois de amanhã.

Impressionado por ver Diane entregar-se tão pacificamente, o rei percebia que estava caindo sob o jugo do feiticeiro. Era uma coisa estranha; obtinha com isso uma espécie de serenidade. Finalmente, iria ser o único senhor de seu reino, e aquele feiticeiro o ajudaria com seus encantamentos. A rainha compreenderia que era no interesse da Coroa. Ela lhe cederia seu mago. Artur Pendragon tivera Merlin; Henrique da França podia muito bem ter Nostradamus.

Michel apressou-se em voltar a seu palácio. O que captara na véspera no espírito de Ochoa o alarmara extremamente. Perdendo a esperança de ver o rei tomar medidas fortes contra a Reforma, o monge decidira mandar assassiná-lo.

Oferecer Diane a Henrique representara apenas um meio de captar sua atenção e ganhar tempo. Para levá-lo a prender o chanceler, foi preciso encontrar argumentos mais sérios.

A revelação dos laços entre Saint-André e Ochoa bastara para que tomasse uma decisão. Mas quando Diane tivesse sido possuída, era muito provável que Henrique libertasse o chanceler, que não podia dispensar. A menos que Michel fosse capaz de apoiar a hipótese de um complô. Outro motivo, superior à satisfação de seus interesses pessoais, levava-o a opor-se ao plano louco de Ochoa. Por toda a Europa, membros da Irmandade, infiltrados nas altas esferas próximas do poder e das personalidades influentes, trabalhavam para conjurar, pela tolerância, o espectro das guerras religiosas. A morte iminente de Henrique II, inscrita no curso dos astros, permitia que se antevisse, à frente do governo da França, uma luta de facções da qual poderia resultar o pior. Nostradamus viera zelar pela manutenção dos grandes equilíbrios.

O fluxo dos acontecimentos inscritos no grande livro do Tempo não se inverteria, nem mesmo se perturbaria, mas cada iniciativa casual era potencialmente geradora de efeitos imprevisíveis. Alguns, semelhantes à espuma na crista das ondas, voariam ao vento, enquanto outros poderiam transformar-se em redemoinhos devastadores.

Michel nunca deixara de se interrogar sobre o paradoxo da profecia, ou vidência. Que importância tinha o nome que lhe davam? Ninguém, nem mesmo ele, poderia abarcar o conjunto das conseqüências de um fato, ou de uma peripécia. O olhar do espírito alcançava mais longe do que o intelecto poderia conceber, mas sua visão permanecia limitada a um campo estreito fora do qual tudo eram trevas.

* * *

De volta ao palácio de Sens, ao meio-dia, encontrou Richard Toutain à sua espera. Richard, responsável pelo colegiado parisiense da Rosa + Cruz, tinha organizado, desde a chegada de Michel, uma vigilância constante sobre Ochoa. O monge constituiu em Paris um grupo de agentes cegamente dedicados. A investigação conduzida pela Irmandade permitira identificar a maioria. Um deles, especialmente, despertara o interesse dos irmãos.

Tratava-se do auxiliar de um notário cuja fé entusiasta tinha, em contato com Ochoa, descambado para o fanatismo. Conseguira introduzir-se nos círculos reformados, fazendo-se passar por um crente enojado com as torpezas da Igreja. O jovem exaltado se encontrara com Ochoa naquela manhã mesma e desde então usava tonsura e batina de penitente, com expressão beata de mártir. Tinha ido diretamente para Notre-Dame e juntara-se ao ensaio do coro que deveria cantar durante o Ofício do Santíssimo Sacramento, a ser celebrado no dia seguinte, às 18 horas, e ao qual assistiria Henrique II e sua família, o representante do rei Filipe de Espanha e o duque de Savóia.

Notre-Dame era o único lugar público onde o rei não estaria cercado por seus guardas. A lógica de Ochoa era demente, mas brilhante.

Às 14h30, o iluminado foi capturado por um tenente do palácio e levado à presença do rei. Henrique II ordenou que ele fosse torturado. Michel se opôs: conhecia um método mais rápido de fazer o suspeito falar. Curioso de ver Nostradamus expor uma nova faceta de seus talentos, o rei o autorizou a agir como entendesse.

Depois de mandar desamarrar o prisioneiro, Michel mergulhou o olhar no dele, apertando-lhe os pulsos. O fanático estava pronto para suportar as piores torturas físicas, mas não aquela dor que o deixava indefeso. Com toda vontade de resistir aniquilada, confessou o plano criminoso, do qual era apenas o instrumento, e a identidade do instigador.

— Essa prova o convence, sire? — perguntou Michel.

Sem uma palavra, Henrique II assinou raivosamente uma ordem já redigida apondo-lhe seu sinete. A sorte de Ochoa acabava de ser selada.

Às 17h30, o monge chegava à antiga fortaleza do Châtelet, onde Saint-André estava detido. Os espiões de Richard Toutain não o perderam de vista. Vendo-o entrar na sinistra construção, o vigia despachou um garoto portador de uma mensagem para Nostradamus.

Saint-André tinha o benefício de uma cela em andar superior, provida de alguns móveis, em vez de uma horrível masmorra secretando umidade. Repisando incansavelmente seu sofrimento, a lembrança da filha lhe sangrava o coração. Por considerar suas condições de detenção mais que confortáveis, Ochoa não tinha a menor vontade de ouvir as lamúrias do chanceler em desgraça.

— Não desespere de Deus! Ele lhe envia uma provação. Receba-a com reconhecimento! Sua mãe, a Igreja, zela por você! Amanhã, estará livre, e mais poderoso do que nunca!

Saint-André estremeceu. Ao ver sua incredulidade, Ochoa inclinou-se sobre ele.

— Este rei fraco não suprimirá a heresia! Se reinar por mais dez anos, a Reforma triunfará. Portanto, eu o condenei. Está tudo pronto para amanhã à noite. Só preciso fazer um sinal no adro de Notre-Dame quando eu sair daqui.

Saint-André o encarou, apavorado. Ninguém poderia prever o resultado do enfrentamento de facções que aquele assassinato desencadearia. Saint-André viu que poderia tirar proveito da informação capital que o inquisidor acabara de lhe dar e recuperou um pouco de sua soberba.

Dominado pela visão grandiosa do reino da França finalmente livre da heresia, Ochoa se enganou a respeito da mudança de atitude do chanceler em desgraça.

— Amanhã, Catarina se tornará regente do jovem Francisco II. Mas você será regente de Catarina. Seja implacável.

Depois disso, bateu na porta para que o carcereiro o deixasse sair, e se foi com uma última bênção.

Assim que o eco de seus passos se extinguiu, Saint-André tamborilou na porta da cela. Revelar ao rei o que ficara sabendo significava sua volta à graça. Havia urgência.

No exato momento em que o carcereiro, furioso com o barulho, abria o estreito postigo da cela de Saint-André, Ochoa saía da prisão. Parou ao ver um carro atrelado à espera, cercado por uma escolta de 12 homens, e, dando de ombros, preparou-se para continuar. Como saído de lugar nenhum, viu Nostradamus aparecer na sua frente e se afastar, apontando para um tenente da guarda vestido para uma longa viagem.

— É esse o homem que o senhor procura.

O jovem oficial foi até Ochoa e, apresentando um pergaminho com o selo real, anunciou:

— Reverendo padre, o rei me encarrega de lhe dizer que ele está satisfeito com a sua visita.

Assim é que o feiticeiro acabou conseguindo ganho de causa e mandava que o expulsassem de Paris? O que importava? Seu triunfo duraria pouco. Ochoa se empertigou e disse, altivo:

— Muito bem. Daqui a três dias terei saído de Paris.

O tenente barrou-lhe o caminho com firme cortesia.

— O rei ordena que o senhor parta imediatamente. Tenho ordem de escoltá-lo até a Itália.

Ochoa cambaleou com o choque. Deveria acreditar que seu plano fora descoberto? Impossível! Apenas ele e o jovem discípulo pronto para o martírio e a glória de Deus estavam a par. Sentindo o olhar do feiticeiro fixo nele, obrigou-se a controlar a raiva. Teria sentido um grande prazer se visse Henrique II publicamente castigado por sua complacência para com a heresia, mas o que importava? O essencial era que o ato de fé se realizasse com ou sem ele. Para isso bastava que fizesse sinal a quem esperava naquele momento no adro de Notre-Dame.

Michel acompanhara com curiosidade desapaixonada o fio dos pensamentos daquele fanático encarniçado em destruí-lo. Quando sentiu que ele estava a ponto de fazer uma última tentativa para levar seu plano criminoso a termo, Michel se intrometeu, dirigindo-se ao tenente laconicamente.

— Suas ordens são para pegar a estrada direta, sem passar por Notre-Dame.

Enquanto o tenente dos guardas falava com seus homens sobre a partida, Michel pegou Ochoa familiarmente pelo braço, apoiando-o mais do que arrastando-o para o carro.

— Sou eu — disse ele suavemente, sem ódio ou alegria. — Sou eu que te caço. O rei não será assassinado ao pé do altar. Catarina não será regente a partir de amanhã.

Ochoa se curvava um pouco mais a cada palavra pronunciada. Apertando-lhe mais o braço, Michel o obrigou a ficar ereto.

— Deus me usou para impedir que o crime sujasse Sua casa. Acredita agora que foi Ele que me deu a graça de ver nos tempos por vir e no coração dos homens?

— Sim... — disse Ochoa, descomposto.

Tinham chegado ao carro. Michel agarrou-lhe o outro braço e o obrigou a levantar a cabeça para olhá-lo de frente.

— Então, escute, já que você acredita. Tudo passa. Tudo morre. Você não realizou nada porque sua obra é inútil.

Soltou-o. À custa de um último impulso de orgulho, Ochoa conseguiu escalar o estribo e finalmente afundar-se no banco de couro rugoso. Quando ia fechar a portinhola, Michel mostrou-lhe um fino cofre de madeira preciosa, pousado no banco em frente.

— É meu presente para você. Prometi-lhe devolvê-lo.

Ele levantou a tampa do cofre, deixando à mostra o punhal com a cruz de prata que assassinara Jean de Saint-Rémy. Sob o impacto do terror, Ochoa se encolheu no canto do carro, com os braços erguidos.

— É impossível... — estertorou. — Ninguém ressuscita dos mortos... Você não é ele!

Michel considerou com olhar frio o velho atordoado. Ali estava, então, o que restava de seu impiedoso atormentador. Um despojo descarnado, esvaziado de sua substância. Uma alma que os últimos espectros de suas inúmeras vítimas inocentes atormentariam até o último segundo.

O tenente deu logo a ordem da partida. O carro e sua escolta puseram-se em movimento ao longo do Sena em direção à porta Saint-Antoine. A última imagem que Ochoa teve de Paris, antes de desabar, soluçando no banco, foi a das torres de Notre-Dame culminando acima dos telhados, bem próximas, mas para sempre inacessíveis.

De volta à casa, Michel fechou-se no gabinete de trabalho.

Sabia que se anunciava uma das mais terríveis noites de insônia em que nenhuma revelação viria dissipar as brumas da dúvida.

Embora não acreditasse no Diabo, muitas vezes Michel constatara que a força dos seres viciosos era inspirar aos oponentes um vício igual ao deles. Alguns homens possuíam a capacidade de provocar o pior nos outros. Deixar-se arrastar por esse jogo significava dar provas de que não se valia mais que o adversário. A melhor das causas era conspurcada. Então, a crença num Demônio onipotente, manipulando as paixões dos humanos, apresentava-se como um refúgio. Mas o Diabo não existia. O que acontecera com ele? Que louco tinha sido enganando-se, acreditando poder ser testemunha do desfecho, quando na verdade era o elemento principal? O Destino lhe designara nos acontecimentos um papel que ele não podia se furtar a exercer. Mas eis a questão: em que consistia esse papel? Se examinasse o percurso de sua vida nos últimos anos, seria forçado a reconhecer que começara a exercê-lo ao publicar as *Centúrias* e, em seguida, fazendo o possível para cativar Catarina de Médici. Se examinasse o coração sem mentir a si mesmo, seria forçado a confessar que a idéia de vingança jamais o abandonara. Inutilmente pregara aos outros a sabedoria do desapego, pois sentia fervilhar no fundo da alma uma raiva jamais extinta.

Três horas depois, Lagarde apareceu, com lágrimas nos olhos.

— Tomaram-na de mim... — balbuciava Lagarde. — Ela estava me esperando. Eu sei que ela me esperava.

— Vamos encontrá-la. Eu lhe prometo.

— Quero saber onde ela está! Quero saber quem a tomou de mim!

— Eu lhe direi.

— Quero degolar esse homem.

Michel hesitou.

— Você a verá na quarta-feira.

— Onde? — exclamou Lagarde agarrando-se a seus ombros.

— Aonde vou enviá-lo. Agora descanse. Durma.

Estendeu a mão e baixou as pálpebras do rapaz.

Na tarde daquela terça-feira, quando o povo de Paris se aglomerava ao longo das ruas para ver passar o cortejo dos casamentos reais que se dirigiam a Notre-Dame para o *té-deum*, Michel encaminhou-se para a prisão do Châtelet. O momento que esperava havia quase 23 anos chegara. Escoltado com deferência até a cela de Saint-André, concentrou-se durante alguns instantes diante da porta revestida com reforços de ferro. Pondo a mão em viseira acima do postigo gradeado, observou o inimigo encostado a um tabique. Mandou em seguida que o guarda abrisse os ferrolhos.

— O médico de Sua Majestade! — anunciou o guarda, afastando-se.

Arrancado à inconsciência, Saint-André levantou-se de um salto, empalidecendo ao reconhecer Nostradamus.

— Ochoa não virá mais — começou ele em voz pausada, separando bem as palavras. — O rei o expulsou. Por ordem minha.

Saint-André afundou-se um pouco mais, rolando os olhos alucinados.

Ocupando totalmente o espaço, Michel projetava em torno de si um campo de energia que obrigou Saint-André a recuar.

— Foi também por minha ordem que ele o jogou nesta prisão.

— Quem é você para que o rei lhe obedeça?

Michel não disse nada, contentando-se em fitá-lo com olhar distraído.

— Quem é você?— gritou dessa vez Saint-André, aproximando-se.

Michel ergueu a mão com o punho fechado. A esmeralda do indicador emitiu um brilho. Saint-André ficou imóvel, incapaz de desviar os olhos daquela mão em que luziam lado a lado uma pedra verde, no indicador, e uma pedra negra, o Olho, no médio.

— Vamos, Saint-André! Lá no fundo, você sabe muito bem — respondeu Michel, suavemente.

— Não, não — balbuciou Saint-André, jogando-se para trás. — Você está morto!

— Certamente, já que você me matou.

Não podendo ouvir mais, Saint-André foi se encolher num canto, com o rosto contra a parede. Michel foi atrás dele.

— Durante anos, eu fiz você comparecer ao tribunal de minha alma. Com certeza eu representava todos os papéis: juiz, procurador, advogado; mas posso lhe garantir que os debates foram longos, e os veredictos, justos. Se não encontrei desculpa para nenhum deles, pelo menos encontrei uma explicação para cada um. Ochoa era sincero. Francisco amava. Henrique era um estúpido garoto mimado. Mas, você? Que explicação encontrar para seus atos? Ambição? Dinheiro? Poder? Nada disso tem peso. Você me amava, então era necessário que você me destruísse? Lembro-me de que um dia falei de seu signo, o Escorpião, perpetuamente dilacerado entre o abjeto e o sublime. Você possuía tantos trunfos para alcançar o sublime! Poderia tornar-se águia. Porque o abjeto é evidentemente mais fácil, e também mais excitante, você preferiu fazer-se serpente.

À custa de um esforço sobre-humano, Saint-André conseguiu enfrentá-lo. Olhou Michel diretamente nos olhos.

— Você tem razão em tudo — reconheceu ele com a voz rouca —, e mereço pagar cem vezes pelo que lhe fiz. Mas, antes disso, preciso de 24 horas de liberdade.

— Eu sei.

— Suplico-lhe!

Com qualquer outro que não Saint-André, haveria nobreza em semelhante súplica ditada pelo amor. Mas algo soava falso. Aquele amor torturado não era o amor de um pai.

— Dei sua filha ao rei. Amanhã ele a tomará.

— Diane... Entregue a Henrique... — gemeu Saint-André, caindo de joelhos.

— O mesmo a quem você entregou Marie.

A amargura da vingança corroía Michel como um ácido. No lugar do gozo, experimentara apenas náusea, aversão a Saint-André e desprezo por si mesmo.

Gostaria de voltar aos tempos felizes, recuperar a juventude do corpo e do espírito, o entusiasmo e a paixão. Recuperar tudo o que Marie lhe insuflara, e que sua morte lhe roubara para sempre.

Seus passos o levaram à margem, ali onde se falaram pela primeira vez. O caminho lamacento fora pavimentado, mas o velho banco de pedra onde se sentaram ainda estava lá sob os álamos. Deixou-se cair, com a alma esgotada pelo cansaço que dá a impressão de que se morre.

Era apenas ilusão — ele sabia bem —, mas as cintilações do Sol se transformaram em neblina luminosa de onde emergia lentamente a imagem de Marie. Ela crescia em sua direção. Ela lhe ofereceu o esplendor de seu olhar, murmurando:

— Sou Marie...

Sem se dar conta, ele se levantou para responder num sopro:

— Sou Michel...

A mão de Djinno pousada em seu ombro tirou-o do torpor.

Recluso no gabinete de trabalho havia horas, Michel perdera pé. A visão do rosto de Marie e de seu olhar semeara o caos em seu espírito e reavivara a dor lancinante. Pálpebras fechadas, ele via desfilarem em seqüência cenas de momentos felizes. Sons, cores, sabores, cheiros lhe voltavam, lacerando-lhe o coração. Cada nova reminiscência abria uma brecha por onde o ódio, portador de pensamentos infames, tentava insidiosamente introduzir-se em seu coração.

— Basta! — ele urrou de repente, pulando do canapé, com as mãos pressionando as têmporas.

Ofegante, cambaleou até a janela aberta para o céu noturno onde a foice da Lua crescente lembrava um cutelo pronto para se abater. Com os braços em cruz, as mãos agarradas aos alizares de pedra, inspirou a plenos pulmões, procurando acalmar os batimentos do coração. Saint-André conseguira arrastá-lo na espiral do ódio. Como pudera imaginar que se manteria como testemunha dos acontecimentos, quando sua simples presença diante dos inimigos fazia dele uma das engrenagens do mecanismo?

Ao fim de alguns minutos, recuperando a lucidez, virou-se para o interior do cômodo. Djinno estava em seu lugar habitual, pronto para socorrê-lo.

— Assista-me — pediu-lhe Michel, estendendo os braços sobre o tampo.

As mãos de Djinno seguraram seus pulsos estendidos enquanto Michel fazia o mesmo. Olhos nos olhos, sem pronunciar uma palavra, concentraram a energia mental em Diane.

A dez léguas dali, num luxuoso quarto do castelo de Montfort, a respiração da jovem recuperava o ritmo normal.

— Chame o rapaz — pediu Michel quando tiveram certeza de que Diane saíra da catalepsia.

Um quarto de hora depois, Lagarde andava em círculos como uma fera pelo gabinete de trabalho. De botas, apertado no casaco de couro, sapateava de impaciência enquanto Michel lhe explicava, com a ajuda de um mapa traçado à medida que falava, como localizar Montfort.

Lagarde agarrou o mapa, dobrou-o e o enfiou no casaco.

Quando estava saindo, Djinno o reteve.

— Espere! Leva o que precisa?

Michel se assustou ao ver o cigano apanhar num canto a espada que Catarina quisera oferecer a Montgomery e entregá-la ao rapaz. O que é que deu nele? Não se sabia que sortilégio escabroso Ruggieri já havia lançado sobre aquela arma. Sobretudo, não se podia utilizá-la!

Pronto a intervir, Michel interrompeu o movimento. Lagarde tinha desembainhado a espada. Observando a lâmina temperada, examinando a guarda incrustada de pedras e cinzelada por mão de artista, e chicoteando-a no ar com alguns molinetes, experimentou a pegada.

— Uma arma de rei! — exclamou.

Recolocou-a na bainha e a devolveu a Djinno, pondo a mão confiante na guarda de seu formidável espadão, acrescentando:

— Mas esta jamais me traiu!

Imediatamente depois, tinha desaparecido.

Assim que acordou, Diane examinou o espaço desconhecido onde se encontrava. Não guardava lembrança alguma de sua chegada. Já que não tinha lembrança alguma de ter chegado lá, tinham-na drogado. Não era preciso procurar muito para identificar o culpado. Depois de andar pelo quarto com passos leves e descobrir e localizar as saídas, voltou a atenção para o corredor de onde provinham alguns sons fracos. A respiração pesada de um homem que adormecia, rangidos de cadeira, bocejo seguido de passos fortes do inimigo. Evidentemente, um único guarda, que seria substituído ao nascer do dia. Debruçou-se na janela e viu na penumbra a vertiginosa escarpa que mergulhava no fosso cuja água escura refletia a Lua crescente. Fugiria por ali. A descida era menos perigosa que a passagem pelo interior do castelo. Conhecendo a disposição daquele tipo de construção, adivinhava a localização da estrebaria. Se não pudesse se esgueirar por ali, encontraria refúgio na floresta.

Abaixando a parte superior do vestido, de modo a desnudar o seio, deitou-se na cama numa pose voluptuosa de bela adormecida. Satisfeita com a postura, pegou um estilete afiado que sempre levava consigo, escondido no corpete, e começou a ronronar gemidos langorosos. O efeito não se fez esperar.

O passo do guarda se interrompeu e se tornou furtivo para correr até a porta. O homem ficou lá, prendendo a respiração, com a orelha colada ao batente. A maçaneta da porta girou sem ruído, e o guarda meteu a cabeça. Um homem jovem, não muito feio, constatou Diane através das pálpebras semicerradas. Mais sorte ainda!

Fingindo então estar dominada por um sonho tórrido, ela se espreguiçou, descobrindo uma das pernas. Foi demais para o guarda. Fechando a porta atrás de si, ele correu até a cama sem fazer barulho e se debruçou sobre a moça cuja seminudez o enlouquecia.

Diane só esperava por esse erro. Erguendo a mão esquerda, agarrou a nuca do guarda para puxá-lo. Sem ousar acreditar naquela sorte, o homem esqueceu a precaução e se encontrou com a ponta de um estilete enfiada um centímetro sob o queixo.

— Se fizer um ruído, eu te corto a garganta!

Antes mesmo que ele tivesse tempo de concordar, ela quebrou um urinol na cabeça dele. Tirar-lhe a roupa, amarrá-lo e amordaçá-lo foi coisa de poucos minutos. Depois disso, prendendo uma cadeira na maçaneta da porta, começou a rasgar lençóis em tiras e trançá-las para fazer uma corda. Quando o dia nasceu, tinha acabado de vestir o uniforme do guarda e cingir sua espada. Só faltava amarrar solidamente a corda no pé da cama e soltá-la no vazio.

No mesmo instante, ao final de longa cavalgada no meio da noite, Lagarde localizava os campanários do castelo de Montfort emergindo das árvores e penetrava na submata.

Diane transpôs o parapeito da janela e escorregou ao longo da corda improvisada. No meio do caminho, ouviu golpes violentos na porta do quarto, e o barulho do batente arrombado.

Ela ainda estava a uns 10 metros da água. A corda alcançava a metade dessa distância. Contendo a raiva, continuou descendo, enquanto os guardas que saíram do castelo se precipitavam para a beira do fosso.

— O rei a quer viva! — berrou La Jaille.

De repente, um tornado emergiu da submata a galope de carga, com a espada erguida, urrando "Diane!".

— Lagarde! — gritou em resposta a jovem, atirando-se no fosso.

Dois guardas que tinham saltado em sela para ir ao encontro de Lagarde perderam os estribos sem ter tido tempo de iniciar combate. Avançando, o rapaz mandou mais quatro para dentro do fosso, onde ficaram patinhando, tossindo e cuspindo. Aproveitando a pausa, Diane escalou a margem e, desembainhando a arma que tomara do guarda, terçou armas com dois guardas incapazes de se defender, porque tinham ordem de não tocá-la.

Segurando as rédeas do cavalo cujo cavaleiro ele derrubara, Lagarde já estava indo ao encontro de Diane, soltando uma risada alegre, quando viu a jovem sendo agarrada por La Jaille, que a usava como escudo, mantendo o fio do punhal apoiado em sua garganta.

— Pare, bandido! Desmonte e largue as armas. Não tente nada, ou ela morre!

Tremendo de frustração, Lagarde desceu da sela. Vendo-o desmontado, os guardas ainda em condições de lutar começaram a cercá-lo quando, pegando o estilete, Diane cortou profundamente a mão de La Jaille. O colosso soltou um grito, grunhindo.

Ela pulou no cavalo que Lagarde tinha trazido. Empunhando as pistolas de sela, abateu dois homens que cercavam o rapaz e, fazendo a montaria corcovear, impediu que os outros continuassem a atacar.

Lagarde já estava diante de La Jaille. A troca foi breve. A força brutal do colosso não significava nada diante da agilidade do jovem. Ele desabou como uma massa, com a pança transpassada.

Vendo Lagarde embainhar, Diane foi ao seu encontro a galope curto, arrastando a montaria que ele cavalgou num rodopio, e partiram a toda para a floresta.

De volta a Paris em menos de três horas, Diane preferiu buscar refúgio com sua madrinha, a princesa de Guéméné.

Isabelle acolheu os dois jovens efusivamente.

Constatando que ignoravam o atentado frustrado e a prisão do chanceler, ela os informou.

Ainda não tinha terminado e Lagarde levava Diane até ela, dizendo: "Confio-a à senhora." Retirou-se e correu para a casa de Nostradamus.

Isabelle empalideceu. O último que lhe dissera isso, quase palavra por palavra, com o mesmo ardor confiante, fora Michel, antes de pegar a estrada e desaparecer por vinte anos. Aquele rapaz dava a mesma impressão de força pura que ele possuía e, embora de estatura diferente, tinha na expressão e até nos traços uma estranha semelhança com ele.

O que estava acontecendo? Depois que reconhecera Michel em Nostradamus, sentia a catástrofe se aproximar. Vira o medo que ele inspirava em Saint-André, La Jaille e até Henrique. Hoje, La Jaille estava morto e Saint-André, na prisão. Quanto a Henrique, deveria participar de um torneio dali a dois dias. Ora, Nostradamus predissera que ele morreria em um torneio.

Michel demorou-se acendendo o tabaco conforme as regras, dando pequenas baforadas voluptuosas antes de responder.

— La Jaille era apenas um executor. Não o raptor.

Desconcertado, Lagarde parou de andar pelo quarto.

— Quem, então?

— Quem você acha que é bastante poderoso para aprisionar o pai a fim de se apoderar da filha?

O rapaz demorou um pouco a assimilar a única resposta possível, tanto ela o revoltava.

Nesse momento, Djinno apareceu, surgindo como sempre no exato momento em que se precisava dele.

— Djinno, onde está o rei?

O rosto do cigano se enrugou numa careta hilária.

— O rei acaba de chegar ao palácio, furioso por causa de uma ida inútil a Montfort.

Lagarde, recuperando sua natureza altiva, explodiu em cólera.

— Se o rei não vale mais que o último miserável, todos os homens se equivalem. Poder, nobreza, dinheiro, prestígio, ele recebeu tudo como herança e não tem a honra de se mostrar digno. Se eu fosse bem-nascido, poderia lhe pedir satisfação.

— Ninguém desafia o rei — murmurou Michel, pensando com tristeza: "A honra é o tesouro dos que nada possuem, mas esse tesouro não tem valor de troca em face dos que têm tudo." O rapaz tinha razão: era nisso que residia toda a injustiça.

— Há, na verdade, uma solução, mestre — sussurrou Djinno.

Michel refletiu no que o discípulo lhe sugerira, e seu rosto se iluminou.

— Você tem razão, menino — continuou ele, referindo-se a Lagarde. — Sem honra, um homem não é nada. Escute bem.

O rapaz ficou de pé, cheio de esperança.

— Daqui a dois dias, você combaterá o rei em campo fechado pela honra de sua dama, eu lhe prometo.

— E quanto ao pai de Diane? Ele não merece essa desonra.

— O rei libertou-o ao voltar de Montfort e lhe devolveu todos os seus poderes — interrompeu-o Djinno, a quem a notícia parecia divertir muito.

"O Escorpião absoluto! Pensam que ele está morto, e ele se move ainda", pensou Michel quase admirado, antes de se dirigir a Lagarde.

— Você compreende o que isso significa? Todos os policiais, esbirros e espiões de Paris o procuram. Se quiser enfrentar o rei na sexta-feira, não se mova mais daqui.

Quando Lagarde se retirou, Michel foi para a mesa de trabalho e redigiu um bilhete que entregou a Djinno.

— Montgomery não tinha a menor vontade de justar contra Henrique. Minha oferta o encherá de alegria. Tanto mais que não pode recusá-la. Por outro lado, você cuidará para que a lança que Catarina lhe ofereceu não figure entre suas armas no torneio. Não quero que os sortilégios de Ruggieri intervenham.

Quando ficou sozinho, o pensamento de Michel se voltou para Saint-André.

O que iria ele tentar agora que reconhecera nele Michel de Saint-Rémy? Nada. Ele estava sob a proteção da rainha, era médico do rei, e os parisienses o protegiam.

E o que ele, Michel, queria fazer? Ainda tinha vontade de derrubá-lo? Não. Livrar-se da armadilha em que o fizera cair certamente aumentaria a já imensa arrogância do chanceler. Ele se acreditava agora invulnerável, e esse sentimento provocaria sua perda, da qual ele próprio seria o responsável. Seria bem melhor assim.

22.

O espaço compreendido entre os dois arcos do triunfo, ligando o palácio das Tournelles ao Palácio Novo do rei, fora disposto de modo a constituir uma liça fechada, dividida ao longo do comprimento por uma barreira acolchoada da largura das ancas de um cavalo. De cada lado foram dispostas duas armações onde ficavam as lanças de assalto cortês, com a extremidade guarnecida de um tampão de couro, acolchoado.

As tendas onde os competidores se preparavam e os cercados das montarias erguiam-se na extremidade dos arcos do triunfo: de um lado, na esplanada da fortaleza da Bastilha; de outro, na rue Saint-Antoine.

A multidão de cortesãos se comprimia nas tribunas instaladas rente aos palácios, e a família real, seus convidados de marca e os pares do reino podiam aproveitar o espetáculo das sacadas, onde haviam disposto poltronas abrigadas do Sol por toldos.

Henrique II, em sua melhor forma, já havia justado duas vezes, derrotando, sob aclamações, primeiramente seu novo cunhado, Emanuel "Cabeça de Ferro" de Savóia, e, em seguida, o duque Francisco de Guise. A segunda vitória o pusera de muito bom humor.

Desembaraçado da couraça, com camisa de linho branco, calções de seda preta e botas de pele, ele ia e vinha através do salão de gala das Tournelles. Na sacada central, encontravam-se Catarina e Diane, cercadas por suas damas de companhia. Enquanto a Grande Senescal acompanhava apaixonadamente os assaltos que se realizavam lá embaixo, Catarina lhes concedia um interesse polido. O único objeto de seus pensamentos era a terceira justa, que seu esposo disputaria. Um pouco afastado, Michel conversava com Joana d'Albret, que, do segundo casamento, tivera um menino chamado Henrique,[1] a quem os astros prometiam um brilhante futuro e uma morte violenta. De vez em quando, cruzava o olhar negro de Saint-André, que, caminhando entre os convidados com soberba, fazia pagar caro os que acreditaram que ele estivesse derrotado.

O furor contido de Saint-André o divertia. Não tinha dúvida de que o chanceler procurava, em vão, urdir contra ele uma dessas manobras de que só ele era capaz. Encontrar-se impotente devia aumentar seu amargor. Mas por que se preocupar com isso? De qualquer modo, não teria tempo para mais nada. A marca da morte já estava sobre ele.

Michel pôs-se a perambular por entre os grupos, examinando a decoração do grande salão de gala onde entrara pela primeira vez 25 anos antes. Lembrou-se de ter imaginado na época que aquela entrada no mundo significava o início de sua ascensão. Como nos enganamos sobre nosso próprio destino!

Percebendo, ao passar, o ódio e o medo supersticioso que inspirava, sentindo escorrer sobre ele alguns olhares furtivos, Michel sentia um supremo desinteresse. Predissera a morte do rei, e ela iria ocorrer nas condições em que havia anunciado. Contudo, ninguém, sobretudo Henrique, imaginaria acatar sua predição impedindo aquela justa. Vaidade do humano! O único que visivelmente respeitava o oráculo era Brusquet, o bufão, de rosto aflito. Como em resposta ao seu devaneio, a voz de Henrique ressoou pelo salão.

— Por Nossa Senhora, nada me impedirá de correr pela terceira vez!

Virando-se, Michel viu o rei de pé na sacada entre Catarina e Diane.

— Henrique! — Catarina chamou. — Você não prometeu ao capitão de seus guardas medir-se com ele?

— De fato! — exclamou alegremente o rei. — Montgomery! Terçaremos uma lança. E não me poupe!

— Às suas ordens, sire.

Henrique notou seu embaraço. Afastou-se com ele, zombando.

— Do que é que você tem medo? Tudo isso é apenas uma brincadeira!

Michel observou-os afastarem-se rumo ao destino. Notando os olhos de Catarina fixados nele, voltou para seu lugar, ao lado dela.

Naquele instante, numa tenda da esplanada da Bastilha, Djinno provavelmente acabava de equipar Lagarde. Na liça, ver-se-ia apenas um cavaleiro com elmo, portando as armas e a lança de Montgomery. O oráculo se realizaria. A honra de Diane estaria salva; Lagarde, feliz, e o destino de Henrique,

[1] O futuro Henrique IV.

consumado. Quanto a Montgomery, não correria nenhum risco enquanto se calasse.

Todos esperavam. As conversas ruidosas se tornaram murmúrios.

Os arautos de armas foram se postar na abertura dos arcos do triunfo, enquanto os escudeiros dos justadores dispunham suas lanças nas armações previstas para esse fim. Três lanças para cada um, para três embates. Se nenhum dos dois fosse derrubado da sela, o combate seria declarado nulo. Se se tratasse de um assunto de honra, teriam de continuar a pé, com espada. Mas ali se tratava de uma justa cortês, num dia de festa.

O toque das trombetas ressoou, as barreiras se abriram e os justadores apareceram, provocando vagos murmúrios de excitação. Os dois combatentes tinham uma aparência magnífica.

A armadura de Henrique, de aço branco forjado por um ourives italiano, era ornada com placas de ouro até na viseira gradeada do elmo, com penacho preto e branco. A de Montgomery, menos luxuosa, era de aço polido. Um penacho azul-da-prússia flutuava na ponta do elmo. Ninguém, a não ser Michel, notou que a viseira do rei estava levantada, enquanto a de Montgomery, descida.

Os dois cavaleiros empunharam uma lança e conduziram a montaria até a sacada onde estavam a rainha e a favorita, a fim de saudá-las segundo a etiqueta. Fiel ao ritual que observava desde os 16 anos, Henrique estendeu a lança para Diane de Poitiers para que ela amarrasse suas cores, enquanto Montgomery permanecia imóvel, com a lança abaixada.

Para surpresa geral, de repente, Catarina ordenou a Montgomery que apresentasse sua lança. Desatando a echarpe de Íris,[2] ela a amarrou na haste estendida para ela.

As testemunhas tiveram a impressão de que o ar começou a crepitar como antes de uma tempestade. Alguns pensaram ter voltado 12 anos no tempo, quando do lendário duelo que opusera Vivonne de La Châtaigneraie, o campeão de Diane de Poitiers — já então! —, a Chabot de Jarnac, o de Anne de Pisseleu, favorita de Francisco I. Depois de 26 anos de humilhação pública, a rainha acabara de desafiar a favorita diante do mundo. Indiferente aos murmúrios provocados por seu gesto, Catarina voltou a se sentar, soberana, saudando com graça Montgomery.

Apenas Michel pôde captar o sentido profundo de seu gesto. Notando que a lança não era a que havia oferecido a Montgomery, Catarina se reapropriara dela, acreditando, certamente, insuflar-lhe o sortilégio de Ruggieri.

---

[2] Arco-íris. Cores de Íris, mensageira dos deuses de cujas cores ela se apropriou.

Depois de uma última homenagem às damas, os justadores voltaram para as respectivas extremidades da liça e alinharam as montarias. Os arautos de armas se preparavam para embocar as trombetas para lançar o primeiro toque quando sobreveio um acontecimento inesperado. Cruzando correndo a barreira, um escudeiro do rei precipitou-se, entregando-lhe um bilhete.

Aborrecido por ser distraído antes do combate, Henrique quase que o despachou, mas a curiosidade foi mais forte. Nenhum ser sensato o teria perturbado naquele momento, salvo por motivo de força maior. Podia-se, pois, acreditar que a mensagem tratava de um assunto urgente.

Levantando a viseira que, nesse meio-tempo ele havia baixado, desdobrou o papel e leu:

"Henrique da França, diante de ti está Lagarde, que te desafia pelo amor de Diane."

Ele era o rei. Poderia, naquele instante, ordenar a prisão daquele indivíduo procurado por todas as polícias. Poderia, sem combater, acabar com aquele insuportável, aquele humilhante rival. Poderia tudo isso, mas seria indigno. O bandido disputava com ele o coração de Diane, mas também tinha salvado sua vida com uma bravura digna da antiga cavalaria. Faria ao fedelho o favor de enfrentá-lo e derrotá-lo. Depois, somente depois, mandaria prendê-lo.

Henrique rasgou a mensagem e abaixou a viseira de ouro do elmo.

Ninguém prestara atenção à breve interrupção da mensagem, a não ser Michel, que ficou muito intrigado com a súbita tensão de Henrique na sela. Os toques ressoaram. Os justadores cobertos de aço esporearam as montarias que tomaram impulso nas extremidades da liça. Enquanto o rei procedia segundo as regras clássicas, posicionando a lança à medida que o cavalo ganhava velocidade, Montgomery mantinha a arma alta, dando a impressão de sofrear a montaria. O espanto não durou. A meia distância, Montgomery esporeou, lançando de súbito o cavalo num grande galope, sempre com a lança alta.

Solidamente posicionado na sela, segurando a arma com um punho de aço, Henrique via crescer o vulto de seu adversário através da grade do elmo. Habituado a prever o ataque pelo ângulo da lança, o que lhe dava a oportunidade de ajustar a pontaria da sua, era forçado a esperar. De atacante, passara a defensor. Detestou isso. Todavia, experimentou uma excitação selvagem. Quando os adversários ficaram a seis corpos de distância um do outro, a lança de Montgomery se abaixou rapidamente num ângulo inesperado do qual não se desviou mais. Pego de surpresa, consciente de que seu golpe não atingiria o alvo, Henrique só podia se preparar para receber o choque. No instante seguinte, o tampão de couro chocava-se com o escudo, não no centro, mas ligeiramente deslocado na direção do ombro, arrastando-o num movimento rotatório que poderia derrubá-lo. Robustez e experiência permitiram que se mantivesse em sela.

O rei oscilara, mas não caíra. Ouviu-se uma ovação. Aquela justa prometia ser mais intensa dos que as precedentes.

De volta à extremidades da liça, os competidores soltaram suas lanças para pegar novas e se colocaram em posição. Fez-se um silêncio tão profundo que se podia ouvir o estalo dos estandartes que a brisa agitava de leve. Os arautos de arma embocaram novamente as trombetas e os toques ressoaram. Nenhum dos cavaleiros se moveu.

Ambos apoiados nos estribos, a lança erguida, eles retinham a montaria impaciente. A 150 metros de distância, desafiavam-se. A assistência compreendeu que a justa cortês tinha acabado. Tratava-se agora de um duelo de morte.

De repente, como que respondendo a misterioso sinal perceptível apenas por eles, os justadores esporearam. Os animais saltaram, os pescoços esticados, levando na direção um do outro os titãs que os montavam. Eretos na sela, a lança erguida, Henrique e Montgomery se atiraram numa carga demente.

Todos ficaram em suspenso. Diane de Poitiers levou as mãos ao rosto, escondendo a boca pronta para soltar um lamento angustiado. Catarina mordia um dedo. Michel, também fascinado pelo espetáculo daquele ímpeto de violência, observava o drama que se desenrolava, tão terrível quanto magnífico.

As lanças se abaixaram no último instante, apontando para o coração. E o choque aconteceu, retumbante, entre os cavaleiros arqueados num esforço sobre-humano. Nenhum dos dois cedeu. Cruzaram-se, saudados por imenso clamor.

Catarina olhou ansiosa para Michel.

"É agora?", parecia perguntar.

Ele desceu as pálpebras em sinal de concordância.

Um "Oh!" de estupefação correu pelas tribunas. Quando chegou ao fim da arena, em vez de trocar de lança e se realinhar, Henrique acabara de arrancar das mãos do escudeiro a lança nova que este lhe estendia, e, fazendo voltear a montaria, voltou à carga.

Renegando o código de honra, as leis da justa, a preocupação com a glória, o rei perdera a razão.

Alertado pelos murmúrios da multidão, Lagarde puxou as rédeas. Virando-se a meio, percebeu a silhueta do rei caindo sobre ele, a lança apontada para o alto, para a sua cabeça. Realinhando a montaria com uma pirueta, picou-lhe as esporas no flanco. O animal pegou o galope de ataque com um relincho lancinante que ecoava junto com o grito de raiva de Lagarde, sufocado pelo elmo.

Michel via a ação se desenrolar em ritmo lento. Sons, cores, movimentos se fundiam numa ressonância límpida da qual percebia cada detalhe. Viu a rachadura na lança de Montgomery, provocada pelo formidável choque da ação anterior, e logo soube como aconteceria o fim inelutável.

Na liça, só se viam os dois animais lançados num galope de apocalipse. E em seguida sobreveio o formidável choque das duas forças precipitadas, cujo som de ferragem atingiu os ouvidos dos espectadores após ínfimo intervalo, o que lhe acentuou a barbaridade.

Viram as montarias empinarem, tensas pelo enfrentamento, sem poupar os cavaleiros, e permanecerem por um instante suspensas, descendo e continuando a carreira. Um rumor percorreu a assistência e inchou até se tornar uma onda que crescia progressivamente.

Levado pela montaria, o rei da França abriu os braços, largando lança e escudo, e pendeu para trás, enquanto Montgomery, ileso, prosseguia ereto na sela, com um pedaço de lança na mão.

Apenas Michel vira a lança se dobrar e se quebrar de uma só vez, enfiando uma longa farpa de madeira entre as barras do elmo de Henrique, fixando-se no olho esquerdo.

Quando chegou ao fim da liça, Montgomery atirou a lança quebrada para o escudeiro e passou pelo arco do triunfo sem se virar.

— Ele vai morrer; estava escrito! — exclamou Joana d'Albret,[3] com as mãos apertadas sobre o peito.

Alguns rostos horrorizados se viraram para Michel enquanto, passado o susto, escudeiros e médicos se precipitavam para o rei caído na pista, com os braços em cruz. Cortaram as tiras de sua couraça e o puseram numa padiola imediatamente levada para o interior do palácio. Apesar da horrível ferida de onde ainda aparecia a longa farpa, Henrique estava consciente. Erguendo fracamente a mão, pediu que fizessem silêncio e, embora sofrendo como um danado, conseguiu articular de modo a ser ouvido por todos:

— Montgomery não deve ser perturbado. O incidente não foi culpa dele, mas um infeliz acaso...[4] — disse ele em um sopro, caindo, abatido pela dor.

---

[3] Autêntico.

[4] Autêntico. O estranho é que, na juventude, seu pai, o futuro Francisco I, dissera a mesma coisa depois de ter sido gravemente ferido na mandíbula durante um jogo, por Francisco de Lorges, pai de Montgomery. Sua célebre barba servia para esconder a cicatriz.

No momento em que mestre Ambroise Paré, seu cirurgião, abria espaço para finalmente examinar seu ferimento, o rei ainda teve força para exigir a presença de Saint-André. O chanceler correu para ajoelhar-se perto dele.

Michel percebeu num átimo o que se tramava. Desaparecendo por detrás das testemunhas, saiu discretamente do salão e correu para a tenda de Montgomery, erguida na esplanada da Bastilha.

Quando lá chegou, alguns minutos depois, sem fôlego, Djinno acabara de desembaraçar Lagarde da armadura de Montgomery, e o rapaz calçava as botas.

— O que você fez?

— Matei o rei — murmurou Lagarde. — Enviei-lhe uma mensagem, desafiando-o. Queria que ele soubesse contra quem estava lutando e por quê.

— Você é louco!

Michel fazia essa censura a si mesmo mais do que ao jovem. Como pôde imaginar que aquela alma orgulhosa aceitaria combater por sua dama sob a máscara de outro?

— Henrique ainda não morreu. Vai ordenar sua prisão. Vá buscar Diane e fujam! Logo nos reencontraremos; eu lhe prometo!

Djinno pegou Lagarde pelo braço para levá-lo dali, mas quando ia saindo, o rapaz se virou.

— Diga-me quem sou! Diga-me quem é minha mãe!

Michel não teve coragem de resistir a semelhante súplica. Juntando forças, pousou no ombro dele a mão compassiva.

— Ela morreu há mais de vinte anos. Chamava-se Marie d'Hallencourt.

O sangue fugiu do rosto de Lagarde, que cambaleou. Djinno agarrou-o pelo braço e o empurrou para fora da tenda. Tarde demais.

Lagarde acabava de esbarrar com o chanceler, acompanhado de dez guardas reais. Por reflexo, sua mão pousou na guarda da espada, mas, reconhecendo em Saint-André o pai de Diane, deixou-a cair, rendendo-se sem resistir.

Quando Michel voltou ao salão de gala, Ambroise Paré tinha retirado a farpa do olho de Henrique e limpado a ferida. Ao seu lado, ficaram Catarina, Diane de Poitiers e alguns pares do reino.

— A verdade! — ordenou Catarina a Ambroise Paré, que acabava de fazer um curativo no rei.

O cirurgião real concluiu o trabalho e se levantou, secando as mãos.

— Sua Majestade não vai mais recuperar a consciência. Daqui a duas horas, estará morto.

Diane de Poitiers cambaleou.

— Então, estou morta!

Catarina a fulminou com um olhar.

— Volte para o seu palácio e espere minhas instruções.

Michel abriu caminho até Henrique e lhe segurou os pulsos para auscultar-lhe o corpo. Ao fim de algum tempo, olhou para Paré.

— O senhor está enganado, mestre.

O cirurgião real o encarou, perplexo. Michel lembrava-se perfeitamente do encontro que tiveram tempos atrás, cheio de risos e de entusiasmo, na Adivinha. Saint-André entrara na sua vida naquela noite.

Tirando do gibão o frasco que pegara na maleta, derramou seu conteúdo entre os lábios exangues de Henrique.

— O senhor o salva? — murmurou Catarina, ansiosa.

Ninguém poderia dizer se era o medo ou a esperança que motivava sua pergunta.

— Baseado na ciência, ninguém poderia fazê-lo, senhora. Dou-lhe apenas um suplemento de vida.

O rei deu um longo suspiro e recuperou um pouco a cor.

Os primeiros dias que se seguiram desenrolaram-se num ambiente incerto. Henrique agonizava, sofrendo atrozmente, mas o rei não estava morto. A sucessão em proveito do filho mais velho, Francisco II, com 15 anos, não podia, portanto, ser efetivada. Uma coisa era certa: Catarina assumiria a regência e, embora não estivesse ainda oficialmente investida, exercia-a de fato. Plenamente.

Diane de Poitiers teve de abandonar Paris depois de ter devolvido o castelo de Chenonceau, tesouro da arquitetura renascentista, bem como numerosas jóias da Coroa com as quais Henrique a presenteara.

Os Guises, por sua vez, não ficaram inativos. O duque Francisco contava, de fato, tirar vantagem do casamento de sua sobrinha, Maria Stuart, com o jovem Francisco II. Catarina não podia opor-se a ele tanto quanto gostaria e detestava ser obrigada a conceder mais do que queria.

Saint-André, informado de todos os negócios do reino, ocupava junto à regente um lugar privilegiado. Sua primeira decisão foi impedir Nostradamus de se aproximar da rainha. Catarina tomou conhecimento da iniciativa, mas não se ofendeu. Preferia que não vissem Nostradamus perto dela tão pouco tempo depois do acidente do rei.

Michel não ficou verdadeiramente surpreso. Pressentia com tanta certeza essa evolução do caráter da rainha que, na mensagem enviada a Montgomery, pressionava-o para que se afastasse. O que o capitão da Guarda Real apressou-se a fazer, desesperado, assim que ficou sabendo do trágico resultado do torneio.

Lagarde era mantido incomunicável sob ordem do chanceler, e ninguém conhecia o destino que lhe era reservado. Ao final de uma semana, um juiz e seu assistente foram a uma cela para lhe comunicar sua sentença. O rei, em sua grande bondade, ordenara que tivesse apenas a cabeça cortada.

Informado por Djinno, Michel apertou as têmporas com as mãos, procurando abafar o tumulto que explodia em sua cabeça. Era tudo culpa sua! Bastara um instante de fraqueza do qual se arrependeria pelo resto da vida. E aquele rei idiota que, embora mandando condenar o rival sob mau pretexto de vaidade ferida, lhe oferecia uma morte, segundo ele, digna de sua bravura! Que terrível ironia!

— Por que meu coração sangra?

Djinno ouviu esse gemido cheio de soluços contidos. O olhar que pousou no mestre continha toda a piedade do mundo.

Ao custo de formidável esforço de vontade, Michel expulsou do pensamento tudo o que não fosse a procura de uma solução. Ela se impôs, então, evidente. O que o rei fizera, ele poderia desfazer. Tinha de falar com ele.

Duas horas mais tarde, com a mente clara, apresentou-se no palácio das Tournelles e pediu para ver o barão de Nérac. O guarda-costas de Catarina apreciara o mago desde o início pela influência benéfica que exercera sobre sua senhora, e seu afastamento nos últimos dias lhe parecia injusto e, sobretudo, potencialmente portador de conseqüências negativas.

— Vou levá-lo até ela.

Os guardas postados na entrada dos aposentos da rainha afastaram as alabardas quando eles se aproximaram e abriram passagem. Pedindo que Michel o esperasse, Nérac bateu do modo combinado na porta do gabinete de Catarina e entrou sem esperar resposta, como sempre fizera.

— Mestre Michel de Nostredame!

A entrevista anunciava-se difícil. Concentrou energias para se apresentar a ela como soberano mestre, tal como ela gostava de vê-lo, mas como essa demonstração lhe custava! Teria preferido falar de coração aberto.

Michel entrou lentamente no gabinete de trabalho de Catarina e se inclinou com grande respeito. A rainha permaneceu sentada, retribuindo-lhe a saudação com uma inclinação de cabeça em que, como ele notou, ela imprimia mais graça do que teria desejado.

— O que me vale o prazer de sua visita, mestre?

O tom era afável, mas o olho, penetrante; ela não o convidou a sentar-se.

— Desejo graça para Lagarde.

— Por quê? — surpreendeu-se ela, franzindo as sobrancelhas.

— Interesso-me por ele.

Certo de ter conseguido sua atenção, Michel recuperou a confiança.

— Na hora de sua morte, Henrique não tinha nada mais importante em que pensar além de se vingar?

— A graça não está em meu poder. Henrique ainda vive. E a execução de Lagarde faz parte de suas últimas vontades.

— Então, peço para falar com ele.

Ela não pôde deixar de sorrir. Aquele diabo de homem era mesmo o único a enfrentá-la sem que ela lhe tivesse rancor.

— Você não vai salvá-lo, vai?

— Senhora, ninguém pode salvar Henrique.

— Nem mesmo você?

Michel concordou, pensando que ela acabava de lhe revelar sem querer o verdadeiro motivo de ele ter sido afastado. A lembrança de Marie e do calvário que ele sofrera voltando-lhe repentinamente à lembrança, respondeu com voz áspera:

— Sobretudo não eu, senhora...

Catarina percebeu na voz de Michel uma dureza insuspeitada.

— Vou levá-lo até ele.

Nérac abriu-lhes a porta e os escoltou, caminhando três passos atrás, até o quarto de Henrique, enquanto Catarina continuava com naturalidade:

— Por que ficou tão arredio? Não continue assim. O que seria de mim sem você?

O quarto real estava mergulhado na penumbra. Catarina fechou a porta atrás de Michel, deixando-o sozinho com Henrique.

Ele se aproximou em silêncio da cama onde jazia o monarca. A pele manchada, a respiração curta e interrompida. Era o fim.

Michel tirou do gibão um frasco cujo conteúdo derramou entre os lábios do rei e esperou, contemplando o homem que tinha possuído seu único amor.

Inutilmente procurou dentro de si; o ódio se apagara. Só restava um sentimento de amargura e de inutilidade.

A respiração de Henrique se tornou mais ampla. Um pouco de cor lhe voltou.

— Henrique! Você me ouve? — murmurou Michel.

— É você, mestre? — disse ele com voz rouca. — Veio me salvar?

— Não tenho poder para isso.

Henrique agitou fracamente a mão para expulsá-lo.

— Se você nada pode...

Tocando-lhe suavemente o ombro, Michel forçou-o a deitar-se. Henrique caiu sobre os travesseiros.

— Por que vem me atormentar?

— Vim pedir-lhe graça para Lagarde — anunciou calmamente Michel, pondo na voz toda a persuasão de que era capaz.

— Nunca!

Michel continuou, insistente:

— Você sabe quem é esse rival que lhe toma o amor e a vida? Você sabe?

— O que importa? — gemeu Henrique, tentando virar-se.

Apoiando as mãos em seus ombros, Michel o impediu de se mover.

— Seu filho!

Henrique olhou-o incrédulo. Depois, um ricto cínico desenhou-se no canto de seus lábios.

— Sei exatamente quantos bastardos tenho. Lagarde não está entre eles. Para engendrar um bandido, eu teria que ter emprenhado uma puta que não pertencesse à corte. Isso nunca me aconteceu.

Michel apertou os ombros de Henrique a ponto de esmagá-los.

— E Marie d'Hallencourt? Lembra-se dela? Ela era minha mulher! Lagarde é seu filho!

— Ele não pode ser meu!

Agarrando a gola de sua camisa de dormir, Michel o ergueu da cama, a ponto de estrangulá-lo.

— Você mente! Você mesmo contou ao seu irmão que tinha violado Marie!

— Somos tão estúpidos aos 17 anos! Eu só queria meter raiva em Francisco... Bem que tentei, é verdade. Mas não consegui! Duas mulheres apenas podem se vangloriar de terem me infligido esse ridículo: a minha e a sua...

— Jure que é verdade!

— Diante de Deus que me julga, afirmo que Marie d'Hallencourt morreu sem mancha.

Enrijeceu-se num último espasmo e caiu sem vida.

No gabinete secreto de onde se podia vigiar tudo o que se passava no quarto do rei, Catarina não perdera uma palavra da conversa. Descobrir que o condenado à morte era filho de Nostradamus a transportava.

Na cela do Châtelet, restavam a Lagarde apenas 24 horas de vida. Depois de dias de subterfúgios, ele acabou pedindo com o que escrever para enviar uma última mensagem à mãe, e outra àquela que amava.

Parou de escrever ao fim de algumas linhas. De que adiantava contar a Marie d'Hallencourt, que já sofrera tanto, que seu filho estava vivo, que a amava e que iria morrer? Seria cruel demais.

Diane lhe jurara solenemente morrer com ele caso ele morresse. Não precisava.

Rasgou as mensagens em mínimos pedaços e se deitou, com o pensamento voltado para aquelas que amava. Insensivelmente, e embora resistindo, seus pensamentos foram para Nostradamus. Ele sabia? Se um único ser no mundo pudesse salvá-lo, seria ele. Mas será que o faria?

Depois da partida de Lagarde, Marguerite venceu a repulsa de voltar ao lugar de seu passado suspeito e pegou o caminho da colina de Montmartre para tentar encontrar a pista de Ronan e do bebê. Ao descer de volta, algumas horas mais tarde, não tinha mais dúvidas: Lagarde era mesmo filho de Marie. Desde então, as duas mulheres ficaram esperando sua volta.

— É horrível! Ele vai morrer!

Com as mãos apertadas sobre o coração, Marie deixou-se cair numa cadeira, mal ouvindo as explicações da amiga. De volta do mercado, notara uma agitação na praça de Grève. As execuções capitais eram raras havia algum tempo, ela fora informada.

Passado o primeiro momento de fraqueza, Marie sentiu renascer a energia que a habitava no tempo de Michel e, com ela, uma combatividade que pensava estar exaurida desde sua luta com o delfim. Não tinha esperado reencontrar o filho, todos os dias durante os 23 anos passados, para agora deixar que ele fosse executado. Ela vivia afastada, sem relações, sem apoio, sem fortuna. Talvez uma pessoa pudesse ajudá-la. Sua única amiga de outrora, a quem jamais comunicara que sobrevivera às provações, para não pô-la em perigo.

— Você sabia, e não me disse nada! — irritou-se Michel.

— O senhor também tinha adivinhado, mas não ouviu seu coração. Como teria permitido que esse grande crime fosse cometido: o filho lutar contra o pai? — respondeu calmamente Djinno.

Michel desabou, com o rosto nas mãos. O cigano não permitiu que ele cedesse ao abatimento. Enquanto o rapaz estivesse vivo, poderia ser salvo. Eles passaram horas explorando as possibilidades. Tudo dependia de Catarina.

Mas convencê-la a não respeitar uma das últimas vontades de Henrique era um desafio. Havia, entretanto, uma possibilidade de levá-la a agraciar Lagarde. Apenas uma. Pelo menos ela existia. Catarina sabia que Lagarde era filho de Nostradamus?

— Em caso afirmativo, a questão central permanece, mestre: existe algo que ela deseja muito e que o senhor lhe tenha recusado?

Michel não teve de pensar muito.

— Sim... — suspirou.

Refletiu um pouco e, tomada a decisão, prosseguiu, levantando-se.

— A idéia me repugna, porém não tenho mais o direito de não tentar.

No momento em que ele saía de seu palácio num passo apressado, Marie e Marguerite se apresentavam à entrada do palácio de Guéméné.

Meia hora mais tarde, Michel chegava ao palácio de Saint-André. Se o mordomo que o recebia muito amavelmente 25 anos antes o reconheceu, não o demonstrou. O homem também envelhecera, e sua afetação se tornara condescendência pretensiosa.

— Sua Excelência o senhor marquês de Saint-André, Grande Chanceler do Reino, só recebe com hora marcada.

Para sua perplexidade apavorada, um sorriso sarcástico estirou os finos lábios do importuno que ousava apresentar-se sem encontro marcado, enquanto os olhos se iluminavam com um brilho que lhe deu frio na espinha.

— Corra imediatamente para avisá-lo de minha visita. Vá!

Sentindo que perdia a capacidade de decisão, o mordomo tentou recolher os restos de sua dignidade, gaguejando.

— Certamente, senhor...

— Nostradamus.

O mordomo engoliu com dificuldade e se foi tão depressa quanto permitiam suas velhas pernas. Apenas dez minutos depois, introduzia Michel no gabinete de Saint-André.

Este estava de pé atrás da mesa de trabalho e não esboçou nenhum gesto de acolhida, contentando-se em olhar Michel de cima a baixo, com altivez.

— O que você quer?

Michel sentou-se sem ser convidado na poltrona que ocupava no tempo das discussões apaixonadas que tinham.

Ficaram em silêncio por alguns instantes, medindo-se com o olhar.

— Não quero nada — disse, por fim, Michel. — Vim oferecer-lhe o meu perdão. Parece-me que isso pode ser importante quando se vai em breve entregar a alma a Deus.

Saint-André deu um riso breve.

Michel compreendeu que seu ex-amigo não mudaria mais e morreria maldito. Embora sabendo a causa antecipadamente perdida, decidiu fazer o que o motivara a ir até ele.

— Não se trata de nós. Você tem uma filha, que adora. Eu tenho um filho. Essas crianças se amam.

Apesar de tudo, Saint-André não conseguiu dissimular a surpresa.

— Você tem o dever de deixá-lo fugir. Eles sairão de Paris para viver num lugar onde ninguém os conheça.

Saint-André se ergueu de um salto, fora de si, num estado de jubilação e raiva mescladas.

— Esse seu filho bandido terá a cabeça cortada amanhã, às nove horas, e eu estarei na primeira fila para ter certeza de sua morte! Quanto a você, seus dias estão contados.

Sua exaltação maldosa se apagou de repente ao constatar a indiferença de Michel. Imóvel na poltrona, ele o fitava, com o olhar estreitado. Saint-André já conhecia aqueles olhos. Michel *via* alguma coisa.

Indiferente ao delírio furioso de Saint-André, Michel *via* o chanceler estendido, os braços em cruz, um punhal no coração. Saiu do transe passageiro e, levantando-se, respondeu com voz indiferente:

— Todo poder é ilusão. A marca da morte está sobre você.

Virou-se sem esperar resposta e se dirigiu para a porta. Todavia, mudando de opinião, no momento em que ia sair, deu meia-volta e, simples e grave, disse:

— A despeito deles mesmos, nossos filhos carregam o fardo de nossas boas e más ações. Eles se amam como nós nos amamos. Podemos agir de modo a que eles não se afastem como nós nos afastamos. Bastaria que você conseguisse que meu filho fugisse, que desse à sua filha a liberdade de amá-lo. Você tem a oportunidade única, e, acredite em mim, raramente ela se apresenta para restabelecer o equilíbrio. Para inverter o ciclo da Roda da Fortuna. Você quer?

Ele fitou Saint-André por um instante, pondo no olhar toda a força de sua sinceridade e, certo de que não seria atendido, saiu sem olhar para trás.

Saint-André se contraiu, atravessado por funesto pressentimento, mas logo se recuperou. Não se deixaria enganar.

Ao dar o nome à entrada do palácio de Guéméné, Marie lembrou-se de que o renegara naquele lugar, 24 anos antes, e de que nunca mais o pronunciara a não ser para revelá-lo a Lagarde. Pediram-lhes que esperassem.

A espera foi breve. Os salões do palácio ressoaram com um grito agudo, seguido de um tropel desenfreado.

— Marie! É você mesmo? — exclamou Isabelle, atordoada.

Dez minutos depois, com o nariz vermelho e os olhos inchados, mas sufocando de alegria, Isabelle perguntava finalmente a Marie o que a trazia. Por que agora? Por que não dera mais sinal de vida? As perguntas se atropelavam, e Marie não conseguia responder a todas elas ao mesmo tempo.

— Há coisa mais urgente. É o seguinte... Preciso ver a rainha, agora. Somente ela pode intervir. Trata-se de meu filho, compreende? O filho de Michel!

Isabelle arregalou os olhos.

Em frases entrecortadas pela angústia, Marie resumiu os trágicos episódios de sua vida desde o dia em que deixara o palácio de Guéméné sob a proteção de Saint-André.

A voz de Diane estalou como um chicote.

— O miserável! A glória de nosso nome antigo era o único legado de meu pai ao qual eu tinha apego. Ele o manchou com a desonra.

Para surpresa de Marie, Diane a apertou nos braços:

— Em nome de meus antepassados, eu lhe imploro, senhora, que perdoe nossa família.

Marie retribuiu-lhe o abraço com sinceridade.

— Acredite, eu sei melhor do que ninguém quanto custa ter que vir a desprezar o pai.

— Eu não o desprezo apenas, ele me causa horror! O que importa é salvar Lagarde!

— Um homem, apenas um, pode ter acesso à rainha, fazer-se ouvir e obter ganho de causa — interveio Isabelle.

— Quem? — suplicou Marie.

— Nostradamus.

Levantando-se da poltrona, Isabelle foi segurar as mãos de Marie.

— Nostradamus é Michel.

Marie não tremeu, não chorou. Levantou-se, ereta e orgulhosa, novamente com 20 anos.

— Sempre o senti presente, lá no fundo de mim. Vamos logo encontrá-lo!

— Espere! — interveio Diane.— Meu pai postou espiões. Eu os vi. Dêem-me tempo para atraí-los.

Ela se foi sem esperar resposta.

Marie pensou que gostaria de ter tido semelhante audácia para ousar desafiar o pai, antes, como hoje aquela jovem amazona.

Cinco minutos depois, quatro agentes agarravam Diane em plena rua e a metiam num carro fechado que partiu rapidamente para o palácio de Saint-André.

Isabelle e Marie correram para a rua e se misturaram à multidão.

— Não me toque!

A bofetada estalou, fazendo cambalear o guarda de casaco cinza que estendia a mão para ajudar Diane a descer do carro, enquanto o grande portal do palácio de Saint-André se fechava.

A moça subiu os quatro degraus num pulo e se plantou diante do pai.

— Salve-o! Salve aquele que resguardou a honra de seu nome! Você lhe deve isso!

Saint-André olhou para a filha, seu único amor, que, não contente de enfrentá-lo, provocava-o diante de vinte homens de sua guarda. Não compreendia como a perdera. Não podia acreditar naquilo.

— Ele vai ser executado. Somente a rainha poderia perdoá-lo — disse ele com voz cortante.

— Então vou até ela. Eu me arrastarei a seus pés!

Saint-André a agarrou brutalmente.

— Você não vai a lugar algum! Se a rainha o perdoasse, eu o mataria com minhas próprias mãos!

— Você é um covarde! Um covarde e um traidor! E queria que o amassem?

— Agora chega! Tranquem-na no quarto!

Cinco homens seguraram Diane e a levaram, enquanto ela ainda urrava:

— Eu o maldigo!

Assim que a trancaram no quarto, Diane correu para a janela. Tudo acontecera como ela previra. Ouvia as ordens ecoarem no palácio. Guardas corriam para se postar em volta, mas chegariam tarde demais para impedi-la.

Transpondo o parapeito da janela, pendurou-se na hera-trepadeira. Alguns minutos depois, fechava a pequena porta que dava para a rua e desaparecia por entre os transeuntes, enquanto soldados de casaco cinza se postavam a cada 10 metros ao longo do muro.

* * *

Michel estava debruçado sobre o mapa desenhado por Djinno. Introduzir-se no palácio da rainha não apresentava dificuldade para quem conhecia a passagem secreta pela cripta, ou, se não, pelo túnel que levava ao Sena. Era mais provável que Nérac e seu Esquadrão de Ferro estivessem com Catarina no Hôtel de Ville. A guarda estaria, portanto, reduzida a alguns plantonistas.

Entrando sem avisar, como de hábito, Djinno surgiu ao lado dele.

— Alguém o procura.

— Não quero ver ninguém!

Djinno não se moveu. Michel levantou a cabeça e viu aquele seu sorriso de Esfinge, tão irritante.

— O senhor gostaria de ver esta pessoa. Ela veio porque o rapaz lhe disse que o senhor socorria os desesperados.

— Não tenho mais tempo para o desespero dos outros. É do meu que trato — resmungou Michel.

— Do nosso — murmurou uma voz que obsedava sua memória desde sua volta a Paris.

Seu coração parou. Por um instante, ficou petrificado, o olhar fixo diante de si. Em seguida, levantou de um pulo, derrubando a poltrona. Djinno se afastou, deixando aparecer Marie, que estava atrás dele.

— Salve nosso filho, Michel.

Deixou que as lágrimas lhe viessem aos olhos enquanto uma alegria selvagem o fazia exultar.

— Viva! Você está viva!

Levados pelo mesmo impulso que os animara havia mais de vinte anos, Michel e Marie atiraram-se nos braços um do outro, soluçando.

Desde a aurora, destacamentos de alabardeiros e de soldados tomaram posição ao longo dos 400 metros que ligavam a prisão do Châtelet e a praça de Grève. Outros balizaram do mesmo modo uma passagem entre as igrejas Saint-Gervais e Saint-Protais, onde o condenado receberia os últimos sacramentos, e o Hôtel de Ville. Tinham decidido levá-lo da igreja ao palanque passando pelos pátios internos da magnífica construção.

Quando o dia nasceu, a multidão começou a se aglomerar no trajeto e em torno do palanque erguido na esplanada do Hôtel de Ville.

Saint-André postara outros destacamentos armados no Temple, na Montanha Sainte-Geneviève, em Notre-Dame e no Louvre, prontos para cercar os amotinados.

Às 7h30, o prisioneiro foi levado ao pátio do Hôtel de Ville numa carroça. Completaria a pé o caminho que levava à igreja a 100 metros dali. Passando perto do palanque cercado por arcabuzeiros, ele não lhes concedeu um só olhar.

Saint-André foi para a entrada do Hôtel de Ville, de onde poderia vê-lo chegar. Queria que ele sentisse a extensão de sua derrota; queria ver o medo curvar sua cabeça empinada. Quando, porém, chegou a alguns metros dele, Lagarde apenas lhe dirigiu um olhar zombeteiro.

Lagarde desceu da carroça, e um guarda soltou os nós que mantinham suas mãos presas às costas, prendendo-as na frente. No instante em que a procissão ia pôr-se em marcha, a silhueta de uma mulher de cabelos desfeitos se insinuou entre as testemunhas, indo para perto de Lagarde.

Saint-André sentiu o sangue fugir-lhe do rosto. Como é que Diane podia estar ali? Pulando da sela, ele interpelou o capitão dos guardas.

— Esta moça não tem nada o que fazer aqui!

— Lamento, meu senhor, mas ela tem autorização da regente — desculpou-se o homem, mostrando o documento marcado com o selo de Catarina de Médici.

Impotente, Saint-André viu a procissão mover-se na direção da igreja ao longo do corredor delimitado por duas fileiras de alabardeiros, apontando suas armas para baixo.

Avançando lentamente, colada a Lagarde, Diane pegou suas mãos amarradas, apertando-as nas suas. Alheios a tudo o que os cercava, os dois jovens caminhavam de cabeça baixa. Lagarde usava calções vermelhos e camisa preta cuja gola tinha sido cortada para facilitar a passagem do machado; Diane, um vestido branco muito simples que a faria parecida com uma jovem noiva, se não apontasse no decote o cabo do estilete que a regente lhe autorizara a portar.

— Por que morrer? — pressionou-a carinhosamente Lagarde. — Destinada a tanta felicidade... O tempo apagará este dia, você verá.

Com os olhos mergulhados nos dele, doce e determinada, ela respondeu simplesmente:

— Não lhe jurei morrer se você morresse? Não me desdigo nunca.

Quando chegaram ao adro da igreja, iniciaram a subida dos degraus com o mesmo passo solene, sem desviar os olhos um do outro. Um olhar pousado neles distraiu-os da mútua contemplação. Reconheceram Nostradamus. Em seu rosto pálido, que lembrava a máscara hierática dos antigos augúrios, apenas os olhos viviam intensamente, infundindo-lhes coragem, esperança e afeição. Eles sorriram sem perceber. A marcha se interrompeu ao pé do altar onde os esperava o oficiante. Ajoelharam-se no genuflexório e se recolheram.

* * *

Tendo ficado no adro, Michel, atento aos sons da rua, vigiava a chegada de Catarina. O sucesso de seu plano dependia do momento em que ela se ausentasse do palácio para ir à praça de Grève. Quanto mais ela demorasse, mais se reduziriam as suas chances de sucesso.

Um silêncio irreal abatera-se sobre a multidão contida pelos alabardeiros, de tal modo que os ecos do ofício e das respostas ressoavam na rua. Num impulso de fervor provocado pela extraordinária emoção que lhes inspirara a visão do jovem casal, alguns se ajoelharam, persignando-se.

A missa baixa logo chegaria ao fim. A regente ainda não se mostrara. Se não aparecesse nos próximos minutos, tudo estaria perdido. Quando os jovens saíssem da igreja, iriam diretamente para o palanque. Tudo estaria acabado em alguns minutos.

Lembrar-se de Marie reavivou sua confiança, que quase se perdia. Elas acabavam de entrar em ação. Guiadas por Djinno, Marie e Marguerite deviam naquele momento ter entrado na passagem secreta que levava à cripta. Desembocando do Hôtel de Ville, Saint-André corria para a igreja. Subindo os degraus do pátio de quatro em quatro, ia entrar na nave quando Michel apareceu diante dele.

— É inútil. Você a perdeu.

Ele o afastou com um grunhido de raiva e se precipitou na igreja onde, ao pé do altar-mor, Lagarde acabava de receber a extrema-unção.

— Vá-se embora! — gritou Saint-André.

Diane não o ouviu. De pé diante de Lagarde, os lábios quase se tocando, ela murmurava:

— Eu te amo... Meu último suspiro será para dizer que te amo...

Saint-André agarrou-a pelo braço e puxou-a para si, berrando, dessa vez:

— Vá-se embora!

Fez uma careta de dor ao sentir o punho de Lagarde apertar-lhe o braço, forçando-o a soltá-la, e o empurrou sem esforço ou violência, como nos livramos de um inseto importuno.

Sem lhe dar a esmola de um último olhar, Diane virou-se lentamente para a assistência e começou com voz clara e firme:

— Eu, Diane, filha única do marquês Jacques de Saint-André, Chanceler do Reino, diante de Deus que me julga, diante dos homens que me ouvem e me vêem, diante de meu pai que renego e cujo nome repudio, declaro tomar como esposo na morte Roland de Lagarde aqui presente.

* * *

Onde todos tinham falhado, inclusive Michel, sua filha, seu único amor, acabara de vencer. Destruídos estavam seu crédito, sua autoridade, seu poder, sua reputação. Saint-André começou a recuar, titubeando, com os lábios entreabertos, deixando filtrar um riso demente que soava como um longo lamento.

De repente, puxou a adaga e a enfiou no coração. Permaneceu por um instante com a mão crispada no cabo da arma, a cabeça levantada na direção dos vitrais. Suas pernas se dobraram. Ouviu-se um baque surdo quando os joelhos bateram no chão. Em seguida, ele caiu, com os braços em cruz, no meio da nave central.

O ruído de cascos alertou Michel. Nérac, à frente do Esquadrão de Ferro completo, cercava um carro fechado que arremessava contra a multidão compacta. Foi necessário um vigoroso avanço dos soldados para abrir passagem. Enquanto isso, o cadáver de Saint-André era discretamente retirado.

Quando a ordem foi restabelecida, Lagarde e Diane saíram da igreja cercados pelos penitentes e voltaram para o Hôtel de Ville. O carro da regente seguiu depois que eles lá entraram.

Michel foi até a portinhola e saudou Catarina, de luto, com véu preto.

— O que faz aqui, mestre? — fingiu surpreender-se a regente.

Michel lhe devolveu um sorriso decepcionado.

— Como!? A senhora sabe muito bem, pois me convidou.

Ela se virou, oferecendo-lhe apenas o perfil. Rosto fechado, impenetrável, ela sabia, sem sombra de dúvida, que Lagarde era seu filho. Logo, ele não se enganara. Seu pensamento foi para Marie, incentivando-a a se apressar.

— Que desordem é essa?

— O chanceler matou-se em plena igreja.

Ela mal ergueu as sobrancelhas.

— Senhora, agora é minha vez de pedir graça para Lagarde.

Embora Catarina se controlasse perfeitamente, um clarão de triunfo passou por seu olhar.

— Por que isso? — perguntou ela, quase indiferente.

Mediram-se com o olhar. Sem piscar ou manifestar qualquer vulnerabilidade, Michel respondeu com voz uniforme:

— É meu filho.

* * *

No vestíbulo dos aposentos da rainha, Marie e Marguerite esperavam com os olhos fixos no mostrador de um grande relógio cujo pêndulo escandia a angústia das duas. Djinno recomendara que esperassem dez minutos depois que tivessem jogado no quarto o globo de vidro cheio de vapores entorpecentes. O frágil recipiente se quebrara nas lajes com um tinido cristalino havia apenas sete minutos.

Disfarçadas de roupeiras, as duas mulheres estavam há 15 minutos no Palácio da Rainha. A par dos hábitos do pessoal, graças às indiscrições de uma namorada, Djinno lhes dissera que toda ausência da senhora resultava, infalivelmente, numa reunião na copa para degustação de doces durante pelo menos um quarto de hora.

O relógio indicava agora 8h45. Elas não tinham mais que esperar. Prendendo a respiração, precipitaram-se.

Cinco minutos depois, entregavam a Djinno um cesto que o cigano levou rapidamente pelo subterrâneo úmido e escorregadio que dava para o Sena, onde uma barca o esperava. Oito irmãos ali estavam prontos para remar com todas as forças. Assim que Marie e Marguerite embarcaram, a barca se moveu. De pé na proa, Djinno agitou um pano vermelho para o filho mais velho de Richard Toutain, que estava no cais e logo saiu, correndo rapidamente em direção a um companheiro que esperava 200 metros adiante.

Um quarto de légua[5] apenas separava o Palácio da Rainha da praça de Grève, mas esse quarto de légua poderia se transformar numa corrida de obstáculos nas ruas obstruídas por carroças, curiosos e bancas. Por esse motivo, Michel e Djinno consideraram mais sensato duplicar o dispositivo. Uma barca avançaria mais lentamente que um adolescente, mas tinha o campo livre.

Na praça de Grève, Lagarde e Diane tinham chegado junto ao palanque. Colossal, usando túnica de couro, o carrasco esperava perto do cepo, de braços cruzados.

O oficial dos arcabuzeiros foi até Diane.

— Você não pode ir além.

Atirando-se a Lagarde, ela murmurou:

— Adeus, meu esposo. Eu te amo.

Passando os braços, com os punhos amarrados, por sobre seus ombros, o jovem contemplou-a longamente e, por sua vez, disse baixinho:

— Eu te amo.

---

[5] Um quilômetro.

Continuaram a se olhar, e ninguém ousou interromper a perturbadora harmonia dos dois. Lentamente, sem tirar os olhos um do outro, trocaram o primeiro e último beijo de amantes.

Ao vê-los tão belos e tão corajosos diante da morte, a multidão começou a se agitar. Alguns gritos explodiram:

— Graça!... Graça para o condenado!

O oficial dos soldados pousou a mão no ombro de Lagarde. Estava na hora. O jovem se soltou de Diane e, de cabeça erguida, começou a subir os degraus que levavam ao cepo.

A 15 metros dali, Catarina, toda de preto, subia no estrado erguido junto à fachada do Hôtel de Ville, onde já se achava parte de sua guarda pessoal. Nostradamus a seguia três passos atrás, em companhia de Nérac. Quando chegou à poltrona, ela se virou para a praça cheia de gente e ficou imóvel diante da multidão de súditos.

Catarina fez um pequeno sinal de saudação com a mão, sentou-se e levantou o véu. Michel pôde então observar sua expressão opaca. Ela provava naquele instante do triunfo que esperara durante toda a sua vida. Rainha e Regente, possuía a inteligência e a força necessárias para utilizar-se do melhor modo de todos os poderes de que dispunha. As facas se afiavam na sombra. Ela resistiria, mesmo que seus esforços para manter o equilíbrio e a tolerância acabassem falhando. Contudo, Michel não lhe diria nada disso. Sua missão junto a ela terminara, e ele não tinha poder algum sobre a loucura dos homens.

Percebendo seu olhar, Catarina ergueu os olhos para ele, à sua direita. Ele não conseguiu decifrar-lhe o pensamento. Ela trancara hermeticamente o espírito.

— Senhora, é da tradição, se não do costume, que o soberano conceda uma graça...

O sorriso gelado de Catarina impediu-o de continuar.

Esforçando-se para não trair o pânico que o dominava, continuou com voz firme:

— Eu lhe suplico, senhora.

Afastando-se dele, ela tirou da manga o lenço que agitaria para ordenar ao carrasco que oficiasse.

Michel deu uma rápida olhada na direção do Sena, que avistava a 100 metros, depois para o palanque onde o último mensageiro deveria subir para agitar a echarpe vermelha. Nada ainda, e agora faltava muito pouco tempo.

A 15 metros dali, no palanque, Lagarde acabara de se ajoelhar para apoiar a cabeça no cepo. Diane, ao pé dos degraus, tirava o estilete do seio e, segurando-o entre as mãos juntas como que para uma prece, apoiava-o na jugular. Os olhares mergulhados um no outro, os jovens já não estavam mais ali.

Mesmo que Michel quisesse se precipitar para morrer no lugar deles, teria que, sem erro, enfrentar o jogo demoníaco imposto por Catarina. Como que partilhando sua ansiedade, os curiosos suplicaram novamente: "Graça!... Graça!..."

Catarina permaneceu impávida.

O rosto de mármore, os olhos fixos no Sena e no palanque, Michel juntou toda a sua energia e a projetou em torno de si de modo a sugerir a Catarina que um halo luminoso o envolvia, enquanto a esmeralda no dedo indicador palpitava suavemente.

— Que seja, senhora! Gostaria de evitar esta ação, mas já que é necessário...

Catarina não conseguiu conter o sobressalto de pura alegria. Ela tinha vencido! Seu mago iria operar a magia última com que ela sonhava. Erguendo os olhos para ele, viu-o bem ereto, imenso de tanta majestade, o olhar distante. Finalmente ele lhe revelava sua face de sábio supremo!

— Que matem meu filho, senhora, e eu o ressuscitarei diante de vós — continuou Michel.

— No entanto, você me disse que era necessário o sangue de uma criança nova — ofegou Catarina. — Um filho do amor...

— Exatamente.

Sobretudo, que ela continue falando! Cada palavra pronunciada representava um segundo a mais.

Sem um tremor, Catarina fez sinal ao carrasco para que estivesse pronto. O colosso de túnica segurou com as duas mãos o pesado machado. Tendo medido a distância conveniente em que se colocar para um golpe limpo, posicionou-se, mantendo a lâmina na horizontal.

— Você me disse que nunca ousaria degolar uma criança — continuou Catarina, com a voz vibrando de excitação.

— É verdade — Michel conseguiu responder.

Os dedos de Catarina se crisparam nervosamente no lenço. Agora, ela poderia agitá-lo a qualquer momento. Olhou para ele mais uma vez, ao mesmo tempo transportada e contrariada com seu controle. Com que então, nada podia dobrar aquele homem? Havia algo que ela ignorava?

Michel viu apontar no Sena uma chalupa impulsionada a toda velocidade. Duas mulheres estavam na popa e, na proa, Djinno agitava com todas as forças uma echarpe vermelha.

Catarina começava a levantar a mão que segurava o lenço, e o carrasco balançava o machado para armar o golpe quando ele disse com voz mais cortante que o cutelo que ia cair:

— Sem hesitação, com o sangue do seu. Estou com Alexandre.

Catarina se imobilizou como que atingida por um raio. Soltou o lenço. Imediatamente ficou de pé, gritando para o carrasco:

— Pare! Graça! Graça concedida!

Ela não ouviu a multidão, que deixava a alegria explodir, clamando "Viva a Rainha!". Ela só tinha olhos para o único homem que a enfrentara, apanhando-a em sua própria armadilha, derrotando-a.

Epílogo

Catarina não duvidou um só instante da palavra de Nostradamus. Entretanto, para libertar Lagarde, esperou que Nérac tivesse galopado até seu palácio para verificar se seu filho preferido não estava lá. Ele revistou os aposentos onde duas governantas dormiam um sono profundo do qual ele não conseguiu tirá-las.

Depois dos funerais de Henrique, Catarina consentiu no casamento de Lagarde e Diane, ao qual deu a honra de assistir. Ordenou a Diane que conservasse parte de seus bens, pois o pai servira à Coroa, e ela precisaria deles para manter a posição do esposo.

— Decidi recuperar o título dos condes de Fontvieille, uma região que, se não me engano, lhe é cara, mestre — ela sorriu para Michel. — Evidentemente, teria preferido conceder-lhe o título de conde de Saint-Rémy, mas meu real falecido ofereceu-o a seu último bastardo, que, no fundo, não se tem certeza de que seja mesmo dele.

Ela entregou a Lagarde um documento com seu selo, autenticado com o selo do jovem Francisco II.

— Você agora é o conde Roland de Lagarde, senhor de Fontvieille, com todos e privilégios e deveres aferentes.

No mês seguinte, Lagarde e Diane deixaram Paris e foram para a Provença, levando Marie e Marguerite.

Michel ficou um mês em Paris, apoiando Catarina na luta feroz que a opunha aos Guises. Como Francisco II estivesse legalmente em idade de reinar, a função de regente lhe foi contestada e, embora assentasse no Conselho por direito, enquanto rainha-mãe, sua palavra não pesava. Hábil em manobras, soube, contudo, encontrar apoio para enfrentar as maquinações dos Guises.

Michel encontrou-se uma última vez com Catarina, que jamais se referiu ao duro procedimento usado para fazê-la ceder. Mesmo assim, voltou a isso pela primeira e última vez.

— Você teria feito aquilo?

Ele a olhou longamente, os olhos cintilantes, e acabou respondendo a meia-voz:

— Ninguém ressuscita dos mortos, senhora. Nem mesmo Jesus. É, aliás, o que o torna grande.

— O combate era desigual. O que pode uma rainha contra um mago de poderes sobre-humanos?

Michel deu um sorriso distante.

— Esses poderes não me pertencem; eles estão nas mãos de um mestre que não quer ser violentado. Esse mago supremo está em ação. Deixemo-lo agir. Ele conduzirá os homens ao conhecimento da verdade. Um dia, se eles tiverem a paciência de viver.

— Quem é esse mestre?

— O Tempo, do qual somos os joguetes.

— Somos derrisórios a esse ponto?

— Ao contrário, senhora. Possuímos o único filtro verdadeiramente mágico que nos permite ligar o alto e o baixo e estar em harmonia com o universo.

— Você me revelará esse grande segredo? — murmurou ela.

— O amor, senhora. Querer amar.

— Tenho um último favor a lhe pedir!

Ele lhe deu uma olhada afetuosamente divertida.

— O que quiser, senhora.

Ela foi até a biblioteca e pegou um exemplar das *Centúrias*.

— Aqui está, mestre. Sei que me dedicou muitas obras, mas foi por obrigação. Gostaria de algumas palavras de seu próprio punho que sejam mais do que uma reverência obrigatória.

Abrindo a obra na folha de guarda, ele notou a epígrafe inserida no início de quase todas as suas obras. Pensando no caminho percorrido e no destino daqueles que "tantas vezes o mataram", ele escreveu.

Immortalis ero virus, moriensque magisque
Post mortem nomem vivet in orbe meum.

"Vivendo, fui imortal, e mais ainda ao morrer, já que depois de minha morte, meu nome viverá por toda a Terra", leu Catarina a meia-voz.

* * *

Michel não podia renegar sua família de Salon, e Marie não o desejava. O tempo da paixão tendo ficado para trás, restava o do amor tranqüilo. Ele pediu demissão do cargo de grão-mestre da Rosa + Cruz, mantendo, porém, uma correspondência assídua com a Irmandade.

O conde Roland de Lagarde de Fontvieille e Diane tiveram logo um menino chamado Michel, de quem Djinno foi o padrinho. Uma menina e dois meninos se seguiram. Não se passava uma semana sem que, sempre acompanhado do fiel Djinno, Michel visitasse o senhor de Fontvieille e sua família no pequeno castelo construído ao pé dos Baux de Provence. Lá passou longas tardes sob as bétulas, conversando com Marie ou ouvindo-a tocar o cistre, porque, para ela, o retorno dos dias felizes tinha significado também o da música. Marie morreu no outono de 1565, minada por uma doença que Michel e ela decidiram não combater. Conheceram a fusão perfeita e consideraram que tinham cumprido seu tempo.

A 1º de julho de 1566, Michel chamou Djinno a seu gabinete de trabalho, no último andar da casa de Salon. Conversaram durante duas horas, ao fim das quais o cigano ajudou o mestre a descer pela última vez as escadas e se acomodar em seu banco, abaixo das formidáveis muralhas do castelo de Emperi, diante da igreja de Saint-Michel.

"Você não me encontrará vivo ao nascer do dia."

Tais foram suas últimas palavras para seu filho adotivo e discípulo.

Todo o resto é História universal.

Ao sair da última conversa com Michel, Djinno levava consigo um objeto que não surpreenderá a ninguém não ter sido mencionado em seu testamento, embora minuciosamente detalhado.

Tratava-se da longa vara de ouro do profeta. Esse objeto oco, de um pé de comprimento, finamente cinzelado por um irmão da Rosa + Cruz, era guardado hermeticamente fechado por um sistema de fechos de segredo. Continha os 58 quartetos que faltavam na VII Centúria.

Michel não quis incluí-los na publicação de sua obra porque, datados do início de Purim do ano de 5690,[1] para se concluírem no dia do grande alinha-

---

[1] Na noite de 13 de março de 1930. Anúncio oficial da descoberta de Plutão. Em setembro desse ano, o partido nazista obtém uma vitória tão fulminante quanto imprevista nas eleições legislativas.

mento planetário em seu Sol de nascimento, eles descreviam os tempos em que o homem romperia definitivamente o equilíbrio universal, modificando a estrutura da matéria.

A linhagem de Nostradamus extinguiu-se rapidamente, mas a dos Lagarde se perpetuou, fornecendo, através dos séculos, soldados e cientistas. Preciosamente conservada pelos Lagarde de geração em geração, a vara de ouro do profeta será entregue ao mundo no dia em que ele mesmo determinou.

Apenas nesse dia, se conhecerá a verdadeira herança de Nostradamus.

markgraph

Rua Aguiar Moreira, 386 - Bonsucesso
Tel.: (21) 3868-5802 Fax: (21) 2270-9656
e-mail: markgraph@domain.com.br
Rio de Janeiro - RJ